최하림
다시 읽기

최하림 다시 읽기

펴낸날 2021년 9월 6일

엮은이 최하림연구회 황지우 김선태 박형준
펴낸이 이광호
주간 이근혜
편집 최지인 이민희 조은혜 박선우 방원경
펴낸곳 ㈜문학과지성사
등록번호 제1993-000098호
주소 04034 서울 마포구 잔다리로7길 18 (서교동 377-20)
전화 02)338-7224
팩스 02)323-4180(편집) 02)338-7221(영업)
전자우편 moonji@moonji.com
홈페이지 www.moonji.com

ⓒ 황지우, 유성호, 박형준, 박시영, 김명인, 전영주, 박슬기, 김춘식, 김미미, 김현, 최현식, 박옥순, 김수이, 신익호, 이문재, 정과리, 김선태, 이기인, 이병률, 이승희, 이원, 이향희, 임동확, 장석남, 최승린, 최승집, 황학주, 최하림, 2021. Printed in Seoul, Korea

ISBN 978-89-320-3895-7 93810

이 책은 신안군청의 후원을 받아 제작되었습니다.

최하림연구회 엮음

최하림
다시 읽기

문학과지성사

'시간'을 관(貫)한 시인

—『최하림 다시 읽기』에 부쳐

황지우(최하림연구회 회장)

학교 퇴임 후 나는 해남 대흥사 일지암에서 한 철을 나고 있었다. 그 무렵 목포에서 문인 몇 분이 찾아왔다. 이런저런 이야기를 나누던 끝에 시인 최하림을 아느냐고 내가 묻자 목포 사람들 모두 좀 의아한 표정을 지었다.

우리가 어쩌다가 최하림을 깜박 잊어버린 건 아닐까 하는 죄송스러운 심정이 들어 목포의 박관서 시인과 함께 선생님의 안태 고향인 신안군 팔금도를 찾아갔다. 이참에 박우량 군수도 만나 뵈었다. 신안군은 벌써 수화 김환기의 생가에 미술관을 건립하는 계획을 갖고 있었으며 1,004개 섬이 떠 있는 이곳 다도해의 섬 하나하나에 작은 미술관, 박물관을 지어 아름다움이 탐조등처럼 빛을 발산하는 '예술의 등대'를 세우고자 하는, 야심 찬 의지를 갖고 있었다. 팔금도의 생가 옆 농협 창고를 이미 매입해 리모델링하여 '최하림 시문학관'을 조성할 계획이고 마을 입구에 시비를 세우는 일은 추진 중에 있었다.

우리는 선생님의 10주기가 되는 2020년에 최하림 시인 추모 행사를 열기로 했다. 이를 위해 선생님의 따님이자 소설가인 최승린과 함께 김병익 선생님을 뵈었고 문학과지성사 이광호 대표의 도움으로 최하림 10주기 문학 심포지엄을 기획했다. 행사에 앞서 문지에서는 최하림 시선집『나는 나무가 되고 구름 되어』도 출간했다.

그러나 전 세계를 꼼짝없이 '자가격리'시킨 코로나 시국 때문에 최하림 추모 행사도 순연될 수밖에 없었고, 10주기라는 말도 쓸 수 없게 되었다. 이를 대신하여 우리는 그동안 최하림 시 세계를 연구하고 이를 담론으로 직조한 두터운 피륙물, 최하림 연구서『최하림 다시 읽기』를 출간하기로 했다. 이 일은 전적으로 시인 김선태 교수(목포대 국문과)와 박형준 교수(동국대 국어국문문예창작학부)가 주도했고, 나는 '최하림연구회' 회장 이름에 인감도장만 찍었다.

막상 이 연구서를 한 권으로 엮으려고 보니까 그동안 최하림 시를 밝힌 논문과 비평문 들이 5백 쪽에 가까웠다. 선생은 결코 잊히거나 외롭지 않았던 것이다. 시선집『나는 나무가 되고 구름 되어』를 엮은 시인 장석남, 박형준, 나희덕, 이병률, 이원, 김민정 등 최하림 선생님을 따르고 사랑하고 그리워하는 제자와 후배 시인도 많았다. 이것만으로도 선생님은 축복받은 일생을 지나가셨다 하겠다.

삼라만상을 단 하나 예외 없이 소멸의 방향으로 날아가게 하는 '시간의 화살', 아픈 줄도 모르게 뚫고 지나가는 그 촉 자체를 선생은 관(貫)한 것이 아니었을까. 이런 생각이 최하림 시선집을 늘그막에 다시 읽는 나를 관통한다.

여러모로 지원을 아끼지 않은 박우량 군수께 감사드린다. 그 많은 최하림론을 읽고 추려낸 박형준 교수와 이것들을 찾아내고 다시 타이핑하는 데 수고를 다한 그의 대학원 제자 김미라, 박래은에게도 감사드린다. 최하림 연구회에 후원과 격려를 보내주신 최하림 선생님의 아내 장숙희 선생님 및 문학과지성사 편집부와 이광호 대표에게 감사드리지 않을 수 없다.

2021년 9월

차례

제1부   침묵과 파동의 여정

제2부 　　자애의 시학을 찾아서

제3부　　　　　　최하림 들여다보기

제1부

침묵과 파동의 여정

인터뷰

고독과 자유, '보는 것'에 대한 시적 탐색

─최하림의 시와 삶

유성호

1999년 4월, 서울 인사동의 한 한식집에 회갑을 맞은 최하림 시인을 축하하는 조촐한 자리가 마련되었다. 시인이 1980년대 중반에 출강한 적이 있던 서울예술대학 출신의 문인들이 품이 많이 드는 준비를 마다하지 않았고, 시인과 평소 가깝게 지내던 몇몇 문우들이 자리를 함께한 작은 규모의 회갑연이었다. 거기서 시인의 제자나 후배들은 일생을 외롭고도 높은 경지에서 정결한 시작(詩作)으로 일관해온 최하림 시인의 생애를 되새기며, 시인에게 『밝은 그늘』(프레스21, 1999)이라는 작은 책자를 헌정하였다. 그 책에는 제자와 동료 문인 들의 작품 및 회상기가 아름다운 화폭으로 담겨 있었다.

충북 영동의 호탄리로부터 상경한 최하림 시인은 그 특유의 수줍어하는 표정으로, 자리를 마련해준 이들에게 진심으로 고마워하였다. 한국 현대사가 변전해온 기복(起伏)만큼, 굴곡 많고 순탄치 않았던 삶을 살아온 그에게, 그 자리는 여러모로 많은 생각거리를 주었을 것이다. '시대'와 '자아' 사이에서의 갈등과 흔들림, 그리고 '자유'에 대한 확신과 '진보'에 대한 회의의 수없는 교차, 이러한 굴곡과 긴장은 그의 적지 않은 시편들에 촘촘히 각인되어 있다. 이처럼 정직하게 흔들려온 자신의 삶을 두고 그는 보람과 덧없음을 느꼈을 것이고, 나아가 어느덧 노년에 이른 자신의 실존을 그날 그 자리에서 보았을 터이다.

'산문시대'와 문청 시절

최하림 시인의 문학 여정은 멀리 그의 대학 시절, 그러니까 1960년대 초반의 '산문시대' 동인 시절까지 거슬러 올라간다. 우리 문단에서 그 유례를 찾기 힘들 정도의 신선한 세대론적 신진대사를 이루었던 '산문시대', 그는 김현과 함께 그 산파역을 맡는다.

"1961년 겨울이었나 봅니다. 그 시기는 제게 매우 중요한 시기였어요. 그중 하나는 프랑스의 시인 발레리를 알았다는 거예요. 그때 한국 시단에서 발레리를 알고 있다는 것은 일종의 비약이랄까, 아무튼 전대미문의 새로운 지평이었어요. 전혀 새로운 대륙을 발견한 것 같았지요. 물론 우리에게는 어려운 시였지만, 빛나는 광휘임에 틀림없었습니다. 저는 박이문 씨 번역의 『발레리 시집』을 끼고 다니면서 그 안에 매료되었는데, 특히 발레리의 「해변의 묘지」 첫 구절 같은 것은 객관적 거리를 가지고 탐색해볼 겨를도 없이 흠뻑 빠져들어간 기억이 선명합니다. 또 목포 헌책방에서 베케트의 「고도를 기다리며」를 발견하기도 했는데, 저는 그 세계에도 취했어요. 발레리나 릴케, 베케트 이런 사람들이 제 문청(文靑) 시절의 자양분 노릇을 한 겁니다. 그리고 그 시기가 중요한 두번째 이유는 예술가들이 즐겨 모여들었던 목포 오거리 3층 다방에서 평론가 김현을 만났기 때문입니다. 겨울방학쯤인가 김현이 저에게 '산문시대'를 같이하자는 제의를 했어요. 나중에 김치수, 김승옥 등이 참여하게 된 그 동인지는 당시 가림출판사 김종배 사장님의 후의로 세상에 나오게 되었는데, 그 시대 대학 사회는 물론이고 전체 문단에도 그야말로 신선하기 짝이 없는 충격을 주었어요. 전쟁 치르고 10여 년 정도의 시간이 지났으니까 이제 우리도 문학의 현대적 갱신을 해야 하지 않겠느냐는 주장을 저희가 한 걸음 앞서서 주창했다고 봐야지요. 물론 거기에는 4·19세대라는 정치적 후광도 있었습니다. 4·19가 우리에게 선사한 자유스러움이 그와 같은 행위와 정서를 가능케 한 거지요. 그때 우리는 비로소 '자유'라는 것을 개념적으로 이해하기 시작했던 것 같아요."

더불어 최하림 시인은 김수영이라는 커다란 시적 산맥과 조우한다. 김수영은 해방 직후부터 우리 시단에서 독특한 현실 인식과 어법으로 당대를 풍미한 시인이었는데, 김수영의 생애와 문학 세계를 최하림은 집중적으로 탐구한다. 그 결과로 세상에 내놓은 것이 『자유인의 초상』(문학 세계사, 1981)이라는 김수영 평전이다.

"물론, 김수영은 저와는 아주 다른 사람이지요. 기질이나 문학 세계 모두 저와는 달라요. 그러나 사람은 자기와는 전혀 다른 사람에게서 자신에 대한 통찰을 얻곤 하지 않나요? 저는 특히 저와는 다른 사람을 통찰하면서 자신을 개신한 경우가 많아요. 김수영이나 황동규, 정현종을 좋아한 것도 사실은 그들에게서 제게 부족한 부분을 배우려 했던 측면이 강해요. 오히려 저는 다형 김현승 선생 같은 분과 내적 친족성이 강하지요. 고독하고 개인적인 작업에 매달리고 하는 것 말이에요. 아무튼 김수영의 『달나라의 장난』(춘조사, 1959) 같은 시집은 매우 열심히 읽었어요. 그의 평전을 구성하는 것은 매우 방대한 작업이었는데, 선린상고 학적부를 뒤지는 등 무척 열심히 뛰었어요. 시인의 누이인 김수명 씨가 많이 도와주었지요."

미적 충동과 현실 인식의 사이

최하림의 시는 1960~80년대를 거치면서 현실 감각과 미적 충동 사이에서 갈등하고 서성거리게 된다. 그는 민중적 서정시가 지향해왔던 민중들의 진솔한 삶이나 현실에도 주목했지만, 시를 언어 예술로 보고 그 예술적 완성을 누구보다도 중시했다. 그런 까닭에 그의 시는 이념적 편 가르기를 좋아했던 당대의 비평가들에게 별로 대접받지 못했다. 그만큼 그의 시는 노래 부르고 싶은 예술적 충동과 진실한 이야기를 하고 싶은 리얼리스트로서의 인식이 조화하고 길항하는 세계이다.

그의 초기 시 세계는 '역사 속에서의 현재'를 사는 것으로 요약할 수 있을 것이다. 따라서 억압과 어둠의 시대 상황에 대해 응전하는 것은 그의 시의 책무이자 존재 의의이기도 하였다. 그래서 그의 시를 "지사적 결의를 품은 초강한 정신의 직선적 저항의지의 양상"(조창환)으로 읽는 것은 역사적 실존으로서의 시인의 책무에 충실했던 그의 초기 시작에 한정해볼 때, 전적으로 타당한 말이 된다. 그의 초기 시는 "무거운 발을 끌고 어둠 속을 가는/울한의 사람아 우리들의 사람아"(「부랑자들의 노래」)라는 외침으로 줄곧 나타난다.

그러나 그의 현실 인식은 언제나 시를 언어의 예술로 보는 미적 감각에 의해 검열되었고, 그렇기 때문에 당시 진보 진영에서는 그를 마뜩지 않게 여기기도 하였다. 그런 그의 서성거리고 갈등하는 성격을 두고 시인 임동확은 "스무 살의 김현과 김지하 사이에 그가 있었다"(「불꽃의 심연」)라고 한 후, 그를 "경계인"으로 표현하였을 것이다.

"저는 매우 사적(私的)인 사람이에요. 늘 혼자 있고 싶고, 미적 욕구가 강하고, 그것을 예술적으로 완결하고 싶은 생각이 강하지요. 이미지를 누구보다 중시하고요. 첫 시집 『우리들을 위하여』(창작과비평사, 1976)를 잘 보면 우리 현대사에 대한 저의 반응과 발레리에 매혹되었던 저의 시관(詩觀)이랄까 이런 것이 혼재되어 있음을 느낄 겁니다. 그 시집은 아무튼 저 나름의 한국 현대시의 볼품없음에 대한 반항의 결과입니다. 저는 신춘문예에 당선한 이후로 시를 쓸 수가 없었어요. 그래서 발레리의 「구시첩」의 이미지들을 천착하기 시작했어요. 그런데 이것은 우리 것이 아니라고 판단했고, 이제는 우리 것으로 바뀌어야 한다는 깨우침이 '말'의 변화를 불러왔어요. 그래서 민중적 말이 우리 시를 구원할 것이라는 믿음이 첫 시집의 행간에 배게 되었지요."

최하림은 열 살 때 아버지를 여읜다. 그는 바다를 면한 마을에서 굶주림과 어머니와 전쟁과 바다를 시의 원체험으로 삼으며 자랐다. 그의 시에 배어 있는 비극적 현실 인식, 그럼에도 불구하고 그것을 과장하지 않고 내면으로 수용하여 반성적 사유로 이끄는 도덕적 열정은 역설적으로 말해 신산했던 그의 생애가 키워 올린 자질이다. 또한 그는 어떤 문학적 그룹에 속해 있으면서도 그 그룹 논리에 맹목적으로 따르지 않고 그 그룹 내의 자리를 내내 찾았고 그룹 논리에 반대되거나 독자적 논리를 찾으려 애썼다. 그의 그 같은 행동과 기질은 김현의 "시는 외침이 아니라 외침이 터져 나오는 자리"라는 말을 그대로 연상시킨다.

기독교적 상상력과 베드로

그의 시 세계는 두번째 시집 이후 자신의 내면에 대한 탐구로 선회하기 시작한다. '우리'에 대한 탐색보다는 구체성 있는 '나'의 시선을 확보하기 시작한 것이다. 언제나 비속함이나 상업주의와는 일정 거리를 두고 격리되어 있었던 그의 시는 이제 자신의 구체적 생활 속에서 "그리움을 잃어버리고 그리움을 노래하는,/그래서 그리움이 너무도 푸르게/하늘의 별같이 되어버린"(「시(詩)」) 시를 찾아 나서게 된다.

이 시기 최하림의 시를 잘 읽어보면 그의 시가 상당 부분 기독교적 상상력과 어법에 빚지고 있다는 것을 알 수 있다. 그의 기독교적 상상력은 어디에서 오는 것일까. 그것은 아마도 치열한 자기 검색의 의지, 곧 왜곡된 현대사를 치열하게 살아온 양심적 지절(志節)이 불러온 사유 방식이었을 것이다.

"제게 기독교적 사유가 형성된 것은 어렸을 적부터 읽은 성서 때문이기도 하고, 구체적으로는 베드로에 대한 집요한 생각 때문이기도 합니다. 저는 원래 '광주' 이전만 해도 한국 민주주의가 발전할 수 있을 거라는 강한 믿음을 가지고 있었어요. 그러나 '광주'를 겪으면서 역사가 진보한다는 것에 깊은 회의가 일기 시작하더군요. 레비스트로스가 말했던가요, 우리는 고대보다도 중세가, 중세보다도 근대가 인간적이라고 말하지만, 그건 아니라고. 현대인이 고대의 노예 순장을 논하면서 비인간적이라고 말하는데, 그렇다면 히로시마나 나가사키의 원폭 투하는 비인간적이 아니란 말인가. 오히려 고대인들은 현대인을 일러 더욱 야만적이라 할 것이라고 말이에요. 그때까지만 해도 '죄'의 개념이 제 시에는 없었어요. 우리가 선했기 때문이고, 또 싸우고 있었기 때문이기도 하지요. 그런데 5월 '광주'를 경험하고 나서 내 속에서는 배반한 사람의 숨죽인 울음소리가 들려왔고, 그의 암야행로(暗夜行路)가 보였어요. 그 무렵 TV에서 「베드로와 바울」을 보았는데, 그중에서도 시장통을 다니는 베드로의 모습과 갈대숲을 내려가는 모습을 볼 때 눈물이 마구 쏟아졌어요. 그의 고뇌와 무게, 그리고 십자가에 거꾸로 매달려 죽기까지 치러낸 내적 정화 같은 것을 생각했습니다. 결국 정화라는 것은 자기 무게를 다 버리는 것 아닙니까. 베드로에 대한 시 작업은 그때 꽤 했습니다."

　　아무것도 모른다고 내가 나에게 말하고 있는 사이/영원의 돌이 내 가슴 속으로 내 것이 되어 들어왔다//아직도 상하지 않는 눈물/방울이 볼을 타고 흐르는 동안//새들이 창밖에서 소리쳐 날고/새들이 끝없이 날아갔다/종소리가 울려왔다//창이란 창에는 배반의/그림밖에는 아무것도 없었다
　　　　　　　　　　—「베드로 1」 전문(『겨울 깊은 물소리』, 열음사, 1987)

　　결국 우리는 최하림의 시가 김현승의 고독, 김수영의 자유, 그리고 베드

로의 고뇌와 그 정화 등이 모두 어우러져 예술적 완성으로 치달아간 것으로 볼 수 있을 것이다.

"호탄리에 이사 와서, 어느 날 밤은 거실을 어슬렁어슬렁 걷다가 책방으로 들어가 묵은 노트를 들추었는데, 거기에서 '베드로'에 대한 메모들이 쏟아져 나왔어요. 예수를 세 번 부인한 때로부터 십자가에 거꾸로 매여 달리기까지 그가 내면적으로 겪었던 고뇌와 고뇌의 극복과 평화! 그것들을 나는 지금 어떻게 해석해야 할까. 베드로가 들길을 걸을 때, 아이들 속에 어울릴 때, 고통받는 교인들과 더불어 흐느끼며 기도드릴 때, 그런 베드로들을 나는 어떻게 받아들여야 할까. 5월 광주 이후 베드로는 제 사고와 시의 화두였어요. 그런데 그 화두를 저는 되씹지도 못하고, 직장 관계로 광주로 떠나야 했고, 고혈압으로 쓰러져 병자 생활을 해야 했어요. 그런 생활이 꼭 10년이었습니다."

'광주' 체험의 의미

최하림 시인에게 또 하나의 중요한 의식의 전기를 이룬 것은 1980년 5월 저 뜨거웠던 '광주'의 체험이다. 그 경험은 1980년대가 끝나가는 즈음 다음과 같은 절창(絶唱)을 낳는다.

이 도시의 보이지 않는/눈이 나를 보고 있다/이 도시의 집들이/나무들이/창들이/굴뚝들이/새벽마다/쓸려가는/이 도시의/쓰레기와 병들과/계급과 꽃/데모와/바람과/바람의 외침들이/보이지 않는 내 손짓/보이지 않는 내 눈짓/보이지 않는 내 소리짓/을 보고 있다/보이지 않는 내 맘속의 맘까지도/저 배반과 음모까지도 보고 있다/이 도시의 눈들이 내 모든 것을 보고 있다/오오 나를 감시하는 눈들이 보는 저 꽃!/하늘의 상석에 올려진, 아직도/피비린내 나는,/눈부시고 눈부신 꽃/살

가죽이 터지고/창자가 기어나오고/신음 소리도 죽은/자정과도 같은,/
침묵의 검은 줄기가/가슴을 휩쓸면서/발끝에서 심장으로/오오 정수
리로……

—「죽은 자들이여, 너희는 어디 있는가」 전문

이 시를 두고 그의 지기(知己) 김현이 "침묵의 외침으로 오히려 풍요로
워지는"'광주'를 노래한 시의 백미(白眉)로 읽은 것은 의미심장하다. 물
론 이 시는 증언적 성격이 강했던 당시 리얼리즘 계열의 시와는 사뭇 다르
다. 왜냐하면 시인은 미증유의 부도덕한 폭력 앞에서도 자신의 내부에 있
는 배반과 음모를 읽고 있기 때문이다. 그것은 정결한 영혼의 시인이 아니
고는 엄두도 못 낼 일이다. 그만큼 '광주'의 폭력은 그에게 역사에 대한 회
의와 더불어 자기 내면으로의 강한 회귀를 가져온다.

5월 광주의 상흔은 『속이 보이는 심연으로』(문학과지성사, 1991)에 곡진
하게 담겨 있는데, 그것은 앞서 말한 것처럼, 외적 폭력의 혹독함과 내면
에서 일어나는 죄의식의 형상이 결합된 것으로 나타난다. 그러나 그의 시
편들은 광주를 고발하거나 그것을 이념으로 해석하는 일에 매달리지 않
는다. 그것 또한 그의 내면의 심연으로 들어와 있다. 결국 최하림은 시를
의사 전달의 도구로 생각하는 것이 아니라, 그 스스로의 실존적 욕구와 그
간절함이 표현되는 자리에서 시가 생성되는 것이라고 여기고 있다. 그가
김수영의 역작 「풀」을 이념적으로 해석하지 않고, 자신의 본질 속에 운동
성을 내포한 존재로 읽었던 것도 이 때문일 것이다. 이제 시는 최하림에게
실존의 다른 이름이며, 그에게 이른바 치유therapy 효과를 가져온다고 할
수 있다. 그러니 그에게 시밖에 또 무엇이 있겠는가.

'보는 것'의 시적 의미

10여 년 전 최하림은 광주에서 고혈압으로 쓰러진다. 그때 그는 생애 최대의 위기를 맞게 된다. 그러나 다행히 병세가 호전되어서, 그는 시를 다시 쓰기 시작했고, 사물들에 다시 눈을 뜬다. 그리고 아직은 불편한 몸으로, 작년 5월 8일 이곳 충북 영동의 호탄리로 거처를 옮긴다.

"등단 이후 35년이 지났는데, 그 세월에 비해서는 과작인 편이지요. 제 시는 아마도 『속이 보이는 심연으로』까지가 전기이고, 『굴참나무숲에서 아이들이 온다』(문학과지성사, 1998)부터가 후기라고 할 수 있을 거예요. 앞으로의 시 세계는 '굴참나무'의 세계가 이어지겠지요. 저도 어느새 노년을 맞았으니, 이제는 그 세계에 길들여져갈 겁니다. 저는 시가 무엇을 만든다기보다는 있는 것을 '보는' 것이라고 생각해요. 여기서 '본다'고 할 때, 그것은 '보는 것'과 '보이는 것' 사이의 관계를 명징하게 파고드는 것을 뜻해요. 저는 이 '본다는 것'과 '보이는 것'을 시의 생애 끝까지 자세히 밀어가 보고 싶어요. 결국 도시를 떠나서 자연에 온 셈인데 여기서 볼 수 있는 것을 보려고 해요. 시인들만이 볼 수 있는 세계 말입니다. 시라는 것은 결국 시간의 추이를 잡아내는 것인데, 시간의 추이를 통해 온몸으로 자연을 느끼는 것 또한 배우고 싶어요. 시간이 걸리겠지요."

최하림은 시간의 추이를 통해 삶의 심연을 바라보는 시인이다. 그는 이제 '지그시 보는 시간'을 많이 가지려 한다. 병이 나아짐에 따라 보는 장소와 각도가 달라지기 시작했고, 더구나 호탄리로 이사 와서는 보이는 풍경이 일변했다고 한다. 광주에서의 '풍경'이 집과 거리와 차와 사람들이라는, 시시각각으로 움직이는 세계였다면, 호탄리는 들과 산, 강으로 이루어진 고요의 세계였다. 그때 그에게는 '보는 것은 무엇인가' '보이는 것은 무엇인가'라는 질문이 내면에서 머리를 들고 나왔다고 한다.

그의 최근 시집 『굴참나무숲에서 아이들이 온다』에는 사물을 향해 한껏 열려 있는 시인의 눈과 마음이 생동감 있게 담겨 있다. 여기서 말하는

'생동감'이 역동성을 뜻하는 것은 아니다. 고요함 속에서 사물을 투명하게 응시하는 '고요 속의 긴장' 같은 것이다. 고독과 고요 속에서 사물을 보는 것, 이것이 이제 최하림 시인의 시인으로서의 몫이 될 것이다.

평론가 곽광수 교수는 이 같은 최근의 최 시인의 편력을 다음과 같이 이야기한다. "그의 해맑은 이미지는 바로 그의 시의 분위기의 표상 자체라고 할 만하다. 그의 마음에나 작품에나, 그가 순탄치 않았던 삶에서 겪었을 갖가지 어려움들의 앙금이 남아 있지 않다. 그의 후기 시는 놀라울 만큼 투명하지만, 어느 정도 부정적인 움직임이 꿈틀대는 전기 시에 있어서도 그것은 그야말로 은연중에 감지되는 꿈틀거리는 움직임 자체일 뿐, 물질적으로 그것을 구현하는 동체가 보이지 않는 듯한 인상을 준다. 그래서 나는 하림이 어쩔 수 없는 시인이라고 생각한다."

낮고 외롭게, 그러나 맑은 눈으로 바라보는 그의 '바라봄의 세계'는 다음 시에 아름답게 펼쳐져 있다.

한번의 저녁도 순간으로 타오르지 못하고/스러지는 시간 속을, 혹시 뉘 있어 줍고 있는지/뒤돌아보지만 길들은 멀리까지 비어 있고/길들은 저들끼리 입다물고 있다//길 위로 새 한 마리 공기의 힘을 빌려/하늘 위로 올라가 콕, 콕, 콕, 허공을 쪼아댄다//나는 바위에 엉덩이를 붙이고/노을이 산 밑으로 흐르는 것을/무슨 상처처럼 보고 있다

—「저녁 무렵」 전문

'노을'을 무슨 상처처럼 바라보고 있는 시인. 그는 이제 노을을 두고 어떤 알레고리를 만들지 않는다. 노을은 '역사의 상처'도 아니고 '인생의 황혼'도 아니고 그저 노을일 뿐이고 그냥 '무슨 상처'일 뿐이다. 이제 그는 사물의 모습 주위에서 서성이며 그들을 있는 그대로 투명하게 바라볼 것이다. 그래서 시인은 언젠가 자신의 시를 두고 이런 말을 했던 것이다.

"나는 서성거린다. 나와 남 사이에서, 내 집과 거리에서, 나의 아이들 가

운데서, 서성거림이 현재의 내 존재 양식이고 갈등 양식이고 내 시의 기본 요소이다."

고독과 자유의 초상

나는 인터뷰를 마치고 노을이 지는 호탄리의 냇가(이곳의 마을 이름이 범여울[虎灘]인 것은 의외다. 물론 산세는 험했지만, 그 냇물의 흐름은 호랑이의 스케일이나 용맹스러움보다는 가녀린 새들의 평화로움을 연상시켰기 때문이다)에서 시인 최하림의 초상을 그린다. 무슨 말이 필요할까. 고독과 자유, 고요와 심연을 바라보는 시인 최하림에 대해서는 시인 스스로 『밝은 그늘』 서두에 붙인 다음의 말이 가장 치밀하고도 섬세하게 그려낸 자화상이라는 생각이 들었다.

"세상에서 멀리 가려던 한산(寒山) 같은 시인도 길 위에서 비 오면 걸음을 멈추고 오던 길을 돌아본다. 지난 시간들이 축축이 젖은 채로 길바닥에 깔려 있다."

오고 가는 시간 속에 그의 시는 호탄리의 여울과 함께 깊어질 것이다. '굴참나무숲'이 주는 고요와 쓸쓸함 속에서.

[『소금과 빛』, 1999년 7월호]

서성거리는 시인의 풍경과 역사[1]

박형준

최하림 선생님께서 정규 시집으로는 마지막인 일곱번째 시집 『때로는 네가 보이지 않는다』(랜덤하우스중앙)를 2005년 5월에 펴내셨다. 그로부터 3개월 정도 지난 후 한국문화예술위원회에서 운영하는 〈사이버문학광장 문장의 소리〉에서 내게 선생님과의 대담을 청해왔다. 그 무렵 최하림 선생님은 영동 호탄리에서 양평 양수리로 이사 와서 두번째 집을 짓고 계셨다.

나는 1985년 서울예술대학 문예창작과에 입학하여 그 전해부터 강의를 나오신 선생님의 시 수업을 수강하면서 선생님과 인연을 맺기 시작했다. 졸업하고 나서도 선생님께서 작고하시던 2010년까지 외롭고 허할 때면 자주는 아니지만 광주와 호탄리, 그리고 양수리로 선생님 곁을 찾았고, 그때마다 선생님으로부터 위로와 시를 쓸 수 있는 힘을 얻었다. 나는 선생

---

1   이 글은 한국문화예술위원회의 〈사이버문학광장 문장의 소리〉 제12회 특집 「이야기카페 아주 특별한 만남—최하림 시인, 박형준 시인」(2005년 9월 5일 방송) 편에 새 제목을 붙여 다시 구성하고 수정·보완한 것이다.

님의 음성을 듣는 것만으로도 좋았다. 산골짜기의 잔잔한 물소리를 지닌 선생님의 음성을 듣고 있노라면 물길을 따라 산길을 걷는 것처럼 고요와 평안이 찾아왔다. 하지만 그 음성은 단순히 저음의 것만은 아니었다. 어떤 격랑을 몸으로 받아내고 체화해낸 사람만이 지닐 수 있는 침묵에 가까운 반짝임과 리듬을 선생님의 음성에서 느낄 수 있었다.

내게 선생님의 첫인상은 '검붉은 얼굴'로 다가왔다. 그러다가 선생님의 산문집 『멀리 보이는 마을』(작가, 2002)이 나왔을 때, '검붉은 얼굴'을 한 시인들의 기질에 대해 언급한 다음 대목이 인상 깊게 남았다. 얼굴이 검붉은 편인 "시인 기질의 사나이들은 여러 면에서 저주받은 듯이 한켠으로 비켜서서, 그쪽의 시선으로 세계를 보고 글을" 쓴다는 것. "글 쓰는 사람들은 정도의 차이는 있겠지만 대부분 한켠으로 비켜서서 사는 사람들"이라는 것. 그리고 "그들은 밀려난 사실 때문에 괴로워하고 슬퍼하면서, 그것을 극복하기 위한 내면의 싸움을 벌인다"(「작은 평화 그리고 긴 여행」)는 것. 소설가이자 시인인 송기원에 대해 언급한 이 글에서 짧게 내 이름 석 자가 나와서 지금까지 기억하고 있는 것인지는 모르겠지만, 어쩌면 이 검붉은 얼굴의 진짜 주인공은 선생님 자신이 아닌가 지금도 나는 생각한다.

아무튼 최하림 선생님께서 시집 『때로는 네가 보이지 않는다』를 출간하셨을 당시 〈문장의 소리〉를 진행하던 김선우 시인, PD로 있던 최창근 희곡작가와 함께 선생님이 계신 양수리로 찾아뵈었다. 김선우 시인이 우리가 선생님을 찾아뵈러 가는 길의 정경을 방송 진행 중에 다음과 같이 말하였는데, 이 말을 시작으로 그때의 만남을 여기에 옮긴다.

"양평, 북한강의 두 물줄기가 합해지는 두물머리를 찾아가는 길은 뜻밖에 멀었습니다. 우리는 서울을 벗어나는 길을 찾느라고 아주 한참을 헤매었습니다. 어떤 길들은 우리 바로 옆에 있는데도 찾지 못할 때가 있지요. 아무튼 최하림 선생님을 찾아서 헤매며 당도한 길은 아주 깊고 서늘한 마음의 살갗에 진하게 스미는 온기를 지닌 아주 아름다운 길이었습니다. 아

시인이구나, 이렇게 나이가 들어갈 때 시인은 참 아름답구나, 시의 이름과 연결되어서 선생님이라는 호칭을 무람없이 들을 수 있는 좋은 풍경을 최하림 선생님은 거느리고 계셨습니다."

박형준(이하 박) 먼저 선생님의 간단한 약력을 소개해 올리겠습니다. 선생님께서는 1939년 전남 목포에서 출생하셨고, 1964년 『조선일보』 신춘문예에 시 「빈약한 올페의 회상」이 당선되면서 시를 발표하기 시작하셨습니다. 1963~65년에는 김현, 김승옥, 김치수, 염무웅 등과 '산문시대' 동인 활동을 하셨습니다. 『우리들을 위하여』(창작과비평사, 1976), 『작은 마을에서』(문학과지성사, 1982), 『겨울 깊은 물소리』(열음사, 1987), 『속이 보이는 심연으로』(문학과지성사, 1991), 『굴참나무숲에서 아이들이 온다』(문학과지성사, 1998), 『풍경 뒤의 풍경』(문학과지성사, 2001), 『때로는 네가 보이지 않는다』 등 7권의 시집을 펴내셨습니다. 그리고 시론집으로 『시와 부정의 정신』(문학과지성사, 1984), 김수영 평전 『자유인의 초상』(문학 세계사, 1981), 이 책을 개작하여 2001년에 펴낸 『김수영 평전』(실천 문학사), 미술에세이 『한국인의 멋』(지식산업사, 1974) 등이 있습니다. 조연현문학상, 이산문학상, 현대불교문학상 등을 수상하셨습니다. 요즘은 어떻게 지내시는지요. 최근에 신작 시집을 한 권 펴내셨는데요.

최하림(이하 최) 한 권 냈어요. 시골 생활이라 별사건이 없어요. 지나가는 차들과 개들, 그리고 새들을 보며 지내죠.

박 선생님께서 새로 집을 짓고 있다는 이야기도 들리고 있습니다. 산문집 『멀리 보이는 마을』에 보면, 선생님의 표현으로 '집탐'에 대한 산문이 몇 편 있는데요. 산문 「집에 대하여」에서는 뭉크의 「절규」를 '집에 돌아가지 못한 자의 불안'으로 보는 사유가 인상적이었습니다. 또 "비원의 한쪽에 숨어 있는 작은" 건물, "연경당과 같은 집을 짓고 싶다. 그런 시를 쓰고 싶다"(「나의 집」)라고 하셨습니다. 광주의 신문사에서 일하고 계실 때도 "글 쓰는 사람들은 집 꿈을 꾸기 시작하게 된다"고 하시면서 "동양적 선미(禪味)를 맛볼 수 있는 마루를 동남쪽도 좋고 서북쪽도 좋으니, 시야가 시원한 곳에 배치하여 자연을 끌어들이고 싶다"(「나의 집」)라는 소망과 제정구 씨의 말을 빌려 '줄여야 한다'라는 의식을 언급하고 있습니다. 아마 이러한 집이 '연경당'과 같은 집이 아닐까 합니다. 지금 짓고 계시는 집이 선생님의 소망대로 이런 집이겠지요?

최 아니에요. 거기에 쓰어진 집들은 마음에 있는 집들이죠. 마음에 있는 집들이 밖으로 표현되기는 어렵지 않나요? 가령 제가 좋아하는 집이라고 하는 것은 어떤 면에서 그 사람의 모습을 본뜬다고 할 수 있어요. 가령 조선 시대의 집은 선비가 갓을 쓴 모습으로 이렇게 앉아 있는 그런 모습을 본뜬다고 할 수 있거든요. 그런데 그런 집을 짓는다는 것은 상당한 재력가들이나 가능한 것이고 저 같은 사람은 불가능한 것이죠. 제가 그냥 소망하는 집은 처마가 길고 밖으로 창이 서쪽으로 환히 열려 있고 그 열린 창으로 게으르게 해가 지는 것을 보면서 뒹굴 수 있는 그런 집인데, 그런 집도 사실은 어려워요. 왜냐하면 그 집은 혼자만 사는 것이 아니라 집사람도 살고, 집사람도 집사람대로 자기 욕심이라는 게 있잖아요. 가령 부엌은 어떻게 만든다든지 또 무엇을 어떻게 만들고 싶다든지 하는 게 있지요. 저의 경우는 어떻게 하면 서재를 조그맣게 갖는가 하는 생각을 하는데 적은 평수에 서재를 갖는다는 것도 상당히 어려워요. 그래가지고 저는 1층집을 갖고 싶은 사람이지만 어려워서 2층집을 짓는데, 그 2층에 서재를 올려야 해요. 지난번에 한 번 짓고 이번에 또 짓는데 지난번 집보다는 이번 집이 마음에 든 것 같아요. 사람이라는 것은 욕심이 끝이 없어요. 다시 짓고 나면 또 마음에 들지 않고 다시 짓고 나면 또 마음에 들지 않고 그런 것이 아닌가 합니다. 저는 '줄인다'는 생각을 『전남일보』 창간 작업차 제정구 씨와 인터뷰할 때 가지게 되었는데, 그분이 그런 말씀을 하셨어요. 그는 욕망이란 고무줄 같은 것이어서 늘이려면 얼마든지 늘어나고 줄이려고 하면 한없이 줄어든다고 했어요. 집에 대한 욕심은 좋게 말하면, 꿈인데요. 제가 옛날 직장 생활 할 때 버스를 타고 출근할 때마다 집을 한 채씩 지었어요.

박 상상 속에서 집을 지으신 거네요. 저희가 예상한 것에서 크게 벗어나지 않네요. 집을 짓는 것 외에 선생님께서는 하루를 어떻게 소일하고 계신지요? 선생님께서는 텔레비전도 신문도 보지 않으신다고 하던데요. 최근에는 좋은 나무와 꽃을 발견하는 일에서 행복을 느끼시는 것 같아요.

최 텔레비전을 안 볼 수는 없죠. 종종 보는데 스포츠를 주로 봐요. 스포츠를 보면 복잡한 생각들이 떠오르지 않죠. 신문도 안 볼 수는 없으니까 타이틀만 보죠. 그리고 이런 산간 마을에 사니까 혼자서 걸어 다니는데, 내가 그렇게 꽃에 대해서 무지한 사람이 아닌데도 꽃 이름을 다 모르겠어요. 나무 이름도 그렇구요. 그래가지고는 책을 사서 보면서 꽃 이름과 나무 이름을 알기 시작하고 그러다 보니 많이 보이고 즐거워요. 가령 소태나무라는 것을 봤는데, 우리가 소태처럼 쓰다고 하잖아요. 그 나무를 보고 나니까 쓴 아름다움이 있더라구요. 또 사시나무 떨듯 떤다고 하는데 사시나무가 참 겉으로도 아름다워요. 우리가 속담처럼 듣던 그런 것이 한 나무한 꽃으로 모습을 드러내니까 즐거워요. 또 이런 시골에서 혼자 운전을 하며 여기저기 돌아다니고 합니다만, 늘 강아지들과 함께 다니게 돼요. 일단 강아지하고 함께 다니다 보면 강아지가 저를 이끌지 제가 강아지들을 끌고 다니지 않습니다. 어느 시간에 나가지 않으면 짖기 시작해요. 그럼 할 수 없이 따라가요. 그러면 이것들도 주인과 가는 욕심이 생겨가지고 아침에 한 번, 저녁에 한 번 가자고 짖어요. 거기에 덧붙여가지고 내가 차를 타고 나가면 나를 따라서 한없이 와요. 사고가 날까 봐 요즘에 할 수 없이 차를 태워가지고 다녀요. 그래서 뒷좌석이 개 자리죠.

박 똘똘이죠?

최 예, 똘똘이예요.

박 아주 재밌습니다.

최 우스운 생활이죠.

박 선생님께서는 신문사에서 정년퇴직을 하시고 IMF가 나던 1998년 초, 사모님과 이삿짐을 차에 싣고 3백 리는 족히 될 충청북도 오지 마을로 들어가셨는데요. 이렇듯 1998년 5월, 광주에서 작은 강이 있는 충북 영동군 호탄리에 자리를 잡으셨다가 2002년, 지금 사시는 강원도 양평의 양수리로 거처를 옮기셨어요. 솔직히 호탄리의 삶이 외로우셨던가 봐요. 거긴 연고도 없었잖아요. 그래서 사람들과 "'함께 숨쉬고 걸어가고자' 하는 바람 때문에 나는 4년을 땀 흘리며 자리 잡은 오지 마을을 뿌리치고, 어느 날 양수리로 다시 이사 오게 되었을 것"(「등불을 켜며」, 『멀리 보이는 마을』)인데요. 호탄리의 삶과 양수리의 삶의 차이점이 있다면 어떤 것일까요?

최 상당히 많죠. 같은 오지인데, 여기는 그래도 서울 근교가 되어가지고 오지는 면했지만 호탄리라고 하는 곳은 오지 중에 상오지에 속해요. 조금 더 들어가면 고자리라는 마을이 있는데, 어느 분이 한 산문에서 고자리를 넘어가는 언덕에서는 한 달에 한 번 사람을 볼 둥 말 둥 하다고 했어요. 제가 산 곳이 그 일대예요. 제가 그쪽으로 이사 가려고 했던 것은 집을 찾아다니다가 비 내리는 마을을 지나게 된 것이 계기가 됐어요. 강안 마을인데 굉장히 아름다웠어요. 하긴 비가 내리는 풍경 속에서 아름답지 않은 곳이

어딨겠어요. 그런 곳이야말로 내가 죽을 만한 곳, 또 행복한 경험이 되겠다 싶어 고자리를 갔었죠. 하지만 인제 안개와 비가 개고 난 후 그 낯선 사람들과 낯선 관습 속에서 살려고 하다 보니까 힘들었어요. 전부 농사를 짓는 노인들인데 아무래도 얘기를 쉽게 붙일 수가 없었거든요. 무엇보다 제가 몸이 아팠어요. 어떤 의미에선 호탄리는 병 요양 겸 들어갔어요. 그래서 이제 길을 왔다 갔다 하는 수밖에 없었어요. 어떤 여름날은 강가 자갈밭에 앉아서 한두 시간씩 흐르는 물만 봤어요. 한두 시간씩 앉아 있는 것이 무어라 말하면 좋을까, 참선도 그 정도 어려운 것이 아닌가 생각이 들 정도로 힘든 일이었어요. 물소리가 바위를 치면서 내려가는 소리가 철렁철렁 나긴 나는데 그 소리가 곡조가 있는 것도 아니고 계속 한 소리로 들리니까요. 더구나 그 무렵엔 서울에 아이가 학교를 다니고 있었거든요. 집사람이 서울에 3분의 2가량 있었어요. 아픈 몸으로 저 혼자 집에서 지내기가 굉장히 힘들었어요. 나중에는 일주일 동안 밖을 한 번도 안 나간 적이 있었어요. 신문을 구독하고 있는데 신문을 가지러 내려가기도 힘들었어요. 거긴 엘리베이터가 없는 4층 연립주택이었거든요. 양수리로 온 것은 큰 물을 찾아서 왔다고 할 수 있어요. 양수리로 오니까 시인도 화가 들도 한두 사람 여기저기 들어앉아 있어요. 그분들과 일주일에 한 번씩, 또는 한 달에 한 번씩 차를 마시고 술을 마시고 하니까 외롭다는 생각이 들지 않아요.

박 다행이십니다. 선생님 항상 건강 조심하셔야죠. 이제까지 선생님의 근황 들어봤고요. 다음으로 넘어가서, 선생님께서는 시 못지않게 역사와 미술에 대해 관심이 있으십니다. 이쪽 책들도 많이 퍼내신 걸로 알고 있습니다. 또한 김수영 평전 등을 통해 단순히 시적인 삶뿐 아니라 그 기반을 이루는 시인 정신 역시 대단히 중요하다는 것을 말해주고 있습니다. 왜 그런지 말씀해주실 수 있는지요?

최 김수영 평전을 쓰게 된 것은, 저의 기질하고는 다른 김수영 씨의 시가 제게 주었던 충격 때문이기도 하지만 제가 가지고 있었던 역사에 대한 꾸준한 관심 때문이었어요. 저는 김수영 평전을 쓴 다음에 여운영 평전을 한번 쓰고 싶었는데 여운영을 쓰지는 못했죠. 다른 분들이 쓴 것도 있고 저도 자료들을 모을 수가 없었거든요. 평전을 쓴다는 일이 상당한 시간을 소요하고 한마디로 벅찬 것이 있어요. 그래서 여운영을 안 쓰는 게 맞다고 생각했어요. 그래서 김수영 평전을 쓰게 됐던 것일 거예요. 역사라고 하는 것은 1970년대도, 지금도 그렇습니다. 제 시가 지금 풍경 속에 너무 빠져 있다는 생각이 들 때, 그러니까 역사 현실로부터 멀어져가려고 할 때 저는 종종 역사를 생각합니다. 그래서 너무 멀리 나가지 않으려고 박종철도 생각하고, 또 이제 역사의 이런저런 생각을 하고, 광화문 촛불 시위도 생각합니다. 이것저것 생각하면서 내가 외떨어지지 않으려고 노력해요. 역사를 공부했던 그 끈을 놓으려고 하지 않는 그런 면이 있어요.

박 예전 시집에는 현실 속에 존재가 숨어 있는 듯한 느낌을 받았는데요. 최근 시집 속에서는 선생님의 존재 속에 역사가 깊게 깔려 있는 듯한 느낌을 받았어요. 선생님 시의 변모 양상 중에서 가장 중요한 것 중 하나는 광주에서 뇌졸중으로 쓰러지신 일인데요. 산문집을 보면 그때의 정황을 이렇게 말씀하고 계십니다. 중요한 부분을 옮겨보면 다음과 같습니다. "70년대와 80년대 초의 모든 시들은 '우리'라는 인칭대명사로 씌어졌고, 우리는 경제적 평등이라 할까 민주주의라 할까 후천개벽과 같은 새 세상을, 적어도 오늘보다는 나은 세상을 열어갈 수 있으리라 믿었다. 나는 역사 발전을 믿었다. [……] 그런 발전의 행보 속에서 5월 광주라는 끔찍한 사건을 나는 만났고, 5월 광주는 나를 어둠의 구렁텅이로 내던져버렸다. [……] 나는 암흑의 벽에 부딪쳐 뇌졸중을 일으키며 쓰러졌고, 병원에 입원했고, 한 달 뒤쯤에는 다시 일어나 봄날의 햇빛과 돌담 새의 풀꽃들을 보았다. [……] 나는 산 너머 하늘 너머 마을과 어머님의 둥근 무덤이 있다는 사실을 깨달았으며 그 고향과 무덤에는 서남해 바다가 금빛으로 타고 있다는 것을 알았다. 나의 시들은 그 마을과 무덤과 바다로 향해 가고 있었다. 그러고 보니 뱃속에서 쪼르륵거리는 굶주림의 소리를 들으며 해안통의 거리를 걸을 때도, 빈자들의 유랑의 시를 쓸 때도, '속이 보이지 않는 심연으로'의 시를 쓸 때도 나의 시들은 다 같이 머리를 서남해로 두고 있었다. 서남해는 내 시의 뿌리 은유이자 뿌리 상징이었다"(「두 강이 만나는 마을에서」, 『멀리 보이는 마을』)라고 말씀하십니다. 선생님께서는 이렇듯 '자연'에게서 문학을 배우셨고, 즉 "자연은 내게, 자연에 감응하는 법과 '왜'라는 질문 방법을 가르쳐주었다"(같은 글)고 하시는데요. 아마도 그게 선생님께서 말씀하신 역사와도 관련이 되는 게 아닌가 생각합니다. 이러한 '감흥'과 '사유' 방식은 최근 선생님의 시에 중요하게 나타나는 것 같으면서도 또 한편으로는 역사라든가 인간 삶을 견디려는 '극기' 의식이 포함되어 있는 것 같습니다. 선생님께서 생각하는 자연관이랄까, 이런 것을 좀 말씀해주셨으면 좋겠습니다.

최 먼저 말씀드리고 싶은 것은 한 사람이 살아가는 데 몇 번의 계기가 있게 마련이라는 거예요. 1980년의 '광주'라고 하는 것은 너무나 제게 큰 충격이었어요. 우리 역사는 일제 시대부터 그때까지 고난의 역사를 연속적으로 살았으면서도 역사에 대해서 깊은 사유가 없었다고 생각합니다. 민주화가 맹렬하게 진행될 때에도, 민주화라든가 그 역사에 대한 이러저러한 논의들을 우리는 가지고 있지 않았다고 생각해요. 역사는 비정한 것이다라고도 생각했고, 발전하면 민주화가 성취된다라고 생각했고 성취하면 잘살 수 있다고 그 당시 우리는 생각했어요. 나도 그렇게 생각했고, 그래서 민주화와 관련된 시를 썼어요. 실제로 난 우리라는 말로 계속 시를 쓰면서도 우리라는 말 속에 나를 감췄죠. 아직도 나는, 나라고 하는 이 개념에 대해서 깊이를 갖지 못했거든요. 사실 지금도 여러 생각들을 갖지 못했어요. 그래서 그때는 더더구나 나를 말하기가 힘들었어요. 우리를 이

30

야기하면서 나를 이렇게 뒤로 숨겨놓았는데 그 우리가, 발전하는 우리가 5월 광주를 만나면서 산산이 깨졌어요. 역사는 발전하는 것만이 아니고 후퇴하는 것일 수도 있고 정지하는 것일 수도 있고 참혹한 것일 수도 있다는 것…… 너무도 참혹했습니다. 그리고 그때 비로소 저는 문학과 예술이란 것을 인간적인 형식으로 느끼기 시작했어요. 문학과 예술이라는 것이 엄혹한 세상으로 인해 절망에 빠져 있는 인간들에게 위안의 손길, 꽃과 같은 빛으로 다가오는 것이라고 생각했어요. 암야(暗夜)에서 만나는 꽃 같았어요. 그런 5월 광주를 만나고 났을 때 시라고 하는 것이 너무도 눈부셨고, 또한 시라고 하는 것이 너무도 쓰기가 어려웠어요. 그래서 한동안 시를 못 썼어요. 그것도 아파서 쓰러지니까 사유할 수 있는 힘을 잃어버렸어요. 그리고 병든다고 하는 것이 사유할 수 있는 힘을 빼앗아가고 어떤 욕망도 씻어내 버린다는 것을 깨달았어요. 그래서 보는 것으로 족한, 그래서 보는 방식의 시가 제게 나타나기 시작한 것이 아닌가 생각해요. 가령 자동차 물결이 흘러가는 서울의 거리도 보기 힘들었고 광주의 금남로도 보기 힘들었어요. 조용한 산이라든지 강이라든지 이런 것을 보는 것이 편했고 마음으로 다가왔어요. 그래서 그런 시들이 씌어진 것이고, 아마 저도 제 병을 치유하기 위해서라도 그런 시들을 썼을 겁니다. 그런 가운데에서 자연을 보는 방법, 창밖을 통해서 보는 방법, 조용히 보는 방법을 익히게 됐어요. 그런 보는 방법을 통해 자연에 뒤가 있다, 후원이 있다는 것을 알게 됐고, 그래서 배후가 있다고 하는 것을 알게 됐어요. 그 배후가 과거 시간이다라는 것을 알게 됐고, 그 과거 시간에 어머니와 어머니 무덤이 있다는 것을 알게 됐어요. 우리 삶이라고 하는 것은 앞으로 미래라고 하는 시간이 무한히 전개되고 있지만, 그것과는 다른 뒤의 모습인 그림자와 같은 과거의 시간에도 많이 끌리고 있다는 것을 깨닫게 되어가는 과정에서, 그러면서 몇 권의 시집을 내게 된 겁니다.

박 선생님의 말씀을 듣게 되니까 맥락이 이해가 되고 가슴에 많이 와닿습니다. 선생님 시편을 읽어보면 초기 시편들도 마찬가지지만 지금도 자연을 소재로 하면서도, 쉽게 어떤 초월하려고 한다든가 명료한 인식에 닿으려고 하는 것보다는 조화 감각이라고 할까 이런 것을 중시하고 있는 것 같습니다. 선생님께서는 단적으로 "나는 명백한 것이 싫다. 나는 흔들리는 것, 반짝이는 것, 두 개 이상의 감정과 색상이 섞여 조영하는 어떤 느낌을 좋아한다"(「시간의 풍경들」, 『멀리 보이는 마을』)라고 말씀하시는데, 그게 아마 선생님이 말씀하신 보는 방법에도 많이 투영되어 있을 것 같습니다.

최 시라고 하는 것은, 보다 넓게 말해 문학과 예술이라고 하는 것은 '명백한 것'이라고는 생각하지 않습니다. 길 위에 서성거리는 자가 시인이고, 시라고 하는 것은 그 서성거림의 시간이 아닌가 생각해요. 가령 한산(寒山)이라는 시인의 경우를 볼 때, 그는 출가한 승려였으면서도 절간에 살지 못하고 집으로도 돌아가지 못하거든요. 그리고 집을 잊어본 적도 없고 절로 돌아가려고 하는 여건을 포기한 적도 없이 길을 떠돌아요. 떠돌다가 너무 굶주리면 절로 들어가서 습득(拾得)과 함께 문밖을 내다보고 씩 웃으면서 지내죠. 그런 것이 시적인 것이 아닌가 합니다. 결국 명백한 시라고 하는 것은 우리가 만날 수 없는 거 아닙니까. 우리는 살아가는 동안 그렇게 시적인 것을 겨우 만나는 것이 아닌가 그렇게 생각해요. 그것이 또 저의 한계일 수도 있겠다 생각해요. 저는 이만한 시를 쓰는 것으로도 좋은......²

2   방송을 진행한 김선우는 이때 선생님의 말씀에 대해 다음과 같이 덧붙였다. "서성거림, 서성거림이라는 말씀을 하시면서 선생님께서는 한산자(寒山子) 말씀을 하셨습니다. 한산자는 7세기경 당나라 때 인물이지요. 승려도 아니고 거사도 아니면서 절강성 천태산 부근에서 평생을 유유자적 은거한 은자였습니다. 한산이라는 이름은 찰 한(寒) 자에 뫼 산(山) 자를 쓰는, 그러니까 「세한도(歲寒圖)」의 한(寒) 자를 쓰는 한산자인데요. 겨울 산, 차가운 산에 거하는 자, 겨울 산에서 서성거리는 자, 혹은 겨울 산의 차가운 흙에 입 맞추는 자, 그런 한산자의 고독과 자유를 최하림 선생님에게서 저희도 보았습니다."

박 시적인 것을 겨우 만난다라는 말, 참 새겨들어야 할 말인 것 같습니다. 선생님 시를 보면은 유리창, 시간, 그리고 시간은 역사와도 관계가 되는 것 같구요. 그 시간이 그냥 흘러가거나 그냥 멈춘 거거나, 혹은 버려진 돌멩이같이 있는 걸로 묘사됩니다. 그래서 선생님 시의 중요한 모티프라고도 보여지는 유리창하고 시간이라고 하는 것은 좀 구체적으로 어떤 것인지 말씀해주시겠어요.

최 제 시의 경우에서 얘기해야 되겠죠. 유리창을 통해서 움직이는 것을 혼자 보고 있으니까, 산을 걷는다고 해도 저는 거리를 두고 보게 돼요. 시에서 마치 유리창을 통해서 보는 것으로 나타나거든요. 그래서 시간과 유리창은 제 경우에 있어서는 서로 움직일 수 없는 단어인 것 같아요. 떼어질 수 없는 단어인 것 같아요. 그리고 그 시간이라고 하는 것이 어떤 의미에서는 죽음을 통해서 보니까 절망스러운 것인데요. 또 그 시간을 본다는 것이, 역사 시간과도 연관이 있어요.

박 그럼 이제 이번에 새로 나온 선생님 시집 『때로는 네가 보이지 않는다』를 중심으로 이야기를 옮겨볼까요. 특히 이번 시집에서는 선생님 사시는 모습이 많이 보여요. 김우창 선생 이야기가 나오는 「시월은」이라는 시에서 '부고와 청첩장'이라는 아주 극단적인 죽음과 출발이라는, 그런 이미지가 나오면서 "칩습니다"로 끝나는데요. 이번 선생님 시집을 읽어보면 그렇게 어딘지 모르게 쓸쓸하면서 '치운', 춥다라는 말보다는 뉘앙스가 조금 다른 어떤 '치운' 그런 모습이 떠올랐습니다. 마치 자신을 지우고 풍경 속으로 스며드는 모습이라고 할까요. 「지난 겨울 기억」이라는 시에 "문풍지들이 바르르 바르르 떤다 나는 벌벌 떨면서 둘째 딸이 신혼여행길에서 사다 준 털스웨터를 꺼내 입는다"라는 구절이 나오는데, 시집을 보면은 이런 모습으로 유리창 곁에 앉아서 '칩게' 풍경을 바라보는 모습이

자주 보여요.

최 그보다 먼저 김우창 선생 이야기가 나왔으니까 거기에 대해서 이야
기할게요. 저는 김우창 선생을 참 좋아해요. 그렇다고 해서 내가 좋아할 만
한 그런 특별한 관계를 가진 것은 아닙니다. 저는 김우창 선생이 우리 시대
에서 드문 현자로 느껴져요. 그래서 그 시에 김우창 선생 이름을 올리고 싶
었거든요. 때문에 김우창 선생의 이름을 그런 존경하는 의미에서 올렸던
것이구요. '부고'와 '청첩장'이라고 하는 일련의 단어들은, 아마도 내가 죽
음에 가까운 시간들에 이르렀으니까 그 길을 걷고 있으니까 그 단어들을
썼던 것 같아요. 명료하다는 말 좋아하지 않는다고 했지만 하나하나 선명
하게 떠오릅니다. 어떤 일반명사로 오는 것이 아니고 내가 이렇게 절감하
는 그런 것으로 다가오는 것 같아요. 어쨌든 죽음이라고 하는 것은, 끝이라
고 하는 것은 '치운' 것 아닙니까. 힘든 것이죠. 그래서 '칩다'라는 그 단어
를 썼었거든요. 또 그것을 겨울이 가까워져 오는 가을을 배경으로 썼고요.
저는 요즘 겨울의 시를 많이 쓰고 있습니다. 끝나가는 시간이라고 하는 것
은 겨울의 시간, 한 해로 보면 겨울의 시간이 아니겠어요. 또 죽음도 완성
이라고 할 수 있는 의미가 있는데 완성되어가고 있다고 하는 것도 겨울로
보는 측면이 있어요. 어떤 연극 이론가가 했던 말인데, '겨울나무와 같이
앙상하게 서 있어야 연기는 완성된다'라는 말을 읽은 적이 있어요. 모자라
게 움직이지 않고 편안하게 움직이지 않고 앙상하게 정지한 것처럼 움직
이는 것이 연기의 완성과 연관되는 것이 아닌가 그런 이야기인데…… 가
령 내 나이에서 보면 죽음과 시간들, 그리고 움직임이라고 하는 것도 이파
리들을 모두 접고 겨울나무와 같이 서서 살아가는 게 아닌가, 그렇게 앙상
한 나무가 정지한 듯 편안하게 바람을 맞고 있는 게 아닌가 그런 생각을 하
고 있거든요. 그러면서 유리창 곁에 앉아서 딸들이 사 준 털스웨터를 입는
다는 생각을 하고 이런저런 생각을 하죠. 딸들도 생각하게 되고요.

박 이번 시집 뒷부분에 보면 작년에 다녀오신 시베리아 경험이 〈시베리아 판화〉 연작으로 실려 있는데요. 소록도 시편들과 시베리아 시편들은 어떤 맥락이 있는 것 같아요. 「시베리아 판화 3」에서 역사에 의해 죽은 아들과 그로 인해 파탄 난 가정을 지키는 시베리아 할머니가 "나는 혼자 산다고/그래서 죽음이 소중하고/그리워 산다고" 하는 표현이 있습니다. 이것은 소록도 시편들과 맞물리기도 하면서, 선생님께서 젊은 날 매달리셨다는 '극기'를 떠올리게 합니다. 죽음이 소중하고 그리워서 혼자 사는 시베리아 할머니는 이번 선생님의 시집에서 보이는 '결빙의 문장'이라든가 혹은 정신의 '극기'에 대해 생각하게 해줍니다. 이번 시집에서 「할머니들이 도란도란」「할머니들이 겨울배추를 다듬는다」「눈과 강아지」 등의 시편에서 선생님 시의 새로운 변화를 느꼈는데요. 여기에는 유리창도, 시간도 보이지 않고 있는 현상을 자애롭게 끌어안는, 선생님의 자아나 그 자아와 불편하게 혹은 불명료하게 스파크를 일으키는 풍경의 간섭 없이, 저기 그대로 있는 대상을 동심이라고 할까, 잘 뭐라고 명명할 수는 없지만, 그런 이미지로 포착한 자애로운 이미지가 넘치는 시편들이 있는데요. 이제 대담을 마칠 때가 되었는데요. 불현듯 선생님 산문집에 나온 다음 대목 하나가 떠오릅니다. "물 아래, 질문들 아래 물끄러미 무엇인가를 보고 있는 붉은 얼굴의 아이가 떠오른다. 그 아이는 내 어린 얼굴을 하고 있는 것도 같고 나와는 아무 상관이 없는 먼 나라의 아이인 것도 같다(「두 강이 만나는 마을에서」). 선생님께서는 "인생에서 시가 별것 아니지만, 시간이 많이 나서인지 요즘 시를 생각하는 시간이 많다"고 하십니다. 그만큼 이것은 시가 좋다는 이야기지요? 저는 여전히 물끄러미 물 아래를 내려다보고 있는 붉은 얼굴의 아이가 선생님이라는 생각이 듭니다.[3]

---

3   이하의 선생님의 답은 정해진 방송 분량 때문인지 편집되어 방송되지 않았다. 이에 대한 김선우의 방송 마무리 멘트는 다음과 같다. "선생님께서는 동시로 등단한 적이 있다고 하십니다. 그리고 동시집을 한 권 내고 싶다고 그러시더군요. 소년 같은 웃음을 지으면서 깨끗하게 웃으셨습니다. 동시집 한 권 내고 싶다라구요."

문학적 연대기

시인 최하림의 생애와 문학

박시영

1. 들어가기

최하림 시인(1939~2010)은 1964년 『조선일보』 신춘문예에 「빈약한 올페의 회상」으로 작품 활동을 시작한 이래 총 8권의 시집과 5권의 시선집, 평전, 시론집, 다수의 산문집과 동화 등을 상재하였다. 근 50년에 이르는 시력을 통해 자신의 내면에 역사와 개인의 삶을 소환하여 끈질기게 천착하였고, 그런 의식들을 긴장감 있는 언어로 형상화했다. 하지만 한국 문단을 양분하는 그룹 어디에도 속하지 않은 탓에 같은 세대의 다른 시인들에 비해 많은 관심을 받지 못하였다.

개인의 정서적 표현과 현실 인식을 병행해온 그는 어떤 문학 담론에 좌우되지 않고 독창적 시학을 형성하고자 했다. 현실 인식과 역사의식이 투영된 리얼리즘 경향의 초기 시를 거쳐 존재론적 탐구를 통해 다다른 후기 시의 풍경 미학은 그의 시학이 이루어낸 결과물이라 할 것이다.

또한 최하림은 오랜 시간 신문사와 출판사에 근무하면서 수많은 글을 써낸, 뛰어난 산문가였고 한국 예술에 대한 깊이 있는 식견으로 많은 비평을 발표한 예술평론가이기도 했다. 이렇듯 시 이외에도 그가 이룬 시론가, 산문가, 예술평론가로서의 위상 또한 온전한 평가를 받지 못한 것이 사실이다.

이와 같이 우리 시사에서 매우 귀한 존재인 그가 작고한 지 올해로 벌써 10년이 된다. 그러나 현 시점에 이르러서도 그의 전 생애와 관련된 시 세계 전반을 다룬 논문은 없다. 이 때문에 작품의 배경과 시인의 생애에 대한 이해를 바탕으로 시 세계를 밝히는 연대기적 정리가 필요하다고 생각한다. 작품을 창출한 인간에 대해 관심을 갖는 연대기는 한 시인을 이해하는 데 중요한 참고 자료가 된다. 최하림 시 세계의 전체적 이해를 위해서 그의 문학적 연대기는 어떤 작품에 대한 해설보다도 시 세계의 접근에 유용하다 할 것이다.

이 글은 최하림이 쓴 산문집과 계간지의 대담글, 그리고 평론가의 글들을 참조하여 연대기적 방식으로 재구성하였다. 최하림이라는 문학사적 인물의 전 생애와 작품 세계를 연결하여 그의 시 세계에 대한 이해의 기초와 문학적 의식 세계를 알아보자.

2. 유년기의 고향과 시 정신의 형성

최하림의 본명은 최호남(崔虎男)으로, 1939년 3월 7일(양력) 전남 신안군 안좌면(현 팔금면) 원산리에서 최성봉 씨와 김호단 씨의 2남 1녀 중 장남으로 태어난다. 고향 안좌면은 안창도, 기좌도, 팔금도라는 세 개의 섬으로 이루어졌으며 논밭이 기름지고 문화 수준이 높은 곳이었다. 1905년에 개설된 안좌국민학교는 이 지역의 많은 인재를 길렀다. 그중에서도 김환기는 한국의 서양화를 세계 수준으로 끌어올렸고 그의 고향인 기좌도를 세계적 지명으로 격상시켰다. 최하림은 1945년 해방 직후 안좌국민학교에 입학한다.

섬에서의 어린 시절은 할머니, 아버지, 어머니, 두 동생과 생활하였으며 부모님은 밭농사와 김 양식으로 생계를 꾸렸다. 유년기 그의 집은 마을의 끝에 산과 바다를 끼고 있는 곳이었다. 뒤란에 있는 뽕나무에 올라가 보면 산과 바다가 한눈에 보이는 집이었는데, 집을 둘러싸고 있는 원색의 자연 풍광은 어린 그를 심미적 체험으로 이끌었다. 최하림의 시 세계에서 가장 지배적인 이미지 중의 하나인 '물'의 이미지는 그가 유소년기를 보낸 바다 체험과 닿아 있다. 그리고 역사와 현실에 대한 집요한 사유의 원천은 그가 경험한 해방 직후의 좌우 투쟁과 한국전쟁 등 격동의 현대사에서 연유한다. 한국전쟁의 와중에서 경험했던 죽음의 기억들은 역사를 통과하는 사람들의 이미지로 그의 시에 나타난다. 그러나 이런 역사적 체험보다 더 큰 영향을 끼친 것은 최하림 나이 11세에 찾아온 부친의 죽음이었다.

부친 최성봉 씨는 1949년 33세를 일기로 세상을 떠났다. 아버지의 사망은 가족 모두에게 깊은 슬픔과 절망을 가져다주었는데, 특히 그를 깊은 자학으로 몰고 간 사건이기도 했다. 그는 자신의 시에 회색조가 짙게 드리워져 있는 까닭을 찾자면 아버지가 돌아가시던 그 새벽의 충격이 그의 의식에 가한 흔적 때문이라고 말한다. 부친이 그날 새벽, 어머니는 어린 그에게 아버지의 친구분을 모셔 오라고 부탁한다. 그러나 깊이 잠든 그 집 식구들을 자기 집안일로 깨운다는 일이 소심한 아이에게는 쉽지가 않았다. 그래서 그 집 식구 중의 누구 하나가 기침이라도 하기를 기다렸지만 그 누구도 기침은 하지 않고 시간은 흘러갔다. 어린 그는 새벽 내내 아버지 친구분의 집 마당에 서 있기만 했다. 아버지의 목숨이 위급함에도 자신이 해야 할 일을 제대로 하지 못해 사망에 이르게 됐다는 자책감은 가계 몰락의 자책감으로 연결되면서 내면에 깊은 상처로 각인된다.

그의 중기 시에 나타나는 역사에 대한 죄의식이나 부채의식도 아버지의 죽음이 상처와 죄의식으로 귀결되어버린 그의 심성에서 연유한다. 아버지로 표상되는 확고한 관념과 세계의 부재는 그로 하여금 생을 부정하는 불안과 허무의식을 갖게 한다. 그뿐만 아니라 그는 아버지가 돌아가신 다음 해에 한국전쟁을 겪는다. 그리고 그해 그의 가족은 목포로 거주지를 옮긴다. 여리고 섬세한 기질, 아버지의 부재로 인한 상처, 고통스러운 가난의 원체험은 그가 순정한 내성의 시인으로 성장하는 배경을 이룬다.

아버지의 부재로 가세가 기울자 등록금을 내지 못한 그는 신문 배달을 하게 되고, 그의 어머니는 가족의 생계를 책임지게 된다. "어머니는 트럭을 타고 강진이네/해남이네 고흥이네로 다니며 쌀을 사다가/목포에다 팔았다" "새벽 일찍 사립을 나서서 하룻밤 내지 이틀밤을/객지에서 밥먹고 잠자고 나무토막처럼 지쳐서/돌아왔는데"(「겨울 초상화」)라고 묘사하였듯이 장남이었지만 비현실적이고 예민한 자의식을 지닌 그는 자신과는 다른 방식으로 그 시간을 견뎌온 어머니에 대한 슬픔의 감정을 내장하게 된다. 부성의 부재가 몰고 온 고통스러운 현실을 피해 그는 책의 세계로 숨어들면서 행복했고 그로 인해 현실은 더욱 괴로운 것이 된다. 그즈음 목포극장 뒤에 있었던 청구서점 주인은 소년의 모습이 비치기만 하면 의자에 앉아서 편히 읽으라고 의자를 가져다주었다고 한다.

1954년 그는 목포고등학교에 입학한다. 그의 친구들은 예닐곱쯤 됐는데 모두 그들 나름의 천재였고 야심가였다. 미술평론가가 된 원동석을 비롯하여 김병곤, 김중식, 윤종석, 정일진, 최광섭 등과 문학 공부를 하게 된다. 후에 그들은 교수, 미술평론가, 교사 들이 되어 삶을 영위하게 된다. 그 시절의 그는 각박한 현실과 고통스러운 가족의 삶으로부터 도피할 수 있는 공간이었던 책 읽기와 꿈꾸기, 돌아다니기가 그의 일과였다. 고향에서의 이러한 과정은 자연스럽게 그를 시의 길로 이끌어주었으며, 그의 시에 나타나 있는 시적 대상은 고향의 삶과 자연이 준 원형상징의 자연물이 중심을 이룬다.

나의 기억의 갈피 속에서는 [……] 할미꽃, 아지랑이, 저녁바다, 아침바다, 그 바다 위로 나는 새, 끝없이 황금 파장을 이루며 마침내는 우리

로 하여금 눈을 감게 하는 바다의 잔광 등 끝없이 많다.[1]

나에게 시 같은 것을 가르쳐준 것은 [……] 사리 때의 해안통 거리였다. 더 정확히 말하면 등록금도 낼 길이 없이 빈한했던, 언제나 뱃속에서 쫄쫄쫄 소리가 흐르는 굶주림이 시 같은 것을 떠올리는 풍경에로 나를 인도했고, 나는 시 같은 것에서 시에로, 시의 길로 들어가게 되었다.[2]

아울러, 항구 목포의 예술적 분위기와 1958년 창립된 목포문화협회 운영진의 정신적 후원은 그에게 보이지 않는 지지대가 되었다. 그해 그의 나이 20세, 그는 목포문화협회 업무를 보게 된다. 당시 목포문화협회는 목포 오거리 2층집을 전세 내어 운영했다. 남농 허건 회장, 차재석 간사를 중심으로 각계각층의 예술계 중진들이 모여 결성한 단체였다. 희곡작가 차범석의 친동생인 차재석은 『시정신』을 간행하여 목포 문화에 많은 업적을 남겼는데, 최하림은 1960년대 초 목포문학협회에서 발간하는 『목포문학』의 실무와 『시정신』의 편집을 맡게 된다.

1961년 5·16 직후 스물 안팎의 그와 친구들은 50킬로그램 미만의 갈비씨였고, 누구 하나 점심 한 끼 선뜻 살 수 없는 가난뱅이였다. 그들은 목포 오거리를 떼 지어 다니면서 아름답다, 아름다워 소리치기도 했고 온종일 다방에서 살다시피 하는데도 차 한잔 마실 돈이 없었다. 그러면서도 모두 미래의 대예술가, 대문학가다운 자부심으로 어깨를 흔들며 오거리를 오갔다. 그때 그들은 오거리의 명물이 되어 있었다. 목포문화협회의 남농 회장과 차재석 간사는 "여, 자네들이 꼭 존 오스본의 성난 젊은이들 같네"라며 그들을 따뜻하게 보살폈다고 한다.

등단을 준비한 것도 이즈음이었는데 1961년 겨울, 그는 목포 오거리의

1   최하림, 『붓꽃으로 그린 시』, 문학사상사, 1988, p. 16.
2   최하림, 『멀리 보이는 마을』, 작가, 2002, p. 20.

3층 다방에서 김현과 만나게 된다. 두툼한 오버를 입고 두꺼운 안경을 낀 김현은 당시 YMCA 총무의 소개로 난롯가에 앉아 있는 최하림과 그의 친구들(문인과 화가 들) 사이로 끼어들어 왔다. 톱밥 난로 옆에서 니체의 『차라투스트라는 이렇게 말했다』를 얘기하고 있을 때 김현이 끼어들었고 그러다가 이야기는 『비극의 탄생』으로 넘어갔다. 그러자 다른 친구들이 그들의 이야기를 따라오지 못하는 것을 알고 둘은 그 다방을 나와 옆에 있는 다방에 가서 따로 이야기하기도 했다. 그들은 문학에 취해 있었고 발레리를 말하고 베케트를 토론했다. 그날부터 며칠 동안 서로를 끌고 다니다 헤어진 후 어느 날, 서울의 김현으로부터 동인지를 함께하자는 편지가 온다. 그들은 그렇게 해서 『산문시대』라는 동인지를 함께 발간하기에 이른다. 『산문시대』는 제도화된 문학을 거부하는 젊은 문학인의 의욕적 시도라고 평가된 바 있다. 『산문시대』 첫 호에 최하림은 "여름시집"이라는 제목의 소설과, 희곡 「성(城)」을 싣는다. 그 무렵의 그는 신춘문예에 응모할 작품을 전심전력으로 쓰고 투고한 뒤 발표를 기다리고는 했다.

1960년의 그는 3개월 동안 두문불출하면서 2백 자 원고지 40장가량의 장시를 탈고하여 『조선일보』에 보낸다. 상처로 얼룩진 1950년대와 결별하고 1960년대의 아침을 맞는다는 장시 「회색수기」였다. 틀림없이 당선이라 믿었지만 가작에 그치고 만다. 심사 위원이었던 양주동 선생의 반대로 당선되지 못했지만, 당시 그의 작품을 적극적으로 추천했던 박목월 선생은 3년 뒤 훈(薰)이라는 이름으로 투고한 그의 「빈약한 올페의 회상」을 당선작으로 뽑는다. 그러나 당선 통지를 받은 그는 한편으로 이상한 무감동에 빠져든다. 바람이 빠진 뒤, 절망해버린 뒤의 당선으로 인해 그는 더 이상 문학을 성스러운 것으로 생각할 수 없게 된다.

이렇듯 최하림의 십대와 이십대 초는 시가 곧 구원이고 종교였으며 문학적으로 그가 가장 순결했던 시간이었다. "처음 시에 눈을 뜰 때, 그것은 희망이었고 눈부심이었고, 바다의 파도거나 해조음이거나 지평 같은 것이었다"고 그는 술회한다. 그의 습작기는 감각과 직관에 의한 절대적이고 형이상학적인 세계를 추구한 상징주의 시인들의 영향하에 시작되며 그런 최하림 시의 출발점은 순수예술이었다. 이 시기는 그의 심미적 의식이 가장 찬란하게 형성된 때이다.

3. 서울로의 상경과 역사의식의 자각

『조선일보』 신춘문예에 당선된 「빈약한 올페의 회상」은 낭만적 감성이 있는 상징적인 기법을 보여준다. 어둡고 불안했던 젊은 시절의 내면 풍경과 당시의 사회적 현실 인식이 함께 나타나 있으며 4·19혁명의 실패와 산업화 과정의 폐해로 인한 부정적 현실에 주체적으로 대응하는 면이 있다. 1964년 신춘문예에 당선된 그는 가족을 목포에 남겨두고 서울에 올라와 1966년 시사영어사에 입사하여 직장 생활을 시작한다. 그때 이십대 초의 정신적 스승인 최성문 휘하에서 같이 공부하던 원동석과 함께 1967년 여름, 장위동에서 자취를 하는데 그 집은 버스도 들어가지 않는 장위동의 맨 끝 집이었다. 지붕이 기울어지고 툇마루가 삐걱거리는 폐가와 같은 집이었다. 마을의 골목을 4~5분 걸으면 둑이 나오고, 그 둑 너머엔 우이동 쪽으로부터 흘러내린 물이 투명하게 맑았다. 우기에는 큰 강물처럼 도도하게 흐르는 물결을 보고 있으면 슬픔과 기쁨, 노여움이 한꺼번에 치솟아 올랐고 그때 장위동은 그에게 울 만한 곳이었다. 그의 서울 생활은 그런 곳에서 시작된다.

한편 장위동 시절, 원동석은 최하림의 문학을 자극하며 끈질기게 논쟁을 걸어온다. 그즈음 그들의 관심사는 민족주의라든지 석굴암 본존불의 아름다움, 이조의 초상화, 반 고흐, 마티스의 그림에 관한 것이었다. 그러나 1960년대가 지나갈 즈음에 그들의 관심은 철학적으로 발전한다. 가령 미는 윤리적인가 아닌가라는 원동석의 물음에 대해 그는 '미가 윤리적이 아니라면 그것은 우리에게 무슨 쓸모가 있는가'라는 화두를 얻게 된다.

이런 윤리적 물음과 당시에 읽은 역사책들은 그를 서구 문학으로부터 벗어나게 한다. 특히『대지의 버림받은 자들』이라는 프란츠 파농의 책에서 많은 영향을 받는다. 그 대신 그는 '우리 것'이라는 틀에 갇히고 만다. 그리고 1960년대 후반기에 이르면 현실 너머에 존재한다고 믿던 관념과 이상이 허상이라는 자각에 이른다. 자신의 시가 가난한 자신의 시각으로, 가난한 자신의 현실을 노래해야 한다고 생각하게 된다. 이 때문에 시가 어려워서는 안 된다는 생각과 더불어 우리 역사와 문화에 대해서도 관심을 갖고 적극적으로 연구하기 시작한다.

이 시기는 정치학자 최장집 교수와 미술사학자 최완수 등과 친하게 지내면서 민중적 삶과 언어에 눈뜨게 된다. 1969년 그의 나이 31세에 장숙희 씨와 결혼을 하고 슬하에 1남 2녀의 자녀를 두게 된다. 이 무렵 그는『한국일보』주간국 기자로 근무한다.『한국인의 멋』『김수영 평전』을 저술한 시점이기도 하다. 시론「60년대 시인의식」(1972), 미술평론「유종열(柳宗悅)의 한국 미술관」(1973)을 발표하며, 미술 산문집『한국인의 멋』(1974)을 지식산업사 편집부 주간을 역임하던 시절 지식산업사에서 발간한다.

이 시기의 그는 시를 가화(假花)라고 생각하고 거의 폐업하는 대신 미술과 역사 공부에 몰두한다. 그의 초기 시들은 4·19혁명의 실패와 군부독재에 무력했을 뿐만 아니라 광기 어린 산업화에 노출되었을 때도 그의 생계를 도와주지 못한다. 이런 과정을 통해 그는 점차 역사주의자의 길로 접어든다. 1960년대, 1970년대에도 그는 역사적 진보를 굳게 믿는다.

같은 시기에 집필된『시와 부정의 정신』(문학과지성사, 1984)의「60년대 시인 의식」(1974)에서 그는 김수영, 신동엽, 김지하 시 세계의 차이점에 대해 언급한다. 그들 각자가 민중의식을 어떻게 표현하고 있는지에 초점을 두어 말한다. 김수영은 1950년대 초 모더니스트로 출발하여 진실을 획득하기 위해 시를 버리는 모험을 감행하면서 역사에 이른다. 그리하여 역사의 주체인 민중이라는 존재와 만난다. 그러나 김수영은 민중을 이해하려 하지 않았으며 그 결과 그의 시어는 민중의 언어일 수 없었다. 더구나 역사에 대한 무관심으로 인해 김수영의 시는 서구적 관념어의 포로가 되었다고 평한다. 이 같은 논조의 그는 민중이 역사적 주체라는 강한 믿음을 가진다. 더불어 시어는 민중의 언어이어야 하며, 시인이 역사에 관심을 갖는 것은 진실을 추구하는 길이라고 확신한다.

한편, 첫 시집 『우리들을 위하여』(창작과비평사, 1976)를 간행하기까지는 12년이라는 세월의 공백이 있다. 등단 후 그는 사회적 불안과 더불어, 개인적 삶마저 기반을 잃고 떠돌다 보니 문학에 대한 열정도 식게 된다. 과도한 업무와 여건이 좋지 않은 직장으로 인해 시사영어사, 삼성출판사 등 여기저기 출판사를 옮겨 다니고 직장인으로서의 타성에 젖는다. 그러면서 문학이 사람의 삶에 요긴한 것인가 하는 의문과 함께 문학이 거짓놀음 같다는 느낌을 갖는다. 어렵고 고통스러운 세계에서 문학이 땀 흘리고 일하는 것보다 신성할 수 있는 것인가 하는 회의가 밀려온다. 그것은 자신의 시 창작 태도가, 곤궁하지만 성스럽게 살아가는 이웃들의 삶에 비해 타락했다는 반성에서 기인한 것이었다.

첫 시집 『우리들을 위하여』가 간행된 시기, 시단의 흐름은 크게 순수와 참여로 대별된다. 그러나 그의 시는 "나는 오늘 적막한 걸음으로 우이동 숲을 걸어가면서 본다/눈이 여린 가지에 내려쌓이고/길들을 덮고/모든 사물이 제 자신에로 돌아와 말없이 눈을 맞아들인다 [……] 눈 위로 걸어가는 우리들 발자국이/이미 노래이며 향수임을 누가 부인하며"(「겨울 우이동 시」)처럼 부드러운 감성으로 어떻게 살아야 할 것인가를 고민하는 내성적 성찰의 시를 보여준다. 과도한 역사의 부하를 짊어진 젊은 시인은 불안정한 시대 현실에 서서히 맞서려고 한다. 그리고 공백기에 형성된 민중적 세계관의 영향으로 참여시와 민중시 지향의 주제를 선택한다. 하지만 이를 다루는 기법은 여전히 상징적이고 표현적이어서 당시의 참여시와는 결이 다름을 보여준다.

첫 시집에 수록된 시 「우리들은 무엇인가」「백설부 1」「겨울의 사랑」은 시대 현실에 대응하려는 역사적 소명의식의 고뇌와 다짐이 나타난다. 「우리들의 역사」에서는 고통스러운 시대를 살아가고 있는 동시대인들에 대한 관념적이며 내성적인 연대의식이 보인다. 진보적 역사관을 갖게 된 그는 첫 시집에 수록된 많은 시들에서 복수 일인칭대명사 '우리'를 주어로 사용한다. 이는 자신의 고통과 불행을 개인이 아닌 시대와 공동체의 문제로 판단한 것이다. 그러나 그는 자신의 이러한 사회·역사적인 관심을 민중문학의 관점이 아니라 실존적인 관점에서 받아들인다.

그의 시는 공동체적인 상상력이 보이긴 하지만 그것을 선동적인 어구로 표현하지 않는다. 역사의 편에서 선동적일 수 있으려면 역사 발전에 대한 신념과 낙관이 전제되어야 한다. 승리를 위한 싸움보다는 사랑을 위한 싸움이 먼저였던 그는 역사의 고난과 현실의 억압을 선동보다는 문학으로 형상화하려는 태도를 보인다. 그의 시에서 복수 일인칭대명사 '우리'는 정치적 선동과 연대의 대상으로서가 아니라 사랑의 대상이다. 이런 그의 시 세계의 특성은 시대적 당위로서의 현실에 대한 사유를 표현하려는 욕망 안에, 늘 내분을 겪은 시적 자아의 서정성이 함께하기 때문이다.

1982년은 제2시집 『작은 마을에서』를 문학과지성사에서, 김수영 평전 『자유인의 초상』을 문학 세계사에서 발간한다. 제2시집은 1976년 겨울부터 1982년 중반까지의 작품을 모은 시집이다. 1982년 그는 문화공보부에서 주관한 문학인 해외여행 주선을 통해 이탈리아, 프랑스를 다녀온다. 이 여행에서 밀레의 생가가 있는 바르비종을 방문하게 된다. 문화적인 풍색이 다르기는 하지만 생시에 밀레가 매일 걸었을 골목길을 걸으며 돌담이나, 담쟁이덩굴, 흙길 등이 해남이나 영암의 분위기와 흡사하다는 생각을 한다. 그러다가 어느 조그마한 집 앞에 멈추었는데, 집 앞에는 작은 글씨로 밀레가 살았던 집이라고 적혀 있다. 밀레가 이렇게 보잘것없는 집에 살다니,라고 탄식하는 사람들과 함께 변소, 곳간, 주방 등을 돌아보고 생각한다. 한 인간이 이토록 좁은 공간에서 고통을 무릅쓰고 정신이나 영혼이 살아 있는 형식을 창조하고 가면 그 뒤로 무수한 사람들이 모여들어 그 형식을 보고 찬탄하며 지나간다. '보고' '지나치는' 이것이 역사라는 것일까 생각하며 깊은 감동을 받는다.

제2시집『작은 마을에서』의 시집 제목은 작은 것, 볼품없는 것, 지극히 개인적인 것을 소중하게 생각하는 시인의 생각이 드러나 있다. 이는 당시 시단을 이루는 두 경향 사이의 어느 쪽에 완전히 치우치지 못한 채, 개인과 사회라는 주제를 인간의 마을에서 바라보며 자신에게 진실한 것을 쓸 수밖에 없다는 시인의 사유가 바탕에 깔려 있다.

제2시집은 고통스럽고 어두운 현실 인식에 관련된 시「밤나라」「겨울 초입」「겨울 정치(精緻)」「겨울의 말」과, 그런 현실로부터 느끼는 개인의 서정이 드러난 시편들「부랑자의 노래 2」가 있다. 또한 개인의 정서적 표현과 역사적 현실 인식을 분리시키지 않고 시적 대상으로 표현한「영동」「경작」「〈잘사는 세상〉」등의 시편을 볼 수 있다. 개인과 사회라는 양극적인 발상이 한국 시의 경직된 두 경향을 대표하면서 서로 부딪쳐온 것이 사실이다. 그러나 그의 시는 두 경향을 포용하면서 극복하고 자신의 삶에서 통합시키려는 의지를 보인다.

4. 5월 광주의 치유와 부정의 정신

1980년대 시인들은 모두 1980년 5월 광주민주화운동으로부터 결코 자유롭지 못하다. 당시의 시인들은 광주민주화운동에 따른 고통과 저항의 몸부림을 시에 반영한다. 이와 같은 시단의 흐름에서 그는 어떤 부류에도 편승하지 않은 채 자신의 내면에서 우러나오는 시의 길을 걷는다. 그는 1980년대의 현실을 미래를 전망할 수 없는 심연으로 받아들였고 언어, 역사, 현실, 인간에 이르기까지 부정과 회의의 긴 시간을 통과한다.

그의 시 세계를 시기적으로 나눈다면 제3시집『겨울 깊은 물소리』(열음사, 1987), 제4시집『속이 보이는 심연으로』(문학과지성사, 1991)를 발간할 즈음의 시기를 중기로 분류할 수 있다. 이 무렵 그는 1983년『『목요시」

선집』을 실천문학사에서 발간하며, 1984년 시론집『시와 부정의 정신』을 문학과지성사에서 발간한다. 또한 1984년부터 1987년까지 서울예술대학 문예창작과에서 시 창작을 강의하게 된다. 시인 장석남, 박형준은 이때 만난 제자들이다. 제자 박형준은 스승 최하림을 이렇게 추억한다.

> 1980년대 중반 예술대학에 갓 입학한 학생이 그의 두 번째 시집『작은 마을에서』를 두고 질문했을 때 햇빛으로 가득한 강의실에서 그는 "내 시가 시골 이장이 하는 일 같았으면 좋겠다"라고 답변했다. 그 말에는 작은 것을 사랑하고 아름다워하는 순결한 시인의 마음이 들어 있다.[3]

지극히 작은 것, 사소한 것, 자기 자신으로부터 시작되는 진실한 것을 쓰고자 했던 그의 시정신을 짐작하게 된다. 1985년 그는 아시아 시인대회 참석차 일본에 가게 되고 교토와 나라를 둘러본 후 교토의 유적들에서 동양 정서의 깊은 맛을 느끼게 된다. 그해 판화 시선집『겨울꽃』을 풀빛출판사에서 발간한다. 이어서 1987년에는 제3시집『겨울 깊은 물소리』를 열음사에서 발간한다.

제3시집에는 한자리에 안주하지 못하고 정처 없이 떠남의 길을 가는 시편이 많이 수록되어 있다. "이제 너는 가야 한다 [……] 네가 남긴 발자욱이 눈에 덮이고/어둠에 서 있는 네 흔적을 지워버릴 때까지……"(「너는 가야 한다」), "그해도 다 간 12월 초순 서울에서는 포근하고 새하얀 눈이 내렸습니다 [……] 이런 날은 아들을 그리며 전태일의 어머님도 어느 길을 걸어가고 김남주의 어머님도 갈 것입니다. 이런 날은 아무 죽음도 가지지 못한 저나 제 친구들도 갑니다"(「겨울산」), "햇볕이 너무나도 늠실거리는 바다인지 사막인지는 몰라도 그들은 말을 타고 누란으로 가네 제 나라에서 살지 못하고 가네"(「누란」), "시끄러운 시대를 끝내고 당신의 눈

---

3   박형준,『아름다움에 허기지다』, 창비, 2007, p. 179.

이 내리는 아침 남부지방의 예술가들은 사라진 친구를 부르며 어디로인지 가고 신경처럼 가느른 시간도 가고 있습니다"(「주여 눈이 왔습니다」)에서 보여주는 떠남의 이미지는 위압적인 시대 현실이 야기한 외부에 대한 부정성의 표현이다. 반면 내면 세계의 부정성의 표현은 자아에 대한 회의와 탐색으로 나타난다.

제3시집의 서시인 「말」에서 "허공에서 소실점으로 사라지는, 머릿속에만 있으나 존재하지 않은 절대음처럼, 말들은 사람의 집을 찾아서 아득히, 말들은 이제 보이지 않는다. 사람의 집도 보이지 않는다"라는 구절은 언어에 대한 회의를 보여준다. 그 외 「소리들이 메아리치고」에서는 부정 정신과 서성이는 주체를, 〈베드로〉 연작은 내면적 고뇌와 인간의 실존적 모습을 형상화하고 있다.

1980년 광주를 통과하면서 그는 죄를 보았고 꽃을 보았고 허무를 본다. 그리고 죄야말로 세계 이해의 기초가 된다고 생각한다. 그는 자신의 시에 '죄'라는 개념이 들어오면서 시는 더욱 복잡해지고 감성의 다양한 질을 갖게 되었다고 고백한다. 이렇듯 제3시집은 1980년대 역사 현실의 광포성에 의해 겪게 되는 비탄, 고통, 분열의식의 내밀한 비망록이라고 할 수 있다.

1988년 그는 『전남일보』 편집국장으로 직장을 옮기고 혼자 광주에 내려가 생활하게 된다. 광주로 내려간 일은 그에게 역사적 의미와는 별도로, '나'라고 하는 것과 '죄'라고 하는 것을 기본적으로 확인시켜주는 역할을 했다고 한다.

> 몇 해 사이 나를 괴롭힌 것은 죄였다. 5월 광주로부터 비롯된 이 생각은 살아남은 자의 울부짖음에서 출발하여 씻어내야 할 문화의 어둠, 혹은 형벌로 인식되기에 이르렀다. 이 주제에 한동안 매달리면, 죄는 감성적인 모습으로라도, 보이지 않을까 생각되었다.
>
> ─최하림, 「자서」 부분[4]

연민과 죄의식의 근원지인 광주에서 그가 만난 것은 '시간'이었으며 시간의 뒷면인 '순간'과 조우한다. 그는 국립광주박물관 근처 광주 교외의 매곡동에서 거주한다. 그곳은 한적하여 개구리들이 온 여름 울고, 늦가을이면 사람의 흔적을 이기기 어려운 듯, 낙엽들이 비 오듯 져 내리는 곳이었다. 그는 일요일이면 박물관 뒷산 길로 끝없이 걸었다. 그의 감성은 그 같은 고요 속에서 반향하는 듯했다.

광주가 그의 세계인식의 중요한 전환점이 되었다면, 1991년 6월 그에게 닥친 뇌졸중은 그의 사고와 행동 방식 모두를 바꾸어놓은 결정적인 계기가 된다. 그는 1991년 6월 반주를 곁들인 점심을 먹는 중에 뇌졸중으로 쓰러진다. 5월 광주로부터 10여 년이 지난 무렵까지 광주 문제를 붙잡고 있던 그에게 뇌졸중이 찾아온 것이다. 이것은 시인이 자신의 몸으로 받은 시대적 형벌 같은 것이기도 했다.

그는 자신의 병은 5월 광주에서 살아남은 자의 형벌로 인식되어온 죄의식이 다른 형태로 찾아온 것이라고 고백한다. 역사의 진보를 믿었던 그에게 광주는 역사 속의 개인을 보다 분명하게 인식할 수 있는 계기가 된다. 전진하는 행렬의 비정성이 역사이며 괴로움은 개인의 몫이라는 사실을 분명히 확인하면서, 그는 예술이 심리적인 것이며, 그로 인해 예술은 근원적으로 사랑임을 깨닫는다.

그는 쓰러진 뒤, 두 달 만에 퇴원하고 1992년 봄부터 다시 전남일보에 출근하게 된다. 병마를 극복하면서 제4시집 『속이 보이는 심연으로』를 발간하고 이 시집으로 제10회 조연현문학상을 수상한다.

제4시집 『속이 보이는 심연으로』는 역사적 시대 현실과 죄의식, 언어에 대한 회의, 추억과 관계된 마음의 결, 그리고 자연 친화적 감성의 시들이 수록되어 있다. 광주의 비극적 체험으로 인해 말을 잃고 죄의식에 사로잡

---

4   최하림, 『속이 보이는 심연으로』, 문학과지성사, 1991.

혀 있던 그는 〈베드로〉 연작과 「이름을 뼛속까지」를 통해 죄의식을 넘어 광주의 상처를 위무한다. 죄 많은 지상과 작별을 고하도록 죽은 자의 이름을 불러주는 시작(詩作)은 죽은 자와 남은 자의 상처를 치유하는 하나의 의식이 된다. 죽은 자들의 이름을 뼛속까지 부르면서 "날마다 무등산은 밤중이면 갈가리 찢긴 육신의 목소리로 [……] 안타까운 눈물밖에 나오지 않는 이름들을 부르고 있었다"(「무등산」)라며 광주의 상처를 치유하고자 한다.

광주의 형벌을 몸으로 받은, 병으로 인해 그는 의식 속에서 청산하지 못했던 어둠과 죄를 정화할 수 있게 된다. 자연 속에서 마비된 몸을 이끌고 몸을 살리는 과정에서 누렸던 지극한 평화는 〈날마다 산길〉 연작에서 볼 수 있다. 모든 것을 내려놓은 뒤의 평화는 광주의 고통을 정화시켰고 어둡고 무거운 고뇌의 세계에 아침 햇살과 같은 빛을 비추었다. 그는 비로소 자연 친화적인 인간의 모습을 보이게 되었고, 「모카 커피를 마시며」와 같은 일상이 주는 감정의 평화를 맛보게 된다. 그가 보여준 이즈음의 시는 고통스러운 삶의 고뇌를 거쳐 획득한 화해의 정서를 보인다. 그의 고뇌와 번민이 자연으로 인해 순화되어 겸허하게 자신을 비우고, 사물의 말에 귀를 기울이게 되는 과정을 보여준다. 그것은 그를 깊은 정적인 사유의 세계로 인도한다.

5. 흐르는 풍경과 존재론적 사유의 형상화

그의 다섯번째 시집 『굴참나무숲에서 아이들이 온다』(문학과지성사, 1998)는 이러한 그의 사유가 정제된 형태로 드러난 시집이다. 그는 참여와 순수라는 양 진영의 경계를 넘나들며 슬픔과 허무의 정서를 미학적으로 구축한다. 그것은 사회 현실에 대한 관념적인 부정의 정신에서 출발하여 혹독한 연민과 허무를 거쳐 순간에만 존재하는 사물의 진정성을 발견해가는 과정이었다.

1992년 수필집 『숲이 아름다운 것은 그곳이 비어 있기 때문이다』를 문학 세계사에서 발간한 그는 『경향신문』에 연재했던 시인들의 에피소드와 관련된 문단 기행 산문집인 『시인들의 무도회』를 도서출판 진화에서 발간한다. 그리고 1996년 『전남일보』 논설위원직을 정년퇴임한다.

1998년 제5시집 『굴참나무숲에서 아이들이 온다』의 발간은 제4시집이 발간된 후 7여 년의 시간이 지난 시기이다. 이 기간 동안 그의 신상에는 많은 변화가 있었다. 병마와 싸워낸 외롭고 절망적인 투병 생활이 있으며, 회복한 뒤에는 광주에서 홀로 직장 생활을 하며 자신을 극복하는 시간이 있고, 1996년 퇴임 후에는 더 고요하고 깊은 곳의 자연에 가서 거기에 의지한 시간들이 있다. 그 기간 동안의 힘겨운 삶의 흔적들이 제5시집에는 고스란히 배어 있다. 퇴임 후, 1998년 6월, 그는 광주에서 충북 영동군 호탄리로 이사한다. 마을 앞으로 흐르는 금강 상류에 반해 충청북도 오지 마을로 들어간 것이다. 더러는 죽음들이 두런두런하는 소리도 듣고 멀리 눈이 내리고 비가 몰아오는 소리도 듣고 싶었던 그는 한적한 호탄리에서 침묵의 생활을 이어간다.

> 그 마을에서 내가 처음 당면한 것은 마을 사람들에게 인사하는 일이었다. 허리를 45도 각도로 숙이고 "안녕하세요. 빌라로 이사 온 사람이에요." 하고 말하면 마을 사람들은 '뭐 저런 쌍통이 있대냐'는 듯 고개를 끄떡하고 지나가 버렸다. 무인고도에 떠밀려 온 로빈슨 크루소 같았다.[5]

그렇게 그는 침묵의 깊숙한 곳으로 들어가 쓸쓸함을 쓸쓸함이라 말하지 않은 채, 물과 같은 시간의 흐름 속에서 지금의 순간을 바라보는 후기시 세계를 완성해간다. 그의 후기 시의 풍경을 형성하는 공통된 배후는 대

---

5   최하림, 『멀리 보이는 마을』, 작가, 2002, p. 14.

상을 바라보는 그의 시선이다. 그가 기대한 풍경의 시선은 자아가 대상을 객관화할 뿐 아니라 자아 자체도 객관적 대상으로 투시하는 상태를 지향한다. 이러한 시선은 후기 시 풍경을 이루는 기본적인 형상화 방식의 바탕이 된다.

제5시집은 1991년에서 1998년 전반기까지의 시들을 모은 것으로 다양한 층위의 시들이 묶여 있다. 제5시집의 1, 2부는 풍경에 대한 시인의 주관적 개입과 판단이 점차 사라지는 후기 시 특성을 보여주며 3, 4부는 주체가 풍경을 장악하거나 개입하며 시적 자아의 내면과 자기 연민이 드러나는 특성을 보인다.

제5시집 1, 2부에 수록된 시 중에서 「구천동 시론」은 구천동으로 인해 자각하게 된 자신이 걸어야 할 시의 길을 형상화한다. 구천동은 "무량의 시간들도 사라"지고 기억도 사라진다, "고요가 부서지"고, 그 "고요의 깊은 속으로 들어"가는 곳이다. 그는 "고요의 정수리 부근에서 숨을 죽이다" 입적한 지광국사의 생애를 생각하며 그의 생애 또한 고요와 죽음에 닿아 있음을 안다. 이런 구천동은 깊은 고요와 무색계의 시간을 느낄 수 있는 시공간이다. 그의 시가 고요의 깊은 속으로 들어가게 됨을 암시하고 있다.

「나무가 자라는 집」은 고요의 파동들이 존재자들을 근원으로 안내하고 사라지며 침잠한다. 작고 애매한 파동이 멈추지 않는 그곳에서는 집과 파동과 의식이 일체화된다. "나무가 자라는 집"에서 시인은 지각과 사물과 기억이 파동을 통해 하나가 되는 존재의 낮은 파동을 정밀하게 보여준다.

반면에 제5시집 3, 4부에 수록된 시에는 시인의 삶의 편린과 체험이 드러나 있다. 시인의 삶이 직접 드러나지 않은 초기 시와 중기 시에 비해 제5시집 3, 4부의 시편에는 삶이 드러나는 고백적인 표현들이 많다. "나는 시 써서 시인이고 싶었건만 [……] 시들을 모아/불태우네 점점이 날아가는 새들과/아직은 체온이 남은 기억들 그리고/지평선에 떠도는 그림자들"(「시를 태우며」), "나는 시 쓰기를 멈춘다 [……] 시가 잠들면 고단한 하루도 잠들고/무명의 시간 속을 나는 가게 되리니/무명의 꽃인들 어느 길목에 피어/기다려주지 않으랴"(「겨울 어느 날」)라는 구절은 그의 시에 대한 깊은 절망이 드러난다.

"하늘을 흔들며 날아가는 새들을 [……] 벅찬 가슴으로 본다 무엇인가 보이지 않는/독수리 같은 것이 일몰을 뚫고 지나가고/병들도 지나가는 것이 붉게 보인다"(「병상에서」)라는 구절에서는 투병 생활 가운데 느낀 살아 있는 존재들의 벅찬 생명력에 감응하는, 그리고 몸의 병에도 마음을 내려놓는 시적 자아가 보인다.

"소록도에서는 다들 발가락이 떨어진다 [……] 날마다 아픔을 발가락에 싸서 보내는/문둥이들은"(「소록도 시편 1」)에서 그는 나환자들의 몸을 빌려 우는 세상의 신음 소리를 듣는다.

제5시집은 그의 어떤 시집보다도 삶의 고통스러운 여정이 잘 드러나 있다. 시련을 통해 그가 이룬 언어는 황현산에 의하면 "자신의 내면을 공적 자아의 자리로 만들어, 타자의 언어를 그 자리에 불러들이기에 성공"한다. 그리하여 고요, 파동, 기억, 시간을 거느리는 언어는 심미적 풍경으로 형상화된다. 그는 이 시집으로 이산문학상을 수상한다.

2000년에 그는 제5회 현대불교문학상을 수상하며, 2001년 『김수영 평전』(실천문학사) 개정판과 제6시집 『풍경 뒤의 풍경』(문학과지성사)을 발간한다. 제6시집에서 그는 제5시집이 보여준 고요와 파동의 형상화에 이어 시간의 흐름을 담은 풍경을 그린다. 제6시집 제목의 '풍경'은 시간의 흐름과 밀접히 연관된 역동적인 이미지를 담고 있다. 제목의 '뒤'는 '풍경 너머' '풍경 이후' '풍경 속' 등 여러 의미로 해석된다. '풍경 너머'는 자연 풍경을 넘어 존재론적인 의미를 담은 풍경이며, '풍경 이후'는 변화의 지속과 순환의 속성을 지닌 풍경으로 이해된다. 제6시집의 풍경은 움직이고 흐르는 시간의 풍경이 고요와 함께 바람, 소리, 물의 이미지로 그려진다. 이런 풍경들은 현상 세계를 존재의 풍경으로 바라보도록 이끌었다는 점에서 높은 미적 성취를 이룬다.

"가을날에는 요란하게 반응하며 소리하지 않는 것이 없다 [……] 소리들은 연쇄 반응을 일으키며/시간 속으로 흘러간다"(「가을날에는」)라는 구절에서 소리들은 모든 존재하는 것들의 몸짓이다. 그것들은 연쇄반응을 일으키며 사과가 떨어지고 붉은 황혼이 내려앉는 시간 속으로 흘러간다. "끝을 모르는 시간 속으로 새들이 띄엄띄엄 특별할 것도 없는//날갯짓을 하면서 산 밑으로 돌아나간다 강물이 흘러내려 가고//나무숲이 천천히 가지를 흔든다"(「수천의 새들이 날갯짓을 하면서」)에서 풍경은 무한과 영원 속에 거주하는 존재의 한 순간을 형상화한다.

「다시 빈집」에서 보여주는 '파동'의 풍경은 파동을 통해 독자를 고요, 어둠, 소멸의 세계로 이끌어 들인다. 저녁이 되도록 눈은 계속해서 내리고 "시간의 그림자 같은 것이 언덕과 들길을 지나//파동을 일으키며 간다 이제 함석집은 보이지 않는다//눈 위로 함석집의 파동이 일어나지만 우리는 주목하지 못한다"라는 구절에서 그는 시간의 그림자까지 파동을 통해 시각적으로 형상화한다. 그리고 어둠에 묻혀 더 이상 보이지 않는 함석집의 파동이 쌓인 눈 위로 일어나지만 주목하지 못하는 것처럼 모든 존재들이 잊히고 소멸해가는 과정을 조용히 보여준다.

『풍경 뒤의 풍경』에서 그는 풍경에의 몰입과 참여를 통해 풍경 속에서 충만한 현재를 경험한다. 나를 중심으로 세계를 이해하려는 욕망이 아닌 황홀한 풍경의 흐름에 발맞추며 그것을 타고 흘러가는 미학적 세계를 보여준다. 그는 유리창 밖을 응시하거나 차를 몰고 산길을 달리거나 길을 천천히 걸으며 풍경 속으로 스며든다. 그러나 그가 바라보는 현실과 풍경은 삶의 이편을 결코 이탈하는 법이 없기에 그의 풍경은 인간적이다.

그는 4년간 충청북도 오지 마을에서 땀 흘리며 터전을 잡은 호탄리를 벗어나, 2002년 4월 경기도의 양수리로 거처를 옮긴다. 경기도 양평군 서종면 문호리에 자리한 언덕 위의 하얀 이층집은 그가 평생을 꿈꾼 공간이었다. 그가 「나의 집」이라는 산문에서 묘사했던 "시야가 시원한 곳에 배치하여 자연을 끌어들이"는 그런 살고 싶은 집이었다. 양수리로 이사하게 된 것도 남한강과 북한강이 만나는 두물머리의 넘치는 물과 갈대 때문이라고 한다.

　양수리로 이사한 뒤 나는 일주일에 한 번쯤은 핸들을 잡고 가평으로 홍천으로 달린다. 어떤 날은 양평으로 여주로 원주로 달린다. 물을 보면서 달리면 마음이 평화롭고 불안과 초조 같은 것들이 가라앉는다. [……] 아침에 또는 저녁에 햇빛을 받고 반짝이는 서남해 같은 강물을 따라 차를 타고 달리면서 물을 생각한다.

　나에게 저 물은 무엇인가? [……] 어째서 물은 아침에 다르고 저녁에 다르고 밤에 다르며, 어째서 어제도 흘러갔고 오늘도 흘러가고 내일도 흘러갈 것인가?⁶

　그는 원했던 집에서 유리창 너머로 새와 나무와 구름을 보며 시간을 보낸다. 2002년에는 호탄리와 양수리에서의 생활을 짐작하게 하는 산문집 『멀리 보이는 마을』(작가)을 발간한다. 2004년 7월, 2006년 8월 그는 김창진 교수(성공회대학교 정치학과 교수)의 인솔로 두 차례 러시아를 다녀온다. 2004년 첫번째 여행은 소설가를 비롯하여 그의 아내와 아들, 딸 등이 함께했다. 두번째 여행은 시인, 소설가 등이 함께한다. 그는 페테르부르크, 모스크바, 야스나야폴랴나, 안톤 체호프의 마을, 파스테르나크, 숄로호프, 아흐마토바와 관련된 마을과 도시를 찾아다닌다. 고전과 역사가 된 예술의 근본을 찾아 러시아를 여행했고, 칙칙하고 을씨년스러운 그곳에서 '검은 몽상'과 '검은 침묵'을 느낀다. 그리고 대륙의 검은 몽상과 침묵을 경험한 자만이 러시아의 대작가가 되었음을 생각한다. 러시아 여행 후, 여행 소감을 쓴 산문집 『최하림의 러시아 예술기행』(랜덤하우스코리아, 2010)을 편찬한다.

　2005년 제7시집 『때로는 네가 보이지 않는다』(랜덤하우스중앙)를 발간

6　최하림, 「두 강이 만나는 마을에서」, 『멀리 보이는 마을』, pp. 17~23 참조.

하며 이 시집으로 제2회 올해의 예술상 문학 부문 최우수상을 수상한다. 이로써 그의 시 쓰기는 늘 자신의 내면에서 내분을 겪던 슬픔의 정서를 마침내, 역사와 현실을 아우르는 시간을 담은 풍경으로 표현해 풍경 미학의 경지를 열어 보인다.

제7시집『때로는 네가 보이지 않는다』의 많은 시편은 시인의 삶을 그대로 풍경화하고 있다. 그 풍경들은 많은 부분, '기억'을 담은 '시간'의 흔적을 그린다. "서상은 저 홀로 제시간에 흘러가는 어둠을 보고 싶은 듯했다 그리고 여러 날들이 지나갔다 우수도 지나가고 청명도 지나갔다"(「서상(書床)」)나, "일파만파로 파동을 일으키며 흘러가는/가을 강과 가을의 기억들, 수초들/눈여겨보면 어린 날의 물거미들도/파동을 타고 어디로인지 이동해간다/모든 것들이 간다"(「공중을 빙빙 돌며」)에서는 '시간'의 풍경이 형상화된다. 이 시편에서 그는 풍경 속의 시간을 응시하며 삶을 통과하는 시간의 흔적을 풍경으로 형상화한다. '시간'의 풍경은 흐르는 시간과 풍경 속에 시인의 내면이 겹쳐지며 무한한 공간으로 흘러간다.

한편 제7시집은 자신의 과거를 배후로 삼아 현실의 풍경과 소통한다. "숲의 집 속에는/피 흘리던 날들이 있다"(「지리산 넘어 수십만 되새들이」), "나는 순수주의와 역사주의 사이에서 부딪치고 부서진다"(「외몽고」) 등, 개체를 넘어 큰 자아를 추구했던 역사주의와 단일한 목적에 헌신할 수 없는 순수주의가 그의 풍경이 그려지는 방식이다. 풍경은 끊임없이 순환하는 기억에 의해 존재 내부에 파장을 일으키고 현재를 지나가는 모습을 보여준다. 즉 반성과 성찰의 시간을 갖는 순간들이 특정한 시점의 기억과 만나면서 현실의 풍경과 교직되고 있다.

"밤에 내 감각은 조용히 살아올라 강물 소리를/듣는다 강물 소리는 여러 벽을 넘어간다/기억의 아이들이 붉은 얼굴로 지나가고"(「섬진강」)라는 구절로 형상화되며 "그날 밤 몇 대의 트럭이 난폭하게/거리를 질러가고, 도심 철도로 화물차가 지나가고,"(「부식 동판화」)처럼 기억은 현재의 순간을 지나간다. 김문주의 해설처럼 "생의 이력을 기억하는 몸처럼, 시

인이 응시하는 '지금-이곳'에는 지나간 시간을 기억하는 사물들이 가로
놓여 있다. 그의 시의 풍경은 지나온 것들을 기억하는 의식과 함께 흘러간
다." 언젠가 돌아가야 할 어둠 속에서 빛을 바라보듯, 고요 가운데 생명의
소리를 듣듯 그는 풍경을 바라보았고, 2010년 4월 22일 향년 만 71세를 일
기로 세상을 떠난다.

6. 맺음말

이 글은 최하림의 생애와 작품 세계의 연결을 통해 그의 시 세계 전반
을 이해하고자 했다. 문학적 연대기를 통해 최하림 시정신의 모태를 찾을
수 있었으며 현실의 편에서 일관되게 삶과 세계를 바라보려고 한 그의 세
계관을 발견할 수 있었다. 또한 그의 내면에 자리한 슬픔과 역사적 현실에
대한 격랑을 가라앉힌 이후에 보여준 원숙한 시 세계의 형성 과정을 이해
할 수 있었다.

최하림은 시를 늘 기도라고 생각했다. 시가 우리가 진정한 인간이 되게
해달라고 드리는 기도와 같다는 그의 말은 청교도적이고 염결한 그의 성
정을 나타내준다. 최하림 내부의 진정성은 그가 늘 정직하게 자신의 세계
에 근거한 시의 길을 걸어가기를 요구했다.

순수와 참여, 역사와 개인으로 양분된 당시의 문단에서 한쪽으로 기울
지 못한 채, 그는 개인적 정서의 표현과 현실 참여의 균형을 이루고자 노
력했다. 어느 한쪽의 경향만을 고수할 수 없었던 것은 그의 철저한 현실주
의 정신과 내밀한 슬픔의 정서가 함께 자리한 때문이다. 시대의 전면에 나
서지는 않았지만 온몸으로 현실을 감내한 한 고결한 정신이 펼쳐 보인 시
세계가 최하림 10주기를 맞이하여 이제라도 깊이 있게 알려지기를 기대
해본다.

[국제한인문학회 제20회 전국학술대회(2020년 7월); 원제는 「최하림의 생애와 문학적 연대기」]

제2부

자애의 시학을 찾아서

최하림론

최하림의 시론 연구

유성호

1. 시론에 대한 메타적 분석의 결과

이 글은 시인 최하림이 생애 동안 남긴 시론(詩論)에 대한 메타적 분석의 결과이다. 누구보다도 형상과 인식을 두루 갖춘 탁월한 시를 썼던 시인이었지만, 그는 예각적인 논리를 통해 한국 시의 현황이나 과제를 분석하고 제안하기도 하였다. 벌써 지난 세기의 일이지만, 1999년 4월 서울 인사동의 한 한식집에 회갑을 맞은 시인을 축하하는 조촐한 자리가 마련되었다. 그가 1980년대 중반에 출강했던 대학 출신 문인들이 개최하여, 그와 평소 가깝게 지내던 문우들이 자리를 함께한 작은 규모의 회갑연이었다. 일생을 외롭고 높고 쓸쓸한 경지에서 정결한 시작(詩作)으로 일관해온 시인의 생애를 되새기며 사람들은 그에게 『밝은 그늘』(프레스21, 1999)이라는 책자를 헌정하였다. 그 책에는 제자와 동료 문인 들의 작품 및 회상기가 빽빽하게 담겨 있었다. 한국 현대사가 변전해온 기복만큼 굴곡 많고 순탄치 않았던 삶을 살아온 그에게 그 자리는 여러모로 많은 생각거리를 주었을 것이다. '시대'와 '자아' 사이에서의 갈등과 흔들림, '자유'에 대한 확신과 '진보'에 대한 회의의 수없는 교차, 이러한 굴곡과 긴장은 그가 남긴 적지 않은 시편에 촘촘히 각인되어 있다. 이처럼 정직하게 흔들려온 자신의 삶을 두고 그는 보람과 덧없음을 느꼈을 것이고 나아가 어느덧 노년에 이른 자신의 실존을 그 자리에서 보았을 터이다.

2. 실존적 책무이자 시인으로서의 존재 의의

최하림 시인의 문학적 여정은 멀리 그의 대학 재학 시절, 그러니까 1960년대 초반의 '산문시대' 동인 시절까지 거슬러 올라간다. 우리 문단에서 그 유례를 찾기 힘들 정도의 신선한 세대론적 신진대사를 이루었던 '산문시대'의 산파역을 그는 평론가 김현과 함께 맡아 행했다. 그는 목포 오거리 다방에서 김현을 만나 '산문시대'를 같이하자고 합의하였는데, 그때는 4·19라는 정치적 후광과 시대의 자유스러움이 있었기 때문에 그러한 정서가 가능했을 것이다. 모두 5집까지 펴낸 『산문시대』를 뒤로하고 동인들은 모두 흩어졌다. 이때 최하림은 역사에 대한 회의를 안으로 품으면서 새로운 담론적 예비를 하게 된다. 다시 말해서 최하림은 현실 감각과 예술적 충동 사이에서 끊임없이 갈등하고 서성거리게 된다. 그는 민중적 서정시가 지향해왔던 민중들의 진솔한 삶이나 현실에도 깊이 주목했지만, 시를 언어예술로 보고 그 예술적 완성을 누구보다도 중시한 사람이었다. 그런 까닭에 그의 시는 이념적 편 가르기를 좋아했던 당대의 비평가들에게 별다른 큰 대접을 받지 못했다. 그만큼 그의 시는 노래 부르고 싶은 예술적 충동과 진실한 이야기를 하고 싶은 리얼리스트로서의 인식이 조화하고 길항하면서 묘하게 공존하는 세계였다고 할 수 있다. 따라서 그의 시 세계는 '역사 속에서의 현재'를 사는 것으로 요약할 수 있고, 그만큼 억압과 어둠의 현실에 대해 응전하는 것은 그의 시가 치러낸 실존적 책무이자 시인으로서의 존재 의의이기도 하였다.

　　최하림의 경우 우리는 그의 시나 산문을 통해 일관된 역사적 실존체
로서의 시인의 고뇌와 그 탈출에의 의지를 더듬어내게 된다. 독재 정권
과 권위적 체제에서 이 시인은 일관되게 격한 감성의 톤으로 자유를 향
한 초월에의 의지를 노래하여왔다. [……] 지사적 결의를 품는 초강한
정신의 지사적 저항의지의 양상으로 드러나고 있다.[1]

　최하림은 열 살 때 아버지를 여읜다. 그는 바다를 면한 마을에서 굶주림
과 어머니와 전쟁과 바다를 시의 원체험으로 삼으며 자라났다. 그의 시에
배어 있는 비극적 현실 인식, 그럼에도 불구하고 그것을 과장하지 않고 내
면으로 수용하여 반성적 사유로 이끄는 도덕적 열정은 역설적으로 말해
신산했던 그의 생애가 키워 올린 자질이었을 것이다. 또한 그는 어떤 문학
적 그룹에 속해 있으면서도 그 그룹의 논리를 맹목적으로 따르지 않고 그
그룹 내에서 자신만의 자리를 내내 찾았고 그룹 논리에 반대되거나 독자
적 논리를 찾으려 애쓰기도 했다. 이는 최하림의 자유로운 정신적 속성을
잘 알려주는 지표임에 틀림없다. 그러한 최하림에게 또 하나의 중요한 의
식의 전기를 이룬 것은 1980년 5월 광주의 체험이다. 그의 시에서 5월 광
주의 상흔은 폭력의 가혹함과 내면에서 일어나는 죄의식의 형상이 결합
된 것으로 줄곧 나타났다. 그러나 그의 시편들은 광주를 가파르게 고발하
거나 그것을 이념으로 해석하는 일에 결코 매달리지 않았다. 그것 또한 그
의 내면의 심연으로 깊이 들어와 있었기 때문이다. 결국 최하림은 시를 의
사 전달의 도구로 생각하는 것이 아니라 그 스스로의 실존적 욕망과 그 간
절함이 표현되는 자리에서 생성되는 그 무엇이라고 여겼던 것이다.
　그리고 최하림은 시간의 추이를 통해 삶의 심연을 바라보는 시인으로

1　　조창환, 「최하림론 ─ 자유에의 의지」, 김용직 외, 『한국현대시연구』, 민음사, 1989, p. 500.

그 무게중심을 옮겨간다. 그는 사물들을 지긋이 바라보는 시간을 오래도록 가지면서 시집 『굴참나무숲에서 아이들이 온다』(문학과지성사, 1998)를 펴내고, 그 안에 사물을 향해 한껏 열려 있는 자신의 눈과 마음을 생동감 있게 담았다. 여기서 말하는 '생동감'이 가파른 역동성을 뜻하는 것은 아니다. 고요함 속에서 사물을 투명하게 응시하는 '고요 속의 긴장' 같은 것일 터이다. 고독과 고요 속에서 사물을 보는 것, 이것이 최하림 후기 시의 독자적인 몫이었다.

일부 평자들 가운데는, 최하림의 첫 시집 『우리들을 위하여』(창작과비평사, 1976)에 나오는 몇 편의 시편과 광주 체험을 다룬 작품들을 대표화해서 그를 현실 탐색의 리얼리즘 시인으로 평가하려는 경향을 보이기도 한다. 그러나 최하림은 오히려 홀로 고독해지면서 예술 지향적인 세계, 조금 과장되게 말하면, 철저한 미학적 인간의 언어로 자신의 세계를 구성해갔을 뿐이다. 현실 탐색과 어떤 미적인 집착 사이에서 괴로워하고 흔들리고 갈등해온 역정이, 고혈압으로 쓰러지는 육체의 질고를 전환기로 하여, 자연에 대한 투시와 그것의 형상화라는 시작 방법으로 나아가게 된 것이다. 이러한 일종의 '바라봄의 시학'이 최하림 미학의 절정의 산물임은 말할 것도 없을 것이다.

3. 일관된 현실 지향의 시정신

이러한 시 세계의 흐름 속에서 최하림은 산문적 증언과 담론 구성에도 깊이 매진하였다. 그는 자신의 시론적 사유와 경험을 담은 결실로 『시와 부정의 정신』(문학과지성사, 1984)이라는 시론집을 펴냈는데, 산문 혹은 시론이 그에게 어떠한 중요한 맥락과 가치를 가지는지에 대한 경험적 증언들이 그 안에 가득 들어 있다.

그 후 10여 년은 시를 쓰지 못한다. 역사적 전망의 회의와 함께 시란 무엇인가, 역사란 무엇인가 등등의 총체적 점검의 시대였던 것이다. 그 공백기 동안 미술서적과 역사책들을 읽으면서 거시적으로 전망하는 역사를 발견하게 되고 문학적으로는 서구문화적인 시각에 의한 한국 문학의 편향된 조명에 회의를 가지게 되면서 시론에도 손을 대기 시작한다. 후에 그러한 관심의 탁월한 결과물로 『시와 부정의 정신』이라는 시론집이 문학과지성사 오늘의 시론집 열 번째 권으로 출간되게 된다.[2]

그는 계면쩍어하면서도 산문에서는 하고 싶은 말을 시에서보다는 상대적으로 더 마음껏 할 수 있어서 좋다는 말을 하던 기억이 난다. 그의 평문을 읽어보고 싶어하는 나에게 그는 시인 김현승론을 『창작과비평』에 실은 것이 있으니, 그것을 읽어보라는 것이었다. [……] 그 평문을 읽은 다음, 나는 그의 평론 능력에 놀라워하기도 했지만, 다른 한편 그런 훌륭한 평문은 그의 정직성에 기인한다고 생각되어 당연한 결과라고도 여겨졌다.[3]

시인 장석남은 최하림이 '산문시대' 동인을 마치고 역사에 대한 새로운 모색과 한국 문학 전체에 대한 새로운 조망에 나선 결실이 시론집으로 나타나게 되었다고 썼다. 평론가 곽광수는 최하림의 정직성이 그의 평론 능력을 매우 수준 높게 구현하게끔 했다고 증언하였다. 어쨌든 그 뚜렷한 결실인 『시와 부정의 정신』 서문에서 최하림은 "어느 소설가가 말했듯이 지난 시대에 우리는 〈우리〉를 위하여 너무 많은 〈나〉를 희생시켜 버렸다. 이제 나는 〈나〉를 보고 싶다. 이 〈나〉를 본다는 일은 나와 역사의 연계를 확

---

2   장석남, 「역사와 말 사이의 오솔길 위─최하림 선생님에게 닿는」, 곽광수 외, 『밝은 그늘』, 프레스21, 1999, p. 215.
3   곽광수, 「외우(畏友) 최하림」, 『가난과 사랑의 상실을 찾아서』, 작가, 2002, p. 226.

실히 하는 일이 될 것이고 나를 객관화하는 일이 될 것이다"[4]라고 밝혔다. '우리'와 '나'의 균형과 조화 속에서 역사와 자아를 객관화하는 일, 아마도 그것이 최하림 시론의 중핵이 될 것임을 예감케 해주는 장면이다. 먼저 '우리'에 관한 일, 곧 한국 시사의 거시적 파악을 그는 일관되게 수행해 간다.

나는 다시 한번 질문해 보고 싶다. 그러면 60년대에서, 그리고 60년대의 문제들이 연속되고 있는 70년대에서 시인 의식은 과연 발전되었던가. 지금까지 우리는 김수영에서 김지하에 이르는 의식의 확산 과정과 문제의 심화 과정을 살폈으면서도 막상 이러한 질문에 부딪히면 주춤하게 된다. 여전히 한국시의 일각에서는 코즈모폴리턴적인 태도야말로 시를 시로서 독립하게 한다든가, 서구의 수용은 우리의 상상력을 확대, 탄력성 있게 한다든가, 쓸데없는 소시민적 일상성을 평범한 진리와 혼동한다든가, 무책임한 언어 비약과 아포리즘으로써 선적 경지를 보이려는 경향들이 너무나 많기 때문이다. 그보다도 김수영이나 신동엽, 김지하 등이 시가 닫혀진 마음을 두들기는 방문자라고 생각지 않고 하나의 현상에 대한 언어화라고 생각했다면 과연 그들에게서의 자유 의식의 발전과 병렬적으로 민중 의식 또한 발전했던가 하는 보다 더 암울한 문제에 부딪히게 된다.[5]

최하림이 파악한 한국 시사의 구도는 1960년대에서 1970년대로 이어지면서 과연 시인 의식이 발전하였는가 하는 문제로 모아진다. 김수영에서 신동엽, 김지하에 이르는 진화 과정에서 최하림은 자유 의식의 발전과 민중 의식의 현현의 가능성을 발견한다. 그러나 암울한 문제가 거기서 파생

---

4   최하림, 「책머리에」, 『시와 부정의 정신』, 문학과지성사, 1984.
5   최하림, 「60년대 시인 의식」, 같은 책, p. 53.

하고 있었으니, 그것이 바로 소시민적 일상성과 서구 수용을 통한 언어 비약이 새로운 조류로 나타나 마치 그것이 발전인 것 같은 착시를 주고 있었다는 점이다.

아닌 게 아니라 1960년대의 시적 진화의 모형은 김수영과 신동엽에서 찾아진다. 그것은 이 두 시인이 4·19혁명이 가져다준 이념적 핵심이라고 할 수 있는 민주, 민족주의의 상보적 시화(詩化)를 그 누구보다 치열하고 세련된 문학적 의장 속에서 이루어냈기 때문일 것이다. 김수영의 시민민주주의에 대한 열망과 모더니즘에 대한 인식과 자기비판, 그리고 신동엽의 「금강」 「껍데기는 가라」 등에 나타난 격조 높은 민족사 탐구 및 민족 동질성 강조라는 형상은 1960년대를 가장 강렬하게 비추고 있는 섬광의 내질(內質)일 것이다. 이는 물론 평지돌출의 돌연변이가 아니라 1950년대 후반부터 이미 맹아를 보이던 사회 참여에 대한 시적 기율(박봉우, 신동문 등)이 어느 정도 보편적 활력을 얻어 전면화된 것이라고 보아야 할 것이다. 최하림이 파악하고 분석한 한국 시사의 면모가 이러한 해석을 적실하게 충족하고 있는 저류(底流)에는 그 특유의 현실 지향의 시정신이 자리하고 있다고 할 수 있을 것이다.

그런데 최하림은 현대적 주체 설정을 통해 모더니즘 및 난해성의 추구라는 미적 편향을 다분히 견지했던 시인들에 대해서는 대체로 비판적이었다. 이들은 세련된 현대적 의장에 감각적 가상을 실어 시에 새로운 기율과 호흡을 불어넣은 이들이다. 물론 이들의 미학에 이르러 우리 시는 미적 반성적 자의식을 경험하게 되었지만, 이들이 구현한 새로운 실험적인 시적 공간은 막 돋아나는 민중적 서정과는 대척점에서 그것을 마모시켰다고 할 수 있기 때문이다. 그래서 최하림은 이 시기의 시적 흐름으로 신경림, 이성부, 조태일 등의 등장으로 시작되는 이른바 현실 지향적 시인들을 적극 평가하게 된다. 이들은 1960년대 시단의 우세종으로 횡행했던 모더니즘적 편향과는 대척점에서 동시대의 현실을 시 안에 반영하고 현실 타개의 의지를 서정적 주체의 육성에 의탁하여 노래한 시인들이다. 이들의 언어는 이른바 '민중적 서정시'의 역사를 열면서, 최하림으로 하여금 그 특유의 '민중'에 대한 시적 지향과 분석을 가능하게끔 해준다.

> 그런 의미에서 민중의 반항 정신은 〈선을 사랑하고 인간적인 것을 사랑하는 자는 악을 미워하며 인간에 의한 압제나 인간 착취를 증오하고 반항한다〉는 평범하면서도 의미심장한 정의가 가능해진다. 이 반항 정신=부정 정신은 올바르게 살고 올바른 것을 사랑하기 위한 방법에 불과한 것이다. 그렇다면 과연 민중들은 이런 방향으로 의식을 확산 심화시켰다고 볼 수 있는가. 민중 의식과 동일 흐름으로 시인 의식은 발전한 것인가. 이 질문에 대한 자신 있고 명료한 대답은 지금의 우리가 아니라 아마도 뒷세대에게서만이 가능하게 될 것이다. 천재가 아닌 한은 자기 시대를 살 뿐이지 그것을 정의내리기는 어려운 법이기 때문이다.[6]

민중 정신에 대하여 최하림은 선과 악의 이분법적 접근을 통해 인간에 의한 인간 착취를 반대하는 정신이라고 정의한다. '반항 정신=부정 정신'의 구도는 최하림 시론을 관통하는 핵심 개념이기도 한데, 이러한 인간에 대한 사랑의 방법론이야말로 민중 의식의 핵이고 우리 시는 이러한 목표를 따라가지 못하고 있다고 그는 진단하고 있다. 그리고 이러한 관점을 바탕으로 최하림은 민중적 관점에서의 시사 서술을 시도한다.

그에 의하면, 1960~70년대의 시인들은 지배 권력에 대한 비판적 인식과 민중에 대한 문학적 관심을 본격화시킨다. 이는 경제 성장과 물질적 욕망의 팽배, 사회적 의무감과 도덕적, 낭만적 열정이 뒤섞인 한 시대의 문학적 개화를 가져다준다. 그리고 이들은 민중 지향적 의식으로 당대 민중의 삶과 정서를 형상화하고 그를 둘러싼 여러 역학 관계를 집중적으로 비판하는 흐름을 형성하면서, 한편으로 가부장적 독재 체제에 결핍되고 박

---

6   최하림, 같은 글, p. 54.

탈당했던 자유와 내면의 가치를 옹호하는 흐름을 형성한다. 이러한 흐름은 『창작과비평』『문학과지성』 같은 전문지들의 탄생과 맥을 같이한다. 그야말로 폭발적인 양적 확대와 질적 심화를 이루면서 문학사에서 가장 귀중한 축적을 이룬다. 이러한 '민중'에 대한 발견 과정은 우리 시의 현실 지향성에 매우 귀한 계기가 되어준 것이다.

〈높은 목소리〉로 지칭되는 이른바 70년대의 민중시는 자기와의 싸움이 없는 민중(자기가 없는 민중이란 무의미한 것이다)의 싸움이며, 상투적으로 정립된 반(反)민중과의 싸움이라는 것이다. 이러한 그들의 비판은 확실히 민중시의 아픈 면을 찌른다. 민중을 〈소외된 인간과 소외로부터 회복되려고 의도하는 인간의 결합체〉라고 할 수 있다면 그들 민중은 소외의 외부적 조건과 싸울 수 있는 능력을 길러야 하고 그 능력 위에서 싸워야 한다. 그리고 그 싸움은 싸움의 주체인 자기 자신의 소외성과 싸우는 데서 비롯되어야 한다. 남 또는 남들과 싸운다는 것은 자기 자신과의 싸움의 연장선상이지 않으면 안 되는 것이다. 나의 객관화가 선행되어야 하는 것이다.[7]

1970년대의 민중시는 자기와의 싸움이 없는 민중의 싸움이며, 상투적으로 정립된 반민중과의 싸움이라는 지적에 대해 최하림은 수용한다. 자기가 없는 민중이란 무의미한 것이기 때문이다. 그리고 최하림은 민중을 '소외된 인간과 소외로부터 회복되려고 의도하는 인간의 결합체'라는 의미에서 민중이 소외의 외부적 조건과 싸울 수 있는 능력을 길러야 한다고 강조한다. 그 싸움은 싸움의 주체인 자기 자신의 소외성과 싸우는 데서 비롯되어야 한다고 말한다. 그것이 바로 '나'의 객관화를 통한 '우리'의 발견 과정일 것이기 때문이다.

7   최하림, 「문법주의자들의 성채」, 『시와 부정의 정신』, 문학과지성사, 1984, p. 81.

확실히 1900년대로부터 1960년대 초는 한국 시사에서 기교주의 시대라고 이를 만한 때였다. 신문화가 도입된 이래 오늘날까지 시에 있어서의 내용이란 완전히 무시될 정도로 기교 우위론은 60여 년을 전횡하여 왔었다. 그러던 것이 60년대 초에 이르러 김수영·신동엽·신경림·김지하·이성부·조태일 등에 의하여 비로소 형식 추구는 저지되고 비로소 민족 경험이 집약된 민중＝농민에의 접근 내지 이해가 시도된다. 그들의 민중에의 접근은 4·19로부터 비롯된다. 찬란하게 불타오르다가 사그러진 이 혁명이, 시에 있어서는 새삼스런 대상이라고 할 수 있는(기교가 전횡한 우리의 경우에서) 민중을 부각시켜 준 것은 자유의 쟁취라는 4·19의 독특한 성격 때문이다. 자유란 예속되지 않는 상태에서 누려질 수 있는 것이요, 또한 그 예속되지 않는 상태는 민족의 자주성이 확보될 때에 보장되는 것이다. 그 자주성의 문제는 한국 문학사에서는 민중의 문제로 제기된다. 민중이란 역사의 주체이기 때문이다.[8]

최하림에 의하면, 1960년대 초에 이르러 김수영, 신동엽, 신경림, 김지하, 이성부, 조태일 등에 의하여 비로소 민족 경험이 집약된 '민중＝농민'에의 접근이 시도된다. 물론 그들의 민중에의 접근은 4·19혁명으로부터 비롯된 것이다. 그리고 최하림에게 자유란 예속되지 않는 상태에서 누려질 수 있는 것이요, 또한 그 예속되지 않는 상태는 민족의 자주성이 확보될 때에 보장되는 것이다. 그 자주성의 문제는 한국 문학사에서는 민중의 문제로 제기된다. 민중이란 역사의 주체이기 때문이다.

아닌 게 아니라 1970년대의 이른바 '민중적 서정시'는 시의 소재나 대상을 당대의 민중으로 설정했다는 외재적 측면뿐만 아니라 주체들이 견지하고 있는 민중 지향성이라는 세계관에도 폭넓게 연관되는 개념이다.

8   최하림, 「시와 부정의 정신」, 같은 책, pp. 305~06.

우리 현대사에서 '민중'은 근대화의 첨병이면서 그 과정의 직접적 피해자로 인식되고 있는데, 이 같은 민중의 이중적 성격은 성장 위주의 근대화 프로젝트가 초래한 사회의 구조적 모순과 더불어 나타나게 된다. 이러한 민중의 위상에 대한 역사적 자각과 민중적 서정시의 성취 과정이 겹쳐 흐를 수밖에 없다는 점을 최하림은 간파하고 강조한다. 그 흐름은 역사적 상상력과 시적 언어가 만나는 지점에서 형성되어 삶의 구체성과 보편성을 하나로 관통하는 상상력의 통합 과정으로 나타나는데, 이 흐름을 최하림이 적정하게 포착한 것이다.

실제로 한국시는 일제 시대로부터 1960년대까지 시적 상상력의 기초가 되는 현실을 무시하여 왔으며, 그에 따라 현실 경험이 시로부터 늘 소외되고 왜소화되었다. 시는 당시(唐詩)나 선시(禪詩)와 같이 짧게 씌어지는 것이 정도처럼 여겨졌다. 즉 시는 역사의 표면에 등장하는 민중의 존재를 외면하고──그들의 경험의 복잡성과 다양성, 불투명성을 외면하고──자연에 대한 인간의 수동적인 정서를 짜내는 데 급급한 것이었다. 그들은 조선 후기 문화가 낳은 사설시조라든가 판소리도 시의 정도가 아닌 것으로 믿어 버린 것이다. 그런 면에서 이동순이나 김준태·김정환의 장시는 70년대의 한국시가 꾸준히 시도해온 시적 경험성·비판성·폭로성·혁명성 등을 극대화한 것이라고 말할 수 있을 것이다. 거기에는 암흑적 현실에 대응할 수 있는 이야기와 극적 상황, 그리고 그것을 지속하여 주는 시의 공간의 확대 등이 담겨 있는 것이다.[9]

이러한 흐름으로 한국 시사를 일괄할 경우, 한국 시는 일제 강점기로부터 1960년대까지 시적 상상력의 기초가 되는 현실을 무시해왔고, 그에 따라 현실 경험이 시로부터 늘 소외되고 왜소화되었다고 정리할 수 있다. 최

9   최하림, 「새로운 시인들」, 같은 책, pp. 252~53.

하림은 그 과정에서 새로운 민중적 서정시에 의해 한국 시가 시도해온 시적 경험성, 비판성, 폭로성, 혁명성 등이 극대화하였다고 해석한다. 거기에는 현실에 대응할 수 있는 이야기와 극적 상황, 그리고 그것을 지속해주는 시의 공간의 확대 등이 담겨 있기 때문이다. 어쨌든 1970년대의 시인들은 시에서의 현실성 도입, 이야기 반영, 대중성 고취 등 많은 긍정적 변혁을 이룬 '민중적 서정시'를 통해 서서히 자기 갱신을 거듭해가면서 생명력을 더하게 되었다. 최하림은 "70년대의 한국시가 보여준 단면의 하나는 관념적이며 추상적인 시의 제거라고 할 수 있다. 그 작업에 중요한 역할을 한 시인이 신경림·이성부·조태일 등의 참여파"[10]라고 하면서 민중적 서정의 역할을 새삼 강조하게 된다. 최하림의 현실 지향의 시정신이 일이관지하게 관철되는 대목이 아닐 수 없다.

4. 현실 지향의 시정신과 언어적 감각의 만남

다음으로 우리는 최하림이 서정시의 가장 중요한 본질이요 매개인 '언어'에 대해 누구보다도 관심을 가졌다는 점을 주목해야 할 것이다. 앞에서도 보았듯이, 최하림은 민중적 서정의 역사화를 시도하는 여러 편의 평론을 썼다. 이러한 논지(論旨)는 우리로 하여금 시의 장르적 본질과 기능에 대한 근원적 사유에 이르도록 해준다. 하지만 그와 동시에 최하림은 명료한 분별과 이성적 경계를 지우면서 그 나머지는 여백으로 남기는 방법론을 통해 서정시가 사유를 응집하고 간접화하는 과정을 중시한 바 있다. 왜냐하면 그는 서정시가 의미를 설명하는 쪽이 아니라 의미를 응축하는 쪽에 서 있으며, 세계 내 존재로서의 인간이 가지는 복합적 삶의 마디들을 통해 상상적 참여를 강화하는 기능을 가지고 있다고 판단하였기 때문

---

10   최하림, 「사랑의 실천과 사랑의 비판」, 같은 책, p. 267.

이다. 그렇게 초월과 암시 그리고 상상적 능동성을 통해 현대인의 잃어버린 시적 아우라를 되부르는 강력한 방법론으로서, 완성도 높은 장인정신을 요청하는 완결성의 시학으로서, 최하림은 서정시의 확장과 심화 가능성을 주장하였다. 현실 지향의 시정신이 언어적 감각과 만나는 순간이 아닐 수 없다.

> 시가 지적 조작을 벗어나 경험 속에서 유추되고 구체화되어야 한다는 것은 이론의 여지가 없는 사실이다. 시는 프리즘에 의한 빛(현실)의 반영체이고, 그러므로 빛과 완전히 다른 것이 아닌 그 빛의 변형에 불과하다. 허나 그 빛을 무지개와 같은 색다른 것으로 보려면 프리즘의 원리를 이용하지 않으면 안 되듯이, 시인 역시 현실을 보는 그의 독자의 눈을 가지지 않으면 안 된다. 그 눈은 보는 법, 즉 시각의 원근법을 수반해야 한다.[11]

최하림은 시가 지적 조작을 벗어나 구체적 경험 속에서 유추되어야 한다고 믿는다. 한편으로는 현실의 반영체이지만, 다른 한편으로는 빛의 변형을 통해 현실을 보는 새로운 언어적 눈을 가져야 한다는 것이다. 이러한 현실적 원근법을 통해 최하림은 예술에 가닿는 우회적 방법론을 옹호하게 된다. 그래서 "우리는 우리와 다른 남이 우리 사이에서 즐겁게 살 수 있도록 하고, 우리와 다른 주장도 우리의 주장과 더불어 만연하게 문학계에서 꽃을 피울 수 있도록 서로 도와야 한다. 주장이란 다양할수록 좋은 것이고 예각적일수록 탄력성을 가질 수 있다. 그런 주장들이 서로 대립하고 자신의 주장을 치밀하게 전개시킬 때, 나의 주장도 더불어 치밀해지게 되고 한국 문학 전반에 걸친 논리의 치밀성과 발전이 이룩된다"[12]라는 타자

---

11   최하림, 「시와 전통」, 같은 책, p. 121.
12   최하림, 같은 글, p. 130.

수용의 견해를 궁극적으로 제시하게 된다.

　　결론으로서 시가 가치 창조를 위한 인간의 이상주의적 산물이라면 인간성을 마멸시키려는 모든 제도적 모순에 대하여 싸우지 않으면 안 되며 사회 모순을 구조적으로 파악하여 극복하려는 자세를 취할 필요가 있다. 그러기 위해서는 목적 성취를 위한 성실한 노력을 경주해야 함은 말할 것도 없거니와 그것을 형상화하는 민중 언어에 대한 시인의 자각성을 다져야 한다. 이때의 자각성이란 기교적인 차원을 넘어선 민중 언어의 자기화를 말한다. 근대 중국에서의 백화 운동과 같이 식민지적 언어 특성이 잔존한 형식적인 구문을 버리고 과감히 민중의 현실 속에서 씌어지고 그 현실 속에서 의미를 획득하는 민중 언어로써 시를 노래해야 한다. 언어란 단순한 표현 수단이 아니라 현실을 의미하는 기호이며 현실을 반영하고 판단케 하는 거울인 까닭이다.[13]

　이렇게 최하림은 시가 가치 창조를 위한 인간의 이상주의적 산물이라는 점, 그리고 사회 모순을 구조적으로 파악하여 극복하려는 자세를 취해야 한다는 점을 강조하게 된다. 이를 위해 '언어'에 대한 시인의 자각과 함께, 그 '언어'가 현실을 의미하는 기호이며 현실을 반영하고 판단케 하는 거울인 점을 알아야 한다고 거듭 주장한다. 이처럼 최하림에게 '언어'란 역사적 구성과 재구성의 과정을 밟아가는 것이고, 나아가 고전적 서정성을 존중하고 추구해가는 원질이 된다. 그래서 "그에 의하면 언어는 현실을 의미하고 반영하는 거울이다. 그리고 이런 이론은 언어의 재현성, 리얼리즘을 옹호한다. 그러나 현대미학은 언어의 재현성에 대한 회의를 강조한다. 결국 최하림은 도덕적 이상주의자의 태도를 보여준다"[14]라는 평가

13　최하림, 「시와 부정의 정신」, 같은 책, pp. 316~17.
14　이승훈, 「최하림의 시론」, 『한국현대시론사』, 고려원, 1993, p. 333.

가 가능해지는 것이다. 현실의 투명한 거울로서의 언어 감각, 그것을 통해 최하림은 자신의 실존적 서성거림을 완성한다.

> 죽음이 삶의 윤곽을 만들어준다. 이 논리를 밀고 나가면, 죽음이 삶으로 하여금 세계라는 한정공간에서 놀게 하고 생각하게 하고 숨 쉬게 한다고 말할 수 있으며, 죽음이 삶의 시를 쓰게 한다고 말할 수 있다.//
> 상상력이 언어에 얹히고, 언어가 사랑을 만들고, 믿음이 변혁을 만들어간다는 등식에서, 서정시에 속하는 부분은 언어와 사랑까지가 아닐까. 사랑과 믿음 사이에서는 이른바 참여시가 태어나고, 그것이 부정의 시학이 될 것이다. 그런데 부정의 시학은 언어가 사랑을 만드는 과정에서도 개입한다.[15]

이러한 민중 지향의 정신과 언어 감각은 그로 하여금 아름다운 아포리즘을 만들어가게끔 한다. 그 안에는 현실 지향의 시정신과 사랑의 옹호가 깊이 숨겨져 있는데, 가령 '죽음'과 '삶'의 상호 연관성, '상상력'과 '언어'의 결속을 강조하면서 그는 "언어가 사랑을 만들고, 믿음이 변혁을 만들어"가는 과정에서 "서정시에 속하는 부분은 언어와 사랑까지"라고 말한다. 나아가 "사랑과 믿음 사이에서는 이른바 참여시가 태어나고, 그것이 부정의 시학이 될 것이다. 그런데 부정의 시학은 언어가 사랑을 만드는 과정에서도 개입한다"라고 하지 않았던가. 결국 그에게 '부정'의 정신이란 '사랑'의 정신이기도 했을 것이다.

이처럼 최하림 시론은 한편으로는 민중적 서정시의 주류화를 위한 시사 기술로, 다른 한편으로는 언어의 발견과 개척을 통해 사랑을 실천하고 상상력을 세련화하는 방향으로 확장되어갔다. 예리한 현실 감각과 세련된 미적 지향의 균형을 추구하면서, 평론가 곽광수가 말한 예의 '정직성'

---

15   최하림, 『숲이 아름다운 것은 그곳이 비어 있기 때문이다』, 문학 세계사, 1992, p. 20.

에서 비롯하는 현실 지향의 시정신과 사랑의 옹호를 일관되게 발화한 것이다. 이 점, 최하림을 진정한 의미의 민중적 서정 옹호론자, 그리고 언어와 상상력의 매개를 통한 실존적 자기 개진을 강조한 미학주의자로서의 이중 속성을 선명하게 입증해준다 할 것이다.

[『동아시아문화연구』, 제80집(한양대학교 동아시아문화연구소, 2020)]

시간 속을 소용돌이치는 말들의 풍경

─최하림 시고

김명인

1. 서론

최하림은 1964년 『조선일보』 신춘문예로 작품 활동을 시작한 이후 2001년 현재까지 『우리들을 위하여』(창작과비평사, 1976), 『작은 마을에서』(문학과지성사, 1982), 『겨울 깊은 물소리』(열음사, 1987), 『속이 보이는 심연으로』(문학과지성사, 1991), 『굴참나무숲에서 아이들이 온다』(문학과지성사, 1998), 『풍경 뒤의 풍경』(문학과지성사, 2001) 등 6권의 시집을 상재하였다. 데뷔 이후 그는 특별히 생산적인 창작 활동을 영위하였다고는 말할 수 없으나, '산문시대' 동인으로 활약했던 초기부터 지금까지 문학의 현장에서 결코 가볍게 여길 수 없는 시들을 꾸준히 써왔다. 그럼에도 그는 시업의 성취에 걸맞은 평가를 받아왔다고 할 수는 없다. 한 연구자의 지적처럼 그가 "우리 시대의 다난한 역사의 현장을 벗어난 적이 없지만, 논의의 중심에 들어가는 방식이 아니라 시의 중심에 들어가는 방식으로 그 자리에 서 있었"던 까닭이 아닌가 한다.

최하림의 시 세계는 엇비슷한 시기에 등장한 황동규, 정현종, 오규원 등과 비교한다면, 논의의 진폭이 그다지 넓지 않을 듯 보인다. 이러한 이해는 그가 어떤 심미적 완결성에 사로잡혀 시의 파장을 축소해왔다는 뜻이 아니다. 오히려 시적 염결에 대한 믿음, 혹은 범속한 것을 정련해 보다 높은 깨우침으로 끌어올리려는 미적 형상화에의 일관된 열망과 의지가 작품의 세계를 제한하고 심화시켰던 것이 아닐까 판단한다.

그의 시편들은 낮고 조용한 음색으로 독자들 곁에 스며들듯 다가서며, 그 흐름과 분위기로 편안하고 따뜻하게 둘레를 감싸 안는다. 그의 시적 화법은 설득보다는 감염의 정조를 지향한다. 시대의 억압과 역사의 질곡에 따른 격정과 울분의 자리에서도 그는 대결이나 폭로의 선동성을 선택하는 것이 아니라, 이성적인 인식과 내성적인 성찰을 앞세운다. 그의 시가 때로는 몽환적인 체험으로 다가오는 경우에도 그 바탕에는 심미적 감응의 정조에 닿아 꿈틀거리는 내성의 힘이 느껴진다. 설사 불안과 좌절 혹은 분노의 어조가 시의 표면으로 솟구쳐 올라도 그것은 격정으로부터 한 걸음 비켜선 자리에 멈춰 선다. 이러한 균형감각이나 포용성이 최하림 특유의 시 세계라 믿어진다.

이 연구는 서른 해를 넘긴 시력에도 불구하고 최하림 시의 근원이 크게 변하지 않았다는 점에서 논의의 계기를 마련하였다. 그 또한 젊은 날의 격정은 들끓는 낭만의 시로 아로새겼다. 그러나 초기 시의 세계에서조차 뚜렷하게 감지되는 것은 시간과 언어, 역사와 존재에 대한 남다른 관심과 그것을 감싸고도는 부드럽고 넉넉한 서정성이다. 그와 같은 특징은 최근의 시에 이르기까지 일관되게 엿보이고 있다. 그렇다면 최하림 시 세계를 관류하는 미학의 핵심은 무엇인가. 그의 시가 지속적으로 변주하는 주제적 자장 속에 아마도 그 시학의 요체가 감추어져 있을 것이다.

최하림의 시에서 가장 빈번하게 사용되는 어휘군은 '말' '역사' '시간'

---

1   황현산 해설, 「가장 파동이 작은 노래」, 『굴참나무숲에서 아이들이 온다』, p. 93.

78

'인간' 등과 관계된 언표다. '역사'와 '인간'에 대한 관심은 '말' 또는 '시간'과 서로 교환될 수 있거나 대응 관계를 이룬다고 할 때, 결국 초기 시부터 지금까지 그의 주된 시적 관심사는 '말'과 '시간'에 대한 유난한 집착이라 믿어진다. 이 논고는 지금까지 출간된 여섯 권의 시집을 관류해내는 핵심적인 정서를 '말'과 '시간'에 대한 존재론적 관심이라 전제하고 논의의 폭을 미리 제한해둔다. 따라서 이 연구는 최하림 시의 광맥 중에서 극히 작은 한 범주만을 드러내게 될 것이다. 이 글 또한 어쩌면 최하림 시의 특징을 규명하기보다는 연구자가 한정해놓은 서정시 일반의 인상을 좇아가는 데 멈추어 서지 않을까 지레 걱정한다.

2. 시선의 역사성

최하림은 초기 시에서부터 유별난 관찰자의 시선을 보여준다. 무엇인가를 '본다'는 의식과 행위는 그의 시를 지배하는 중심축의 하나다. '보려는' 의지와 관련하여 그는 다음과 같은 고백을 남기고 있다.

나는 다만 '지그시 보는 시간'을 살고 싶었다.[2]

보는 일은 결국 어둠으로 귀착된다. 어둠은 죽음이고 무이다. 그렇다고 할지라도 보는 방식의 삶을 나는 버릴 수 없었고, 그것을 숙명처럼 살아야 했다.[3]

인간사의 여러 체험들을 미적으로 고양시키는 형상화의 세계가 시라

2   최하림, 「호탄리의 낮과 밤」, 『문예중앙』 1999년 여름호, p. 370.
3   같은 책, p. 376.

면, 거기에는 현상을 인지하려는 의욕이 우선 담보된다. 그런 까닭으로 최하림의 시 쓰기가 보려는 의지를 앞세우는 것은 지극히 자연스럽다. 아래의 인용 시는 '보려는' 일을 청유하고 있어 이채롭게 읽힌다.

보아라 칼 아래 잠든 밤이여
사랑의 아름다움을 알고 바라던 밤이여
소리가 지날 때마다 사방은 해초(海草)처럼 설레고
마음이 심하게 흔들리기 시작하였으므로
진정하여야겠다. 확실한 많은 시간들이
기다려 있을 테니까 그때를 위하여
슬픔을 버리고 헛된 눈물을 버리고
흐느끼듯한 진실을 만들어야겠다.

—「비가(悲歌)」 부분[4]

'비가'라는 표제를 달고 있는 이 시에는 창작 시기를 표기한 '1968'이라는 숫자가 부기되어 있다. 젊은 날의 낭만적인 열정을 아로새기는 듯 극한을 연상시키는 절박한 어둠 속에서 "한줌의 희망도 없이/내리고 내리는 울음"을 듣고 있는 시의 화자는 이미 심각한 갈등에 휩싸여 있다. 그러나 그 갈등의 자리는 "확실한 많은 시간을" 자성하면서 "헛된 눈물을 버리고/흐느끼듯한 진실을 만들어"간다면, "내가 나"인 연유를 깨닫는 지점이기도 하다. 그러므로 '보아라'라고 힘 있게 청유하는 행간은 실제로는 화자의 진정이 안 되는 내면을 다독거리려는 의지로 읽힌다. 어디로 무엇을 향해 가는지도 모르는 실존이라면 마냥 두렵다. 그러나 두려움은 진실을 온축시켜 보다 확실한 미래에 가닿으려는 염원을 두텁게 한다. 그리하여 그것은 "어떻게 살아가야 할 것인가"[5]에 대한 실존적인 번민과 아울

---

4   최하림, 『우리들을 위하여』, pp. 68~69.

러 역사에로의 소명의식을 소환한다. 시적 자아의 내적 열망은 현실의 고투를 경과해 역사의 수레바퀴를 이상적인 방향으로 밀고 나아가려는 젊은이다운 이상과 기개일 것이다. "시문학도 역사의 이상 쪽으로 밀고 가는 인간의 문화 양식의 하나이다. 시문학이 현실적인 안정이나 안주보다도 반항과 자유의 사상으로 충만한 것은 그 때문이다"[6]라고 이 무렵 그가 산문을 통해 설파하는 논거는 이 시의 주제이기도 하다.

그의 초기 시에는 "보는 것"으로서의 응시와 함께 '시'라는 표제의 작품들이 여러 편 산견된다.[7] 이는 시인이 '시'를 어떻게 받아들이는지 시사하고 있어 흥미롭다. '시'로 표제한 작품에서 공통적으로 살펴지는 것은 '시선'의 역사성이다. 관시(觀視)의 대상이 시대와 역사임을 그는 다음과 같이 고백하고 있다.

〈나〉를 본다는 일은 나와 역사의 연계를 확실히 하는 일이 될 것이고 나를 객관화하는 일이 될 것이다. 그런 면에서 나는 나의 시와 시에 대한 생각들을 가다듬고 싶다.[8]

보려는 의지가 역사적인 관심사에 닿아 있는 경우, 시의 주제는 시대의식으로 확장되기 십상이다. 최하림의 초기 시가 줄곧 어떤 분노나 슬픔, 절망, 반성 등과 밀착되는 까닭이라 할 수 있다. 아래의 인용 시는 그 점을 음미하게 한다.

만상이 잠든 영산강(榮山江) 가에 밤물결이 밀려오면

---

5   최하림, 『시와 부정의 정신』, 문학과지성사, 1984, p. 296.

6   같은 책, p. 296.

7   같은 부류의 표제를 달고 있는 작품이 시집 『작은 마을에서』에서만 「시」, p. 13; 「시는 어디에」, p. 21; 「시」, p. 28; 「시」, p. 65; 「비가」, p. 69 등으로 살펴진다.

8   최하림, 「책머리에」, 『시와 부정의 정신』, 문학과지성사, 1984.

촉수 긴 갈대들이 일제히 흔들리고 서늘은
바람이 그곳에서 밀려와 잠을 깨운다
우리들은 오만가지 생각에 잠겨 시를 쓴다
없는 슬픔과 버림받은 슬픔으로 조수같이 흔들리면서
눈도 없고 코도 없고 귀도 없는 시를 쓴다

—「피 흘리는 세기(世紀)를」 부분[9]

시대의 모습을 '피 흘리는 세기'라고 표제하고 있는 이 시는 도저한 역
사 앞에 속수무책인 시인의 안타까움을 읽게 한다. '조수같이' 밀려오는
어둠의 범람 앞에서 시인은 "눈도 없고 코도 없고 귀도 없는 시를" 쓸 수
밖에 없다. 시인은 맹목의 현실을 살아내고 있는 것이다.

바다 앞에 서면 흐르는 물이 너의 음성이 되어
잘가라 잘가라 잘가라고 말하고
우리들은 가지 않을 수 없는 일정을 헤아리며
너의 눈을, 입술을, 네 서러운 말을 버려야 하리
네 마지막 입맞춤도 버려야 하리

—「밤 강가에서」 부분[10]

시의 화자가 버리려고 하는 것은, '너'에 기대었던 아름다운 사랑이다.
버림은 사랑의 포기가 아니라 절박한 길에의 소명이 앞서는 까닭이다. 시
의 화자는 "나를 태우고 너를 태우면서" 가지 않으면 안 될 시대의 부름
앞에 서 있는 것이다. 믿음의 세계를 인지하고 반사시키던 사랑의 거울조
차 덮어버리며 가야 하는 길의 막막함은 시에서는 '신난'이라 표현된다.

9   최하림, 『우리들을 위하여』, p. 52.
10   같은 책, p. 36.

시대와 역사를 올바르게 인식하고 그 소명에 응답하려는 이 비장(悲壯)은 윤리적이지만 그러나 이성적인 분별과는 다소 간격이 있다. 심미적이고 감상적인 감응에 가까운 것이다. 이러한 정서는 대상의 본질을 꿰뚫어 어떤 대책을 마련하기보다는 울분하고 뉘우치고 다짐하는 낭만적 정조로 이어진다. 출발부터 최하림은 역사의 부하(負荷)를 과도하게 짊어졌던 시인이었다. 그런 까닭으로 이 무렵의 시에는 물, 불, 하늘, 바람, 죽음, 밤, 횃불, 도시, 어둠, 칼, 사랑, 영혼 등 강렬한 느낌의 어휘들이 대거 등장한다. 서술어 또한 울다, 흔들리다, 만나다, 불타다, 버리다 등 결단과 관련된 감성어들이 회오리친다. 현실에 의미를 부여하고 울분으로 역사를 응시할 때, 시의 언어는 들끓는 내포로 가득 차는 것이다. 이들 시어를 통해서 독자는 암울하고 불안정한 시대와 맞서려는 시인의 '부정(否定)의 정신'을 읽게 된다. "시는 부정(不正)의 현실을 부정(否定)의 방법으로 말함으로써 부정을 정화시키는 비극적 세계인식이다"[11]라고 언급한 그의 산문이 상기되는 까닭이다.

최하림의 초기 시에서는 '떠남'을 노래한 시가 많다. 이 '떠남'은 또한 시대의 부름에 응답하려는 소명의식일 것이다. 아래 인용 시에서는 당위의 자리로 나아가려는 화자의 결곡한 마음이 살펴진다.

> 이제 우리는 세계가 평화롭다고도
> 생각할 수 없고 쉽사리 역사를
> 자유스럽다고도 말할 수 없으리라
> 이제 우리는 외칠 수도 없으리라
> 돌아볼 수도 없으리라 작은 다리로
> 나이 든 사나이가 걸어가고
> 그의 그림자가 걸어가고

---

11 최하림, 「호탄리의 낮과 밤」, 『문예중앙』 1999년 여름호, p. 444.

그는 뒤돌아보지도 않고
나를 부르지도 않으리라
어둠이 깔린 거리에서
그는 가고 볼 뿐
이제 너는 가야 한다
마른 풀섶의 들쥐들이 풀씨를 찾아
이리저리 종종거리며 다닌 이때에
네가 남긴 발자국이 눈에 덮이고
어둠이 서 있는 네 흔적을 지워버릴 때까지

—「너는 가야 한다」 부분[12]

이 시에서의 '너'는 말할 것도 없이 내면의 시적 자아다. 시인의 의식 세계가 시적 대상화의 직접적인 소환에 응답하는 자리에서 씌어진 작품인 것이다. 역사를 암담하게 이끄는 것은 현실의 감당하기 어려운 횡포다. 거기에 대응하려는 의식이 화자에게 억압을 박차고 떠나길 권면한다. 시적 대상화가 주체의 소명의식으로 발전하면서 비극적인 세계로의 투신을 당위로 격상시킨다. 역사와 시대에 반응하는 이 무렵 시인의 태도는 다음의 산문에서도 확인된다.

결론으로서 시가 가치 창조를 위한 인간의 이상주의적 산물이라면 인간성을 마멸시키려는 모든 제도적 모순에 대하여 싸우지 않으면 안 되며 사회 모순을 구조적으로 파악하여 극복하려는 자세를 취할 필요가 있다. 그러기 위해서는 목적 성취를 위한 성실한 노력을 경주해야 함은 말할 것도 없거니와 그것을 형상화하는 민중 언어에 대한 시인의 자각성을 다져야 한다.[13]

---

12   최하림, 『겨울 깊은 물소리』, p. 15.

역사와 현실의 모순이 심각할수록 그것에 대응하는 시인의 의식은 외향적인 부정성을 지향한다. 말하자면, 억압적인 권력과 거기에 대립하는 저항의식이 팽팽한 긴장의 관계를 드러내는 것이다. 그런데 실제로 최하림의 시는 부정성의 응집이 시의 외형화로 나타나기보다는 내발적인 원리에 침잠함으로써, 선명한 거역에서는 한 걸음 비켜선 듯 읽힌다. 시적 자아는 진솔한 내면의 음성에 더욱 몰두해 있는 것이다. 폭압과 광기의 시대일수록 자성적인 자세를 유지하려는 노력은 당대의 주류에서 밀려나기 십상이다. 그의 시가 비탄, 고통, 갈등의 내밀한 비망록으로 읽히는 것은 그가 행동주의자이기보다는 어쩔 수 없는 순정한 내성의 시인임을 일깨워주는 것이다. 그에게 시는 시대의 현실을 구조적으로 파악하고 극복하려는 이상주의적 세계관을 반영하는 자리이기도 하다. 그리하여 그의 시는 시대적 부정성에 대한 회의와 탐색의 촉수를 애써 감추지 않지만, 한편으로는 의식의 은밀한 심연들을 자주 조명한다. 이러한 전개가 유난한 모습으로 확인되는 것이 〈베드로〉 연작이다.[14] 이 연작시는 고뇌의 표상으로 인간의 내면을 비춰낸 윤동주의 「자화상」과 동일한 맥락으로 읽힌다.

게세마네 골짜기로 들어가기 위해서는 그 육중한 뱃놈인 베드로라 해도 인간의 쓸쓸한 마음자리를 수없이 지나가야만 했다 걸음걸이가 죽도록 무거울 수밖에 없었다.

—「베드로 2」 전문[15]

---

13   최하림, 『시와 부정의 정신』, pp. 316~17.
14   그의 초기 시에는 "베드로"라는 표제를 붙인 시가 많다. 열음사 판 『겨울 깊은 물소리』에는
      6편의 연작시가 실려 있으며, 이후에 1999년 문학동네 판으로 개판되었을 때는 10편이
      추가되어 있다. 그런데 같은 표제의 연작이 『속이 보이는 심연으로』에도 4편이 실려 있다.
15   최하림, 『겨울 깊은 물소리』, p. 36.

이 작품은 열음사 판의 『겨울 깊은 물소리』에서는 「베드로 2」로 실려 있으나, 문학동네 판에는 「베드로 1」로 표제되어 있다. 시인이 그만큼 비중 있게 생각하는 작품일 것이다. '베드로'는 '예수'의 뒤를 따라 순교를 선택한다. 그러나 '겟세마네' 골짜기로 향해 가는 그의 발걸음은 "걸음걸이가 죽도록 무거울 수밖에 없었다." 인간의 "쓸쓸한 마음" 탓이었다. 삶의 길은 당위를 지향해도 실존의 자리에선 인간적인 연민을 감내할 수밖에 없다. 더구나 육신을 건너가는 죽음의 징검다리라면, 그 번뇌는 더욱 가파를 수밖에 없다. 죽음 앞에 갈등하는 인간의 모습은 이미 십자가의 그리스도가 보여준 것이다. 마침내 그 소명을 수락하였을 때, 필경은 죽음을 견뎌낸 승리의 기록이 된다. "물 위를 걸어가는 그대/역광을 받으며 그렇게도 아름답게/가벼이가벼이 가는 그대/이 세상의 어둠과 평화가 아니라/어둠과 평화의 빛을 끌고 가는 그대를" 범인들은 숭모하게 되는 것이다. "물 위를 걸어가는 그대"가 한량없이 아름답게 느껴지는 지경은 메시아의 굳건한 언약이 실현되는 순간일 것이다. 그렇다면 육신의 번뇌를 넘어서서 정신의 승리를 쟁취하려는 이런 내면화의 길은 최하림의 시에서 어떤 의미를 획득하는 것일까? 모순과 질곡이 곧 삶이며 문학이고, 문학의 추동력인 까닭에, 현실과 이데올로기 사이의 모순, 인생과 작품 사이의 간극을 제대로 깨우치게 하는 일이야말로 문학의 순정한 가치일 것이다. 자기모순을 제대로 응시하는 것이 곧 인간과 문학의 길이라는 생각을 이 무렵의 최하림은 하고 있었는지도 모를 일이다.

3. 사물과 시어의 현상적 접근

윤리적인 모순의 이해가 최하림 초기 시의 주된 관심사였다면, 그것은 '말'에 대한 성찰과도 깊이 연관되어 있다. 〈베드로〉 연작에서 보듯이 최하림의 시에는 말의 신성을 향한 갈구가 드물지 않게 토로되는데, 이는 그의 시적 사유(말)가 시대와 역사 이상의 어떤 번민과 연계되어 있음을 암시한다. 시는 언어로 씌어지는 것이므로, 말에 대한 집착은 어느 시인에게서나 쉽게 살펴지는 자의식일 수밖에 없다. 그러나 최하림 시의 경우 그 관심은 직접적이고 지속적이다. 말에 대한 천착은 첫 시집 『우리들을 위하여』에서부터 그의 전 시력에 걸쳐 일관되게 반복되는 중심 주제인 것이다. 말을 향한 시인의 자의식이 그만큼 강렬함을 암시한다.

우리에게 있어서 말이란 무엇인가. 우리는 왜 말을 하는가. 우리 자신의 존재를 말을 통해서 확인하고, 확인받으려 하기 때문이 아닌가. 그리고 말만이 확실하게 사랑으로 우리를 감싸주고 쓰다듬어주고 꿈꾸게 하기 때문이 아닌가.[16]

말을 향한 시인의 지향성은 사물이 언어로 정착되기 이전의 단계인 순수한 내면을 성찰하는 일에 가깝다. 말과 사물의 현상적인 근접성을 추구하는 시인의 언술 행위는 사물과 언어 사이에 끼어 있는 시간의 이끼를 건어내는 일이기도 하다. 이 시인의 시어들이 조영(照影)하는 사물의 그림자는 뚜렷한 형상을 드러내진 않지만, 인간사의 질곡처럼 때로는 깊이 모를 슬픔과 허무, 고통을 동반한다.

검은 분비물이 흐르는 어두운
도시의 심장에서 책상과 의자를 지키며
우리들은 누운 자(字)를 일으키고 쓰러진 자(字)를 바로 세우고
틀린 자(字)를 고치고 문맥이 맞지 않는 부분을 수정한다
그리고 보면 나는 혁명가이기보다 수정주의자에 가까운 모양이다.
　　　　　　　　　　　　　　　　　　—「교정사(矯正師)」부분[17]

16　최하림, 「산문/말과 현실」, 같은 책, p. 120.

인용 시는 표제가 "교정사"다. 글자를 수정하는 일을 직업으로 가진 사람이 작중 화자로 설정되어 있는 것이다. 이 시에서의 글자(말)는 낱낱의 사람이다. '자(字)'는 '자(者)'이기도 한 것이다. 그러므로 말의 질정(叱正)은 잘못된 세상을 바로잡는 일에 해당한다. 말을 다루는 일이 시인의 과업이라면, 그는 잘못된 인간사를 질정하는 교정사가 아니겠는가. 이럴 때 말은 인간의 이기(利器)를 넘어서 자체의 윤리와 신성을 획득한다.

말은 인간에게는 실재를 표현하는 유일한 증거물이다. 언어 없이 사유는 이어질 수 없으며 앎의 대상 역시 존재할 수 없다. 미지의 실재와 만나 제일 먼저 하는 인간의 일은 그것에 이름을 붙이는, 곧 명명을 수행하는 것이다. 이름이 붙여지지 않은 사물은 인간의 이해 밖에 있다. 모든 앎은 사물의 이름을 익히는 일로부터 시작된다. 사물의 이름을 이해한다는 것은 그 세계를 포섭한다는 뜻과 다름없다. 발화는 상대를 여는 열쇠가 되거나, 혹은 무지의 고백이나 침묵으로 가라앉는다. 그러나 침묵조차 무언가를 말하는데, 침묵이 무(無)가 아니라 여전히 기호들을 품고 있기 때문이다.

사실 시적 창조는 말에 대한 위반으로 시작한다. 시적 창조의 "첫번째 행동은 말들을 지탱하고 있는 뿌리를 흔드는 일이다. 시인은 일상적인 일들, 그리고 그것들과 맺고 있는 연관관계에서 말들을 뿌리째 뽑아내어 일상적 언어의 획일적인 세계와 결별시킨다. 이때 단어들은 이제 막 태어난 것처럼 생생한 것이 된다. 두번째 행위는 말을 원초적 상태로 복귀시키는 것이다. 이때 시는 소통의 대상으로 변한다. 시에는 두 개의 절대적인 힘이 존재한다. 하나는 언어로부터 말을 뿌리째 뽑아내는 상승 혹은 적출의 힘이며, 또 다른 하나는 말을 다시 언어로 복귀시키는 중력의 힘이다."[18]

17   최하림, 『우리들을 위하여』, p. 50.
18   옥타비오 파스, 『활과 리라』, 김홍근·김은중 옮김, 솔, 1988, p. 47.

최하림의 시에서 말의 위반은 오히려 온건한 내면주의자의 모습을 띤다. 독자가 마주치는 것은 '말'에 대한 이 시인의 집요한 현시일 뿐, 금기를 넘어서 뿌리까지 뒤흔드는 충격으로 전이되지는 않는다. 말은 주체에게는 원형적 질료에 가까운 내면의 언어로 인식되지만, 불온한 실체나 가파른 기호로는 쉽게 변환되지 못한다.

> 가파른 계단을 한 걸음 한 걸음 올라가 허공에서 소실점으로 사라지는, 머릿속에만 있으나 존재하지 않는 절대음처럼, 말들은 사람의 집을 찾아서 아득히, 말들은 이제 보이지 않는다. 사람의 집도 보이지 않는다.
>
> ──「말」 부분[19]

인용 시에서 '말'은 개념적인 언술로 정착되기 이전의 어떤 원형성, 곧 지시 체계에 앞서는 질료의 상태로 읽힌다. 표현되기 이전인 '절대'의 말은 그러나 "사람의 집을 찾아서" 헤매는 말이므로 삶의 내력을 포함한다. 그리하여 말들이 아득하게 사라져 보이지 않게 될 때, 사람의 집도 보이지 않는다. 말의 어두움은 "심연으로/심연으로/가라앉"[20]아서 그 심연을 드러내려는 시인의 꿈을 반추해내지만, 사라진 말들은 이미 지워진 존재다. 말의 실종조차 시인을 사로잡는 것은 그것이 실현해내는 '개변' 탓이 아니다. 그것을 통해서 "우리 자신의 존재를" "확인하고 확인받으려고" 하는 까닭이며, "말만이 확실하게 사랑으로 우리를 감싸주고 쓰다듬어주고 꿈꾸게 하기 때문"[21]이다. 이러한 언어 인식은 사물의 표상성이나 명료성을 포기하는 대신, 내밀한 의식의 순수성을 획득하게 만든다. 한층 풍요롭게 삶을 감득해내는 심미적 혜안을 시인에게 부여하는 것이다. 이제 최하

---

19 최하림, 『겨울 깊은 물소리』, p. 23.
20 최하림, 「말」, 같은 책, p. 78.
21 최하림, 「산문/말과 현실」, 같은 책, p. 120.

림 시의 시선은 이 심안의 눈으로 세계를 보고자 하므로, 어떤 시인보다도 웅숭깊다. 초기 시 이후 그의 시편들은 시인의 마음결에 투사되는 삶의 파문 또는 아름다움을 드러내는 데 바쳐지고 있다 해도 과언이 아니다.

최하림의 시에서는 파격적인 언어의 실험이나 난삽한 시적 형상화는 특별히 살펴지지 않는다. 말의 규범을 파괴하고 독자와의 소통을 무시한 파격에의 충동은 그에게 그리 익숙한 것으로 보이지 않는 것이다. 이는 모험 정신의 결핍이 아니라, 이 시인의 말에 대한 사랑과 경의에서 비롯되는 순수성을 반영하는 것으로 이해된다.[22] 주체와 대상 사이의 나타남과 사라짐, 빛과 어둠 등을 포착해내는 과정들을 그는 내면의 역동성을 느낄 수 있는 고요한 언어로 전환시켜 보여준다. 번역이 불가능한 그때그때의 실망조차도 담담하고 아름다운 은유로 고백하는 것이다. 역사와 현실의 사건이나 개인적인 삶과 추억이 표현되는 경우에도 대체로 이와 같은 변용이 작동한다. 언어에 폭력을 가하거나 대응의 수단으로 삼지 않는 까닭에, 시에 임하는 그의 자세는 일관된 엄정성이나 진정성을 느끼게 한다. 주장들은 시의 전면에서 거친 목소리로 부조되기보다 감추어진 파문 속으로 여과되어 풍경의 한 자락으로 은은하게 자리 잡는다. 이런 까닭에 우리는 그를 '순수 시인'[23]이라 불러도 무방할 것이다.

돌아갈 수도 없이 진종일 내린 비 속에서
말갛게 씻긴 세석평전(細石平田)의 별들이 빛난다

갖은 생각을 버리고 앉는다
세상이 장려하고 고요해진다

---

22   오생근 해설, 「고전적 정신과 생성의 시」, 『속이 보이는 심연으로』, p. 101.
23   오생근, 같은 곳.

밤마다 오가는 이들의 슬픔을
속속들이 슬퍼할 수 없는 잡목 숲에

봄 여름 갈 겨울이
아름답게 내려앉는다

—「세석평전에서」전문[24]

이 시에서도 말해지지 않는 것, 그 무형의 원형질은 사유의 수면 아래로 가라앉아 안개처럼 피어오르거나 장막 저편으로 잦아든다. 시가 애써 말을 누리려 하지 않는다. 말하려 든다 해도 그것은 "밤마다 오가는 이의 슬픔을/속속들이 슬퍼"해야 하는 일처럼 부질없는 노력에 지나지 않는다. 풍경이나 사물을 거느리려는 순간에 시는 "산이나 나무를/가지지 못한다 골목도 가지지 못한다."[25] 말해지지 않는 것, 말할 수 없는 것을 말해보려던 초기 시의 노력은 여기 와서 비로소 시간의 풍경과 마주 설 수 있게 된다.

말은 지시되는 사물의 본성에서 빗겨나기 십상이다. 말은 사물의 핵심에 가닿는 것이 아니라, 사물을 둘러싸는 아우라와 같다. 말의 명료성이나 믿음이 사라진 자리에서는 결국 몸으로 부딪히며 나아갈 수밖에 없는데, 이때 앞장세우는 것은 '마음/느낌'의 진실일 것이다. 그러나 그 '마음/느낌'이란 원래 형체가 없는 것. 이 지점에서 말과 풍경을 시간 속으로 흘려보내는 최하림 시의 무심한 응시가 나타난다.

24   최하림, 『작은 마을에서』, p. 50.
25   최하림, 「시」, 같은 책, p. 13.

4. 흐르는 물과 정체하는 시간

최하림 시의 또 하나의 특징은 '시간'과 '물'의 심상을 빈번하게 등장시키는 점이다. 시 속에서 그가 응시하는 시간은 표현 그대로 '부유스름한' 박명(薄明)의 순간들이다. 그것들은 일몰로 오고 있거나, "어슴푸레한 안개"에 둘러싸여 스러지기 시작하는 풍경들의 찰나다. 이러한 시간에 관찰자를 등장시켜 사물을 응시하게 하는 관조의 태도란 어떤 의식의 반사인가? 거기에 앞서 우리는 시간에 대한 이 시인의 인식을 다시 한번 돌이켜볼 필요가 있다. 그에 의하면 시간이란 "물리적인 개념으로 파악할 때에는 일점에 지나지 않는다. 그러므로 우리들이 시간이라고 말할 때에는 일반적으로 삶이 진행되고 있는 기간 중에서 어느 일정 기간(예컨대 하루, 한 달, 일 년, 한 시간 등)을 분절하여 이해한 것을 이르게 된다. 이때의 시간을 분절하는 인식은 현재라는 시점에 선 한 사람의 의식 태도다. 그 의식 태도는 한 개인을 존재하게 하고 그 존재를 인식케 하는 절대적인 기준치가 된다. 다시 말하면 그 의식은 과거를 의미화하여 귀감으로 삼을 뿐 아니라 미래 또한 과거화하려는 의지적인 태도를 보이는 것"[26]이다.

시간의 경험이란 어떤 경우든 장소와 행위와 다채로운 에피소드에 대한 인식으로 이루어진다. 어릴 때는 비교적 덜 길들여진 단순함으로, 나이 들어선 거듭 쌓고 극복하거나 외면하면서, 우리는 시간을 경과한다. 따라서 시간 체험 속에는 구체적인 일상뿐만 아니라, 추상과 상상이 스며들기도 한다. 그것은 무수한 반복을 거듭하지만, 어떤 경우라도 똑같이 되풀이되지는 않는다. 그러므로 시간은 지속이나 변화 등으로 흔히 설명되기도 한다.

시간은 우리 밖에 있지 않으며 시계 바늘처럼 우리의 앞을 지나가는

---

26   최하림, 『시와 부정의 정신』, p. 314.

어떤 것도 아니다. 우리가 바로 시간이며, 지나가는 것은 시간이 아니라 우리 자신이다. 시간이 방향성, 느낌을 갖는 것은 시간이 우리 자신이기 때문이다. 운율은 시계나 달력과는 반대되는 기능을 실현한다. 시간은 추상적인 측량이기를 멈추고 있는 그대로, 즉 구체적이고 방향성을 갖는 어떤 것으로 돌아간다. 쉴새없이 샘솟고 끊임없이 저 너머로 가는 시간은 영원히 자기 자신을 뛰어넘는다. 시간의 본질은 '더욱더'이며 다음 순간 그러한 '더욱더'의 즉각적인 부정이다. 시간은 역설적 방법으로 의미, 즉 어떤 것에 대한 느낌을 긍정한다. 자신이 의미라는 것을 끊임없이 부정하고 의미를 갖는 것, 언제나 자신 밖의 저 너머로 가는 것이다. 시간은 부서지며, 부서지면서 반복하지만, 하나하나의 반복은 변화다. 언제나 동일하며 동시에 동일함을 부정한다. 이렇게 시간은 단순한 측량, 내용 없는 연속성이 아니다.[27]

그렇더라도 서정시의 시간은 온전히 실존의 시간에 예속되지 않는다. 그것은 낮과 밤, 계절의 변화, 출생과 성장, 소멸의 과정을 한없이 되풀이하는 순환적인 리듬에도 맞닿아 있다. 말하자면 우주의 질서에 속해 있는 것이다. 그 까닭은 시의 언어란 경험에서 솟구치지만, 다른 시공 혹은 다른 진실 속에도 착지하기 때문이다. 그러므로 서정시의 시간은 언제나 경험 그대로의 시간만을 보여주지는 않는다. 시의 심상이 모순의 실재를 함께 받아 안는 까닭도 시적 시간의 이원적 조건을 승인하기 때문이다. 거기에는 경험적이며 상대적인 시간이 자리하지만 한편으로는 영원 속에 던져진 존재라는 인간의 근원 희구의 본성이 반영되어 있다. 이러한 시간 속에서의 기억들은 하나의 맥락으로 사건을 읽기도 하고 여러 경험들을 취사선택하면서 그 자체를 지우거나 강화시키기도 한다. 기억 속의 사건들이 지니고 있는 흔적의 삼투가 사실의 객관적 인과관계를 허물고 정서적

27   옥타비오 파스, 같은 책, p. 72.

체험을 재구성하게 하는 것이다. 그러므로 서정시야말로 이 경험적 시간의 질적 양상, 곧 그 결정(結晶)을 취사선택한다. 서정시의 시간은 어쩔 수 없이 주관의 경험적 시간, 곧 정의(情誼)의 시간에 속하는 것이다.

　　하늘의 현관에서 그대가 손을 내민다, 반가운 듯이 또는 무심한 듯이. 나는 손을 따라서 현관을 지나고 마루를 지나 어느 방으로 들어간다. 천천히 발을 뻗고 손을 뻗고 베드에 눕는다. 아래층에서 누가 숨쉬고 있는 것일까? 기억처럼 가느다란 소리가 들리더니 사라지고, 나는 다시 잠든다. 시간과 공간이 비로소 평정을 유지하고 더없이 육체가 감미로운 이때에 누가 그따위 숨소리를 들으려고 귀를 모을 것인가.

　　　　　　　　　　　　　　　　　　　　　　　—「시간의 잠」 전문[28]

　이 시는 시간이 빚어내는 갈등들을 소거시킨 찰나의 어떤 편안함을 보여준다. '하늘의 현관'을 지나는 순간에 이미 지상의 시공에 깃들었던 육체는 불안을 벗어버린다. 갈등이 사라진 곳에서 누가 지상의 가쁜 숨소리에 귀 기울일 것인가. 거기에서는 시간에 대한 의식조차도 소거된 오로지 평온한 '시간의 잠'이 펼쳐질 뿐이다. 그 잠은 더없이 감미롭게 너머의 세계로 우리를 옮겨놓는다. 이 시에는 시간 속이면서 시간의 중력에서 벗어난 우주적 경험이 토로되고 있는 것이다.

　　고속도로 좌단. 위쪽으로 옛 친구가 살던 고막원(古幕院) 역사(驛舍)가 있고, 역사 뒤로 마른풀이 소리소리 바람에 몸 맡긴 언덕이 있고, 길 옆으로 흰 페인트로 기사님을 제왕으로 모시는 기사 식당 있음. 기사들이 설렁탕에 깍두기를 아작아작 씹을 때 기차는 북으로도 남으로도 가고. 기사들이 흰 이빨을 드러내며 차를 몰고 굽이길을 돌 때 기차는 북

28　　최하림, 『겨울 깊은 물소리』, p. 61.

으로도 남으로도 숨바꼭질하듯 오가고, 사라지고 나타남. 구름 흐르고 도깨비바늘 위로 이슬비 내림. 며칠째 나는 길 위에 있음. 방향을 잡을 수 없음. 하늘에서는 함박눈이 펑펑 쏟아지고, 숲들은 허리를 구부린 채 여위어가고. 북쪽 벌판에서는 사슴과 늑대들이 먹을 것 없는 날이면 수만 리 눈 속을 걸어감. 이 겨울, 사슴과 늑대들이 무엇을 보고 무엇을 생각했는지. 새들은 어쨌는지. 그리고 간간이 드나드는 가난한 사람의 지붕은……

— 「기차는 북으로도, 남으로도 가고」 전문[29]

이 시에 등장하는 풍경은 몽환적 기억과 현실의 시공이지만, 과거와 미래, 현재는 뚜렷하게 분절되지 않는다. 그러므로 "며칠째 나는 길 위"에 있지만 어느 쪽으로도 확실한 지향을 갖지 못한다. 이러한 망설임은 차라리 몰각의 주저라고 할 만하다. 곧 신화적인 지경에 가깝다. 그러므로 이 시공은 시간의 원초성을 자극한다. 시간 인식으로 빚어지는 긴장이 사라지는 자리인 것이다. 따라서 시 속의 풍경은 과거를 치유할 수 없는 영역으로 만들거나 미래를 죽음으로 몰고 가는 '세속 시간'의 선형적 진행이나 궤도를 벗어난다. 미래는 과거보다 늦은 시간이 아니며, 과거 역시 현재보다 더 일렀던 것이 아니다. '고속도로'의 속도와 옛 '역사(驛舍)'의 정지가 함께 자리 잡을 수 있는 정취 어린 풍경이 이 작품 속의 시간인 것이다.

그런데 시간의 원초성을 체험하는 일은 누구에게나 열려 있는 가능한 길이라고는 말할 수 없다. 죄를 인식하면서 시간이 자각되기 시작하는 인류의 최초처럼, 최하림에게도 시간 의식이 원죄처럼 남아 있어 무심한 원융(圓融)에로의 길을 가로막는 것으로 보인다. 중기 시에 이르기까지 그의 시적 시간은 "끊임없이 아우성치며 흘러"간다. 시간을 경과하는 풍경

---

29   최하림, 『속이 보이는 심연으로』, p. 29.

또한 "밤새 버드나무들이 떨고" 집들이 "불을 켜고" 불안에 휩싸여 유적지처럼 깊은 침묵에 잠겨 있다. 따라서 거리의 길 잃은 나그네가 누리는 안식은 없다. "밤에는/금속성 사이렌이 단속적으로 울리고" "사나이가 시간을 죄스레 칼질하고,/생채기에서 뚝, 뚝, 피가" 흐르는 「상처」[30]의 시간 속에서는 누구도 길을 가르쳐주지 못한다. 이 무렵의 시에는 경험의 시간이 불온하므로 시인의 소명의식이 더욱 절실하게 읽힌다.

> 저 먼 나라 아르헨티나에서는 수만 명도 넘은 잘 생긴 아들들이 행방불명되었다가 얼마 전 시체로 돌아왔다고 합니다. 수만 명도 넘은 어머니들이 시체를 맞아들였다고 합니다. 분노도 슬픔도 없었다고 합니다. 성모 마리아님이여, 고다마의 어머니 마야님이여, 이런 날은 아들을 그리며 전태일의 어머님도 어느 길을 걸어가고 김남주의 어머님도 갈 것입니다. 이런 날은 아무 죽음도 가지지 못한 저나 제 친구들도 갑니다.
>
> —「겨울산」 부분[31]

인용 시는 온화한 화법을 구사하고 있으나, 그 전언은 침통하고 섬뜩하다. "아르헨티나에서는 수만 명도 넘은 잘 생긴 아들들이 행방불명되었다가 얼마 전 시체로 돌아왔다"는데, 이 땅 역시 아들들의 비극이 생생하다. 그 비극을 씻어내기 위해서 "전태일의 어머님" "김남주의 어머님도" 그리고 "저나 제 친구들도" 가고 있다. 역사를 정면으로 돌파해간 실제를 호명함으로써 이 시는 시대적인 배경을 또렷이 아로새긴다.

> 이 도시의
> 쓰레기와 병들과

---

30   같은 책, p. 22.
31   최하림, 『겨울 깊은 물소리』, p. 21.

계급과 꽃

데모와

바람과

바람의 외침들이

보이지 않는 내 손짓

보이지 않는 내 눈짓

보이지 않는 내 소리짓

을 보고 있다

보이지 않는 내 맘속의 맘까지도

저 배반과 음모까지도 보고 있다

이 도시의 눈들이 내 모든 것을 보고 있다

　　　　　　　—「죽은 자들이여, 너희는 어디 있는가」 부분[32]

　이 시인에게 광주항쟁은 미증유의 전복으로 다가온다. 죽음이 동반된 비극 앞에서 시인은 속수무책, 경험의 시간들을 캄캄한 어둠 속으로 흘려보낸다. 깊고 어두운 심연으로 굴러떨어진 듯 마침내 시인은 절망한다. 죽음은 절망 위에 피어난 꽃이었다. 그리하여 시인은 생생한 죽음으로써 그 절망을 소환한다. 그리고 상처 난 마음들을 가녀리게나마 쓰다듬는 것이 시여야 한다고 굳게 믿는 것이다. 그의 표현대로 "나는 예술이 어째서 심리적인 것이며 어째서 정치나 경제와 달리 사랑인가를 깨달았"던 것이다. 그 깨달음은 부드러움으로 강함을 넘어서려는 눈물겨운 각성이었다. 부유하는 실존으로서의 자각은 체험의 시간들을 송두리째 무화시킬 정도로 고통스럽지만, 그런 경과로 시인은 들끓는 시간의 소용돌이를 잠재울 진혼곡을 떠올리게 되는 것이다. 순수한 삶에의 동경을 좌절시키는 현실의 과중한 부하(負荷)가 오히려 시의 깊이와 만나게 했다. 이제 그의 시는 역

32　최하림, 『속이 보이는 심연으로』, pp. 33~34.

사의 소용돌이에 휩쓸리는 것이 아니라, 그것을 진정시키는 감동과 갈구의 반응으로 나타난다. 그러므로 절망의 심도는 훨씬 심화되고 이미지는 보다 강렬한 색채를 띠게 된다. 또한 체험의 진실을 과장하거나 포장하지도 않는다.

어둠과 함께 온 기억들에 싸여 나는
나를 밝혀주지 못하는 불빛을 본다
빛이 멀면 편안하다 죄가 많은
우리는 죄들이 두렵고 어둠이 내려서
아름다우니 어둠에 몸 섞는다
이런 밤 새들은 얼마나 조심스레
그들의 하늘을 날았던지
내 영혼은 어디를 방황했던지
검은 유리 같은 공기 속에서 길들은
보이지 않게 밤으로 이동하고
새로운 추억이 짐짝처럼 마른 나무 밑에 쌓인다
시간이 별다를 것 없는 모습으로 흘러간다
시간을 따라서 광목도로 어디쯤 걸음을 멈추고 쉴 곳이 있을 것이다
잠시 유숙할 집이 있을 것이다
우리에게 범한 죄를 우리가 사할 때가 있을 것이다
한 사람에게만은 사랑이었고 배반이었던 여자도 어디쯤 있을 것이다
그러나 세상은 결국 너를 버리고 달려간다
세상은 고통스럽고 일어서는 자는 숨을 수 없어서 불행하다
내 가슴은 사직처럼 허물어져간다
예감을 노래해선 안 된다
나는 밤으로 간다 잘 있거라
한번도 힘껏 꽃잎 피지 못하고

한번도 힘껏 울어보지 못한

정다운 말들아 내 딸들아

—「광목도로(光木道路)」 전문[33]

　위의 인용 시에서는 고통스러운 삶의 순간들을 속속들이 경과해온 사
람만이 돌이킬 수 있는 슬픔과 회한, 뉘우침과 달관이 읽힌다. 시의 화자
는 "어둠과 함께 온 기억들"을 따라 "새로운 추억이 짐짝처럼 마른 나무
밑에 쌓인다"고 말한다. 추억의 시간을 떠올리는 화자의 태도는 겉으로는
담담한 듯이 보이지만, 사실은 고통스러운 과거를 함께 아로새긴 것이다.
흘러가버린 시간은 돌이킬 수 없고, 잃어버린 시간 또한 되찾을 길 없다.
과거를 상실로 인식하는 것은 너무나 당연하지만, 그것이 의미를 갖는 것
은 과거의 시간과 풍경이 현재의 시간 속에서도 새롭게 태어나기 때문이
다. 그리하여 현재의 '나'에게 떠오르는 기억의 편린들은 원형의 현재 속
에 융화되어 "추억이 짐짝처럼 마른 나무 밑에 쌓이"듯 두텁고 아름다운
풍경으로 되살아난다. 그 풍경은 과거의 것이 아니라, 새롭게 생성되는 신
생의 모습이다. 경험의 시간들을 경과하면서 최선을 다해 역사를 응시하
려 했던 시인이 마침내 마주치게 된 심안의 풍경인 것이다. 그러므로 이
생성에는 역동성이 느껴진다. 풍경의 응시자인 '나'의 움직임조차 사물과
존재의 진행과 변화에 편안하게 실리는 것이다. '나'는 "깊은 가을 길로
걸어"가거나, '밤' 또는 "시간 속으로 들어"가거나, "어둠에 몸 섞"기도 한
다. '나'의 움직임은 진행형의 동사를 통해서 나타나기도 하지만, 생생한
시간의 경과와 더불어 이동하는 시각의 전환으로 암시된다. 시간의 움직
임과 흐름 위에 응시와 관찰의 시선을 풀어놓으면서, 그 변화에 자신을 파
묻는 이러한 진행은 최하림의 후기 시의 세계로 이어지면서 사유에 깊이
를 부여하는 중심된 요소가 된다.

33　같은 책, pp. 13~14.

5. 풍경의 부유와 정지

서정시의 본질인 주관성은 대상을 자아 안으로 이끌어 들여 시인의 심리를 투사하고, 그로써 빚어지는 구조를 따라간다. 그러므로 시인은 어떤 일이 이루어진 연유를 좇아 시간의 축을 재구성하지 않고 주로 찰나적 인상을 형상화하는 데 주력한다. 곧 서정시는 형성되는 현상이나 이루어지는 연원과 과정, 전말 등에는 중점을 두지 않는 것이다. 최하림의 시는 후기로 올수록 시간의 현시가 강하게 드러나는데, 그런 까닭으로 그의 시는 매우 현상적이다. 다음에 인용한 산문에서도 그러한 지향성을 읽게 한다.

> 오늘 나는 유리창 너머로 산과 나무를 보면서, 내 눈에 들어오는 저 세계—보이고, 보여주는 저 세계에서 어떻게 울림은 일어나는가, 내 눈길이 가 닿음으로써 스파크가 일어나 울림이 생기는 것인가, 저 산과 나무와 그림자와 햇빛 속에 울림은 이미 숨어 있거나 눈짓하고 있는 것이 아닌가, 시의 말들이 미지로 사라져 간다고 했을 때의 '미지'라는 것은 저 그림자이며 햇빛 속이 아닌가라는, 혼란스럽고 가닥이 꼬여드는 생각을 해봅니다.[34]

역사의 파동을 응시하고 그 비극을 개인의 슬픔으로 적체했던 이 시인이 새삼스럽게 태동의 시간 속으로 돌아가 근원을 살피려고 하는 것은 귀(歸)의 구경이 원초성의 자리임을 아는 까닭이다. 시간의 빛이 파동에 불과하다는 것을 깨닫는 자리에서 과거란 드러내기 위해 낱낱이 돌이켜지는 것들이 아니다. 극복하기 위해 다스려야 할 파문들이다. 곧 파동들은 차이와 대립을 넘어 근원에서부터 잠재워져야 하는 것이다. 이제 시인은 원융무애(圓融無碍)의 시간으로 나아가려 애쓰며 세계를 향해 수긍의 눈

---

34   최하림, 「마당이 있는 집을, 생각 속에서 걸어가며」, 『시와 사상』 2001년 여름호, p. 206.

짓을 보내기 시작한다. 그러나 그 긍정에는 시인도 어쩔 수 없는 갈등과 좌절이 묻어난다. 그가 통과해온 시간의 고통이 체험 속으로 너무 깊이 뿌리를 드리우고 있기 때문이다.

무성하게 돋아난 마른 잡초들은
마을과 더불어 있고
시간을 통과해온 얼굴들은 투명하고
나무 아래 별들이 나타났다 사라졌다
모든 것이 아름다웠다 저마다의 슬픔으로
사물이 빛을 발하고 이별이 드넓어지고
세석(細石)에 눈이 내렸다
살아 있으므로 우리는 보게 될 것이다
시간들이 가서 마을과 언덕에 눈이 쌓이고
생각들이 무거워지고
나무들이 축복처럼 서 있을 것이다
소중한 것들은 언제나 저렇듯 무겁게
내린다고, 어느 날 말할 때가 올 것이다
눈이 떨면서 내릴 것이다
등불이 눈을 비출 것이다
등불이 사랑을 비출 것이다
내가 울고 있을 것이다

—「가을, 그리고 겨울」 부분[35]

위의 인용 시에서는 주어진 세계를 성심을 다해 살아온 사람의 뼈저린 달관이 읽힌다. 슬픔으로 둘러싸인 세상이 축복이 되고 아름다워지는 것

---

35   최하림, 『속이 보이는 심연으로』, pp. 11~12.

은 흘러가는 시간을 촌각이라도 아껴 살려는 사람들이 존재하는 까닭이다. 삶의 감동은 세상을 열심히 살고, 그것을 소중하게 갈무리해온 사람들의 몫이라 할 수 있다. 곧 세상을 사랑으로 대면해본 자만이 삶의 감동을 껴안게 되는 것이다. 그때에는 그토록 빠르게 흘러가던 시간도, 또 자연의 세목들인 나무, 바람, 강물, 들꽃과 강아지, 심지어 타자의 얼굴들조차도 천천히 움직이면서 제 운행의 궤도와 습관, 질서들을 속속들이 보여준다. 바람은 산 아래로 안개를 이동시키고, 나무들은 벌레를 부르고, 밤은 황소개구리를 울린다.

영원할 것만 같았던
시간들을 본다
아무 생각없이, 고통스럽게
지나가버린 시간들
다시 잡으려 해도 소용없는
시간 속으로 나는 되돌아갈 수 없으며
잃어버린 시간들을 다시 찾을 수도 없다
변해버린 사람과 깨어진 사랑
속에서 나는 걸음을 옮겨야 한다
[……]
날이 깊어간다 모든 것이 변하고
모든 기억이 희미해지고 모든
사랑이 딱딱한 사물로 변해간다
내 손에서 따스했던 네 손이 사라진다
이제 나는 잃어버리게 될 시간들
을 생각하고 시간들을 그리워하며
시간 속으로 들어간다 물푸레나무가
우거져 있다 시간들이 우거져 있다

　'아들에게'라고 표제하고 있는 이 시는 추억과 그리움의 신화가 생성되는 자리에까지 밀려가 있는 시간을 노래한다. 돌이킬 수 없는 삶이 한때의 풍경인 한, 인간의 시간은 고통스럽지도 영원하지도 않다. 삶은 흘러가는 시간 속에 바쳐진 순간의 풍경일 뿐이다. 삶의 그늘이 어디나 있는 것처럼 과거 또한 잃어버리기 위해 경험된다. "다시 잡으려 해도 소용없는" 것이 시간이라면 애틋했던 사랑조차 '딱딱한 사물'로 굳어가기 마련이다. 몰래 바쳐진 시간의 음영들을 회상하는 어조가 깊은 회한으로 물들어 있어서, 이 시는 쓸쓸하게 읽힌다. 우리는 걸어온 발자국을 기억해내지만, 그 삶의 길에도 뚜렷이 아로새겨진 것은 없다. 마침내 어둠에 에워싸일 때, 추억조차 망각 속으로 밀어 넣어야 한다. 시간의 흐름 속에는 애초부터 인간의 순간이 들어설 틈이 없는 것이다. 시간은 이미 무(無)이며 그 자체가 신화다. 시인은 비로소 원형의 시간을 발견하고 명명한다. 시간이야말로 어떤 구속도 없이 저절로 이루어지는 원융(圓融)의 세계다. 시간 속에서 존재는 모습을 얻기도 하고 잃기도 한다. 모습을 얻었다 한들 그것은 찰나의 명멸일 뿐이다.

　신화들이 발생하는 시간적 영역은 인간의 모든 행동이 끝났고 수정 불가능한 과거가 아니라, 언제나 현실화될 수 있는 가능성을 품고 있는 과거이다. 신화는 원형적 시간에서 진행된다. 원형적 시간이란 신화가 다시 재현될 수 있는 시간을 의미한다. 신성한 달력이 리듬을 갖는 이유는 그것이 원형적이기 때문이다. 신화는 현재에 실현될 준비가 되어 있는 매개적 과거이다. 시간의 일상적인 개념에서 시간은 미래를 지향하는 현재이지만 숙명적으로 과거에 닻을 내린다. 신화적 질서는 용어들

36　같은 책, pp. 15~16.

을 전의시킨다. 과거는 현재에 닻을 내리는 미래가 된다. 현재 속에, 총체적 현존 속에 과거와 미래의 모든 시간을 껴안고 있는 원초적 시간에 도달할 수 있는 문들이 있지만, 세속적 달력은 문을 닫아버린다. 신화적 날짜는 과거와 미래를 맺어주는 현재를 엿볼 수 있게 해준다. 이렇게 신화는 인간의 삶을 자신의 총체 속에 포괄한다.[37]

최하림의 시는 이제 떨림조차 감지되지 않는 자리에서 세계의 뒤쪽, 캄캄한 심연 속의 울림과 조응한다. 그의 시는 사물과 선명하게 교감하거나 세계의 위치를 확연하게 지정하려 들지 않는다. 사물의 현전성을 훼손시키지 않는 범위 안에서 비매개적인 정감에 더 기대고 있다. 시인이 순수한 내면의 부름에 귀 기울이는 내성적인 천품을 지닌 까닭이다. 따라서 시어 또한 구상적이기보다는 정감적인 감응의 목소리로 사무친다. 그리고 이와 같은 시적 감응은 「시간은 영원히 고통스럽다」나 「방울꽃」 같은 시편에서처럼 시적 자아가 삼라만상의 온갖 소리에 귀를 기울이는 주체로 읽힐 때 더욱 두드러진다. 이때 시적 자아는 참으로 밝은 귀를 가지고 풀잎들, 벌 떼, 들짐승, 새들, 땅이 숨 쉬는 소리까지 듣게 되지만, 그 자연으로부터 안식을 얻지는 못한다. 저마다 생의 순간들을 바쁘게 살아내는 것이 자연물이라면, 체험과 기억의 지배 아래에 있는 인간에겐 자연물로의 천연함이 쉽사리 허락되지 않는 것이다.

반세기가 번뜩 지나간 어느 해 저녁노을이 바다에
가득 내리면서 한 비바리가 깊은 속으로 들어가 살이
떨리는 그리움으로 소리지른다. 심해어들이 떼지어 흘러가고
기포들이 수도 없이 입을 벌리고 일어선다. 지상에는 우리가
아는 이름들이 하나둘 사라져간다. 기다리는

37   옥타비오 파스, 같은 책, pp. 78~79.

사람의 집도 허물어져간다.

이제 햇빛은 캄캄하고 새의 울음도 더 이상

들리지 않는다. 바다의 언덕에는 침묵이 발을 내리고

보이지 않는 뿌리를 뻗는다.

　　　　　　　　　—「반세기가 번뜩 지나간 어느 해 저녁」 전문[38]

　이 시는 전체적으로 몽환적인 분위기를 자아낸다. 시적 여정의 주체가 마음의 미동에 더 기울어져 있는 까닭이다. 시의 언술은 미적 직관을 통해 존재자의 깊은 심연을 드러내고 감상하도록 조직되어 있다. 시의 화자는 어느 날 문득 반세기의 삶이 흘러갔고, 남은 생애도 서서히 멈춰 서는 지점을 상상한다. 그 상상의 저변을 흐르는 것은 무엇보다도 시적 자아가 잃어버린 과거의 시간은 되찾을 수 없으며, 미래의 시간도 심연과도 같은 죽음의 시간이라고 생각하는 까닭이다. '바다 깊은 속'이나 '집'이라는 공간은 과거의 시간이거나 미래의 어느 지점이다. 시간의 공간화로 읽힌다.

　공간으로 표현된 시간이라 할 때, '바다 깊은 속'이나 '집'이 내포한 의미의 실재는 무엇일까? 이러한 시적 형상물 안에는 시간 속에 내재된 죽음의 방향성에 대한 보편적인 인식이 잠재하는 것으로 보인다. 이들 공간은 단절과 죽음의 시간대를 가리키는 것이다. 죽음만큼 '어둠'과 '침묵'이라는 어휘에 어울리는 단어가 또 있을까. 그리하여 '바다 깊은 속'까지 내려간 '비바리'는 '살이 떨리도록' 그리움을 외쳐보지만, 이미 그곳은 단절의 자리인 것이다. 어떤 외침도 파동이 되지 않는 이 절대의 시공은 죽음의 표식인 어둠과 침묵으로 덮여 있다. 마침내 죽음은 삶의 시간을 지우고 지상의 기억들을 헐어낸다. 그런데 그 무색계의 공간에서 한 걸음 비켜선다면 여전히 지상의 풍경이 자리한다. 생은 지나가는 시간으로 소멸되는 것이 아니라, 펼쳐서 소진되는 시간인 탓에 의미가 있는 것이다.

<hr>

38　최하림, 『굴참나무숲에서 아이들이 온다』, p. 21.

구천동은 어둠이다 구천동은 침묵이다 구천동은 죽음이다 구천동은 물이다 지난 여름엔 장마가 길어 물소리 그치는 날이 없었다 그렇다고 물이 길 넘어오는 일도 없었다 언제나 물은 길과 개울쯤에서 소리내며 흘러갔다 매장시편의 시인 임동확이 어느 날은 길을 이탈하여 물 속으로 들어갔다 이웃 시선들을 개의치 않았다 임동확은 물과 함께 흘러가면서 물의 부피만큼 부풀어 길 위로 넘실거린 때도 있었으나 물 속의 제 그림자를 보는 시간이 많았다 그는 지광국사를 생각지 않았다 그의 입적도 생각지 않았다 그는 물이었고 죽음이었고 침묵이었다

덕유산 꼭대기에는 빈집이 있다
그곳에서 사람들은 별을 보고 있다

한 침대와 의자와 어둠이 있다

경신년 시월 귀천길을
걸어 구천동을 간다
물소리 어깨 적시고
물소리들이 생각나면서
무색계의 시간들 흘러간다
　　　　　　　　　　　　　　—「구천동 시론(詩論)」 부분³⁹

이 시는 시인이 바라보는 풍경을 '시론'이라고 병기하고 있어서 이채롭게 읽힌다. 풍경 속으로 반사시키는 시의 사유인 셈이다. 시에서 '구천동 물'은 물길 안에서 소리치며 흘러간다. 실제로 '소리치며 흘러가는 물'

<hr>

39　같은 책, pp. 17~18.

은 사라지는 길의 연속이다. 물이 흐르는 동안에는 물길에서 이탈하지 않는 것처럼, 삶 또한 살아내는 한 제 길에 가둬진다. '나'는 그런 구천동 길을 가고 있는 것이다. 들리는 것은 고요를 울리는 오직 '고요'뿐. 거기 한 생애가 길처럼 펼쳐져 있음을 '나'는 떠올리지만, 그 생애는 침묵의 정수리인 고요와 죽음에 닿아 있다. 사람으로서의 행적과 필생이 마침내 적막과 만나는 자리인 것이다. 따라서 길을 벗어버린 무색계의 시간은 애초부터 인간에게는 허락되지 않았거나, 생이 끼어들 여지가 없는 경계 너머의 시간이다. 이 시에서 '물'과 '무색계'는 동일한 심상이거나 유사 이미지로 읽히지 않는다. 왜냐하면 물은 계속 흐르고 있으되 그곳에 있으며, 그래서 침묵과 죽음을 획득하지만, '무색계'는 처음부터 소리를 갖지 않는 절대의 시간에 속해 있기 때문이다. 시인은 소리치는 물의 길을 거쳐 침묵의 집("빈집")에 도달한다. 정상이라 하여도 그곳 또한 여전한 어둠의 자리다. 그러나 '별'과 '침대'와 '의자'로 표상되듯이 이미 세속을 떨친 곳이기도 할 것이다.

이제 최하림의 시론은 자발적으로 고요에 도달하고 침묵 속으로 침잠한다. 고요의 정수리에서 숨을 죽이다 입적한 '지광국사'의 일대기에 취할 수 있게 되는 것이다. 깊은 구천동의 적막이 비로소 낯설지 않다. 그것은 무색계의 시간에 들었기 때문이 아니라, 소용돌이치며 흘러가는 물소리에 섞여서 듣게 되는 침묵에 드디어 귀가 트이기 시작한 까닭이다.

6. 풍경의 바깥과 안쪽

고요와 침묵의 시간은 풍경에 스며들듯 보이지 않게 흘러간다. 시간의 진행은 단순한 '고요'를 벗어나 과거를 하나씩 지우는 일과 연결된다. 우리는 '보이던 것'들을 힘들게 지워내는 시인의 행위를 통해서 고통과 갈등을 극복하고 진정한 무심에 드는 풍경의 '고독'과 '나태'[40]를 읽을 수 있다. '느림' 또는 시적 자아의 '게으름'이 비로소 구체적인 의미와 형식을 갖추게 되는 것이다. 이제 사물들은 무기력한 망각 속으로 팽개쳐지는 것이 아니라 짐짓 무심해짐으로써 잊힘에 대항하여 새롭게 음미되거나 태어난다. 느림의 끝이야말로 사유가 되살아나는 순간이다. 이 소생의 순간에 사물들은 스스로의 모습을 있는 그대로 또렷하게 발현한다. 느림은 시간과 풍경, 사물과 인간의 친숙한 감정과 느낌이 살아 숨 쉬는 회복의 시공인 셈이다. 마침내 사물에 대한 시적 자아의 근친성이 확인되고 타자를 향한 사랑이 회복된다. 시적 자아의 '보려는 의지'가 더욱 그윽해지면서 무심의 언저리를 적시는 것이다. 따라서 움직임이 그친 정(靜)에는 동(動)도 포섭된다. 아래의 인용 시는 그런 시선을 적시는 물기를 보여준다.

여러 기슭을 흐르고 들판을 돌아 마침내 영산강으로 태어난 사람아
무얼 그리 깊은 눈으로 보고 있느냐

불어오는 바람에 붉은 몸 부비며 울었다가 웃었다가 하던 수분령의
무진장관 잡초들이냐 잡초의 빛이냐 슬픔이냐

황혼 속으로 빠르게 침몰해가던 너의 존재가 버린 시간들 더러는 슬
픔이고 기쁨이 되어 거울 속으로 떠오르던 시간들 찬비 같은 시간들

그런 시간 속에 모래 쌓이고 바람 일어 누군가 금방 울고 간 것 같은

오늘은 방울꽃이 피었다
　　　　　　　　　　　　　　　　　　　　　　　　—「방울꽃」 전문[41]

40　시 「구천동 시론」에서 "내 고독이 내 앞에 있다"고 그 점이 고백되어 있다(같은 책, p. 16).
41　같은 책, p. 85.

이 작품은 어느 들판엔가 피어 있는 '방울꽃'을 발견하는 관찰자의 시선을 부조(浮彫)하는 것으로 시가 시작된다. 그런데 시인 자신의 모습을 그 장면 안에 적극적으로 개입시키지 않는 까닭에 "영산강으로 태어난 사람"이 시적 자아인지, 독자인지, 혹은 '방울꽃'인지 분명하지가 않다. 시에는 들판에 핀 '방울꽃'의 아름다움과 시적 화자의 슬픔과 회한, 그리움 등이 중첩된다. '방울꽃'은 이름 없는 잡초들과 함께 피어나 바람이 불면 몸을 흔들고, 일정한 시간이 지나면 지게 된다. 시간의 갈증 속에서 '방울꽃'은 존재하는 것의 숙명을 환기시키지만, 그럼에도 아름다울 수밖에 없다. 아름다움이란 시간이 피워 올리는 꽃봉오리인 것이다. 이 시에서 '방울꽃'은 흘러간 시간을 반추하며 회한에 젖는 시적 자아의 모습과 분리되지 않는다. 시인의 내부에서 혹은 시적 인식으로써 서로 삼투하는 계기를 마련하는 것이다.

> 날이 흐리고 가랑비 내리자 북쪽으로 가려던 새들이 날기를 멈추고 서 있다 오리나무숲 새로 저녁은 죽음보다 조금 길게 내리고 산 밑으로는 사람들이 두엇 두런두런 얘기하며 가고 있다 어떤 충격이 없이도 사람의 모습은 아름답다 바람도 그들의 머리칼을 날리며 그들식으로 말을 건넨다 바람의 친화력은 놀랍다 나는 바람의 말을 들으려고 귀를 모으지만 소리들은 예까지 오지 않고 중도에서 사라져버린다 나는 그것으로 됐다 나는 너무 멀리 있다 나는 유리창 너머로 마른 나무들이 일어서고 반향하며 골짜기를 이루어 흘러가는 것을 보고 있다 나는 모두를 알 수 없다 나는 너무 멀리 있다 새들이 다시 날기를 멈추고 시간들이 어디로인지 달려가고 그림자들이 길 위에서 사라지는 것을 나는 보고 있다 이제 유리창 밖에는 새도 나무도 보이지 않는다 유리창 밖에는 유령처럼 내가 떠오르고 있다
> ──「나는 너무 멀리 있다」 전문[42]

이 시의 화자는 집 안에서 유리창 밖을 내다보고 있다. 풍경은 날이 흐리고 가랑비가 내리자 새들이 날기를 멈춘 저녁나절이다. 오리나무숲 새로 어스름이 천천히 깃들고, 사람들이 지나간다. 이 순간에는 지나가는 사람들조차 "어떤 충격이 없이도" 아름답다. 풍경에 감염되기까지 특별히 감각을 곤두세우거나, 미적 사유를 발동할 필요가 없다. 시의 감각은 세속의 경계심을 허물고 자연의 유연성을 되찾는다. 그리하여 불어오는 바람조차 시간의 지경을 무너뜨려 구획이 없는 풍경의 농담(濃淡) 속으로 사물들을 흩어놓는다. 그렇더라도 아직은 사물들이 시적 자아의 외부에 존재한다. 바람이 친근한 말을 건넨다 해도 그에게는 들리지 않는다. 시적 자아의 이성적 사유가 경계로 버티고 있기 때문이다. 즉 사물을 헤아려서 받아들이려는 분별심이 타자와의 친화력을 밀어내고 있는 것이다. '나는' 아직 "너무 멀리 있다". 멀리 있다는 것은 저희끼리 혼용되는 풍경과 사물들로부터일 것이다. '나는' 그 세계를 알 수 없기 때문에 마침내 어둠이 창밖에서 스스로의 경계를 완전하게 지웠을 때 '유령처럼' 떠오른다. 그 통합의 유예를 '나'는 분별하지만, 그러나 이내 창밖의 어둠에게 수식이 없는 주체의 경지를 내어준다. '유령'이란 이미 '나'의 자리를 비운 상태인 것이다. 여기에 와서 비로소 시인은 자신의 내면을 공백으로 둘 때, 바깥의 어둠을 불러들일 수 있다는 깨달음을 얻는 것이다.

> 나무가 자라는 집에서는 작고 애매한 파동이
> 아침 내내 일어 새들이 무리로 물어내어도
> 멈추지 않았습니다 집 안은 잡목숲을 따라오는
> 파동 때문에 금세라도 지붕이 무너져내릴 듯
> 했습니다 그 집의 역사가 유지되는 것은

42　같은 책, p. 37.

순전히 숭숭 구멍을 뚫어대는 동박새라든가

딱따구리 새앙쥐의 역할인 듯했습니다

한낮이 되어 늙수구레한 남자가 나타나 비음이

심한 목소리로 무어라곤지 중얼거렸지만 파동은

조금치도 변동이 없었습니다 나무가 자라는

집을 구성하고 있는 지붕과 유리창 마루

거실들은 파동에 떨고 반향하며 근원 같은

곳으로 사라지는 듯했습니다 오후가 되자

대문 두드리는 소리가 한동안 울렸건만

아무도 뒤란을 돌아 문을 따주러 가는

사람은 없었습니다 나무가 자라는 집은

더욱 깊은 파동 속으로 들어가 움쭉도

않았습니다 해질 무렵 예의 남자가 잠시

나타나 뒷걸음치듯 주춤거렸지만 그것도

잠시, 남자는 잡목숲으로 사라지고, 시간이

열렸다가 닫히고 나무가 자라는 집은

깊은 적막으로 빠져들어갔습니다

—「나무가 자라는 집」 전문[43]

　　"나무가 자라는 집"은 사람이 없거나, 있더라도 없는 것처럼 존재한다. 집은 그렇게 비워진 채로 숲의 파동을 간직한다. 파동은 감각과 촉수로 스며드는 내밀한 침투력이다. 파동이 섬세하고 날카로울수록 그 대상의 입자들이 지녔던 밀도는 그만큼 넓어진다. 이제 집은 여기저기 구멍이 숭숭 나 있는, 출입문과 창문과 마당을 가진 공간이 된다. 시적 자아의 감각은 파동을 이루며 무시로 벽과 지붕을 통과한다. 그렇게 투과된 대상은 언어

43　　같은 책, pp. 14~15.

앞에서도 좀처럼 반응하지 않는다. 비음이 심한 한 남자가 나타나 "무어라곤지 중얼거렸지만" 숲의 파동을 흩트리지 못한다. 대문을 두드리는 소리에도 집 안에는 인기척이 없다. 숲의 파동을 느끼는 지각은 외부의 자극에 민감하지 않는 것이다. 그러나 감각의 파동에 사무칠수록 시적 자아는 딱딱한 적막에 갇힌다. 언어의 개입과 함께 주변이 닫혀버리는 것이다. 말이 가둬져야만 구멍이 숭숭 뚫린 집이었던 시적 자아의 감관은 내부로 스며드는 근원의 시간을 감지해낼 수 있다. 언어란 개념에서 결코 자유로울 수 없는 것이므로. 말들이 깨달음과 같은 것이 되기까지는 의미의 사면을 기다리고 견뎌내는 미학적 느림이 실천되어야 하는 것이다. 지각과 사물이 파동을 통해 하나가 되도록 말들은 이렇게 인내하면서 주관을 털어내고 파동을 낮추어 마침내 시간에서 자유로워진다.

아내가 없는 날, 빈 마루에 서서 나는 창밖의 세상을 한동안 본다 아카시아숲을 돌아 한길에서는 빨갛고 파란 차들이 달리는 소리 숨결처럼 들리고 길 건너 보도에서는 할머니들이 좌판에 배추 상추 다랭이 동부 들을 늘어놓고 흥정하는 모습도 보인다 해는 할머니들의 머리 위에 있다 머플러를 쓴 할머니도 있다 시간이 머플러를 날리며 간다 (아아 우리는 모두 시간의 강물에 젖어 있구나 우리는 이웃이구나) 멀리 산밑 동네에서는 쓰레기 태우는 연기 오르고 몇몇 남은 잎들이 떨어질 순간을 준비하고 있다 바람이 부는지 나무들이 세차게 흔들린다 아이의 손목 잡고 젊은 여인이 길을 건너고 있다 나는 마루를 왔다갔다한다 나는 아내가 언제 올지 모른다 아내의 초인종 소리는 울리지 않으나 아내는 지금 나를 향해 오고 있다.

—「아내가 없는 날」전문[44]

44   같은 책, p. 83.

이 시에서의 화자는 무심하게 창밖을 내다보고 있다. 그렇다고 풍경을 바라보는 시의 화자가 바깥의 파동에 전혀 무관심한 것은 아니다. 그 개입이 매우 느려서 오히려 화자의 진술을 담담하게 만든다. "산밑 동네에서는 쓰레기 태우는 연기"가 오르고 있으니, 남아 있는 잎들도 곧 떨어지리라는 것, 나무들이 세차게 흔들리고 있으니, 바람이 부는 것 같다는 것 정도가 창밖의 소묘에 덧붙이는 화자의 주관이다.[45] 시의 화자는 "마루를 왔다갔다" 하고 있다. 그는 언제 올지 모르는 아내를 기다린다. 그가 창밖 풍경을 투명한 시선으로 바라볼 수 있는 것은 기다리는 시간이 젖어 있는 것이 '나'만이 아니기 때문이다. 때가 되면 '아내가 없는 시간'은 아내가 있는 시간으로 바뀔 것임을 그는 이미 알고 있는 것이다. "아내는 지금 나를 향해 오고 있다." 그러므로 기다림을 지운 자리가 투명한 근원의 풍경을 살려낸다. 그 풍경은 세속의 시간을 흘러온 시의 자아가 욕망이나 슬픔, 원망 등을 떨친 곳에서 발견해낸 마음의 밑자리일 것이다.

　　　한 시간이 가고
　　　다른 시간들이 산 밑으로
　　　그림자 되어 오는 길로
　　　나는 간다 산 밑에는
　　　벌써 몇 년째 빈집이 있다
　　　[……]
　　　시간들이 물소리를 내며 가는 것을
　　　본다 시간들은 하염없이 우리가 온
　　　길로, 우리의 발목을 잡으며(오오
　　　발목이란 얼마나 기다란 것인가!)
　　　사립을 지나서, 둑길로, 골짜기로,

45　황현산, 같은 글, p. 104.

함티로 간다 나는 함티에 집이
있다는 두 아이와 어머니를
영동에서 만난 적이 있다

——「함티 가는 길」 부분[46]

흘려보낸 시간과 산 밑으로 그림자 되어 다가오는 시간을 거쳐서 '나'
는 '함티'로 가고 있다. 물리적인 시간의 단위들은 해와 달로 구획되지만,
과거와 현재의 간격은 그다지 넓지 않다. "햇빛 속으로 참새들이 오글오
글 모여" 있는 광경은 지금의 지각이지만, 그것도 어느새 "빈집"인 추억
의 자리에서 허물어지고, 생생함 또한 마침내는 "짚단처럼" 버려질 것이
다. 시의 화자가 가고 있는 산간 오지 마을 '함티'는 시의 화자가 현재 살
고 있는 곳일까, 아니면 기억 속의 어느 마을일까. 이내 그 '함티'도 머지
않아 어둠에 파묻히게 될 것이므로, 시간의 풍경은 이렇게 하염없다. 그러
나 그 하염없음을 자라는 아이들은 모르는 것이다.

시간에 스치는 풍경이란 마침내 적막한 것인가. 시적 화자는 그렇다고
말하는 것 같지만 시의 자아는 끝끝내 그 대답을 유보한다. 그는 다만 풍
경이 저절로 보이는 순간을 기다리고 있는 듯하다. 그렇다면 시인에게 풍
경의 참모습이란 '나'가 바라보는 것이 아니라, 저절로 '내'게로 오는 것
이 아닐까. '나'는 애써 관찰하거나 기록하지 않지만, 풍경은 저절로 '나'
의 공백에 적힌다…… 곧, '나'가 세계의 주체가 아니듯 시간도 풍경도 진
정한 주체가 아닌 것이다. 그렇다면 풍경 너머에 숨어 있는 경험의 주체가
따로 있는가? 이 지점에서는 시인이 침묵한다. 풍경 너머의 풍경은 '지금'
은 기록할 수 없는 시간에 속해 있는 까닭이다. 시인은 그것을 상상할 수
는 있지만 그 속으로 개입할 수는 없다. 그 자리는 아예 시로 쓰여지지 않
거나 저절로 지워진 공간일 것이다. 신성의 시간은 무색계로 흘러간다. 영

46   최하림, 『풍경 뒤의 풍경』, 문학과지성사, 2001, p. 38.

원이란 그 의식조차 증발시키는 시공이다.

지금까지 최하림 시의 정동을 함께 읽어온 독자라면, 그가 감각하는 풍경 속에 더 오래 머물기를 바랄 것이다. 그의 시는 노을에 섞여 들 때 노을처럼 아름답다. 살아 있는 한 경험의 시간들은 변화와 굴곡의 소용돌이를 감돌면서 흘러간다.

7. 결론

이 글은 시간과 말에 스치는 풍경을 집요하게 응시하려고 하는 최하림의 시 세계를 일별하려고 씌어졌다. 역사의 소용돌이 속으로 회오리치며 흘러가던 것이 최하림 초기 시의 시공이라면 후기 시로 올수록 그의 시는 텅 빈 공간을 울리는 미명(未明)의 순간들로 가득 찬다. 젊은 날에 그는 역사의 중압감을 애써 견디려고 말에 집착하기도 했었다. 세련되고 화려한 심상을 펼쳐 의식의 바깥을 장식했던 것도 음미해보면 시간에 억압된 말을 해방시키려던 열정 어린 몸짓이었다. 그러나 내성적인 다짐이 거듭될수록 시간과 싸우며 나아가는 길은 비상한 인내가 요구되는 갈등과 고통의 여정임을 그는 깨닫는다. 최하림의 시가 탄력을 갖게 되는 것은 그토록 집요했던 응시를 흘러가는 시간에 내맡기고, 스스로를 고립시키는 길을 선택했을 때 비로소 가능해진 길이었다. '광목도로'를 바라보던 막막한 시선 또는 준엄한 자기반성은 지나가는 시간 속으로 갈등을 소거시키면서, 비로소 풍경다운 풍경에 가닿는다. 그토록 회의해 마지않았던 시간들을 무화시키는 견인(堅忍)의 자리에서 풍경들은 쇄신되거나 새롭게 태어난다. 그 시공들 역시 쓸쓸한 미명이지만, 실존의 적막을 끌어안거나 넘어서는 자리이기도 했다.

시인은 이제 시간을 느낄 뿐 발설하지 않는다. 언어의 한계를 깨달은 사람만이 간직할 수 있는 침묵이다. 그 속에서는 "여러 산들이 앞서거니뒤

서거니 하며 어둠 속으로 잠겨가듯"[47] 풍경 또한 시간의 적막 속으로 사라진다. 그러나 이 산 밑에 이르러 비로소 시적 자아는 시의 진심과 이마를 마주 대게 된다. "귀를 모으면 시의 숨소리도 들린다. 나는 시가 무엇이며, 왜 써야 하는지 알지 못한다. 내가 알고 있었던 시에 대한 모든 생각들은 퇴화해버렸다. 나는 시 가까이, 가만히 있을 뿐."[48] 이제 그의 시가 알 수 없는 중얼거림으로 끝난다 한들 마침내 아름다울 수밖에 없는 것은 이런 까닭에서이다.

[『한국학연구』, 15집(고려대학교 한국학연구소, 2001); 2021년 3월 일부 개고]

47   최하림, 뒤표지 글, 『굴참나무숲에서 아이들이 온다』.
48   최하림, 뒤표지 글, 『풍경 뒤의 풍경』.

1960년대 동인지『산문시대』와 최하림

전영주

1. 서론

『산문시대』는 1962년 목포에 근거지를 둔 김현, 김승옥, 최하림이 의기 투합하여 발행한 동인지였다. 1964년 10월까지 3년간 총 5호로 종간되었 으며,『산문시대』의 표제에서도 알 수 있듯이 문학의 산문정신을 표방하 며 1960년대 4·19세대의 새로운 문학장을 열게 된다. 1호 발간 이후 김치 수, 염무웅, 곽광수, 강호무, 김산숙, 김성일, 서정인 등 총 10인이 동인으 로 합류했으며, 4·19 이전의 문단이 기득권 등단작가 중심의 안정적인 문 단질서를 토대로 형성되었다면, 이들은 패기로 가득 찬 지방 출신 서울대 학교 재학생 신인 중심으로 창간된 것이 특징적이다. 요컨대『산문시대』 는 목포 중심의 지방 출신 대학생 등단자들이 모여 문학의 자유정신과 새 로운 감각을 모토로 문학의 산문성을 전면에 내세우며, 김현, 김치수, 염 무웅, 곽광수와 김승옥, 서정인, 최하림 등 1970~80년대 한국 문학의 주 요 비평가 및 작가군을 배출한 의미 있는 동인지였다 할 수 있다.

『산문시대』동인들은 영문, 불문, 독문을 전공하여 외국 문학에 대한 관심과 이해를 토대로 해외문학의 번역을 중요시했는데, 외국 문학 번역과 함께 비평문학을 실으면서 한국 문학의 저변을 확보하고 1960년대 문학장을 재편했다. 또한 『산문시대』는 후일에 『68문학』과 『문학과지성』으로 계보를 잇는 등 그 의의가 평가된다.

본고는 『산문시대』의 동인으로 창간호부터 활약한 '시인 최하림'을 주목해보고자 한다. 최하림[1]은 2010년 타계하기까지 왕성한 문학 활동을 펼친 한국의 대표 시인 가운데 한 명이다. 최하림은 『산문시대』 창간 전인 1961년에 이미 『조선일보』 신춘문예에 시 「회색수기」가 가작으로 입선하였고, 『산문시대』 활동 시기인 1964년에 다시 『조선일보』 신춘문예에 「빈약한 올페의 회상」이 당선되어 문학 활동을 시작했다. 주지하듯 시인으로 문단에 나온 최하림은 『산문시대』를 통해 소설과 희곡을 발표했으며, 이후로도 (산문 문장으로 쓴) 문학비평과 미술비평, 수필, 김수영 평전 등 시 이외의 여러 문학 장르에도 관심을 보여왔다. 그러나 최하림은 여전히 '시인으로서의 면모'가 가장 주목되는 '시인'임에는 틀림이 없다. 그래서인지 그간의 연구자들은 『산문시대』 연구에서 김현, 김승옥, 김치수를 중심으로 연구를 진행했으며, 최하림의 경우 『산문시대』와 관련한 문학연

---

1   최하림은 1939년 전남 목포에서 출생하여 2010년 타계하기까지 『우리들을
     위하여』(창작과비평사, 1976), 『작은 마을에서』(문학과지성사, 1982), 『겨울 깊은
     물소리』(열음사, 1987), 『속이 보이는 심연으로』(문학과지성사, 1991), 『굴참나무숲에서
     아이들이 온다』(문학과지성사, 1998), 『풍경 뒤의 풍경』(문학과지성사, 2001), 『때로는
     네가 보이지 않는다』(랜덤하우스중앙, 2005) 등 일곱 권의 시집과 시선집 『사랑의
     변주곡』(문학 세계사, 1990), 『햇볕 사이로 한 의자가』(생각의나무, 2006), 『겨울꽃』(풀빛,
     1985), 『침묵의 빛』(문학사상사, 1988)을 펴냈으며, 습작기의 시를 포함하여 『최하림
     시전집』(문학과지성사, 2010)을 엮었다. 이외에도 수필집 『숲이 아름다운 것은 그곳이 비어
     있기 때문이다』(문학 세계사, 1992), 『멀리 보이는 마을』(작가, 2002), 『최하림의 러시아
     예술기행』(랜덤하우스코리아, 2010)과 시론집 『시와 부정의 정신』(문학과지성사, 1984),
     김수영 평전 『자유인의 초상』(문학 세계사, 1981), 미술비평 『한국인의 멋』(지식산업사,
     1974)을 상재했다.

구는 제대로 규명되지 못했다. 본고는 『산문시대』 동인 시절의 최하림의 문학적 행보를 추적함으로써 1960년대 동인지 『산문시대』와 최하림 초기 시의 연관성을 논구해보고자 한다.

최하림은 1962년 6월 창간호부터 『산문시대』에 참여한 초창기 멤버였으며, 3호를 제외하고는 종간까지 매호(每號)마다 작품을 발표하는 등 시인이었지만 동인 가운데 가장 많은 편수의 작품을 『산문시대』에 발표했다. 1960년대부터 2010년 타계하기 전까지 최하림 문학 세계에서 그의 시적(詩的) 성과는 충분히 증명되었지만 초창기 그가 '소설'을 쓴 사실에 대해서는 그간 관심 밖이었던 것으로 보인다. 그러나 등단 시를 비롯한 초기 문학에서 관찰되는 최하림 문학의 '산문성'과 '예술성'은 초창기 『산문시대』의 활동과 관련되어 있음은 주지의 사실인 것이다. 소설과 수필, 동화와 미술평론 등 다양한 방면에서 최하림 시인이 보여준 문학 세계는 최하림의 저작과 문학적 활동들이 1960년대 『산문시대』 동인 시절에서 이미 그 가능성을 예고하고 있는 것으로 여겨진다. 최하림의 (산문적) 언어 감각은 『산문시대』 동인 시절에서 비롯된 '문장'의 눈뜸과 문학적 자유정신이 반영된 것이라 할 수 있다. 최하림이 신춘문예에 당선될 당시에 호흡이 긴 장시(長詩)를 선보인 것도, 신화적 스토리가 시에 끼친 영향도, 문학적 '자유정신'의 표출로 이해된다. 최하림의 『산문시대』 활동을 논구하면서 최하림 문학의 '산문성'과 '예술성'에 대해 다시 주목해볼 수 있을 것이라 판단한다.

요컨대 최하림의 시 세계에서 『산문시대』가 차지하는 의미는 깊은 것을 확인할 수 있다. 본 논의가 주목하는 초기 시 가운데 특히 「빈약한 올페의 회상」은 이야기(신화적 서사)를 토대로 하는 격정적이면서도 모던한 언어 감각을 보여주고 있다. 그러나 최하림은 「빈약한 올페의 회상」을 『최하림 시전집』에서는 '습작 시'로 분류하여 싣고 있는데, 첫 시집 『우리들을 위하여』(1976) 발간 이전 최하림의 초기 문학이 지닌 산문성과 예술성에 대한 시인의 인식과 견주어본다면 이 시기는 『산문시대』와 연관이 있음을 짐작할 수 있다. 이외에 1960년대 최하림의 예술적 행보에는 미술비평집『한국인의 멋』에도 그 예술적 관심과 소양(素養)이 깃들어 있으며, 산문집『최하림의 러시아 예술기행』에서는 섬세한 산문 문장이 돋보이는 시인의 해외 탐방기를 살펴볼 수 있고, 김수영 평전『자유인의 초상』외에도『멀리 보이는 마을』등 다수의 수필집은 최하림 문학정신의 산문성을 쉽게 발견할 수 있다. 이처럼 최하림의 문학이『산문시대』를 통해 확보하고 있는 저간의 문학적 성과는 상당 부분 그의 문학성과 시대성이『산문시대』동인 시절에 형성된 문학정신임을 알 수 있다. 최하림의 시적 원천은『산문시대』동인과 교류한 1960년대의 '자유정신'과 '산문 인식'과 '로컬'(목포 지역)에서 출발한 '시대정신'이 내재된 것으로 여겨진다.

본고는 최하림의 문학 세계에서『산문시대』가 차지하는 비중을 주목하고, 그간 다양한 영역에서 시인 최하림이 발휘해온 문학성이『산문시대』와 상당 부분 연관된 사실을 우선 밝히고자 한다. 역설적이게도『산문시대』가 낳은 유일한 혹은 주요한 '시인'이 바로 최하림이며, 그의 예술 세계가 지닌 토대 위에 1960년대 동인지『산문시대』가 있음을 상기하고자 한다.

『산문시대』와 관련한 연구에 앞서서 최하림 연구에 대한 선행 연구를 살펴보면, 최하림의 시 세계와 시론 연구는 초기와 후기로 나뉘어 어느 정도 진행된 바 있다.[2] 그 가운데에 '풍경의 시학'과 '중용의 시학'은 최하림의 시 세계를 대표하는 특징으로 명명되었으며[3] 5원소 가운데 특히 '물'의

---

2   최하림의 시 연구는 2010년 타계 이후 본격적으로 진행되었다. 이 가운데에 최근의 논의는 다음과 같다. 박시영,「최하림 후기 시 풍경의 양상과 현실 인식 연구」,『현대문학이론연구』, 63집, 현대문학이론학회, 2015, pp. 139~61; 김제욱,「최하림 후기시의 공간의식 연구」,『우리문학연구』, 49집, 우리문학회, 2016, pp. 293~316; 박형준,「최하림 초기 시의 시간 의식 연구」,『국제한인문학연구』, 20집, 국제한인문학회, 2017, pp. 101~26; 최현식,「풍경, 바라보이는 자의 내면 — 최하림의 후기시를 중심으로」,『국제한인문학연구』, 28집, 국제한인문학회, 2020, pp. 183~222; 유성호,「최하림 시론 연구」,『동아시아문화연구』, 80집, 한양대학교 동아시아문화연구소, 2020, pp. 43~59 참조.

이미지가 부각되어 연구되었고, 동양적 예술사상이 바탕이 된 시론 또한 한차례 연구되었다.[4] 그러나 본 논의의 출발에서 이미 전제했듯 최하림의 시 세계에서『산문시대』의 영향 관계를 규명한 연구는 거의 없다. 다만 2010년대 이후 포괄적으로 진행된『산문시대』연구에서 최하림의『산문시대』발표 소설이 부분적으로 소개되고 있는 정도이다.[5]『산문시대』연구는 주로 김현, 김승옥에 집중되어 있다.[6] 그간 최하림 연구에서『산문시대』활동은 언급 정도로 그치고 있으며, 문학적 성과 역시 배제되었다.

이처럼 최하림 연구에서 아쉬움을 주는『산문시대』동인 활동에 관한 연구는 최하림 문학의 거시적 접근 아래에서 미시적으로 다시 조명해볼 필요가 분명히 있다. 최하림의 문학적 '기원'이『산문시대』에 있음은 주지의 사실이기 때문이다. 요컨대 본고는 최하림 시의 특징 가운데 특별히 그의 다양한 예술적 지평이 차지하고 있는 지점에서『산문시대』와 무관하지 않은 특징들을 추출해보고자 한다.『산문시대』창간호에서 평론가 김현, 소설가 김승옥과 연대하여 시인 최하림이 한국 문단에서 이루고

---

3   김명인,「시간 속을 소용돌이치는 말들의 풍경 ─ 최하림시고」,『한국학연구』, 15집,
     고려대학교 한국학연구소, 2001, pp. 33~72; 노춘기,「최하림 시에 나타난 풍경의 의미 ─ 시적
     전언의 형상화 과정을 중심으로」,『한국근대문학연구』, 21권, 2호, 한국근대문학회, 2020, pp.
     171~57; 박시영,「최하림 후기 시 풍경의 양상과 현실 인식 연구」,『현대문학이론연구』, 63집,
     현대문학이론학회, 2015, pp. 139~61 참조.

4   박옥순,「최하림의 풍경 시학과 동양화론의 연관성」,『국제한인문학연구』, 27호,
     국제한인문학회, 2020, pp. 117~50 참조.

5   『산문시대』에 관한 연구로는 차미령,「『산문시대』연구 ─ 작품에 나타난 '바다'와
     '죽음'의 관련양상을 중심으로」,『한국현대문학연구』, 13집, 한국현대문학회, 2003, pp.
     427~59; 임영봉,「동인지『산문시대』연구」,『우리문학연구』, 21집, 우리문학회, 2006, pp.
     395~420; 서영인,「『산문시대』와 새로운 문학장(場)의 맹아」,『한국 문학이론과 비평』,
     34집, 한국 문학이론과 비평학회, 2007, pp. 273~96; 이서진,「동인지『산문시대』연구」,
     이화여자대학교 대학원 석사학위논문, 2010, pp. 1~121 등이 있으나 최하림의 시 세계에
     집중된 논의는 아니다.

6   최하림은『산문시대』멤버로서 언급되는 정도이며, 김현, 김승옥에 비해 상대적으로
     비중이 적게 취급되고 있다.

자 했던 것이 무엇인지 혹은 개인적 열망으로 최하림이 도달하고자 했던 예술 세계에 대한 이상(理想)을 추적해보면서 최하림의 『산문시대』 행보를 재평가해볼 수 있으리라 기대한다. 본고는 구체적으로 『산문시대』 동인 활동 시기에 발표한 최하림 문학작품의 특징을 분석하면서 최하림의 초기 시의 특징이 『산문시대』 발표 작품과 교류하는 지점을 밝혀보고자 한다.

2. 최하림의 문학적 출발로서의 『산문시대』와 동인 활동

지방(전남)이라는 지역적 한계를 열등한 공간이 아니라 특별한 결속의 표지로 삼아 새로운 이념과 의식으로 응집하여 탄생된 것이 『산문시대』이다. 『산문시대』는 외진 바닷가 목포를 고향으로 둔 김현과 김승옥, 그리고 최하림과 김치수(김치수는 당시 미등단이었기에 창간호에서는 빠지게 된다) 등이 주축이 되어 만들어진 동인지로, 1962년 6월부터 1964년 9월까지 약 3년간 전주 소재의 가림출판사를 통해 발간되었다. 총 5권을 발간하고 막을 내렸지만 『산문시대』는 최초로 '산문'(소설, 비평, 번역문학 등)의 문학적 가치를 전면(표제명)에 내세우며, 1960년대에 발간된 많은 시 중심의 동인지와는 달리, 소설과 비평과 외국 문학의 번역을 그 중심으로 삼았다. 동인지 명(名)인 '산문시대'는 문학의 '산문정신'을 강조하고자 선택된 이름이라 할 수 있다. 간행 시기별로 『산문시대』에 참여한 작가는 다음과 같다.

1호 김현, 김승옥, 최하림
2호 김치수, 강호무, 김산숙(합류)
3호 김성일, 염무웅(합류)
4호 곽광수, 서정인(합류)

5호(종간호) 8인의 글이 실리고 종간됨(강호무, 서정인 제외)

『산문시대』 동인은 시기별로 충원되는 과정을 거쳤지만 『산문시대』에 참여한 동인의 이름에서도 알 수 있듯이 『산문시대』의 멤버들은 『68문학』으로 이어지며 그 명맥이 유지되었다. 최하림은 1970년 『문학과지성』 창간에도 합류하면서 1960년대 이후의 한국 문학 형성에 강력한 역할을 하게 된다. 『산문시대』가 태동한 1962년 이후의 문학은 위의 『산문시대』 동인들에 의해 새로운 문학적 기류를 형성하게 된 것이다. 이른바 새로운 문학판 형성에 신호탄이 된 『산문시대』는 자유와 평등, 개인의 발견과 개성, 신세대의 모던한 언어 감각과 무엇보다도 '산문'으로 기치를 내건 문체 혁명 등 "특정한 세대의 상징적인 사건이나 체험의 지평이 (1960년대의) 역사적 공간을 둘러싼 세대의 실존적인 조건 및 글쓰기의 태도에 거의 무의식적 차원까지 중대한 영향"[7]을 주기에 이른다. 이러한 평가는 현재까지도 유효하게 받아들여지며, 1960년대 문학의 지평에서 이탈하지 않고 논의되어온 것도 사실인 것이다.

그러므로 1962년에 창간된 동인지 『산문시대』는 '4·19세대 글쓰기'의 출발이자 1960년대 문학을 선도하며 기존의 문단에 새로운 문장의식과 문학관을 심어주고, 세대의식을 앞장세워 새로운 장(場)을 형성한 주요한 문학인을 배출한 동인지로도 그 의의를 인정할 수 있다. 1962년에 김현, 김승옥, 최하림 등 3인으로 시작된 동인지 『산문시대』는 5호 발행 시기인 1964년까지 총 10인으로 점차 늘려가며 의욕적으로 간행되었고, 이후에도 김현이 중심이 되어 『68문학』으로 이어졌던 것이다. 이 밖에도 최하림을 비롯하여 『산문시대』의 주요 멤버들이 1970년 『문학과지성』을 발족하는 데 기여하는 등 1960년대 이후의 한국 문학을 새롭게 구획하게 된

---

7   권성우, 「4·19 세대비평의 성과와 한계」, 『문학과사회』 2000년 여름호, p. 434
     참조(차미령, 「『산문시대』 연구 ― 작품에 나타난 '바다'와 '죽음'의 관련양상을 중심으로」,
     『한국현대문학연구』, 13집, 한국현대문학회, 2003, p. 428에서 재인용).

바탕이 되었다. 새로운 시대를 여는 문학으로, 혹은 1960년대에 성행했던 운문(시) 중심 동인지(『여류시』 동인, 『현대시』 동인, 『청미』 『신춘시』 등의 동인지가 있었다)에 치중된 한계를 현실적으로 극복하고자 '산문(성)'을 표방한[8] 『산문시대』는 소설과 비평, 외국 문학 번역에 주안점을 두고 산문을 주축으로 하여 세계 문학에 대한 관심과 확장으로 새로운 문학성을 구축해 나아가고자 했다. 이들이 문학의 자율성과 예술성을 확보하며 『산문시대』를 통해 이루려 한 것은 1960년대 문학의 미학적 탐색과 문학 담론이었지만, 사실 이들은 충분히 논쟁의 장을 마련하지는 못한 채 5호로 종간하고 말았다. 그러나 어떤 시도 면에서 인정해야 하는 성과는 분명 있었던 것으로 평가할 수 있다. 이처럼 『산문시대』에 4·19의 자유정신과 나아가 외국 문학에 대한 수용 및 새로운 문학장을 마련한 의의를 부여하며 한국 문단에서의 역할과 의미를 평가하는 것은, 당대 문학의 저변에 매우 중요한 거점 역할을 1960년대 동인지 『산문시대』가 수행했다는 반증인 것이다.

①

　태초와 같은 어둠 속에 우리는 서 있다. 그 숱한 언어의 혼란 속에서 우리의 전신은 여기 이렇게 초라한 모습으로 서 있다.

　이 천년은 갈 것 같은 어두움 그 속에서 우리는 신이 느낀 권태를 반주하며 여기 이렇게 서 있다. 참 오랜 세월을 끈덕진 인내로 이 어두움을 감내하며 우리 여기 서 있다.

　그러나 이제 우리는 안다. 이 어두움이 신의 인간창조와 동시에 제거

8　『산문시대』의 문학정신은 산문성과 모더니즘 기법을 우위에 두고 있음을 알 수 있다. 구체적으로 『산문시대』 1호에는 "슬프게 살다간 이상에게 이 책을 드림"이라는 문구가 적혀 있는데, 이상이 추구했던 새로운 문학 창조를 위한 실험성이 『산문시대』의 정신(산문성과 예술성)인 것이다. 『산문시대』가 이상(以上)의 모호함과 난해함을 모더니즘 기법으로 인정하고 있음을 상기할 수 있는 대목이다.

된 것처럼 우리들 주변에서도 새로운 언어의 창조로 제거되어야 함을 이제 우리는 안다. [……]

우리는 투박한 이 대지에서 새로운 거름을 주는 농부이며 탕자이다. 비록 투박한 이 대지를 가는 일이 우리를 완전히 죽이는 절망적인 작업이라 할지라도 우리는 우리의 손에 든 횃불을 던져버릴 수 없음을 안다. 우리 앞에 끝없이 펼쳐진 길을 우리는 이제 아무런 장비도 없이 출발한다. 우리는 그 길 위에서 죽음의 패말을 새기며 쉬임 없이 떠난다. 그 패말 위에 우리는 다만 한마디를 기록할 것이다. 〈앞으로!〉라고.[9]

②

산문시대가 단순히 우리 몇 사람의 발표욕을 만족시키기 위한 도구가 아니라 대학생 문단을 형성하는 핵이 되었으면 하는 것이다. 우선 서울대학교 재학생 중심의 문학지일 것, 그리하여 서울대생 문단을 형성할 것, 나아가서 전국의 대학생 문단을 형성하게 되는 유도체(誘導體)가 될 것[10]

인용문①은 『산문시대』 창간사라 할 수 있는 김현의 「선언」 중 일부분이다. 창간사(「선언」)를 쓴 김현의 글과 인용문② 김승옥의 회고에서 『산문시대』가 추구하는 창간 의도를 살펴볼 수 있다. 우선 김현의 창간사 「선언」은 "어둠"으로 지칭한 1960년대를 비판적으로 인식하고 있다. 김현은 창간사에서 어둠 극복을 위해 새로운 언어 인식이 필요한 점을 명징하게 밝히고 있다.

여기서 『산문시대』가 주창한 것은 "언어 혼란"을 타결하는 "새로운 언어의 창조"이다. 『산문시대』는 "대지에서 새로운 거름을 주는 농부"의 심

---

9   김현, 「창간호 — 선언」, 『산문시대』, 1호, 가림출판사, 1962 참조.
10   김승옥, 「산문시대 이야기」, 『내가 만난 하나님』, 작가, 2007, p. 116 참조.

정으로, 혹은 "탕자"로 지칭되는 "투박한" 문학 작업으로의 '언어 인식'을 일깨우고 있다. 창간사 「선언」은 '산문정신'의 중요성을 직간접적으로 표방한 것에 다름 아니다.

인용문① 외에도 창간사에는 "얼어붙은 권위와 구역질나는 모든 화법을 우리는 저주한다. 뼈를 가는 어두움이 없었던 모든 자들의 안이함에서 우리는 기꺼이 탈출한다"는 표현을 통해 권위와 위악적인 화법인 이전 문학의 문제점을 타파하고 안이한 언어의식을 탈출하는 '횃불'로서의 '문체혁명'을 주창하고 있다. 또한 인용문②에서 김승옥의 회고는 "대학생 문단"이란 명명을 통해 '참신하고 새로운 세대'로 지칭되는 젊은 4·19세대의 새로운 글쓰기를 대변하고자 하는 의욕이 내재되어 있음을 알 수 있다. 김승옥은 새 시대 문학의 선봉자로서의 새로운 젊은 세대를 "대학생 문단"으로 표현하고 있다. 그 중심 "유도체"가 되는 동인이 바로 『산문시대』이며, 이 점이 『산문시대』의 핵심적인 창간 의도이자 세대론 글쓰기의 시작(산문)이라 언명하고 있는 것이다. 즉, 이들이 선택한 '새로운 언어'는 '산문'(구체적으로는 소설과 비평, 번역)이며 그것을 보여주기 위해 『산문시대』에 수록된 작품 역시 운문을 제외한 소설, 비평, 해외 번역문학이 중심이었음을 알 수 있다.

다음은 『산문시대』 발표 작품을 정리한 것이다.

수록 호	발표 작가	발표 작품명
『산문시대』 1호 (1962년 6월)	김현	「인간서설」
		「잃어버린 처용의 노래」
	김승옥	「건(乾)」
		「생명연습」
	최하림	「여름시집」
		「성(城)」

『산문시대』 2호 (1962년 10월)	김승옥	「환상수첩」
	강호무	「번지식물」
	김산숙	「잃어버린 해시」
	최하림	「수림밀어」
	김현	「비평고(1)」
『산문시대』 3호 (1963년 6월)	강호무	「암소질」
	김성일	「월경이 있는 아침」
	김치수 역	「청색의 눈」(아폴리네르)
		「지오반니 모로니」
		「불란서문학기상국」(제랄보에르)
	김현	「비평고(2)」
『산문시대』 4호 (1963년 10월)	염무웅	「현대성논고」
	김현	「비평고(3)」
	강호무	「멈칫거리는 파도」
	최하림	「밤의 촉수」
	김승옥	「누이를 이해하기 위해서」
	서정인 역	「낱말들 낱말들 낱말들」(엘리엘)
	김치수 역	「대머리 여가수」(이오네스꼬)
『산문시대』 5호 (1964년 9월)	강호무	「태양의 문」
	김성일	「세 벌의 상복」
	김승옥	「시다리아시스」
	최하림	「주름들이 주름들이」
	곽광수 역	「뒤뇌기의 신사」(뺑제)
	김현	「비평고(4)」
	염무웅	「현대성논고(2)」
	김치수	「작가와 문학적 변모」

[표 1] 『산문시대』(1~5호)에 게재된 작가와 발표 작품

[표 1]에서 알 수 있듯이 『산문시대』 발표 작품 중 창간호에는 평론가

김현의 소설이 실려 있고, 또한 김승옥의 1962년 『한국일보』 신춘문예 당선작인 「생명연습」이 재수록되었다. 시인으로 이미 문단 활동을 시작한 최하림은 소설과 희곡[11]을 함께 발표하는 등 세 사람이 각각 두 편의 작품을 싣고 있다. 이후 2호부터 김현은 비평으로 정확히 돌아섰으며, 강호무와 김산숙이 합류하여 김승옥, 최하림과 함께 소설 작품을 수록하고 있다. 3호에는 비평문학으로 김현의 「비평고」가 연재되었고 장용학의 소설을 비평하고 있다. 3호부터 활성화된 해외 번역문학에는 김치수와 서정인이 동참하여 아폴리네르의 「청색의 눈」과 이오네스코의 「대머리 여가수」, 엘리엇의 「낱말들 낱말들 낱말들」을 번역, 소개하고 있다. 염무웅의 「현대성논고」는 현대시의 특성을 낭만주의와 표현주의로 나누어 시의 형식을 분석한 것이다. 『산문시대』 5호에는 서울대학교 불문학 전공자인 곽광수가 합류하여 프랑스 문학을 번역하여 소개하고 있다. 특히 이들 가운데 훗날 시인으로 활동한 멤버는 강호무와 최하림이었지만 강호무의 활동은 잘 알려져 있지 않고 최하림은 자신의 시 세계를 굳혀 나아갔다. 그러나 이들 역시 『산문시대』의 창간 의도에 입각하여 시가 아니라 소설(산문)을 『산문시대』에 발표하고 있음을 알 수 있다.

『산문시대』의 발표 작품은 장르로는 운문을 제외하고 있으며, 무엇보다도 언어적 감성과 개인의식의 성취라는 점에서 개별적인 작품의 경향을 존중한 것으로 보인다. 이처럼 문학의 주체성과 문학의 자율성은 『산문시대』가 지향한 핵심이라 할 수 있을 것이다. 『산문시대』의 발표 작품들은 최하림의 소설에서도 단적으로 알 수 있지만, 결여와 과잉, 혼란과 무질서를 내포하고 있는 미완의 실험이었더라도 구체적인 문학 이론과 문학적 실천을 통해 1960년대의 새로운 세대론을 주창했으며, 독자적인 문학 형식으로 담아내고자 했던 이들의 노력을 잘 반영하고 있다. 『산문

---

11   최하림은 박석규, 원동석, 양계탁 등과 함께 「고도를 기다리며」를 무대에 올리는 등
      연극에도 관심을 보였던 것을 알 수 있는데, 『산문시대』에 발표한 희곡은 그 관심의 정도를
      알 수 있게 한다(목포문학관 자료실 참조).

시대』를 통해 새로운 문학의 출발점을 이루고 있다는 점에서 『산문시대』
의 의의와 함께 최하림 초기 문학의 의의를 찾을 수 있을 것이다.

3.『산문시대』 발표작과 초기 시의 상관성

주지하듯『산문시대』에는 총 32편의 글이 발표되었는데, 구체적으로는
소설 18편, 희곡 1편, 평론 7편, 번역 6편으로 분류된다. 이 가운데 최하림
의 발표작을 장르별로 정리해보면 다음과 같다.

수록 호	장르	작품명
『산문시대』 1호(1962. 6)	소설	「여름시집」
	희곡	「성(城)」
『산문시대』 2호(1962. 10)	소설	「수림밀어」
『산문시대』 4호(1963. 10)	소설	「밤의 촉수」
『산문시대』 5호(1964. 9)	소설	「주름들이 주름들이」

[표 2]『산문시대』에 수록된 최하림의 전작(全作)

3호를 제외하고『산문시대』 매호에 총 5편을 발표한 최하림의 작품은
소설 4편과 희곡 1편이다. 이미 동인지 창간 직전에 시인으로 문단에 나온
후 김현의 권고로 최하림은『산문시대』의 동인이 되었는데, 아마도『산문
시대』가 표방한 '산문정신'을 위해 의도적으로 소설과 희곡을 창작했으
리라 짐작된다. 그러나『산문시대』가 종간된 후에 최하림은 소설 창작을
중단하고 시인으로서의 행보를 분명히 했지만, 비평과 평전과 여행기 등
여타의 산문 저작에도 관심을 보여왔다.

『산문시대』 동인 시절인 1962년부터 1964년까지의 최하림의 문학적 행
보를 통해서도 알 수 있듯이, 등단과 관련하여 그의 초기 시 세계를 형성

한 대표적 시(詩)가 이 시기에 탄생하게 된다. 최하림이 1961년에 신춘문예에 가작 입선한 「회색수기」를 자신의 등단작에서 밀어내고, 1964년에 당선된 장시(長詩) 「빈약한 올폐의 회상」을 기꺼이 등단작으로 삼으며 프로필에 안착시킨 이유를 『산문시대』 시절의 초기 문학에 대한 내밀한 의식을 통해서도 짐작할 수 있다. 이에 본고의 3장에서는 『산문시대』에 발표된 최하림의 소설과 함께 최하림이 인정한 등단시 「빈약한 올폐의 회상」을 중심으로 초기 시에 최하림이 반영하려 한 '산문성'과 '예술성'을 고찰해보고자 한다.

> 사실 나는 이것이 순수한 소설이기를 바라지는 않고 있다. 보다 집요하게 그 어떤 공동이 내다보이기까지 나를 추구하고 그런 나와 같이 다니는 저 비애의 서정, 끈끈하고 허황한 고독의 뒤안길을 기록하고 싶은 것이다.[12]

우선 『산문시대』 4호에 소설 「밤의 촉수」를 실으면서 주석으로 밝히고 있는 최하림의 소회(所懷)는 소설에 대한 그의 인식을 은근하게 드러내고 있다. 역설적이지만 최하림은 '소설'을 발표하면서 자신의 글이 "순수한 소설"이기를 바라지는 않는다고 말한다. 그는 소설(산문)을 통해 "비애의 서정"과 "고독의 뒤안길"을 드러내고자 한 점을 창작의 변을 통해 밝히고 있다. 그러나 이때의 '비애'나 '서정' 그리고 '고독'은 아이러니하지만 최하림의 문학적 바탕을 이루는 '시적' 정서라 할 수 있다. 아울러 최하림은 자신의 언어의식을 위의 소회에서 드러내고 있는데, "언어란 토해낼 때는 순간이나마 긴장감을 갖고 그 귀추를 향하여 떠는 것"[13]이라 인식한다.

이처럼 『산문시대』 창간호에 발표한 소설 「여름시집」과 『산문시대』

---

12   최하림, 「밤의 촉수」, 『산문시대』, 4호, 가림출판사, 1963 참조.
13   최하림, 「여름시집」, 『산문시대』, 1호, 가림출판사, 1962 참조.

4호에 발표한 소설 「밤의 촉수」에서 드러난 최하림의 문학에 대한 생각과 언어 인식은 "긴장의 언어"로 결집된 "집요한" 언어인 것인데, 이러한 특징 또한 시적 언어에 가까운 최하림의 언어 인식에 다름 아니다. 후일에 최하림은 소설을 더 이상 쓰지 않고 시 창작에 매진하였는데 그 이유를 그의 '언어관'에서 찾아볼 수 있다.

> 광활한 바다. 바다를 어떻게 표현해야 할지 그는 알 수 없었다. 그것은 너무 넓고 푸르러서 어떻게 쉽사리 어떤 적합한 표현을 부치게끔 해주지 않았다. 바다는 조용한 자세로 사람들에게 가끔 평화를 맛보게 하고 어떤때는 누구도 감당해낼 수 없는 거대한 물결을 일으켜 미친 자처럼 세계의 파괴를 감행한다. 끊임없이 생동하면서 격정하고 침정한다.[14]

또한 최하림의 소설에 자주 등장하는 '바다' 이미지는 시에서도 종종 소재로 사용되는데 '바다'는 '고향'의 상징이자 시인의 '내면'에 저장된 원형적 장소의 현현으로 등장하는 주요한 시어라 할 수 있다. '바다'(물)는 최하림 시인에게 "생동"이자 "격정"이고 "침정"으로 작동하고 있다. 청소년기의 많은 시간을 보냈을 목포 해안동과 대반동 바닷가 일대는 최하림의 문학적 산실이자 문학적 사유의 원천이었으리라 여겨진다.

이 인용문에서도 드러나듯이 최하림은 광활한 '바다'에서 자연의 파괴력을 바라보고 있다. 또한 최하림에게 '바다'는 '죽음'을 상징하기도 하고 '떠남'을 표상하며 '이별'의 장소가 되기도 한다. 소설 「여름시집」은 고향 목포에 대한 인식을 토대로 최하림 문학의 기저에 자리하고 있는 '장소(바다)'와 격정적인 '언어 인식'을 잘 보여준다. 「여름시집」의 주인공인 '나'는 "모든 슬픔으로부터 떠나기를" 각오하며, '바다'로 들어가 생의 마지막 순간('자살')을 맞닥뜨린다. 죽음의 순간이 공포나 두려움이 아니라

---

14   같은 글, p. 85 참조.

"조용한 도달"로 그려지는 것은 최하림이 고향 목포(바다)를 '안식'과 '최후의 장소'로 인식하고 있기 때문일 것이다.

①

　나는 한산한 부둣가에 있었고 수없는 형광등이 바다 쪽으로 늘어선 전신주의 양켠에 붙어서서 파도소리 같이 바닷물 아래로 부서져 내리고 있었다. [……] 불현듯 나는 죽음의 근처를 배회하고 있구나! 지금이 그것을 단행할 시기라고 나는 느꼈다.[15]

②

　그때 우리들은 세상을 살고 있다기보다는 바다로, 바다로, 기운차게 나아가고 있었다. 우리들은 그 환각의 망망한 바다에서 바다와 하늘이 맞닿은 그곳의 신비를 머금고 내달렸다. 어느새 돛대 사이에는 별이 떠올랐다.[16]

　위의 인용문①과 인용문②에서 등장하는 '바다'의 이미지는 지극한 '소멸'을 상징하는 '죽음'과 이로 인해 상상하는 '환상'의 세계와도 연관되어 있다. 인용문① 「밤의 촉수」는 의식의 흐름을 '언어'를 통해 쏟아낸다. 최하림은 불현듯 떠오른 순수한 언어들을 이 소설에서 시처럼, 연설처럼, 동원할 수 있는 언어를 모두 동원하여, "두서없이" "악마의 식탁처럼" 자신의 늘어진 생각들을 "촉수"를 뻗듯 사방으로 뻗어놓는다.[17] 인용문② 「수림밀어」에는 주인공이 바다에서 '도시'를 상상하는데, 이 도시는 새로운 미지의 지향점이 아니라 '항구'의 이미지와 통하는 것으로 그려진다. 「수림밀어」에서 주인공 '나'는 "항구가 건설되는 것을" "세계가 변모되는

15　최하림, 「밤의 촉수」, p. 52 참조.
16　같은 글, p. 61 참조.
17　이서진, 「동인지 『산문시대』 연구」, 이화여자대학교 대학원 석사학위논문, 2010, p. 58 참조.

것"으로 받아들이고 있다.

그런데 '고향'의 이미지에서 '바다'의 이미지로, '바다'의 이미지는 다시 '항구'의 이미지로 옮겨 오며, 최하림이 설계하는 세계는 어둠과 불안과 공포로 가득한 격정적인 세계여서 구체적 실체가 가려진 '추상적 색채'로 그려지는 특징을 보인다.

> 나는 생각한 것과 다른 장소에서 나를 잃어가고 있었다. 그제는 어머니를, 어제는 도시를, 오늘은 친구를 뼈아프게 구축한 나의 하나하나를, 추잡할 대로 추잡한 장소에서 죽어버린 언어들이 이죽거리며 시간들이 널려지고[18]

최하림에게 '도시'는 동경의 대상이 아니다. 도시에서 불안과 공포, 혼란을 느끼는 주인공은 서울로 막 올라온 인물로 설정되어 있다. 도시 생활에 익숙하지 않은 그는 "생각한 것과 다른 장소에서 나를 잃어가고 있"다고 깨닫는다. 여기서 "죽어버린 언어들"에 대비되는 공간은 고향과는 다른 불빛을 지닌 도시 '서울'이다. 낙오자가 아니라 도시에서의 부적응아로 인식하는 주인공은 "사고(思考), 바다, 도덕"이 옷을 벗은 세계인 이 '도시'(서울)에서 이방인이 된 자신의 모습을 발견한다.

> ①
> 나무들이 일전(日前)의 폭풍처럼 흔들리고 있다
>
> 먼 들판을 횡단하며 온 우리들은 부재의 손을 버리고
> 쌓인 날들이 비애처럼 젖어드는 쓰디쓴
> 이해의 속 계단의 광선이 거울을 통과하며

---

18   최하림, 「주름들이 주름들이」, 『산문시대』, 5호, 가림출판사, p. 84 참조.

시간을 부르며 바다의 각선 아래로
빠져나가는 오늘도 외로운
발단인 우리

아아 무슨 근거로 물결을 출렁이며 아주 끝나거나 싸늘한
바다로 나아가고자 했을까 나아가고자 했을까
기계가 의식의 잠 속을 우는 허다한 허다한 항구여
수없이 작별하고 수없이 만나는 선박들이여

이 운무 속, 찢겨진 시신들이 걸린 침묵 아래서
나뭇잎처럼 토해놓은 우리들은
오랜 붕괴의 부두를 내려가고
저 시간들, 배신들, 나무와 같이 심은 별
우리들의 소유인 이와 같은 것들이
육체의 격렬한 통로를 지나서
불명의 아래아래로 퍼져버리고

—「빈약한 올페의 회상」 부분 [19]

②
성감(性感)을 다듬으며 바다에서는 무적(霧笛)이 쉴 사이 없이 울고
음산한 거리를 지나서 달달거리며 부두의 꽉 다문
침묵들이 머리를 빗고 나온 여자들처럼
저편 거울 속에 비춰지고
거울 속에서 발산하는 일대를 휘어잡은 죽음의 길고 긴 바다

19   최하림, 『조선일보』 1964년 1월 1일 자(『최하림 시전집』, 문학과지성사, 2010, p. 23에서
     재인용).

그 바다의 어두운 내면을 휘적이면서
우리들은 뒤따르는 께름칙한 감정을 붙잡고 추궁하여 들어간다
그 아무도 의지할 이 없는 빈 해안통의 붉은 노을 속에서
휘어져드는 위험 속에서
불충실한 시간들이 이끄는
모든 테마의 로프줄을 새파란 칼날로 끊고 있다

—「해항(海港)」부분

인용 시①은 1964년 『조선일보』 신춘문예에 당선한 최하림의 등단작
「빈약한 올페의 회상」의 한 부분이다. 최하림은 무릇 서사시를 연상시키
는 그리스신화 속 '오르페우스'(올페) 이야기를 전제하며 시를 통해 "폭
풍처럼 흔들리는" 자아를 표상하고 있다. 그리스신화 속 오르페우스는 죽
음으로 이별하게 된 아내 에우리디케(유리디체)를 되찾기 위해 그가 지닌
리라(음악)를 연주하며 아름다운 목소리로 노래를 통해 신들의 환심을 산
다. 그러나 이미 이승계가 아닌 저승계에 든 에우리디케가 저승을 벗어나
기 전까지 오르페우스는 절대 뒤돌아보지 말아야 한다는 경고를 어기고,
사랑의 불안감에 휩싸여 결국 뒤돌아보고 만다는 이야기가 이 시의 배면
에 깔린 신화적 '서사'이다. 아내를 잃고 슬픔과 애처로운 눈빛으로 격정
에 휘말린 '빈약한'(부족한) 올페의 뒤늦은 후회가 최하림의 '회상'(시)으
로 다시 태어난 것이니 「빈약한 올페의 회상」은 장시(長詩) 혹은 대서사
시의 형식을 지니는 것이 납득된다. 이 시는 오르페우스의 절절한 후회와
비통한 마음을 표현하고 있다. 비교하자면, 릴케의 시 「오르페우스에게
바치는 소네트」와는 달리 최하림의 「빈약한 올페의 회상」은 "찢겨진 시
신들"이 즐비한 죽음의 통로를 거스르지 못한 '빈약한' 한 육체의 비통함
을 자신(최하림)의 모습을 거울에 비추듯 주시하고 있다.

인용 시②는 『최하림 시전집』에 습작 시로 분류된 시 가운데 하나인
데,[20] 바다의 항구인 해항을 소재로 하면서 "물기"에 젖은 "우리들"의 이

야기를 진술하고 있다. 그것은 "바다"를 둘러싼 "어두운 내면"에 깃든 고향의 이야기이자 "의지할 이 없는 빈 해안"에 "휘어져드는 위험 속에서/불충분한 시간"으로 영위하던 '유년'이 멈춘 장소로 응시되는 "바다"이다. 이 바다의 이미지에서 "머리를 빗고 나온 여자들"에 비유되는 "죽음의 길고 긴" 바다 이미지가 또다시 묘사된다. 최하림은 항구를 통해 "바다 가득히 퍼져나오는 음영(陰影)"의 '유년'을 떠나는 "께름칙한 감정"을 드러낸다.

이 시들에서 '바다'는 "수없이 작별하고 수없이 만나는 선박들"이 오고 가는 장소에 다름 아니다. 이를테면 과거의 "시간"과 현재의 "배신"과 저 하늘의 "별"이 공존하는 "싸늘한 바다"로 '바다'의 이미지가 『산문시대』에 발표한 소설의 그것과 유사하게 묘사된다. 특히 "의식의 잠 속"에서 리라처럼 우는 "항구"는 정박의 장소인데, 최하림은 항구를 통해 작별의 이미지를 소설과 유사한 방식으로 묘사하고 있다.

①

오빠 오빠 오빠

성희의 목소리가 귓바퀴를 흘러갔다. 그 소리는 피부에 닿아 무료를 빨갛게 채색하며 흐른다. [……] 길고 여윈 얼굴엔 이제 청소함이란 가셔버리고 그 청초함 대신에 울음에 섞인 정욕의 그림자가 넘쳐흘렀다

—「여름시집」에서[21]

---

20   최하림이 습작 시로 분류한 시는 1961년부터 1964년까지 총 10편이다. 해당 연도에서도
      알 수 있듯이 이 시기는 『산문시대』 동인 활동기와 겹친다. 구체적으로 「빈약한 올페의 회상」을
      포함하여 「해항」「바다의 아이들」「일모가 올 때」「밤의 의자(椅子)」「음악실에서」「가을
      사장(沙場)에서」「가을의 말 1」「가을의 말 2」「가을의 바깥에서」 등이 습작 시로 분류되었다.
21   최하림, 「여름시집」, 같은 책, p. 79 참조.

②
여인숙에서처럼 낯설게 임종한, 그다음에 물이 흐르는 육체여
아득히 다가와 주고받으며 멀어져가는 비극의 저녁은
서산에 희고 긴 비단을 입고 오고 있다
아주 장대하고 단순한 바다 위에서
아아 유리디체여!

(유리디체여 달빛이 흐르는 철판 위
인간의 땀이 어룽져 있는 건물 밖에는
달이 떠 있고 달빛이 기어들어와
파도 소리를 내는 철판 위
빛 낡은 감탄사를 손에 들고 어두운
얼굴의 목이 달을 보면서 서 있다)

─「빈약한 올페의 회상」부분

③
(텅 빈 심저(心底)의 뼈아픈 공허 속에 지금은 원망의 바다가 흘러간다
기슭을 빨아가는, 수평이 부르는 충일(充溢)한 바다 앞에서 우리들은
무엇을 기다리는가
　　　　　　　　말해다오 말해다오)
유린당한 눈길 속에 아직은 은밀한 모습
너를 위한 기나긴 행로에서 메아리쳐오는 음성
아무 작별의 슬픔을 주는 이 없는 들판의 울음 그리고
뼈 시린 대기 속, 외로운 우리들의 내밀한 아우성에 찬 행로
어느 적막한 나무 밑에서 너를 찢어간 기침이 일고
행로가 끝나는 창백한 지점에서 우리들의 비극한 기아(飢餓)여
수선스레 한없이 시간을 돌아간다 기슭을 지나 암벽을 토해낸다

부서진다 부서진다

　　　　　　　　　　　　　——「바다의 아이들」부분

　인용 시②의 「빈약한 올페의 회상」에 등장하는 여성(아내)인 "유리디체"와 『산문시대』 창간호에 발표한 「여름시집」에 등장하는 두 여성('영숙'과 '성희')은 최하림 시인의 '여성'에 대한 시선을 보여준다. 인용문①「여름시집」에는 약혼녀 영숙과 사촌 동생 성희가 등장한다. 결혼을 앞둔 주인공 '진형'은 약혼녀가 아니라 오히려 사촌 동생 성희를 통해 자신의 존재적 인식과 성적(性的) 관심을 느끼고 있다. 책임과 회피, 이성과 감정의 성적 대상인 여성의 존재에 대한 이율배반적 감정은 「빈약한 올페의 회상」에도 담겨 있는데, "빈약한 올페"는 쉽게 아내(여인)를 되찾지 못하는 약한 남성상으로 그려져 있다. 아름다운 여성을 잃는 슬픔과 번민이 최하림의 시와 소설에 드러나 있으며, 실패하는 남성의 슬픔과 죽음을 향한 좌절이 또한 최하림의 초기 문학에 내재되어 있다.

　인용 시③은 바다에 "유린당한" 아이들의 현실과 이상을 토해내듯 응시하며 "원망의 바다"를 흘려보낸다. 뼈아픈 공허 속에 "우리들"을 기다리는 건 "작별의 슬픔"인데, 암벽을 토해내며 부서지는 바다에 창백한 시간이 함께 부서진다. 「바다의 아이들」에도 수척한 남성 화자의 슬픔과 번민이 그려지며, 이미 지나간 시간에 대한 비극적 회한이 가득 차 있다.

　　신생은 고향에서밖에 일어날 수 없습니다. 우리는 고향에서밖에 다시 태어날 수 없습니다. 신생도 부활도 이 지구 위에서는 다 재현될 수 없습니다. 시(詩)에서는 있을 수 있으되 현실에서는 없다는 것을 나는 침묵에서 봅니다. 있고/없음을 침묵은 껴안을 수 있습니다. [……] 그려지지 않았으므로 그것은 없고, '유(有)'의 세계를 감싸고 있으므로 그것은 있을 수밖에 없습니다. 그런데 이 '없음' 혹은 침묵을 나는 쓰기가 어렵습니다. 연과 연 사이, 행과 행 사이, 단어와 단어 사이의 침묵을 나는 포기하고 줄글을 씁니다.

—「시인의 말」에서[22]

아울러, 병세가 짙어져 죽음을 앞두고 있던 시인이 적어 내려간 「시인의 말」에서 시인은 '있음과 없음'의 세계에 대한 인식에서 만난 "침묵"과 "줄글"(산문)을 쓴다는 병치의 감정을 고백한다. 최하림은 "연과 연 사이, 행과 행 사이, 단어와 단어 사이"의 침묵인 '시'를 잠시 놓고, "줄글"(산문)인 '서문'을 쓰고 있는 것이다. 여기서 "줄글"이란 표현이 바로 '산문'이 자리하는 위치이자 의미이다. 최하림은 '시'와 '줄글' 사이를 오고 가며 "있고/없음"의 상대적 경지를 발견하고 있다. 그것은 초기부터 최하림의 문학 세계를 이끌어온 '산문성'과 '예술성'의 등배 지점을 교차시키고, 병치시키고, 마침내 시와 산문이 화해하는 길로 이끈다. 그 두 갈래 감정이 "있고/없음"을 "침묵"으로 껴안는 마지막 최하림의 문학적 순간이 도달한 '줄글' 즉 산문의 의미가 아니었을까.

『산문시대』 창간호에서 평론가 김현, 소설가 김승옥과 연대하여 시인 최하림이 한국 문단에서 이루고자 했던 것이 무엇인지, 혹은 개인적 열망으로 최하림이 도달하고자 했던 예술 세계에 대한 이상을 그가 어떤 방식으로 이해하고 마침내는 동행하였는지를 『산문시대』 행보를 통해 되짚어볼 수 있을 것이다. 『산문시대』 동인 활동 시기에 발표한 「빈약한 올페의 회상」과 「해항」 「바다의 아이들」 등 1960년대 최하림의 초기 시의 특징이 그의 『산문시대』 발표작과 겹치고 있음을 알 수 있다.

22   최하림, 『최하림 시전집』, 문학과지성사, 2010, p. 6 참조.

4. 결론

본고는 최하림의 초기 시와 동인지 『산문시대』의 관련성을 고찰하기 위해 『산문시대』에 수록된 최하림의 소설 작품을 구체적으로 분석하고 시 「빈약한 올페의 회상」을 비롯하여 「해항」 「바다의 아이들」과의 연관성을 살펴보았다. 『산문시대』에 발표된 최하림의 초기 작품은 등단 직후의 문학적 방황과 새로운 문학에 거는 기대와 감각적인 언어의식을 보여주면서 이후 최하림 시 세계를 더욱 단단하게 채워준 자양분으로 작동하고 있음을 알 수 있다. 역설적이지만, 동인지 『산문시대』는 '최하림'이라는 특별한 '시인'을 배출했는데, 1960년대 이후 현대문학사에서 주목되는 최하림의 시 세계는 『산문시대』라는 토양 위에 특유의 산문정신과 다양한 예술 세계를 향한 문학적 성과를 싹틔우고 있었던 것이다.

본고는 「빈약한 올페의 회상」을 『산문시대』 시절과 연동된 최하림 초기 시의 시발점으로 삼고, 초기 문학의 '산문성'과 '예술성'을 살펴보았다. 1961년과 1964년 두 차례의 『조선일보』 신춘문예 당선을 통해 '시인'으로 출발한 최하림은 『산문시대』 시절을 경험하며, 시 외에도 비평, 평전, 미술평론, 수필, 동화 등 유수의 저작들을 발표할 수 있는 내면의 문학적 토대를 형성해온 것으로 여겨진다. 그것이 최하림 문학의 산문정신과 예술의 자유정신으로 표출되었던 것이라 판단된다. 시인 최하림이 시와 함께 관심을 기울인 '이들' 산문은 『산문시대』의 동인 활동이 그 바탕이 되었던 것으로 보인다. 최하림은 1960년대 이후부터 2010년 타계하기 전까지도 다양한 장르에서 예술 활동을 펼친 것인데, 그 중심에 『산문시대』 동인 시절이 그 터전으로 존재했던 것이다.

그러므로 『산문시대』는 최하림 문학 세계에서 시발점이라 할 수 있다. 또한 최하림 문학 연구의 확장으로써 최하림의 시 세계에서 『산문시대』가 차지하는 의미 혹은 의의는 최하림의 초기 시 즉 「빈약한 올페의 회상」과 「해항」 「바다의 아이들」에서 발견할 수 있는 '산문성'과 '예술성'으로도 반영되고 있음을 알 수 있다.

[『한국 문학연구』, 제65집(동국대학교 한국 문학연구소, 2021)]

역사성의 근원으로서의 심미성

—최하림의 초기 시를 중심으로

박슬기

1. 심미성이라는 근원, 역사성과 윤리성의 원점

최하림의 두번째 시집의 해설에서 김치수는 그의 시가 그간 평가의 중심에 서지 못했던 이유로 당대를 풍미했던 순수와 참여라는 대립 구도 속에서, 그 어느 쪽에도 치우치지 않았기 때문이라고 평가하고 있다.[1] 말하자면 순수시 계열이 보여준 관념의 극단화에도, 참여시 계열의 이념적 추구에도 경도되지 않고 그 사이에서 시적 균형을 잡고 있었기 때문이라는 것이다. 이러한 평가는 두 가지 측면을 지닌다. 하나는 최하림의 시가 현실의식과 그것의 내적 승화를 성공적으로 성취하고 있다는 점이다. 또 하나는 그의 시적 성취에도 불구하고 문단의 분리주의적 구도가 그의 시에 대한 인식과 평가를 가로막고 있었다는 점이다.

두번째 측면은 『우리들을 위하여』(창작과비평사)가 1976년에 출간

<hr>

1   김치수, 「고통의 인식과 확대」, 『작은 마을에서』, 문학과지성사, 1982, p. 105.

되었으며, 대부분의 작품이 1970년대에 쓰였다는 점을 간과한다.[2] 그는 1960년대의 시 의식을 중심에 놓고 이 시집을 1960년대적 구도에서 평가하고 있는 것이다. 4·19 정신이 열어놓은 1960년대의 문학의 방향에 대한 논의가 순수/참여를 비롯하여 소시민/시민 논쟁을 거쳐, 1970년대에는 보다 실천적인 차원으로 확대되었다는 점은 더 논의할 필요가 없을 것이다. 1960년대적 구도로 1970년대에 씌어진 작품을 평가하긴 어렵고, 나아가 등단 전후의 초기작들과 이후의 현실주의적 계열의 작품들이 단절적 성격을 지니고 있다는 점 역시 고려하지 않으면 안 된다.[3]

여기에는 일종의 평가 불가능한 지점을 대면한 평자의 고민이 있다. 『우리들을 위하여』는 화자가 가난한 자들의 고단한 삶에 주목하며 그들을 '우리'라고 호명했다는 점에서 역사의식과 더불어 공동체적 연대의식을 획득하는 것으로 평가되었다. 초기 시의 역사성에 주목하는 연구들은 대체로 이러한 '우리'라는 호명법에 주목한다.[4] 그러나 최하림의 초기 시에서 현실의식 혹은 역사의식은 적극적인 행동의 영역으로 이행하지 않

2   최하림은 1964년에 등단하였으나 『우리들을 위하여』를 채우고 있는 절반 이상의 작품들이 1970년대 씌어진 작품이다. 전체 60여 편의 작품 중, 1960년대 창작으로 보이는 작품은 등단 이전의 습작품까지 포함해서 17여 편이다. 창작 연대가 밝혀지지 않은 작품 중 1960년대적 경향을 보여주고 있는 작품들까지 포함하면 20여 편 정도에 해당한다. 많으면 많다고도 할 수 있는 분량이긴 하지만, 10편의 등단 전 작품이 포함된 분량임을 감안하면 1960년대적 경향으로 이 시집의 경향을 이해하기는 어렵다.

3   이는 『우리들을 위하여』의 해설을 쓴 신경림이 지적하고 있는 것이기도 한데, 그는 "발레리풍의 초기시와 페단티즘이 말끔히 가셔진 후기의 시 사이에는 상당기간의 공백이 나타나고 있다"고 평가하고 있다(신경림, 「발문」, 최하림 시집 『우리들을 위하여』, 창작과비평사, 1976, p. 118).

4   이 '우리'의 호명에 처음으로 주목한 사람은 이 시집의 해설을 쓴 신경림으로, 초기 시의 역사의식이 '나'를 벗어나는 공동체적 정신에 입각하고 있는 것으로 평가한다. 다소 비평적 단상에 머물던 초기 시의 역사성에 대한 논의를 본격적으로 전개한 전병준은 첫 시집에서 현실에 대한 관심과 억압에 대한 분노를 동시에 드러내고 있다는 점에 주목하여, 그가 실존적인 관점에서 사회·역사적인 관심을 보여주고 있다고 평가한다(전병준, 「최하림 시의 사회·역사적 상상력과 존재론적 탐구의 의미 연구」, 『한민족문화연구』, 43집, 한민족문화학회, 2013, p. 198).

는다. 1960년대 문학의 구도를 비판하면서 그는 현실주의 계열의 작품들역시 민중을 주체로 발견하지 못했다고 비판하기는 했으나,[5] 그의 작품에서도 역시 민중/민족은 주체로서 발견되지 못하고 추상적인 대상으로 남아 있다. 그의 현실/역사의식은 구체적인 현실의 세계로 돌입하지 못하고, 현실과 역사는 일종의 풍경으로서 관념적으로 제시된다. 그가 아무리가난한 자의 삶과 생활을 조명하고 자유와 진보를 노래하더라도, 강력한내적 지향성으로 인해 현실에 육박해가지 못하고 관념화되고 있는 것이다.[6] 이러한 점은 부드럽게 표현하면, 시간과 언어 그리고 역사와 존재에대한 남다른 관심과 그것을 감싸고도는 부드럽고 넉넉한 서정성[7]이겠지만, 달리 말하면 시간과 언어 그리고 역사와 존재의 자기화에 지나지 않기때문이다.[8]

최하림의 현실에 대한 관심이 구체적 역사성을 획득하게 되는 것은1980년 압도적으로 야만적인 사태가 현실화되는 경험을 마주하게 되면서이다.[9] 실제적인 폭력을 대면한 시인의 죄책감과 소명의식에서 다소 관

5　최하림, 「시와 부정의 정신」, 『시와 부정의 정신』, 문학과지성사, 1984, pp. 20, 39.

6　정과리는 이러한 측면을 명확하게 지적했다. 정과리, 「어떤 시인의 매우 오래된 과거의반짝임」, 『문학과사회』 2010년 여름호, pp. 435~36.

7　김명인, 「시간 속을 소용돌이치는 말들의 풍경」, 『한국학연구』, 15집, 고려대학교한국학연구소, 2001, p. 34.

8　이 글에서 사용하고 있는 역사성의 개념은 신경림의 논의나 전병준의 논의에서 사용하고있는 바, 현실과 역사에 대한 주체적 관심의 의미로서 사용하고 있다. 이는 역사적 시간속의 존재로서 자신을 자각하는 역사의식이라는 차원에서 현실의식과 다른 것이 아니다.역사의식의 핵심이자 기본 개념으로서 역사성이 지닌 논쟁적 차원은 이 글에서 다루지않는다. 이는 최하림의 역사의식 혹은 현실의식은 심미적 서정성의 차원과 긴밀하게연동되어 있기 때문이다. 이에 대해서는 본문에서 논의한다.

9　최하림 시에 대한 연구는 현재 박사논문이 2편에 이를 정도로 상당히 축적된 편이다.대체로 연구자들은 최하림의 시를 세 시기로 나누는 데 동의하고 있는 것으로 보인다. 이는'80년 광주'라는 역사적 경험과 '발병'이라는 개인적 경험을 계기로 구별된다. 『우리들을위하여』(창작과비평사, 1976)와 『작은 마을에서』(문학과지성사, 1982)를 초기로, 『겨울깊은 물소리』(열음사, 1987)와 『속이 보이는 심연으로』(문학과지성사, 1991)를 중기로,『굴참나무숲에서 아이들이 온다』(문학과지성사, 1998), 『풍경 뒤의 풍경』(문학과지성사,

넘적이었던 시인과 사회의 관계는 그 실천적 맥락을 획득하게 되기 때문이다. 최하림 시의 역사성에 주목하는 대개의 논의들이 〈베드로〉 연작에 주목하면서 이 시점을 기준으로 삼고 있는 것은[10] 이를 방증한다. 이러한 논의에서도 그의 시가 여전히 내적 지향성을 지니고 있다는 점이 지적된다.[11] 역사·사회적 인식과 내면의식 사이의 갈등을 지니면서도, 이 두 세계의 조화를 지향한 균형 의식으로[12] 이해되거나 '우리'의 집단적 관계에서 '나'라는 중심으로 이행하고, '나'에서 다시 '우리'의 근원에 대한 질문으로 이행하는 일종의 변증법적 성찰 과정으로 평가되었다.[13]

2001), 『때로는 네가 보이지 않는다』(랜덤하우스중앙, 2005)를 후기로 나눌 수 있을 것이다. 그러나 이러한 구별은 다소 기계적인 측면이 있어 보인다. 가령 초기의 두 시집이 창작된 기간은 대체로 20여 년에 이르고, 두번째 시집은 5·18 직후에 발간된다. 또한 5·18로 인해 최하림의 현실 인식이 극적으로 변화했다면 이 의식은 세번째 시집에 가장 잘 드러나야 하는데, 정과리가 지적했듯 변화는 『속이 보이는 심연으로』에서 일어난다(정과리, 같은 글, p. 439). 말하자면 1~4시집은 어떤 점에서는 일관되고 어떤 점에서는 극적으로 변화되는 양상을 보이고 있기 때문이다. 이 글에서는 사실상 전체 시가 하나의 근원을 유지하고 있다고 보며, 그 근원이 초기의 두 시집에서 전형적으로 나타나고 있다고 보아 이 분류를 따르고자 한다.

10 김현은 광주사태를 기억하는 시에서 시인이 지닌 원죄 의식을 읽어내며, 역사적 사건이라는 심연의 밖에 있던 시인이 심연의 안으로 이행한다고 지적하고 있다[김현, 「보이는 심연과 안 보이는 역사 전망」, 『분석과 해석/보이는 심연과 안 보이는 역사 전망』(김현 문학전집 7), 문학과지성사, 1992, p. 301]. 김현 이래로, 다수의 연구자들은 이 시점에 주목하여 최하림 시의 역사성을 논의하고 있다. 특히 김미미는 광주 이전의 〈부랑자〉 연작과 광주 이후의 〈베드로〉 연작에 집중하여, 그의 시적 주체의 윤리적 양상이 변이되고 있음을 세밀하게 고찰하고 있다. 그는 부랑자로서의 '우리'에서 베드로로서의 '나'(내면)를 보는 것으로 시선을 전환하면서 보편적 차원의 윤리성을 발견한다고 지적하고 있다(김미미, 「시적 주체의 구성과 윤리적 양상의 변이형에 관한 고찰」, 『비평문학』, 71호, 한국비평문학회, 2019, p. 49).

11 최하림 시의 현실의식에 대한 다양한 평가는 박시영의 연구에서 체계화되어 제시되고 있다(박시영, 「최하림 시의 '현실 인식' 연구」, 광주대학교 대학원 박사학위청구논문, 2018, pp. 4~13 참조).

12 김수이, 「눈[雪]과 빛의 상상 체계」, 『시작』 2002년 여름호(창간호), pp. 109~10.

13 박형준, 「최하림 시의 겨울나무 이미지」, 『한국문예비평연구』, 46집, 한국문예비평학회, 2015, p. 28. 박형준은 이 논문에서 겨울나무 형상의 일관성과 변모 양상에 집중하여, 전체

말하자면 최하림 시의 역사성의 근원으로 여겨졌던 초기 시에서의 역사성이란 어떤 차원에서는 단정할 수 없는 균열의 지점들을 가지고 있는 것이다. 그것은 한국 문단의 분리주의적 인식 때문이라기보다는 역사성과 심미성을 대립적 구도로 보는 관계에서는 결코 발견될 수 없는 것이다. 그러한 점에서 김문주가 최하림의 1980년대 이후의 시에서 '도덕적 심미성'을 발견한 것은 주목할 만하다. 그는 예술가의 도덕적 고뇌를 심미적으로 전환하는 내적 동력을 심미적 윤리성으로 규정한다.[14] 그는 최하림의 심미성을 역사성과 도덕성의 관계 속에서 다시 발견하고 있는 셈이다. 김문주는 윤리성에 주목했지만, 이 글은 심미성에 주목한다. 즉 그의 도덕성 혹은 역사성은 모두 심미성이라는 근원에서 파생된다고 본다.

1960년대 초, 최하림이 아직 문청이던 시절에 그는 김현 등과 함께 목포 오거리에서 "'아름답다 아름다워'"라고 소리를 지르며 쏘다니던 시절을[15] 종종 회고한다. 이 시절은 문학적 여정의 원점에 해당하는 셈인데, 이 시절은 문학적 열정에 가득 찬 시기로 회고된다. 일반적으로 이 시기의 최하림은 『산문시대』 동인으로서 주목되나,[16] 여기서 더 중요해 보이는 것은 그의 아름다움에 대한 천착이다. 당시에 그는 미는 미적 대상이 있음으로써 우리에게 감지되는 경험적인 것이고, 그러므로 지극히 인간적인 것

시를 관통하는 최하림의 시적 인식을 설득력 있게 해명하고 있다.

14　김문주, 「지극히 역사적인, 도덕적 심미성의 세계」, 『시작』 2002년 여름호(창간호), p. 17. 김문주는 주로 역사성과 도덕성의 결합 지점에 주목한다. 최하림은 역사적 이상에 대한 기대를 내보이기보다는 역사적 현실 속에 놓여 있는 고통받는 민중의 형상에 주목하고 있으며, 이러한 '우리' 혹은 '이웃'의 형상에 대한 천착이 최하림의 도덕성의 핵심을 이룬다는 것이다. 본고는 김문주의 논의에 동의하면서, '우리' 혹은 '이웃'의 형상이 심미적 추상화를 거치고 있다는 점에 주목한다.

15　최하림, 「해조음」, 『우리가 죽고 죽은 다음 누가 우리를 사랑해줄 것인가』, 열린세상, 1993, p. 32.

16　최하림은 김현, 김승옥 등과 함께 『산문시대』의 동인이었으나, '산문시대'의 정신적 경향을 뚜렷하게 드러내지 않는다. 기왕의 논의에서도 『산문시대』 동인이었다는 점만 지적할 뿐 『산문시대』와의 정신적 영향 관계를 본격적으로 논의하지 않고 있다는 점은 최하림의 시적 경향을 『산문시대』의 시대적 의의와 연결하여 논의하는 것을 주저케 한다.

이라고 어렴풋이 생각하고[17] 있었다. 원동석이 던진 미와 윤리의 관계에 대한 질문을 계기로, 윤리적이지 않은 미란 아무 소용이 없다는 깨달음을 얻었다고 적고 있지만 그의 글에서 윤리성은 차라리 부차적이다. 그에게 현실이란 이러한 인간의 구체적 삶이자 양상으로서 경험되는 것이며 이 경험이야말로 그의 미적 대상이었기 때문이다.

말하자면 그에게 현실의식은 바로 이 '아름다움'에서 출발한다. 그의 심미성이 관념성에서 탈피했다면 그것은 경험에의 강조 때문이고, 그가 현실 세계로 달려가지 못한 이유는 그 근원이 심미성에 있기 때문이다. 그러나 심미성이 순수한 서정성에 기초하고 있는 것은 아니다. "반정신적인 사건들이 줄을 지어 일어나는 '밖'과 연을 끊고 안으로 들어온다는 것", 즉 "순수한 서정적 존재"를 생각해보았으나 그 안에서 발견하는 것은 "반정신적인 것임에 변함이 없는 지나간 사건들의 기억"[18]이라고 회고할 때, 그에게 이 심미성은 오직 바깥의 관계 속에서 논의된다. 중요한 것은 이 안과 밖이 단순한 대응적 균형을 이루는 것은 아니라는 점이다. 바깥에 대한 관심은 중심에서 발원하며, 현실의식은 심미적 의식에서 파생되는 것이기 때문이다.

2. 미적 대상으로서의 역사 — 대상 없는 아름다움의 인식과 확장

최하림의 등단작 「빈약한 올페의 회상」은 바다를 죽음의 세계로 그려내고 그 공허한 심연으로 내려가는 시적 화자를 유리디체(에우리디케)를 찾아가는 올페(오르페우스)의 형상으로 그리고 있다. 이 시는 생경한 관념어로 내적 풍경을 드러낸 것으로 평가된다. "부재의 손" "정체의 지혜"

17　최하림, 「시간의 풍경들, 그리고 말들」, 『숲이 아름다운 것은 그곳이 비어 있기 때문이다』, 문학 세계사, 1992, p. 129.
18　최하림, 「이별에 대하여」, 같은 책; p. 70.

"퇴각하는 계단의 광선이 거울을 통과하며/시간을 부르"는 등의 과잉된 자의식의 어휘들이 다소 거칠게 배치되어 있기는 하지만, 그보다 중요해 보이는 것은 존재의 어두운 격랑을 헤치고 바라보는 시인의 시선이자, 그 것을 표현하는 감각적 방식들이다.

이 시의 5연, "나의 가을을 잠재우라 흔적의 호수여/지금은 물속의 봄, 가라앉은 고향의/말라들어가는 응시에서 핀/보랏빛 꽃을 본다"에서 '보 랏빛 꽃'은 격랑의 바다와 죽음의 세계 사이에 놓여 있는 하나의 고요한 중심으로 제시된다. 1~4연까지 "육체의 격렬한 통로를 지나서" "불명의 아래아래로 퍼져 버리고/울부짖음처럼 눈발이 날리는 벌판의/차가운 가 지 새에서" 흔들리던 육체는 격랑이 일어나는 수면이라는 현상적 세계의 아래로 가라앉아, 물속의 깊은 곳에 가라앉은 "보랏빛 꽃"에 이른다. 그러 므로 이 꽃은 이 격랑의 고요한 눈이되, 시인의 시선이 가닿는 중심인 것 이다.

'보랏빛 꽃'이 무엇을 의미하는지는 짐작하기 어렵지 않다. 두번째 시 집의 「자서」에서 그는 붉은 바다와 유달산의 기슭을 흐르는 보랏빛 역광 의 아름다움에 대해 얘기하며, "나는 그 보랏빛 속에 흐르는 슬픔을 표현 코자 무던히 덤벼들었으나 〈바다의 울부짖음〉에 사로잡혀 있었던 나의 〈관심〉과 〈시어〉들은 그것을 잘 묘사해 내지 못했다"[19]라고 적고 있다. 보 랏빛 역광은 사납게 흔들리는 붉은 바다가 주는 격렬한 현상 세계에 대비 적인 존재의 중심이자, 시선의 미적 대상인 셈이다. 그런데 그는 이 '보랏 빛'에서 슬픔을 발견한다. 그러나 슬픔은 인간의 것이므로, 보랏빛 속에 슬픔이 있는 것은 아니다. 보랏빛=슬픔을 일치시킴으로써 미적 대상과 인간의 감정을 일치시키고 있는 것이다. 말하자면 자신의 감정을 대상의 속성으로 되돌리는 방식, 그것이 그의 풍경 묘사의 특징이자 그가 미와 경 험을 일치시키는 지점이다.

19   최하림, 「자서」, 『작은 마을에서』, 문학과지성사, 1982.

나는 오늘 적막한 걸음으로 우이동 숲을 걸어가면서 본다
눈이 여린 가지에 내려쌓이고
길들을 덮고
모든 사물이 제 자신에로 돌아와 말없이 눈을 맞아들인다
무성한 이파리를 떨어뜨리고 앙상한 지체(枝體)만으로 선
겨울 상수리나 가지 새로 울며 날아가는 겨울새나
더 이상 아무 가질 능력 없이 비렁뱅이 신세로 떠도는
도시 유랑인들의 마음과도 같이

우리들의 머리에 내리고
산야에 쌓이고 지심(地心)에 스미는 눈
우이동의 눈이여 우리들은 무엇으로 너희를 맞아들일 수 있을까
저 아름다운 사부랑 눈이라 해도 어떻게 노래할 수 있을까
그러나 눈 위로 걸어가는 우리들 발자국이
이미 노래이며 향수임을 누가 부인하며
맑은 공기나 산바람이 진종일 소나무 숲을
울리어 제 존재를 드러내듯이
눈 속에서 우리들 존재가 제 본성을 되살리고
원래의 의미를 되찾음을 누가 마다할 수 있을까

우이동의 눈이여 나는 걸어가면서 생각는다
우리가 처음 보던 바다와 겨울나무 밤새들
그리고 잠 아니오는 밤의 불안한 의식 속에서 들은 냇물소리
그런 시간의 아이들의 순한 얼굴과 아내의 옛모습
눈과 같은 사람들의 모습
　　　　　—「겨울 우이동 시」 전문(『우리들을 위하여』, pp. 24~25)

역사성의 근원으로서의 심미성　　　　**149**

자신을 둘러싼 풍경을 먼저 제시하는 것은 최하림 시에서 전형적인 구성인데, 이 시에서는 "눈"이 "여린 가지"와 "길" 위에 쌓이는 모습을 제시한다. 고요하게 쌓이는 풍경이 감각적으로 제시된다는 점에서 눈은 감각적 대상이다. 그러나 바로 그다음 행에서 이러한 감각적 구체성은 사라진다. "모든 사물들이 제 자신에로 돌아와 말없이 눈을 맞아들"인다고 할 때, 눈은 사물들이 자기 자신으로 되돌아가게 하는 어떤 무엇, 말하자면 사물들의 반성적 성찰을 가능하게 하는 매개가 되는 것이기 때문이다. 이러한 풍경은 2연에서도 반복된다. "지심에 스미는 눈"이란 "우리들의 머리에 내리고/산야에 쌓이"는 실제적인 눈인 동시에 사물들처럼 땅의 본질을 성찰케 하는 반성적 매개이기 때문이다. 그렇다면 여기서 눈은 이 시의 감각적 대상인가.

겨울 우이동에 눈이 내리는 풍경은 아름답지만, 실제적인 것은 아니다. 화자는 눈을 보면서 동시에 눈을 보고 있지 않기 때문이다. "내려쌓이고" "덮"는 눈을 볼 때, 눈은 시선의 대상이지만 그 시선은 바로 눈을 맞아들이는 "모든 사물"들로 이동한다. 눈은 다만 배경으로만 남고, "겨울 상수리"와 "겨울새", 그리고 "도시 유랑민의 마음"이 시선의 대상으로 제시된다. 그러나 이러한 대상들 역시 실제적인 것은 아니다. 이 대상들은 눈에 의해 자신의 본질로 되돌아간 대상들이기 때문이다. 사물들과 눈이 이러한 관계를 통해 자기목적적으로 존재하는 것으로 발견한다는 점에서 화자의 인식은 칸트적인 의미에서 미적 인식이다. 화자는 다만 이들을 관조적으로 바라보는데, 이 관조적 시선에서 대상은 아름다움의 대상으로서 발견된다.[20]

이러한 대상들은 실질적인 현존과는 무관하게 제시되기 때문에 관념적이다. 그러므로 그것들을 아름답다고 인식하는 것은 대상의 실존에 의존

20   이 구도는 칸트의 미적 판단에 관한 논의에서 가져온 것이다.

하지 않는다는 점에서 가장 순수한 감각이다. 그러나 그것은 또한 자기화된 대상, 즉 시인의 마음의 현현은 아니다. 여전히 나의 바깥에 존재하는, 자기목적적인 대상들이기 때문이다. 이 지점에서 화자의 아름다움에 대한 인식은 칸트적인 의미에서 가장 순수한 취미판단에 다가간다. 대상의 객관적 실존에 영향을 받지 않는 순수히 주관적인 것이되, 내 마음의 목적이나 이해와는 무관한 무관심적 대상이기 때문이다.[21]

그러므로 화자가 보는 세계란 자기의 내면이 아니다. 자기목적적으로 존재하는 사물들의 세계, 눈을 매개로 자기로 되돌아가게 되는 관계성의 세계다. 그런 차원에서 이 시에서 진짜 아름다운 것은 눈을 맞아 제 자신으로 돌아오는 이 모든 사물들이 맺는 관계다. 즉 사물들과 눈이 맺는 관계, 사물들의 성찰적 관계인 것이다. 상수리나무나 겨울새, 바다, 밤새 등의 대상들은 하나의 형상으로서 그 관계의 자리에 재현되고, 재현의 순간에만 그 자리에 존재한다. 이 관계성을 만들어내는 것은 화자의 상상력이다. 그들이 재현되는 자리에 그들을 재현하고, 그들 사이의 성찰적 관계를 만들어내는 것은 화자 자신이기 때문이다. 그러할 때 그의 인식은 반성적 판단으로 이행한다. 외적 대상의 내적 재현과 재현 그 자체의 반성성이 아름다움의 인식을 일으키는 것이기 때문이다.[22] 존재 없는 것들의 존재성이 이 관계를 발견하는 화자에 의해 다시 드러난다. "공기나 산바람이 진종일 소나무 숲을/울리어 제 존재를 드러내듯"의 관계와 "눈 속에서 우리들 존재가 제 본성을 되살리고"의 관계가 동일한 것으로 등치되기 때문이다.

이는 2연에서 "저 아름다운 사부랑 눈"을 노래하지 않는 화자의 태도에서 명확히 드러난다. 눈은 노래의 대상이 아니다. 그 위를 "걸어가는 우리들 발자국이/이미 노래이며 향수"라고 발화할 때, 눈은 대상이 아니라 화

21   임마누엘 칸트, 『판단력비판』, 백종현 옮김, 아카넷, 2009, p. 194.
22   한나 아렌트, 『칸트 정치철학 강의』, 김선욱 옮김, 푸른숲, 2002, p. 131.

자가 존재하는 세계의 토대이기 때문이다. '걸어간다'는 행위는 우이동의 눈을 화자의 재현 작용 속에서 다양한 형태로 전이하는 행위다. 그는 걸어 감으로써 상수리나무, 겨울새와 부랑자의 마음을 등치시킨다. 그러므로 우이동의 눈은 오로지 외적 세계의 존재성을 드러내는 관념적 대상이자, 그 모든 존재들이 자기목적적으로 존재할 수 있는 세계다. 화자 또한 상수리나무, 겨울새처럼 그 속을 다만 "걸어가면"서, 동시에 그들이 그러한 것처럼 자기 자신으로 되돌아가는 존재이기 때문이다.

그러므로 여기에서는 모든 외적 대상들을 자신의 내면에 현현시켜, 그것을 표현하는 절대적인 서정적 주체는 존재하지 않는다. 화자는 공기나 산바람처럼, 상수리 가지나 겨울새들처럼 외적 대상을 통해 자신의 본질적인 차원을 발견할 수 있는 등가적 존재로 나타나기 때문이다. 그러나 그 모든 관계성을 아름답게 인식할 수 있는 화자는 존재한다. "저 아름다운 사부랑 눈"을 발견하는 화자, 객관적 대상 자체의 속성이 아니라 그것들이 존재하는 관계성을 성찰하는 화자가 여기에 존재한다. 그러할 때 시인의 아름다움에 대한 인식, 즉 대상의 감성적 수용은 비로소 대상과의 거리 혹은 무관심성을 바탕으로 하여 반성적 판단으로 전환된다. 아렌트는 이러한 미적 인식, 즉 대상을 관조적으로 재현하고 성찰하는 주관성이 보편타당한 판단으로 이행할 수 있는 가능성을 발견한다. 그것은 가장 사적이고 주관적이지만 동시에 결코 상대적이지 않은 주관성, 보편타당한 공통감각으로 이어질 수 있는 가능성이다. 그리고 이 공통감각은 공동의 존재라는 정치적 윤리로 이행한다.[23]

그러므로 첫 부분의 걸어가며 "보다"가 마지막 부분에서 걸어가며 "생각는다"로 전환되는 것은 우연이 아니다. '보다'의 시각적 대상들은 이 과정을 거치면서 모든 대상들은 자신의 내적 감각으로 환원되고, 그것은 다시 자기의 반성적 판단으로 진행되고 있기 때문이다. 그런 의미에서 그가

---

23   한나 아렌트, 같은 책, pp. 133~35.

보는 모든 외적 대상들은 자기의 주관성이 사회적으로 확장되는 시점을 보여준다. "바다"와 "겨울나무 밤새들", "냇물소리"에 이어 "아이들의 순한 얼굴"과 "아내의 옛모습"으로 등가되던 대상은 모두 "눈과 같은 사람들의 모습"으로 수렴된다. "눈과 같은 사람들의 모습"이란 바로 "저 아름다운 사부랑 눈"처럼 아름다움을 인식케 하는 대상이다. 그런 의미에서 자연의 풍경처럼, 사람의 삶의 풍경은 아름다움의 대상으로 발견된다.

이 시집에서 가난하고 고단한 생활을 영위하는 사람들의 삶은 소재로서 빈번히 등장하지만, 그 삶의 구체성은 언제나 결여되어 있다. 이러한 가난한 사람들의 가장 분명한 표상은 "사나이"들일 텐데, "사나이"라는 보통명사를 통해 구체적인 현실성은 외려 희석되고 있기 때문이다. 즉 인간적 풍경은 겨울 우이동의 눈 내리는 풍경처럼 관념화되어 있다. 아니 더 정확히 말하면, 시인은 인간적 풍경 역시 미적 대상으로 바라보는 것이다.

> 우리들은 말없이 강뚝을 걷는다
> 머리 위 버드나무 잎과 물이랑이
> 수천수만 빛으로 반짝이고
> 그 빛 속에서 우리가 걸어온 길의
> 바람과 억새풀과 심연의 울음소리
> 창과 같이 이어지고 끊어지는 울음소리 들리고
> 울음소리 속으로 뻗어나간 길 위에서 일어나는 소리 소리여
> 재를 넘고 들을 지나 무성한 바다로 가자
> 바다 앞에 서면 흐르는 물이 너의 음성이 되어
> 잘가라 잘가라 잘가라고 말하고
> 우리들은 가지 않을 수 없는 일정을 헤아리며
> 너의 눈을, 입술을, 네 서러운 말을 버려야 하리
> 네 마지막 입맞춤도 버려야 하리
> 그 바다에서 우리들은 숙명의 들판과 물길을 쓸어

짓밟아도 억세게 돋아나는 잡초처럼

백날천날 목숨의 값으로 치러야 할 타오르는 유황불

아아 불은 나를 태우고 너를 태우고

우리들이 가야 할 암흑의 산천을 태우는데

가자 가자 머리 위 버드나무잎과 물이랑이

수천수만 빛으로 반짝이고 그 빛들은

우리가 걸어온 길의 울음소리와

울음소리 속으로 뻗어나간 길의

신난을 보이는데, 신난을 보이는데……

　　　　　　　　　—「밤 강가에서」 전문(『우리들을 위하여』, pp. 36~37)

　이 시에서도 「겨울 우이동 시」에서처럼 강을 걷는 화자의 시선을 따라 강가의 풍경이 제시된다. "버드나무 잎"과 "물이랑"이 "수천수만 빛"으로 반짝인다고 할 때, 그 풍경은 감각적인 것 같지만 동시에 그것은 "바람과 억새풀과 심연의 울음소리"로 관념화된다. 더 말할 것도 없이 "강뚝" 혹은 "길"은 역사의 은유다. '강' 역시 역사의 은유라 할 때, 이 시에서는 "강뚝을 걷는다"로 시작한 은유가 하나의 체계를 갖추고 시적 구조를 이루고 있다. 말하자면 우리가 걷고 있는 "강"은 그곳에 흐르는 물의 방향에 따라 "바다"가 되고, "바다"라는 거칠고 광활한 세계는 "숙명의 들판"이자, "암흑의 산천"으로 확대된다. "바다"는 그러므로 자유의 세계를 가능하게 하는 가능성으로서의 세계이며, 이 "바다"는 "숙명의 들판"이자 "암흑의 산천"으로서 민중의 힘이 들불처럼 일어나는 세계이기도 한 것이다. 이러한 은유의 체계를 가능하게 하는 것은 이 은유적 대상들을 이어주는 매개가 '우리들의 움직임'이라는 점이다. 즉, 걷거나 흐르는, 혹은 버리는 행위의 연속은 이 모든 비유된 역사의 장을 연결해주는 계기가 된다.

　사실 이 시는 길=역사, 걷다=진보의 행위라는 아주 관습적인 은유법에 기초해 있고, 이 은유가 확장되는 방식 또한 알레고리적인 관습에 매개되어 있는 것처럼 보인다. 이는 이 시인이 '걷는' '행위'가 적극적인 행동으로 결코 전환되지 않는 이유이기도 하다. 그럼에도 이 시에서 뚜렷한 것은 그 매개로서 "소리"가 그를 떠미는 가장 중요한 계기가 되고 있다는 점이다. 즉 행위를 추동하게 하는 것은 "소리"다. "바람과 억새풀과 심연의 울음소리"는 우리로 하여금 이 길을 걷게 하고, 바다로 도달하기 전에 "너의 음성"을 버리고서라도 "바다"에 도달해야 하는 것은 바로 그 "우리가 걸어온 길의 울음소리"이며, 그 "울음소리 속으로"만 뻗어가는 길이란, 민중의 아픔과 한에 접속한 자가 걷는 역사의 길일 것이기 때문이다.

소리란 그 발원적 대상을 정확히 알 수 없는 감각이다. 청각적 감각이야말로 외적 대상의 속성과 무관한 내적 감각으로, 외적 대상은 나타나는 순간 소리로서 흩어져서, 사라지는 것이기 때문이다. "수천수만 빛으로 반짝이"는 시각적 감각에서 "바람과 억새풀과 심연의 울음소리"를 듣는 청각적 감각으로 전환되는 순간, 그의 행동이 격화되어 일어난다.

그런데 이 소리들은 사실은 객관 대상에서 발화되는 소리가 아니라, 대상 없는 소리이다. 눈에 보이는 사물들은 모두 다 "제 나름의 소리"를 한다고 할 때, 그것은 대상이 사라진 형상이기 때문이다. 『우리들을 위하여』는 사실 '보다'의 시집이 아니라 '듣다'의 시집이라 할 수 있을 정도로, 소리가 압도적으로 많이 등장한다. "마을을 돌아보며/외쳐 부르던"(「어둠의 노래」), "잎잎이 칼이 되고 함성이 되는/수초"(「강가에서」)와 같은 소리의 변주들을 포함하면, 소리들은 이 시집의 가장 주된 이미지라고 해도 과언은 아니다. 이러한 소리들은 객관적 대상에서 발생한 파동으로서의 소리가 아니라는 점에서, 청각적 이미지가 아니다. 그것은 다만 사라진 존재들의 비형상성의 은유들이기 때문이다. 이렇게 사라진 "소리들이 모여 들어 산을 울리고/가난한 사람들의 마음의/사리를 만든다"(「백설부 1」)고 할 때 주관적으로 확대된다. 즉 최하림의 역사성은 바로 이 대상 상실에서 비롯된다. 소리야말로 확인할 수 없는 대상이되, 나의 밖에 있는 대상이기 때문이다. 그것은 형체를 갖추고 있지 않으므로 관념적이고, 관념적이므로 대상의 속성에 기댈 수 없다.

그리고 그것은 모두 기억과 역사의 이미지다. 이를 전형적으로 보여주는 시인 「1976년 4월 20일」에서 화자는 명백히 4·19혁명을 기념하고 있다. 그의 기념의 방식, 혹은 기억의 방식은 소리를 듣는 것이다. "나는 그날의 함성을 환청으로 들으며/비문을 읽는다 피의 거리의 피의 거리의/어둠에 떠는 어둠 소리를 읽는다"고 할 때, 이 소리는 사라진 역사에 대한 기억이자, 이 역사를 미적 대상으로서 환기하는 것이다.

3. 매개로서의 시인 ── 주관적 감정의 보편화

이러한 소리의 이미지는 그러나 일종의 불가능성 속에서 탄생한 것이다. 그것은 그의 시대가 암흑으로 비유되기 때문이다. 온통 캄캄한 가운데 시각적으로 식별할 수 있는 형상은 모두 사라지고 소리로만 남기 때문이다. 그에게 현실은 "하늘의 기러기도/대숲의 바람도/소리밖에 아무 모습이 보이지 않는 암흑"(「어둠의 노래」)이며, 이 암흑은 "끝없고 끝이 없"는 것이지만 "밀어내"야 할 시대의 어둠에 해당한다. 이 시집에서 '보다'의 감각은 언제나 어둠 혹은 암흑이라는 상태와 연결되어 있다. 당연하지만 암흑 속에서는 아무것도 볼 수 없으므로 '보다'의 감각은 좌절된다. 그러할 때 '듣다'의 감각은 강해질 수밖에 없는데, 그것이 울음소리이거나 비명 소리로 환기될 때 일종의 감상성을 동반한다. 그 감상성이 행동과 의지를 고양하는 지점과 결부된다는 점은 중요하다. 그것은 사라진 형상들을 환기하는데, 환기는 눈의 감각이 불가능해지는 지점 즉 눈의 감각이 귀의 감각으로 전환되는 순간에 가능해지는 것이기 때문이다.

아아 어머니여 이제는 나도 눈먼 소년과 같이 어둠을 밟고 갑니다
휘어진 도시의 거리에서 그들이 넘어지는 소리를 듣습니다.

그들이 패배하는 소리를 듣습니다
그들이 우는 소리를 필경은 들을 것이고
그리고 도시의 앙상한 가로수를 흔들고
가로수들이 마르게 마르게 소리하는 것을 들을 것입니다
 ——「마른 가지를 흔들며」 부분(『우리들을 위하여』, p. 23)

이 시는 이 '보다'가 좌절되어 '듣다'로 전환되는 지점, 그리고 '듣다'가 행동과 의지를 추동하는 지점을 핵심적으로 보여준다. 이 시에서 "눈먼 소년"은 "어둠"을 밟고 가고 있다. 어둠 속에서는 시인 또한 눈먼 소년과 같아질 수밖에 없는데, 아무것도 보이지 않기 때문이다. 그런데 그렇게 눈을 감을 때, 그에게는 온갖 소리들이 들려온다. "그들이 넘어지는 소리" "그들이 패배하는 소리" "그들이 우는 소리"가 그러한 것들이다. 여기서 "그들"이 정확히 누구인가는 별로 중요한 문제가 아니다. 그들이 넘어지는 소리와 패배하는 소리, 혹은 우는 소리들이 "가로수를 흔"든다. 그 소리들로 인해 가로수들은 "마르게 마르게 소리하는 것"이다. 화자가 듣는 것은 이 소리들의 관계다. 소리가 소리로 이어지며 확장되는 관계를 듣고 있는 것이다.

이 지점에서 시인은 「겨울 우이동 시」에서 보여주었던 자기목적적 관계성의 세계를 소리의 세계로 전환한다. 그가 사물들과 함께 그 자신 또한 그 세계의 관계성 속에 놓았던 것처럼, 이 시에서는 소리의 확장을 매개하는 자로서 그 자신을 또한 놓는다. 눈이 내리는 세계를 걸어감으로써 관계성을 보았던 것처럼 그는 어둠을 걸어감으로써 소리의 관계들을 듣는 것이다. 그들의 소리는 확장되어 가로수들을, 즉 자연을 흔들고 자연은 또한 소리로 확장되어 나를 흔든다. 이 사이에 일어나는 공명, 그것은 "눈먼 소년"과 같은 화자가 걸어감으로써 가능해지는 것이라는 점에서 화자 자신의 주관성의 확대에 해당한다.

이 지점에서 아무것도 볼 수 없는 시인의 존재성이 나타난다. 그가 "우리들은 끝없이 어둠으로 뻗어가는/그대의 길을 큰 눈을 뜨고 똑똑히 본다"(「시인에게」)라고 말할 때, 시인의 길이란 어둠에 사로잡힌 길이며 이어둠은 본다고 해서 볼 수 있는 것이 아니다. 말하자면 암흑 속의 눈뜨기란, 결과적으로는 아무것도 볼 수 없는 맹목의 시선에 다름 아닌 것이다. 맹인의 시각이란 외적 대상에 눈을 감는 것이다. 그것이 볼 수 없는 상황 때문이든, 보지 않으려는 의지 때문이든 간에, 역사를 보려는 시각은 맹목적이 되고 이 맹목성에서 주관적 감정의 확산이 시작된다.

두번째 시집에서 인간의 존재와 그의 삶은 첫번째 시집보다 구체적으로 제시된다. 그들은 "상해임시정부 주석 김구 선생"(「귀뚜라미 소리」)처럼 식민지 시기의 독립운동가이거나 "무안군 안좌면 원산리 962번지에 산 권수동"(「전설」)처럼 당시에 불령선인으로 고초를 겪은 이들이기도 하고, 혹은 그의 시인 친구들인 "고은이 태일이 또 시영이"(「그리움」), 혹은 "임방울"(「적벽가」)처럼 예술가이거나 "성철 스님"(「밤」)의 경우처럼 종교인이기도 하다. 말하자면 그들은 이름을 이제 가진 자들인 것이다. 더불어 그 삶 역시 더 구체적으로 묘사된다. "구파발이라든가 오류동 천변의 검은 천막들을 가만히 보고 있는 사람"(「무슨 착각처럼」)이나 허무주의자처럼 갑자기 죽은 "미쟁이"(「미쟁이」), "탁자 위 나무젓가락, 김치깍두기, 반쯤 빈/소줏병, 철거당한 그림"을 앞에 놓고 술을 먹는 취한 화가(「취한 화가」) 등, 현실의 삶의 구체적인 모습이 시 속에 적극적으로 들어오고 있다는 점이다. 이 시집에서 그는 서울 거리를, 가장으로서의 자신의 삶을, 그러니까 1970년대의 독재 정권 아래의 삶을 적극적으로 재현하고자 하고 있다. 그럼에도 불구하고 이들의 객관적 존재성 혹은 삶의 구체성은 또다시 화자의 심미적 주관성으로 해소된다.

열 두 산을 너머 기차가 달리는 산골에는
눈이 많아, 사람들은 쿨룩거리며 어둠 속으로
들어간다 아세티린 불빛이 가물거리는

갱도를 지나서, 검은 석탄을 지나서,
새들이 하늘에 매달리듯
띠엄띠엄 선 가로수들이
기슭에 매달리듯,
헬맷을 쓴 십장이
소리지르고 굴착기가 울고
흐르는 달같이, 내리치는
곡괭이와 함께
떠오르고 가라앉는다

적처럼 외로운 시대여, 내리쳐라 어둠이
무너져 별이 보일 때까지, 별의 정수리가
부서져 보석이 될 때까지
                                 —「영동」부분(『작은 마을에서』, p. 51)

이 시의 첫머리에는 탄광촌의 인물들이 제시된다. "아세티린 불빛이 가물거리는/갱도를 지나서, 검은 석탄을 지나서" 탄도로 내려가는 광부들의 고단함이 제시되지만 정작 이들의 노동은 "헬맷을 쓴 십장이/소리지르고 굴착기가 울고/흐르는 달같이, 내리치는/곡괭이와 함께/떠오르고 가라앉는다"라고 표현할 때 기묘하게 전경화되고 있다. "헬맷" "굴착기" "곡괭이"와 같은 노동의 단어들을 연결하는 "흐르는 달같이"와 같은 서정적인 비유는 노동의 구체적 현실을 심미화하고 있는 것이다. "흐르는 달같이"라는 노동의 비유는 탄부들의 곡괭이질을 "어둠이/무너져 별이 보일 때까지, 별의 정수리가/부서져 보석이 될 때까지"라는 비유로 이어지면서, 곡괭이질은 시대의 어둠을 무너뜨리고 반짝이는 빛을 가져오는 시대적 노동으로 비유된다. 이는 이름을 가져오는 시들에서도 대부분 마찬가지인데, "김구 선생"의 이름을 호명하는 시에서는 이 상해임시정부의 주석이 해방이 되는 날 귀국해서 "문득 고개를 돌려보는//눈물의 푸른 하늘//푸른/눈물/의/하늘"(「귀뚜라미 소리」)의 시선으로 처리한다.

말하자면 구체적인 얼굴이 현현하더라도, 그에게 그 얼굴들은 다만 하나의 풍경에 지나지 않는다. 그 구체적인 이름들은 이 풍경과 세계를 구성하는 존재들이 가지고 있는 일종의 식별 표지에 지나지 않는다. 김구든, 미장이든 혹은 권수동이든 그들은 모두 자기의 주체성을 가진 타자로서, 하나의 구체적이고 실존적인 인간으로서 존재하는 것이 아니다. 김구가 아니라 다른 이름이었어도 상관없었을, 미장이가 아니라 화가였어도 권수동이 아니라 김수동이었더라도 상관없을 이 타자들은 애초에 그 정체성을 가지지 못한 자들, 그들의 노동이 "흐르는 달"의 자연적 흐름과 일치하듯, 김구의 표정과 열망이 "귀뚜라미 소리"에 의탁되듯 그들은 다만 시인이 발견하는 세계와 자연의 풍경의 한 일부이기 때문이다.

그러할 때 그들은 타자로서 현현하지 않는다. 그러나 그들은 또한 동시에 주관성 속에 존재하지 않는다. 그들은 그들이 가지고 있는 관계성의 맥락 속에서, 그 관계성을 바탕으로 나와 관계를 맺는 존재이기 때문이다. 「겨울 우이동 시」에서 보여주었던 것처럼, 그 세계는 모든 관계성의 세계다. 또한 화자 역시, 그 관계성 속의 하나의 매개로 존재한다. 그는 이 관계를 통찰하는 시선의 권위자도 아니며, 그 관계를 혁신하는 혁명적 참여자도 아니다. 그는 다만 그들이 관계인 것처럼, 그 관계가 교차하는 하나의 표식들인 것처럼 그 자신 역시 그 관계가 교차하는 하나의 표식으로서 자신을 놓기 때문이다.

이 지점에서 시인은 하나의 '매개'로서의 존재성을 가지게 된다. 타자의 감정과 시선 들이 그에게 들어오고, 그는 다시 그것을 드러낸다. 말하자면 그는 타자와 연대함으로써, 즉 그들과 동일한 입장에 섦으로써 그들과 동일한 감정을 느끼고 그 감정을 전달하는 매개가 아니다. 그와 타자들의 상호주체성이 성립하는 정치성, 즉 민족/민중을 주체로서 대하고 그를 발견하는 지식인으로서의 주체가 아니다. 동정도 연대도 불가능한, 그는 오직 비어 있는 주체성이자 오로지 이 관계성의 세계를 매개하는 존재이기 때문이다. 그리고 이러한 시인의 존재태에서 "우리"의 의미가 해명될 수 있을 것이다.

> 유리창 앞에서 물끄러미
> 하나의 별이었던 우리들을 본다
> 신안 앞바다 소금밭에서 소금을 구워먹고
> 동지가 지나면 지리산으로 벌목하러 가던,
> 벌목이 끝나면 또 긴긴 겨울밤 눈보라를 헤치며
> 소금의 쓰라림, 여린 마음의
> 별의 쓰라림을 씹으며
> 무엇이 옳고 무엇이 그른지 생각할 수도 없이
> 한없는 길을 헤매이다가
> 소금에도 벌목에도 눈보라에도
> 길들여져 버리고 쓰라림에도 길들여져,
> 물 같은 시간을 흘러서
> 시구문이라든가 남양만에서, 또
> 일거리 없는 서해안의 싸구려 여인숙에서
> 잠 아니 오는 밤을 보내이느니,
> 일하고 먹고 말하고 생각하는 것,
> 그 가운데서 구하고자 하는 것, 그것은
> 대체 무엇인가, 무엇이어야 하는 것인가
> ──「부랑자의 노래 2」 전문(『작은 마을에서』, p. 76)

인용된 시에서 "우리들"은 소금밭에서 일하다 지리산에서 벌목하러 가는 유랑 노동자로 이해된다. 일정한 거주지가 없고 일을 따라 여기저기 옮겨 다니는 자들이다. 일하고 먹는 일에 지쳐서, "무엇이 옳고 무엇이 그른지 생각할 수도 없"이 삶에 지쳐 있는 자들이자 그 삶이 주는 고통에도 익숙해져 있는 자들이다. 이러한 내용은 첫 두 행, "유리창 앞에서 물끄러미/하나의 별이었던 우리들을 본다" 이하에 이어져 있다. 말하자면 "우리들"의 삶에 대한 회상으로서 제시되고 있는 셈이다. 그런데 그렇다면 이를 회상하는 자는 누구인가.

이 시의 시적 화자는 유리창 앞에 있고, 그 너머에 있는 부랑자들을 "우리들"로 호명한다. 우리라고 호명한 것을 볼 때 화자는 유랑 노동자의 일원이되 그들을 대표하는 것처럼 발화한다. 그는 그의 삶을 회상하면서, 그의 삶을 그들의 삶 전체로 말하고 있는 것이다. 즉 나와 유랑 노동자들은 같으면서도 같은 존재가 아니다. 그는 유랑 노동자들 전체를 대신하여 생각하는 것은 아니며, 다만 자신의 삶을 그들의 삶과 일치시키고 있을 뿐이다. 그리고 당연히 자신의 삶은 그들 모두의 삶과 일치될 수 없다. "일하고 먹고 말하고 생각하는 것,/그 가운데서 구하고자 하는 것"이라는 물음은 그들의 물음이 아니라 자신의 물음이다.

그는 자신의 삶과 존재에 대해 성찰하고, 그 반성적 성찰로부터 자신의 존재성에 대한 물음으로 이끌린다. 이러한 "부랑자"는 이전 시집의 "사나이", 관조적 대상이었던 사나이라는 인간의 보편 형상에서 나아가 적극적으로 헤매는, 길을 찾는 자로서 "눈먼 소년"의 형상을 이어받는다. 그것은 시인의 형상이기 때문이다. 그러니 사실은 신안 앞바다니, 지리산이니 소금의 쓰라림이니, 남양만 혹은 서해안의 싸구려 여인숙이니 이 모든 어휘들은 사실은 불필요한 수식들이다. 이 시는 유리창을 바라보며 우리가 "일하고 먹고 말하고 생각하는 것,/그 가운데서 구하고자 하는 것"이 무엇이어야 하는가에 대한 질문이기 때문이다. 여기서 "우리들"은 그 "일하고 먹고 말하고 생각하는" 자들의 삶을 대표하는 자들의 형상이자 시인의 대리 형상이기 때문이다. 그것은 결국 지상의 삶을 사는 모든 자들이자, 한때 "하나의 별"이었던 자들이다. 이것을 질문하는 자는 시인이며, "우리들"은 이 시인의 형상이 투영된 자들에 지나지 않는다.

「부랑자의 노래 1」에서 그는 자신의 시선을 객관화하여 '그대'로 호명한다. "네 하늘과 네 땅의/보리들을 보아라/보리들은 지천으로 자라서/사방을 가리언만 그대 눈엔/아무 보리 보이지 않고/산과 하늘에 넘쳐흐르는/보리밖에 보지 못하네"라고 할 때, 이 시선은 보리를 보면서도 보리를 볼 수 없는 자로 등장한다. 여기서 그가 보는 보리와 볼 수 없는 보리가 별개의 것은 아니다. "네 하늘과 네 땅의/보리"라는 점에서 동일한 것이지만, 그는 개별자로서의 보리는 보지 못하고 관념으로서의 보리만을 보고 있기 때문이다. 이는 자신의 '시각'에 대한 성찰이자, 그러므로 그 시각으로부터 새로운 시각을 얻고자 하는 것에 다름 아니다. 이 "보리"가 타자들이겠지만, 여기서 중요한 것은 보리 자체의 성격이 아니다. 보리는 자신의 시선을 반성하게 하는 매개이기 때문이다.

여기서 '우리'는 비로소 그 의미를 얻는다. 우리는 타자로서의 가난한 자들과 그들을 지켜보고 연대하는 나를 통칭하는 것이 아니다. 우리의 호명은 나와 너의 입장이 동일함을 가리키는 것이며, 연대는 바로 그러한 동일성에서 출발할 것이다. 그러나 이 시인의 방식은 타자들을 미적 대상으로 인식한다. 그가 하는 것은 그 미적 대상으로부터 환기된 자기 자신의 성찰을 제시하는 것이며, 그러므로 이 성찰은 시인 자신에 대한 성찰이기 때문이다. 그러나 바로 그러하기 때문에, 그의 반성적 성찰은 자신의 상대적인 주관성을 넘어서 타인에게로 확대될 수 있다. 이것은 미에 대한 사랑, 즉 심미성이 정치적 가능성으로 확대되는 지점[24]을 보여준다.

4. 말의 불가능성과 사랑의 가능성

이 시인은 끊임없이 자신의 말의 불가능성에 대해 성찰한다. "혹 눈뜬

---

24   로널드 베이너, 「한나 아렌트의 판단이론」, 한나 아렌트, 같은 책, p. 183.

자 있어 만상을 보고/노래할지라도 노래가 무엇이겠느냐/한밤을 어찌다 말할 수 있겠느냐"(「부랑자의 노래 3」)에서나, 혹은 "없는 슬픔과 버림받은 슬픔으로 조수같이 흔들리면서/눈도 없고 코도 없고 귀도 없는 시를 쓴다"(「피흘리는 세기를」)라고 말할 때, 그의 성찰은 "우리들"의 말을 자신이 대신할 수 있는지 혹은 전달할 수 있을지에 가닿아 있다. 그러므로 두 시집에서 슬픔과 좌절의 감정이 만연하는 것은 우연이 아니다. "나의 시가 말하려 한다면/말을 가질 뿐 산이나 나무를/가지지 못한다 골목도 가지지 못한다"(「시」)고 말할 때, 그는 말의 제한성을 말하는 것이 아니다. "우리들"의 말을 대신하여 '우리'를 실현하는 것은 말 자체로는 수행할 수 없는 것이기 때문이다. 나의 말은 나의 성찰을 담아낼 수 있을 뿐, 타자의 말을 담아낼 수는 없다. 진정한 "우리들"의 말이란 오직 타자의 입장에 설 때만 가능한 것이다. 그러므로, "바람 소리 어둔 벌에 꽉 찬 영산강을 따라/걸어가고, 찢어지는 소리로/바람이 하늘의 마음을 울린들/누가 낮은 가슴으로 울 수 있으리오"(「시」)라고 할 때, 이 시인은 자연을 온전히 채우는 바람 소리에 사람이 공명할 수 있을지에 대한 의문을 드러낸다. 사람은 타자의 입장에 결코 설 수 없으며, "우리들"의 말은 사실상 불가능하다.

그러할 때 그는 다시 '듣는' 자의 위치로 되돌아간다. "바람이 이는 밤/별빛 가득 받은 나무들이/말하지 않는 거리를 걸어가는/이들의 숨소리들으며,/하늘에서 울리는 말 중에서도/가장 아름다운 소리로/말하는 것들으며//나무들이 눈을 기다리고 봄을 기다리고 사라져간 소리를 기다리는 것 들으며……"(「시는 어디에」)에서 고백되는 것은 이 '들음'의 감각이다. "우리들"의 말이 불가능하다면, 그들의 말을 최선을 다해 '듣는' 것이 내가 할 수 있는 유일한 일이다. 그리고 이 들음을 통해서만 비로소 "우리들"의 말의 가능성이 생겨난다. "사라져간 소리를 기다리는 것"을 듣는 바로 그것이 역사적 가능성을 획득하는 것이다. 자신의 마음에서 타인의 마음으로 넘어가는, 타인의 마음에서 자신의 마음을 발견하는 가능성, 바로 사랑으로 말이다.

[『인문과학연구』, 68집(강원대학교 인문과학연구소, 2021)]

시대의 숲에서 풍경 속의 고요로
— 시적 자의식의 변화를 중심으로

김춘식

> 오오 고통의 행복이여.
> 고통을 행복으로 만드는 사람의 가련한 애씀이여.[1]

1. 사랑의 역설

시인 혹은 시를 규정하는 많은 정의 중에서도 가장 핵심적인 의미를 담고 있는 표현을 꼽으라면 그건 아마도 역설의 언어 혹은 부정의 정신이 되지 않을까 생각한다. 그리고 이 두 표현의 관계에 대한 명상이 그 뒤를 따르게 되는데, 정신과 언어의 관계를 부정과 역설로 환치시키는 순간, 시정신과 시어는 한 몸과 다름없이 되어버린다. 현실에 대한 완강한 도전과 부정 정신의 지향점은 언제나 한없는 동경이며, 초월적 이상이 될 수밖에 없

---

[1] 최하림, 『작은 마을에서』(문학과지성사, 1982)의 뒤표지 글에서.

다. 마찬가지로 평범한 언어를 부정하는 역설의 종착점도 현실을 초월한, 신성한 언어의 경지에 비유되곤 한다.

결국, 시의 생리라고 할 수 있는 부정과 초월은 끊임없이 본질을 향해 매진하는 정신의 힘이며 그 생리의 결과물인 역설의 언어는 그 '본질'을 포착하기 어려운 '현실적 조건'의 지난함을 그대로 보여주는 것이다. 이 점에서 시인이 바라보는 '진리' 혹은 '본질'은 하나일지라도 그 언어는 무수히 반복되는 역설과 부정으로 점철될 수밖에 없는 것이다.

시의 언어가 언제나 단 한 편의 시를 지향하면서도 무수히 다양한 시 속에서 자신을 드러내듯이, 시인은 가장 철저한 본질주의자이면서 동시에 미적인 다원주의자이다. 이런 표현은 본질적으로 모순이지만 또 그래서 스스로의 몸속에 부정의 힘을 내장한 시의 역설적 원리를 가장 잘 드러내고 있는 것이기도 하다.

언제나 하나를 지향하지만 만화경처럼 다원적일 때 오히려 스스로의 본질을 가장 잘 구현하는 시의 특질은, 이 점에서 역설적이고 동시에 화엄(華嚴)적이다. 일체이면서 동시에 모든 삼라만상(森羅萬象)인 존재의 역설이 한 편의 시 속에 구현될 수 있다는 믿음은 언제나 모든 시인의 신념이다.

최하림 시인의 시력도 그 출발점은 이런 개체아와 전체의 조화에 대한 추구로부터 시작된다. 실제로 이런 시인의 지향점은 성격이 조금 달라진 것을 제외하면 초기부터 현재에 이르기까지 시인의 안과 밖, 몸과 정신을 강하게 지배하는 신념 혹은 집착 같은 것으로 일관되게 나타난다. 개체의 외로움은 한편으로 전체로서의 '나'에 이르지 못했기 때문이며 이런 조화로운 화해를 달성하기 위한 시인의 '노정'은 한마디로 처절한 몸부림 혹은 '말부림'에 비유될 수밖에 없는 것이다.

이 점에서 최하림 시인은 정직한 시인이라고 할 수 있다. 고통의 역설이 행복이고, 그 고통 속에 스스로의 몸을 불태우며 '행복'을 찾거나 '매혹'을 체감하는 영혼의 순수함을 깨달은 시인에게 부정과 역설은 '정직'과

'정화'를 향한 가장 '확신에 찬 길'이 될 수밖에 없는 것이다.

> 사실 안다고 하는 것, 쓴다고 하는 것 등이 나의 경우에서 얼마나 허
> 위적이며 관념적이며 편향적인 것인가. 한 〈사랑〉이 이해라든가 감정
> 으로서만 완성될 수 있는 것인가. 실행하고 반성하고 또 실행하는 가운
> 데서 ─ 그 무수한 과오의 되풀이 속에서 사랑은 넓어지고 깊어질 것이
> 아닌가.
>
> ─「뒷말」에서[2]

스스로의 한계에 대한 인식을 바탕으로 초월이나 극복을 꿈꾸는 정신
은 본질적으로 미완성의 미학으로부터 출발한다. 즉, 인용문에서 말하고
있는 "사랑"이란 미완성의 과제이고 그렇기 때문에 언젠가 완성되어야
할 '불확정성'을 지닌 가치이다. 역사 혹은 세계의 미숙, 불완전, 혼란, 부
조리를 심정적으로 초월하기 위해 내세워진 '가치의 척도'인 "사랑"이란,
이 점에서 무정형이지만 또한 절대의 신념이고 아름다운 윤리이다.

최하림 시인이 역사의 '어둠'을 직시한 그 순간에 그의 마음속에는 그
와 대척을 이루는 다른 절대의 가치로서 '사랑'이 자라기 시작한 것이다.
이 점에서 사랑의 불확정성과 신념은 '어둠'의 크기와 깊이에 비례하여
더욱 커지면서도, 사실은 '실체'가 없는 아픔이며 고통이고 동시에 행복,
환희, 기쁨이다.

최하림 시인의 첫 시집은 이처럼 "사랑"이라는 추상적인 단어의 등장
에서 가장 중요한 특징을 발견할 수 있는데, 이 사랑의 추상성은 시인의
'현실의식'의 모호함 때문에 나타난 것이 아니라 오히려 시인의 '부정 정
신'이 일종의 '저주받은 운명'처럼 종착점을 예고하지 않는 것이기 때문
이다. '사랑'의 완성은 시인의 숙명이면서 동시에 절대로 완성될 수 없는

---

2   최하림, 『우리들을 위하여』, 창작과비평사, 1976, p. 119.

가치라는 이중의 모순에 대한 자각이 '사랑'이라는 추상의 윤리를 오히려 더욱더 절대적인 것으로 만드는 숙명적인 '비애의 미학'을 낳게 된다.

겨울의 뒤를 따라 밤이 오고 눈이 온다고/바람은 우리에게 일러주었다/리어카를 끌고 새벽길을 달리는 행상(行商)들에게나/돌가루 냄새가 코를 찌르는 광산촌의 날품팔이 인부들에게/그리고 오래 굶주릴수록 억세어진 골목의 아이들에게/바람은 밤이 오고 눈이 온다고 일러주었다./바람은 언제나 같은 어조로 일러주었다/처음 우리는 이 말이 무엇을 뜻하는지 알지 못했으나/반복의 강도 속에서 원한일 것이라고 여기게 되었다/원한은 되풀이 되풀이 되풀이하게 하는 것이다/벌거벗은 여인을 또다시 벌거벗게 하고/저녁거리 없는 자를 또다시 저녁거리 없게 하고/맞아죽은 놈의 자식을 또다시 맞아죽게 하는 것이다/그리하여 언제나 피비린내가 그칠 날이 없게 하는 것이다/아아 짓밟힌 풀포기 밑에서도 일어나는 바람의 시인이여/어쩌다 우리는 괴로운 무리로 이 땅에 태어나게 되었나/어쩌다 또다시 칼날 앞에 머리를 내밀고/벌거벗은 여인이 사랑을 말하려고 할 때/잠자리에 들려고 할 때/사랑이 그들의 머리칼을 창대같이 꼿꼿하게 하고/불더미 속에서도 죽지 않는 영생으로 단련하는 것같이/단단하고 매몰차게 세상을 살아야 한단 말인가/아아 바람의 시인이여 이제야 우리는 알겠다/그들의 골수 깊은 원한이 사랑을 가지게 한다는 것을/쇠붙이는 불길 속에서 단련되어진다는 것을/바람은 그것을 밤이 오고 눈이 온다고 말하여 주고 있는 것이다/그렇게 겨울의 견고한 사랑을 말하여 주고 있는 것이다

—「겨울의 사랑」 전문[3]

인용한 시에서 보듯이, 최하림 시인의 초기 시편에서 "사랑"은 "원한"

3   최하림, 같은 책, pp. 14~15.

의 역설 혹은 초월로 얻어진 일종의 '숙명' 같은 것이다. 그리고 그 사랑은 "겨울의 견고한 사랑"으로서 "짓밟힌 풀포기 밑에서도 일어나는 바람의 시인"의 의지이고 "불더미 속에서도 죽지 않는 영생으로 단련하는 것같이/단단하고 매몰차게 세상을 살"아가게 하는 근원적인 힘이다. 이런 사랑은 되풀이되는 폭력 뒤에 나타나는 원한의 긍정적인 역설이다.

폭력에 대한 복수로서 만들어진 질긴 생명력을 품은 사랑은 어둠, 폭력, 바람의 대립물로서 더욱 견고해진 가치이고 신념이다. 폭력에 대해 이 갈며 품은 원한이 오히려 견고한 사랑을 낳는다는 시인의 생각은 일종의 '비애'의 아이러니라고 할 수 있다. 폭력에 대한 거부할 수 없는 예감 뒤에 피비린내를 품은 원한과 비애가 '숙명'처럼 따르는 까닭은 '비애'의 이중 심리 때문이다. 결국 최하림 시인이 한국의 근대사로부터, 1960~70년대의 척박한 현실에서 읽어낸 것은 바로 어쩔 수 없는 폭력의 예감과 그것을 정서적, 형이상학적으로 극복하는 비애의 미학이라고 할 수 있다.

'비애'란 폭력을 폭력으로 응징하지 않는 심리적인 자기 정화의 장치다. '비애'가 시인의 숙명이 되는 까닭은 바로 '비애'가 폭력에 대해 견고한 사랑으로 복수하기를 다짐하는 역설을 품고 있기 때문이다. 즉, 비애의 강도가 폭력과 시대의 어둠에 비례해서 커지면 커질수록, 사랑은 더욱 견고해지고 사랑과 희망의 불빛은 더욱 찬란하게 불타오른다는 것이 바로 숭고한 신념의 수사학인 것이다. 이처럼 최하림 시인의 초기 시는 의지적이고 숭고미를 전제로 한 순교의 시학을 그 바탕의 정서로 폭넓게 수용하고 있음을 알 수 있다.

2. 폭력의 예감과 가슴속의 말을 배반하는 언어

두번째 시집 『작은 마을에서』(문학과지성사, 1982)에 나타난 최하림 시인의 자의식은 주로 '언어'의 '배반성'에 집중된다. '미완성'일 수밖에 없는 언어의 '숙명'과 '한풀이'의 한계에 대한 시인의 자각은 '인간의 불완전', 즉 한계와 존재의 '간극'에 대한 인식의 결과이다. 언어의 역설과 존재의 부조리를 함께 묶어놓은 이런 생각의 끈은 첫 시집에서 보여준 '미완성의 고통'에 대한 체험과 사유로부터 비롯된 것이다.

『우리들을 위하여』(창작과비평사, 1976)의 시편이 '미완성' 자체를 하나의 '미학'이자 '윤리'로 만들려는 의지와 역설을 보여주었다면,『작은 마을에서』를 통해 시인은 이런 '미완성'의 근본적인 이유를 캐묻는다. 그것은 '말'에 대한 자의식이 한층 깊어지면서 시인에게 함께 생겨난 걷잡을 수 없는 회의의 결과물이라고 여겨진다. 고정되지 않는 '말', 그 말에 대한 시인의 존재론적인 한계 인식은, 미래적인 가치에 모든 것을 걸었던 첫 시집의 '사랑'을 좀더 구체화시키려는 노력 속에서 파생된 것이라고 여겨진다.

미완성의 고통을 오히려 행복의 가능성으로 만들려는 의지와 희망을 품은 '사랑'이 다분히 개체와 공동체의 조화를 추구하는 가치였다면, 두 번째 시집에서 나타나는 '언어' '존재론' 등은 그러한 조화로운 추구가 영원히 '미완성'에 그칠 수 있다는 불안감과 '고통의 반복'이라는 '영원한 고통'에 대한 숙명적 인식으로부터 비롯된다.

> 나는 시의 진실이라든가, 근원적인 존재의 모습을 드러내는 형식으로서의 시라는 말을 믿지 않는다. 시의 가장 큰 특징은 오히려 배반성에 있는 것 같다. 가슴에 차오르는 말들을 백지에 옮기려 할 적마다 〈가슴의 말〉들은 달아나 버린다. 그리하여 나는 다시 도망간 말을 찾아서 몇 날며칠 헤매다녀야 한다.
>
> 한(恨)도 그와 같다. 사람들은 저마다의 방식으로 그들의 한을 풀기 위해 돈을 모으고 출세를 하는 것이지만, 한이 해소되었다고 생각하는 순간, 한은 탄탈로스의 심연처럼 다시 차올라 그의 심혼을 지배해 버린다. 한을 풀려고 하는 행위는 그것이 다시 차오르리라는 확실한 예감 앞

에 고통스럽게 있다. 기독교식으로 말하자면 인간의 불완전을 인식하지 않을 수 없는 〈간극〉을 사이에 두고 있다.[4]

　"시의 진실" "근원적인 존재의 모습"을 부정하고 '순간'이나 '찰나' 속에서 '시'와 '언어의 본질'을 발견하려고 하는 시인의 발언은 그의 자의식이 '미적 근대성'의 핵심을 포착하고 있음을 암시한다. 존재의 간극과 시간의 균열을 응시하기 시작한 '시인의 눈'은 미래적인 가능성과 가치를 끊임없이 현재로 소환하는 형식이 바로 '미적 모더니티'라는 것을 자각한 결과로서 나타난 것이다.

　"탄탈로스의 심연"처럼, '모더니티를 내장한 아름다움'이란 영원한 배반과 영원한 허탈, 허기의 되풀이를 예감하는 데서 오는 고통이나 허무에 다름이 아니다. 이런 '존재의 간극'은 시인이 첫 시집에서 주로 보여주었던 '의지적 진행'의 자세인 '가다'가 어느덧 '기다림'으로 서서히 변화하고 있음을 통해서도 확인된다.

　　시만을 기다리며 산 스무서너 살 때에 나는 일쑤 붉은 바다를 보았다. 아침 바다라든가 낮보다, 저녁 바다를 고루 보았을 터인데도 어인 일인지 지금의 기억에는 붉은 바다밖에 없다. 그 무렵에는 또 유달산이 곧바로 보이는 뒷방에서 벗들과 장기를 매일 두었는데, 경쟁심에 들떠 말을 옮기다 보면 돌산 기슭에는 역광(逆光)으로 생긴 보랏빛이 조용히 흐르고 있었다. 나는 그 보랏빛 속에 흐르는 슬픔을 표현코자 무던히 덤벼들었으나 〈바다의 울부짖음〉에 사로잡혀 있었던 나의 〈관심〉과 〈시어(詩語)〉들은 그것을 잘 묘사해 내지 못했다. 관념과 정서 사이에는 언제나 내분이 일어나 쓰고자 하는 시를 뒤죽박죽으로 만들어 버렸다. 지금도 그런 현상이 지속되고 있다. 언제 끝날지 알 수 없는 일이다. 죽을 때까

4　　최하림, 『작은 마을에서』(문학과지성사, 1982)의 뒤표지 글에서.

지 되풀이되는지도……. 그렇다 해도 어쩔 수 없는 일이다. 그저 기다리
고 노력할 뿐.

—「자서」에서[5]

　인용한 시인의 「자서」에서 보이듯이, '기다림'과 '노력'은 두번째 시집
을 발간할 당시 시인의 정신을 나타내는 핵심적인 단어이다. 처음 시를 접
한 시인에게 "붉은 바다"와 '보랏빛 슬픔'이 존재했듯이, 관념과 정서는
본질적으로 '불화'의 관계에 놓여 있다. 그러나 이런 '불화' 속에서 시인
은 오히려 '언어의 본질'을 읽고 있는 것이다. '내분'과 '배반'으로 점철된
언어가 "가슴의 말"들을 한순간도 가만히 두지 않고 달아나버리게 했듯
이, 그가 가슴에 품은 어떤 장면은 쉽사리 언어로 포착되지 않음으로 해서
역설적으로 그의 '시 쓰기'를 되풀이하고 연장시키고 있는 것이다.

　이런 '연장과 되풀이'는 고통이기도 하지만 동시에 시 쓰기의 환희이기
도 하다. 미적 모더니티가 끊임없이 미래적인 것을 소환하여 '새로움'으
로 만들지만 그 또한 '연장과 되풀이'인 것처럼, 대상과 자아 사이의 간극
은 근원적으로 채워질 수가 없는 것이다. 그것은 시인의 표현처럼 '한풀
이'와 같은 것으로 "한이 해소되었다고 생각하는 순간, 한은 탄탈로스의
심연처럼 다시 차올라 그의 심혼을 지배해 버"리고 만다.

　　나의 시가 말하려 한다면/말을 가질 뿐 산이나 나무를/가지지 못한
다 골목도 가지지 못한다//등불이 꺼지고 우리들이 깊은/어둠 속에서
불을 피우는 동안/불의 벽에 서리는 그림자들의/꿈이여 빛이여//바람
소리 어둔 벌에 꽉 찬 영산강을 따라/걸어가고, 찢어지는 소리로/바람
이 하늘의 마음을 울린들/누가 낮은 가슴으로 울 수 있으리오/사신(死
身)인들 어느 가슴으로 울리오//지옥의 가슴에 비내리는 밤/나무들이

5　　최하림, 『작은 마을에서』, 문학과지성사, 1982.

젖고 산이 젖고 주정뱅이들이/골목에 쓰러져 있으니 무덤들이 젖고 있으니.

—「시」전문[6]

"나의 시가 말하려 한다면/말을 가질 뿐 산이나 나무를/가지지 못한다 골목도 가지지 못한다"라는 시의 구절처럼, 시인이 추구하는 언어는 "말"을 초월한 어떤 것이다. 관념과 정서가 '육화'되어 있는 언어에 대한 갈증은 그가 좀더 대상과 일상에 근접한 '시와 시어'를 추구하고 있다는 사실을 알게 하지만, 그 일상과 현실에 밀착된 언어의 가능성은 "어둠", 몰래 피우는 '불빛'이라는 제한된 조건에 의해서 동시에 '억압'되어 있다. 이런 점에서 1980년대에 발표한 최하림 시인의 시는 '현실적 억압'과 언어 자체의 '존재론적 한계'라는 이중의 왜곡에 대한 '응전'의 산물이다.

일상의 아픔에 밀착된 시를 쓰고자 노력하면서, 동시에 '붉은 바다의 울부짖음'과 '보랏빛 슬픔'이 스스로의 내면에서 서로의 불화를 극복하기를 기다리는 동안, 이런 지속적인 긴장과 갈등은 이 시기 그의 몸과 마음을 몹시 혹사시키고 있었던 것이다. 시대와 현실에 대한 공동체적 정의, 내면과 존재론적 간극에 대한 극복이라는 이중의 굴레를 동시에 고민하는 시인의 모습은 1980년대적인 조건에 대응해온 다른 시인들과는 이 점에서 사뭇 다르다고 할 수 있다.

전체와 개체의 조화 혹은 일체를 추구하는 그의 완벽주의는 결국 '80년대 광주'를 고스란히 시적 화두로 싸안으려는 어려움 속으로 시인을 밀어넣는다. 광주를 고스란히 시의 몸으로 앓고자 한 그의 시도는 '역사를 한 개인'의 내면에 고스란히 각인시키는 작업이기도 하다.

무슨 착각처럼 풍경 속에서/희뜩희뜩 내리는 눈이여/캄캄한 밤의 눈

---

6   같은 책, p. 13.

이여/구파발이라든가 오류동 천변의/검은 천막들을 가만히 보고 있는/
사람이 있으면 그런 사람처럼/걸음을 멈추고 보아라 지붕도 보고/창도
보고 강아지 새끼처럼/오글오글 잠자는 식구들도 보아라/보면서 마음
아파하지 말아라/울지도 말고 목소리를 높이지도 말아라/내리는 눈 속
에서 천막의 모습은 서서히/가리어지고 내일은 그곳에 현대식/아파트
가 지어질지도 모른다/그 아파트의 4층이라든가 5층, 6층에서/러닝샤
스를 입고 무심히 신문을 펼칠지도/모른다 그럴지도 모른다 이렇게 격
변이/폭죽처럼 요란한 밤, 밖에 나와 하늘을/보고 있으면 쿨룩쿨룩 하
늘을 보고 있으면

—「무슨 착각처럼」전문[7]

이 시에서 "착각처럼 풍경 속에서" "희뜩희뜩" 내리는 눈, "캄캄한 밤
의 눈"을 바라보는 시인 앞에는 두 개의 이질적인 장면이 펼쳐진다. 눈이
지우는 검은 천막 위로 "현대식/아파트"가 오버랩되고 "강아지 새끼처
럼/오글오글 잠자는" 가난한 "식구"의 모습 위로 "러닝샤스를 입고 무심
히 신문을 펼"치는 내일의 중산층이 겹쳐진다.

눈 속에서 바라보는 시인의 시선이 가닿은 곳은 이처럼 눈 속에 파묻혀
버릴 과거와 그 위에 불길하게도 무심한 망각의 얼굴을 하고 신문을 읽는
'새로운 우리들'의 얼굴이다. 그 밤은 착각처럼 눈이 내리고 있을 뿐이지
만 예감처럼 미래를 응시하는 시인에게 그 밤은 "격변이/폭죽처럼 요란
한 밤"으로 느껴진다. 곧, 밀려올 또 하나의 폭력적인 '문명'을 예감하면
서 쓴 이 시에서처럼, 망각은 문명이 낳은 새로운 죄의 형태를 띠고 시인
앞에 그 모습을 나타낸다. 1980년대의 광주에 대한 시인의 상징적인 속죄
는 이 점에서 살아남은 자의 기억을 '언어'의 몸속에 깊게 각인시키고자
하는 시도로 나타난다.

---

7   같은 책, p. 15.

사닥다리를 타고 별들이/하늘 멀리로 올라가 근심스런/얼굴로 있는 밤 골짜기에서/골짜기로 잡목숲에서 숲으로/한 줄기 소리 밤하늘을 찢으며 간다/어린 날 바닷빛보다도 탱탱하고 탱탱하게/울림이 뒤따라간다 물과 바람이/아래로 아래로 나지막히 흘러가고/작은 사람들이 기슭기를 돌아가고/달빛이 바늘로 찌르는 아픔을 참으며/검은 잎새에서 아물거린다. 아무 바람도/보이지 않는다./소리도 보이지 않는다. 묵묵히 살아가는/사람들의 숨소리밖에./일어나세요 일어나세요.

—「빛」전문[8]

  최하림 시인의 1980년대 시편들이 대체로 문명의 폭력과 부정에 대한 대칭으로 자연을 소환하고 있는 것은 상당히 중요한 특징이다. 그러나 이러한 자연은 첫 시집 『우리들을 위하여』에서 보여준 '사랑의 길'만큼 추상적이다. 이 점은 1980년대 시의 '자연'이 결코 그 자체로 대상화된 것이 아니라 '문명'에 대한 '투영', 즉 그림자로서 존재했기 때문이라고 할 수 있다.

  인용한 시에서 하늘 위의 "별들"과 바람, 물, 골짜기는 '작은 사람들'이 사는 곳이 어둠 깊은 곳이며 동시에 '은둔'의 형태를 띠고 있음을 암시하는 상징이다. 즉, 1980년대 시편에서 자연은 시인의 1990년대 이후 시와는 달리 '소외된 존재'인 '작은 사람들'의 터전으로 표상된다. 그러나 이런 터전도 「무슨 착각처럼」에서 보듯이, 머지않아 무심한 '중산층'의 '신문 읽기'처럼 무심한 일상 속으로 파묻혀버릴 운명에 처하게 될 것이다. 더 이상 어둠 속에서 피우는 불빛조차 허락하지 않을 저 문명의 '찬란한 불'이 불길하게 반짝이기 시작한 것이다.

8   최하림, 『겨울꽃』, 풀빛, 1985, p. 13.

3. 불안 혹은 고요

1980년대와 1990년대의 전환점에서 발간된 시집인 『속이 보이는 심연으로』(문학과지성사, 1991)에는 시인의 공동체적인 대속의식(代贖意識)과 함께 급격하게 내면으로 선회한 시인의 의식이 동시에 엿보인다. 시인 스스로 "연관성을 지니고 있으면서, 또 무잡한" 것이라고 표현한 "이 두 관심"[9]은 첫 시집 이후 꾸준히 지속되어왔던 전체와 개인의 관계에 대한 극적인 대답의 형태로 주어진 것이다. 애초에 시인의 의도는 「자서」에서도 밝힌 바처럼, '죄'에 대한 대속, 혹은 진혼굿의 형태로 시를 생각하는 데에서부터 출발했던 것으로 여겨진다. 문화의 죄 혹은 어둠을 개인의 몸 혹은 시로 표현하고자 한 그의 시도는 개인의 내면 안에 한 시대의 흔적을 전부 담아내고자 한 것이라고 할 수 있다.

「말」이라는 작품에 단적으로 나타난 것처럼, 시대의 질병을 고스란히 앓아내는 것이 말의 속성이라면, 그는 그 말과 자신까지도 극단적으로 일치시킨 것이다. 시인이 몸으로 앓게 된 질병은 이 점에서 '돌연한 일'이자 동시에 '다른 형태'의 '대속'이 된 것이다.

> 몇 해 사이 나를 괴롭힌 것은 죄였다. 5월 광주로부터 비롯된 이 생각은, 살아남은 자의 울부짖음에서 출발하여 씻어내야 할 문화의 어둠, 혹은 형벌로 인식되기에 이르렀다. 이 주제에 한동안 매달리면, 죄는 감성적인 모습으로라도, 보이지 않을까 생각되었다. 그런데 개인사에 있어서의 돌연한 일로 그것은 다른 형태로 찾아왔다. 나는 자연 친화의 인간적인 모습을 보게 된 것이다. 자연과 나누는 감정의 지극한 평화! 그것은 문화의 때를 씻어내는 일이었고 몸살리기였다.

9   최하림, 「자서」, 『속이 보이는 심연으로』, 문학과지성사, 1991.

"문화의 때"를 벗겨내고 "몸살리기"를 상징적인 '언어의 질병'을 통해 드러내려고 했던 시인의 의도는 어긋나버렸지만, 그의 몸은 오히려 언어보다 빨리 상징적인 '몸살'을 앓고 만다. 이 순간에 실체를 드러낸 것이 '풍경'이고 '내면'이다.

'자연과의 친화' 혹은 '전체론적인 우주'와 '개체아'의 조화는 의외로 '풍경과 내면'의 소통 과정에서 발견된다. 최하림 시인의 1990년대 이후 시에서 존재론적 내면 혹은 명상과 풍경이 주로 등장하는 것은 시인을 억압하던 공동체적인 가치와 진실의 무게가 그의 언어와 몸속에서 빠져나간 결과라고 할 수 있다. 즉, 내면으로 침잠하는 과정에서 모든 풍경은 오히려 투명하게 시인의 주위에 놓이게 되고, 시인은 그 풍경 속으로 스스로를 집어넣은 것이다.

나는 이상한 방에서 살았지/두 사람이 누우면 꽉찬 꼬막 같은 방/신양문고 몇 권 시집 몇 권 검은 상 하나/창문을 열면 바람이 소리쳐 들어와/켜켜이 쌓인 먼지 날리고/머리카락 같은 감정들을 흐트러놓는,/원고지와 잉크병 빛나는 눈을 뜨고/주위를 노려보는, 아무도 그 방에는/들락거리지 않았지 밖에서는/몇 번이고 땅이 얼었다 풀리고/그 사이 나는 독방에 누워서 세모레들이/황금빛으로 사구를 흘러내리고 또/흘러내리는 꿈을 꾸었지/꿈이 양식이었지, 꿈이 산이고/다도해고, 구름, 비, 눈이었지,/겨울이면 사시나무 떨 듯 추운 내 방/내 집, 지금은 그리운,

―「방(房)」전문[11]

10   같은 글.
11   같은 책, p. 75.

"방"의 상징이 일반적으로 시인의 내면 공간 혹은 자의식을 상징하듯이, 이 시에서의 "방"은 시인이 오랫동안 간직해온 '시적 자의식'의 방이다. "원고지와 잉크병"이 "빛나는 눈을 뜨"고 있고, "꿈의 양식"인 독방, 그 방은 기억 속에 존재하는 시인 자신만의 세계이다. 즉, 내면 혹은 내적 심연은 눈앞의 풍경을 언제나 먼 기억으로 회귀시킨다.

이 점에서 풍경과 내면의 소통에 대한 시인의 인식은 또 다른 어려움에 직면할 수밖에 없다. 꿈이 산, 구름, 비, 눈을 만드는 세계가 절대적인 주관의 세계라면 눈앞의 풍경은 언제든지 내면의 그림자 혹은 기억의 투영이 되고, 시인의 내면은 다시 그 풍경의 투영물로 순환될 수 있기 때문이다. 이것이 말의 감옥, 즉 시인이 바라본 또 하나의 지옥이다. "그것은 두 개의 거울이 마주 비치면서 반영하는 무한 영상과 같다."[12]

『굴참나무숲에서 아이들이 온다』(문학과지성사, 1998), 『풍경 뒤의 풍경』(문학과지성사, 2001), 『때로는 네가 보이지 않는다』(랜덤하우스중앙, 2005) 이 세 시집에는 이런 시인의 내면적인 갈등과 함께 풍경 속에 스스로를 던져놓는 자연 친화가 동시에 공존한다.

이만쯤에서 나는 내 시의 로프줄을 끊어버리고 싶다. 창조적 정신을 잃고 관성에 의지하는 시라면 없는 이만 못하다. 그런 시들이 지상의 평화를 헤친다.[13]

"관성에 의지하는 시"에 대한 불안감으로 "시의 로프줄"을 끊으려는 생각에는 '또 하나의 지옥'에 대한 시인의 불안감이 그대로 나타나 있다. 기억과 풍경이 무한 순환으로 소통함으로써 엮어내는 관성에 대한 두려

---

12 최하림, 『속이 보이는 심연으로』(문학과지성사, 1991)의 뒤표지 글에서.
13 최하림, 『굴참나무숲에서 아이들이 온다』(문학과지성사, 1998)의 뒤표지 글에서.

움에는 '새로운 것'이 아닌 '무한 반복'을 견뎌야 하는 시인의 권태와 절
망감이 짙게 묻어 있다.

 "창조적 정신"에 대한 시인의 열망이 '자아와 풍경'의 경계가 사라지는
지점에서 심한 자괴와 권태를 낳는 것은 어쩌면 당연한 일이라고 할 수 있
다. 특히, 주체성과 자의식을 꾸준히 밀고 온 최하림 시인과 같은 경우, 그
런 강한 자의식이 풍경 속에 자연스럽게 녹아들어가기란 지난한 일이 아
닐 수 없다. 이런 어려움은 그가 두번째 시집에서 이미 고백했던 '붉은 노
을'과 '보랏빛 슬픔'이 그에게 쉽게 잡히지 않았던 체험과 전혀 반대의 것
이면서 또 같은 것이다. 젊은 시절 관념과 정서의 내분이 그의 언어를 분
열시켰다면, 풍경 속에 쉽게 녹아들어가는 관념과 정서란 또 다른 불안감
이 아닐 수 없는 것이다. 마치 눈앞의 풍경이 모든 것을 삼켜버리듯이, 갈
등과 배반이 사라져버린 언어에 대한 시인의 불신과 불안이 동시에 나타
날 수밖에 없는 것이다.

> 이 산 밑에 이르러 시와 나는 근거리로 이마를 마주하고 있다. 귀를
> 모으면 시의 숨소리도 들린다. 나는 시가 무엇이며, 왜 써야 하는지 알
> 지 못한다. 내가 알고 있었던 시에 대한 모든 생각들은 퇴화해버렸다.
> 나는 시 가까이, 가만히 있을 뿐.[14]

 그러나 이런 불안감과 '시와 가장 근거리에 이마를 마주하고 있다'는
확신은 모순되게도 공존할 수 없는 것이다. 최하림 시인에게 모든 목적과
의도가 사라져버린 자리, 시에 대한 모든 생각이 퇴화해버리고 난 뒤에 남
는 것이 오히려 '시의 실체'라는 또 다른 만족감은 시인 스스로의 회의를
잠재우는 힘이 된다. 그러나 끊임없는 반성과 성찰로 새로움을 추구해온
'시적 모더니티'와 '풍경의 시학'은 대조적인 것이다. 그래서 불안감 혹은

---

14   최하림, 『풍경 뒤의 풍경』(문학과지성사, 2001)의 뒤표지 글에서.

내면이 지워져버린 풍경이란 어딘지 공허할 수밖에 없다. 이런 공허는 시인이 아무리 시의 곁에 가까이 있다고 해도 쉽사리 잠재울 수는 없는 것이다.

"켜켜이 먼지를 뒤집어쓰고 있는 시집이여…… 황혼이 내리는 시간에도 자고 눈 내리는 날에도 자고 또 내리는 날에도 자거라 생각하지 말고, 뒤척이지 말고……, 네가 자면 어느 날 나도 고요 속으로 내려가 자게 되리니"[15]라는 구절에서 애써 읽을 수 있는 것은 시인이 어느덧 시에 가깝게 다가간 것만큼이나 시를 지극히 '사적인 것'으로 만들고 있다는 점이다.

지나간 시대의 '상형문자'를 바라보듯이 첫 시집을 꺼내 읽는 시인에게 시는 더 이상 공동체적인 것과 개인의 접점이 아닌 듯하다. 내면의 심연을 넘어서 풍경이 시가 되고 그 풍경의 일부로 자아를 던져버린 뒤에 남는 평화와 고요가 고스란히 시의 몫이 되고 있는 것이다.

[『작가세계』 2006년 봄호: 원제는 「시대의 숲과 풍경 속의 고요—최하림론: 시적 자의식의 변화를 중심으로」]

---

15   최하림, 「첫 시집을 보며」, 『풍경 뒤의 풍경』, 문학과지성사, 2001, p. 75.

시적 주체의 구성과 윤리적 양상의 변이형에 관한 고찰
── 최하림의 〈부랑자〉 연작시와 〈베드로〉 연작시를 중심으로

김미미

1. 들어가며

본고는 최하림의 시 세계를 죄의식이라는 단어를 핵심어로 삼아 다시 읽어내고자 한 기획의 일환으로 작성되었다.[1] 최하림의 저작에서 '죄'라는 단어는 '5·18민주화운동'이 직접적인 계기가 되어 문면(文面)에 등장한다. 그는 1991년 10월에 발간된 제4집 『속이 보이는 심연으로』(문학과지성사)의 앞머리에 "몇 해 사이 나를 괴롭힌 것은 죄였다. 5월 광주로부터 비롯된 이 생각은, 살아남은 자의 울부짖음에서 출발하여 씻어내야 할

[1] 필자는 다른 자리에서 최하림 시 세계의 원형으로서 부모와의 관계에서 비롯한 죄의식을 수치심과 죄책감이라는 하위 항목으로 나누어 분석한 바가 있으며 결과적으로 초자아에 의한 내적 징벌이 승화되어 고유한 도덕성의 세계를 건설하도록 이끌었음을 확인하였다. 글의 말미에 필자는 그의 도덕성이 사회적·역사적 국면과 조우하여 발생하는 새로운 차원에 관한 논의를 차후의 연구로 기약하였는데 이 논문은 그 후속 편에 해당한다고 할 수 있다(김미미, 「최하림 시 세계가 답지한 도덕성의 기원에 관한 고찰」, 『한국지역문학연구』, 13집, 한국지역문학회, 2018).

문화의 어둠, 혹은 형벌로 인식되기에 이르렀다"라고 말하였고, 이는 거슬러 올라가면 1987년에 발간된 제3집 『겨울 깊은 물소리』(열음사)에 실린 산문에서 "역사 속에서 그 어떤 인간을 비판하고 매도한다는 것은 자기 자신이 그 역사 속에서 그로 하여금 그 같은 일을 하도록 하였다는 공범자로서의 반성을 거치지 않으면 안 된다"라는 언급 속에 그 원형이 존재한다.

최하림이 1991년 여름, 뇌졸중으로 쓰러지기 전까지에 해당하는 그의 초기 시 세계는 폭압적인 사회적·역사적 현실과 그 안에서 낮은 자리에 처한 자들의 삶에 대한 응시 및 시적 형상화에의 고투(苦鬪)로 다소 거칠게 정리할 수 있다. 그런데 이를 확대하여 들여다보면 '5·18민주화운동'을 기점으로 그 결이 다시 나뉘는 것을 확인할 수 있으며 이 지점이 본고의 시작점이다. 본고는 "틀림없이 하나의 시, 한 시대의 시를 이해하기 위해서는 그 시의 정신이 되고 표현이 되며 충동이 되는 시대 정신을 이해하지 않으면 안 될 것이며, 그 시대 정신을 성립시킨 사회의 내외 조건을 이해하지 않으면 안 될 것이다"[2]라며 사회적·역사적 현실과 개인 삶의 상호 연관성에 주목했던 최하림의 초기 시 세계가 '5·18민주화운동'[3]이라는 사건의 틈입으로 인해 어떤 내적 변이를 일으켰는지 살펴보고자 한다.

이를 구체적으로 살펴보기 위해 본고는 최하림의 연작시에 주목한다. 연작시는 하나의 표제 아래에 개별적인 구조를 지닌 텍스트들이 내적 연관성을 지닌 채 연쇄적으로 묶여 있는 형태라고 할 수 있다. 연작시에는 작가의 시적 관심이나 주제 의식이 특정 이미지나 모티프를 통해 형상화되어 있으므로 이를 분석해 역으로 작가의 의식을 도출해낼 수 있다. 특히 연작시에서 제목은 텍스트의 규모나 텍스트의 외부적인 한계, 내부적 경계를 짐작하게 하며, 시의 의미 연관성을 암시해주거나 주체와 직간접적

---

2   최하림, 『시와 부정의 정신』, 문학과지성사, 1984, pp. 295~96.
3   이후 '5·18민주화운동'이라는 단어는 편의상 '5·18'로 약칭하여 사용한다.

으로 상호 연관되는 경우도 있다.[4] 최하림의 연작시에서 주목할 점은 특정 인물을 제목으로 내세워 반복적으로 형상화하고 있다는 것이다. 제목은 텍스트에 구속력을 발휘하는데, 그 이유는 제목 자체의 어휘력으로 특정 이미지나 주제를 환기시켜 텍스트의 속성이나 범위에 대한 암묵적인 정보를 제공해 이해의 폭을 한정하기 때문이다.

연작시를 통해 시인이 반복적으로 형상화한 인물은 시인의 페르소나로서 사회적·역사적 현실에 당면하여 형성된 시인의 주체가 윤리적 맥락과 조우하는 양상의 반영이기도 하다. 라캉은 주체를 형이상학적 실체나 사유와 행동의 준거점으로 바라보지 않고 생성되면서 동시에 사라지는 존재로 파악한다. 이 모든 과정은 언어로 가능한데 주체는 항상 말하는 존재이기 때문이다.[5] 김석은 라캉의 논의를 빌려 주체화를 윤리적 맥락에서 분석하는데, 이는 무의식적 욕망에서 주체를 구성하는 행위의 효과를 강조하는 것이며 크게 두 단계로 구성된다. 첫째는 부성 은유를 통해 상징계에서 문화화되는 과정을 거치면서 신경증 주체가 태어나는 과정으로 아직은 윤리적 차원이 담기지 않은 단계이고, 둘째는 신경증 주체가 증상과의 동일시를 통해 실재와 관계를 맺을 때 윤리적 주체화가 이루어지는 단계이다. 즉, 신경증 주체가 반복적으로 경험하는 '충동의 순환'과 '증상과의 동일시'가 중요하다. 주체화란 주체와 그를 둘러싼 현실에 의미를 부여하면서 그 속에서 스스로를 개인으로 정립해나가는 구성적 과정을 뜻한다. 라캉은 주체가, 반복적으로 경험하는 충동적 기호에 응답하기 위해 가정되는 의미적 요소로서 대타자의 장에 출현하며, 아무것도 없지만 상징계가 작동할 때 비로소 그것이 드러나는 데 이것이 실재와 시니피앙의 관계와 상응한다고 본다.[6]

이를 토대로 본고는 최하림이 작성한 연작시들 중에서 특정 인물을 제

---

4   캐테 함부르거, 『문학의 논리』, 장영태 옮김, 홍익대학교출판부, 2001, pp. 258~86 참조.
5   김석, 「주체화와 정신분석의 윤리」, 『문학치료연구』, 42권, 한국 문학치료학회, 2017, p. 77.
6   같은 글, pp. 87~90 참조.

목으로 내세워 반복적으로 형상화하고 있는 연작시에 주목하여 그 특정 인물을 지시하는 기표를 중심으로 최하림 시 세계의 변화 양상을 분석하고자 한다. 다시 말하자면, 본고는 시인에 의해 반복적으로 호명되는 기표에 주목하여 시적 주체의 특성을 분석하고 이것이 윤리적 맥락과 결부되었을 때, 어떤 변이형을 형성하는지를 살펴볼 것이다. 주체는 늘 형성되어 가는 과정 속에 있는 것이며 매 순간에 무의식적 욕망이 주체를 형성하는 기제로 작용한다. 결국 행위 혹은 과정의 문제로 주체의 형성을 바라볼 수 있으며 주체의 형성에는 수행성의 맥락이 작용한다는 의미이다. 그러므로 최하림의 연작시에 반복적으로 호출되는 시니피앙으로서 특정 인물은 실재와의 관계에서 주체가 구성되는 양상의 기표이며 윤리적 차원을 함의한다고 볼 수 있다. 푸코는 도덕을 "가족, 교육기관, 교회 등과 같은 다양한 규제체제를 통해 개인이나 그룹들에 제시되는 행동규칙과 가치들의 총체"라고 하며 "도덕적으로 행동하는 방식에는 여러 가지"가 있다고 하였다. 그리고 이러한 방식의 차이는 "윤리적 실체의 결정이라 지칭될 수 있을",[7] 일종의 도덕적 행동의 질료를 구성하는 방식으로서 윤리를 의미하는 것으로 해석이 가능하다. 즉 윤리는 일종의 수행성을 내포하고 있는 개념으로 특정한 상황에 대한 개인의 판단과 실천의 국면을 지시한다고 볼 수 있다.[8]

최하림이 특정 인물을 제목으로 삼아 연작시를 작성한 사례는 전체 시 세계를 통틀어 단 두 번만 존재하며 모두 그의 초기 시 세계에 해당하는 시기에 쓰인 것들이다.[9] 그런데 '부랑자'와 '베드로'를 기표로 삼은 두 종

7   미셸 푸코, 『성의 역사 2』, 문경자·신은경 옮김, 나남, 2004, pp. 41~42.
8   도덕과 윤리의 의미를 구분하여 논의를 진행하는 경우, 일반적으로 도덕은 공동체가
     부여한 규범에 해당한다면, 윤리는 공동체가 부여한 규범에 대한 메타적 인지로서 그
     정당성에 대한 판단을 포함한다. 니체가 인간 정신의 변화 과정을 낙타-사자-아이의
     비유로 설명하며 창조자의 단계인 아이가 되기 위해서는 도덕적 규범을 이행하는 낙타의
     단계가 선행되어야 함을 이야기했던 것처럼, 필자는 도덕과 윤리를 대립적인 개념으로
     보기보다는 상보적 혹은 계기적 개념으로 본다.

(種)의 연작시 사이에는 '5·18'이 가로놓여 있다.[10] 이미 시인은 '5·18'이 자신에게 '죄'를 가시적인 것으로 만든 결정적 사건임을 선언한 바가 있다. 즉 본고는 최하림의 초기 시 세계에 해당하는 시기에 쓰인 연작시에 반복되는 시니피앙으로서 '부랑자'와 '베드로'라는 기표 사이에 놓인 '5·18'이라는 사건이 시적 주체를 '부유하는 주체/들'에서 '참회하는 주체'로 재구성하게 만든 동인이 되고, 이 과정에서 주체와 결합한 윤리적 양상이 글쓰기로서 시의 윤리를 실천하는 자리에서 인간의 실존을 고민하는 시/인의 윤리를 자각하는 자리로 오버랩되는 양상을 드러낼 것이다. 이를 통해 우리 문학사에 '5·18'에 대한 대응 방식으로 하나의 개별적인 사례를 더하고, 역사 속의 개인이 역사를 개인의 삶으로 통합하여 실존을 문제 삼는 단계로 나아가는 과정을 제시하면서 윤리의 문학이 아니라 문학의 윤리를 실천하는 하나의 방식을 보일 것이다.

9

시집명	발행 연도	연작시명 (편 수)
우리들을 위하여	1976	가을의 말 (6편)
작은 마을에서	1982	겨울의 빛 (2편)
		부랑자의 노래 (4편)
겨울 깊은 물소리	1987	베드로 (6편)
(개정) 겨울 깊은 물소리	1999	베드로 (10편)
속이 보이는 심연으로	1991	베드로 (4편)
		날마다 산길 (4편)
굴참나무숲에서 아이들이 온다	1998	소록도 (6편)
풍경 뒤의 풍경	2001	겨울 내몽고 (2편)
때로는 네가 보이지 않는다	2005	시베리아 판화 (4편)

10   시인이 최초로 '부랑자'를 시화한 것은 그의 제1집 『우리들을 위하여』(창작과비평사, 1976)에서 확인할 수 있다. 연작시의 제목으로 '부랑자'를 본격적으로 채택한 것은 제2집 『작은 마을에서』(문학과지성사, 1982)인데, 이 시집이 '5·18' 이후에 발간되기는 하였으나 수록된 시의 면면이 주로 '5·18' 이전에 작성한 시편들로 판단되므로 분석에 문제가 없으리라고 여긴다.

2. 부유하는 주체/들과 시의 윤리

1982년에 발간된 제2집 『작은 마을에서』에는 "부랑자의 노래"라는 제목의 연작시 4편이 수록되어 있다. '부랑자'라는 인물상은 그보다 먼저 1976년에 발간된 제1집 『우리들을 위하여』에서 발견할 수 있는데 "발뒤꿈치로 땅을 떵떵 울리면서 진리라 할까, 이미지라 할까, 혹은 그 어떤 진정성 같은 것을 향하여 전진해"[11]가던 "한때 역사적 사고가 진보적 사고라고 확신"하였으며 "진보가 인간에게 인간다운 삶을 가져다"[12]준다고 보았던 젊은 시인의 시대정신이 이 시에 고스란히 반영되어 있다.

> 우리나라의 길 위에서 자라고
> 그 길을 통하여 객지를 헤매는
> 부랑자들의 풀리지 않는 몸을
> 부드러운 빛으로 물들이는 것이
> 별인지 어둠인지 알 길 없는데
> 오늘도 검은 우리를 빠져나와
> 걸어가는 너의 비틀거리는 걸음
> 어느 누가 슬픔없이 살 수 있겠는가
> 어디에다 이 울한을 풀 수 있겠는가
> 일하고 술마시고 싸우다 쓰러져
> 사립을 밀고 새벽길로 나서면
> 나무에 바람에 걸려 울리는
> 밤바다가 밀어오는 소리
> 지친 사나이들의 발걸음 소리

11   최하림, 「말과 현실」, 『겨울 깊은 물소리』, 열음사, 1987, p. 114.
12   같은 책, p. 116.

길마다 어둠이 멀리 뻗치고

잡초들이 음산하게 흔들리는데

오늘도 걸어가야 할 너의 길은

몇 십리냐 몇 십리 걸어야 끝이 나느냐

무거운 발을 끌고 어둠 속을 가는

울한의 사람아 우리들의 사람아

　　　　　—「부랑자들의 노래」 전문(『우리들을 위하여』, pp. 34~35)

비정하게 전진하는 역사와 필연적으로 그 안에서 함께 굴러갈 수밖에 없는 인간의 삶에 대해 고민하였던 시인은 "60년대에도 70년대에도 80년대 초입에도 그 현실의 거리를 내내 걸어"[13] 다녔다. 이 시에서 역사는 "길"로 은유되고 끝없이 전진하는 이미지를 동시에 갖고 있다. 이 길 위에서 자란 '우리'는 정주할 장소를 찾지 못하고 지친 걸음을 끝없이 옮기는 "부랑자"이다. '부랑자'라는 기표로 표상되는 시적 주체는 '부유(浮游)하는 주체'로 몫이 없는 자들이라고 할 수 있다. 우리의 근현대사는 '내국 디아스포라'를 양산하는 과정이기도 한데 특히 분단 이후, 이 땅의 디아스포라는 국경 안에서 끊임없이 유랑해야 하는 이상한 디아스포라였다.[14] 이 시에서 "길 위에서" 자란 사나이들이 잠시 몸을 뉘일 공간은 "검은 우리"로 형상화되어 있다. 시인은 인간으로서 최소한의 생활도 영위할 수 없는 극한의 조건에 놓여 있는 내국 디아스포라의 전형을 묘사함으로써 '왜 이런 상황에 놓여 있는가'라는 물음 혹은 그 물음이 수반하는 분노를 간접적으로 이끌어내고 있다. 김홍중은 일종의 사회적 사실로서 '마음'을 규정하고 이를 하나의 체제이자 장치로 이해한다. 그는 분노를 예를 들며 이는 사회적 삶 속에 물질적으로 구조화되어 있는 것으로 대자보의 구호

13　같은 책, p. 115.

14　이문재, 「칼의 시대, 물의 시간」, 『문학동네』 2010년 여름호, p. 5.

·화염병의 난무·파업이나 휴업 결의·술자리·탈춤이나 죽창이 등장하는 판화·민중가요를 부르는 목소리·분신하는 몸과 지켜보는 눈동자들·학술적 논쟁들·농활과 엠티 같은 것들 속에 이미 구현되어 있다고 본다.[15] 최하림이 '부랑자'라는 기표를 통해 그들이 "일하고 술마시고 싸우다 쓰러"지는 하루하루를 시적으로 형상화하여 얻고자 하는 시적 효과는 단연코 그들의 고단한 삶의 원인이 사회적·역사적 현실에 있음을 보여주려는 것이다. 그리고 그는 역사적 사고는 진보이며 진보가 인간다운 삶을 가져다준다고 믿었던 젊은 날의 시인의 시대정신을 현실에 대한 객관적 시선의 확보와 글쓰기에의 몰입을 통해 실천하고자 하였음을 보여준다.

> 서리내리는 밤이나 굴뚝새 우는 미명에
> 헤매는 자들 거리서 잠들고
> 혹 눈뜬 자 있어 만상을 보고
> 노래할지라도 노래가 무엇이겠느냐
> 한밤을 어찌 다 말할 수 있겠느냐
> [……]
> 만리장천을 가는 새야,
> 처마밑에서 우는 우리를 위하여
> 여린 나래로 길을 가는 새야,
> 도랑물 속의 취한의 꿈결같이
> 꿈으로 가서 깃을 접고
> 고이 쉬거라
> ──「부랑자의 노래 3」 부분(『작은 마을에서』, p. 77)

〈부랑자〉 연작시에서 시적 주체는 '부랑자'이자 "눈뜬 자"이다. "노래

---

15   김홍중, 「진정성의 기원과 구조」, 『한국사회학』, 43집, 5호, 한국사회학회, 2009, p. 24.

가 무엇이겠느냐" 혹은 "한밤을 어찌 다 말할 수 있겠느냐"라는 자조(自嘲) 섞인 물음은 사회적·역사적 현실의 폭압에 당면하여 요구되는 시의 역할에 대한 물음과 그 맥락을 같이한다. 그리고 부유하는 주체로서 부랑자는 헤매는 존재(끝없는 길을 가는 존재)로 형상화되는데 여기에는 두 가지 맥락이 존재한다. 하나는 지금-여기가 살 만한 곳이 못 된다는 표면적 고발이고, 다른 하나는 그 고발을 통해 현재의 상황을 상기시켜 변혁의 의지를 북돋워보겠다는 이면적 목적이 담겨 있다. 즉 이 시에서 시인이 꿈꾸는 당위로서의 세계(혹은 유토피아)는 아직은 "꿈"속에서만 가닿을 수 있는 공간이자 시인으로서는 그곳에 대한 상상을 멈출 수 없는 곳이며 현실에는 결여되어 있는 가치의 존재를 일깨우고 회복에의 의지를 끊임없이 추동하는 곳이다.

아름다운 이미지는 세계를 아름답게 보려는 의지·욕망 없이는 생겨나지 않는다. 아름다운 이미지를 산출하려는 의지·욕망의 상상력은 세계를 살 만한 곳으로 만들려는 욕망과 동형이다. 세계는 아름답다라고 외치기 위해서는 먼저 세계는 아름다워야 한다라고 생각해야 한다. 그것은 세계를 닫힌 것으로, 유용한 것으로 보려는 의식을 계속 깨우기 때문이다.[16]

김현은 시의 이미지는 세계를 아름답게 보려는 작가의 욕망의 소산이며, 이런 욕망은 억압적인 세계에 살면서 현실에 굴복하지 않고 현실을 더 살 만한 곳으로 만들어보려는 욕망과 동일한 것이라고 말한다. 최하림의 〈부랑자〉 연작시가 직접적으로 유토피아를 묘사하지는 않았지만, 〈부랑자〉 연작시를 통해 끊임없이 지금-여기를 부정하고 어딘가(유토피아)를 찾아 끝없이 가는 존재를 반복적으로 호출한 것은 당대적 요구인 시의 윤

---

16   김현, 『문학과 유토피아』(김현 문학전집 4), 문학과지성사, 1992, p. 96.

190

리를 실천하는 행위로서 부정적 현실을 고발하고 변혁하고자 하는 의지
의 시화(詩化)로 읽을 수 있다.

> 유리창 앞에서 물끄러미
> 하나의 별이었던 우리들을 본다
> 신안 앞바다 소금밭에서 소금을 구워먹고
> 동지가 지나면 지리산으로 벌목하러 가던,
> 벌목이 끝나면 또 긴긴 겨울밤 눈보라를 헤치며
> 소금의 쓰라림, 여린 마음의
> 별의 쓰라림을 씹으며
> 무엇이 옳고 무엇이 그른지 생각할 수도 없이
> 한없는 길을 헤매이다가
> 소금에도 벌목에도 눈보라에도
> 길들여져 버리고 쓰라림에도 길들여져,
> 물 같은 시간을 흘러서
> 시구문이라든가 남양만에서, 또
> 일거리 없는 서해안의 싸구려 여인숙에서
> 잠 아니 오는 밤을 보내이느니,
> 일하고 먹고 말하고 생각하는 것,
> 그 가운데서 구하고자 하는 것, 그것은
> 대체 무엇인가, 무엇이어야 하는 것인가
> ──「부랑자의 노래 2」 전문(『작은 마을에서』)

이 시에서 화자는 유리창 앞에 서 있다. 유리창을 통해 바라본 '우리'는
유리창에 반사된 '나'의 얼굴과 겹친다. "신안 앞바다 소금밭에서 소금을
구워먹고/동지가 지나면 지리산으로 벌목하러 가던" '우리'는 나와 나의
아버지, 아버지의 아버지로 소급되는 가계도(家系圖)의 재현이며 '부랑

자'로 표상되는 몫이 없는 자들이다. 지젝은 프롤레타리아적 입장은 사회적 배제에 놓이는 계급적 처지를 양산하는 자본주의의 원초적 모순에서 비롯된다고 보았다.[17] 지젝이 프롤레타리아를 특권적 계급처럼 간주하는 것은 그 주체가 지닌 존재론적 특수성이 결국 개별성을 뛰어넘어 보편성을 가능하게 하기 때문이다. 이 특수성이란 상징적 질서에서 배제된 부정성이고 프롤레타리아만이 이러한 부정성을 존재의 유일한 가능 조건으로 삼을 수 있는데 사적인 몫이 없기 때문에 보편성을 표상하고 체현할 수 있는 유일한 주체[18]가 되는 것이다. '나'는 '우리' 혹은 '부랑자'의 일원이자 "눈뜬 자"로서 프롤레타리아의 삶 속에서 "생각하는 것" "그 가운데서 구하고자 하는 것"에 대한 질문의 답을 구하는 고통스러운 자리에 처한 자이며 시의 윤리를 실천하고자 하는 자이다. 그렇기에 이 시기에 최하림은 '부랑자'의 기표를 반복적으로 호출하여 시대의 부정성에 맞설 부정성을 지닌 존재와 그 가능성을 끊임없이 실험하고자 하였다.

〈부랑자〉 연작시로 살펴본 1970년대의 최하림은, 전진하는 역사 속에서 깨어 있는 정신을 지니고 있다면 몫이 없는 자들의 삶도 언젠가는 나아질 것이라는 희망을 버리지 않고 있었다. 그리고 그 속에서 '우리'의 일원인 '나'는 시대적 요청으로서 시의 역할 혹은 윤리를 실천하는 자로 기거한다. 그는 시로써(부랑자를 반복적으로 형상화함으로써) 몫이 없는 자들이 받는 고통의 원인이 사회적·역사적 조건에 있음을 고발하고 정주(定住)하지 못하는 주체의 형상화를 통해 '부유하는 주체'가 지닌 고발과 저항의 면모를 드러내었으며 몫이 없기 때문에 가능한 변혁의 가능성도 보여주었다. 그런데 이와 같은 면모는 1980년 '5·18'을 기점으로 새로운 결을 드러낸다.

---

17   슬라보예 지젝, 『지젝이 만난 레닌』, 정영목 옮김, 교양인, 2008, p. 440.
18   김석, 「라캉과 지젝」, 『시대와 철학』, 통권 67호, 한국철학사상연구회, 2014, p. 27.

3. 참회하는 주체와 시/인의 윤리

1980년의 광주는 한국의 정신사에 죄의식을 기입하는 원체험의 장소이자 사건이 된다. '5·18'은 항쟁으로부터 도피했거나 이런저런 이유로 항쟁에 뛰어들 수 없었다거나 혹은 진상을 알면서도 침묵했다는 것은 물론이고, 진상에 대해 적극적으로 알려 하지 않았다거나 어떤 이유에서건 진상을 제대로 알지 못하고 있었다는 사실 자체도 비윤리적인 것이 되게 하는 독특한 윤리적 지위[19]를 지니는 사건이다. '5·18' 당시에 최하림은 "그때(5월 16일) 고려대 앞에서 캐터필러를 굴리며 48대의 전차가 그 어디로인지 빠져나가는 것을 보았"으며 "다시 2시간 후 TV에서 계엄사령관이 외치는 소리를 들었다."[20] 역사와 진보를 굳게 믿고 있었던 1970년대는 저물고 1980년대 초입에 겪은 '5·18'은 그에게 "발전이라든가 행복이란 이데올로기적인 산물에 지나지 않는 것"[21]이라는 잔인한 진실을 알려주었다. 처음에는 분노와 비탄과 절망, 그리고 침묵으로 점철되었던 광주는, 그 뒤에는 일종의 원죄 의식으로 변화하여, 그것에 어떤 식으로든 반응하지 않고는 살 수 없는, 물론 육체적으로는 살 수 있겠으나, 정신적으로는 살기 힘든, 그런 장소가 된다.[22]

'5·18'이 시인의 내면을 경유하여 세상에 나온 것은 1987년에 발간된 제3집 『겨울 깊은 물소리』부터라고 여겨지는데, 언제나 논의의 중심에 들어가는 방식이 아니라 시의 중심에 들어가는 방식[23]을 취하는 시인은 〈베드로〉 연작시를 통해 '5·18'을 가로지르며 변화한 시적 내면의 언어화를

---

19 서영채, 「죄의식과 1980년대적 주체의 탄생」, 『인문과학연구』, 42집, 강원대학교 인문과학연구소, 2014, p. 44.

20 최하림, 「산문/말과 현실」, 『겨울 깊은 물소리』, 열음사, 1987, p. 117.

21 같은 글, p. 116.

22 김현, 『말들의 풍경』, 문학과지성사, 1993, p. 150.

23 황현산 해설, 「가장 파동이 작은 노래」, 『굴참나무숲에서 아이들이 온다』, 문학과지성사, 1998, p. 93.

시도한다. 여기서 우선적으로 요구되는 것은, 그가 주체 형성의 기표이자 주체의 페르소나로 '부랑자'를 호명하다가 '5·18'을 가로지르며 새로운 기표로 '베드로'를 호명하는데 이 둘 사이에는 어떤 차이가 존재하는가에 대한 답을 구하는 것이다.[24]

  빌로드같이 검은 밤을 빠져나와 새벽기슭에 이른 것은 나도 알 수 없는 격정속에서였다. 갑자기 나에게 선택의 순간이 다시 온다면 모른다고 하리라 모른다고 하리라 모른다고 하리라 생각되었고 그 소리를 세계 끝까지 심어 두고 싶었다. 소리들이 섬처럼 솟아올랐다.

24 〈베드로〉 연작시는 1987년 『겨울 깊은 물소리』에 발표된 이후, 첨고(添稿)와 개작(改作)이 빈번히 이루어졌는데, 이 글에서는 〈베드로〉 연작시의 최초 형태인 1987년에 발간된 『겨울 깊은 물소리』에 수록된 것만을 분석의 대상으로 삼는다.

1차 수정		2차 수정		3차 수정	
『겨울 깊은 물소리』, 열음사, 1987(초판)	『겨울 깊은 물소리』, 문학동네, 1999(개정판)	『겨울 깊은 물소리』, 문학동네, 1999(개정판)	『속이 보이는 심연으로』, 문학과지성사, 1991		『최하림 시전집』, 문학과지성사, 2010
베드로1	베드로8	베드로1	베드로1(신작)	* 『최하림 시전집』에 실린 〈베드로〉 연작은 『겨울 깊은 물소리』(개정판)를 표준으로 삼아 수록되었으며, 『속이 보이는 심연으로』에 수록된 시는 모두 반영되지 않았다.	베드로1
베드로2	베드로1	베드로2	베드로2(개작)		베드로2
베드로3	베드로2(개작)	베드로3	베드로3(신작)		베드로3
베드로4	베드로5	베드로4	베드로4(신작)		베드로4(개작)
베드로5	베드로6	베드로5			베드로5
베드로6	베드로7	베드로6			베드로6(신작)
	베드로3(신작)	베드로7			베드로7
	베드로4(신작)	베드로8			베드로8
	베드로9(「죄」재수록)	베드로9			누락
	베드로10(「시간의 잠」재수록)	베드로10			베드로10

나는 소리들에 싸여서 걸어갔다.

공기가 사납게 출렁거리고
길이란 길들은 다들 걸음을 멈추고
더 이상 걸어가려고 하지 않았다

나는 계속 걸어갔다

마음이 죽어버린 나에게
[……]
서천군 서천면 서천리
그 이상한 집 뜨락에서
모든 것들은 죽음처럼
정지되어 있었다

—「베드로 3」 부분(『겨울 깊은 물소리』, 열음사, 1987)

    전진하는 비정한 역사와 그 속에서 함께 굴러가야 하는 개인의 삶에 대한 인식을 바탕으로 낮은 자리에 처한 자들(나를 포함한 우리)의 삶의 조건을 상기시키는 것에 주력하며 시의 윤리를 실천하였던 최하림에게 '5·18' 은 일종의 실재와의 맞닥뜨림과 같은 경험이 된다. 지젝의 말을 빌리자면 "그것은 마치 어떤 또 다른 세계, 유령적인 세계로부터 손 하나가 불쑥 빠져나와 [……] 일상적 현실로 들어온 듯한 사건"[25]이라고 할 수 있을 것이다. '5·18' 이전의 연작시에서 최하림은 '부랑자'라는 기표를 통해 끝

---

25   슬라보예 지젝, 『탈이데올로기 시대의 이데올로기』, 김상환 외 옮김, 철학과현실사, 2005, p. 8.

을 알 수 없는 길을 가는 존재인 부유하는 주체들을 형상화하였다. 여기에
는 이면(裏面)적으로 그 길의 끝에 있을 유토피아에 대한 환기를 통해 고
발과 변혁의 의지를 드러내고 상징계적이고 거시적인 당위로서의 공동체
에 대한 염원이 담겨 있었다. 최하림은 유소년기와 청년기의 전반부를 전
남에서 보낸 시인이다. 그런 그에게 광주에서 발생한 '5·18'은 "산이나 강
이 갑자기 한 상징으로 변하는"[26] 현상을 경험하게 하였다. 이것은 그가
〈부랑자〉 연작시를 통해 언어화한 '우리'나 '공동체'라는 것이 일종의 개
념으로서 상징계에 속하는 것임을 깨닫게 되는 찰나의 묘사라고 볼 수 있
다.[27] '5·18'이라는 사건은 그에게 상징계적인 의미의 공동체를 찢어버리
고 실제의 (자신이 속한 것으로 여겨지는) 공동체가 잔인하게 파괴되는 것
을 목격하도록 하였으며 이는 하나의 외상으로 자리 잡는다. "모른다"라
고 현실을 회피하고 싶은 마음의 소리는 오히려 그를 겹겹이 싸고 옥죄이
며 "공기가 사납게 출렁이는" 듯한 두려움을 더할 뿐이다. 그가 '부랑자'
로 표상한 '끝없이 가는' 혹은 '가야 할' 존재는 갑작스레 멈춘 길 앞에서
걷기를 포기한다. 나는 걸어가려 해보지만 "마음이 죽어버린" 상태이다.
"그때 나에게는 불이 없었다. 깊고 어두운 심연으로 굴러떨어진 나는 앞
이 보이지 않는 공간 속을 기어가고 있었다"[28]라는 시인의 회상은 실재의
경험을 통해 자신이 시의 윤리를 실천했다고 여긴 상징계의 행위들이 공
백에 근거하고 있음을 깨달으며 허무의 나락으로 떨어지는 모습을 보여

---

26   최하림, 같은 글, p. 117.

27   여기서 상징계에 속하는 것으로 여겨지는, 〈부랑자〉 연작시에서 시적 실천으로서
      언어화했던 우리나 공동체가 단순히 허구였음 혹은 의미 없음을 뜻하는 것은 아니다.
      이는 지젝의 논의를 참고함을 통해 이해될 수 있는데 그는 포스트모던한 입장에서는
      '현실'은 담론적 산물이자 상징적 허구이며, 우리는 그것이 자율적인 것으로 오인한다고
      말하나 정신분석은 정반대의 가르침을 준다고 말한다. 오히려 우리는 현실을 허구로
      오인하지 말아야 하며 우리가 허구라고 경험하는 것 속에서 실재의 단단한 핵심, 우리가
      허구화해야만 유지할 수 있는 그 핵심을 분간해낼 줄 알아야 한다(슬라보예 지젝, 『실재의
      사막에 오신 것을 환영합니다』, 이현우·김희진 옮김, 자음과모음, 2011, p. 34).

28   최하림, 같은 글, p. 117.

준다. 형이상학적 차원의 공동체가 아닌 실제의 공동체가 파괴되는 당대적 경험으로서 '5·18'은 최하림에게 시의 윤리에 실존적인 인간의 자리에 대한 고려를 더할 것을 강제하여 그의 시적 주체와 윤리적 맥락이 재구성되는 계기로 작용한다.

그가 '5·18'을 애도하는 방식은 역사적 사건을 끊임없이 나의 문제로 가져와 되새기는 것인데 이는 급기야 공범자라는 죄의식을 낳는 결과를 가져온다. 시인은 1991년에 발간된 제4집 『속이 보이는 심연으로』의 「자서」에서 "몇 해 사이 나를 괴롭힌 것은 죄였다. 5월 광주로부터 비롯된 이 생각은, 살아남은 자의 울부짖음에서 출발하여 씻어내야 할 문화의 어둠, 혹은 형벌로 인식되기에 이르렀다"라고 죄의식에 시달렸음을 직접적으로 밝히고 있다.[29] 그는 자신의 초자아로부터 지속적인 내적 징벌을 가하는 것으로 '5·18'을 애도하는 방식을 택한 것이다. '나'의 죄를 문제 삼기 시작하면서 다수의 속성을 지닌 '부랑자'라는 기표는 시적 주체로서 부적격하게 되며 시적 주체는 직접적이고 구체적일 것을 요구받는다. 그러므로 최하림은 그 과정에서 부유하는 주체이자 다수에 속하며 익명의 존재였던 '부랑자'라는 기표를 대신하여 참회하는 주체이자 개인이며 기명(記名)의 존재인 '베드로'라는 기표를 자신의 페르소나로 삼게 되는 것이다.

> 나는 어느 날 텔레비전에서 배가 몹시 뚱뚱하고 소박하고 어리석은 듯한 베드로를 보았다. 베드로는 유태 말로 돌이라는 뜻이고, 그 돌에는 반석의 의미가 포함되어 있다. 그를 보자 나는 곧 그에게 마음이 쏠리기 시작했고, 그의 사랑의 말들이 쌓아올리는 맑고 깊으며 높고 큰 세계를 어렴풋이 느끼게 되었다. 아마도 나는 한동안 그의 말들을, 그의 방언을 받아서 기록하는 자가 될 것 같다.[30]

---

29 1987년에 발간된 제3집보다 1991년에 발간된 제4집에 '5·18'과 관련된 직접적인 어휘(예를 들어, 광주라든가)를 사용한 시들이 많이 수록되어 있다.

30 최하림, 같은 글, p. 119.

베드로는 유다와 함께 예수를 부인(否認)하였던 제자이자 지극한 참회를 통해 오히려 성인의 반열에 추대된 인물이다. 최하림이 베드로라는 기표를 반복적으로 호명한 일차적인 이유는 그리 어렵지 않게 추론해낼 수 있다. 그가 스스로에게 내린 공범자라는 판결은 그를 배반의 기표인 베드로와 동일시하도록 하였을 것이며, 동시에 죄의 청산 혹은 속죄를 위해서는 베드로가 행한 것과 같은 지극한 참회의 시간이 요구될 것이라는 판단이 작용하였을 것이라고 볼 수 있다. 〈부랑자〉 연작시를 통해 사회적·역사적 조건과 결부된 공동체와 개인의 삶에 주목하였던 시적 주체의 시선은 〈베드로〉 연작시를 거치며 '나'의 내면을 첨예하게 들여다보는 것으로 심화되었다고 할 수 있다. 〈베드로〉 연작시의 시적 주체는 자신이 저지른 잘못이 아니라 하더라도 이미 저질러진 일에 대해 책임을 떠맡음으로써 극단의 시대가 요구하는 물음에 응답하고자 했다[31]고 할 수 있는 것이다.

한편 최하림이 극한의 정신적 고통 속에서 신학적 세계관에 기대어 고통을 극복하고 속죄하고자 하는 종교적 상상력을 발휘하였을 때, 그는 신 혹은 예수라는 기표를 호명하여 직접적으로 속죄와 구원을 구하지 않고 '베드로'라는 기표를 반복적으로 호명하는데 그 이유에 대해서 살펴볼 필요가 있다.[32]

게세마네 골짜기로 들어가기 위해서는 그 육중한 뱃놈인 베드로라

---

31 전병준,「최하림 시의 사회·역사적 상상력과 존재론적 탐구의 의미 연구」,
    『한민족문화연구』, 43집, 한민족문화학회, 2013, p. 202.
32 본고는 일반적으로 종교적 상상력을 발휘한 시들의 시적 주체가 행위의 모범으로 예수를
    제시하는 것과는 달리 최하림은 베드로를 자신의 페르소나로 삼은 점에 주목하였다.
    예를 들어, "윤동주는 신이란 절대적 타자를 받아들이고, 인류를 죄로부터 구원하기 위해
    십자가에 못 박혀 죽은 예수를 자신이 본받을 윤리적 전거로 받아들였다"와 같은 경우를
    참조할 수 있다(남기혁,「윤동주 시에 나타난 윤리적 주체와 저항의 의미」,『한국시학연구』,
    36호, 한국시학회, 2013, p. 164).

해도 인간의 쓸쓸한 마음자리를 수없이 지나가야만 했다 걸음걸이가
죽도록 무거울 수밖에 없었다

　　　　　　―「베드로 2」 전문(『겨울 깊은 물소리』, 열음사, 1987, p. 36)

　최하림이 베드로라는 기표를 호명한 것은 베드로라는 기표가 지닌 "인
간"의 "마음자리" 때문이다. 하이데거는 삶이 자기 자신에 도달할수록 고
통이 커진다고 하였는데 그 의미는 고통 자체가 하나의 삶의 존재 방식으
로서, 현사실성(現事實性)을 갖는다는 것이며 실제 인간의 삶이 시간 안에
서 구체성을 띠고 살아지는 것일 때 고통은 비로소 인간에게 절실하게 느
껴진다는 것이다.[33] 시인이 '부랑자'를 기표로 삼을 때나 '베드로'를 기표
로 삼을 때도 그에게 "우리의 삶이 진행되고 있는 현실을 떠난다는 것은
모든 문제의 진원과 실상을 버린다는 뜻"[34]이며 "역사가 개인에게 의식화
되어가는 과정은 바로 그렇게 역사를 사는 개인의 고통을 통해서이고 그
의식은 성서의 밀알처럼 끊임없는 자기 부정을 거쳐서 변증법적 삶을 얻
게"[35] 되는 것이다. 최하림은 자신의 죄를 대할 때도 인간의 자리를 초월
하지 않는다. 그가 죄의식을 청산하는 방식 혹은 속죄하는 방식은 신과의
직접적인 소통을 통해 현실을 초월하는 것이 아니라, 인간의 자리를 지키
며 끝없이 죄와 속죄, 욕망과 신성 사이를 진자운동하며 고통받는 것을 택
함으로써 참회하는 주체의 역할을 떠맡는 것이다.

　　　죄를 끌고 더욱 더
　　　죄속으로 들어가서
　　　장미를 보아라

33　오주리, 「정지용 가톨리시즘의 역사적 재난에 대한 대응」, 『문학과 종교』, 23권, 1호, 한국
　　문학과종교학회, 2018, p. 117.

34　최하림, 『숲이 아름다운 것은 그곳이 비어 있기 때문이다』, 문학 세계사, 1992, p. 27.

35　같은 글, p. 105.

씻어낼 수 없는 죄의 그림자를 끌고
장미속으로 들어가서
장미를 보아라
고색창연한 램프처럼
그런 램프의 불꽃처럼
아직도 고요히 타오르는
우리가 예전에 랍비라고 불렀던
사람의 얼굴 그 긴 사람의 얼굴
—「베드로 6 — 유다에게」 전문(『겨울 깊은 물소리』, 열음사, 1987)

　살아남은 자들의 부끄러움과 죄의식은 '광주 이후'를 살아야 했던 세대들의 정신의 핵자이며 그 파토스야말로 새로운 책임과 행위의 유대로 나아가게 하는 원동력[36]이 된다. "유다에게"라는 부제가 붙은 이 시는 죄를 직시하고 자신이 지은 죄에로의 몰입을 통해 죄를 초월하여 신에게 다가갈 수 있음을 역설하고 있다. 배반의 길에서 돌아오지 않은 유다와 달리 자신의 배반 행위에 대해 지극한 참회의 시간을 가진 베드로는 부정의 부정을 통해 진정한 예수의 제자로 거듭날 수 있었음을 이 시는 상기시키고 있는 것이다. 이는 '5·18'을 애도하는 최하림의 방식도 베드로와 같을 것임을 시사한다. 그는 '베드로'와의 동일시를 통해 스스로 고통을 떠맡으며 참회하는 자리에 서고자 하였고 이를 통해 그는 전망이 없는 심연에서 꽃을 발견하며 새로운 비전을 얻게 된다.

　　그것을 나와 우리의 문제로 힘껏 끌어당길 것이고, 거기에 나와 우리가 경험했던 절망과 허무, 수수년년이라는 시간의 허무를 새겨넣을 것이다. [……] 그런 허무 속에서도 허무를 딛고 일어서서 살 수밖에 없

36　서영채, 「문학의 윤리와 미학의 정치」, 『문학동네』 2014년 가을호, p. 12.

는, 살면서 꽃을 피우지 않으면 안되는 <u>사람이라는 가여운 존재의 인식</u>이 될 것이다.[37] (밑줄은 인용자)

최하림이 '베드로'라는 기표를 호명한 것에 대한 분석을 통해 그가 '참회하는 주체'의 자리를 떠맡았음과 그 과정에서 사회적·역사적 현실에 당면하여 요구되는 시의 윤리(글쓰기라는 행위)라는 맥락에 실존하는 자로서 인간이라는 조건에 대한 숙고를 더하였음을 알 수 있었다. 최하림은 언제나 보는 주체의 자리를 유지하였다. 그의 시적 주체가 '부랑자'라는 기표로 표상되는 몫이 없는 우리(타자)를 보는 것에서 '베드로'라는 기표로 표상되는 나(내면)를 보는 것으로 시선을 전환하는 과정은 역설적이게도 보편적인 차원의 윤리에 대한 응답을 이끌어낸다. 레비나스에 따르면, 윤리는 고통받는 타자의 얼굴을 직접 대면할 때 그의 고통에 응답해야 한다고 느끼는 책임감에서 오는데, 이때의 책임윤리는 타자와 맞대면하고 있는 도덕적 상황의 특이성과 그 상황에서의 수행적 참여에서 윤리성을 발견한다.[38]

결국 타자 지향의 윤리에서는 주체성이 타자의 응답에 대한 책임으로 촉발되어 존재[39]하는데 최하림의 경우는 〈부랑자〉 연작시를 통해서 타자로부터 나에게 오는 윤리를 시 쓰기로써 실천했다고 할 수 있다. 그런데 '5·18'을 기점으로 최하림이 종교적 상상력에 근거하여 호출한 '베드로'라는 기표는 죄의식에 기반한 나의 얼굴을 들여다보는 행위를 통해 "사람이라는 가여운 존재"에 대한 인식이라는 보편적 윤리로 나아가도록 이끈다. 이때의 '나'는 '부랑자'이자 '우리'이고 '베드로'이기도 하다. 즉 내가 들여다보는 나의 얼굴(내면) 역시 타자로 기능할 수 있다. 타자는 나의 주

---

37   최하림, 같은 글, p. 117.
38   최인자, 「타자 지향의 서사 윤리와 소설교육」, 『독서연구』, 22권, 한국독서학회, 2009, p. 284.
39   강영안, 『타인의 얼굴』, 문학과지성사, 2004, p. 46.

인처럼 내가 윤리적으로 행동하기를 명령하고 나는 그 명령을 회피하지 못하며, 나에게 명령하는 타자의 얼굴이란 형이상학의 대상, 규정 불능의 무한자, 곧 신을 닮아 있다.[40] 고통받는 모습으로 나타나는 타자는 절대적인 타자로서 무한자를 연상시키며 막강한 윤리적 호소를 불러일으키는데 신과 다른 사람의 무한한 타자성을 구별하지 않는다는 점에서 레비나스의 윤리학은 종교에 가깝다.[41] 최하림이 〈베드로〉 연작시를 통해 길어낸 "사람이라는 가여운 존재의 인식"은, '부랑자'로 표상되는 타자의 얼굴에 대한 인지에서 시작하여 그중의 하나인 나의 얼굴(내면)을 집중적으로 들여다보는 과정을 통해 신과 같은 다른 사람의 무한한 타자성에 대한 인식에 도달하며, 이 과정은 최종적으로 보편적 윤리의 차원으로의 전환을 담지하고 있다.[42]

> 미친년처럼
> 미친년처럼
> 강물은 시간 속으로 흘러서
> 강물은 세상 끝까지, 가슴을 쥐어뜯으며 걸어갔다
> 그대가 샘물을 쿨컥쿨컥 마시던 사마리아로 갔다
> 베다니아로 갔다 나중에 바울이 벼락을 맞고
> 쓰러진 사막으로 갔다

---

40 서동욱, 『차이와 타자』, 문학과지성사, 2000, p. 143.
41 이혜원, 「황순원 시와 타자의 윤리」, 『어문연구』, 71권, 어문연구학회, 2012, p. 405.
42 이는 1991년 여름, 시인이 뇌졸중으로 쓰러진 이후의 시 세계가 풍경에의 침잠으로 대변되며 선보인 일련의 변화가 단지 육체적 문제에서 기인한 단절적 현상이 아니라 〈베드로〉 연작시를 경유하며 형성된 하나의 연속된 스펙트럼의 일부임을 의미한다. 윤리적 진정성의 순수한 형태는 행위나 실천이 아니라, 행위나 실천의 극단적인 지연에 깃들이는데 그것은 망설임이며, 주저이며, 때로는 실천적 무능이기도 하다. 왜냐하면 윤리적 진정성은 결국 자신의 내부에서 은밀하게 들려오는 소위 '내면의 참된 목소리'를 듣기 전에는 어떤 행위도 하지 않는다는 원칙에 기초한 것이기 때문이다(김홍중, 같은 글, p. 18).

물 위를 걸어가는 그대

역광을 받으며 그렇게도 아름답게

가벼야이 가벼야이 가는 그대

이 세상의 어둠과 평화가 아니라

어둠과 평화의 빛을 끌고 가는 그대를

이제 나는 무어라 부를 수 있으리요

어떠한 고통이 피를 끓어 울부짖게 할 수 있으리요

번개가 치고 번쩍번쩍

마른 번개가 치고

유카리나무 이파리들이 놀랍도록

선명한 모습으로 번개 속에서

떠올랐다가 사라지고

아이들이 깔깔깔 웃는다

오오 아이들이 웃는다

불타는 마을 불타는 바다

더할 수 없이 고요한 번개가

하얗게 모습을 드러내면서

웃는다 꽃들이 웃는다

내가 웃는다

—「베드로 4」 부분(『겨울 깊은 물소리』, 열음사, 1987)

    국민을 향한 국가의 폭력이라는 사상 초유의 잔인한 사태가 야기한 정신적 고통을 온몸으로 겪어내고 있는 시적 주체는 "미친년"처럼 고통(죄의식)을 없애줄 방도를 찾아 헤매었으며 마침내 종교적 상상력의 세계에 도달한다. 이 시에서 그대가 끌고 가는 "빛"은 기독교적 진리의 상징이며, '어둠'은 예수의 죽음과 부활이란 사건이 함축하는 진리를 미처 깨닫기 이전의 상태를 상징한다.[43] 예수의 죽음과 부활이란 '사건'에 내재한 진리의 '빛'을 승인한 자리에서, 그 진리는 역으로 어둠의 상태에 있는 자아의 내면적 모럴을 되돌아보는 윤리적 준거가 된다.[44] 인간의 자리에서 번민하였던 베드로에게 "번쩍번쩍" 치는 "마른 번개"는 기독교적 진리의 세례를 의미하며 어지러운 세상을 불태워 정화시키는 속죄의 불이다. 이 시에서 '베드로'는 '그대'가 "세상의 어둠과 평화가 아니라/어둠과 평화의 빛을 끌고 가고" 있다고 말한다. 이 지점이 '베드로'라는 기표가 지닌 독특한 지점이라고 할 수 있다. 최하림은 신 혹은 예수와의 직접적인 소통을 통해 속죄하거나 구원받아 현실을 초월하는 것을 대신하여, 참회하는 주체로서 베드로를 자신의 페르소나로 삼아 "빛"으로 표상되는 진리의 세례를 통해 실존하는 인간의 자리를 지키며 그 안에서 스스로의 힘으로 죄를 청산하고자 하는 것이다. 이는 마치 실제 베드로가 참회의 끝에 단순히 영적인 구원을 얻고 속죄한 것이 아니라 예수처럼 십자가에 못 박히는 방식으로 속죄한 것과 같다고 할 수 있을 것이다. 최하림은 극한의 고통에 직면하여 종교적 상상력을 발휘할 때도 그는 인간의 자리를 놓지 않고 그 안에서 시적 전망을 발견하고자 하였다. 이 시에서 진리의 불인 "빛" 혹은 "번개"가 지상의 것을 불태워버린 자리에서 "아이들이 웃"고 "꽃들이 웃"고 "내가 웃는다." '베드로'라는 기표를 통해 고통을 기꺼이 떠맡고 참회하는 주체의 자리에 서는 과정은 결국 시의 윤리에 인간의 실존의 문제를 더하는 것이었고, 최하림은 "말이 세계에 대하여 작용하는 진정한 역사는 사랑이고 사랑함으로써 우리를 거듭나게 하는 것"[45]이라는 깨달음을 통해 보편적 윤리의 차원으로 나아간다.

〈베드로〉 연작시로 살펴본 '5·18' 이후의 최하림은 전진하는 역사가 지닌 이데올로기적이고 잔인한 속성에 몸서리쳤으며 역사적 사건을 자신의

---

43   남기혁, 「윤동주 시에 나타난 윤리적 주체와 저항의 의미」, 『한국시학연구』, 36호, 한국시학회, 2013, p. 166.

44   같은 글, p. 167.

45   최하림, 같은 글, p. 120.

문제로 가져와 공범자라는 죄목을 스스로에게 부과한다. 이 과정에서 그는 고통을 스스로 떠맡으며 '참회하는 주체'의 자리에 서고자 하였고 그가 종교적 상상력을 발휘하였을 때도 인간의 자리에서 벗어나지 않았음을 알 수 있었다. 그리고 이 시기의 그에게 개인이 처한 사회적·역사적 조건은 인간의 삶이라는 실존의 문제에 통합되어 보편적 윤리의 맥락과 결합함을 볼 수 있었다.

4. 나가며

본고는 최하림이 '5·18'과 관련하여 "몇 해 사이 나를 괴롭힌 것은 죄였다"라고 언급한 것에서 출발하여 '5·18'이라는 미증유의 사건이 시인의 시 세계에 어떤 변화를 일으켰는지에 대해 분석하고자 하였다. 이를 위해서 구체적으로 그의 연작시와 연작시의 제목을 통해서 반복적으로 형상화되는 특정 인물이라는 기표에 주목하였다. 시적 주체는 언어적으로 늘 구성되고 있는 존재인데 시에서 반복되는 기표는 '충동의 순환'과 '증상과의 동일시'를 통한 주체화 과정의 지표이기 때문이다. 또한 구성되고 있는 존재로서 주체는 수행성의 맥락에서 윤리적 차원을 담지하므로 결국 시적 주체의 문제는 윤리적 양상과 결부되어 있었다.

'5·18' 이전의 최하림은 사회적·역사적 현실과 개인 삶의 상호 연관성에 주목하며 몫이 없는 자들에게 '부랑자'라는 기표를 부여하여 시 안에서 적극적으로 호명하였다. '부유하는 주체'로서 '부랑자'라는 기표는 다수의 속성을 띠고 있으며 그것은 '나'와 겹쳐지는 '우리'를 의미하였다. 그는 내국 디아스포라의 전형으로 '부랑자'의 삶을 묘사함으로써 그들이 내뿜는 분노는 사회적·역사적 현실에 그 원인이 있음을 간접적으로 드러내었다. 그리고 '부랑자'라는 기표가 담지한 '부유하는 주체'로서의 속성을 통해 지금-여기를 고발함과 동시에 당위적 세계의 건설을 유도하기도 하였다. 또한 '부랑자'라는 기표가 대표하는 프롤레타리아 계급이 지닌 존재론적 특수성에서 비롯한 변혁의 가능성도 보여주었다.

'5·18' 이후의 최하림은 실제의 공동체가 잔인하게 파괴되는 것을 목격하고는 지독한 죄의식에 시달렸다. 그는 '5·18'을 끊임없이 나의 문제로 가져와 되새기는 과정의 끝에 스스로에게 공범자라는 판결을 내리고 초자아에 의한 내적 징벌을 가한다. 극심한 정신적 고통은 그에게 신학적 세계관에 기대어 극복할 방도를 찾도록 하였고 '베드로'라는 기표를 새롭게 호명하는 계기가 되었다. '베드로'라는 기표는 '부랑자'라는 기표가 다수의 속성을 지닌 익명(匿名)의 기표였던 것에 반해 개별적이고 구체적인 기명(記名)의 기표였는데, 이는 나의 죄를 문제 삼기 시작하면서 시적 주체와 윤리적 맥락이 재구성된 결과였다. 시인은 〈베드로〉 연작시를 통해 나의 내면을 첨예하게 들여다보며 참회하는 주체의 자리에 서고자 하였다. 그가 베드로를 자신의 페르소나로 삼은 것은 베드로가 지닌 연약한 인간의 마음자리에 공감하였기 때문이며 그는 신과의 직접적인 소통을 통해 구원받고 현실을 초월하는 것 대신에 인간의 자리를 지키며 기꺼이 고통을 받는 것을 택함으로써 지극히 인간적인 방식으로 속죄를 실천하려 하였다.

최하림에게 시의 정신은 시대정신과 밀접하게 결부된 것이었다. 그는 '5·18'을 기점으로 '부랑자'라는 기표를 내세워 '부유하는 주체들'의 공동체가 제기한 당위적 요청으로서의 글쓰기를 실천하던 것에서 '베드로'라는 기표를 내세워 '참회하는 주체'를 통해 사회적·역사적 현실을 인간의 삶에 통합하여 실존의 문제를 사유하였는데, 이를 시의 윤리에서 시 '인'의 윤리로의 전환이라고 할 수 있을 것이다. 이와 같은 과정을 살펴보는 것으로 우리는 국가가 국민에게 폭력을 행사하는 기이하고 잔인한 사건에 당면하여 이를 내면화하는 하나의 사례를 볼 수 있었다. 최하림은 국가의 폭력에 폭력으로 대응하거나 외부로 분노를 표출하는 대신에 자신만의 내적인 방식으로 대응하였다. 그는 사회적·역사적 현실과 낮은 자리에 처한 자들이 겪는 부당함을 언어화하는 것으로 시의 윤리를 실천하는 방식에서 '5·18'을 기점으로 자신의 얼굴을 지독하게 들여다보는 것을 통해 진정한 타자의 얼굴을 발견하고자 하였고 사회적·역사적 현실을 개인의 삶으로 통합하여 실존의 문제를 사유하는 시인의 윤리를 실천하는 방식으로 전환하였다. '5·18' 이후의 그는 인간의 자리를 회피하지 않고 오히려 더욱더 주어진 삶에로 몰입하였다. 이는 궁극적으로 사회나 역사를 언급하는 것에서 정치를 이끌어내는 것이 아니라 삶에의 진실성을 지독하게 추구하는 행위를 통해 정치를 이끌어내고자 했다고 말할 수 있다. 이것이야말로 문학의 윤리 혹은 시인의 윤리를 실천하는 행위라고 할 것이다. 더불어 〈베드로〉 연작시를 경유하며 도출된 실존적 자리에 대한 자각과 존재를 향한 사랑에의 깨달음은 최하림 후기 시 세계의 특성을 선취하여 보여주는 것이라 할 수 있으며 이는 다른 자리를 통해 다시 논의되어야 할 것이다.

[『비평문학』, 71호(한국비평문학회, 2019)]

보이는 심연과 안 보이는 역사 전망*
—꽃을 보는 두 개의 시선

김현

> 그 후로 달라진 것은 아무것도 없다
> 그곳에서 자유로울 수 있는 영혼은 어느 곳에도 없다 (95)

1980년대는 광주와 죽음—죽음의 연대이다. 그 연대는, 한국의 지식인들에게는, 1940년대 후반의 아우슈비츠와 유대인 학살을 상기시키는, 아니 그것을 실제로 느낄 수 있었던, 불행한 연대이다. 처음에는 분노와 비탄과 절망, 그리고 침묵으로 점철되었던 광주는, 그 뒤에는 일종의 원죄의식으로 변화하여, 그것에 어떤 식으로든 반응하지 않고서는 살 수 없는, 물론 육체적으로는 살 수 있겠으나, 정신적으로는 살기 힘든, 그런 장소가된다. 그곳은 더구나 오랫동안 소외되어온 곳이어서 역사적 숙명론의 흔적 —흔적? 차라리 실체가 아닐까? —까지 보여준다. 시인들도 그 원죄의식에서 자유롭지 못하다. 80년대에 시작 활동을 한 거의 모든 시인들은

---

*　엮은이 주: 이 글은 최하림 단독 글이 아니어서 다른 글과는 구별된다. 하지만 5·18민주화운동에 대한 최하림의 시 세계가 잘 드러나 있어 포함한다.

어떤 형태로든지 그 원죄 의식을 드러낸다. 어떤 경우에는 자기과시로, 어떤 경우에는 자기변호로, 어떤 경우에는 겉멋으로 그런 시인들도 있었지만, 대부분의 시인들은, 성실하고 고통스럽게 광주와 마주친다. 광주 체험은 그러나 너무나 압도적이어서 그것을 시화시키는 데 시인들은 큰 고통을 겪는다. 광주를 노래하는 순간, 그 노래는 체험의 절실함을 잃고, 자꾸만 수사가 되려 한다. 성실한 시인들의 고뇌는 거기에서 나온다. 광주에 대해 눈을 감을 수는 없다. 그렇다고 절실하게 느껴지지 않는 시를 시라고 발표할 수도 없다. 그 고뇌를 예술적으로 현명하게 헤치고 나온 시인들은 불행하게도 많지 않다. 나는 그 고뇌를 성실하게 받아들이고 거기에서 자기 나름의 시적 공간을 확보하는 데 성공한 두 시인의 시를 분석해보고자 한다. 시는 외침이 아니라 외침이 터져 나오는 자리라는 것이 그 결과 밝혀지기를 희망한다.

내가 다루려 하는 두 시인은 최하림과 임동확이다. 그 두 시인은 그들의 시적 성과에 합당한 평가를 아직 받지 못하고 있는데, 그 이유는 알 수가 없다.

        이 도시의 보이지 않는
        눈이 나를 보고 있다
        이 도시의 집들이
        나무들이
        창들이
        굴뚝들이
        새벽마다 쓸려가는
        이 도시의
        쓰레기와 병들과
        계급과 꽃

데모와

바람과

바람의 외침들이

보이지 않는 내 손짓

보이지 않는 내 몸짓

보이지 않는 내 소리짓

을 보고 있다

보이지 않는 내 맘속의 맘까지도

저 배반과 음모까지도 보고 있다

이 도시의 눈들이 내 모든 것을 보고 있다

오오 나를 감시하는 눈들이 보는 저 꽃

하늘의 상석에 올려진 아직도

피비린내 나는

눈부시고 눈부신 꽃

살가죽이 터지고

창자가 기어나오고

신음 소리도 죽은

자정과도 같은,

침묵의 검은 줄기가

가슴을 휩쓸면서

발끝에서 정수리로

오오 정수리로……

의미심장하게도 80년대 마지막에 발표된 이 시(『문학과사회』 1989년 겨울호)는, 내 생각으로는 80년대 씌어진 광주시 중에서도 백미일 뿐 아니라, 최하림의 시 중에서도 뛰어난 시이다. 연의 구별이 없지만, 이 시는 실제로는 두 개의 연으로 이뤄져 있다. 중간 부분의 "을 보고 있다"까지가 한 연이고 그 뒤가 또 한 연이다. 광주임에 틀림없는 한 도시에서의 시인의 심적 갈등을 그리고 있는 이 시의 전반부는 두 개의 문장으로 이뤄져 있다: 이 도시의 보이지 않는 눈이 나를 보고 있다. 이 도시는 보이지 않는 내 (손/몸/소리) 짓을 보고 있다라는 문장이 그것이다. 우선 문장상으로 보자면, 보고 있다라는 진행형이 눈에 두드러진다. 그것은 과거의 일도 아니고, 미래의 일도 아니다. 그것은 지금 진행되고 있는 일이다. 그다음 의미론상으로 보자면, 보이지 않는-눈/보는-눈, 보이지 않는-내-짓/보이는-내-짓의 대립이 눈에 띈다. 도회의 보이지 않는 눈이 보이지 않는 내 짓을 보고 있다. 바로 그것이 시인의 마음에 갈등을 일으키는 요인이다. 독자들은 이 대목까지만 읽고서는, 왜 도시의 눈이 보이지 않는지, 왜 내 짓이 보이지 않는지, 그런데도 도시는 무엇을 보고 있으며, 시인은 왜 갈등을 느끼는지 알 수가 없다. 그 갈등은 시의 리듬에 의해 더욱 고조된다. 첫 행의 보이지 않는과 2행의 눈은 분리되기 힘든 단어들인데, 시인은 과감하게 그것들을 분철한다. 그 결과 보이지 않는과 눈이 다 같이 강조된다. 그것은 또한 두 박자, 세 박자의 리듬을 보여줌으로써 시적 혼란을 예감케 한다.

> 이 도시의/보이지 않는
> 눈이/나를/보고 있다

그다음은 한 박자를 이루는 말들이, 혹은 두 박자와 한 박자의 뒤섞음이 15행 정도 진행되어, 혼란은 극심해진다. 그리고 마지막의

> 을/보고 있다

라는 흥미 있는 리듬이 나타나, 보임/안 보임의 대립을 극적으로 부조한다.

보이지 않는 내 짓이 무엇인가가 밝혀지는 것은 후반에 이르러서이다. 시인은 보이지 않는 것이, 내 맘속의 맘, 배반과 음모라는 것을 밝힌다. 이 도시에서 일어난 일을 둘러싼 어떤 음모와 배반이 보이지 않는 그의 짓이다. 그 배반과 음모를 이 도시의 눈들이 보고 있다. 전반부의 단수형 눈은 후반에서는 복수의 눈이 되어 육체성을 드러낸다. 도시가 본다기보다는, 만나는 사람들마다 보고 있다. 그 눈들은 시인을 감시하고 있다. 무엇 때문에? 이 시의 핵심은 여기에 있는 것이지만, 놀랍게도 시인은 꽃 때문이라고 말한다. 눈들은 한쪽으로는 시인을 감시하면서, 한쪽으로는 꽃을 감시하고 있다. 그 꽃은 싱싱한 아름다운 꽃이 아니라, 하늘의 상석에 올려진 꽃이다. 거기에서 주목할 것은 아직도라는 말이다. 의미론적으로 보자면, 그 아직도는 피비린내 나는에 걸린다. 그러나 시인은 아직도와 피비린내를 분철시켜 ─전문적인 용어로는 척치시켜, 아직도와 상석을 은연중에 결부시킨다. 꽃은 아직도 피비린내 나며, 아직도 하늘의 상석에 올려져 있다. 그 꽃에 대해 시인은

　　ⅰ) 아직도 하늘의 상석에 올려져 있다;
　　ⅱ) 아직도 피비린내 난다;
　　ⅲ) 눈부시고 눈부시다

라고 말한다. 그 묘사에는 광주사태의 모든 것이 간결하게 함축되어 있다. 그다음에 후반부에서 흥미 있는 것은, 자정과도 같은 뒤에 찍힌 쉼표이다. 그 쉼표 때문에

　　살가죽이 터지고
　　창자가 기어나오고
　　신음 소리도 죽은
　　자정과도 같은,

은 앞의 꽃에도 걸리고, 뒤의 침묵의 검은 줄기에도 걸리게 되어 있다. 꽃에 걸리면, 그 꽃은 아직도 살가죽이 터지고 창자가 기어나오나, 신음 소리도 못 내는 검은 꽃이며, 검은 줄기에 걸리면, 그 줄기는 살가죽이 터지고, 창자가 기어 나와도 신음 소리 하나 못 내는, 그래서 발끝에서 정수리까지 시인을 꼼짝 못 하게 하는 침묵의 줄기이다. 검은 꽃과 시인을 침묵시키는 줄기는 같은 것이다. 그 겹침이 시인을 전율케 하고 불편하게 하여, 시인은

침묵의 검은 줄기가
가슴을 휩쓸면서
발끝에서 정수리로
오오 정수리로⋯⋯

라는 탄식을 토해내며 침묵의 소리로 크게 외친다: 죽은 자들이여 너희는 어디 있는가. 그 외침은 시인의 내적 외침이면서, 시의 제목이기도 해서, 시의 행간마다에 깊숙이 보이지 않게 숨어 있다. 그러나 귀 있는 자들에게는 그 외침이 그 어느 외침보다 더 크게 울린다.

　이 시는 아름답다고는 차마 말할 수 없으나, 아름다운 것 이상인 충격적인 이미지로 꽉 차 있다. 그 이미지들이 이 시의 울림을 크게 만드는 중요한 요소이지만―또 다른 요소는 리듬이다―그것은 침묵의 외침으로 더욱 풍요해진다. 우선 나를 보고 있는 이 도시의 보이지 않는 눈이라는 이미지. 이 도시에서는 모든 것이 눈이다. 눈만으로 이뤄진 릴케의 천사와 다르게 이 도시의 눈은 침묵하는 심연의 눈이다. 도시도 눈이며

이 도시의 집들이
나무들이
창들이

굴뚝들이
새벽마다 쓸려가는
이 도시의
쓰레기와 병들과
계급과 꽃
데모와
바람과
바람의 외침들이

다 눈이며, 거기에 거주하는 사람들도 다 눈이다. 그 눈들은 이방인들을, 낯선 것들을 보고 있다, 주시하고 있다. 그 눈을 피할 수는 없다. 모든 것이 다 눈인 곳에서는 보이지 않을 도리가 없다. 아무 말 없이 눈을 부릅뜨고 낯선 것들을 주시하고 있는 침묵의 도시, 그 도시에서 전율하지 않을 사람이 어디 있으랴! 그다음, 눈부시나 아직 피비린내 나며, 아직 하늘의 상석 위에 놓여 있는 꽃. 꽃은 일반적으로 아름다운 것의 은유이다. 그런데 시인의 꽃에서는 피비린내가 난다. 그러면서도 눈부시고 눈부시다. 끔찍한 꽃이다. 그 꽃은 더구나 살가죽이 터지고, 창자가 기어나온 꽃이다. 아름다운 것이 견딜 수 없을 정도로 훼손된 것이 시인의 꽃이다. 그 꽃은 또한 자신이기도 하다. 이 끔찍함이 이 시의 기본 동력 중의 하나이다. 그런 꽃을 보고 난 뒤에는

사랑하였던 바다가 사라지고
검은 바다에 철침 같은 비가 꽂힌다

바다도 검은 바다가 된 것이다. 그 검은 꽃과 검은 바다는 깊이가 없는 심연이다. 그의 심연의 특징은 그 심연의 속이 비친다는 점이다. 꽃은 지고 남아 있는 것은 투명한 심연뿐이다. 왜 속이 보일까? 거기에도 시인의

비밀 중의 하나가 숨어 있다. 다 보이는 심연인데도 우리는 속이 안 보이는 심연이라고 믿고 있는 척할 뿐이다.

속이 비치는 심연 속으로
가고 있었네 심연은
시간이었고 고통이었네
자락마다 진홍빛 꽃들이
피어나고 바다 언덕에서
종소리 울렸네 아직도
살아 있는 날들이여 더불어
사랑하고 더불어 괴로워했던 이별들이여
나무들은 그리고 저주받은 내면에서
솟아오르는 깊은 소리들은
공중으로 퍼져나가고 기억이
어룽진 검은 너의 가슴에서
바람이 불어오고 넘어지고 또
넘어지면서 나는 가고 있었네
가고 있었네 만곡을 지나는
고대 목선처럼 꽃들이 져내리고
종소리 울리면서 사물을 울리는
푸른 소리 속으로 속이 비치는
심연 속으로 심연은
시간이었고 아픔이었네

이 시는 앞의 시보다 훨씬 평이하게 꽃과 심연과 검은 내면을 노래한다. 문장과 리듬이 그러하며, 이미지 역시 그러하다. 그러나 평이하다는 뜻은 흔히 쓰이듯 평범하다는 뜻이 아니라, 시를 이루는 요소들의 관계가 이해하기 비교적 쉽다는 뜻이다. 보이지 않는 도시의 눈(/들)이 보는 보이지 않는 내 짓은, 속이 비치는 심연으로 바뀌며(보이지 않으니까 심연이며, 보이니까 속이 비친다), 눈부신, 피비린내 나는 꽃은, 심연(바다) 언덕에서 피어났다. 만곡을 지나는 고대 목선처럼 져내리는 진홍빛 꽃으로 바뀐다. 비교적 낯선 이미지인 저주받은 내면, 검은 바다 기슭은 그러니까 속이 비치는 심연의 변형이다. 그 저주받은 내면에서 솟아오르는 깊은 소리는 침묵의 소리의 다른 말이다. 앞의 시를 평이하게 되풀이하고 있는 이 시는

> 심연은
> 시간이었고 고통이었네

라고 말하기도 하고,

> 심연은
> 시간이었고 아픔이었네

라고 말하기도 한다. 심연이 시간인 것은 그 심연을 낳은 사건이 역사적 사건이기 때문이며, 그것이 고통이며, 아픔인 것은 그것은 어떤 방식으로든 치유되기 힘든 상처이기 때문이다. 관념적 사건이 아니라 역사적 사건으로 존재하며, 아직도 우리의 의식을 짓누르는 깊은 상처를 우리는 어떻게 치유해야 할 것인가? 시인은

> 이제 나는 가야 한다 가서
> 나의 떨린 어깨를 두 팔로 감싸며
> 아무 말도 말아야 한다

라고 「우리들이 걸었던 길의 고통의 시간 속에서」에서 말한다. 아무 말도

하지 않고 그 상처를 보고만 있어야 하는가? 그 질문은 고통스럽다.

　최하림은 심연의 밖에서 심연 안으로 들어간다. 그것이 다행인지 불행인지 알 수는 없으나, 사십대의 나이에 일어난 광주 사건을 그는 광주의 밖에서 겪는다. 그는 일상적인 사회인으로서 그것을 추체험한다. 그러나 임동확은 사회학자들이 주변인이라고 부르는 인간으로서 그 사건을 직접 겪는다. 그는 일상인이 아니기 때문에 일상적인 삶의 관점에서 그것을 보고 느끼는 것이 아니라, 주변인으로서 그가 믿는 가치 체계에 의해 그것을 보고 느끼고 판단한다. 그는 아직 사회에 편입되어 있지 않기 때문에 주변의 눈치를 볼 필요가 없다. 주변인으로서 중요한 역사적 사건을 체험할 때, 가장 숭고한 반응은 그것에 뛰어들어 자신의 몸을 바치는 것이다. 그것은 영웅적이다. 왜냐하면 그것은 계산되지 아니한, 순진한, 아니 순수한 행위이기 때문이다. 그러나 그것이 쉬운 행위는 아니다. 임동확 역시 그렇지 못했다(그러지 못한 것이 그뿐이겠는가. 나 역시 그러했다. 1960년 봄에 나는 경무대 앞까지 갔으나, 총소리가 났을 때, 내 몸은 한 가게 목판 밑에 있었다. 나는 내가 비겁한 놈이라는 자학을 하면서, 경무대 앞에서 장충단까지를 터덜터덜 걸어갔다. 햇빛은 밝게 빛나고, 날씨는 알맞게 쌀쌀했다). 그도 자신을 비겁자라고 생각한다.

　　　나는 사실 끝까지 남아 있지 않았다
　　　눈과 귀를 막은 채 불타오르는 전쟁터
　　　동료의 죽음과 울부짖음을 외면했다
　　　나는 솔직히 비겁자였다 부어오른 편도선과
　　　발목의 부상을 핑계삼아 전선을 벗어났었다
　　　무기력한 흰 손의 가난한 서정을 좇는 시인 지망생에 불과했다
　　　(91~92)

그는 부어오른 편도선과 발목의 부상을 핑계 삼아 죽음의 자리를 벗어난다. 그는 시인이 되고 싶었지, 영웅이 되고 싶지 않았다. 그러나 그것이 그의 일생 내내 그를 불편하게 만들리라는 것을 그는 그때 모르고 있었다. 그는 영웅도 아니었고, 시인도 아니었고, 단지 비겁자였을 뿐이다. 시인으로서 그가 꿈꾼 시는 상징의 시이다.

(어두운 시대의 시의 초고봉은 아무래도 상징이다. 소수인의 독점물일지라도 일정한 장과 자기통제 아래 이뤄지는 상상력의 문학은 암울한 시대 상황과 싸우는 유일한 부드러움이다. 무기다.) (37)

그는 그 상징의 시를 쓸 시인이다. 그런데도 그는 편하지 않다. 비겁자로서 그 잔인한 거리를 견디어내기는 쉽지 않다. 그는 방황한다. 정상적인 일상인으로서 사회에 편입되는 것도 싫고, 그렇다고 예외자로서 사회에서 격리되는 것도 싫다. 그렇다면 그 중간을 선택할 수밖에 없다. 그 중간의 길이 방황이다. 보라,

아, 이제는 피비린내 가득한 거리를 더 이상 견디어낼 수 없어
그 후 나는 석삼 년 동안을 군대 생활로 메꾸었습니다
그럭저럭 복학해 뒷전에 물러나 일년을 보내다가
그것마저 포기하고 해남 대흥사 암자에 은거하다가
어느덧 9년 만에 대학 졸업장을 손에 쥐었습니다 (99)

비겁자는 방황하면서 자기는 평화주의자라고 강변한다. 그는 그러니까 비겁한 평화주의자이다(78). 평화와 화해를 주장할 수 없는 시대에 그는 시인으로서 평화와 화평을 주장하고 싶어 한다. 그의 상징의 시는 부드러움이 무기인 시이다. 그는 그러나

을 잊을 수가 없다. 짐승의 시간 속에서는 모든 것이 의미를 잃는다. 남아 있는 것은 살기어린 조소와 회의뿐이다.

그때 이후로 우리는 무의미한
역사의 진보를 무조건 신뢰할 수 없었다
모두들 함부로 영혼을 위탁하지 않았고
부활도 화려한 장례식도 믿지 않았다
남은 것은 살기어린 조소와 회의뿐이었다 (41)

그 공포의 도시(40), 저주받은 도시(50)에서 일어났던 일은 인간은 할 수 없는, 짐승의 짓이다. 짐승의 짓을 체험한 사람은 순진하게 역사의 진보를 그대로 믿을 수가 없다. 역사는 때로 우회한다라는 변명도, 압도적인 짐승의 시간을 체험한 사람에겐 췌사이다. 밖에서, 뒤에서, 그것을 체험한 사람은 역사의 우회적 진보에 대해 믿을 수가 있다. 그러나 그는 그럴 수가 없다. 함부로 영혼을 위탁하는 종교도, 부활을 논의하는 종교도, 화려한 장례식과 같은 세속적 위안도, 그는 믿을 수가 없다. 남아 있는 것은 짐승들의 짓에 대한 조소와, 인간에 대한 회의뿐이다. 그것을 우리는 아우슈비츠에서 이미 본 바 있다. 그러나 그것은 이민족에 의한 유대인 박해였지, 같은 민족의 같은 민족에 대한 박해는 아니었다. 회의와 조소는 그래서 더욱 가중된다. 시인으로서 임동확이 그때 생각한 것은

역사에 대하여
꿈꾸는 것과 침묵하는 일만이 남아 (57)

있다는 것이다. 그는 역사의 진보를 찬미할 수 없다. 그렇다고 부인할 수

도 없다. 그러니 침묵하거나, 역사의 진보를 상상력 속에서 꿈꾸는 수밖에 없다. 그는 비겁한 평화주의자이다. 그 평화주의자는 방황하면서 — 방황하지 않고 열심히 주장하고 선동할 수 있는 자는 행복할진저! — 꿈꾼다. 그는 자기의 비겁을 조소하면서 가난한 시인의 삶을 꿈꾼다. 꿈꾸는 방황속에서 그는 모든 것을 알게 된다: 인간은 여러 겹의 동물이다.

그러나
그때 나는 어디에 숨어 있었던 것일까
그때 너는 검문소를 피해 논두렁을 밟으며
어디로 가고 있었던 것일까

그리고 무정한 세월이 복류하고 있는 동안

그대들이여
나는 보았다. 나의 안락함 뒤의 엄청난 부정을,
너의 너그러운 미소 뒤에 감추어진 적의를,
그리고 나의 평화와 구호 속의 지독한 위선을,
너의 화려한 성장 속의 그늘을,
다시 너와 나의 일치 속에 숨어 있는 분열을,
나와 너의 약속 속에 번진 무서운 배반을,
천사 속의 악마, 악마 속의 천사를……

나는 그때 모든 것을 알았다 (93)

인간은 천사 속의 악마이며, 악마 속의 천사이다. 그의 이 주장을 그가 역사-사회적 지평을 개인적인 지평으로 축소시켜 역사를 배반하고 있다고 읽어서는 안 된다. 그것은 수사적 장식이고, 실제로 그 엄청난 일을 당한 사람은 그런 수사에 신경을 쓸 수가 없다. 그는 압도적인 체험 앞에서 가장 절실한 문제와 부딪치고 있다. 그때 그들은

> 모두가 생각해낸 최후 진술은, 살고 싶다로 시작해서, 끝내는 저 들꽃처럼 지고 싶다는 것이었다 (23)

라고 생각하고 있었다. 죽음을 생각하는 것은 역사의 진보를 믿는 일일까? 죽음은 전신 감각적인 행위일 뿐이다. 그들 중의 몇은 죽었고, 그는 살았다. 역사의 진보? 그것은 꿈속에서나 있을 수 있는 일이다.

그러나 그는 젊은이답게 절망의 심연에 빠지지 않는다. 그를 절망의 심연에 빠지지 못하게 하는 것은, 저주받은 도시에 대한 회상·기억과 풀꽃처럼 져간 동료들에 대한 추모의 정이다. 그는 그것 때문에 차라리 산다. 그의 시적 승리는, 공포의 도시에서, 좌절하여, 가난한 시인 지망생으로 만족하지 않고, 들풀처럼 져간 동료들의 뒤를 흔들림 없이 뒤따르려는 결의를 보여준 데 있다. 그는 그것이 역사의 진보와 관련이 있는지 없는지 고뇌하는 대신, 그럼에도 불구하고, 그들의 뒤를 이어나가기로 결심한다. 그에게 중요한 것은 체험적 동지애이지, 사변적 논리가 아니다. 체험적 동지애를 그에게 계속 환기시켜주는 것은 과거의 회상·기억이다. 그것은 의식적인 것이 아니라 전신 감각적인 것이다. 그의 첫 시집인『매장시편』을 가득 채우고 있는 회상한다, 기억한다, 생각한다, 듣고 있다, 보고 있다라는 동사들은 그가 체험적 동지애에 얼마나 끈질기게 매달려 있는가를 절실하게 보여준다. 과거의 사건, 과거의 인간들은 그의 의식 속에서는 아직도 현재적이다. 그는 그 과거의 사건을 부단히 되살려내고, 죽은 사람들의 넋을 진혼하여, 그들의 뒤를 따르려 한다.

> 가장 낮은 땅에 가장 낮은 키를 가진 들꽃을 묶어, 그대의 꽃병에 담아두고 싶습니다. 봄날, 이 땅에 지천으로 피어오르는 자운영, 토끼풀,

엉겅퀴, 달래, 냉이, 씀바귀, 민들레꽃과 같이 다년생 풀뿌리를 가진 그대들을 기리며, 흐리고 음습한 날이며, 맑은 오월의 바람으로 그대들의 슬픈 얼굴을 닦겠습니다. 순수한 모국어의 오랑캐꽃, 달맞이꽃, 개나리, 진달래, 개철쭉, 삐비꽃, 독새기, 패랭이의 흰 꽃, 노란 꽃, 붉은 꽃을 따다가, 그대들이 힘들게 넘던 험한 바위고개마다 뿌리겠습니다. 밀냄새, 보리꽃, 호밀밭을 지나, 감꽃, 살구꽃, 배꽃, 황매화꽃, 복사꽃, 어우러진 과실나무 봄 산천을 지키며 그대들이 살다간 날들을 더듬겠습니다. 가장 아름다운 계절에 태어나 가장 애틋하게 져버린 그대들 생애 같은 수많은 이 땅의 꽃잎들을 기억하며, 창포꽃, 초롱꽃, 수선화, 봉숭아, 콩꽃, 돌미나리, 마늘꽃으로 푸르러오는 장엄한 대지에 입맞추겠습니다.

기뻐하소서, 이젠 그대들이 가던 길에 피어나던 개꽃, 자주달개비, 메밀꽃, 붓꽃, 백합꽃, 싸리꽃, 등꽃의 향기를 모아 천국으로 향한 그대의 앞길에 퍼뜨리겠습니다. 서른세 송이의 튼튼한 꽃사다리를 만들고, 묵주처럼 이어, 칠월 칠석 가문 은하수 길에 놓아드리겠습니다. 평범하고 정성된 꽃다발의 묵주기도를 서른세 배도 더 넘게 보속으로 올리겠습니다. 아직도 얼굴과 이름을 갖지 못한 많은 꽃들처럼 그대들은 지금도 좁은 목곽 속에 가까스로 발뻗고 있지만. (117~18)

죽은 자들을 시인은 가장 낮은 땅에 가장 낮은 키를 가진 들꽃이라고 부른다. 그들은 그러나 다년생 풀뿌리를 갖고 있다. 그들은 가장 아름다운 계절에 태어나 가장 애틋하게 져버린 꽃들이며, 그는 그들이 천국에 가 있을 것을 믿어 의심하지 않는다. 그가 최상급의 부사를 붙여 애도하고 있는 그 들풀들의 꽃은, 이름을 갖지 못한 많은 꽃들처럼 아직 신원되지 않은 채 좁은 목관 속에서 가까스로 발 뻗고 있다(서른세 송이의 꽃이라 그가 한정한 것은 무엇 때문이었을까? 나는 그의 의식 밖에 있어 그것을 알지 못한다). 그가 뒤따르려는 것은 그 좁은 목관 속에 간신히 발 뻗고 있는 들꽃이다.

혼들리지 않으리

스쳐지나는 바람에도

터져 꽃망울이 맺힐 것 같은

한때의 푸른 상처 속에서

아프게 일어서서 밀려올 것 같은

그리움 잦은 수척한 가슴께

때아닌 봄비가 마른 나뭇가지를 적시고

멋대로 웃자란 슬픔의 줄기와 합세하는데

혼들리지 않으리

오늘도 우리 일용할 양식을

이 땅에서 거두고 나눠먹었으므로

셀 수 없는 기다림의 나날 속에서도

우린 아직 사랑하고 있으므로

천근 만근 억누르는 그 산 그 하늘 아래

팔만사천의 고해 속에서도

흙뿌리를 박고 사는 쑥 같은 이웃들

끝내 솟아오르고만 싶은 목숨들 위로

생명의 봄비가 내리는데

혼들리지 않으리

늘 그렇게 꽃이 되고

향기가 된 것 같은 우리들

간절한 소망 위에

수세미 같은 희망 위에

푸르게 싹터오는 사랑이여 (79~80)

그는 절대 흔들리지 않으리라 다짐하고 다짐한다. 그들이 들꽃이듯 그도 또한 들꽃이다. 그는 그들이 되고 싶다. 그의 미래 전망은 그런 의미에서 활짝 열려 있다.

최하림의 꽃은 심연에서 솟아오르는 고통의 꽃이다. 그것에 반하여 임동확의 꽃은 미래를 향해 활짝 열린 바람의 꽃이다. 어느 꽃이 더 아름다울까? 나는 알 수 없다. 나는 바라보고, 웃는 대신 운다. 오십의 나이에 울음은 가슴 아프다.

부기: 최하림의 시는, 『문학과사회』 1989년 겨울호, pp. 1408~11에 실려 있으며, 임동확의 시는, 임동확, 『매장시편』, 민음사, 1987에 실려 있다. 최하림의 시는 면수를 밝히지 않았으므로, 괄호 속의 숫자는 임동확의 것이다.

[『분석과 해석/보이는 심연과 안 보이는 역사 전망』(문학과지성사, 1992)]

풍경, 바라보이는 자의 내면

— 최하림의 후기 시를 중심으로

최현식

구체적인 세계는 허무한 세계이다.

말을 바꾸자면 세계의 허무가 사물을 구체화시킨다.

— 최하림, 「말들의 아포리아 (1)」(VI: 18)[1]

1. '굶주림'과 '유랑'과 '심연' 너머의 말들을 향하여

최하림은 자신의 시적 연대기를 "굶주림의 소리"를 듣던 목포 해안통 거리의 시절, 타자에의 연민과 연대를 토대로 "빈자들의 유랑의 시"를 쓰던 때, 자아와 세계의 내밀한 포옹을 통해 "속이 보이지 않는 심연"(「두 강이 만나는 마을에서」, VII: 22)으로 깊이 침잠하는 시를 쓰던 무렵으로 나눈

---

1   이 글에서 참조하는 최하림 시집과 산문집은 다음과 같다. I : 『굴참나무숲에서 아이들이 온다』, 문학과지성사, 1998; II : 『풍경 뒤의 풍경』, 문학과지성사, 2001; III : 『때로는 네가 보이지 않는다』, 랜덤하우스중앙, 2005; IV : 『최하림 시전집』, 문학과지성사, 2010; V : 『시와 부정의 정신』, 문학과지성사, 1984; VI : 『숲이 아름다운 것은 그곳이 비어 있기 때문이다』, 문학 세계사, 1992; VII : 『멀리 보이는 마을』, 작가, 2002. 인용 사항은 글의 제목, 저작에 부여된 로마숫자, 해당 지면으로 표시한다.

적이 있다. 이들 세 시기는 일제로부터의 해방과 새로운 국가 건설의 시대, 군사정권과 독점자본의 불쾌한 야합과 폭정의 시대, 혁명적 '거대 서사'의 몰락과 반대급부로서 내면적인 '작은 이야기'의 부상 시대로 흔히 정리되는 한국 현대(문학)사와 오롯이 겹친다. 개인적 연대기와 시대적 변화의 밀착은 최하림의 강렬한 "시와 부정의 정신"이 그 자신의 저항의 미학과 시적 기호의 단련을 밀고 나간 진정한 힘이었음을 짐작케 한다. 이 지점을 "언어란 단순한 표현 수단이 아니라 현실을 의미하는 기호이며 현실을 반영하고 판단케 하는 거울"(「시와 부정의 정신」, Ⅴ: 317)이라는 최하림 시론의 연원으로 지목해도 문제 될 것 없는 이유겠다.

그러나 한 가지 유의할 사항이 있다면, 시인이 '언어'의 본질로 적시한 '현실' '반영' '거울'의 의미 맥락이 더욱 유연하고 자율적인 관점과 시각 아래 독해되어야 한다는 것이다. 세 단어는 보편적 의미의 "'자유'에 대한 확신(회의)과 '진보'에 대한 회의(확신)의 수없는 교차"[2]로 열렬히 교직되는 '리얼리즘 충동'의 영역으로 수렴될 만하다. 문제는 이념적·변혁적 상황이 강조될수록 최하림의 '현실'과 '반영'과 '거울'은 "'나'를 접어두고 '우리'로(만 — 인용자) 시를"(「두 강이 만나는 마을에서」, Ⅶ: 21) 쓰는 정치적 (무)의식 과잉의 미적 책략으로 좁혀져 읽히거나 잘못 해석될 위험성이 커진다는 사실이다.

이러한 왜곡과 오독의 가능성을 피하려면 어떠한 방도를 취해야 할까. 답은 비교적 분명하다. 시인의 '부정의 정신'이 "우리가 부름으로써 말이 되고, 말로써 존재하고, 말로써 일어나 여기저기를 어슬렁어슬렁 걸어다니는 말의 본체는 무엇인가"(「말들의 아포리아 (3)」, Ⅵ: 39)라는 질문에 답하려는 시적 언어에의 욕망, 바꿔 말해 시 자체의 자유와 진보에의 의지와 항상 동행했다는 사실을 잊지 않는 것이 그것이다. 그 '부정의 정신'이

---

2   유성호, 「최하림의 시론 연구」, 『동아시아문화연구』, 80집, 한양대학교 동아시아문화연구소, 2020, p. 44.

현실 모순의 혁파와 '더 나은 내일'의 건설에만 겨눠지지 않고 시의 자유와 진보를 향해 날카롭게 쏘아졌음은 시적 연민의 '사회성'과 '개인성'의 통합·소통이 유독 강조되는 다음 글에서 뚜렷이 확인된다.

> 연민이 어둠과 외침을 동반하고 나올 때 사회성을 띠게 되고 개인의 시각을 취하고 나올 때 괴롭고 쓸쓸한 내면풍경을 그리게 된다. 그 사회성과 개인성은 다른 것이 아니다. 그것들은 동전의 안팎처럼 시 속에서 상호작용하고 상호견제하면서 중용적 세계를 꿈꾼다.
> ──「말들의 아포리아 (2) ── 자연·인간·언어」(VI: 23~24)

최하림 시론의 개성 가운데 하나는 '연민'의 사회성과 개인성을 정치적·이념적 지평에만 올려두는 대신 시적 정서와 감각적 구성의 맥락 내부로 문양(文樣) 지을 줄 알았다는 사실이다. 이를테면 시인은 '명백한 인식력'보다는 '조화감각'에 초점에 맞추면서, 희미하게 흔들리고 반짝이며 "두 개 이상의 감정과 색상이 섞여 조영하는 어떤 느낌"(「시간의 풍경들」, VII: 54~55)을 향해 시적 인식의 물꼬를 트고 미적 표현의 길을 내는 작업에 집중했다. 최하림 시에서 동사의 경우 방향 지시의 '가다'나 '오다'보다는 활동 지시의 '흐르다'나 '일어나다'가 비중 있게 채용되고, 청각적 이미지의 "연쇄 파동"과 "회오리" 같은 "울림"(「다시 빈집」, II: 12~13)이 색감 분명한 시각적 이미지를 뒤로 물리는 "풍경 뒤의 풍경"으로 작동하는 까닭이 비롯되는 지점인 것이다.

> 이미지의 파장은, 그 하나만으로 되어서는 안 되고, 그렇게 되지도 않는다. 파장들은 서로 간섭현상을 갖는다. 하나의 파장과 다른 파장이 부딪쳐서 일으키는 또 다른 파장은, 그 강도와 진폭이 커지고 복잡해지고 미묘해지면서 변화를 연출하게 된다. 한 메아리가 단순하게 산과 계곡을 건너고 또 건너는 것이 아니다. 여러 메아리가 부딪치면서 산란하게,

세계를 울리는 것이다.

—「말들의 아포리아 (3)」(Ⅵ: 38)

옥타비오 파스는 '이미지'를 일러 "물의를 일으키는 도전이며, (변증법
적 — 인용자) 사유의 법칙을 침해하는 것"으로 정의했다. 그에 따르면 변
증법은, 또 그것이 기대는 합리적 이성은 세계와 현실을 어지럽히는 '모
순의 법칙' 해결에 최종 목표를 둔다. 하지만 시는 특히 비유와 상징의 원
리에 보이듯이, 서로 대립되는 것들의 역동적이며 필연적인 공존과 그것
들 사이의 최종적인 동일성을 선언하고 실천하는 것을 최후의 권리와 윤
리로 삼는다.[3] 최하림 진술의 '서로 간섭하는 이미지의 파장'은 시적 도전
과 침해로 가치화된 파스의 이미지와 분리할 수 없는 가족 관계를 형성한
다는 느낌이다.

두 '이미지'론의 유사성과 상통성은, 파스의 명료한 이해처럼 이미지를
단순히 문학적 형식으로 인지하는 대신 '시와 인간이 만나는 장소'로 사
유하고 상상한 결과물이 아닐 수 없다. 아무려나 최하림은 인간의 두뇌 활
동에서 가장 소중한 것으로 지식보다는 상상력을, 상상력보다는 지혜를
꼽았다. 왜냐하면 상상력은 '상식(지식 — 인용자)의 세계'를 뛰어넘는 데
그치지만, 지혜는 그 상상력을 "소박하고 자연스러운 것으로 되돌려"(「말
들의 아포리아 (3)」, Ⅵ: 38)줌으로써 세계와 존재의 처음과 끝을 동시에
가로지를 수 있다고 보았기 때문이다. 이와 관련하여 질문 하나를 던져본
다. 최하림은 '소박하고 자연스러운 것'을 어디서 찾고 어떻게 구했을까.
그의 산문집 제목을 빌려 말한다면 "숲이 아름다운 것은 그곳이 비어 있
기 때문"이라는 '텅 빈 세계'가 아닐까. 최하림 시의 면면을 볼 때 '숲의 텅
빔'은 물리적 사실보다는 역설적 비유에 가까워 보인다. 왜냐하면 '숲'도
그 이미지와 질료에서 "물 수(水)에 어미 모(母)로 이루어"진 '바다'의 참

3   옥타비오 파스, 『활과 리라』, 김홍근·김은중 옮김, 솔, 1998, pp. 132~33.

된 장소성, 곧 "고향이고 출항이고 귀항이고 죽음"(「말들의 아포리아 (1)」, Ⅵ: 14)으로 상징되는 원형적 가치와 의미를 공유하고 있기 때문이다.

숲과 바다의 원형적 이미지에 해당될 고향과 귀항, 출항과 죽음의 동일성은 시인 자신이 "시의 뿌리 은유이자 뿌리 상징"이라고 선언했을 만큼 종요로운 의미를 지닌다. 물론 삶의 시작과 끝을 차지하는 네 개의 공간과 사건은 최하림 시에서 산술적인 평균값으로 동등한 지분을 차지하지는 않는다. "산 너머 하늘 너머 마을과 어머니의 둥근 무덤"(「두 강이 만나는 마을에서」, Ⅶ: 22)을 자기 삶과 시의 원형적 공간으로 아로새긴 '서남해' 만큼이나 중요한 '서사시적 장소'로 간주하는 태도에서 알 수 있듯이, '지금 여기'가 반짝이는 '고향'과 '귀항'보다는 '과거(미래) 거기'가 더욱 빛나는 '출항'과 '죽음'에 강조점이 놓이는 것으로 보인다. 후자에의 강조는 그러나 그것들의 중요성을 변화 불가한 주어진 사실로 널리 알리기 위한 '고정 짓기'와는 거리가 멀다. 그보다는 현실 저편의 타나토스를 통해 오늘 이곳의 에로스를 살려내고 살려는 역설적인 생명의식의 발로로 파악하는 편이 훨씬 적절할 듯하다.

예컨대 최하림은 "시간과의 싸움 ── 그것이 내 명제이다"(「말들의 아포리아 (3)」, Ⅵ: 40)라고 힘주어 고백했다. 만약 '시간과의 싸움'을 시인의 또 다른 정의처럼 '시간을 분절하는 의식'으로 치환할 수 있다면, 그 전투는 "과거를 의미화하여 귀감으로 삼을 뿐 아니라 미래 또한 과거화하려는 의지적인 태도"(「시와 부정의 정신」, Ⅴ: 314)의 유무에서 그 승패가 가려질 것이었다. 물론 현재와 미래의 과거화는 '아직 아닌' 시간(세계)을 나포하기 위한 '이미 지난' 세계(시간)의 절대화로 오인될 위험성이 없지 않다. 그러나 최하림의 의욕 넘치는 '시적 과거화'라는 명제는 "보는 일은 결국 어둠으로 귀착된다. 어둠은 죽음이고 무이다"[4]라는 존재론적 선언

4   최하림, 「호탄리의 낮과 밤」, 『문예중앙』 1999년 여름호, p. 376; 김명인, 「시간 속을 소용돌이치는 말들의 풍경」, 『한국학연구』, 15집, 고려대학교 한국학연구소, 2001, p. 35에서 재인용.

과 깊이 연관될 법하다. 앞선 연구들에서 대체로 회피된 시인의 투병 경력과 그 시적 표현에 관심을 갖는 것도 '보는 일'의 결론으로서 저 '텅 빔'의 또 다른 경로와 방법을 탐색하고 싶다는 비평적 촉수의 발흥과 깊이 연관된다.

최하림이 "속이 보이지 않는 심연"을 향해 깊이 잠수하던 시대는 1990년대 그를 문득 찾아와 건강한 영육(靈肉)을 마구 옥죄게 되는 뇌졸중 및 간암 투병 시기와 거의 맞물린다. 그는 20여 년 이상을 병마와 싸우면서도 시집 4권, 산문집 4권, 시전집 1권을 펴냈다. 이 풍요로운 생산력은 그 자신의 공언대로 "몹쓸 병과의 싸움"을 "관성적인 '시 쓰기'"(「시인의 말」, I : 5)의 중지와 극복으로 전환시킬 줄 알았기 때문에 가능했을 것이다. 현재의 엄혹한 질병과 미래의 죽음을 시로 대속하는 미학적 사건은 글쓰기를 통해 삶의 흔적과 의미를 남기련다는 자기 보상의 욕구만으로는 결코 마주칠 수 없다. 그 일회적 사건은 다음의 두 가지 조건이 충족될 때야 '기호적 제의' 아닌 '문학적 현실'로 제 모습을 드러낸다. 첫째, 상처 입은 몸과 정신을 '통해서' '세상과의 관계에 대한 새로운 인식과 실천'을 구하고 살 수 있다. 둘째, 이를 감안하면 질병의 몸이야말로 모든 종류의 '새로운 이야기'의 원인이자 주제이며 도구일 수 있다.[5] 최하림의 후기 시 탐구에 '풍경, 바라보이는 자의 내면'으로 제목 붙인 것도 두 전제와 깊이 관련된다. 하나, 죽음의 문턱 너머의 '현실 저편'과 '둥근 무덤' 자체보다는 그것들에 의해 보살펴지는, 질병과 동거·동행하는 시적 육체의 건강함에 시인과 독자 서로의 눈을 맞추고 싶다는 것, 둘, 거기서 열매 맺는 생에의 신뢰와 죽음에의 긍정도 함께 나누고 싶다는 것, 이 비평적 의욕으로부터 최하림 연구의 동력이 생겨난 것이다.

---

5   '질병의 몸'에 대한 담론은 아서 프랭크, 『몸의 증언』, 최은경 옮김, 갈무리, 2013, pp. 38~39
      참조.

2. 은유로서의 '소록도', 생의 파국과 재건으로서의 질병

최하림은 자신의 후반기 생애를 매섭게 옥죄었던 뇌졸중과 간암 관련 투병 생활의 이모저모를 고백하고 기록한 시편을 거의 남기지 않았다. 특히 암 투병에 관련된 시편은 거의 전무한 실정이며, 「병상에서」(I : 60)나 「병상 일기」(I : 58)에서나마 뇌졸중 투병 상황과 심리적 정황이 얼핏 엿보일 따름이다. 따라서 시인의 어떤 의지가 강렬히 작동 중인 질병과 투병기에 대한 거리 두기를 외면한 채 후기 시를 '상처 입은 몸'의 증언이나 표상으로 간주하는 태도나 해석은 되도록 지양되어야 한다. 이런 까닭에 최하림이 말한 시의 본체이자 미학적 틀로서의 '죽음(에)의 충동'에 대한 이해와 소통이 더욱 중요해진다. "죽음이 삶의 윤곽을 만들어 준다. 이 논리를 밀고 나가면, 죽음이 삶으로 하여금 세계라는 한정공간에서 놀게 하고 생각하게 하고 숨쉬게 한다고 말할 수 있으며, 죽음이 삶의 시를 쓰게 한다고도 말할 수 있다"(「말들의 아포리아 (1)」, VI: 20). 이 말은 죽음의 삶에 대한 절대적 권력 또는 죽음의 영원성에 의해 제 삶의 동력과 목표를 찾아나가는 짧은 생의 열등함을 강조하려는 의도와 전혀 무관하다. 오히려 헤겔과 모리스 블랑쇼가 함께 강조한 언어와 죽음 관계, 곧 "죽음을 기피하고 부패로부터 자신을 순수하게 간직하려는 삶(언어 — 인용자)이 아니라 죽음을 견디고 죽음 안에서 자신을 유지하는 삶(언어 — 인용자)"[6]에 대한 들끓는 희원에 가깝다.

최하림 후기 시에서 질병과 죽음에 관련된 연민의 개인성과 사회성을 찾아볼 요량이라면 무엇에 주목해야 할까. 한 연구자는 '5월 광주'를 "살아남은 자의 울부짖음에서 출발하여 씻어내야 할 문화의 어둠, 혹은 형벌"[7]로 바라보는 시인의 인식과 태도에서 '뇌졸중'의 숨겨진 까닭 하나를

---

6   최문규, 『죽음의 얼굴 — 문학 속에서 인간은 어떻게 죽어가는가』, 21세기북스, 2014, pp. 166~67.

7   최하림, 「자서」, 『속이 보이는 심연으로』, 문학과지성사, 1991, p. 5.

예리하게 짚어내었다. 그 자체로 '연민'의 사회성과 개인성을 포함한 문구라 해도 좋을 "시인이 자신의 몸으로 내린 시대적 형벌"[8] 속에 똬리를 튼 내면적 어둠과 죄의식이 그것이다. 하지만 시인의 투병기를 관통하는 후기 시의 출발점 『굴참나무숲에서 아이들이 온다』(1998) 이후에는 풍경과 일상에 대한 '사적인 연민'은 도드라져도 '시대적 형벌'에 대한 예민한 감각은 거의 감지되지 않는다. 그러나 이 때문에라도 한 개인에게 부과된 '시대적 형벌'조차 "소박하고 자연스러운 것"으로 숨기는 동시에 드러내는 최하림의 지혜에 대한 조심스러운 발굴과 빛나는 전시가 더욱 중요해진다는 사실을 잊지 말고 기억해둠 직하다.

시인의 감춰진 지혜를 관통하려면, 같은 시집 소재의 「소록도 시편」 연작을 함부로 지나쳐서는 안 된다. 〈소록도〉 연작은 언뜻 보기에 여유로운 타자의 시선에 비친 심상한 외부 세계, 다시 말해 낯선 곳을 찾아온 여행객 내지 방문자의 감탄과 소회를 단정한 이미지와 차분한 어조로 펼쳐놓은 듯한 인상을 준다. 하지만 '소록도'에 켜켜이 쌓인 식민의 역사 현실과 그 폭력적 지배의 일개 부품으로 전락된 한센병 환자(문둥이)의 존재는 그곳의 성격을 달리 보게 만든다. 식민 권력과 공적 제도에 의해 강요된 우울과 광기, 유폐와 죽음이 넘쳐나는 '만들어진 질병'의 공간이라는 인식과 규정이 그 실체에 부합한다. 이 어둡고 두려운 부정적 공간과 정서는 강압적 권력에 의해 의식적으로 배제되거나 의도적으로 담론화되지 않을 때 개인과 사회를 위협하는 '가장 무서운 것'으로 돌변할 수밖에 없다.[9] 가령 문둥병 환자 한하운의 "나는 문둥이가 아니올시다/나는 정말로 문둥이가 아닌/성한 사람이올시다"(「나는 문둥이가 아니올시다」)라는 피어린 고백을 보라. 숱한 타자를 넘어 자신에게조차 '가장 무서운 것'이 되어버린 '저주받은 존재'에의 불우한 의식이 역설적으로 회돌고 있는 장면

8   김문주, 「지극히 역사적인, 도덕적인 심미성의 세계」, 『시작』 2002년 여름호(창간호), p. 29.
9   최문규, 같은 책, pp. 202~03.

인 것이다.

이런 사정을 뻔히 알면서도 뇌졸중 치료 중이던 최하림은 무슨 까닭으로 '소록도'에 들었을까. 한센병 환자들의 안락한 복지 공간으로 현격히 개선된 소록도의 현재를 살펴보련다는 시찰적 태도가 그 방문의 근본일 리 없다. 그 자신의 시구 "죽은 자들의 역사를 알리는 상형 문자"(「소록도 시편 5」, Ⅰ : 51)에 암시되어 있듯이, 삶과 죽음이 한 몸이었던 한센병 환자와 그 조력자들의 오랜 연민과 사랑, 저항을 내면화하는 동시에 객관화하겠다는 문학적 의욕과 깊이 관련될 듯하다. 이를 서둘러 확인하고 싶다면, 「소록도 시편 6」(Ⅰ : 52~53)을 먼저 열어보면 될 일이다. 이 시편에는 '소록도' 형성과 개발의 역사, 그 과정의 주체자로 우뚝 섰던 "문둥병자들"의 고통스럽되 건강한 노동, 교황의 땅에 엎드린 방문과 그 순간 "소리를 죽이고 고개를 숙"여 "자연이 그렇게 감응하던 날"에 대한 "기억의 빛"이 아프고도 기쁘게 반짝이고 있다.

이상의 논의를 기억하며 다시 이렇게 묻는다. 한국에서 근대 이후의 '소록도'란 무엇이었는가. 일제는 1916년부터 이곳을 식민지 조선의 한센병 환자들을 격리·배제, 치료·관리하는 의료 공간으로 개척하기 시작했다. 그러면서 문둥병 치료와 증상 관리를 맡은 '생명 보호소'로 널리 선전했음은 물론이다. 하지만 의료 공간의 제도화는 사회에서 벌써 극심한 소외와 배제의 대상이었던 '문둥이'의 신체를 공식적·법률적으로 억압·통제하는 원리로 작동했기에, 식민지에서의 '생명관리정치'의 공식적 출범을 알리는 신호나 마찬가지였다. '천형(天刑)'이라는 비극적 언술이 암시하듯이, '문둥병'은, 결핵이나 암과 마찬가지로 보통의 "질병이 아니라 처치하기 불가능한 약탈자나 악으로 간주되"[10]었다. 이 병에 감염된 자들의 악마적 형상은 "해와 하늘빛이/문둥이는 서러워//보리밭에 달 뜨면/애기 하나 먹고//꽃처럼 붉은 울음을 밤새 울었다"라는 서정주의 「문둥이」

---

10   수전 손택, 『은유로서의 질병』, 이재원 옮김, 이후, 2002, p. 18.

(1936)에 확연하다. 의학의 저발전에 따른 한센병인(病因)의 치료와 제거의 불충분함, 아이들 간을 빼먹으며 병을 고치거나 목숨을 부지한다는 악소문에 휩싸인 문둥이들의 불안정한 떠돌이 삶, 그럴수록 폭증하는 대중의 불안과 공포는 이 '가장 무서운 것'들을 따로 모아둘 '집중수용소'의 제도적 필요성을 정당화하는 핵심 요소들이었다. '자혜(慈惠)'라는 그럴듯한 이름의 조선총독부 소속 병원이 소록도에 설치된 소이연이다.

아감벤은 정치와 이념 관련의 수용소를 "예외상태가 규칙이 되기 시작할 때 열리는 공간"이라 일렀다. 이 정의는 식민 권력의 폭압적 통치 아래 놓였던 '소록도'의 의료 공간에도 어김없이 적용될 만한 것이다. 그곳에서는 손가락 발가락이 다 떨어지고 "임종 전에는 고름이 흐르지 않는 곳이 없"(「소록도 시편 6」, Ⅰ : 52)는 문둥이들을 "정상적인 법질서의 바깥에 항구적으로 머물도록 배치"[11]하는 끔찍한 억압과 배제가 일상이었기 때문이다. 문둥병 환자들은 '자비로운 은혜'에 반하는 악랄한 관리와 처우로 인해 "날마다 아픔을 발가락에 싸서 보내는"(「소록도 시편 1」, Ⅰ :47) 비극적 삶에서 거의 벗어날 수 없었다. 예컨대 질병을 치료하고 병균을 없앤다는 명목 아래 살아서는 비좁고 어두운 감금실에 처박히고, 죽어서는 차디찬 검시실 해부대 위에 올려졌다. 이때 자행된 가장 잔인한 생명정치의 하나가 한센병은 유전된다는 잘못된 지식 아래 벌어진 강제적인 단종 및 낙태 수술이었다. 이 황망한 사태는 문둥병 환자들이 인권적·생명적 지위를 모조리 빼앗긴 '벌거벗은 생명'[12]으로 완벽히 환원, 방기되었음을 증거하는 역사적 자료이자 실물로서 모자람 없다.

그렇다면, 일제의 폭력적인 위생의료체제로서 소록도 의료 공간의 생명정치는 식민지 조선의 해방과 더불어 법률적·제도적으로 완전히 해체되었는가. 일제 강점 당시 문둥병 환자들을 더욱 병들게 했던 강제 노동

---

11   이상의 수용소 관련 논의들은 조르조 아감벤, 『목적 없는 수단─정치에 관한 11개의
　　　노트』, 김상운·양창렬 옮김, 난장, 2009, p. 49.
12   조르조 아감벤, 같은 책, p. 51.

과 통제적 규율이 해방 이후 중지 또는 완화되었고, 이들의 실상과 처지에 합당한 의료제도가 점차 확충되어갔음을 고려하면, '그렇다'라는 답변도 가능할 것이다. 하지만 우생학적 의료 행위, 다시 말해 생명정치의 핵심을 차지했던 성(性)과 생식의 강제적·폭력적 절삭 행위는 선진국 진입이 운운되던 1990년 전후에야 겨우 막음되었다. 이청준의 『당신들의 천국』(1976)이 일찌감치 간파했듯이, 언제 어디서고 피해져야 할 '비인간'으로 외면되던 문둥병 환자들의 해방과 자유는 '단일민족'을 앞세운 허구적 망령의 배회와 감시 속에서 하릴없는 환상이자 주제 넘는 욕구로 오랫동안 금지될 수밖에 없었던 것이다.

시인의 '소록도' 경험은 그 자신의 평생에 걸친 죽음(충동)에의 근친성이 개인적 성격을 벗어나 사회적 보편성을 획득하는 계기가 되었던 것으로 판단된다. 유년~청년기의 '해안통'과 사십대의 '5월 광주', 그리고 오십대 이후의 '처연한 심연'의 시대에 이르기까지 시인이 숱하게 체험한 죽음과 질병은 세계와 존재의 불가능성을 피할 수 없는 숙명으로 너무 자주 통고했다. 사신(死神) 지배와 통제에 들린 생명은 불안의 늪과 허무의 심연 깊숙이 제 몸이 던져지는 추락과 상실의 삶에서 자유롭지 못했음에 틀림없다. 시인은 어쩌면 타인들의 공간 소록도에서 불우한 자신을 지배하던 또 다른 종류의 어둠과 형벌과 조우함으로써 죽음(에)의 삶을 더욱 내면화(개인화)하는 동시에 외부화(사회화)할 수 있는 극적인 계기를 얻게 된 것인지도 모른다.

과연 그가 허무의 심연에서 간신히 건져 올린 '성스러운 죽음'의 서로 다른 형식들인 현실 "저편의 마을"과 "어머니의 둥근 무덤", 스스로 흔들리고 출렁이는 '텅 빈 숲'과 '서남해' 바다는 '소록도'를 구성하는 역사 현실이자 질긴 생명력의 신화적 서사이기도 했다. 그렇지 않고서는 '나'와 '문둥이'의 공동 운명이자 공통 기호로서의 상호 교환 및 통합의 시 쓰기가 사유·상상·욕망될 수 없는 노릇이다. 이를테면 "발가락이 떨어지고, 손가락이 떨어지면/발가락 시 쓰겠느냐, 손가락 시 쓰겠냐"(「소록도 시편

2」, Ⅰ : 48)라는 대목을 보라. 여기서 발화되는 목소리는 '시인-나'나 '문둥이'들에게 일방적으로 전달, 청취되어 얄팍한 위안을 전하고 구하는 단성적-소모적인 음성과 거리가 멀다. 오히려 '시인-나' 자신 '문둥이'가 되고 '문둥이' 자신 '시인-나'가 되는 시적 순간과 경험을 함께 이야기하고 나누는 다성적-생산적인 음성에 가깝다. 이런 '연대와 헌신의 윤리'로 울울한 목소리[13]가 있어 과거-현재-미래의 '나'와 '문둥이', 또 그것의 확장체로서 '어머니'와 '광주 사람'들은 서로 몸 바꿔가며 죽음에서 삶과 삶에서의 죽음을 함께 나누고 서로 간직하는 공동 운명체로 거듭나기에 이른다. 우리는 그렇게 '소통하는 몸'들의 아름답고 처연한 모습을 그 어느 곳보다 "시간은 영원히 고통스"(「시간은 영원히 고통스럽다」, Ⅰ : 68)러웠을 '소록도'에서 문득 만난다.

> 나는 문둥이들의 마을을 본다 허나
> 사람이 사니 마을일 뿐 소록도에는
> 마을이라 할 것이 없다 요양소 병원
> 기숙사들이 군막처럼 띄엄띄엄 있고,
> 길들이 있고, 등불이 불어오고, 욕망의
> 새들이 불안하면서도 적막하게 날고
> 있다 나는 언덕에 기대 서서 새들을
> 본다 그다지도 깊은 새들이 날고 있는
> 하늘로 문둥이들이 무리지어 광야를 건너고
> 있는 모습이 역력히 보인다

13   아서 프랭크, 같은 책, p. 256. 지은이는 '상처 입은 몸'의 치료 과정에 출현하는 가장
      이상적인 몸의 형태를 '소통하는 몸'에서 찾았다. 그러면서 그것의 목소리-기억-책임의
      교차점을 이루는 '회상의 윤리' '연대와 헌신의 윤리' '영감의 윤리'를 강조했는바(같은 책,
      pp. 255~57) 우연찮게도 세 가지 윤리는 최하림의 '해안통' 시대, '빈자들과의 유랑'의 시대,
      '속이 보이지 않는 심연'으로의 시대에 강조된 시인 스스로의 시적 강령과 일추 겹친다.

이 시에서 '보는 자'는 누구이고 '보이는 자'는 누구인가. 문면만 따진 다면, 응시 주체는 '나'이고 응시 대상은 '문둥이'와 '새들'로 적시될 따름 이다. 화자 주체의 풍경은 그러나 '지금 여기'의 지평이 모든 것이 고정되 어 있을 때나 가능할 법한 화폭이다. 또 묻는다면, 인용 장면은 소록도의 현재적 풍경일 뿐인가. 아닐 것이다. 이 '고립된 충족체'로서 소록도 풍경 은 어제도 그랬고 앞으로도 그럴 것이다. 소록도 풍경이 시간과 비시간의 안팎을 넘나드는 무시간의 영토에 귀속될 수밖에 없는 이유겠다. 사실 화 자는 '하늘'을 나는 "욕망의 새들"과 '광야'를 건너는 "문둥이 무리"가 보 인다고 말했지만, 이는 그것들을 '지금 여기'에만 귀속시킨 결과의 상상 이거나 착시일지도 모른다. '새'와 '문둥이'들은 그 어디에서 한순간도 멈 추지 않고 때로는 점점이 때로는 한꺼번에 움직이는 개인성과 사회성을 동시에 지니는 존재들이다. 또한 이형동질(異形同質)의 존재인 그들이 날 고 건너는 '하늘'과 '광야'는 '나' 이전에도 또 이후에도 존재할 것이므로 '지금 여기'를 과거와 미래의 안팎에 위치시키는 '이미 지나고' '아직 아 닌' 시공간에 해당된다. 그러므로 이 시공간 초월의 소록도 주체들의 진 실을 모르는 자는 낯선 방문자인 '나'일 따름이다. 그들은 그렇게 타자인 '나'를 '현실 너머'로 "마을이라 할 것 없는" '마을'을 메고 가며 측은하게 바라보며, '나'가 죽음과 더불어 들어야 할 현실에 부재한 '너머의 마을' 을 가리켜 보이는 중인 것이다.

아무려나 '지금 여기'를 그것의 좌우, 앞뒤로 투기(投企)할 때야 '소록 도'와 '문둥이'의 처절한 역사 현실도, 그것들의 명랑한 '보다 나은 내일' 도 '해안통'과 '광주'와 '심연'의 시대로 개인화, 내면화될 수 있다. 이를 통해서야 최하림의 개인적인 시공간들도 더 이상 사인화되지 않고 누구 나 공감 가능한 사회적 형식과 내용을 살게 되는 것이다. 그런 점에서 어 느 시공간에도 거칠 것 없는 '문둥이'와 '새'들은 항상 실재하는 현존이자 그것의 가치와 의미를 구현하는 자율적인 '말들'이기도 하다. 왜냐하면 세 존재들은 시인이 의미화한 대로 "이곳과 저곳, 이 시간과 저 시간 사이에 있으며, 나와 타아, 내게 나타나고 내가 그에게 나타나는 타아와 더불어 있"(「말들의 아포리아 (2) ― 자연·인간·언어」, VI: 22~23)는 삶을 영원화해온 '비실재의 실재'들이기 때문이다.

고백컨대 연구자는 해석의 필요상 '시인-나'와 '자연-사물'을 일부러 나누었다. 하지만 이 분리 행위가 그다지 쓸모없는 요식 행위에 지나지 않았음을 절감한다. 왜냐하면 '시인-나'가 '자연-사물'의 세계로 스스로 몸던지기를 간절히 소망했고, 또 얼마간 그렇게 되었음을 새삼 확인했기 때문이다. 이를테면 문둥병 환자의 아픔을 그 자신의 뇌졸중 투병기에 담았다고 보아 무방한 「병상 일기」의 마지막 2행(I: 59)이 그렇다. "창가에서, 휘파람새들이 기웃거린다/휘파람새들이 지금은 아프다"라는 대목은 소록도에서 "불안하면서도 적막하게 날고 있던" 새들이 딱 그런 상태로 어정대는 환자인 '시인-나'를 찾아온 것이라는 느낌을 주기에 충분하다. 여기에 동의한다면, '휘파람새들'을 '시인-나'뿐만 아니라 저 멀리 '소록도'에서 문둥병 환자들을 위해, 또 '해안통'과 '5월 광주'의 기억과 죽음을 위해 울어주던 모든 시간 ― 내적 존재로 읽어내지 않을 도리가 없게 된다. 상처 입고 죽은 몸을 울어주고 현실 저편으로 인도하는 시간 ― 내적인 '영조(靈鳥)'들이 있어 기계적으로 "주사를/주고 노란 알약과 베드를 주고 하루 세 번의 식사"(「병상 일기」, I: 58)를 제공할 따름인 생명정치의 병원은 가끔씩 잠깐이나마 신성한 빛줄기에 감싸이게 되는 비밀을 누리게 되는 것이다.

    타고 나도 바삐 간다 붉은 해가
    담벽에 걸리는 시간이면 나무들이
    몸채로 빛나고 아무리 작은 움직임조차도
    정적에 싸여 신성을 내뿜는다 나는 충만한

기다림으로 햇빛을 받고 있는 병동과

플라타너스와 의자들, 그리고 저만큼

하늘을 흔들며 날아가는 새들을

(이 세상에 존재하는 그것들을)

벅찬 가슴으로 본다 무엇인가 보이지 않는

독수리 같은 것이 일몰을 뚫고 지나가고

병들도 지나가는 것이 붉게 보인다

─「병상에서」 부분(I : 60)

　시인은 "감각만으로 사물을 본다는 건 위험한 일이다/감각은 거죽에
불과하다"라고 고백한 바 있다. 그러면서 반대급부로 "세계는 훨씬 더/복
잡하고 혼란스럽다"(「저녁 무렵」, I : 86)는 명제를 내세웠다. 「병상에서」
는 상처와 질병의 존재가 이런 주장을 펼 수밖에 없는 까닭을 명료하게 보
여준다. 환자인 '나'의 '벅찬 가슴'을 자극하는 요인은 뛰어난 의술과 값
비싼 의료 기구로 가득 찬 고급한 '병동'이 아니다. 신성을 내뿜으며 충만
한 기다림을 매일매일 살고 있는 자연물(햇빛 가득한 '병동'은 그 효과의
대상이지 그 발현의 주체가 아니다)이 그 주인공이다. 만약 이런 해석이 허
락된다면, 낮과 밤, 세계의 이편과 저편을 오가는, 그래서 어느 시공간에
도 속하지만 그 어디에도 속하지 않는 '태양'과 '새'는 '소통하는 몸'들을
자유롭게 연결하는 영매(靈媒)로 파악해도 그릇될 것 없다. 그들의 참된
과업이 '환자-나'를 비롯한 세상 모든 존재들의 '충만한 기다림'을 '너'와
'그', '자연'과 '신'에게 전달하고 또 그들의 답변을 '나'에게 물어오는 데
에 있기 때문이다.
　한 가지 우려된다면, 시인의 '신성' '충만'이나 연구자의 '영조' '영매'
같은 신화적 용어들이 자칫 최하림 고유의 '심연의 미학'에 뜻하지 않게
낭만적 신비주의의 꼬리표를 부착시킬 수도 있다는 사실이다. 하지만 시
인이 그 '저편'의 말들 맞은쪽에 가장 현실적인 죽음의 사태와 표정을 위

치시켜왔음을 생각하면 그런 잘못은 얼마든지 피해질 수 있다. 이런 해석의 상황 아래라면, '신성'과 '충만'의 강도가 거세질수록 "시는 아파서 울며 걸어가는 고통의 지향성"(「말들의 아포리아 (4)」, Ⅵ: 44)을 더욱 강화하게 될 것이다. 실제로 시인에게 죽음의 그림자가 드리우기 5년 전, 곧 2005년 즈음 '고통의 지향성'은 "비극적인 징조를 점점 선명하게 보이면서 벼랑으로 굴러떨어진" '소록도'가 "검은 바다"에 집어삼켜지는 끔찍한 재난을 부과하기에 이른다. 사실을 말하면, 이 장면은 '계절풍'이 "세차게 계속 불어와 소나무는 소나무들끼리 판잣집은 판잣집끼리 문둥이는 문둥이들끼리 서로 부여안고 밤을 보"(이상 「소록도 7」, Ⅲ: 93)내는 기상 악화의 소록도를 사실적으로 묘사한 것에 불과하다. 하지만 시집 몇 쪽 앞에는 그날 밤 소록도 문둥이들이 경험한 그곳 산과 바다 건너 "푸른 호수"(「바다와 산을 넘어」, Ⅲ: 86)로의 투신 장면이 보란 듯이 묘사되어 있다. '물'이라는 공통된 속성의 '바다'와 '호수'가 객관적 세계와 내면적 투영체로 각각 나뉘어 감각화된 셈이다.

두 '물'의 공간을 앞뒤로 배치한 의도는 무엇일까. 첫째, 사실로서의 거친 파도의 '바다'보다 상상으로서의 침묵과 부동의 '호수'가 훨씬 강렬하고 크나큰 '고통의 지향성'을 요구한다는 것을 알리기 위한 미적 장치는 아닐까. 둘째, 그러므로 '문둥이'와 '나'는 더불어 호수로의 죽음, 아니 호수에서의 삶을 자청할 때야 겨우 궁극적 기호로서 "눈의 문자(文字)" 한 점 앞에 세워질까 말까하다는 시의 황홀한 고통을 각성케 하려는 심리적 충격 장치는 아닐까.

크고 사나운 맘모스처럼 문둥이들은 바다를 건너고 산을 넘어 푸른 호수에 이르렀다 문둥이들은 그들을 보고 있는 호숫가에 몇 날이고 몇 밤이고 서 있다가 무슨 예감에 싸인 듯 호수 속으로 뛰어들어갔다 […] 그것은 루이 암스트롱이 정신없이 불어대는 색스혼에 맞춘 춤이거나 인디언의 북에 맞는 춤이었고 그런 표현을 허락한다면 그것은 수

수만리 불어오는 폭풍우였고 천둥번개였고 소리 없는 소리였다 오오
소름 끼치게 푸른 호수의 소리 속에 눈이 내렸다 한없이 내렸다 이제 소
리 속에는 아무것도 없었다 고요한 눈밖에 눈의 문자(文字)밖에

—「바다와 산을 넘어」부분(Ⅲ: 86)

'소록도'와 '문둥이' 동시 파멸의 현장에서 극한에 다다른 '고통의 지
향성'의 역설적 성취로서 '신성한 빛'과 '충만한 기다림'을 어디서 어떻게
찾아낼 수 있을까. 문둥이들이, 다시 말해 상처 입은 몸들이 높은 산과 넓
은 바다를 넘어선 끝에 도착한 "푸른 호수"는 삶을 위협하기는커녕 자발
적 죽음을 결정케 하는 매혹적인 세계라는 점에서 '현실 너머'의 시공간
임에 틀림없어 보인다. 호수의 매혹은 그곳에 사는 모든 것들을 리듬과 춤
(율동), 폭풍우와 천둥번개, 소리 없는 소리들로 살게 하거나 변신시킨 끝
에, 그것들을 드디어는 "고요한 눈"과 "눈의 문자(文字)"라는 비실재의 실
재로 영원화했다는 사실에 존재한다.

그런데 이 대목의 문제점은 '눈'의 해석이 분명하게 획정되지 않는다는
사실에 있다. '눈'은 '눈[目]'과 '눈[雪]' 어느 것으로도 해석될 수 있다. 지
혜나 내면을 상징한다면 전자로, 역사 현실이나 객관적 사물을 상징한다
면 후자로 비정될 수 있다. 전체적인 맥락상 '눈[雪]'의 분위기가 짙지만,
그것을 꿰뚫는 '눈[目]'의 가능성도 살려두는 해석이 보다 효과적일 듯하
다. 이럴 경우 '눈[雪]'은, 누군가의 예리한 지적처럼, 자연의 질서를 현현
하면서 인간을 지켜보고 있는 '우주의 눈[目]'이자, 시인의 내면에서 빛나
는 '존재의 눈[目]'으로 자연스럽게 전이될 수 있다.[14] 이를 고려하면 '눈
의 문자'는 사회적 차원: "죽은 자들의 역사를 알리는 상형 문자"(「소록도
시편 5」, Ⅰ: 51), 개인적 차원: "호수의 깊고 푸른 눈"(「바다와 산을 넘어」,
Ⅳ: 479)[15] 속의 '시' 정도로 의미화될 수 있다.

---

14   김수이, 「눈[雪]과 빛의 상상 체계」, 『시작』 2002년 여름호(창간호), p. 101.

여기서 '상형 문자'를 비극을 통해 오히려 이상화되는 인간의 역설적 본질을 계시하고 가치화하는 '우주(자연)의 눈'으로, '호수의 시'를 모든 시공간을 관통하는 죽음과 그곳의 언어와 상상으로 투기되는 자아를 성찰하는 시적 '존재의 눈'으로 연결할 수 있는 가능성이 열린다. 이 상황에 기댄다면, "호수 속의 눈"은 죽음의 개인성과 사회성을 하나로 통합하여 시인 자신이 그것의 일부가 되고 그것 역시 시인의 일부가 되는 '실존적 내부성'[16]의 현현체가 아닐 수 없다. 이런 점에서 시인의 '서남해'와 소록도의 '바다'의 현실 너머 공통 장소로 발견되고 치환된 눈[雪/目]들의 기원이자 최후의 공간인 "깊고 푸른 호수"는 다음과 같은 의미를 갖는다. '시인-나'와 '문둥이', 그들을 둘러싼 온갖 약자(소수자)들과 그들 고유의 장소를 "결코 분리할 수 없을 정도로 전체적이고 무의적으로 경험"[17]케 하는 가장 텅 비어—구적 세계이므로—가장 충만하고, 가장 멀고 어두워 가장 가깝고 밝은, '자연·인간·언어'가 하나로 통합된 '상상의 공동체'가 그것이다.

한국 현대문학사에서 '소록도', 또 '문둥이'는 거기서 경험된 질병과 죽음의 정치학과 윤리학을 최하림과 함께 나누고 이야기하게 됨으로써 현실의 안과 밖 모두를 포괄하는 미학적인 "깊고 푸른 호수"와 그 주체로 거듭나기에 이르렀다. 최하림은 비록 잠시일망정 '소록도'에서 그곳 소속이 되어 문둥이 삶의 역사와 현실에 참여함으로써 개인적인 죽음의 경험을 사회화·보편화된 그것으로 뒤바꾸는 극적 전환에 이른다. 이 예외적 성취에 힘입어 후기 시 속 '풍경'과 '심연'의 언어들이 "땅으로 떨어져 내리지 않고, 하늘과 땅 사이를 떠"(「말들의 아포리아 (2)—자연·인간·언어」,

---

15   제7시집 『때로는 네가 보이지 않는다』(2005)에서는 "호수의 깊고 깊은 눈"(Ⅲ:86)으로 되어 있다.

16   '장소성'의 성격과 본질을 설명할 때 사용하는 개념어의 하나다. '실존적 내부성'은 "이 장소가 바로 당신이 속한 곳이라는 사실이 암묵적으로 인지될 때" 생겨난다. 자세한 내용은 에드워드 렐프, 『장소와 장소상실』, 김덕현 외 옮김, 논형, 2005, p. 127 참조.

17   같은 책, p. 172.

Ⅵ: 22)도는 자유와 해방의 기호로 가치화되는 방법과 표현의 어떤 의미와 가치를 묻는 것은 다음 장의 몫이다.

3. '속이 보이지 않는 심연'(으로)의 흐름
── '나'의 풍경에서 풍경의 '나'로

시인과 시론가(비평가)의 명패를 동시에 달고 살았던 최하림의 예술적 생애에서 종종 간과되는 부분이 있다. 그는 「빈약한 올페의 회상」(1964)이 당선되어 촉망받는 신예로 각광받던 즈음인 1966년경 "직장 생활의 타성에 빠"져 "시를 거의 폐업"(Ⅳ: 518)할 지경에 내몰린다. 이때 그를 구원한 것이 하나는 '민중적 삶과 언어'에 눈뜨게 한 '역사'에의 관심이며, 다른 하나는 일제 식민주의적 미술관의 타자로 소외되었던 한국 미술의 전통성과 역사성에 대한 새로운 구성과 평가에 대한 열망이었다.

후자와 관련된 혜안(慧眼) 하나를 꼽으라면, 일제 통치기 야나기 무네요시(柳宗悅)의 '조선예술론'에서 강조된 '곡선미'와 '애상미'를 "일본 제국주의의 조선 정책(패배감의 강화 및 비자주적 역사의 강조 ── 인용자)과 그의 센티멘탈한 휴머니즘이 혼합·배태한"[18] 것에 지나지 않는 것으로 통렬히 비판한 탈식민의 미학일 것이다. 과연 20여 년 뒤 가라타니 고진(柄谷行人)은 야나기의 결정적 한계, 다시 말해 결코 교정되지 않았던 식민주의적 (무)의식을 조선 전반에 대한 객관적 조사와 이해가 아니라 "조선은 위대한 아름다움을 낳은 나라이며, 위대한 미를 가진 민중이 생활하고 있"는 곳이라는 심미적 판단에서만 바라봤던 태도에서 찾았다. 물론 야나기는 그럼으로써 "예술작품을 통해 그 배후에서 이제까지 무시되어온

---

18   최하림 해설, 「야나기 무네요시(柳宗悅)의 한국 미술관(韓國美術觀)에 대하여」, 야나기 무네요시, 『한국과 그 예술』, 이대원 옮김, 지식산업사, 1974, p. 255. 그 외의 대표적 성과물로는 『한국인의 멋』, 지식산업사, 1974가 있다.

(무명의 조선인 — 인용자) 제작자 개개인의 존재를 발견"[19]하는 새로운 성취를 거두었다. 하지만 조선의 '민예운동'을 최상의 '독립운동'으로 바라봤던 그는 폭력을 동반한 식민지 저항 투쟁을 잘못된 행위로 비판함으로써 끝내는 제국주의적 '비폭력주의'의 동조자로 미끄러진다.

시를 거의 차폐했던 시인의 열정적인 미술 공부와 예리한 야나기 비판을 다소 길게 서술한 까닭이 없지 않다. 그것들이 서양미술 탐독에서 강렬한 인상을 남겼으며, 후기 시의 "속이 보이지 않는 심연" 탐구에 깊은 영향을 끼친 것으로 짐작되는 후기 인상파 화가 폴 세잔Paul Cézanne에의 관심과 깊이 연동되어 있다는 생각 때문이다. 세잔은 단순한 기하학적 구성과 색채의 완전한 독립성을 추구함으로써 사물의 내재화된 구조 및 양감의 깊이에 다다르고자 했다. 하지만 기존의 세계 이해와 표현법을 거절하며 시행된 파격적인 형식 실험은 야수파, 입체파의 지지를 얻기까지 화단과 대중으로부터 "구역질 나는 오물" "충동적이고 무의미한 미술" "야만인처럼 발광한" 따위의 비난과 조롱에 시달린 것으로 알려진다.[20] 이런 상황에 놓인 그를 예술적·사회적 소외에서 구원한 힘은 자아로의 내면화를 꿈꾸는 미적 대상을 예술적으로 외부화하고자 했던 내적-심미적인 객관화의 의지였다. 그 미적 결과로서 '나 밖에 존재하는 대상'을 시인은 "나의 말들이 그 스스로 세계 밖에서 떨고 있는 모습"(「이별에 대하여」, VI: 75)으로 새로 읽었던 것이다. 이 자발적 고독과 기성의 문법에 대한 거부, 새로운 세계로의 문턱 넘기야말로 최하림의 세잔 공부가 거둬들인 가장 뜻깊은 예술정신의 하나일 것이다.

그러나 유의할 점은 시인의 '세계 밖의 말'들이 세상 모든 것과 격절하는 '실존(에)의 고독'을 뜻하지 않았다는 사실이다. 세잔은 고향의 산과 목욕하는 신체를 두터운 '색점의 거대한 덩어리'[21]로 그려낸 까닭을 "풍

19   야나기 무네요시 글의 인용과 그에 대한 설명은 가라타니 고진, 「미학의 효용—『오리엔탈리즘』 이후」, 『네이션과 미학』, 조영일 옮김, 도서출판b, 2009, pp. 170~72.
20   미셸 오, 『세잔—사과 하나로 시작된 현대 미술』, 이종인 옮김, 시공사, 1996, p. 146.

경이 내 가운데서 성찰하고 나는 그 의식이 된다"라고 일렀다. 최하림은 이런 방식의 풍경과 자아의 상호 조응을 "사물들은 우리 앞에, 우리를 향하여 있고, 우리 또한 그들 앞에 그들을 향하여 있을 뿐"(「이별에 대하여」, VI: 74)[22]이라는, 자아와 대상 사이의 '감각경험'의 통합과 소통으로 내면화했다. 이렇게 결속된 감각들은 현상학의 용어를 빌린다면, '신체-주체'에게 "과거와 미래를 실존케 하여 그것들을 현재와 결합시키는 시간"[23]의 창조와 생활을 허락한다. 그럼으로써 누군가의 적절한 해석처럼, "사물의 풍경이 나를 한 곳에 머물게 하며 동시에 내가 사물에게 자리를 내어주는 참여와 양보의 과정"[24]을 살게 하는 것이다.

우리는 이 장면을 일러 '풍경의 시간화, 시간의 풍경화'라 부를 수 있겠다. 시간과 풍경의 관계를 최하림은 "그 풍경을 나는 나를 벗어난, 혹은 나를 포용한 세계로 몰래 받아들이고 싶어한다"(「말들의 아포리아 (2) ─ 자연·인간·언어」, VI: 27)라는 심리적·미학적 욕망으로 표상했다. 이것과 연관된 '속이 보이지 않는 심연'(으로)의 흐름을 "'나'의 풍경에서 풍경의 '나'로" 읽어보려는 것이 이후의 비평적 행보이다.

구천동은 어둠이다 구천동은 침묵이다 구천동은 죽음이다 구천동은 물이다 지난 여름엔 장마가 길어 물소리 그치는 날이 없었다 그렇다고

21　울리케 베크스 말로르니, 『폴 세잔』, 박미연 옮김, 마로니에북스, 2007, p. 44.
22　최하림의 이 말은 "사과 하나로 파리를 놀라게 하고 싶소"라는 말로 유명한 세잔의 '사과' 정물화를 대상으로 한 것이다. 그 뒤를 잇는 '생빅투아르산'의 묘사도 사과의 그것처럼 "선명한 색깔에 어두운 윤곽선으로 강조된 순수한 형태"로 그려지고 있다. 그러므로 어느 미술사학자의 "가장 평범한 사과를 인성을 지닌 존재로 끌어올렸다"는 극찬은 '생빅투아르산'에도 해당될 만한 것이다. 자세한 내용은 스테판 멜시오르 뒤랑 외, 『세잔』, 염명순 옮김, 창해, 2000, p. 63 참조.
23　감각경험 및 시간 통합에 대한 설명과 인용은 모니카 M. 랭어, 『메를로-퐁티의 지각의 현상학』, 서우석·임양혁 옮김, 청하, 1992, pp. 133~34.
24　김신정, 「시인, 바라보는 자의 운명 ─ 최하림 시의 '시선'에 대하여」, 『시작』 2002년 여름호(창간호), p. 78.

물이 길 넘어오는 일도 없었다 언제나 물은 길과 개울쯤에서 소리내며
흘러갔다 매장시편의 시인 임동확이 어느 날은 길을 이탈하여 물 속으
로 들어갔다 이웃 시선들을 개의치 않았다 임동확은 물과 함께 흘러가
면서 물의 부피만큼 부풀어 길 위로 넘실거린 때도 있었으나 물 속의 제
그림자를 보는 시간이 많았다 그는 지광국사를 생각지 않았다 그의 입
적도 생각지 않았다 그는 물이었고 죽음이었고 침묵이었다

—「구천동 시론」부분(I : 17)

'구천동'은 공간적 성격이 이중적이다. 그 양면성을 이해하려면 '소록
도'와의 비교가 필수적이다. 주요 소재로 선택된 '어둠' '침묵' '죽음' '물'
은 '소록도'의 "죽은 자들의 역사를 알리는 상형 문자"와 그 이미지나 의
미가 거의 겹치는 것처럼 느껴진다. 무주의 '구천동'은 지금이야 청산유
수와 깊은 눈의 관광지로 이름 높지만, 해방 후부터 한국전쟁 시기는 빨치
산의 주요 활동 무대였던 탓에 그들과 토벌대 간의 잔인한 총성이 그치지
않던 곳이었다. 역사 현실의 맥락에서 '구천동'은 이념-광기-죽임의 공
간이었다면, '소록도'는 억압-소외-죽음의 공간이었다. 이 지점에서 하
위 주체의 삶에 대한 적극적 해방 행위와 억압적·폭력적 배제의 차이로
현상하되, 사령(死靈)의 세계 지배 욕망으로 울울한 공통된 '역사적 상형
문자'의 출현과 단속적(斷續的) 기억에 공통적으로 올려진 두 곳의 공간
적 소통과 대립이 존재한다.

그럼에도 두 공간의 분별점에 더욱 주의한다면, '구천동'은 타자의 시
선과 감응으로 방문했던 '소록도'와 달리 시인 자신의 삶이 펼쳐지는 공
간이라는 사실이다. 여기서 자아가 '바라보는 타자'의 어둠-침묵-죽음이
아니라 타자에 의해 '바라보이는 자아'의 어둠-침묵-죽음이 시인의 사유
와 상상력을 지배하는 "속이 보이지 않는 심연"이 서서히 출몰하기 시작
하는 것이다. 최하림이 놀러 온 '시인' 임동확을 빌려 인간 보편을, 아니
스스로를 '물-죽음-침묵'으로 객관화·거리화하는 태도는 어쩌면 현실의

죽음을 초월하는 '사후적 삶'이나 '종말로서의 시작'에 대한 뚜렷한 확신이나 심미적 내면화의 기제가 아직 충분치 못한 사정에서 비롯된 것인지도 모른다. '나'를 '유리창 밖의 유령'으로 고독화·타자화하는 자기소외의 냉랭한 감각의 출현이 거의 필연적인 이유겠다. 정체성 분리나 분열로 인지되기 십상인 '나'의 외부 세계로의 유령화는, 현실과의 '살아 있는' 접촉과 대화를 현저히 저해할 위험성이 높다. 자아가 유령으로 떠돈다는 것은 모든 '생으로부터의 격리'를 뜻한다는 점에서 '나'에게 '체험된 공시성의 상실'[25]을 초래할 염려가 매우 큰 존재론적 사건에 해당한다.

> 나는 유리창 너머로 마른 나무들이 일어서고 반향하며 골짜기를 이루어 흘러가는 것을 보고 있다 나는 모두를 알 수 없다 나는 너무 멀리 있다 새들이 다시 날기를 멈추고 시간들이 어디로인지 달려가고 그림자들이 길 위에서 사라지는 것을 나는 보고 있다 이제 유리창 밖에는 새도 나무도 보이지 않는다 유리창 밖에는 유령처럼 내가 떠오르고 있다
> —「나는 너무 멀리 있다」 부분(I : 37)

세계와 타자와의 분리는 삶의 불안정성을 대폭 확장시켜 사회적·존재적 뿌리를 잃었다는 고독감과, 유의미한 관계성의 상실과 박탈로 인한 환멸감을 일상화하고야 만다. 이에 따른 존재론적 결핍은, 블랑쇼의 말을 빌린다면, '허용되지도 거절되지도 않는 기이한 부재'[26]의 감각과 정서를 삶에 전면화한다. 그 '부재'의 물질적인 동시에 심리적인 형상이 또 다른 자아로서 '유리창 밖의 유령'인 것이다. 이 '유령'은 "침몰해가던 너의 존재"이자 "슬픔이고 기쁨이 되어 거울 속으로 떠오르던" 심리적 반영물이라는 점에서 소외와 고독의 "찬비 같은 시간들"(「방울꽃」, I : 85)을 사는 불

25 　마키 유스케, 『시간의 비교사회학』, 최정옥·이혜원 옮김, 소명출판, 2004, pp. 167~68.
26 　모리스 블랑쇼, 『카프카에서 카프카로』, 이달승 옮김, 그린비, 2013, p. 80.

우한 존재일 수밖에 없다. 처절한 생의 공간에 던져진 실재와 허구의 나-유령이, 거친 물결처럼 흔들리는 '나무'가 그렇듯이, 언제나 "다른 곳으로 이동하며/사물을 흔들고 사물을 산란하게"(「언덕 너머 골짝으로」, Ⅰ: 22) 하는 회오리 '바람'에 휘감기지 않을 수 없는 까닭이 이 부근 어디쯤에 존재한다.

한 존재의 '나-실존'과 '너-유령'으로의 분열은 뜻밖의 시인의 죽음, 그러니까 "시가 잠들면 고단한 하루도 잠들고/무명의 시간 속을 나는 가게"(「겨울 어느 날」, Ⅰ: 92) 되는 '죽음에 이르는 병'을 불러들인다는 점에서 실존과 유령의 통합을 가장 시급한 과제로 밀어 올린다. 이를 위해서는 차갑게 잠긴 저편의 문을 따고 들어가 '나-유령'에게 손을 내미는 '나-실존'의 발견과 구성이 매우 중요해진다. 이때의 풍경은 '바람'의 흐름이 일으키는 "파동에 떨고 반향하며 근원 같은/곳으로 사라지는 듯"(「나무가 자라는 집」, Ⅰ: 14)한 세계의 그것일 필요가 있다. 왜냐하면 '나'의 '실존'과 '유령'이 따로 또 함께 "하늘로 문둥이들이 무리지어 광야를 건너"(「소록도 시편 3」, Ⅰ: 49)듯이, '이미' 지나거나 '지금' 여기이며 '아직' 아닌 시간 모두를 기억하고 살며 미리 호출해야 하기 때문이다. 이럴 때 최하림이 생애 후반의 시적 풍경의 좌표로 설정했던 '불투명한 심연'의 미적 체험, 이를테면 일상의 낯익은 대상이 한 번도 경험치 못한 낯선 현실로 문득 출현하는 일회적 사건이 하나의 실재로 현상하게 된다.

　　　까마귀들은 어떤 논에는 내리고
　　　어떤 논에는 내리지 않는다
　　　까마귀들의 뒤로 저녁 공기가 빠르게 이동한다
　　　왼편 골짜기에서 어스름이 달리듯이 내리고
　　　시간들이 부딪치면서 부서지고
　　　어떤 시간들은 문을 닫고 침묵 속으로 들어간다
　　　침묵 속으로 강물 소리 멀리 들린다

나는 강물 소리를 들으려고 귀를 모은다
나는 유리창에 얼굴을 대고 귀 기울인다
이제 경운기는 없다 개 한 마리도 없다
어둠이 내린 들녘에는 검은 침묵이 장력을 얻어
물결처럼 넘실대면서 금강 쪽으로 흘러가기 시작한다
금강이 검게 빛난다

　　　　　　　　　　—「호탄리 시편」 부분(Ⅱ:36~37)

　최하림은 자신의 시적 의제를 입체적으로 드러내기 위한 한 방편으로
자신이 머물렀거나 강렬한 체험을 했던 몇몇 공간을 시제(詩題)로 삼곤
했다. 지금까지 '해안통' '소록도' '구천동'이 그랬고, 앞으로 이곳의 '호
탄리' '도장리'도 그럴 것이었다. "삼거리 뒤 도장리(道藏里)는 골짜기/깊
숙이 길들을 숨기고 그림자를/드리우고 있습니다"(「겨울 도장리」, Ⅲ:70)
에서 보듯이, 이곳들은 대체로 자아 정체성을 성찰하고 시정신의 방향을
모색하는 '인간 실존의 근원적 중심', 다시 말해 '참된 장소감'의 도량으
로 기능했다.
　인용한 시편은 '호탄리'의 저녁 풍경을 사실적으로 묘사한 것처럼 느껴
진다. 하지만 "시간"과 "강물 소리"는 시각보다 청각의 이미지가 우세하
며, 여기 어울리게 "어둠" "검은 침묵"이 "물결처럼 넘실대"는 상황이다.
그러므로 「호탄리 시편」의 감각론적 핵심은 그것의 '아름다움'이 아니라
'어둠'이 강제하고 허락하는 "검게 빛"나는 무엇이다. 그 숨겨진 '무엇'은
'침묵 속의 강물 소리'와 관련 깊으며, 그것을 듣기 위해 '나'는 "유리창에
얼굴을 대고 귀 기울인다". 이 듣는 행위는 '지금 여기'의 '나'와 격리된
또 다른 실존이었던 '유리창 밖의 유령(너)'의 목소리와 표정에 오감을 모
으고 손 내미는 연민과 사랑의 표현에 해당될 만하다. 이럴 경우, '침묵'과
'어둠'은 대상의 부재나 삭제를 뜻할 수 없다. 오히려 분열 상태의 이중 자
아, 곧 실존과 유령의 서로 대면과 응시가 암시하듯이, "나타남이 곧 존재

함이요 존재는 곧 나타남"인 '세계-양식'과 '신체(주체)-자체'의 자명성을 보여주는, 아니 들려주는 실재성의 매개체이자 통로에 해당된다.[27]

흥미로운 것은 시인이 인간(나)과 자연(세계)의 내부적 연관, 곧 서로에게 미끄러져 들어가며 서로 개방하고 반응하는 어떤 '실존의 양식'을 톺아내기 위해 여러 양태의 '시간'과, '빈집' 같아 쓸쓸한 '가을-겨울'의 입체화에 끊임없는 공력을 기울였다는 사실이다. 여기서 보아내고자 한 '무엇'이 현실적 시선과 욕망으로는 결코 투시되지 않는 "풍경 뒤의 풍경"일 것이다. 이 감춰진 풍경은 "내 눈앞에 있으되, 눈을 감아도 여전히 거기에 있고, 눈을 감아야 제대로 거기에 있"[28]는 성질의 것이다. 따라서 그것은 사실의 관찰과 기록에 초점을 맞추는 원근법적 조망으로는 "마음의 그림자"(「마음의 그림자」, Ⅲ: 17) 한 점 함부로 드러내지 않는 '절대공간'의 충성스러운 신민일 수밖에 없다.

① 검은 새들은 어떤/시간을 보았다 새들은 시간 속으로/시간의 새가 되어 날개를 들고/들어갔다 (「빈집」, Ⅱ: 10)

② 그림자도 없이 시간들이 소리를 내며/물과 같은 하늘로 저렇듯/눈부시게 흘러간다 (「버들가지들이 얼어 은빛으로」, Ⅱ: 16)

③ 강의 속살까지 번쩍이는 시간들이 들이닫는 느낌은 서늘하다 못해 비명 같다 (「강이 흐르는 것만으로도」, Ⅱ: 81)

④ 시간들은 오는 것도/가는 것도 아니다 시간들은 거기 그렇게 돌과 같이//나뒹그러져 있을 뿐…… (「십일월이 지나는 산굽이에서」, Ⅲ:

---

27 모니카 M. 랭어, 같은 책, pp. 152~53.
28 서영채, 『풍경이 온다 ── 공간 장소 운명애』, 나무나무출판사, 2019, p. 9.

최하림은 권력과 자본의 물신화가 지배하는 현실의 시간-기계, 곧 연대에 차갑고 잇속에 밝은 '시계가 된 삶'을 어떻게 바라보았을까. 이때의 시선은 예측과 계산이 불가한 것들에 대한 무관심이 폭증하는 파국적 현실을 아프게 통과하는 시인의 태도와 입장을 엿보게 한다는 점에서 최하림 시편이 밟아오고 밟아갈 시적 행로의 조감에 많은 시사점을 제공한다. 그에 따르면, 사물화된 시간의 속도와 이윤이 지배하는 일상 현실은 "뭉텅뭉텅 흘러가"는 부정적 형상의 "검은 시간"(「황혼 저편으로」, Ⅱ: 82)에 가깝다. 이 지점에서 "수세기를 두고/오염된 세상"(「포플러들아 포플러들아」, Ⅱ: 59)이라는 비판적 명제가 도출된다. 여기 보이는 시간들의 사회적 일탈과 윤리적 죽음은 "신은 떠나버렸고 우리는 비바람이 몰아치는/길 위"(「길 위에서」, Ⅱ: 85)에 버려졌다는 '시간의 니힐리즘'을 일상화하기 마련이다. 이토록 황량한 시대의 풍경은 육체적·정신적 상처와 질병에 시달리던 시인의 내면을 아프게 파고듦으로써 죽음의 공포와 삶의 허무를 피할 수 없는 생활 현실로 끌어들이고야 마는 것이다.

현실 세계를 지배하고 관통하는 '시간 의식'의 소외와 사물화를 어떻게 견디고 이겨나갈 것인가. 그 시적 방편의 하나가 주어진 풍경을 빠짐없이 호명하며, 그 안에 가득한 시간의 빛바랜 흔적과 까칠한 보풀, 딱딱한 분절과 유연한 흐름 따위를 때로는 명랑하게 때로는 냉정하게 응시하고 조망하는 작업이었다. 이를테면 하늘의 "검은 새들"이 본 "어떤 시간", "물과 같은 하늘로" "눈부시게 흘러"가는 시간, "강의 속살까지 번쩍이는 시간"들은 '물리적 시간' 뒤의 '이상적 시간'을 엿보게 한다. 이것만 놓고 보자면, "어떤 시간"에는 '세속적 시간'을 초월하는 '신화적 시간'의 표정이 역력하게 담겨 있다. 하지만 '오염된 시간'에 대한 저항과 거부는 과거와 현재와 미래가 한 점에 수렴되는 '수축하는 시간'[29]을 통해 그것의 부정성과 퇴폐성을 넘어서련다는 윤리적 욕망의 소산이다. 요컨대 존재의 소멸과 세계의 상실을 더욱 강화하는 현실의 '사물화된 시간', 다시 말해 "세계의 모든 것을 교환 가능한 '단순한 풍경'"[30]으로 절대시하는 '기계-시간'의 삶을 넘어서려는 '내면적·인간적 시간'에의 충동이자 모험의 일환인 것이다. 여기서 새들의 "어떤 시간", 또 그것에 충격받고 동화된 시인의 시간이 "소리 지르지도 않고/정지하지도 않은 채 종잡을 수 없이/자취를 감"추는 "무량의 시간"(「싸락눈처럼 반짝이면서」, Ⅱ: 50~51)으로 현상되고 실재화되는 까닭이 비롯된다.

① 마른 풀들이 놀래어 소리한다 소리들은 연쇄 반응을/일으키며 시간 속으로 흘러간다 (「가을날에는」, Ⅱ: 9)

② 빛이 어둠 속으로 함몰되어가듯이/나는 네 속에서 하얀, 어둠이/내리는 마당을 보고 있다 (「의자」, Ⅱ: 35)

③ 밤이 깔아놓은 길 위로 시간들은 사라진 것들의/이름을 부르며 가고 있습니다 (「겨울이면 배고픈 까마귀들이」, Ⅱ: 66~67)

④ 일파만파로 파동을 일으키며 흘러가는/가을 강과 가을의 기억들 (「공중을 빙빙 돌며」, Ⅲ: 20)

최하림 시 전반에서 가을과 겨울, 저녁과 어둠이 중시되는 까닭은 무엇일까. 시각 중심의 현란한 세계보다는 그것 깊숙이 숨겨진 예외적 이면을

---

29   '수축하는 시간'은 과거와 현재와 미래가 한 점에 수렴하는 '시(時)'의 상태를 지칭하는 말로써, 이것은 '과거를 뒤로하고 오로지 미래만 향하는 현재'를 강조하는 근대적 시간에 항(抗)하는 시간 의식의 일종으로 해석된다. 더욱 자세한 내용은 마키 유스케, 같은 책, pp. 79~80 참조.

30   같은 책, p. 231.

엿보려는 방법적 사랑이라는 것이 하나의 답일 것이다. 쇠락과 소멸이 지배하는 가을-겨울과 저녁-어둠의 시공간은 역설적으로 말해 존재의 한계이자 또 다른 가능성인 '죽음'의 '봄[視]'이자 '봄[春]'에 해당된다. 먼저 주어진 사실로서 그것들은 '어둠'과 '침묵', 바꿔 말해 상실과 정지의 시공간을 직시케 함으로써 존재의 한계와 세계의 결핍을 성찰케 한다. 하지만 '나날'과 '계절'의 하강은, '낙엽'과 '눈'이 '내리다-쌓이다'라는 문장에 암시되었듯이, '이미 지나간' 봄을 '지금 여기'로 소환하는 동시에 '아직 아닌' 봄도 그렇게 하는 '수축하는 시간'들의 출현과 흐름을 총합적 현실로 기꺼이 환대한다. 언젠가 시인은 "말이란 시장에 떠도는 의사 전달의 언어라고 하기보다 산과 들과 강을 울리는 어떤 거대한 볼륨을 지닌 울림"(「시에 관한 단상(2001~2002)」, Ⅶ: 117)이라는 '예외적 비언어'로 규정했다. 이 규정은 짐작컨대 죽음-어둠의 '봄[視]'과 '봄[春]'을 동시에 허락하는 "어떤 시간", 곧 '수축하는 시간'이 늘 함께한다는 신뢰와 연대의 정신이 없었다면 발화되기 어려웠을지도 모른다.

> 그가 돌아간 뒤로 가을이 내렸다
> 유리창 너머 소나무 숲 위로
> 아래로 또 후면으로
> 가을은 무지막지하게 내려 쌓였다
> 가을은 그렇게 내려 쌓이는 것이었다
> 그리고 가을이 가고 우리는 돌아보았다
> 해질 무렵 산 아래 물 그림자와도 같이
> 사금파리들이 길바닥에서 반짝이고
> 아침이면 서리 내리고 안개 끼고 소리도
> 그늘도 없는 물 위로 안개는 흘러가면서 공기를
> 적시고 때로는 솟아오르면서 나무와
> 수초 사이 넘실거렸다

시간들이 져 내렸다

시간들이 쌓였다

—「에튀드」 전문(Ⅱ:93)

'에튀드'란 음악가나 화가가 실력과 기술 향상을 위해 연습 삼아 수행하는 모든 예술 행위를 뜻한다. "물 그림자"와 "사금파리"를 빛내는 "가을"과 "해질 무렵"은 생명의 도도한 흐름과 힘찬 솟아오름을 끊임없이 반복함으로써 더욱 충만한 세계를 과거에서 귀환시키고 미래에서 도래케 한다. '시간'들이 '져 내리고 쌓인' 결과의 중량과 압박을 '솟아오르며 넘실거린다'는 정반대 상황의 동사로 표현할 수 있었던 이유이다. 이 '에튀드'의 시간과 자연에 참여됨으로써 시인의 삶과 경험은 그 어디로도 이탈, 분산되지 않는다. 그렇기는커녕 죽음-어둠의 '봄[春]'을 "햇빛 한 그릇"에 담아내어 골똘히 바라보게 하는 황홀과 감격의 순간을 가져온다. 이곳, "풍경을 보는 사람이 마침내는 풍경을 열고 그 안으로 들어가"[31] 풍경 자체를 구성하고 현현하는 존재론적 '풍경 뒤의 풍경'이 탄생하는 지점으로 모자람 없다.

나는 햇빛 속을 가고 있다 강물 위인 듯, 진공 속인 듯, 나는 맨발로, 고개를 갸우뚱하고 조금씩 흔들리며 블랙홀 같은 시간 속을 가고 있다 저편에 얼굴 모습을 얼른 알아볼 수 없는 사내들이 몇, 가고 오른쪽으로는 낙엽송이 져 내리고 볏가리들이 반대쪽에 세워져 있다 공기는 말라 바스락거렸다 나는 무어라고 외치고 싶었으나(하다못해 어머니!라고도

---

31 서영채, 같은 책, p. 377. 서영채는 "이렇게 만들어진 풍경이라는 절대공간을 지배하는 것은, 자신의 유한성을 실감하는 주체의 시선, 곧 미리 다가온 죽음의 시선"(같은 곳)으로 보았다. 뇌졸중과 간암이라는 가장 무거운 질병에 포획되었던 최하림의 신체적·정신적 처지는 '죽음의 시선'에 의해 관찰, 지배되는 상황에 방불했던 것으로 추측된다. 중요한 것은 이후 보겠지만 시인이 그 부정적 상황을 '어둠이라는 빛'에 환하게 밝혀진 본원적 세계로 새로 개척하고 구성했다는 사실이다.

외치고 싶었으나) 소리가 나오지 않았다 한꺼번에 시간들이 쏟아질 것
같은 예감에 시달리며 나는 몸을 일으켜 세웠다 그릇 위 햇빛이 번쩍거
렸다

—「햇빛 한 그릇」 부분(Ⅱ : 70)

보통의 최하림 시였다면, '햇빛'은 '황혼'이거나 '어둠'으로 표상되었을
것이다. 양자를 바꿔도 이상할 것 없음은 인용 시편이 「에튀드」의 풍경과
거의 차이 나지 않기 때문이다. '어둠'과 '햇빛'의 교체는 죽음과 생명의
상호 대속(代贖)이나 몸 바꿈을 상징하는 윤리적이며 염결한 정신의 산물
이 아니다. 그에 못지않게 시간과 존재의 내면적 풍경화, 세잔에 대한 어
떤 평가를 빌린다면, "사실적 공간 — 즉, 뒤로 물러서는 듯한 공간 — 을
구성하기보다는 캔버스 위의 면들이 서로 밀고 당기는 대치 상황을 설정
함으로써 '경험적 공간'을 형성하려는"[32] 의지와 욕망의 결과물인 것이다.
물론 이때의 '대치 상황'은 '어둠'과 '햇빛'의 분열적 대립과 갈등을 뜻하
지 않는다. 반대로 양자가 모든 것을 집어삼키고 뱉어내는 "블랙홀 같은
시간"의 전제 조건이자 실현의 원리임을 강조하기 위한 미학적·가상적
대립 구도로 이해된다.

마을길에는 한 사나이가 서 있고
사나이는 날아가는 바람을 보고
환하게 웃습니다
나도 웃습니다
하늘에는 아직 붉은 해가
반 남아 있고 가야 할
시간들도 널려 있습니다

32   알렌 리파, 「세잔의 색채, 공간, 조형」, 미셸 오, 같은 책, p. 137.

　"가야 할/시간들"이 널려 있는 '나'가 그런 악조건에도 불구하고 따라 웃어 마땅한 "붉은 해" 아래의 "사나이"는 누구일까. 그것은 다른 누구도 아닌 '소록도'의 하늘을 걷는, 나아가 "깊고 푸른 호수"로 기꺼이 몸 던지는 상승과 하강 동시의 "문둥이들"이다. 「바람과 웃음」은 그 이미지와 구성상 "달이 떠올라" "바다가 물들면 문둥이들은 어디로 가는가"에 대한 답변의 시편으로 얼마든지 읽힐 수 있다. 시인은 "여름보다" 긴 "가을밤"에 "퍼렇게 자라"거나 "겉이파리가/누렇게 바랜 채 그대로 있"는 "배추들"을 "문둥이들처럼 있다"(「구부러진 해안선으로」, Ⅲ: 84~85)라고 표현했다. '퍼렇고 누런' 배추 이파리는 차디찬 어둠의 "가을밤"에 피격당한 죽음-삶의 형상이기도 하지만 뜨거운 대낮에 나포된 삶-죽음의 형상이기도 하다.

　이 '어둠'과 '빛'의 현장을 동시에 회돌며 관통하는 존재가, 최하림 스스로도 자기 시의 원형으로 지목했으며 각종 시편들에서 주요 대상과 이미지로 등장하는 '물'(이슬, 안개, 강물, 눈)과 '바람'(공기, 흐름)이다. 시인의 애틋한 페르소나들인 '사나이'와 '나'는 '파아란' 하늘과 숲, 바다와 호수를 때로는 유연한 바람처럼 떠돌고 때로는 쉼 없는 물처럼 흐름으로써 사회성: "빈자들의 유랑"과 개인성: "속이 보이지 않는 심연"을 함께 살게 된달까. 그런 의미에서 「햇빛 한 그릇」과 「바람과 웃음」 속 '햇빛'을 더욱 뜨겁게 불태우고 세계 멀리 깊숙하게 투영시키는 진정한 힘은 어둠과 외침, 괴로움과 쓸쓸함 동시의 '연민'이 아닐 수 없다. 시인은 유년의 '해안통'에서 노년의 '문호리'에 이르기까지 삶과 시의 거처를 자주 옮겼지만, 단 하나 내면의 따스한 빛과 서늘한 그림자를 균형감 있게 조율하던 사회성과 개인성 동시의 '연민'만큼은 그 어디로도 내보이거나 감춰두지 않았다.

4. "억새 길"이며 "우물길"인 삶의 "오솔길"을 걷는 법

"이미지가 욕망의 편을 들고, 욕망의 비중이 무거워질 경우, 시는 산문화의 길을 간다. 그러므로 시의 욕망은 반성의 절제와 범사에 감사하라는 기독교적 언사가 내포하는 세계긍정을 언제나 수반하지 않으면 안 된다"(「말들의 아포리아 (1)」, VI: 16). 여기서도 최하림 시의 마지막 전환에 주요한 분기점으로 작동했던 '어둠'과 '햇빛'의 대체적 순간을 엿보게 된다. 하지만 더욱 중요로운 것은, 시인이 현실로 다가든 사신(死神)의 독촉 때문에 『최하림 시전집』(2010) 귀퉁이에 '근작 시(2005~2008)'로 남겨둔 21편의 시 가운데 15편 정도가 '산문시'형(形)을 취하고 있다는 사실이다. 그게 무어든 욕망의 과잉과 폭발은 시를 세계의 현실원리를 따르는 "산문화의 길"로 내몰기 마련이라는 시인의 염결한 정식을 감안하면, 이에 반하는 것으로도 오인될 수 있는 산문시편의 생산은 뜻밖의 미적 행위로 비칠 수밖에 없다.

산문시형의 선택은 그러나 최하림의 자아와 세계 인식의 면면을 생각하면 그리 놀랄 것 없는 변신에 속한다. 왜냐하면 그의 시에서는 이형동질의 나와 유령, 햇빛과 어둠, 산(숲)과 바다 등 이항 대립의 짝패들이 한 몸을 이루는 경우가 상당히 많다. 시인은 이 짝패들의 풍경을 "억새 길"(죽음-어둠)이자 "우물길"(생명-빛)인, 좁게 구부러진 "오솔길"에 비유했다. 그런 뒤에 드디어는 그 자신이 "점점 모래가 쌓이고 돌무더기들이 보이지 않"는 "우물 속으로" 더욱 깊이 들어가기에 이른다. 하지만 이 자발적 유폐는 세계와 타자에 대한 거부이자 단절이라는 부정적 행위가 아니었다. 그와는 반대로 "우물은 수수십 년 모래들이 무너지고 억새들이 하얗게 자라 날리더니 간신히 한 사람이 지나갈 정도"의 "오솔길"(이상 「우물길」, IV: 512)을 열기 위한 존재 최후의 몸 던짐이었다.

「우물길」은 40여 년 이상의 시적 이력과 삶을 '세 가지 길'로 비유하여 정리한 시인의 자화상에 해당되는 시편이다. 온갖 서사와 사건이 울울한 생애사 전반을, 언어의 자유로운 몸놀림과 의식의 자율적 쾌락에 집중하는 리듬 충동의 자유시형만으로 표현하기란 여간 어렵지 않다. 이런 의미에서 대담한 산문시형은 삶의 막바지에 비친 '어둠의 빛'과 같은 '연민과 사랑'이 더욱 "새로운 인식이고 구체적인 인식이자 새로운 소유이고 구체적인 소유"(「말들의 아포리아 (1), Ⅵ: 20)라는 깨달음과 믿음을 구체적으로 보여주기 위해 선택한 것으로 이해된다. 이런 상황은 최하림 말년의 시편들이 "욕망의 비중"을 거의 덜어낸 말들의 독무(獨舞)로만 그치지 않았다는 것, 오히려 그 욕망의 우물 깊이 침잠함으로써 "북한강같이 큰 강"(「우물길」, Ⅳ: 512)을 발견하는 집단적 각성과 연대의 군무(群舞)로까지 유감없이 확장된 형식이었음을 암시한다.

①
　나는 우마차들이 수십 년 전에 모두 지나가버렸다고 생각했댔습니다 그런데 우마차는 그날 다리 위를 지나가고 있었으며, 산이나 들로, 시간 위로, 때로는 빛에 싸여 환하게 지나가고 있었습니다 콜록콜록 기침을 하면서 노인들이 한 땀 한 땀 시간을 뜨듯이 그렇게 우마차를 따라가고 있었습니다.

　　　　　　　　　　　　　　　　　　　　　—「우마차」 부분(Ⅳ: 511)

②
　사내는 현관문을 열고 눈 속으로 사라진 길을 찾아서 한 걸음 한 걸음 걸어간다 사내는 언덕을 넘고 들판을 건너간다 들판에는 몇 그루 침엽수들이 있다 어떤 것은 작고 어떤 것은 크다 산 자와 죽은 자 들도 그곳에서는 함께 있다 바람도 햇빛도 함께 있다

　　　　　　　　　　　　　　　　　　　　—「목조건물」 부분(Ⅳ: 514~15)

　그 어떤 자연과 사물도, 역사와 현실도, 이 모두를 포괄하는 그 어떤 존

재와 시공간도 아무런 흔적이나 얼룩도 남기지 않은 채 백색의 공간처럼 사라진 것은 없다. 과거-현재-미래를 댕댕 워낭 소리 울리며 때로는 느릿느릿, 때로는 얼마간 빨리 오가는 우마(牛馬)의 수레에 그것들의 최초와 최후의 거소가 마련되어 있는 것이다. 그러므로 우마차에 올라탄 모든 것들에게 죽음과 삶은 유의미하게 구별되거나 특정한 가치를 가지는 "어떤 시간"의 형식들일 수 없다. 최하림은 의미심장하게도 그 '우마차'들이 잠시 멈추거나 서로 교대하는 시공간을 10월과 11월의 가을-겨울로, "산 자와 죽은 자" "바람과 햇빛" 들이 함께 있는 "목조건물"로 표상했다. 이것들이 최하림 시의 핵심 소재들인 '물'과 '어둠'의 이면이고, 또 '나무'와 '숲'의 변신이고 '죽음'이 담기는 '관'이기도 하다는 사실을 그 누가 부인할 수 있을까.

그러므로 최하림 후기 시의 대주제 "속이 보이지 않는 심연" 탐구는 개인의 내밀한 정서와 거기에 심미적 가치와 의미만을 부여하려는 사인화된 기호의 유희와는 대체로 거리가 멀다. 오히려 그 개인성을 둘러싼 사회와 집단의 심연을 더욱 깊고 넓게 살펴봄으로써 언젠가는 누구나 들고 걷게 마련인 "오솔길"의 양면적 동일성을 자애롭고 냉정하게 안내하려는 시적 나침반의 제시나 제공에 가까운 작업이다. 그 어렵고 고단한 "억새길"과 그 시원하고 따스한 "우물길"이 하나의 몸이라는 것, 거기서 비치는 '빛의 어둠'과 '어둠의 빛'을 한 몸에 체현하고 싶다는 것, 그럼으로써 "사람들이 하늘 가까이 떠오르고 별들도/땅 위로 내려와"(「소록도 시편 3」, Ⅰ : 49) 서로 공경하는 "풍경 뒤의 풍경"을 맞이하고 싶다는 것. 이것들이야말로 최하림의 행로에 바쳐진 모든 시적 기호와 정서가 미적 쾌락과 위안을 넘어 세상의 모든 삶과 죽음을 하나로 묶고 잇는 울림 깊은 청탁(淸濁)의 구음(口音)으로 다시 읽히고 평가되어 마땅한 까닭들이다.

[『국제한인문학연구』 제28호(국제한인문학회, 2020)]

최하림의 풍경 시학과 동양화론의 연관성

박옥순

1. 서론

최하림은 한국 현대시사에서 드물게 모더니즘과 리얼리즘 사이에서 균형을 잡고 있던 시인이라 할 수 있다. "4·19세대의 시대정신과 문학 이념을 대변하면서 한국 문단의 세대교체를 알리는 출발점 역할을 한 것으로 평가받는 『산문시대』" 동인으로 활동했으나 그는 "한국 문단을 양분하는 그룹 어디에서 속하지 않"았으며, "어떤 비평 담론이나 문학 담론에 좌우되지 않으면서도 독창적인 시학을 형성하고자 노력했다."[1] 현실 인식과 역사의식이 직접적으로 투영되면서 리얼리즘적 경향을 보였던 초기 시를 거쳐, 존재론적 탐구를 통해 풍경의 내면으로 귀의하면서 그의 시가 다다른 미학으로 평가받는 '풍경 시학'은 그 오롯한 결과물일 것이다.

---

[1] 전병준, 「최하림 시의 사회·역사적 상상력과 존재론적 탐구의 의미 연구」, 『한민족문화연구』, 제43집, 한민족문화학회, 2013, pp. 192~93.

그렇지만 최하림은 시인이기 이전에 오랫동안 신문사와 출판사에 재직하면서 수많은 글을 써낸 뛰어난 산문가였고, 1970년대부터 꾸준히 시론을 발표한 시론가였으며, 한국 예술에 대한 남다른 통찰과 식견을 바탕으로 적지 않은 비평을 발표한 예술평론가이기도 했다. 그러나 산문가이자 시론가, 예술평론가로서 최하림의 위상은 온전한 평가를 받지 못한 것이 사실이다. "작품만이 유일한 텍스트라고 했을 때 그 작품과는 이질적인 요소를 띠고 있는 작가의 어떤 행위, 어떤 사고는 비본질적인 것이 되고 만다. 예컨대 발레리의 수첩 같은 것이 그런 경우에 속한다. 발레리가 그의 시보다 애지중지했던 그의 방대한 수첩들은 작품(시) 중심의 사고에서는 제외될 수가 있는 것이다"[2]라고 했던 최하림의 주장처럼 시 중심의 사고에서는 그가 써낸 수많은 산문은 제외될 것이기 때문이다.

　그러므로 최하림의 시론과 동양화론의 연관성을 탐구하는 이 글은 탁월한 예술평론가였던 최하림의 또 다른 면모를 조명하는 것인 동시에, '풍경 시학'으로 상징되는 그의 시론이 어디에서 발원한 것인지를 추적하는 과정이 될 것이다. 일반적으로 최하림 시의 미학은 '풍경 시학'으로 명명되어왔다. 그리고 이러한 평가에 대해 연구자들 사이에 이견은 없는 것처럼 보인다. 그렇지만 선행 연구들은 최하림의 풍경 시학의 생성과 완성을 줄곧 『속이 보이는 심연으로』(문학과지성사, 1991) 출간 이후인 후기 시의 세계에서만 찾아왔다. 그런 까닭에 최하림이 창조한 개성적인 시학에 대한 평가는 그의 여섯번째 시집인 『풍경 뒤의 풍경』(문학과지성사, 2001)에 이르러서야 제대로 이루어질 수 있었다. 실상은 이러한 관심 또한 시집의 제목이 지시하는 '풍경'이라는 단어의 표상에서 비롯한 것임을 부인하기 힘들 것이다. 이러한 문제의식 속에서 더욱 중요해지는 것은 최하림의 풍경 시학의 의미를 규정하는 것이 아니라, 그의 시학이 어떠한 영향 관계 속에서 형성되어왔는지 시론 생성의 비밀을 탐구하는 일이 될 것이다. 이

2　최하림, 「시와 전통」, 『시와 부정의 정신』, 문학과지성사, 1984, p. 119.

글의 목표가 여기에 있다.

본격적인 논의에 앞서 선행 연구를 살펴보면 우선 석사학위논문으로 최하림 시 세계의 변화상을 정리하거나[3] 이미지의 변화 양상과 특성을 주목한 논문,[4] 최하림 시의 시간 의식과 공간 의식을 연구한 논문[5] 들이 있다. 최근 들어 연구 성과가 나오기 시작한 박사학위논문에서는 연구 주제를 보다 예각화하여 최하림의 시가 초기의 역사성을 벗어나지 않고 후기 시에도 내면화된 역사적 현실 인식의 특성을 보여준다는 관점 아래 풍경의 양상에 따른 현실 인식의 특성을 분석한 논문[6]과 화자와 비유법에 대한 연구 등 수사학적 접근[7]도 나타나고 있다.

연구 논문으로 주목할 것은 최하림의 시 세계를 이분화하여 초기 시를 사회·역사적 상상력의 시로, 후기 시를 존재론적 탐구의 시로 해석한 전병준의 연구[8]가 있다. 박형준은 최하림의 시에서 겨울나무 이미지를 일별하여 역사와 자연 또는 풍경에 대한 그의 사유의 변모 과정과 시적 상징체계를 분석하고 초기 시를 '극기의 시학', 그리고 후기 시를 '풍경의 시학' 혹은 '자애의 시학'이라는 관점으로 분석했으며, 최하림 시에 나타난 역사성이 그의 시 전체를 관류하고 있는 시간 의식에 의해 어떻게 창조적으로 변모해나가는지를 살펴봄으로써 최하림 시의 공간이 갖는 의미를 확장시킨 바 있다.[9] 김미미는 5·18 이후 최하림의 시 세계를 고찰하면서 문

3   박상옥, 「최하림의 시 세계 연구」, 고려대학교 인문정보대학원 석사학위논문, 2004; 김미미, 「최하림 시 세계 연구」, 전남대학교 대학원 석사학위논문, 2011; 김정순, 「최하림 시의 변화 양상 연구」, 목포대학교 대학원 석사학위논문, 2017.

4   김제욱, 「최하림 시의 이미지 연구」, 고려대학교 인문정보대학원 석사학위논문, 2005.

5   김진선, 「최하림 시에 나타난 시간의식과 공간의식 연구」, 조선대학교 대학원 석사학위논문, 2017.

6   박시영, 「최하림 시의 '현실 인식' 연구」, 광주대학교 대학원 박사학위논문, 2018.

7   손현숙, 「최하림 시 연구—화자와 비유법의 특징을 중심으로」, 고려대학교 대학원 박사학위논문, 2018.

8   전병준, 같은 글.

9   박형준, 「최하림 시의 겨울나무 이미지」, 『한국문예비평연구』, 제46집,

학의 윤리 혹은 시/시인의 윤리를 실천하는 행위에 주목하는 연구를 꾸준히 수행해오고 있다.[10]

시론에 대한 연구는 유성호의 논문이 거의 유일하다. 그는 최하림의 시론이 민중적 서정시의 주류화를 위한 시사(詩史) 기술과, 언어의 발견과 개척을 통해 사랑을 실천하고 상상력을 세련화하는 방향으로 확장되어갔다고 보았다. 최하림이 예리한 현실 감각과 세련된 미적 지향의 균형을 추구하면서, 현실 지향의 시정신과 사랑의 옹호를 일관되게 발화했다고 밝혔다.[11] 그렇지만 1970년대부터 꾸준히 시론을 발표하면서 자기만의 시학을 정립해온 최하림의 행보에 견주어보면 최하림의 시론에 대한 연구는 아직 미진한 실정이다.

2. 필선과 운동성, 묵선과 시간성의 관계

근대 이후 한국 예술의 정체성에 대한 규정은 주로 야나기 무네요시(柳宗悅)의 이론에 기대고 있는 것으로 보인다. 일찍이 야나기 무네요시는 「조선의 미술」에서 예술의 구성 요소를 형태, 색채, 선으로 나누고 중국의 예술은 장엄한 '형태의 미'로, 일본의 예술은 '색채의 미'로, 한국 예술은 '선의 미'로 구분한 바 있다. 나아가 선의 미는 실로 곡선의 미에 있다고 주장하면서 선의 내적인 의미가 형태와는 정반대가 되는 것이라 설명하

한국현대문예비평학회, 2015; 박형준, 「최하림 초기 시의 시간 의식 연구」,
『국제한인문학연구』, 제20집, 국제한인문학회, 2017.

10   김미미, 「최하림 시 세계가 담지한 도덕성의 기원에 관한 고찰」, 『한국지역문학연구』,
제13집, 한국지역문학연구회, 2018; 김미미, 「시적 주체의 구성과 윤리적 양상의 변이형에
관한 고찰 ― 최하림의 「부랑자」 연작시와 「베드로」 연작시를 중심으로」, 『비평문학』,
제71호, 한국비평문학회, 2019; 김미미, 「언어의 바깥, 글쓰기의 윤리 ― 최하림의 후기 시
세계를 중심으로」, 『인문학연구』, 제20집, 3호, 원광대학교 인문학연구소, 2019.

11   유성호, 「최하림의 시론 연구」, 『동아시아문화연구』, 제80집, 동아시아문화연구소, 2020.

고, 형태의 길은 강하고, 색채의 길은 즐겁고, 선의 길은 쓸쓸하다고 정리하며 궁극적으로 곡선의 미학이라 이름 붙일 수 있는 조선적인 예술의 본질을 비애의 미와 연결시켰다. 본래 『신조(新潮)』 1922년 1월호에 실렸던 이 글은 이후 조선의 예술을 이해하는 하나의 기준점이 되어왔는데, 최하림은 1974년 「야나기 무네요시의 한국 미술에 대하여」라는 글을 발표해 야나기 무네요시의 한국 예술론을 비판하기도 했다. 여기서 확인할 수 있는 흥미로운 사실은 최하림이 1964년 문단에 나온 이후 줄곧 한국 미술과 관련한 칼럼을 발표해왔다는 점이다. 이 같은 사실을 반영하듯이 그는 첫 시집 『우리들을 위하여』(창작과비평사, 1976) 출간 이전에 한국의 미에 대한 깊이 있는 천착을 담아낸 저서 『한국의 미』(지식산업사, 1974)를 펴내기에 이른다. 이렇듯 남다른 이력 덕분이었는지 그는 시인으로서는 이례적으로 1970년대에 한국문화예술위원회에서 발행하던 『월간 문예진흥』의 미술 분야 리뷰를 맡기도 했다.

한국의 미술 특징에 대해서는 그간 상당량의 시론들이 쓰어져 왔거니와 그중 가장 많은 사람들에게 공감을 준 것은 선(線)의 이론이다. 이 선론(線論)을 선창한 사람은 야나기 무네요시이다. 이 선론은 다른 글에서도 지적한 바와 같이 당대의 한국적 불행으로부터 선의 전 역사를 이해하려고 했던 결함을 지니고 있으나, 한국 미술에 있어서의 선이 곡선의 성질을 지니고 있으며, 그것은 무엇인가를 그리워하고 떠나가려 하고 쓸쓸한 빛을 띠운다고 한 점은 거의 정곡을 찔렀다고 볼 수 있을 것이다. 무엇을 이룩하고자 한 마음, 그러기 위해서 떠나가고자 한 마음, 사물을 추상(抽象)하고 무위(無爲)이게 하고, 형태보다도 형태의 배후에 있는 사의(寫意)를 중시하는 마음 등은 미술상에 있어서 불가부득하게 선을 필요로 한다.[12]

12   최하림, 「한국 현대동양화의 복고성 검토」, 『문학과지성』 1978년 여름호, p. 603.

인용한 글은 최하림이 예술평론을 주로 발표하던 시기에 씌어진 「한국 현대동양화의 복고성 검토」이다. 이 글에서 최하림은 한국 미술의 특징이 선에 있다는 야나기 무네요시의 주장을 부인하지 않으면서 선이 "사물을 추상하고 무위이게 하고, 형태보다도 형태의 배후에 있는 사의를 중시하는 마음"이라고 의미를 부여한다. 이로써 최하림은 선이 한국 미술의 예술적 특징을 넘어 사물에 대한 상상력의 근원이자 겉으로 드러난 형태의 배후에 있는 사유의 중심임을 강조한다. 이는 동서양 삼국의 미술을 구분 짓는 것에 중점을 두었을 뿐, 선을 기초로 한 한국 미술의 본질을 심도 있게 파악하는 데까지는 나아가지 못한 야나기 무네요시의 글과 좋은 대조를 이룬다. 지금부터는 야나기 무네요시와 최하림의 글을 비교하면서 최하림이 생각한 선의 미학의 요체가 무엇인지 확인해보도록 하자.

①

그렇다면 선의 내적인 의미는 무엇일까. 그것은 형태와 정반대가 되는 것 같다. 형태란 땅에 드러누운 모습이다. 형태는 그 무게에 있어 방향을 대지로 향하고 있다. 그러나 선은 어느 한 점에서 다른 방향으로 가려는 선이 아니겠는가. 그것은 땅에 드러눕는 것이 아니라 땅에서 떠나려고 하는 것이다. 돌아가는 마음이 아니라 헤어지는 마음이다. 그것은 이 세상이 아닌 곳을 동경하고 있다. 형태에 강한 것이 있다면 선에는 고독이 있을 것이다. 가는 선이란 이미 그 마음을 말하는 것이 아닌가. 곡선이란 바람에 흔들리는 모습이다. 남의 힘에 강요되고 불안정한, 동요하는 마음의 상징일 것이다. [……] 힘이나 즐거움이 허용되지 않고, 슬픔과 괴로움이 숙명적으로 몸에 따라 다닌다면 거기에 생기는 예술은 형태보다도 색채보다도 선 쪽을 스스로 선택할 것이다. 그보다 더 적당한 표현의 길이 달리 없기 때문이다.[13]

②

여기에서 우리는 잠시 선(線)이 지니고 있는 의미가 무엇인가를 정리하고 넘어갈 필요를 느낀다. 가드너가 그의 『세계미술사(世界美術史)』의 선론(線論)에서 전개한 바와 같이 미술상에 있어서의 선은 그 기능과 성격이 여하한 것이든 간에 어떠한 방향에로의 운동을 암시하며 어떠한 정서적 감흥을 발생시킨다. 수직선은 감정을 고양시키고 수평선은 정온하며 곡선은 온유하다. 이러한 성질로 선이 없는 면(面)은 존재하지 않는 것이나 마찬가지이다. 따라서 선을 갖지 않는 면은 시작한 것도 끝난 것도 아니기 때문에 그의 존재를 드러내기 위해서 모든 곳으로부터 선을 출발시키려는 욕구를 면은 가지는 것이다. 사물의 존재성을 충실하게 하고 현재적이게 하는 면이나 색(色)에 비해서 선은 끊임없이 사물의 성질을 추상하고 암시하고 운동화한다. 이 점은 특히 동양화에서 강조된다.[14]

①에서 야나기 무네요시는 선의 내적 의미가 고독에 있다고 주장한다. 나아가 가장 한국적인 미의 상징이라 보았던 곡선이 "바람에 흔들리는 모습"이자 "남의 힘에 강요되고 불안정한, 동요하는 마음의 상징"이라 말한다. 선에 대한 야나기 무네요시의 이러한 해석은 논리적이기보다는 심정적이고 이성적이기보다는 감정적이다. 반면에 ②에서 최하림은 수직선과 수평선의 관계, 선과 면의 관계를 중심으로 선의 존재론적 양상을 짚어낸 뒤, "사물의 존재성을 충실하게 하고 현재적이게 하는 면이나 색에 비해서 선은 끊임없이 사물의 성질을 추상하고 암시하고 운동화한다"고 설명한다.

여기서 주목할 것이 "사물의 성질을 추상하고 암시하고 운동화한다"는

---

13   야나기 무네요시, 『조선과 그 예술』, 이길진 옮김, 신구, 1994, p. 92.
14   최하림, 같은 글, pp. 603~04.

말이다. 동양화의 핵심 기법 중 하나인 필법(筆法)의 중요성을 연상케 하는 이러한 주장은 한국 미술의 기본적인 골격이 선에 있으며, 선은 곧 기운생동(氣運生動)으로 대표되는 운동성과 생명력의 핵심임을 드러낸다. 또한 "사물의 성질을 추상하고 암시하고 운동화"한다는 것은 '형상 없는 그림'이라 일컬어지는 시의 원리와도 일맥상통하는 면이 있다. 이를 가능케 하는 것이 시인의 상상력(想像力)이고 시의 리듬이다. 그렇지만 산수화 이론서인『임천고치(林泉高致)』에서 곽희가 주장한 것과 달리 시는 단지 '형상 없는 그림'에 머무는 것을 거부한다.[15] 시인의 상상력이 궁극적으로 지향하는 것은 구체적인 형상으로서의 이미지를 만들어내는 데 있기 때문이다. 상상력의 본래적 의미가 바로 이 형(形)을 만들어내는 힘이라는 사실은 재론할 여지가 없을 것이다. 따라서 여기서 선으로 상징되는 "이미지라는 말이 가리키는 것은 모든 언어적 형태, 곧 시인이 말하는 구와 이것들이 모여서 시를 구성하는 구들의 총체"[16]라고 할 수 있다. 요컨대 동양화의 필법이 "자연의 형상과 그 질서를 배우고 오묘한 이치를 깨달아 정신을 펼치는 기운생동의 경지를 열어야 하는 정신적 주관주의에 기초"[17]하듯이, 시에서는 시인의 상상력과 리듬의 운용에 의해 언어가 형태를 갖게 되고 그것이 선으로 상징되는 이미지를 구축하는 것이라 할 수 있다.

동양 회화에서는 필선을 통해 사물의 윤곽선을 그려 형상을 드러내는 방식을 구륵법(鉤勒法)이라고 부른다. 동양화를 선의 예술이라 부르는 것은 바로 동양화의 주된 표현 언어가 사물의 윤곽선을 그어 표현하는 '구륵'에 연원을 두고 있기 때문이다. 이처럼 동양화에서 선은 인식의 도구,

---

15 북송대의 화가이자 이론가인 곽희는 산수화 이론서『임천고치』에서 "옛사람이 시는 형상 없는 그림이요, 그림은 형상 있는 시이다"라고 했다고 인용하고 있다. 허영환,『중국화론』, 서문당, 1988, p. 78.

16 옥타비오 파스,『활과 리라』, 김홍근·김은중 옮김, 솔, 2007, p. 129.

17 고봉석,「동양화에 있어서 여백의 정신적 배경에 관한 연구」, 호남대학교 대학원 미술학과 석사학위논문, 2002, p. 1.

즉 언어의 역할을 하고 있다. 일상의 언어가 사물을 인식하는 방법으로 이름(개념)을 부여하는 방식을 취한다면, 동양화는 사물을 구분하는 인식의 도구로 '획', 즉 선을 사용하여 사물의 윤곽선을 구특해내는 예술언어를 사용하는 점이 다를 뿐이다. 이처럼 동양화에서 필선이 지니는 그 최초의 원시적 의미는 대상의 윤곽선을 통해 형상을 구분하는 인식론적 역할에서 출발한다.[18] 그런데 동양화에서는 대상의 형태를 그려내는 필법 못지않게 중요한 것이 있다. 그것이 묵법(墨法)이다.

　　동양화에서 선은 수묵선(水墨線)을 뜻한다. 화가들은 그 수묵선으로 먼 산과 흐르는 물을 그리고, 수림과 오솔길, 어부와 저녁놀, 개울 위에 걸친 다리와 다리를 타고 가는 나그네, 구름과 바위 등을 그린다. 이러한 회화적 대상 속에서 우리가 주시해야 할 것은 어부와 저녁놀이라든가 수림과 오솔길 사이에 있는 시간의 추이에 대해서이다. 화론가(畵論家)들은 반드시 어부가 돌아가는 저녁 풍경에는 놀이 끼어야 되고 오솔길은 수림으로 그 끝이 가려져야 한다고 말한다. 그것은 변화하는 자연을 예민하게 파악하는 시각이자 생성과 소멸의 순환 현상을 보여 준다. [……] 이렇게 동양의 산수화는 〈움직이는 것〉을 통해서 〈움직이지 않는 것〉을 보며 〈보이는 자연〉을 통해서 〈보이지 않는 자연〉을 본다. 동(動)을 통해서 정(靜)을 보고 유(有)를 통해서 무(無)를 본다고 하는 것은, 동이나 유를 가변적(可變的)이며 유한적(有限的)이라고 본 데 대해서, 정이나 무를 불변적(不變的)이며 무한적(無限的)인 것이라고 볼 뿐만 아니라 정과 무를 동이나 유로서 이룩된 우주에 대한 지각태(知覺態)로서 이해고자 함을 뜻한다. 즉 현상으로서만 풀 수 없는 보다 근원적인 형태들을 정이나 무를 통해서 해결코자 하는 의도가 거기에는 내재

18　　김백균, 「선적(線的) 사유──동양회화 예술언어로써의 선에 대한 의미 고찰」, 『현대미술학논문집』, 제13호, 현대미술학회, 2009, pp. 187~208 참조.

되어 있는 것이며, 필연적으로 이러한 인식 논리는 정이나 무를 부동(不動)의 기저로 설정하게 되는 것이다.[19]

동양화에서 선은 구도를 잡고 대상의 골격을 형상화하고 강약(强弱), 태세(太細), 비수(肥瘦), 완급(緩急)의 변화를 표현하며 그림에 생명을 불어넣는 역할을 한다. 반면에 먹은 물과 결합하여 농담(濃淡)과 명암(明暗) 그리고 여백(餘白)을 표현한다.[20] 이처럼 먹의 농담에 따라 온갖 색감이 드러나는 동양화에서 특히 "선은 수묵선"을 일컫는다. 그런데 지금 최하림은 묵선이 시간의 추이와 자연이 본래 지닌 생성과 소멸의 순환 현상을 보여준다고 강조한다. 이로써 동양화 속에 흐르는 시간이 수묵선의 흐름과 번짐, 농담에 의해 구축된다고 말하는 것이다. 점·선·면으로 이루어진 평면의 세계에 시간이라는 속성을 부여하고 이를 통해 "동양의 산수화는 〈움직이는 것〉을 통해서 〈움직이지 않는 것〉을 보며 〈보이는 자연〉을 통해서 〈보이지 않는 자연〉을 본다"라고 말한다. 이어서 논의는 동양화에 깃든 정동(靜動)의 미학에 대한 설명으로 이어진다. 그런데 최하림은 서로 상반된 개념인 '동/정' '유/무'를 이분법적인 대립 요소로 보지 않고 상보적인 관계로 이해한다. 그리고 동과 유라는 가변적이고 유한적인 세계를 가능케 하는 기저가 정과 무에 있다고 말한다.

3. 여백의 발견과 풍경의 내적 거리

그렇다면 그림 속에 천지만물의 조화와 우주의 원리를 담아내고자 했던 동양인들에게 산수화(山水畵)는 어떤 의미였을까. 영어로는 똑같이

19 최하림, 같은 글, p. 604.
20 안휘준, 『한국 회화의 이해』, 시공아트, 2018(개정판), pp. 16~17 참조.

'landscape'라고 쓰지만 서양의 풍경화(風景畵)와 동양의 산수화는 자연을 대하는 태도부터가 다르다. 시각 양식으로서 풍경화가 원근법에 의한 단일 시점으로 그려지는 것에 반하여, 산수화는 화가가 여러 장소를 돌아다니며 본 것을 한 화면에 종합적으로 구성하는 방법으로서 다초점에 의한 산점투시(散點透視)로 그려진다. 이때 화가는 그가 본 것들을 단순히 조합만 하는 것이 아니라 자연에 투사된 자신의 내면도 표상한다. 따라서 풍경화에서 자연은 화가와의 사이에 있는 원근법이라는 창 때문에 엄정하게 분리된 채 시각적 대상으로 존재하지만, 산수화에서 자연은 인간 주체의 내면과 순환하는 복잡한 회로를 거치면서 발생된 천인합일적(天人合一的) 세계관 즉 '의경(意境)'으로 표상된다. 또한 산수화의 발달과 더불어 위진(魏晉) 시기에 싹트기 시작한 의경의 개념은 당대(唐代)에 본격적으로 유행하는 산수시(山水詩)와 산수화의 전개에 힘입어 체계화되었다.[21] 풍경에 대한 화가의 의경을 담아낸 산수화와 산수시와의 연관성은 일찍이 소동파가 그 사람의 "시 속에는 그림이 있고, 그림 속에는 시가 있다(詩有中畵 畵中有詩)"[22]라고 극찬한 당나라의 시인이자 화가였던 왕유였다.

동양의 산수화는 이처럼 단순히 자연에 대한 사실적인 묘사뿐만 아니라 동양인들의 자연관을 반영한다. 그것은 유불선(儒佛仙) 등 동양의 종교와 사상의 결합체이며 동양인이 가지는 자연관의 구현체(具現體)이다. 그러므로 도가 철학과 동양의 산수화에 대한 지식을 바탕으로 최하림은 지금 동양화의 밑바탕인 정과 무의 개념을 설명하고 있음을 확인할 수 있다. 그렇다면 동양화에서 정과 무는 어떻게 구현될 수 있을까. 그 실마리를 최

---

21 의경은 대상인 자연의 닮음을 초월하여 화가와 자연의 융합 즉, 사(思)와 경(境)이
     조화를 이루는 경지를 표상한다. 그리하여 산수화에서 자연은 화가 주체와 대상 경물이
     주객 혼융된 물아일체(物我一體)의 관계로 존재하는데, 이와 같이 자연과 인간 주체가
     각자의 위치에 고착됨이 없이 서로 얽히는 구조 내부에서 변화하는 작가의 심리적 역동과
     변화를 뜻한다. 김인숙, 「산수화의 '의경(意境)'에 관한 연구」, 『동아인문학』, 제38집,
     동아인문학회, 2017, pp. 300~01 참조.
22 오주석, 『오주석의 옛 그림 읽기의 즐거움 1』, 솔, 2005, p. 253.

하림은 여백에서 찾는다.

여백은 개별적으로는 하늘이나 바다 또는 구름을 뜻하기도 하고 추
사(秋史)의 세한도(歲寒圖)에서와 같이 설야(雪野)를 뜻하기도 하는데
궁극적으로는 모두 정(靜)이나 무(無)의 변환상(變換像)들이다. 정이나
무가 변환한 그 여백은 사물의 형사(形寫)를 나타내는 선(線)의 배후에
서 선의 지시성을 보충하고 그것의 공간을 무와 같은 우주적 공간에로
심화 확대시킨다. 그러니까 무는 화면 위에서 대상 세계를 심원하게 하
는 기법이 됨과 동시에 그 심원미(深遠美)를 가능케 하는 논리의 궁극이
되는 것이다. 따라서 선이란 무라는 무한한 바다 위에 조용히 떠가는 배
라고 비유할 수 있을 것인바, 그 배에는 자연히 쓸쓸한 기운이 떠돌지
않을 수 없게 되는 것이다. 그 쓸쓸한 기운은 사물을 보는 데서 오는 것
이 아니라 사물의 움직임을 보는 화가의 태도에서 온 것이다. 지금까지
동양화의 모든 채점 기준은 그 쓸쓸한 기운이 얼마나 그림 속에 담겨져
있는가에 따라서 결정되었다 해도 과언이 아닌데, 이는 동양화가 산이
면 산, 내면 내라는 대상의 성격보다도 그 대상을 통해서 구현코자 하는
자신의 심의(心意)를 중시한 때문이다.[23]

전통적으로 동양 회화의 조형미는 화면에 나타난 사물 표현보다도 표
현되지 않는 여백을 더욱 중히 여긴다. 여백은 막연하게 비어 있는 공간
이 아니라 선이나 농담의 상대적 기능으로써 작용하는 회화의 한 부분으
로 간주되며 공간 설정을 성립하는 중요한 회화적 요건을 부여한다.[24] 그
런 의미에서 화가가 의도적으로 비워둔 공간인 여백은 그 자신의 자연관
을 상징하는 우주적인 공간의 표상이 된다. 이러한 여백은 표현된 사물의

23   최하림, 같은 글, pp. 604~05.
24   송수남, 『한국화의 길』, 미진사, 1995, p. 139.

[그림 1] 김정희, 「세한도(歲寒圖)」 부분(조선 후기, 국립중앙박물관 소장)

형태와 상호 순환되는 유기적인 관계로 자리 잡게 되면서 조형을 완성하므로 그려진 것 이상의 의미와 가치를 지니게 된다. 그것은 화면의 본질적 요소로서 작가의 조형의식과 내면 세계를 나타내는 것이다.[25] 이와 같은 맥락에서 최하림은 여백은 "정이나 무의 변환상들"이며, "사물의 형사를 나타내는 선의 배후에서 선의 지시성을 보충하고 그것의 공간을 무와 같은 우주적 공간에로 심화 확대시킨다"고 보았다. 그러므로 여백은 사물의 형태를 본떠서 나타나는 선이 지닌 운동성을 발생시키는 근원이자 배후이고, 화면(畵面)을 우주적 공간으로 확장시키는 역할을 담당한다. 나아가 최하림은 "무는 화면 위에서 대상 세계를 심원하게 하는 기법이 됨과 동시에 그 심원미를 가능케 하는 논리의 궁극"이라고 설명한다.

여기서 주목할 개념이 '원(遠)'이다. "'원'은 동양에서 거리에 대한 개념으로 시간과 공간 두 부분을 모두 포괄하고 있다. 그것은 일종의 심미적인 태도이자 생명의 본질이다. '원'을 통한 거리의 개념은 무한을 전개하고, 이 무한의 거리 안에서 생명은 정화되고 정신은 높아져서 결국에는 우주의 한 부분으로 들어가게 된다."[26] 그러므로 최하림은 '선(線)=동(動)=

25   고봉석, 같은 글, pp. 1~3 참조.

유(有)'로, '여백(餘白)=정(靜)=무(無)'로 연결 지으면서 마침내 여백에 의해서 대상에 대한 미적 거리가 생겨나며, 밖으로 열린 이 공간을 통해 유한한 화면이 우주적 공간으로 확대된다고 말하고 있는 것이다. 그는 또한 동양화에서는 "대상의 성격보다도 그 대상을 통해서 구현코자 하는 자신의 심의를 중시"한다며 풍경을 바라보는 자의 내면의식을 '심의'로 표현하고 있다. 서양미술에서 이상적 인체의 형태를 통한 미의 표현을 추구해왔던 것과 달리 동양미술에서는 사물의 외적 형태를 낮게 한 우주적 원리의 표현에 더 관심을 기울였다. 즉 인물의 내적, 또는 정신적 면의 포착에 더 중점을 두었다. 그러므로 대상을 그리는 것은 겉모습과 더불어 그 대상의 자연적, 도덕적 속성까지도 깊이 파악하고 표현해야 그 대상의 상(象)을 제대로 나타내는 것이라 인식되었다.[27] 이를 통해 최하림은 풍경이 그것을 바라보는 주체의 세계관, 즉 "고독하고 내면적인 상태와 긴밀하게 연결되어 있"[28]다는 인식을 보여준다.

4. 선과 여백, 현실과 존재의 길항

이제부터는 선과 여백이라는 개념이 최하림의 시론 속에서 어떻게 이해될 수 있는지를 살펴볼 차례이다. 결론부터 말하자면 선과 여백은 그의 시가 나아간 풍경 시학의 요체인 '풍경 뒤의 풍경'이라는 이중의 풍경을 해석하는 실마리가 될 것이다.

---

26   나옥자, 「『임천고치』에 나타난 곽희의 회화사상(繪畫思想) 고찰」, 동방문화대학원대학교, 박사학위논문, 2017, pp. 33~41 참조.
27   이성미, 「동양화론의 이해 (1)」, 『미술사연구』, 제11호, 미술사연구회, 1997, pp. 174~76 참조.
28   가라타니 고진, 『일본근대문학의 기원』, 박유하 옮김, 도서출판b, 2013(개정판), p. 37.

잇몸이 없는 시린 이빨로
앙상한 가지를 벌리고 서 있는
가로수 밑둥을 물어뜯어도
가로수들은 아파하지도 않고
우리들의 분도 풀어지지 않네

이 발길 그리고 저 돌멩이 돌멩잇길
서남해의 대숲마을이나 마늘냄새
매캐한 중강진의 살얼음 속에서도
사람들은 입을 다물고
여윈 손목을 끌어잡을 줄 모르네

그러나 사람들은 서로 다르나
알아들을 수 있는 사투리로 말하고
끌어잡지 못하나 그 손으로 일하면서
고난의 시대를 함께 사네

　　　　　　　　　—「우리나라의 1975년」부분(『우리들을 위하여』)

　　최하림은 "시가 지적 조작을 벗어나 경험 속에서 유추되고 구체화되어
야 한다는 것은 이론의 여지가 없는 사실이다. 시는 프리즘에 의한 빛(현
실)의 반영체이고, 그러므로 빛과 완전히 다른 것이 아닌 그 빛의 변형에
불과하다"고 보았다. 또한 "시인 역시 현실을 보는 그의 독자의 눈을 가지
지 않으면 안 된다. 그 눈을 보는 법, 즉 시각의 원근법을 수반해야 한다"[29]
라고 말한다. 이 같은 주장을 반영하듯 그의 첫 시집은 강렬한 역사의식의
토대 위에서 씌어졌다. 초기 시를 대표하는 작품 중 하나인「우리나라의

29　최하림,「시와 전통」,『시와 부정의 정신』, 문학과지성사, 1984, p. 121.

1975년」에서도 드러난 것처럼 시인은 "잇몸이 없는 시린 이빨로" 혹한의 시대를 견디고 있는 민중적 주체에 대한 인식을 보여주면서 "고난의 시대를 함께" 살아가는 민중의 저력을 주목하고 있다. 비슷한 시기에 발표한 시론인 「시와 부정의 정신」에서는 한국 시의 문제점을 지적하면서 "하나의 시, 한 시대의 시를 이해하기 위해서는 그 시의 정신이 되고 표현이 되며 충동이 되는 시대 정신을 이해하지 않으면 안 될 것이며, 그 시대 정신을 성립시킨 사회의 내외 조건을 이해하지 않으면 안 될 것"[30]이라고 주장했다.

> 시인이 시를 쓴다고 하는 것은 단순한 외형적인 현실에 대한 참여거나 존재의 의미를 파악하고자 하는 탐구에 그치는 것이 아니라 〈현실〉과 〈존재〉가 동시에 확인되고 또 지향되는 의지적 작업인 것이며, 그리하여 시인은 별수없이 미래 지향적인 인간의 편에 드는 것이다. 되풀이하여 설명하자면 한 시인이 위악스런 현실에 대한 반항적인 태도를 취했을 때, 그의 반항적인 태도는 시사적인 시시비비에 그치는 것이 아니라 시인의 〈영원상〉이 부분적으로 발현되는 것이 되며, 그 부분들의 종합이 영원에의 탐구가 되는 것이다. 우리는 이때의 〈시의 반항〉과 〈시인의 반항〉을 염두에 둘 필요가 있으리라 생각된다. [……] 시가 가치 창조를 위한 인간의 이상주의적 산물이라면 인간성을 마멸시키려는 모든 제도적 모순에 대하여 싸우지 않으면 안 되며 사회 모순을 구조적으로 파악하여 극복하려는 자세를 취할 필요가 있다. 그러기 위해서는 목적 성취를 위한 성실한 노력을 경주해야 함은 말할 것도 없거니와 그것

---

30   최하림, 「시와 부정의 정신」, 같은 책, pp. 295~96. 이 글은 『현대문학』 1975년 9월호에 발표되었다. 발표 당시의 제목은 「시와 태도」였는데, 1984년에 시론집을 묶으면서 제목이 바뀌었고, 이는 시론집의 표제 글이 되었다. 이 글에서 최하림은 시인과 사회의 관계에 대해 주목하면서 사회성이 어떻게 한 시인에게 수용되어 정서화하며, 그 정서에 의해서 씌어진 시가 어떻게 일반 정서로 화하며, 또 어떻게 하여 그것은 인간의 미래 지향적인 태도와 의지의 문제로 귀착되는가를 주목하고 있다.

을 형상화하는 민중 언어에 대한 시인의 자각성을 다져야 한다. [……]
언어란 단순한 표현 수단이 아니라 현실을 의미하는 기호이며 현실을
반영하고 판단케 하는 거울인 까닭이다.[31]

이 시론에서 확인할 수 있는 것은 시 쓰기는 "〈현실〉과 〈존재〉가 동시
에 확인되고 또 지향되는 의지적 작업"이라는 주장과 "위악스런 현실에
대한 반항적인 태도"로서 '시의 반항'과 '시인의 반항'을 상정하고 있는
부분이다. 김수영의 후기 시론인 「시여, 침을 뱉어라」와도 연관성을 찾을
수 있는 이러한 주장 속에서 우리는 최하림이 '현실'과 '존재'를 자기 시
학의 두 축으로 내세우고 있음을 확인할 수 있다. 그러므로 최하림이 "어
떤 비평 담론이나 문학 담론에 좌우되지 않으면서도 독창적인 시학을 형
성"[32]했다는 평가 또한 여기서 비롯한 것이라 볼 수 있다. 그런 측면에서
앞서 살펴본 동양화론 속에서 최하림이 "끊임없이 사물의 성질을 추상하
고 암시하고 운동화한다"고 표현한 '선'의 본질은 현실과 역사, 즉 시간성
과 맥락이 닿아 있는 요소로 볼 수 있다. "최하림의 시에서 역사와 실존,
개인과 사회의 관련성을 살펴볼 때 중요하게 등장하는 시어가 바로 '시
간'"[33]임을 상기한다면, 선으로 상징되는 것은 시라는 프리즘에 의한 "현
실의 반영체"임을 알 수 있다. 또한 "사물의 형사를 나타내는 선의 배후에
서 선의 지시성을 보충하고 그것의 공간을 무와 같은 우주적 공간에로 심
화 확대시"킨다고 주장했던 여백은 존재와 연관 지어볼 수 있다. 여기서
만들어지는 것은 선으로 상징되는 현실과 역사라는 실체로서의 풍경, 그
리고 여백으로 상징되는 존재에 대한 성찰, 즉 눈앞에 보이는 현실 너머를
응시하는 내면 인식 속에서 만들어지는 심의의 풍경이다. 이 두 개의 풍경

---

31 최하림, 같은 글, pp. 315~17.
32 전병준, 같은 글, pp. 192~93.
33 박형준, 「최하림 초기 시의 시간 의식 연구」, 『국제한인문학연구』, 제20집, 국제한인문학회,
    2017, p. 104.

을 하나의 시 속에서 형상화하면서 최하림의 시는 풍경과 풍경 너머를 동시에 보여주는 개성적인 시학을 구축하고 있다. 다만 최하림 시의 특징을 염두에 두면 리얼리즘 경향을 보인 초기 시는 선의 속성을 중심으로 한 현실 인식의 시편들로, 존재론적 탐구를 통해 풍경을 바라보는 주체의 내면으로 귀의하고자 한 후기 시는 여백을 기반으로 한 심의의 풍경으로 요약할 수 있다.

> 구슬픈 소리 물 위에 가득한 길 위에서 바라보라
> 떼귀신 들려 도망간 누이의 흔적이나 찾듯이
> 눈물 흘리며 들로 나오신 어머님의 외로 돌린
> 머리가 바람에 흔들리고 장다리 꽃들이
> 흔들리고 장다리 꽃 너머 연옥으로 끌려 간
> 사나이 사나이 사나이들이 노곤한 실의(失意) 속으로
> 잠겨들어가는 것을 보아라
> 보아라 이제는 실의만이 봄 하늘에 가득찼노니
> 이제는 장다리꽃만이 햇볕에 노곤하게 흔들리노니
> ——「풍경(風景)」 전문(『우리들을 위하여』)

> 억새풀들이 그들의 소리로 왁자지껄 떠들다가
>
> 한 지평선에서 그림자로 눕는 저녁,
>
> 나는 옷 벗고 살 벗고 생각들도 벗어버리고
>
> 찬 마루에 등을 대고 눕는다 뒷마당에서는
>
> 쓰르라미 같은 것들이 발끝까지 젖어서

쓰르르 쓰르르 울고 있다 감각은

끝을 모르고 흘러간다고 할 수밖에

없다
　　　　　—「억새풀들이 그들의 소리로」 전문(『풍경 뒤의 풍경』)

　1970년에 씌어진 「풍경」은 최하림이 '풍경'이라는 시어를 등장시킨 최
초의 시라는 데 그 의의가 있다. 이 시에서 시적 화자가 서 있는 장소는
"구슬픈 소리 물 위에 가득한 길 위"이고, 그가 연민의 정서 속에서 바라
보고 있는 대상은 "바람에 흔들리고" 있는 "장다리꽃"이다. 이 최초의 장
면에서 시작된 풍경은 "떼귀신 들려 도망간 누이의 흔적"과 "눈물 흘리며
들로 나오신 어머님"과 "장다리 꽃 너머 연옥으로 끌려 간" "사나이들"을
차례로 불러내며 의미의 연상 작용을 이어간다. 그것을 가능하게 하는 것
이 장다리꽃의 흔들림이다. 그런데 민중적 주체로 상징되는 그들은 지금
사라지고 없는 존재들이다. 그래서 흔들리는 장다리꽃을 바라보는 시적
주체에게 남은 것은 '실의'뿐이다. 주목할 것은 바로 여기서부터 풍경의
깊이가 달라진다는 점이다. 그러므로 이때의 풍경은 자연과 대상을 단순
히 재현하는 사생(寫生)과는 거리가 멀다. 오히려 풍경을 바라보는 시적
주체의 태도를 짐작케 하는 객관적 상관물에 가깝다. 시인은 현실 속에서
는 허망한 상실감으로 남은 그 텅 빈 마음의 풍경을 '흔들리다'라는 동사
를 중심으로 대위적인 변주를 이끌어내며 전개하고 있다. 이로써 '실의'
라는 비애의 정서를 봄 하늘에 걸어두면서 눈앞에서 몽상처럼 흔들리는
현실의 그림자를 감각적으로 재현한다. 그런 까닭에 눈에 보이지 않는 관
념인 '실의'는 장다리꽃이 흔들리는 풍경 뒤에 남겨진 여백처럼 "봄 하늘
에 가득" 차게 된다. 이렇게 눈에 보이는 풍경 너머 존재의 본질에 육박하

는 '심의'를 시인은 아홉 줄의 짤막한 시행 뒤로 여백처럼 남겨두고 있는 것이다.

　여섯번째 시집인 『풍경 뒤의 풍경』에 수록된 「억새풀들이 그들의 소리로」에서도 비슷한 풍경을 확인할 수 있다. 억새풀이 바람에 흔들리는 저녁, 시적 주체는 뒷마당에서 들려오는 쓰르라미 울음소리를 듣고 있다. 그런데 시인은 의도적인 연갈이를 통해 8행이 아니라 8연의 시로 배치해놓았다. 그런 까닭에 행간의 의미가 넓어지는 것은 물론이고, 억새풀을 흔드는 바람과 뒷마당에서 울고 있는 쓰르라미의 소리가 시각적으로 전환되고 있다. 이때 여백처럼 남겨진 풍경은 '風景'이기도 하지만 또 다른 의미의 '風聲'이기도 하다. 이를 가능케 하는 것이 '흔들리다'라는 동사의 활용에 있다. 여기서 주목할 것이 최하림 시에 자주 등장하는 두 개의 서술어, '흐르다'와 '흔들리다'이다.

　　　소망들이 자욱히 엎드린 즐비한 좌안(左岸)의 통로를 따라가면
　　　살벌한 문 밖에, 물결이 강뚝을 넘어 일렁거리고
　　　가지들이 흘러가는 동요의 가장자리에서 속으로 속으로
　　　바다를 울리며
　　　희미한 시력에 기대어
　　　해초들이 숨찬 달빛에 흔들리고

　　　흔들리는 그 긴 울음을 들으면서
　　　우리들은 허위에 젖은 평면적인 달을 지나
　　　썰물의 여광(餘光) 위에 몸을 굽힌다
　　　수면에 나타나는 자(者)의 예감의 슬픔을, 원성을 키운다
　　　　　　　　　　　—「밖의 의자(椅子)」 부분(『우리들을 위하여』)

　　　초췌한 빛깔이다 초췌한 빛깔이다 바다여.

밤마다 우리들은 바라보고
기슭에 닿아우는 노대(露臺)에서
허망한 가슴으로 바라보지만
자꾸 별빛만 허리를 찍는다

아아 여백이다 적막이다 흘러가거라 흘러가거라.
풍선을 띄우며 아이들은 뜻없이 함성치고 바다를 부르지만
세계의 가슴에는 불합리의 그림자
[……]
너무나 커다란 비극의 기침 이제는 새로이 너를
생각하며 바라본다
  ─차라리 무망을 기르라 쉬임없이 흘러가거라 흘러가거라
            ─「바다의 이마쥬」 부분(『우리들을 위하여』)

　최하림의 시는 풍경과 조응하면서 '흔들리는' 객관적 상관물의 움직임
을 그 풍경을 바라보는 화자의 정서와 내면을 통해 상징적으로 구현해낸
다. 그는 "나는 명백한 것이 싫다. 나는 흔들리는 것, 반짝이는 것, 두 개
이상의 감정과 색상이 섞여 조영하는 어떤 느낌을 좋아한다"[34]라고 고백
한 적이 있는데, 이러한 생각이 시 세계에도 투영된 것으로 보인다. 인용
한 시에서 '흐르다'가 주로 현실 인식이나 역사의식과 연관되면서 시적
주체가 어찌할 수 없는 시대의 물결을 비유한다면, 그러한 세계를 바라보
는 주체의 내면은 주로 '흔들리다'라는 동사와 함께 표현되는 것을 알 수
있다. 물과 길이 상징하는 세계는 저절로 흘러가는 세계로 시간성, 역사
성과 연관이 있다. 반면에 감당하기 벅찬 역사와 시간 앞에 서 있는 대상
들은 모두 흔들림으로써 숨겨둔 내면의식을 표출하는 연약한 존재들이

34　최하림, 「시간의 풍경들」, 『멀리 보이는 마을』, 작가, 2002, pp. 54~55.

다. 이러한 까닭에 '흔들리다'라는 동사는 최하림 시에서 시적 주체의 존재 인식을 보여주는 역할을 담당한다. 그런데 그들은 현실 앞에서도 역사 앞에서도 자유롭지 못하다. 그래서 자기 실존의 위치를 찾기 위해 서성거리는 존재들이다. 이 서성거림이 바로 최하림 시의 "존재양식이고 갈등양식"[35]이다. 그러나 그들은 꿈틀거리는 생명력을 온몸의 파동으로 느끼는 주체로서 현실과 역사 앞에 살아 있다. 이때 "'살아 있다'는 한마디는 동양미의 가치 기준"[36]이 되고, 최하림의 풍경 시학이 가닿은 궁극적 이상이 된다.

그러나 최하림은 마종기의 지적처럼 "살아 움직이는 생생한 풍경들을 보여주고" 있을 뿐 자신은 "풍경의 주체가 되기보다는 그 풍경의 한 부분이 되어 계속해서 자신을 지워내고"자 한다.[37] 사실 풍경에 대한 이러한 인식은 일찌감치 최하림에게 내재해 있던 사유이기도 하다. 그는 이미 "서릿발같이 차가운 세계여 나는 이제 네 앞에 서서 얼굴을 비춰보고 싶지 않다 나는 아름다움과 선함의 본질을 보고 싶지 않다 그것들은 모두 구겨지고 짓이겨지고 뒤죽박죽되어 시간 속에서 시간꽃이 된다"[38]라고 속내를 드러낸 바 있다. 이렇듯 그는 풍경의 객관화를 거부하면서 흔들리는 존재들이 내뱉는 한숨과 울음에 귀를 기울이며 시의 숨소리를 들려준다. 이때 최하림의 "시를 관류하고 있는 감정은 연민이다. 그 연민이 어둠과 외침을 동반하고 나올 때 사회성을 띠게 되고 개인의 시각을 취하고 나올 때 괴롭고 쓸쓸한 내면풍경을 그리게 된다. 그 사회성과 개인성은 다른 것이 아니다. 그것들은 동전의 안팎처럼 시 속에서 상호작용하고 상호견제하면서 중용적 세계를 꿈꾼다."[39] '움직이는 것'을 통해서 '움직이지 않는

35   최하림, 『사랑의 변주곡』, 문학 세계사, 1990, p. 141.
36   조지훈, 「돌의 미학」, 『수필시대』 2018년 봄호, 문예운동사, p. 235.
37   최하림, 『때로는 네가 보이지 않는다』, 랜덤하우스중앙, 2005의 뒤표지 글에서.
38   최하림, 「시」, 『속이 보이는 심연으로』, 문학과지성사, 1991, p. 77.
39   최하림, 「말들의 아포리아 (2) — 자연·인간·언어」, 『숲이 아름다운 것은 그곳이 비어 있기 때문이다』, 문학 세계사, 1992, pp. 23~24.

것'을, 선을 통해서 그 배후에 자리한 심의인 여백을 구현하는 것이다.

5. 공감각화를 통한 여백의 확장

최하림의 시에서 강렬한 현실 인식은 주로 시각적 이미지로 표출되는 반면, 시적 주체가 바라보는 풍경 너머의 풍경들은 소리로 변주되어 나타난다. 이때 풍경과 소리의 관계는 눈에 보이는 실체로서의 대상과 그 대상이 거느리고 있는 그림자와의 관계와도 유사하다. 첫 시집 뒤표지 글에서 박두진이 최하림의 시를 "형상과 내면세계의 표출에 조화를 이루"었다고 평가한 것도 최하림 시에서 두드러지게 나타나는 시각적 이미지와 청각적 이미지의 조화와 변주에서 비롯한 것임을 알 수 있다.

> 한번의 저녁도 순간으로 타오르지 못하고
> 스러지는 시간 속을, 혹시 뉘 있어 줍고 있는지
> 뒤돌아보지만 길들은 멀리까지 비어 있고
> 길들은 저들끼리 입다물고 있다
>
> 길 위로 새 한 마리 공기의 힘을 빌려
> 하늘 위로 올라가 콕, 콕, 콕, 허공을 쪼아댄다
>
> 나는 바위에 엉덩이를 붙이고
> 노을이 산 밑으로 흐르는 것을
> 무슨 상처처럼 보고 있다
> ──「저녁 무렵」 전문(『굴참나무숲에서 아이들이 온다』, p. 31)

감각만으로 사물을 본다는 건 위험한 일이다

감각은 거죽에 불과하다 세계는 훨씬 더
복잡하고 혼란스럽다 외딴집에서는
쿨룩거리는 노인의 천식성 기침 소리
들리고 어둠이 켜켜이 내려와 유령처럼 변한다

나는 고요히 세계를 보고 있다 세계가
숨쉬는 소리 들린다 별들은 아직 뜨지
않았고 극락강 물은 캄캄하고 우리들의
눈이 닿는 곳에서는 고요가 일어선다
보이지 않게 여인들이 손잡고 일어선다
　　　　　──「저녁 무렵」부분(『굴참나무숲에서 아이들이 온다』, pp. 86~87)

앞서 인용한 예술평론 「한국 현대동양화의 복고성 검토」에서 최하림은 "화론가들은 반드시 어부가 돌아가는 저녁 풍경에는 놀이 끼어야 되고 오솔길은 수림으로 그 끝이 가려져야 한다고 말한다. 그것은 변화하는 자연을 예민하게 파악하는 시각이자 생성과 소멸의 순환 현상을 보여 준다"며, "동양의 산수화는 〈움직이는 것〉을 통해서 〈움직이지 않는 것〉을 보며 〈보이는 자연〉을 통해서 〈보이지 않는 자연〉을 본다"고 강조했다. 여기서 짐작할 수 있듯이 최하림은 마치 수묵화의 먹선이 번져가듯 시나브로 어둠이 내려앉는 저녁의 시간을 자주 형상화하고 있다. 최하림에게 "풍경은 시간의 흐름과 밀접히 연관된 역동적인 무엇이다. 시인의 시선이 주로 시간 단위가 바뀔 무렵, 이를테면 저물녘, 늦가을, 해빙기 등의 풍경을 향하는 것은 결코 우연이 아니다."[40]

「저녁 무렵」에서 시적 주체는 어두워지는 풍경이 시간 속에 스며드는 장면을 응시하면서 눈앞에서 사라지는 고요한 풍경 속으로 들어간다. "바

<hr />

40　최현식, 「흐르는 풍경의 깊이」, 『말 속의 침묵』, 문학과지성사, 2002, p. 156.

[그림 2] 강희안, 「고사관수도(高士觀水圖)」(조선 전기, 국립중앙박물관 소장)

위에 엉덩이를 붙이고/노을이 산 밑으로 흐르는 것을/무슨 상처처럼 보고 있다" 시적 주체가 보여주는 수동적인 몸짓과 달리 새는 "하늘 위로 올라가 콕, 콕, 콕, 허공을 쪼아"대며 이 고즈넉한 풍경에 생동감 있는 리듬과 역동성을 부여한다. 이로써 새는 저녁이라는 경계의 시간만 존재하던 이 시의 배경을 "하늘"과 "허공"이라는 무한의 공간으로 확장시키면서 땅거미 내려앉는 저물녘의 풍경 속에 긴 여운처럼 새소리를 걸어놓고 있다. 이러한 풍경은 강희안의 「고사관수도(高士觀水圖)」를 연상케 한다. 그림 속에서 기분 좋게 불어오는 바람을 맞으며 바위에 엎드린 선비가 흐르는 물을 바라보며 고요함 속에서 약동하는 기운을 느끼듯이, 정지된 듯 보이는 고졸한 풍경은 감상자가 물과 바람을 인식하는 순간 흐린 먹선을 벗어나 물소리와 바람 소리로 꿈틀대기 시작한다. 이때 그림의 공간 또한 화면 바깥으로 확장되듯이 행간 사이에 흐르는 시의 여백도 넓어진다.

동명의 다른 작품인 「저녁 무렵」에서 시인은 풍경을 바라보는 자의 올바른 태도에 대해 말한다. "세계는 훨씬 더/복잡하고 혼란스럽"기 때문에 "감각으로만 사물을 본다는 건 위험한 일"이며, 진정으로 우리가 도달해야 할 풍경의 심의는 "거죽에 불과"한 "감각"에 있는 것이 아니라, "쿨룩거리는 노인의 천식성 기침 소리"에 있다고 말한다. 그리하여 사물과 나의 경계를 지우고 "눈이 닿는 곳에서" 일어선 "고요"를 보고 "세계"의 "숨소리"를 들어야 한다고 강조한다. 흥미로운 사실은 두 편의 시 속에서 '저녁 무렵'이라는 시각적 풍경이 새소리, 기침 소리와 만나 시각의 청각화가 이루어진다는 점이다.

어스름이 내리는 골짜기로
차는 숨가쁘게 내려간다
언뜻언뜻 표지판이 보인다
'단양 20킬로미터'
20이라는 글자가 또렷이
시야에 들어오다가 사라진다
나는 달린다 범종 소리 다시
사방을 울리고 소리들이 풍경을
거두어 가지고 어둠 속으로 들어간다
　　　　　　—「겨울 단양행」부분(『때로는 네가 보이지 않는다』)

　「겨울 단양행」에서는 그 반대의 풍경이 그려진다. "어스름이 내리는 골짜기로/차는 숨가쁘게" 달려가지만 이미 어둠이 적잖이 번져 시야가 또렷하지는 않다. 그때 시적 주체의 귓가에 "범종 소리"가 들려온다. 외롭고 쓸쓸한 그 길에서 주체의 내면으로 깊이 스며들었을 범종 소리는 "사방을 울리고" 마침내 "소리들이 풍경을/거두어 가지고 어둠 속으로 들어"가는 경지에 이른다. 이때 일정한 리듬과 고저를 간직하고 있을 범종 소리는 밀려드는 어둠과 어우러지다가 긴 여운을 남기며 어둠 속으로 스며든다. 산수화 속에 흐르는 시간이 수묵선의 흐름과 번짐, 농담에 의해 구축되듯이 어둠과 조우한 범종 소리가 수묵의 선을 형성하고 있는 것이다. 그 과정은 시각을 청각화한 앞의 경우와 달리 청각을 시각화한 경우라 할 수 있다. 이처럼 최하림의 시에서는 시각의 청각화 혹은 청각의 시각화가 초기 시부터 후기 시에 이르기까지 거의 반복적으로 등장하는 것을 알 수 있다. 달리 말하면 최하림은 산수화에서라면 여백으로 남겨질 공간에 화자의 내면의식이 반영된 고독한 존재자들의 실체를 소리를 통해 형상화함으로써 종소리의 여운처럼, 허공을 울리는 새소리처럼 시의 여백을 확장하고 있는 것이다. 이를 통해 최하림이 '시각의 청각화'나 '청각의 시각화' 같은 공감각적 이미지를 시작법의 핵심 요소로 활용해왔음을 확인할 수 있다. 요컨대 최하림의 시에서 동양적인 여백은 시각을 청각화하는 소리의 파동과 고요한 세계를 말없이 응시하는 화자의 침묵에 의해 구성되는 것이다.

> 물총새가 리드미컬하게 수면을 차고 날아가고 빨래하는 여인들의 스웨터가 물빛으로 빛난다 물총새가 리드미컬하게 수면을 차고 날아가고 알집에서 막 나온 물방개가 수면에 비친 제 모습을 보면서 조심조심 물 위로 기어간다 물총새가 리드미컬하게 수면을 차고 날아가고 물꽃들이 피어날 준비를 하느라고 가쁜 숨을 허억허억 쉰다 이런 날은 마을 건너편 아파트 공사장의 남정네들도 사타구니를 쓱쓱 긁으며 오는 날이 즐거워 흐흐흐흐 웃는다
> ──「방죽이 있는 풍경」 전문(『굴참나무숲에서 아이들이 온다』)

최하림의 후기 시가 도달한 풍경 시학의 정수를 보여주는 이 시에서도 시각의 청각화 혹은 청각의 시각화가 감각적으로 활용되고 있다. "수면을 차고 날아가"는 "물총새"의 움직임이 고요한 풍경에 리드미컬한 곡선의 파동을 만들며 시각적인 운동성을 보여준다면, "수면에 비친 제 모습"

을 바라보는 "물방개"의 모습에서는 고요하게 내면으로 침잠하는 정(靜), 즉 심의의 풍경을 엿볼 수 있다. "피어날 준비를 하느라고 가쁜 숨을 허억 허억" 내쉬는 "물꽃들"과 "사타구니를 쓱쓱 긁으며 오는 날이 즐거워 흐 흐흐흐 웃는" "공사장의 남정네들"의 모습에서는 기운생동하는, 살아 있 는 존재들의 생명력과 삶의 환희가 느껴진다. 마치 동양화 속에서 필선과 여백이 서로 길항하면서 하나의 풍경을 완성해가듯이 시인은 이 벅차고 아름다운 풍경을 시각과 청각의 변주라는 공감각적 이미지의 활용을 통 해 보여준다. 그리고 독자의 귓가에 오래도록 머물게 될 물꽃들의 숨소리 와 남정네들의 기분 좋은 웃음소리를 여운이 긴 '풍경(風磬)' 소리처럼 지 면 위에 새겨두고 있는 것이다. 산수화가 다초점에 의한 산점투시의 방법 으로 눈에 보이는 가시적인 세계와 화가의 내면에 깃든 보이지 않는 심의 를 표현하듯이 최하림 또한 선(시각적 표상)과 여백(내면의 심의)을 기반 으로 현실 인식과 내면의식을 교차시키며 풍경과 자아의 경계를 지우면 서 풍경 시학을 완성하고 있는 것이다.

"최상의 화가는 형상을 위하여 여백을 이용한다기보다 오히려 여백을 음미하기 위하여 형상을 그린다"[41]고 한다. 주지하다시피 동양화에서 여 백은 단순히 비어 있는 공간이 아니라, 기능적으로 비워진 공간이다. 화폭 에 그려진 형상보다 더 심오한 의미를 내포하고 있다는 점에서 여백은 수 용자에게는 새로운 해석의 공간으로 다가온다. 시인은 언어로 새로운 공 간을 창조하는 사람이다. 그러므로 시의 공간은 시인이 사물들을 번역하 는 공간이자, 또 다른 번역자, 사물들이 그 보이지 않는 내밀성 가운데 머 물기 위해 보이기를 그만두는 또 다른 공간이다. 시인이 말한다는 것은 본 질적으로 보이는 것을 보이지 않는 것으로 변화시키고, 분할할 수 없는 공 간 속으로, 자신 밖에 존재하는 내밀성 속으로 들어가는 것이기 때문이 다.[42] 그런 측면에서 볼 때, 최하림 시의 또 다른 공간으로서의 여백은 눈

41   오주석, 같은 책, p. 130.

앞에 보이는 풍경 너머, 눈에 보이지 않는 '풍경 뒤의 풍경'까지 포착해 들어가 살아 있는 존재들의 기척까지 담아내고자 했던 시정신의 확장이자 풍경의 깊이라고 할 수 있다. 이러한 인식을 최하림은 초기 시부터 후기 시까지 줄곧 견지하고 있었던 것으로 보인다. 다만 초기 시에서는 '우리'가 존재하는 현실의 풍경이 주로 역사성을 중심으로 전개된다면, 후기 시에서는 풍경의 배후, 즉 여백을 발견하는 쪽으로 기울면서 '나'를 둘러싼 풍경과 시간과의 관계에 대한 성찰이 두드러진다고 요약할 수 있다.

6. 결론

동양화를 이루는 핵심 요소는 선과 여백이다. 이 글은 이러한 전제를 바탕으로 최하림의 풍경 시학과 동양화론과의 연관성을 규명하고자 했다. 2~3장에서는 동양화론에 나타난 선과 여백의 의미를 고찰했다. 먼저 2장에서는 최하림이 선을 사물의 성질을 추상하고 암시하고 운동화하는 것으로 인식하고 있었으며, 이는 시간의 추이와 자연이 본래 지닌 생성과 소멸의 순환 현상을 보여주는 것임을 밝혀냈다. 즉 선은 동(動)과 유(有)라는 가변적이고 유한적인 세계를 가능케 하는 요소로 시간성과 역사성과 연관된다. 3장에서는 여백이 사물의 형사를 나타내는 선의 배후에서 선의 지시성을 보충하고 그것의 공간을 무와 같은 우주적 공간으로 심화·확대시킨다는 점에 주목해, 대상에 대한 미적 거리를 만들어내는 동양화의 여백을 풍경을 바라보는 자의 내면의식인 '심의'로 해석했다. 즉 여백은 정(靜)과 무(無)와 연관되며 선이 지닌 운동성을 발생시키는 근원이자 배후이고, 화면을 우주적 공간으로 확장시키는 역할을 담당한다.

4장과 5장에서는 동양화론과 최하림 시론의 구체적인 연관성을 논증했

---

42   모리스 블랑쇼, 『문학의 공간』, 이달승 옮김, 그린비, 2014, p. 202.

다. 4장에서는 최하림의 시론에 선으로 상징되는 '현실' 풍경과 여백으로 표상되는 '존재' 인식이 함께 자리하고 있었음을 주목하고, 최하림의 시가 선으로 상징되는 현실과 역사라는 실체로서의 풍경, 그리고 여백으로 상징되는 존재에 대한 성찰, 즉 눈앞에 보이는 현실 너머를 응시하는 내면 인식의 길항 속에서 창작되었음을 논증해냈다. 5장에서는 최하림의 시에서 강렬한 현실 인식이 주로 시각적 이미지로 표출되는 반면, 시적 주체가 바라보는 풍경 너머의 풍경들은 소리로 변주되어 나타난다는 점에 주목했다. 이를 통해 최하림이 여백을 확장하는 방식으로 시각의 청각화와 청각의 시각화 같은 공감각적 이미지를 활용했으며 이는 시작법의 핵심 요소임을 확인했다.

요컨대 최하림의 인식 속에는 줄곧 두 개의 풍경이 자리하고 있었다. 하나는 가시적이고 가지적인 세계인 현실의 풍경이고, 다른 하나는 그 세계 너머에 스며 있는 존재자들의 내면의식, 곧 심의로서의 풍경이다. 동양화론의 선과 여백에 대응하듯 최하림의 시론은 현실과 존재의 겹침으로 이루어졌으며, 선과 여백은 바깥 풍경에 대한 현실 인식과 내면 풍경으로서의 존재 인식을 보여주는 상징적인 지표였다. 무엇보다 풍경 시학으로 대표되는 최하림의 시론을 동양화론과의 연관 속에서 살피고, 여백의 의미를 시정신의 확장이자 풍경의 깊이로 규명한 것은 이 글이 거둔 소중한 성과라 할 것이다.

[『국제한인문학연구』, 제27호(국제한인문학회, 2020)]

'눈[雪]'과 '빛'의 상상체계

─최하림론

김수이

1. 언어의 빛을 사용하는 법

분명히 형체가 있는데 모호한 것. 한없이 떨고 있는데 고요한 것. 최하림의 시는 이런 형태로 존재한다. 그의 시가 어떤 풍경을 세밀하게 묘사할 때도, 드러나는 것은 풍경이 아니라 풍경의 잔상이며 효과이다. 말하자면 최하림은 자신의 시공간에 직접조명이 아닌 간접조명을 설치해놓고 있다. 그는 세계의 존재와 사물들이 직사광선 아래서는 오히려 형상이 왜곡되고 색이 바랜다고 생각한다. 이 세계의 존재와 사물을 알맞게 비추기 위해 최하림이 사용하는 조명 기구는 '언어'이다. 사실 최하림을 포함해 모든 시인은 언어 이외에 다른 장치를 갖고 있지 않다. 언어라는 조명 기구의 속성과 사용법을 섬세하게 파악하는 일이 시인에게 필수적인 것은 그것의 유일성 때문이다. 최하림은 가능한 한 부드러운 밝기로 언어의 조명을 사용한다. 첫째는 언어라는 조명 장치의 사용법을 완전히 알 수는 없기 때문이며, 둘째는 사용자조차 정확히 조절할 수 없는 언어의 빛이 오히려 대상의 실체를 훼손할 수 있기 때문이다. 이 난감함으로 인해 최하림은 다음과 같은 소망을 갖기에 이른다. "결코 우리로부터 분리되지 않고/합해지지도 않는 슬픈 것들아/오늘밤은 커튼을 내리고/램프를 끄고 네 푸른 질 속으로/들어가 너를 밝혀보아라"(「말에게」, 『속이 보이는 심연으로』, 문학과지성사, 1991).

언어에 대한 최하림의 고민은 김춘수와 김종삼이 행한 작업의 연장선상에 있다. 특히 젊은 시절의 최하림은 언어와 시의 본질에 대해 각별한 문제의식을 갖고 있었다. 몽환적인 어조와 상징주의적 경향의 현란한 시어들은 그러한 의식이 다소 거칠게 표출된 결과였다. 최하림은 역사의 파행과 현실의 폭력에 대해서도 깊이 있는 통찰을 행해왔다. 그가 지닌 인식의 폭은 첫 시집 『우리들을 위하여』(창작과비평사, 1976)에서 네번째 시집 『속이 보이는 심연으로』에 걸쳐 분명히 확인된다. 이후 7년의 시간 차를 두고 펴낸 『굴참나무숲에서 아이들이 온다』(문학과지성사, 1998)를 기점으로 최하림의 관심은 '존재와 시간의 현상학'이라고 부를 수 있는 실존과 내면의 문제로 기울어진다.[1] 비교의 화법으로 말하면, 최하림은 김수영과 김춘수/김종삼의 사이에 있다고 할 수 있다. 이 사이의 거리는 적잖이 멀고, 또 의외로 가깝다. 최하림 시의 특성이 하나의 선명한 어휘로 요약되기 힘든 이유는 여기에 있다. 언어에 대한 자의식과 세계의 미학적 천착을 중시하는 시와 현실 인식과 역사적 책무를 강조하는 시가 문학사적으로 분리되어 평가되는 동안, 최하림의 시는 어느 한쪽으로 명확히 분류되지 않는 중간지대로 여겨져왔다. 그러나 적어도 『속이 보이는 심연으로』까지의 최하림은 두 세계를 통합적으로 시화한 드문 경우에 속한다.

---

[1] 1964년 『조선일보』에 시 「빈약한 올페의 회상」이 당선되어 작품 활동을 시작한 최하림은 2002년 현재까지 『우리들을 위하여』(창작과비평사, 1976), 『작은 마을에서』(문학과지성사, 1982), 『겨울 깊은 물소리』(열음사, 1987), 『속이 보이는 심연으로』(문학과지성사, 1991), 『굴참나무숲에서 아이들이 온다』(문학과지성사, 1998), 『풍경 뒤의 풍경』(문학과지성사, 2001) 등 여섯 권의 시집을 출간했다. 이중 『겨울 깊은 물소리』는 1999년 문학동네에서 재출간된 판본을 텍스트로 하였다.

그 시기의 최하림은 통합적인 인식이 오히려 시적 태도의 애매함으로 이해되는 문학사적 차원의 불운을 겪은 셈이다.

시적 언술의 본질적인 차원에서 생각할 때, 시는 크게 두 유형으로 나눌 수 있다. 하나는 자아와 세계를 해명하는 시이며, 다른 하나는 자신과 세계에 질문을 던지는 시이다. 해명의 시는 감정과 체험의 고백, 세계의 비의를 담은 잠언과 경구, 선문답류의 진술까지 다양한 양상을 포괄하며, 질문의 시는 세계에 대한 비판과 실험 정신에서 존재의 본질에 대한 의문까지 많은 형태를 아우른다. 최하림의 시는 후자인 질문의 시에 속한다. 현실에 대한 비판적 성찰과 존재의 소실점인 미지의 절대 영역에 대한 사유를 병행해온 최하림은 언어와 시에 관한 자의식을 통해 이 점을 분명히 해왔다. 형식적인 면에서도 최하림의 시에는 '말'과 '시'를 제목이나 제재로 한 시들이 많이 등장한다. 시의 주제가 의문형의 문장으로 압축된 경우가 많은 것도 같은 맥락에 있다.

최하림 시의 심층 화법인 '질문'은 세계의 모순과 자아의 결핍으로 인한 불안에서 발생한다. "나는 배고프게 세계의 중심에 있습니다/나는 울고 있습니다"라고 최하림은 고백하거니와, 세계의 중심에 빈 몸으로 서 있는 존재의 허기와 울음은 끝없는 질문을 유발한다. 최하림은 자신의 질문에 대답하기보다는 더 깊은 본질적인 차원을 열고 들어가며 질문을 계속한다. 질문은 최하림과 그의 시의 존재 방식으로서, 미지(昧知)와 공백(空白)을 포함한 존재론적 풍경을 형성한다. 최하림 시의 질문의 풍경에는 자주 '눈[雪]'이 내리거나 '빛'이 흐르며, 계절은 대체로 겨울(내면의 겨울을 포함해)이 지속되는 중에 있다. 특별한 인칭 없는 '비인칭의 시'(황현산)로 규정된 바 있는 최하림의 시에서 '눈'과 '빛'은 때로 유일한 주체로까지 느껴진다. '눈'과 '빛'은 다른 상징적 이미지들과 긴밀하게 연결되면서 최하림 시의 사유의 원천으로 작용한다.

2. '눈[雪]'과 '빛'의 상상체계

최하림의 시에서 '눈'과 '빛'은 어둠, 바다, 나무, 새 등의 이미지와 조우하면서, 고통스러운 현실에서 시를 쓰는 일에 대한 강렬한 자의식을 수반한다. 청년 시절의 최하림은 자신이 처한 현실을 "막막한 강안(江岸)을 흘러와 쌓인 사아(死兒)의 장소. 몇 겹의 죽음./장마철마다 떠내려온, 노래를 잃어버린 신들의 항구"(「빈약한 올페의 회상」, 『조선일보』신춘문예, 1964)라고 비극적으로 노래한 바 있다. 이처럼 초기 시는 죽음을 은닉하는 현실의 어둠을 드러내는 데 집중되었으며, 최하림 시의 존재 방식인 '질문'은 현실의 어둠을 거부하는 일에서 시작되었다.

> 보아라 칼 아래 잠든 밤이여
> [……]
> 깊고 침침하게 흐르는 바다로 바다로 가
> 일대를 조용하게 할 질문의 소리를 들어야겠다.
> 먼 현실로 돌아가 내가 나일 수 있다면……
> 내가 나일 수 있다면……
>
> ──「비가(悲歌)」 부분(『우리들을 위하여』)

"일대를 조용하게 할 질문의 소리"란, "칼 아래 잠든 밤"의 현실에 대한 저항의 외침이며, "내가 나일 수 있"게 하는 정직한 내면의 육성이다. 최하림 시의 출발점은 이 둘이 따로 분리되지 않는 지점에 있다. 외부와 내부 세계, 이 두 방향성의 합일은 타오르는 '불'의 상승력 및 '빛'의 확산력, 지심(地心)에 스미는 '눈[雪]'의 침투력이 공존하는 풍경으로 나타난다. 최하림은 시대의 '어둠'에 항거하는 힘으로서 '불/빛'과 '눈'을 나란히 맞세워놓는다. 바슐라르가 말한 물질적 상상력의 편린을 엿볼 수 있는 최하림의 초기 시에서 '불/빛'과 '눈'은 운동 방향과 온도가 다를 뿐 동일한 역할을 하고 있다. 역사와 현실의 부정성을 타파하고, 시인으로 하여금 준엄하게 자신을 단련하고 시의 언어를 벼리게 하는 모델로서의 역할이 그것이다.

> 아아 불은 나를 태우고 너를 태우고
> 우리들이 가야 할 암흑의 산천을 태우는데
> 가자 가자 머리 위 버드나무잎과 물이랑이
> 수천수만 빛으로 반짝이고 그 빛들은
> 우리가 걸어온 길의 울음소리와
> 울음소리 속으로 뻗어나간 길의
> 신난을 보이는데, 신난을 보이는데……
> ——「밤 강가에서」 부분(『우리들을 위하여』)

> 칼끝을 걸어가는 아픔을 가지지 못한
> 언어는 칼끝에 결코 이르지 못한다
> 언어는 칼일 수 없다 녹아서 지심 깊숙이
> 스며들어 사물의 뿌리를 축이는 눈이여
> ——「눈」 부분(『우리들을 위하여』)

현실과 자아의 부정성을 제거하는 정화의 '불'은 "버드나무잎과 물이랑" 위에서 반짝이는 "수천수만 빛"으로 변주된다. 이 '빛' 속에는 "우리가 걸어온 길의 울음소리와/울음소리 속으로 뻗어나간 길의/신난"이 오롯이 새겨져 있다. 울음과 함께 반짝이는 '빛'은 역사와 내면의 고투를 합치해온 시인 최하림의 존재적 표상이자, 그 외화된 형태로서의 자연의 상징이다. 이 '빛'은 "칼끝을 걸어가는 아픔"으로 "녹아서 지심 깊숙이/스며들어 사물의 뿌리를 축이는 눈"과 근본적으로 같다. 뜨거운 '불'과 차가운 '눈', 사물의 외부를 비추는 '빛'과 사물의 내부에 스미는 '눈'은 사물과 세계의 본질에 부단히 다가가는, 정념의 에너지로 이루어진 존재를 상징한다. 이 '빛'과 '눈'의 육체를 빌려 세계와 삶의 본질을 고요하고 치열하게 탐구하는 과정이 곧 최하림의 시 쓰기 과정인 셈이다.

'불/빛'과 '눈'의 시적 의미의 유사성, 이 두 상징물에 내장된 최하림의 시 쓰기의 자의식은 다음의 시에서 보다 확연히 드러난다.

> 눈이 지천으로 오는 밤에 시를 써야지
> 머리를 눈에 박고 써야지
> 눈 속을 걸어가는 사내 몇
> 불을 찾는 사내 몇
> 겨울까마귀 몇
> 죽은 자들도 이런 밤엔 불을 찾아
> 몇 날이고 몇 밤이고 언덕을 넘겠지 그들의 목소리가
> 벌판을 헤매겠지. 그들의 불을 찾으러? 꿈꾸는 불? 붉은 불? 그 불 속에
> 밤차가 달리고 겨울까마귀들이 공중을 떠돌겠지
> ─「시」 부분(『작은 마을에서』, p. 28)

최하림의 시에서 눈이 내리는 풍경은 단순히 자연의 경관을 뜻하지 않는다. 이 시에서도 "눈이 지천으로 오는 밤"은 시인이 "머리를 눈에 박고" "시를 써야" 하는 밤이며, "죽은 자들도" "불을 찾아"가는 밤으로 독특하게 의미화된다. 눈이 오는 밤은 눈과는 정반대의 속성을 지닌 "꿈꾸는 불?"을 찾을 수 있는 예외적이며 마술적인 시간이다. 최하림의 시에서 '눈[雪]'은 삶의 빈 공간을 채우는 자연의 실재이고, 시간의 균열을 메우는 섭리의 물질이며, 닿을 수 없는 절대의 외부이자 그 외부에서 불현듯 찾아오는 목소리(각성)로 각별한 의미를 지닌다. 이뿐만이 아니다. '눈'은 시인이 바라보는 대상의 차원에서 한 걸음 더 나아가 스스로 하나의 눈

[目]을 지닌 주체가 된다. 어두운 밤, 눈이 내리는 풍경을 보며 시인이 세계와 삶을 사유할 때, 눈[雪] 또한 시인을 말없이 지켜보며 그를 따뜻하게 위무한다. '눈[雪]'은 자연의 질서를 현현하면서 인간을 지켜보고 있는 우주의 눈[目]이자, 시인의 내면에서 빛나는 존재의 눈[目]이기도 하다. 최하림 시에서 '눈[雪]'은 이처럼 세계의 일부인 객관적 사물과 시인의 내면의 주관적 투영물이라는 두 가지 차원을 공유하고 있다.

세계의 본질을 밝히는 '눈'과 '불/빛'의 상징은 시인의 내부에서 또 다른 이미지로 파생된다. 최하림이 주로 1980년대에 쓴 시들에서 '눈'과 '불/빛'은 역동적인 생명력을 지닌 '새'와 '나무'의 이미지로 변용된다. '새'와 '나무'가 뿜어내는 강인한 생명력은, "공포로 가득 찬 세상"(「베드로 2」, 『겨울 깊은 물소리』)과 "전율이 어둠에서 어둠으로/내에서 숲으로 시대의 공기를/비"(「빛」, 『겨울 깊은 물소리』)트는 역사에 대한 필사적인 항거의 몸부림을 뜻한다. "삶이 개만도 못한 무간지옥(無間地獄)"(「영동(嶺東)」, 『작은 마을에서』)을 살아내면서 최하림이 치열하게 수호한 내면의 표상이 바로 '새'와 '나무'이다.

> 어떤 빛에도 드러나지 않고
> 어떤 놀에도 몸 붉어지지 않고
> 오로지 제 어둠으로 가는구나
> 멀리멀리 그리운 불 밝혀두고
> 풀잎들이 한덩이로 뭉쳐 사운거리는
> 영산강 하구언을 지나서, 겨울새들이여
>
> ──「새」 부분(『작은 마을에서』)

> 오오 보이지 않는 바람에 저리도 많은 날개를 흔드는 나무들이여 [……] 어두운 나무들이여 산보다 깊은 해심(海心)에서 일어나는 나무들이여

—「어두운 골짜기에서」 부분(『작은 마을에서』)

　"오로지 제 어둠으로 가는"'겨울새'와 "산보다 깊은 해심에서 일어나는"'어두운 나무'는 시인이 지향하는 내적 자아를 선명히 보여준다. 혹한의 하늘을 날아가는 '겨울새'와 저 깊은 해심에서 일어나 날개를 흔드는 '나무'는 강인한 인내와 비상 의지의 결정체라고 할 수 있다. 그러나 '새'와 '나무'의 가파른 자기 갱신의 운동이 탄탄한 성공을 예비해둔 것은 아니었다. 폭력과 어둠의 시대는 "나무도 언덕도 마지막 날아간 새들의 그림자도" 빠르게 지워버린 후, 이 모든 노력을 패배와 절망으로 무력화한다. 그리고 이 견고한 부동(不動)의 현실 위로 무슨 계시처럼 다시 '눈'이 내린다.

　　시끄러운 시대를 끝내고 당신의 눈이 내리는 아침 남부지방의 예술가들은 사라진 친구를 부르며 어디로인지 가고 신경처럼 가느른 시간도 가고 있습니다 나도 가고 싶습니다 내리는 눈을 따라서, 눈은 시대이고 나도 시대입니다
　　　　　　　　　—「주여 눈이 왔습니다」 부분(『겨울 깊은 물소리』)

　　죽음 속에서 눈이 내렸다. 나무도 언덕도 마지막 날아간 새들의 그림자도 보이지 않았다. 늠실거리는 햇빛도 보이지 않았다.

　　이제 벌판은 누구의 것인가
　　　　　　　　　—「11월에 떨어진 꽃이」 부분(『겨울 깊은 물소리』)

　"눈은 시대이고 나도 시대입니다"라는 진술은 눈과 시인, 시대의 부정적인 일체화를 보여준다는 점에서 중요하다. '눈'은 세계의 풍경의 일부이거나 스스로 하나의 주체였는데, 이제 시인 및 시대와 구별되지 않는 하

나의 몸을 형성하기에 이른다. 대지에 스미던 '눈'은 시인의 내부에 스며들어 시인의 자아를 흡수하면서 더 최종적인 곳에 자리 잡는다. 모든 것이 사라지고 '햇빛'조차 보이지 않는 현실에서 유일하게 움직이고(내리고) 있는 것은 '눈'이다. "이제 벌판은 누구의 것인가"라는 질문의 답은 '눈' 외에는 다른 것이 될 수 없다. 오직 '눈'이 내리고 그 눈에 덮여서 모든 것이 지워진 벌판, 몽환의 풍경처럼 느껴지는 이 현실의 벌판에서는 인간도 인간의 언어도 무력하고 헛되며, 차라리 부재하는 것이나 다름이 없다. "말들은 이제 보이지 않는다. 사람의 집도 보이지 않는다" "말들은 운다 아니다 말들은 울 줄도 모른다"(「말」, 『겨울 깊은 물소리』). 최하림이 겪은 심각한 정신적 위기를 고스란히 투영하고 있는 장면들이다.

　최하림이 자신을 '눈'에 투사한 것은 험난한 시대를 통과하기 위한 존재론적 차원의 선택이었다. 최하림은 '눈'에서 세상을 뒤덮는 섭리를 보았고, 자족의 무한한 에너지를 보았으며, 모든 것이 소멸한 뒤에도 남아 있는 움직임을 보았다. 무엇보다 최하림은 '눈'을 통해 삶에 대한 자신의 믿음과 미래의 희망을 확인할 수 있었다. 얼마나 긴 시간이 필요할 것인가는 그다음의 문제였다.

> 살아 있으므로 우리는 보게 될 것이다
> 시간들이 가서 마을과 언덕에 눈이 쌓이고
> 생각들이 무거워지고
> 나무들이 축복처럼 서 있을 것이다
> 소중한 것들은 언제나 저렇듯 무겁게
> 내린다고, 어느 날 말할 때가 올 것이다
> 눈이 떨면서 내릴 것이다
> 　　　　　　―「가을, 그리고 겨울」 부분(『속이 보이는 심연으로』)

"소중한 것들은 언제나 저렇듯 무겁게/내린다"는 것, 그것을 "어느 날 말할 때가 올 것"이라는 것, 그리하여 "눈이 떨면서 내릴 것"이라는 믿음은 최하림의 현실 인식의 핵심을 이룬다. "떨면서 내릴" '눈'의 예민한 역동성은 시인의 자아와 내면 세계를 반영하며, 과거의 고통과 현재의 불안과 미래의 희망을 하나로 융화하는 역할을 한다. 언젠가 그런 눈이 내릴 것이라는 최하림의 믿음은 "현대사라는 새가 리드미컬하게 경사를 그리며 달려내려가 날카로운 발톱으로 박종철을 채가고 이한열을 채가면서 포박과 비상의 균형을 이루는 그 생존과 질서의 반복!"(「새」,『속이 보이는 심연으로』) 속에서도 훼손되지 않는다. 세상을 뒤덮고 무화(無化)하는 '눈'에 자신의 시대를 일치시키고, 동시에 언젠가 "떨면서 내릴" 윤리적인 내적 고투의 '눈'에 자기 자신을 일치시킨 최하림은 그 믿음을 통해 아름답고 장엄한 화해의 시간을 누리기에 이른다.

> 사방에 무등산이 있었다. [……] 그런 무등산의 둥근 허리로 어느 날 춤추듯 눈이 내렸다. 눈은 뺨에 녹아내리고 이마에 녹아내리고, 눈썹에 녹아내리고, 눈은 눈 위에 녹아내리면서 쌓였다. 이제 산은 크고 허연 눈이었다. 결정의 얼음들이 나무마다 열리고, 햇살이 비쳐들자 얼음들은 구슬처럼 빛나면서 맑은 소리로 울었다. 그 소리들이 골짜기로 골짜기로 퍼져 온 산이, 무등산이 쩌렁쩌렁 울고 있었다.
> ──「무등산」 부분(『속이 보이는 심연으로』)

'무등산'으로 상징된 한 시대의 비극적인 역사는 '산'이 "크고 허연 눈"이 되고, "결정의 얼음들이" '햇살'에 빛나며, "무등산이 쩌렁쩌렁" 우는 변화를 통해 치유의 단계에 접어든다. 이 장면은 '눈'과 '빛'이 동일한 기능의 상징임을 다시금 확인하게 해준다. 그러나 이를 정점으로 최하림의 시에서 '눈'과 '빛'의 역할은 변화를 맞이하게 된다. 시집『굴참나무숲에서 아이들이 온다』와『풍경 뒤의 풍경』에서는 '눈'과 '빛'이 시의 후면으로 물러나고, 시인의 자아인 '나'가 전면에 나서게 된다. 시대의 어둠에 묻혀 있던 '빛'이 되살아나고, 그 빛에 조응하는 밝은 이미지의 '나무'가 등장하는 것도 달라진 모습이다. 시인을 압박하는 대상에도 변화가 일어난다. 인간의 역사 대신 인간이라는 존재가 경험하는 유한한 시간이 문제의 초점이 된다. 최하림은 자신이 처한 실존의 시간을 "죽은 자들의 역사를 알리는 상형 문자가 물 위에 잠시 나타났다가 사라"지는 "비실재의 시간"(「소록도 시편 5」, 『굴참나무숲에서 아이들이 온다』)이자, "시간들이 비명을/지"르는(「겨울 내몽고 1」, 『풍경 뒤의 풍경』), "무명의 시간"(「겨울 어느 날」, 『굴참나무숲에서 아이들이 온다』)으로 인식한다. 이제 이 실존의 시간을 통과하는 것이 최하림 시의 과제가 되는데, 그는 먼저 시간에 대한 견딜 수 없는 두려움을 토로한다. "내 앞에는 아직도 검은 시간들이/뭉텅뭉텅 흘러가고 있다"(「황혼 저편으로」, 『풍경 뒤의 풍경』)라는 자각은 그의 내부에서 날것의 목소리가 있는 그대로 흘러나오게 만든다.

> 저는 혼자입니다
> 저는 떨고 있습니다
> ──「길 위에서」 부분(『풍경 뒤의 풍경』)

> 나는 모두를 알 수 없다 나는 너무 멀리 있다 [……] 유리창 밖에는 유령처럼 내가 떠오르고 있다
> ──「나는 너무 멀리 있다」 부분(『굴참나무숲에서 아이들이 온다』)

'역사'에서 '시간'으로 초점이 이동하면서 최하림 시의 심층 화법은 '질문'에서 '해명'으로 바뀐다. 1인칭 주어인 '나'의 고백과 진술이 시의 주된 내용이 되고, 비약과 모호성을 띤 표현들이 자주 등장한다. "나는 너무 멀리 있다"와 같은 '~로부터'의 필수 성분이 빠진 문장이 단적인 예이다. 지난 시대의 최하림이 시대와 언어의 심연을 관통하고자 했다면, 1990년대 이후의 최하림은 시간과 존재의 풍경, 즉 가시적인 현실의 풍경 뒤의 풍

경을 투시하고자 한다. 이 노력들이 실패로 끝날 운명을 안고 있다는 것을 짐작하기란 어렵지 않다. 심연도 실재도 언어화될 수 없으며, 하나의 풍경으로 형상화될 수도 없기 때문이다. 최하림도 이 점을 분명히 알고 있었다. 그는 "아무 생각 없이" 자신의 불가능을 담담히 써 내려가는 쪽을 택한다.

> 나는 결코 눈길에 발자국을 남기지
> 못한다 눈은 나를 덮고 또 덮으며
> 종일 내려 쌓인다
>
> ——「아무 생각 없이 겨울 풍경 그리기」 부분
> (『굴참나무숲에서 아이들이 온다』)

굴곡의 시대 속에서 시인과 하나가 되었던 '눈'은 다시 미지의 영역에 귀속되거나, "검은 새들이 은빛 가지 위에서 날고/눈이 내리고 달도 별도 멀어져간다"에서처럼 소멸과 죽음의 이미지로 물든다. 여기에서 "제 어둠"의 힘으로 날던 '겨울새'가 "빈집에서/꿈을 꾸"는 '검은 새'(「빈집」, 『풍경 뒤의 풍경』)로 변한 점을 눈여겨볼 필요가 있다. 강한 생명력의 표상인 '겨울새'가 죽음의 전령인 '검은 새'로 변하면서 '눈'의 상징적인 의미도 변화한다. 자아와 세계를 무화하거나 융화하는 섭리의 물질이었던 '눈'은 시간이라는 병을 앓고 있는 인간 존재에게는 절망감을 느끼게 하는 타자성으로 화한다. 그간 최하림의 시에서 '눈'은 자아와 세계의 균열을 메워왔지만, 필멸의 존재가 처한 불가역적인 시간의 균열까지를 메울 수는 없는 까닭이다. 최하림의 삶과 시에 "아직도 눈은 멈추지 않고 내리고 있"으나, 그렇게 쌓인 "눈 위로 함석집의 파동이 일어나"는 것을 그 자신 외에는 아무도 "주목하지 못한다." "파동은 모습을 드러내는 일 없이 아침에서 저녁까지//빈 하늘을 회오리처럼 울린다"(「다시 빈집」, 『풍경 뒤의 풍경』). 파동(생성)을 만드는 시간은 인간 존재가 죽음(소멸)을 피할 수 없게 만드는 그 힘이기도 하다. 최하림은 삶과 죽음, 생성과 소멸을 동시에 가능하게 하는 하나의 뿌리인 '시간'을 두려움 속에 응시한다.

시간의 균열을 메울 수 없는 '눈'은 사람이 떠나간 '빈집'에 내려 쌓인다. 빈집에 내리는 눈은 사람들이 북적이는 세상에 떨며 내리는 눈과는 성격이 다르다. 어두운 현실에서도 삶의 희망과 축복을 노래하게 하던, 미세한 내적 역동성의 눈은 이제 자취를 감추었다. 최하림은 무심한 시간의 폭력에 고통스러워하면서도, 사방이 온통 "무통의 적막뿐"(「갈마동에 가자고 아내가 말한다」, 『풍경 뒤의 풍경』)이라고 말하는데, '무통의 적막'은 자신에게 속한 것이 아니라고 생각하기 때문이다. 사람이 거주할 수 없는 시간의 빈집에 내려 쌓이는 '눈'은 최하림의 새로운 내적 자아를 표상하며, 시간의 균열을 감당하지 못하는 '눈'은 최하림에게 다른 삶의 방식을 가동하게 한다. 최하림은 이제 자신이 할 수 있는 일이 "가속적으로, 종일 무극(無極)의 시간을/달"(「겨울 내몽고 2」, 『풍경 뒤의 풍경』)리는 것뿐이며, "그 이상 방 안에는 사건이 일어나지 않"(「손」, 『풍경 뒤의 풍경』)는다고 기록한다.

'눈[雪]'이 시간의 장벽에 부딪혀 힘을 잃자 최하림은 '빛'의 상상력을 다시 소환한다. 세계의 부정성을 추방하고 본질을 밝힌 동일한 시적 상징인 '눈'과 '빛'은 시간과의 관계를 통해 다른 의미로 분화한다. 그렇다면 시간과 시간, 존재와 시간 사이의 메울 수 없는 균열, 그 균열로 인한 삶의 의미의 증발은 '빛'의 힘을 빌려 회복될 수 있을까.

2

나는 햇빛 속을 가고 있다 강물 위인 듯, 진공 속인 듯, 나는 맨발로, 고개를 갸우뚱하고 조금씩 흔들리며 블랙홀 같은 시간 속을 가고 있다 [······] 한꺼번에 시간들이 쏟아질 것 같은 예감에 시달리며 나는 몸을 일으켜세웠다 그릇 위 햇빛이 번쩍거렸다

[······]

4
오늘 같은 날에는 덤벙대지 말고
조용히, 시를 생각하며,
시를
기다려야겠다

　　　　　　──「햇빛 한 그릇」부분(『풍경 뒤의 풍경』)

　햇빛은 시인으로 하여금 부서진 시간의 화합을 경험하게 한다. "나는 햇빛 속"으로 가면서 "블랙홀 같은 시간 속을 가고 있다"고 느끼며, "한꺼번에 시간들이 쏟아질 것 같은 예감"에 휩싸인다. "햇빛이 번쩍거"릴 때 흩어져 있던 시간들은 전율하며 하나가 되고, 존재를 분열시키던 시간의 균열은 희미해진다. 모든 시간을 빨아들이는 '블랙홀의 시간'은 최하림이 자신에게 다가오는 모든 시간을 받아들이고 매 순간 시간에 순응함으로써 가능해진다. "강물 위인 듯, 진공 속인 듯,""맨발로, 고개를 갸우뚱하고 조금씩 흔들리며" 다시 "몸을 일으켜 세"워 앞으로 나아가는 최하림의 고투는 이상할 만큼 담담하고 적요롭다. 시간 앞에 취약하고 무능한 인간 존재가 온 힘을 다해 발휘하는 삶의 능력은 시간과의 동행을 어떤 자세로, 어떤 일에 할애할 것인가의 문제로 귀결된다. 최하림은 이 시간을 "조용히, 시를 생각하며,/시를/기다리"는 데 바치겠다고 토로한다. 이 고요한 기다림 속에서 탄생하는 시는 "한꺼번에 시간들이 쏟아"지는 '블랙홀의 시간'을, (햇)빛으로 가득한 시간의 축제로 화하게 할 것이다. 질량도 형체도 없는, 다른 존재를 비추어 드러냄으로써 자신을 드러내는 '빛'의 존재방식은 최하림이 40년의 시력(詩歷)을 거쳐 갖게 된 가장 선명한 열망이라고 할 수 있다. 살아 있는 존재의 최대이자 최후의 적이 시간이라면, 최하림은 (햇)빛의 존재 방식을 통해 이 시간의 길을 통과하고자 한다.

3. '빛'의 존재 방식을 찾아서

초기의 최하림은 세계의 중심을 관통하는 '언어의 풍경'을 염두에 두었으나, 시간이 흐를수록 세계의 전모와 배후를 담은 '풍경의 언어'를 빚는 데 주력했다. '언어의 풍경'이 비판적인 현실 인식을 내장한 언어와 시 쓰기에 대한 강한 자의식의 산물이었다면, '풍경의 언어'는 이 자의식을 바탕으로 유한한 존재의 시간을 사유한 흔적이라고 할 수 있다. '언어의 풍경'이 불합리한 현실의 부정성에 대한 질문으로 붐볐던 데 비해, '풍경의 언어'에는 시인의 실존적 고뇌에 대한 진술이 많은 비중을 차지하고 있다.

'눈'과 '빛'은 최하림의 시에서 상상과 인식의 핵심 동력으로서, 시대의 어둠을 걷어내고 세계와 사물의 본질을 밝히는 기능을 담당한다. 특히 '눈'은 최하림의 삶과 내면을 비추는 존재의 등불로서, 어둠의 시대와 분리될 수 없는 역사적 실체로서, 자연의 섭리를 대변하는 미학적인 징표로서 다채로운 의미로 변주되어왔다. '눈'은 풍경의 일부이자 그 자체가 하나의 주체로서 인간-시인 최하림의 시적 주체와 끊임없이 조우하고 조응하였으며, 그 과정에서 간극 또한 노출해왔다. 1990년대 이후 최하림이 필멸의 존재로서 자신이 처한 실존적 시간의 문제를 탐구하면서 그의 시에서 '눈'은 '빛'에 앞자리를 내주게 된다. '빛'은 시간 앞에 한없이 무력한 존재의 절망을 감싸주면서 역설적이게도 무한하고 자유로운 존재 방식을 현시한다. 존재의 소멸과 무화를 두려워하지 않으면서 "한꺼번에 시간들이 쏟아지"는 순간을 끌어안을 수 있는 용기와 포용, 무심(無心)의 방식이 그것이다.

최하림의 시에서 '눈'과 '빛'은 근본적으로 동일한 기능을 하면서도 미묘한 경쟁과 (불)균형 속에 독특한 상상체계를 형성한다. 이 상상체계가 활발하게 작동할 때 최하림의 시는 높은 완성도를 보여준다. 날카로운 자의식의 칼로 현실과 내적 싸움을 벌이는 일과, 삶의 어떤 순간에 온전히 몰입해 자신의 존재가 사라지는 극과 극의 일들이 모두 이 '눈'과 '빛'의 상상체계를 통해 가능했다. 최하림의 시가 도달한 궁극의 역설, 혹은 역설의 궁극이 풍경을 통해 펼쳐지는 일은 이렇게 하여 가능했다.

[『시작』 2002년 여름호(창간호)]

최하림 시의 겨울나무 이미지

박형준

1. 머리말

이 글은 최하림의 시에 나타난 겨울나무 이미지를 일별하여 그의 시 세계를 고찰하고자 한다. 최하림의 시에서 겨울나무 이미지는 초기 시에서부터 후기 시까지 빈번하게 등장한다. 그의 시에는 역사와 개인이라는, 보기에 따라서 상호 이질적인 요소가 배합되어 나타나는데 겨울나무 이미지는 그 양자 사이에서 갈등하는 요소로서 배경으로 등장하기도 하고 또는 그 둘을 매개하는 풍경의 기둥 역할로서 중심적인 위치로 나타나기도 한다. 대개 그의 초기 시에서부터 사계절의 나무 중에서 앙상하고 검은 겨울나무가 압도적으로 출현하는데, 이는 역사와 사회 속에서 소외될 수밖에 없는 개인의 파편화된 내면의식의 산물로 여겨진다. 그러다가 후기 시로 접어들면서 차츰 이 겨울나무에 생동의 기운이 감돈다. 이는 풍경의 배후에 나타나는 어머니와 고향이라는 근원으로의 회귀의식을 보여주는 풍경의 시학으로 귀착된다.

최하림은 1964년 『조선일보』 신춘문예에 당선된 이후 2010년 작고할 때까지 40여 년에 가까운 기간 동안 활발한 시작 활동을 전개하며 현실을 직접적으로 혹은 관조적으로 성찰하며 완성도 있는 시 세계를 구축했다. 특히 그의 시에 나타난 근원 정서는 언어와 풍경, 역사와 존재에 대한 남다른 관심과 그것을 감싸고도는 부드러운 서정성이라고 할 수 있다. 순수와 참여 어느 한쪽에도 치우치지 않은 열린 시선으로 사물과 세계를 관조한 최하림의 시 세계는 고통스러운 삶 속에서 역사에 대한 각성을 촉구하면서도 개인의 내면을 순도 높은 언어로 형상화한다.

최하림의 시 세계는 크게 시집 『속이 보이는 심연으로』 이전과 그 이후로 나뉜다. 『속이 보이는 심연으로』 이전 시집에서는 역사 혹은 사회와 자아의 결합을 모색한다. 특히 최하림의 첫 시집 「발문」을 쓴 신경림이 말한 대로 사회 현실에 관한 문제의식 소유를 시인의 의무와 책임으로 간주하는 투철한 의식이 나타난다.[1] 즉, 민중시의 전범을 보여주면서 동시에 그것이 존재론적 인식이 되는 양상이 전개된다. '나'보다는 '우리'의 고통을 보듬어 안으면서 동시에 그것이 자기 내면의 절망과 고뇌, 한스러움과 결합된다. 이러한 시 세계는 "도덕적 염결성이 심미적 경지 속에 육화되는 사례"[2]이자 '고통의 미학'이며, "우리 시대의 다난한 역사의 현장을 크게 벗어난 적이 없지만, 논의의 중심에 들어가는 방식이 아니라 시의 중심에 들어가는 방식으로 그 자리에 서 있었다"[3]는 평가와 맥락을 같이한다. 그러다가 차츰 이 '우리'는 '나'라는 것으로 대체된다. 즉 '나'를 통해 '우리'에게 다가가고 '우리'를 끌어안으려고 한다는 점에서 특기할 만하다. 그러다가 『속이 보이는 심연으로』에 이르면 5월 광주를 겪으면서, 그 이전의 시에 보였던 '역사가 발전한다'는 믿음에 대한 회의와 아울러 '죄의식'의 극대화가 절정에 달한다. "이 도시의 눈들이 내 모든 것을 보고 있다/

1 　신경림, 「발문」, 최하림 시집, 『우리들을 위하여』, 창작과비평사, 1976, pp. 113~18 참조.
2 　김문주, 「지극히 역사적인, 도덕적 심미성의 세계」, 『시작』 2002년 여름호, p. 17.
3 　황현산 해설, 「가장 파동이 작은 노래」, 『굴참나무숲에서 아이들이 온다』, p. 93.

오오 나를 감시하는 눈들이 보는 저 꽃!/하늘의 상석에 올려진, 아직도/피비린내 나는,/눈부시고 눈부신 꽃/살가죽이 터지고/창자가 기어나오고/신음 소리도 죽은/자정과도 같은,/침묵의 검은 줄기가/가슴을 휩쓸면서/발끝에서 심장으로/오오 정수리로⋯⋯"(「죽은 자들이여, 너희는 어디 있는가」)가 대표적인 예라고 할 수 있다. 김현이 1980년대 씌어진 5월 광주 시(詩) 중에서도 백미로 평가한 이 시는 죽음의 이미지를 꽃으로 환치시키면서 적절한 쉼표를 사용하여 침묵의 공간을, 그 고통의 시간을 우리로 하여금 성찰하고 되돌아볼 수 있게 한다.⁴ 광주민주화운동을 다루면서도 시대의 억압을 직설적으로 말하지 않고 그 억압에 대하여 사유할 수 있는 힘을 보여주는 이 시는 언어의 즉물적인 일회성을 단번에 넘어서서 사건이 역사화되는 지점까지 끌어올린다. 이 시기를 거치면 최하림의 시에는 '풍경'에 대한 사유가 나타난다. 시집 제목만 살펴봐도 "굴참나무숲에서 아이들이 온다" "풍경 뒤의 풍경"이 그러하며, 마종기가 뒤표지 글에 쓴 바와 같이 마지막 시집 『때로는 네가 보이지 않는다』에서 "풍경의 주체가 되기보다는 그 풍경의 한 부분이 되어 계속해서 자신을 지워내"는 모습이 보인다. 이러한 모습은 최하림 초기 시의 주제였던 사회·역사적 상상력이 후기 시로 가면서 차츰 내면화되는 양상과 겹친다.

하지만 그간 최하림에 대한 연구는 그의 왕성한 시작 활동과 시사적 위치에 비하면 양적·질적으로 다소 빈약한 편이다. 그러한 이유로는 1960, 70년대의 순수·참여 논쟁으로 인해 문단이 양분되어 있던 상황에서 두 경향 사이의 어디에도 치우치지 않는 현실과 내면의 균형감각을 그의 시가 갖추고 있기 때문에 비롯된 일이다. 이런 이유로 그의 시 세계는 문단 상황이 양분된 1960, 70년대에는 거의 주목받지 못하다가 2000년대에 접어들어서야 본격적인 논의가 진행되었다. 현재까지 그의 시 세계에 대한

---

4   김현, 「보이는 심연과 안 보이는 역사 전망」, 『분석과 해석/보이는 심연과 안 보이는 역사 전망』(김현 문학전집 7), 문학과지성사, 1992, pp. 296~99 참조.

연구는 석사학위논문 3편[5]과 소논문 4편[6]이 있으며 그것을 소개하면 다음과 같다.

　박상옥은 최하림의 시 세계를 변모 과정에 따라 초기·중기·후기로 나누고 각 시기마다 시대적·개인적으로 시의 배경을 이루는 심리적·환경적 요인을 살펴본다. 김제욱은 자연의 이미지를 통해 그의 시 세계의 변모와 내면 풍경의 이미지화 과정에 접근한다. 김미미는 역사·전기 비평적 관점에서 시인의 생애와 그에 따르는 시기 구분과 작품의 연관성을 분석한다. 이와 같이 이들의 석사논문은 모두 최하림의 시 세계에 접근하기 위한 전기적이고 총체적인 접근법을 보여준다. 그리고 소논문으로는 김명인, 이송희, 전병준, 신익호의 논문이 있다. 김명인은 시간과 말을 중심으로 하여 역사의 중압감으로부터 벗어나 언어의 한계를 극복하고 침묵에 감싸인 풍경의 시학으로 이행하는 최하림 시의 변모 과정을 일별한다. 이송희는 시공간의 유기성을 확보하는 고백적·확산적·매개적 구성 방식을 통해 최하림 시의 미적인 측면과 실존 의식을 살핀다. 전병준은 최하림 시의 전개 과정에서 초기 시에서는 역사의식을 발견하고 후기 시에서는 풍경의 시학을 추출하여 사회·역사적 상상력과 존재론적인 측면을 다룬다. 신익호는 최하림 시의 미적 구조를 그의 시에 빈번하게 등장하는 '시행 엇붙임'이라는 기법으로 접근한다. 그는 최하림 시를 정신사적 측면으로 다뤄온 지금까지의 논문과는 달리 형식미학적 관점으로 접근한다는 점에서

5　박상옥, 「최하림의 시 세계 연구」, 고려대학교 대학원 석사학위논문, 2004; 김제욱, 「최하림 시의 이미지 연구」; 고려대학교 대학원 석사학위논문, 2005; 김미미, 「최하림 시 세계 연구」, 전남대학교 대학원 석사학위논문, 2011.

6　김명인, 「시간 속을 소용돌이치는 말들의 풍경 — 최하림 시고」, 『한국학연구』, 제15집, 고려대학교 한국학연구소, 2001; 이송희, 「최하림 시의 미적 구성과 존재 인식」, 『현대문학이론연구』, 제33집, 현대문학이론학회, 2008; 신익호, 「최하림 시의 '시행 엇붙임' 양상 고찰」, 『한국언어문학』, 제82집, 한국언어문학학회, 2012; 전병준, 「최하림 시의 사회·역사적 상상력과 존재론적 탐구의 의미 연구」, 『한민족문화연구』, 제43집, 한민족문화학회, 2013.

최하림 시 연구에 새로운 방향성을 제시한다.

위에서 요약한 논의들을 참조해보면, 대체적으로 최하림의 초기 시는 '개체아와 전체의 조화에 대한 추구'를 보여주면서 그 추구의 동력이 되는 것은 사랑이며, 후기 시에 표현되고 있는 풍경과 내면의 소통도 '전체론적인 우주와 개체아의 조화'를 추구하는 방법으로 도모되고 있음을 알 수 있다. 즉 최하림의 시를 끌고 가는 상상력의 동인은 '존재의 생명력'이며 그의 시에 나타난 풍경은 존재의 흔적이다. 그렇기 때문에 이송희가 그의 시 세계를 일컬어 "실존의 시간을 인지하는 시인의 태도는 개인의 경험적 삶을 바탕으로 하면서도 주관적 감상에 함몰되지 않고 누구나 접근할 수 있는 자연 풍경에 상상의 세계를 덧씌움으로써 미학적 풍경을 연출하는 서정적 존재로서의 자세를 뚜렷하게 보여주고 있다"[7]라고 평가한 것은 적절하다고 여겨진다.

이 글은 현실 상황에 대처하기 위한 시인의 삶과 심리학적 연구라는 접근법으로 최하림 시를 분석하고자 한다. 즉, 최하림 시에 등장하는 여러 이미지 중에서 '나무 이미지'를 대상으로 하여 시인의 역사에 대한 성찰과 내면의식의 상징체계를 규명하고자 한다. 물론 나무 외에도 최하림의 시에서 주목을 요하는 시어들은 많다. 대표적인 것이 '말' '역사' '시간' 등의 사유어와 '바다' '강' '산' 등의 자연어이다. 그럼에도 이 글이 '나무' 혹은 그 계열체인 '나무 이미지'에 주목하는 것은 최하림이 생전에 출간한 모든 시집에 그것이 꾸준히 출현하는 이유도 있지만, 그의 삶 속에서 역사와 자연 또는 풍경에 대한 사유의 변모 과정을 엿볼 수 있는 상징체계이기 때문이다. 본문에 인용되는 시편들은 시인이 작고하던 해에 스스로 묶은 『최하림 시전집』[8]에서 취하기로 한다.

---

7   이송희, 같은 글, p. 219.
8   이 시전집은 시인이 작고하던 해에 스스로 묶은 것이다. 그가 펴낸 7권의 시집에 수록된
     작품은 물론, 등단 전 습작 시와 2005년부터 2008년까지 쓴 시까지 총 363편의 시가
     함께 묶여 있다. 시인은 가령 첫 시집에 실렸던 「교정사」 등 시집에 수록된 시 몇 편을

2. '나'에서 '우리'로 넘어가는 전환 과정

최하림은 1964년 『조선일보』 신춘문예에 당선하면서 공식적인 시작 활동을 전개했지만, 이미 등단하기 2년 전인 1962년부터 『산문시대』 창간 동인으로 활약하며 남다른 시대감각과 새로운 문학 의식을 보여준 바 있다. 김치수는 동인지 『산문시대』가 창간되던 무렵을 회상하며 다음과 같이 말한 바 있다. "그는 동인지 『산문시대』에 대한 인식이 나와 달랐다. 나는 그것을 습작물의 발표 무대로 생각한 반면에 그는 그것을 한국 문학에 새로운 바람을 불러일으킬 것으로 확신하고 있었다."[9] 『산문시대』는 김현이 주도해 창간되었지만 김치수의 회고에 따르면 책이 나오기까지 실무적인 역할은 최하림이 도맡아 했으며, 그는 "우리 가운데에 문학에 대한 자부심이 가장 강했던"[10] 사람이었다. 문학사적 측면에서 보면 『산문시대』는 4·19세대 고유의 시대정신과 문학이념을 대변하는 것으로 평가할 수 있다. 즉 김현, 김승옥, 최하림, 강호무 등이 『산문시대』에 발표한 작품들은 1960년대 한국 문단의 세대교체와 새로운 문학의 대두를 알리는 출발점이며, 혁명 체험을 자기화하는 "내면성의 세계와 자기의 발견"[11]이라는 데에 주안점이 있었다.

최하림은 이때 시인 지망생이었지만 『산문시대』 창간호에 「여름시집」이라는 소설을 발표한다. 이 소설의 특징은 내면성의 주관적 의식이 시적인 상상력을 통해 자신을 드러내는 것에 있으며, 그것이 '동굴'과 '바다'의 비유로 나타난다는 점이다. 주인공의 자기의식의 세계가 동굴 내부의

제외했지만, 스스로가 자신의 시를 전체적으로 일별하여 골라 묶었다는 점에서 전집인 동시에 선집의 성격을 지닌 것으로써 그의 시 세계의 결정판으로 볼 수 있다.
9   김치수, 「깨끗한 예술가, 타고난 시인 ― 최하림」, 곽광수 외 24인, 『밝은 그늘』, 프레스21, 1999, p. 187. 이 책은 최하림의 회갑을 기념하여 주변의 우인(友人)과 후학 들이 간행한 문집이다.
10   같은 글, p. 190.
11   임영봉, 「동인지 『산문시대』 연구」, 『우리문학연구』, 제21집, 우리문학회, 2007, p. 417.

비참한 분위기로 드러나는 이 소설은 존재를 구속하는 세계로부터 탈출하고자 하는 의지를 보여준다. 하지만 여러 가지 빛을 반사하고 있는 동굴의 벽면은 내면의식의 절대적 지평, 순수의식 속으로의 회귀를 모색하고자 하는 주인공의 심리 상태가 투영된 것이다.[12] 이러한 『산문시대』 동인들이 추구했던 순수한 의식의 주체로서의 자기 자신이나 '나'를 발견하고자 하는 의식은 최하림의 등단작 「빈약한 올페의 회상」에도 그대로 이어진다. 이 작품은 상징주의적인 시법으로 음유시인 오르페우스의 목소리를 빌어 물질적 빈곤과 정신의 황폐화를 겪고 있는 '우리'를 통해 '나'를 발견하려는 시적 시도를 보여준다. 이 시는 "나무들이 일전의 폭풍처럼 흔들리고 있다"로 시작해, "하체를 나부끼며 해안의 아이들이 무심히 선 바닷속에서"로 끝나는 네 개 단락으로 된 총 57행의 장시이다. 이 중 나무 이미지와 관련하여 첫 단락을 읽어보자.

> 나무들이 일전의 폭풍처럼 흔들리고 있다
>
> 먼 들판을 횡단하며 온 우리들은 부재(不在)의 손을 버리고
> 쌓인 날들이 비애처럼 젖어드는 쓰디쓴
> 이해(理解)의 속 계단의 광선이 거울을 통과하며
> 시간을 부르며 바다의 각선(脚線) 아래로
> 빠져나가는 오늘도 외로운
> 발단(發端)인 우리
>
> 아아 무슨 근거로 물결을 출렁이며 아주 끝나거나 싸늘한
> 바다로 나아가고자 했을까 나아가고자 했을까
> 기계가 의식의 잠 속을 우는 허다한 허다한 항구여

---

12   임영봉, 같은 글, p. 414 참조.

수없이 작별하고 수없이 만나는 선박들이여

이 운무(雲霧) 속, 찢겨진 시신들이 걸린 침묵 아래서
나뭇잎처럼 토해놓은 우리들은
오랜 붕괴의 부두를 내려가고
저 시간들, 배신들, 나무와 같이 심은 별
우리들의 소유인 이와 같은 것들이
육체의 격렬한 통로를 지나서
불명(不明)의 아래아래로 퍼져버리고

—「빈약한 올페의 회상」 부분

　그런데 "나무들이 일전의 폭풍처럼 흔들리고 있다"라고 하면 단순히
나무가 폭풍에 의해 흔들렸다는 지나간 시간과의 거리를 지닌 수동적인
의미만은 아닐 것이다. 사전적인 의미로 '일전(日前)'이 며칠 전이라는 뜻
이라면 나무는 이미 폭풍이 지나갔음에도 오늘도 여전히 '폭풍처럼 흔들
린다'가 될 것이기 때문이다. 그러므로 이 시 구절을 '나무가 며칠 전 폭풍
에 심하게 흔들리더니, 폭풍이 지나간 지금도 여전히 폭풍처럼 흔들리고
있다'로 읽을 수가 있다. 바다가 주무대를 이루고 있는 이 시를 통해 볼 때
시 속의 나무는 해변에 서 있는 것으로 추정된다. 바다를 뒤흔들던 폭풍이
지나가고 사위는 잠잠해졌지만 폭풍은 바다와 부두의 거리에 잔해를 남
긴다. 첫 단락의 3연에 보면 폭풍이 지나가고 난 뒤 운무 속에 다음과 같은
장면이 나타난다. 시적 화자가 나무에 걸린 "찢겨진 시신들"을 바라보면
서 그 장면을 "침묵 아래서/나뭇잎처럼 토해놓은 우리들"이라고 표현하
는 부분이다. 이 구절을 자세히 읽어보면 이 장면을 시적 화자가 '바다를
뒤흔들던 폭풍이 지나간 뒤 시체가 나무에 걸려 있다'라는 수동적인 의미
로만 받아들이는 것이 아니라는 것을 알게 된다. 시적 화자는 그 "찢겨진
시신들"을 바라보면서 우리도 그 시신들같이 "나뭇잎처럼 토해"져 있다

라는 지금 이곳의 현실 인식을 하고 있기 때문이다. 그렇기 때문에 이 시의 나무는 폭풍에 내던져진 채로 과거에 갇힌 수동적인 사물에서 자기 자신에게 가해진 상처를 새롭게 인식하며 내면화를 모색하는, 지금 여기 서 있는 주체적인 존재로 바뀐다. 그렇기 때문에 나무는 '폭풍처럼/나뭇잎처럼' 여전히 흔들리거나 토해져 있는 우리의 상황을 대변한다. 그래서 "오늘도 외로운/발단인 우리"에서 우리는 폭풍이 지나간 뒤의 잔해 속에서 여전히 흔들림을 멈추지 않는 나무의 의지를 연상하게 된다. 또한 그것이 오늘도 외롭게나마 새 출발을 모색하는 '우리'의 상황임을 역설하는 근거가 됨을 알 수 있다.

위에서 살펴본 대로 비록 나무가 시의 중심적인 모티프가 아니라 폭풍이 지나간 뒤에 부두의 부수적인 배경에 머물고 있다 할지라도, 우리는 여기에서 나무 이미지를 "부재를 현존으로, 마멸을 신생으로 바꾸는 동적 주체로서 '나'의 역할을 끝끝내 수행했다는 움직임"[13]과 더불어 파악해볼 필요가 있다.

> 1960년대 말, 4월혁명이 좌절되고 5·16이라는 군사문화가 저벅저벅 거리를 누비고 있을 때, 명동이나 무교동, 관철동 일대의 뒷골목에서는 밤마다 젊은이들이 막걸리를 마시며 열변을 토하고 있었다. [……] 누군가가 '왜 시를 쓰는가'라고 젊은 시인들에게 물었다. 젊은 시인들은 돌아가며 한마디씩 했다. 그들이 무어라고 했던지 기억에 남아 있는 것이 없지만 내가 '극기(克己)'라고 했던 것은 희미하게 떠오른다.[14]

이 인용문은 좌절된 4월혁명과 5·16군사정변이 대두되는 상황에서 시인이라는 존재가 어떻게 그 엄혹한 상황을 통과할 수 있느냐 하는 문제를

13   정과리, 「어떤 시인의 매우 오래된 과거의 깜빡임 ─ 최하림 시인의 영전에서」,
      『문학과사회』 2010년 여름호, p. 444.
14   최하림, 「두 강이 만나는 마을에서」, 『멀리 보이는 마을』, 작가, 2002, p. 19.

'극기'와 연결시킨다. 이어지는 문단을 보면 최하림은 시대 상황과의 대결 의식, 즉 투쟁을 강조하기 위해서라기보다는 살기 어려웠던 1960년대와 막막한 1970년대의 상황에서 어떻게 하든 "나를 이기고 나를 추스르지 않으면 안 된다"[15]라는 개인적 실존 의식 차원에서 더 '극기'를 강조한 것으로 보인다. 즉, 불행한 유년 시절[16]과 빈한한 성장기로 인해 굶주림은 시인에게 '극기'를 가르쳐주었지만, 시인에게 굶주림이 극기와 같이 비등한 화두로 등장했던 것은 아니었다. 그의 말대로 굶주림 혹은 가난은 조선 시대 지식인들에게서와 같이 당시에도 한 문화로 작용하고 있었으며, 그 무렵 주위에 굶주림이 지천으로 널려 있었기 때문에 굶주림은 그다지 고통스러운 것은 아니었다. 문단 데뷔 초창기 그는 이렇게 '극기'와 '나'를 연결시켜 자신의 실존 기반을 세우고자 했다.

3. 겨울나무의 발견과 극기의 시학

최하림의 시는 1970년대에 이르게 되면 가난과 소외는 개인적인 것이 아니라 시대적인 것이며 공동체적인 것이라는 인식이 싹트게 된다. 즉, 시대와 사회 그리고 역사에 대한 관심이 증대되기 시작한 것이다. 이 시기는 근대화·산업화로 인해 도시 빈민과 농민 계층의 소외가 심화되던 시기였다. 독재를 향해 치닫던 부당한 권력에 대한 비판과 저항이 끊이지 않던 시기이기도 하였다. 최하림은 그 상황에서 굶주림과 가난이 자신의 것만

---

15   같은 책, p. 19.
16   최하림의 유년기와 청년기는 다음의 글에 잘 나타난다. "해방이 된 지 3년 만에 아버지는
      지병으로 돌아가셨고 6·25 다음 해에 우리 집은 폭삭 망했다. 나는 등록금을 내지
      못했다(그때 나는 학생이었다). 나는 학교에 가지 않는 날이 많았다. 나는 오거리와 해안통
      거리를 날마다 배회했다. 사리 때 해안통 거리를 걸을라치면 중선배의 돛대들이 베르나르
      뷔페의 직선처럼 수도 없이 하늘로 솟아 있었고, 갈매기들이 날고 있었고, 술에 취한
      선부들이 배에서 서너 명씩 내려와 사창가 골목으로 비틀거리며 들어갔다"(같은 책, p. 20).

이 아니며 정치적·사회적으로 소외된 민중의 것이라는 인식을 하게 된다. 다시 말하면, 시대적 상황이 그로 하여금 '나'를 접어두고 '우리'로 시를 쓰게 한 동력이 된 것이다.

> 성모 마리아 님이여, 고다마의 어머니 마야 님이여, 이런 날은 아들 을 그리며 전태일의 어머님도 어느 길을 걸어가고 김남주의 어머님도 갈 것입니다. 이런 날은 아무 죽음도 가지지 못한 저나 제 친구들도 갑 니다. 나무들이 언 가지로 서 있고 차고 신선한 공기가 샘물처럼 흘러서 수만 리도 더 멀리 뻗어가고 수만 리도 더 높이 솟아오릅니다. 번쩍번쩍 빛나는 겨울 산으로 끝없이 솟아오릅니다.
>
> ─「겨울 산」 부분

이 시는 전반적으로 온화한 화법으로 진행되고 있지만, 그 전언은 침통 하고 섬뜩하다. "아르헨티나에서는 수만 명도 넘는 잘생긴 아들들이 행 방불명되었다가 얼마 전 시체로 돌아왔다"가 그 전언의 내용이기 때문이 다. 그 처참한 상황으로 인해 어머니들은 "분노도 슬픔도" 느낄 겨를이 없 다. 여기서 시적 화자는 이러한 아르헨티나의 비극이 우리나라 어머님들 의 것이기도 하다는 것을 상기시키기 위해 "제 친구들"을 언급한다. 시적 정황으로 미루어보건대 이 시의 "제 친구들"이란 폭압의 체제에 의해 수 난과 희생을 강요당한 사람들을 지칭하는 것으로 해석된다. '전태일' '김 남주' 등 시대의 아픔을 정면으로 돌파해나간 실제 인물들에 대한 호명은 이러한 시적 배경을 뒷받침한다. 앞에서도 설명했듯 최하림은 1970년대 와 80년대 초의 모든 시들을 인칭대명사 '우리'로 썼다. 그것은 부당한 시 대와의 단절을 통하여 새로운 세계를 형성하려는 열망, 즉 역사 발전에 대 한 믿음이 뒷받침된 것이었다. 그러나 그런 발전의 행보 속에서 5월 광주 라는 끔찍한 사건과 조우하게 된다. 이 시에서 전태일과 김남주를 호명하 는 것은 시인이 이러한 1970년대와 80년대를 통과하면서 역사 발전에 대한 믿음을 가졌으나 독재권력에 의해 5월 광주의 희망이 좌절되고 "어둠의 구렁텅이"로 빠져들 수밖에 없던 당시 상황과 무관하지 않게 보인다. 이 시는 아르헨티나의 비극적 상황을 우리의 현재 상황을 암시하는 "겨울 산"이라는 시적 공간과 연결시켜 죽음을 동반한 그 비극성을 증언한다. 하지만 절망과 죽음의 공간인 겨울 산을 향해 가는 이 시의 "어머니들"과 "제 친구들"과 그리고 "나"는 비극적인 어둠에만 매몰되지 않고 산정에서 언 가지로 서서 차고 신선한 공기를 "샘물처럼" 들이마시면서 공중으로 "수만 리도 더 높이 솟"구치는 나무들과 마주하게 된다. 이 겨울 산에 언 채로 공중 높이 솟아오르는 나무들은 신의 아들이자 인간의 아들인 예수의 죽음, 시체로 돌아온 아르헨티나의 아들들의 죽음, 그리고 엄혹한 시대와 싸우다가 희생당한 우리 곁의 사람들과 친구들의 죽음을 의미한다. 비록 그들의 죽음은 처참하지만, 시인은 그것을 겨울 산정에서 추위와 눈발에 맞서 싸우는 나무들의 끝없는 솟아오름과 번쩍임으로 연결시킴으로써 성모 마리아와 아르헨티나의 어머니, 전태일과 김남주의 어머니를 동궤로 놓을 수가 있었다. 그러한 우리에 대한 사랑을 통해 '나' 역시 이 배반의 역사에서 어떻게 '극기'를 모색할 수 있는가에 대한 성찰을 하게 된다. 다시 말하자면 엄혹한 현실을 넘어서고자 하는 의지는 그의 표현대로 "나는 예술이 어째서 심리적인 것이며 어째서 정치나 경제와는 달리 사랑인가를 깨"닫는 부드러움을 통해 강함을 넘어서고자 하는 각성으로 이어지고, 그러한 연유로 "마음은 연약해지고 더욱더 연약해져서 바람에 흔들리는 담쟁이라든가 돌담 새의 풀잎들, 거리의 녹다 남은 얼음들, 술주정뱅이, 욕지거리를 퍼붓는 아낙네, 늙은이, 개, 돼지, 병아리 들이 아름다움임을 알았고, 그것들이 나의 마음을 사정없이 흔들고 있음"[17]을 비로소 느끼게 된 것이다.

이와 같이 시전집에 수록된 1962년부터 1988년까지 씌어지거나 시집으

17   최하림, 「말과 세계」, 『붓꽃으로 그린 시』, 문학사상사, 1988, p. 36.

로 묶인 「습작 시」와, 『우리들을 위하여』 『작은 마을에서』 『겨울 깊은 물소리』에는 겨울이라는 공간을 배경으로 빈약해진 나무의 꿈꾸기, 혹은 현실 극복하기가 숱한 좌절을 동반한 채로 끊임없이 등장한다. 한결같이 나무는 대지에 뿌리를 내리려 하지만 빈약한 모습을 한 겨울나무로 나타나는 것이다. 그리고 검고 마른 가지를 한 이 겨울나무들은 "무성한 이파리를 떨어뜨리고 앙상한 지체만으로 선" 채(「겨울 우이동시」), 폭설 속에서 얼어서 꺾어지면서도 회상에 잠긴 채로 자신의 본성을 찾기 위한 극기의 질문을 한다. 또한 검은 나무는 이파리들을 떨구어내면서 겨울을 견디고 있는데, 이것은 현실의 숱한 순정하고 무고한 죽음들 앞에서 죄의식을 느끼는 시인의 심상이다. 이 때문에 직접적으로 겨울이라는 공간이 드러난 것은 아니지만 〈베드로〉[18] 연작에 등장하는 유칼리나무, 종려나무 등의 종교적 심상을 거느린 나무 이미지들이 시대의 십자가를 짊어지고 죽어간 사람들에게 바치는 진혼곡으로 다가오는 것이다.

누군가 나에게 물었다, 시는 어디에 있느냐고. 나는 시들은 매달 쓰레기처럼 쏟아져 나오는 문학지와 신문과 여성지의 끄트머리에 붙어 있는 문예란에 있으며, 정말 쓰레기처럼 쏟아져 나오는 시집들과 동인지 속에 있다고 말하려 했으나 입을 다물어버렸다. 그는, 시는 시인의 마음속에 눈길 속에 있으며, 타오르는 불길 같은 열의 속에 있다고 생각하는 것 같았다. 나는 그렇다고도 그렇지 않다고도 말하지 않았다. 나는 가을 들녘을 지나서 겨울 숲을 걸었다. 다시 다음에도 나는 가을 들과 겨울 숲을 걸었다. 가지들이 얼어붙은 소리가 귀를 울리고 삼나무 숲이 하

---

18 그의 초기 시에는 '베드로'라는 제목의 시가 자주 출현한다. 열음사 판 『겨울 깊은 물소리』에는 〈베드로〉라는 연작시가 6편, 뒤에 묶은 문학동네 판으로 개판되었을 때는 10편으로 늘어났다. 또한 같은 제목의 연작이 『속이 보이는 심연으로』에서도 4편이 실려 있다. 이것은 『최하림 시전집』에서는 『겨울 깊은 물소리』에 10편, 『속이 보이는 심연으로』에 1편으로 정리되었다.

늘 끝으로 솟아올랐다. 시간의 벽에서 패랭이가 고개 숙이고 있었다. 옛날에 내가 보았던 패랭이가 시간 속에서 푸르게 푸르게 고개 숙이고 있었다.
—「말 — 김종삼(金宗三)의 「누군가 나에게 물었다」에 화답하여」 전문

　이 시는 김종삼의 시에 화답하는 형식으로 먼저 "누군가 나에게 물었다/시는 어디에 있느냐"는 김종삼의 시 구절을 가져다 쓴다. 우리는 이 시를 읽게 되면 과연 현실에 아무런 기능도 하지 못하는 시는 이 서두에 나오는 것처럼 "쓰레기"일까 반문하게 된다. 시적 화자는 김종삼이 말한 엄청나게 고생하면서도 순하고 명랑하고 맘 좋은 사람들이 "이 세상에서 알파이고/고귀한 인류이고/영원한 광명"이라는 것에 고민하면서 가을 들녘을 지나서 겨울 숲을 걷는다. 그리고 다시 다음에도 가을 들과 겨울 숲을 걷는다. 이 지난한 시간의 경과를 통해 시적 화자는 잎을 다 떨구고 나목이 된 나무의 가지에서 차츰차츰 얼어붙은 소리가 나는 것을 체험하게 된다. 그 소리를 들으며 시인은 상처 난 마음들을 쓰다듬어주는 것이 시여야 한다는 것을 몸으로 깨닫게 되는 것이다. 이처럼 최하림 시에 나타난 겨울나무 이미지는 순수한 삶에의 동경을 좌절시키는 현실의 과중한 부하가 오히려 시의 깊이를 향해 나아갈 수 있는 역설적인 사랑의 동력이 되고 있음을 보여준다. 결국 최하림의 시의 겨울나무는 사회와 역사의 흐름에서 소외되고 빈약해진 검은 가지와 이파리를 지닌 파편화된 나무다. 하지만 시대의 중심에서 변두리로 밀려났으면서도 '새'와 '별'을 가지에 불러들이면서 해빙기를 기약하는 겨울나무이다. 곧 최하림의 초기 시에 등장하는 이러한 겨울나무 이미지는 시가 곧 극기이며 그 극기를 통해 '우리'에 대한 사랑을 발견하고 그 속에서 '나'의 실존을 찾는 시인의 초상이라고 할 수 있다.
　미르체아 엘리아데는 신화의 총체적인 사고는 비록 찌꺼기일지라도 통제되지 않는 우리의 의식 밑바닥에 침전된 채로 살아남아 있다고 말한다.

나무를 예로 들자면, 엘리아데는 우리가 일상에서 마주치는 나무를 '속(俗, profane)'의 범주로, 우리들의 경험과 만나면서 새롭게 탄생되는 비일상성 범주에 드는 나무를 '성(聖, sacred)'의 범주로 나눈다. 그러나 그 둘은 별개의 두 실재인 것이 아니라 인간 존재양태의 다른 두 측면이다. 즉, 하나의 사물이 스스로 자기이면서 자기가 아닌 '다름'을 낳는 것이기 때문에 삶은 홑겹이 아니라 두 겹이 되는 것이다. 이러한 역의 합일이라는 구조 안에 그 둘을 되담는 과정이 곧 '성과 속의 변증법'이다. 또한 경험주체가 일상의 사물들과 만나면서 느끼고 접촉하고 사랑하게 되면, 그것들은 모두 일상과 다른 것, 혹은 반(反)하는 것으로 변모된다. 바로 그때 그것을 성(聖)의 드러남이라는 의미로 '히에로파니(hierophany, 聖現)'라고 부른다.[19]

시인이나 예술가가 하는 일은 바로 현대인의 의식과 세계 속에서 점차 희미해지고 변두리로 사라져가는 일상적인 범주의 것 속에서 창조적인 상상력을 통해 그것이 감추고 있는 본래적인 것을 깨어나게 하는 것이다. 이런 측면에서 우리의 삶 자체가 히에로파니가 되어갈 때, 그때 히에로파니는 곧 존재의 드러남ontophany이 될 수 있는 것이다.

①

우물이란 내면세계는 외면세계가 없이는 존재하지 못한다. 그런데 밖으로 나갈 수 없게 우물에 갇힌 나르시스는 자기 자신보다 우물 속의 사나이[내면아]에 끌려 들어간다. 그는 자기 자신보다 우물 속의 사나이를 사랑하고, 그 사나이의 눈짓과 손짓, 머리칼에 신경을 집중시킨다. 만약에 그가 그 사나이를 사랑하지 않고 그 사나이의 일거수일투족을 관심하지 않을 수 있다면 그는 자의식의 울을 벗어나 외부 세계로 탈출

---

19   정진홍, 『M. 엘리아데 — 종교와 신화』, 살림, 2003, pp. 19~34 참조.

할 수 있을 것이다.[20]

②

나르시스가 샘에서 자기 얼굴을 오래오래 보고 있다는 것은, 자기 얼굴을 보고 있는 것이 아니고, 자기를 싸고 있는 나무들과 그 위에 하늘과 구름과 새와 공기를 보고 있는 것이라고 해야 한다. 나르시스는 세계 속에 있는 나를 보고 있으며, '세계를 내 속에 담고 있는 나'를 보고 있는 것이다. 이에 이르러 나르시스는 물의 경계를 넘어, 하늘의 큰 세계와 속의 작은 세계로 통한다.[21]

둘 다 샘물을 바라보는 나르시스의 이야기를 다루고 있는 산문이지만, 이 글들은 나르시스 이야기를 통해 최하림의 시적 변모가 어떻게 이루어졌는지 살펴볼 수 있는 단초를 마련해준다. ①의 「윤동주를 위한 단상」에는 윤동주 시에 나타난 "소외된 자아의 내면을 조용히 투영해 보기에 적합한 공간"[22]인 우물 또는 샘물의 비유를 통해 나르시스에 대한 사유를 펼치고 있다. 그리하여 샘물에 비친 외부 세계를 보아야만 자신의 내면세계를 찾을 수 있다는, 즉 '나'의 구원(내부 세계)이 가능해지기 위해서는 '우리'(외부 세계)의 발견이 선행되어야 한다는 1970, 80년대 시기의 그의 사고를 뒷받침하고 있다. 반면 ②의 「시에 관한 단상」은 그러한 '나'와 '우리'의 관계가 명확하게 나타나지 않는다. 다시 말하면 ①에서는 나르시스의 외부 세계로의 탈출이 단호한 어조로 강조된 데 반해, ②는 그 경계가 모호해져 있는 것이다. 시인은 그것을 "나는 명백한 것이 싫다. 나는 흔들리는 것, 반짝이는 것, 두 개 이상의 감정과 색상이 섞여 조영하는 어떤 느

---

20   최하림, 「윤동주를 위한 단상」, 『붓꽃으로 그린 시』, p. 66.
21   최하림, 「시에 관한 단상(2001~2002)」, 『멀리 보이는 마을』, p. 110.
22   김종태, 「윤동주 시에 나타난 절망과 극복 양상」, 『한국문예비평연구』, 제40집, 2013, p. 40.

껌을 좋아한다"[23]라고 설명한다.[24]

최하림의 시는 이러한 존재의 드러남, 바로 역사 속에서 자신의 실존의
식을 진지하게 묻고 있는 과정이다. 이것을 '나무'에 비유하자면, 그의 시
적 여정은 바로 빈약하고 앙상한 채로 서 있는 '겨울나무'에 자기 자신을
비춰 보며 엄혹한 역사 현실 속에서 자기 자신과 우리 존재의 드러남을 모
색하는 극기의 과정 혹은 풍경의 발견에 있다고 하겠다.

4. 풍경의 배후에서 성찰하는 자애의 시학

최하림이 1991년부터 2005년까지 펴낸 시집들인 『속이 보이는 심연으
로』 『굴참나무숲에서 아이들이 온다』 『풍경 뒤의 풍경』 『때로는 네가 보
이지 않는다』, 그리고 시전집의 맨 마지막에 수록된 2005년부터 2008년
까지 쓴 '근작 시'에는 샘물, 즉 자연과 풍경 속에 담겨져 있는 '나'를 거리
를 두고 관찰하면서 "큰 세계와 속의 작은 세계로 통하는" 길을 모색하는
그의 시적 변화 과정이 담겨 있다. 그래서 그의 초기 시를 '극기의 시학'이
라 명명할 수 있다면, 『속이 보이는 심연으로』 이후 후기 시는 '자애의 시
학'으로 넘어가는 과정으로 여겨진다.[25] 그는 이와 같이 자연에게서 감응

---

23   최하림, 「시간의 풍경들」, 같은 책, p. 55.

24   ②의 '세계를 내 속에 담고 있는 나'를 본다는 것은 가스통 바슐라르의 나르시스론을
      상기시킨다. 바슐라르는 나르시스 신화를 샘물에 비치는 아름다운 반영으로 설명하면서,
      샘물 속에 빠져 죽은 나르시스가 아름다운 것은 샘물 속에 우리의 상상력이 가미되어
      있다고 부연한다. 왜냐하면 샘물은 거기에 비친 그림자를 약간 흐리게 하고 그 색깔을
      바래게 하여 실제의 모습에서 많은 세부들을 지워버리기 때문에, 그것을 바라보는 우리로
      하여금 그 지워 없어진 세부 대신에 스스로 그리게 하는 열린 상상력imagination ouverte의
      계기를 마련해준다는 것이다(가스통 바슐라르, 『물과 꿈』, 이가림 옮김, 문예출판사, 1980, pp.
      39~41 참조).

25   물론 이러한 변모의 이면에는 5월 광주의 비극 앞에서 외부 세계로의 탈출구를 찾지 못하고
      암흑 속에 갇힌 시대 상황과 그 암흑의 벽에 부딪쳐 뇌졸중을 일으키며 쓰러지고 난 뒤

하는 법과 '왜'라는 질문법을 이끌어내며, 나무에게서 "존재하는 것들의 겨울 꿈꾸기"[「나는 선(禪)맛 느낀다」]를 배운다.

> 세상에서 멀리 가려던 한산(寒山) 같은 시인도
> 길 위에서 비 오면 걸음을 멈추고 오던
> 길을 돌아본다 지난 시간들이 축축이
> 젖은 채로 길바닥에 깔려 있다
>
> ──「세상에서 멀리 가려던」 전문

한산은 당나라 때의 승려로 유명한 시승(詩僧)이다. 최하림은 "세상에서 멀리 가려던 한산"을 통해 "비 오면 걸음을 멈추고 오던/길을 돌아"보며 "지난 시간들"을 응시하는 자기 자신의 모습을 본다. 한자를 풀어보면 '겨울 산'이라는 의미인데, 시인은 이 한산을 끌어와 겨울 산을 서성거리기, 그러한 서성거림을 통해 겨우 존재하는 것들의 배후에서 축축이 젖은 "지난 시간"과 "새로운 추억이 짐짝처럼 마른나무 밑에 쌓"(「광목도로」)이는 것을 들여다보고 있는 것이다.

최하림의 후기 시에서는 "칩습니다"로 시가 끝나는 「시월은」의 "부고와 청첩장"이라는 시어가 보여주듯 극단적인 죽음의식과 그 죽음의 끝에서 다시 시작되는 신생의식이 겹쳐져 있다. 이와 같이 어딘지 모르게 쓸쓸하면서 '치운', 그러한 겨울 풍경 속으로 시인은 자기 자신을 지우고 스며드는 모습이 보인다. "문풍지들이 바르르" 떠는 겨울의 집에서 그는 "벌벌 떨면서 둘째 딸이 신혼여행길에서 사다 준 털스웨터를 꺼내 입"(「지난 겨울 기억」, 『때로는 네가 보이지 않는다』)고 '유리창' 너머로 풍경과 나무들을 바라보는 것이다. 그는 이런 모습으로 유리창 곁에서 '칩게' 풍경

요양하기 위해 충북 영동을 거쳐 양수리에 안착한 시인의 개인사적 내력이 겹쳐 있음을 간과할 수 없다.

을 응시한다. 그런 과정에서 역사란 발전을 향해 앞으로 나아간다는 '시간' 의식과는 다른, 과거로 되돌려지거나 고여 있는 '시간'의 역행과 순간에 대한 성찰이 두드러진다. 이것은 그가 '우리'를 민중적 삶과 역사 속에서 찾던 초기 시에서부터 풍경을 통해 '나'로 선회하는 후기 시에 이르기까지 일관되게 나타난다. 다만 초기 시에서는 '역사'나 '우리'에 강조점이 있었다면, 후기 시에 이르면 '풍경 속의 나'를 통해 '우리'에 대한 성찰이 두드러진다는 정도의 차이점이 있을 뿐이다. 이러한 면모는 역사와 공동체적 삶에 대한 믿음을 추구하던 그의 1980년대 시기에서도 다음과 같은 글로 나타난다.

> 한 시인이 어둠 속에서 떨리는 손으로 〈민주주의〉를 쓰고 있을 때, 그의 쓰는 행위는 미래를 민주적 세계로 관철하려는 의지적인 행동이 되며, 그 행위에 의해서 그의 존재가 확인된다. 행위의 본질은 완성한다는 데에 있다. 그 완성은 그 본질을 충실성에로 발전시키고 인도하는 것이다. 시간이란 그러한 행위가 행해지는 〈미래의 과거화〉 과정인 것이다. 따라서 한 시인이 시를 쓴다고 하는 것은 단순한 외형적인 현실에 대한 참여거나 존재의 의미를 파악하고자 하는 탐구에 그치는 것이 아니라 〈현실〉과 〈존재〉가 동시에 확인되고 또 지향되는 의지적 작업인 것이며, 그리하여 시인은 별수없이 미래 지향적인 인간의 편에 드는 것이다.[26]

이 글은 암울한 시대적 상황 속에서 "민주주의" 혹은 "민주적 세계"를 관철하려는 '의지적 글쓰기'가 되기 위해서는 어떤 자세를 보여주어야 하는가를 '시간'에 대한 성찰을 통해 드러낸다. 여기서 그가 말하는 '의지적 글쓰기'는 단순히 "외형적인 현실에 대한 참여"거나 "존재의 의미를 파악

26   최하림, 「시와 부정의 정신」, 『시와 부정의 정신』, 문학과지성사, 1984, pp. 315~16.

하고자 하는 탐구"라는 당시의 참여와 순수 중 어느 한쪽만을 선택하는 태도가 아니다. 그가 말하는 역사의 발전이란 현실 속에서 "행위의 본질" 을 완성하기 위한 미래 지향적인 행동과 더불어 "그 본질을 충실성에로" 이끄는 '과거'에 대한 탐구를 동시에 수행할 때 비로소 나타날 수 있는 것 이다. 옥타비오 파스가 "시간은 부서지며, 부서지면서 반복하지만, 하나 하나의 반복은 변화다. 언제나 동일하며 동시에 동일함을 부정한다"[27]라 고 한 것처럼 그가 말하는 '시간'은 "〈현실〉과 〈존재〉가 동시에 확인되고 또 지향되는" 현재와 과거의 변증법적 관계를 통해 비로소 현존하게 되는 것이다. 그는 그것을 "시간이란 그러한 행위가 행해지는 〈미래의 과거화〉 과정"이라고 설명한다. 그의 후기 시는 바로 이러한 역사 현실 속에서의 '미래의 과거화'를 풍경에 대한 관찰을 통해 '과거의 미래화'에로의 탐구 의 방향을 바꾸는 극적인 전환의 시기이다.

> 아아 숲 속에는
> 숲의 집 속에는
> 피 흘리던 날들이 있다
> [……]
> 이한열과 박종철이 있다 김상진이
> 있다 아무도 말하지 않았던 사람들이 있다
> 집으로 돌아가던 사람들이 있다 돌아보고
> 돌아보라
>
> ──「지리산 넘어 수십만 되새들이」부분

이 시는 풍경, 즉 유리창에 비친 '나'를 통해 지나간 '역사'를 보며 그 시 간의 흐름 속에서 망각되어가는 이름들을 호명하고 있는 시이다. 최하림

---

27   옥타비오 파스, 『활과 리라』, 김홍근·김은중 옮김, 솔, 1998, p. 72.

은 이와 같이 후기 시의 '나'에로의 전환이 '우리'를 망각해가는 과정일 수도 있다는 것을 유리창에 비치는 풍경의 위험성으로부터 감지해낸다. 다시 말하면 그에게 유리창은 '우리'를 망각하는 관찰의 파탄, 혹은 풍경의 파탄을 극복하기 위한 물음의 장소이며 성찰의 장소로 전환되는 것이다. 이로써 그의 시에 나타나는 유리창은 이쪽과 단절된 채로 바깥의 풍경이 비춰지는 것이 아니라, '나' 속에 담긴 세계와 '우리'의 지난 시간들이 동시에 비치고 보이는 내면과 외면의 변증법적 사유체계가 실현되는 장이 된다. 내가 속해 있는 정적인 공간으로서의 '안'과 동적인 공간으로서의 '밖'의 풍경이 서로 스미고 섞이면서 그는 한 개인의 내면과 더불어 역사 혹은 외부의 현실이 만나 함께 '파동' 치는 '유리창'과 직면하고 있는 것이다. 그렇기 때문에 유리창은 단순히 차가운 물질을 넘어서 따스한 온기가 전해지는 '파랑' 이는 물이 되는 것이다.

①
검은 새들은 어떤
시간을 보았다 새들은 시간 속으로
시간의 새가 되어 들어갔다
새들은 은빛 가지 위에 앉고
가지 위로 날아 하늘을 무한 공간으로
만들며 해빙기 같은 변화의 소리로 울었다
아아 해빙기 같은 소리 들으며
나는 유리창에 얼굴을 대고 있다
검은 새들이 은빛 가지 위에서 날고
눈이 내리고 달도 별도 멀어져간다
밤이 숨 쉬는 소리만이 눈발처럼 희게
울린다

—「빈집」부분

②

나무들이 앙상하게 배후를 드러내며
아가리를 벌리고 있는 겨울 하늘로
어둠이 내리면 산을 넘고 넘어가는
새여 이제는 내 시 속으로 들어오지도
말고 나가지도 말아라 유리창
너머 기웃거리지도 말고
눈짓도 말아라 산이 눈을
덮고 가지들을 덮으면
그림자들은 일어서서
길을 가리니

———「이제는 날개도 보이지 않고 날아가는 새여
썩뚝썩뚝 시간을 자르며 나는 가리니」 전문

 이처럼 최하림은 명료하기보다는 불투명한 시선으로 유리창에서 부드
럽게 자애로 감싸고 있는 '물'이나 '빛'의 이미지를 꿈꾼다. 그래서 '유리
창'을 바라보는 시간이 '물'이나 '빛'과 섞이게 되면 그는 그것을 '파동'
또는 '파랑'이라고 표현한다. ①의 시는 겨울나무를 통해 지속되는 시간
의 흐름을 거꾸로 되돌릴 듯이 시간의 물결 위에서 파동 치는 순간들을 관
찰한다. 이제 겨울나무는 더 이상 초기 시에서처럼 빈약하거나 파편화된 채
로 드러나지 않는다. 겨울나무들은 여전히 차가운 대지에 서 있지만 자신
의 "은빛 가지"에 "새들"을 불러 모은다. 그리고 유리창에 얼굴을 댄 시적
화자는 거기서 "해빙기 같은 변화의 소리"를 감지하며 나무에 깃들인 새
가 공중으로 치솟는 풍경을 발견한다. 빈집과도 같은 자신의 내부에서 터
져 나오는 "파동"이 곧 "해빙기"의 실체이며 감격인 것이다. ②의 시에서
는 모든 것이 앙상해진 겨울을 배경으로 소멸과 죽음의 한 모습으로 정지

된 듯 서 있는 겨울나무를 통해 풍경의 배후로 눈길을 돌리는 시인의 시선이 느껴진다. 그런데 그는 더 이상 유리창에 비치는 풍경에만 집착하지 않는다. "나무들이 앙상하게 배후를 드러"내는 "겨울 하늘"이라는 유리창 너머의 세계로 시선을 돌린다. 그는 그것을 "겨울 하늘"이 "아가리를 벌"린다고 표현한다. 그리고 그것은 유리창에 비치는 풍경을 바라보는 방법으로는 유리창에서 벗어날 수 없다는 시각과 성찰로 이어진다. "어둠이 내리면 산을 넘고 넘어가는/새여 이제는 내 시 속으로 들어오지도/말고 나가지도 말아라 유리창/너머 기웃거리지도 말고/눈짓도 말아라"라는 다소 격앙된 어조와 호흡은 이러한 시인의 심리 상태를 드러낸 것이다. 이 시는 이렇게 유리창 안쪽에 있는 삶에 대한 반성을 보여준다. 이제 시적 화자는 유리창에서 벗어나 겨울나무라는 풍경의 배후에서 유리창이 어두워진 후에도 "산을 넘고 넘어가는/새"와 더불어 그러한 풍경의 그림자들이 "일어서서/길을 가"는 모습을 본다. 즉, 어둠에 묻힌 유리창에는 더 이상 풍경이 보이지 않지만 시인의 심리에 뚜렷이 아로새겨진 그 풍경의 배후에 도사린 "그림자"들은 역사라는 시간과 근원에로의 회귀를 동시에 성찰하는 시인의 또 다른 모습인 것이다.

> 10월이 가고 11월이 온다 오리나무와 산벚나무 이파리들이 노랗게 황금빛으로 물들었다가 떨어지고 이파리들이 채곡채곡 골을 덮는다 고라니와 너구리 들이 달려온다 새벽에는 서릿발이 돋고 눈이 내리다가 멈추더니 다시 내린다 사내는 현관문을 열고 눈 속으로 사라진 길을 찾아서 한 걸음 한 걸음 걸어간다 사내는 언덕을 넘고 들판을 건너간다 들판에는 몇 그루 침엽수들이 있다 어떤 것은 작고 어떤 것은 크다 산 자와 죽은 자 들도 그곳에서는 함께 있다 바람도 햇빛도 함께 있다
> ―「목조건물」부분

이 시는 지속적인 시간의 흐름 속에서 죽음과 종말을 향해 가는 자신의

삶을 늦가을에서 겨울로 접어드는 계절의 변화를 통해 담담하게 서술한다. 한때 무성했던 나무는 이제 모두 잎을 떨구고 앙상하게 정지된 듯한 풍경 속에 머물러 있다. 시인은 늦가을을 지나 겨울이 오는 과정을 마치 유리창을 바라보듯이 담담하게 거리를 두고 성찰한다. 겨울나무는 절망이며 죽음의 시간을 표상하지만 시인은 그 이파리도 없이 앙상한 가지로 서 있는 겨울나무 밑에서 "산 자와 죽은 자 들", 그리고 '바람과 햇빛'이 함께 있는 광경을 목도한다. 그것은 죽음의 끝이라는 점에서 극단적이며 '칩다'의 세계 속에 속해 있는 것이다. 하지만 한 해로 보면 계절의 끝에 서 있는 겨울나무는 계절의 완성이기도 하다. 시인에게 겨울나무는 일반명사로 오는 게 아니라 절감하는 것으로 오는 죽음의 끝이며, 그는 거기서 "산 자와 죽은 자 들" 그리고 "바람도 햇빛"도 함께 있는 신생이 시작되는 것을 본다. 여기에 종말로서의 죽음과 그 끝에서 다시 시작하는 '나'와 '우리'를 동시에 포용하는 근원에 대한 갈망이 겹쳐져 있음은 물론이다. "나는 산 너머 하늘 너머 마을과 어머님의 둥근 무덤이 있다는 사실을 깨달았으며 그 고향과 무덤에는 서남해 바다가 금빛으로 타고 있다는 것을 알았다. 나의 시들은 그 마을과 무덤과 바다로 향해 가고 있었다. 그러고 보니 배 속에서 쪼르륵거리는 굶주림의 소리를 들으며 해안통의 거리를 걸을 때도, 빈자들의 유랑의 시를 쓸 때도, '속이 보이지 않는 심연으로'의 시를 쓸 때도 나의 시들은 다 같이 머리를 서남해로 두고 있었다. 서남해는 내 시의 뿌리 은유이자 뿌리 상징이었다."[28]

이와 같이 그의 시에 나타나는 겨울나무 이미지는 역사 발전과 공동체라는 '우리'로 표상되는 집단적인 관계에서 '나'의 실체를 찾는 과정과 그것을 뒤집어 풍경의 배후에서 '우리'와 '근원'이 무엇인가를 묻는 변증법적인 성찰 과정이 함축된 것이다. 결국 최하림의 시에 출현하는 겨울나무 이미지는 역사에 의해 소외될 수밖에 없었던 개인과 집단의 관계, 그리고

---

28   최하림, 「두 강이 만나는 마을에서」, 『멀리 보이는 마을』, p. 22.

어머니와 고향이라는 근원에로의 돌아감을 동시에 아우르는 상징체계라고 할 수 있다. 다시 말하면, 그의 시에 나타난 헐벗고 고독한 겨울나무는 파편화된 현대 사회에서 '나-우리-고향'이라는 총체성과 그 존재의 드러남, 그 신성(神聖)이 어떻게 가능할지를 역사와 풍경이라는 두 차원을 통해 질문하고 성찰하는 상징체계인 것이다.

5. 결론

이 글은 최하림 시에 나타난 겨울나무 이미지를 초기 시와 후기 시로 나누어 살펴보면서, 역사와 자연 또는 풍경에 대한 그의 사유의 변모 과정과 시적 상징체계를 분석하고자 하였다. 그가 펴낸 7권의 시집에서는 한결같이 '나무'에 대한 이미지가 등장하고 있으며, 그중에서도 특히 겨울나무에 대한 그의 관심은 초기 시에서부터 후기 시에 이르기까지 지속적인 것이었다.

그의 초기 시는 '개체아와 전체의 조화에 대한 추구'를 보여주면서 그 추구의 동력이 되는 것은 사랑이며, 후기 시에 표현되고 있는 풍경과 내면의 소통도 '전체론적인 우주와 개체아의 조화'를 추구하는 방법으로 도모되고 있다. 이 글에서는 그의 시에서 이 두 가지 면모를 아우르는 시적 장치 중의 하나가 '겨울나무' 이미지라고 보았다. 그래서 그의 시적 여정은 바로 빈약하고 앙상한 채로 서 있는 '겨울나무'에 자기 자신을 비춰 보며 엄혹한 역사 현실 속에서 자기 자신과 우리 존재의 드러남을 모색하는 극기의 과정 혹은 풍경의 발견에 있다고 하겠다.

최하림 초기 시의 겨울나무는 사회와 역사의 흐름에서 소외되고 빈약해진 검은 가지와 이파리를 지닌 파편화된 나무다. 하지만 시대의 중심에서 변두리로 밀려났으면서도 '새'와 '별'을 가지에 불러들이면서 해빙기의 목소리로 희망을 꿈꾸는 나무이다. 곧 최하림의 초기 시에 등장하는 이러한 겨울나무 이미지는 시가 곧 극기이며 그 극기를 통해 '우리'에 대한 사랑을 발견하고 그 속에서 '나'의 실존을 찾는 과정이라고 할 수 있다. 또한 후기 시는 그것이 '자애의 시학'으로 승화된다. 그는 이와 같이 겨울나무에게서 감응하는 법과 '왜'라는 질문법을 이끌어내며, 또한 겨울나무를 통해 겨우 존재하는 것들의 겨울 꿈꾸기를 배운다. 그래서 그의 초기 시를 '극기의 시학'이라 명명할 수 있다면, 『속이 보이는 심연으로』 이후 후기 시는 '자애의 시학'으로 넘어가는 과정으로 여겨진다.

다시 말하면, 그의 시에 나타난 헐벗고 고독한 겨울나무 이미지는 역사 발전과 공동체라는 '우리'로 표상되는 집단적인 관계에서 '나'의 실체를 찾는 과정과 다시금 '나'가 중심이 된 풍경의 배후에서 '우리'와 '근원'이 무엇인가를 묻는 변증법적인 성찰의 과정이라고 결론 내릴 수 있다. 그리고 이러한 점은 그가 '우리'를 민중적 삶과 역사 속에서 찾던 초기 시에서부터 풍경을 통해 '나'로 선회하는 후기 시에 이르기까지 일관되게 나타난다. 다만 초기 시에서는 '역사'나 '우리'에 강조점이 있었고, 후기 시에 이르면 '풍경 속의 나'를 통해 '우리'에 대한 성찰이 두드러진다는 차이점이 있을 뿐이다.

특히 만년에 씌어진 그의 시편들은 이파리도 없이 앙상하게 정지되어 있는 듯한 겨울나무를 통해 죽음의 완성과 근원에로의 회귀의식을 보여준다. 그는 이러한 것을 주로 유리창을 통해 바라보는데, 그의 후기 시에서 유리창은 '우리'를 망각하는 관찰의 파탄, 혹은 풍경의 파탄을 극복하기 위한 물음의 장소이며 성찰의 장소이다. 그래서 이쪽과 단절된 채로 바깥의 풍경이 비춰지는 것이 아니라, '나' 속에 담긴 세계와 '우리'가 동시에 비치고 보이는 내면과 외면의 변증법적 사유체계가 나타나는 공간이 된다. 정적인 공간으로서의 '안'과 동적인 공간으로서의 '풍경'이 서로 스미고 섞이면서 '안(개인의 내면)'과 '풍경(외부의 현실)'이 동시에 '파동'치는 '유리창'인 것이다. 이것은 파편화된 현대 사회에서 '나-우리-고향'이라는 총체성과 존재의 드러남, 그 신성이 어떻게 가능할지를 역사와 풍

경이라는 두 차원을 통해 질문하고 성찰하는 시인의 시적 상징체계라고
할 수 있다.

[『한국문예비평연구』, 제46호(한국현대문예비평학회, 2015)]

최하림 시의 '시행 엇붙임' 양상 고찰

신익호

1. 서론

최하림은 『조선일보』 신춘문예에 「빈약한 올페의 회상」(1964)이 당선되면서 중앙 문단에 데뷔하고, 1960년대에 김현·김승옥·김치수 등과 『산문시대』 동인지를 발간하면서 의욕적인 문단 활동을 하였다. 그가 초기에 활동하던 1960, 70년대는 순수 참여 논쟁으로 양분되던 문단 상황이었기에 그는 그 당시에 그렇게 주목받지 못했다. 그러나 후에 권위 있는 문학상[조연현문학상, 이산문학상, 불교문학상, 예술상 문학 부문 최우수상(2005)]을 받을 정도로 왕성한 창작 활동[시집 8권(전집 포함, 420여 편), 산문집 8권, 시론집 1권 등]을 하여 큰 족적을 남겼지만, 그가 갖는 시사적 위치에 비해 그의 시 세계에 대한 연구는 양·질적인 면에서 매우 미흡한 실정이다. 그에 대한 연구는 단편적인 평론 외 몇 편의 석사학위논문[1]과 소논문[2]이 있을 정도이다. 이러한 연구 논문들도 형식미학적 접근 없이 모두 정신사적 관점에서만 다뤄져 한쪽으로 치우친 감이 없지 않다.

박상옥은 최하림의 시 세계를 초·중·후기로 나누어 총체적으로 그 변모 과정을, 김제욱은 최하림 시에 나타난 자연물 이미지를 중심으로 그 의미와 상징성을, 김미미는 역사·전기 비평의 관점에서 시인의 생애, 각 시기와 작품의 연관성을 중심으로 각각 분석하였다. 그리고 김명인은 최하림 시를 초기 시와 후기 시로 나누어, 초기 시가 역사의식의 관점에서 저항과 부정을 통한 시적 자아의 진솔한 내면의 음성을 구현했다면, 후기 시는 모든 존재의 화해와 동화의 삶을 추구하며 이성적 인식과 내면적 성찰을 통한 균형감각과 포용성을 강조했다고 보았다. 이송희는 최하림 시의 미적 구성과 존재 인식을 밝히면서 그의 시적 아름다움은 지사적 의미와 자연적 서정을 적절히 조화시키는 전략적 구성에 있다고 평가하였다.

본고에서는 이런 천편일률적인 정신사적 관점을 지양하고 주로 형식미학적 관점에서 최하림 시 형식의 미적 구조를 분석하고자 한다. 그의 거의 모든 작품에는 통사적으로 볼 때 자연스러운 시행 배열이 아닌 껄끄러운 리듬과 부조화가 두드러진다. 그것도 하나의 작품에 한두 행이 아닌 여러 시행에서 반복적으로 나타난다. 이런 경향은 운율에 대한 무시와 무관심의 산물이 아니라 특별한 운율적 효과, 즉 기존 운율에 대한 '낯설게 하기'를 시도한 의도적 장치라 할 수 있다. 그의 시는 이런 낯설게 하기 방식으로 시행과 통사적 의미 분단의 불일치를 통한 의미와 호흡의 변용을 사용하고 있다. 이러한 기교를 '시행 엇붙임'[3](영어의 run-on line, 불어의 enjambement)이라 한다. 현대시에서는 이를 '이월시행' '행간걸침(림)'이

---

1   박상옥, 「최하림의 시 세계 연구」, 고려대학교 대학원 석사학위논문, 2003; 김제욱, 「최하림 시의 이미지 연구」, 고려대학교 대학원 석사학위논문, 2005; 김미미, 「최하림 시 세계 연구」, 전남대학교 대학원 석사학위논문, 2011.

2   김명인, 「시간 속을 소용돌이치는 말들의 풍경」, 『한국학연구』, 제15집, 고려대학교 한국학연구소, 2001; 이송희, 「최하림 시의 미적 구성과 존재 인식」, 『현대문학이론연구』, 제33집, 현대문학이론학회, 2008.

3   본고에서 사용하는 이 용어와 접근 방법론은 황정산의 논문(「김수영 시의 리듬」)에서 많은 도움을 받았음을 밝혀둔다.

라고 부르기도 하지만, 본고에서는 편의상 다양한 기능을 설명하기에 부적합해 '시행 엇붙임'이라는 용어를 사용할 것이다.

본고에서는 이런 '시행 엇붙임'의 개념을 정립해 그 유형을 나눈 후, 그런 유형을 통한 기능이 어떠한 시적 효과를 내는지 의미 강조의 관점에서는 반복과 부연, 언어유희와 역설, 생략, 애매성, 감각적 비유 등으로, 리듬 강조의 관점에서는 음수율을 통한 음보율 중심으로 각각 구체적으로 세분화해 그 양태를 살펴보고자 한다. 그리고 이런 시행 엇붙임이 통사적 분절을 약화해 시행 사이의 의미나 정서를 강화시키는 효과의 시상 연결, 혹은 통사적 분절과 의미의 불연속을 야기시켜 선명한 이미지만 재현하는 시상의 전환 등을 중심으로 분석할 것이다.

2. '시행 엇붙임'의 개념과 유형

시의 본질은 율격이다. 이 율격적 장치가 시적 효과를 나타내기 위해서는 시적 의미와 상호 관련 속에서 작용해야 한다. 시에서 행과 행 사이의 분절은 대체로 시어의 통사적 분절과 일치한다. 이것이 우리 언어 구조상 시적 운율 형성에 자연스럽게 느껴진다. 그러나 통사적 분절과 행 사이의 분절이 일치하지 않을 경우 호흡 변화가 일어나고, 그에 따라 의미 변화와 애매성을 수반하는 시적 효과를 나타내는데, 이것을 '시행 엇붙임'이라 한다. 시행 엇붙임은 이런 의미와 소리와의 상호 연관을 긴밀하게 나타내는 시적 장치의 하나이다. 즉 시에서 언어의 의미를 소리가 수정한다는 사실을 나타내는 단적 증거이다.

우리의 언어 구조상 시에서 율격적 기본 자질은 통사적 분단이다. 우리 시는 음절의 기본 인자인 음수율을 바탕으로 통사적 분단에 따라 음보가 나눠지며 자연스럽게 호흡이 형성되어 리듬감을 지니게 된다. 따라서 통사적 분단을 통해 소리의 시간이 배분되어 시행이 형성된다. 그런데 시에서 행과 행 사이의 호흡 휴지는 행 안의 음보 사이의 휴지보다 길고, 연과 연 사이의 호흡 휴지는 행간 사이의 휴지보다 길다. 이러한 현상을 통해 의미의 연결과 단절, 호흡이 조절된다. 따라서 현대시의 경우 이러한 행 구분과 그 행의 집합체인 연 구분이 소리 형성의 중요한 장치가 되는 것이다.

시행 엇붙임은 시에서 크게 세 가지 형태로 나타나는데 ① 통사적으로 뒷행에 연결되어야 할 단어나 어절이 앞행에 붙는 경우, ② 통사적으로 앞행에 연결되어야 할 단어나 어절이 뒷행 앞에 붙는 경우, ③ 통사적으로 앞행과 뒷행 사이에 걸쳐 양쪽을 통사적으로 연결해주는 어절 등으로 나눌 수 있다. 이를 편의상 각각 '올려붙임' '내려붙임' '행간걸침'의 용어를 사용하고자 한다. 이러한 시행 엇붙임의 효과는 천편일률적으로 단정할 수 없으나 그 상황에 따라 다양하게 나타난다. 어떤 경우는 뚜렷한 시적 의미의 효과를 전제하지 않고 단지 일탈 형태로 나타나기도 한다.

1) '올려붙임'의 예

다음 인용한 예문들은 의미상 전부 뒷행에 가깝지만 뒷행과는 행간 휴지를 통한 강제적인 단절이 생기고, 앞행의 어절들과 부자연스러운 연결을 이루고 있다.

⊙ 강물이 하늘의 마음을 울린들 어느
　　누가 낮은 가슴으로 울 수 있으리오

　　　　　　　　　　　　　　　　　　　　—「시」부분

© 우리들은 밤새도록 술을 마시고 젓가락을 두들기며 노래
　　불렀으나, 신참내기 전도사도 노래불렀으나

　　　　　　　　　　　　　　—「저녁 바다와 아침 바다」부분

ⓒ 꽁꽁 언 내를 건너서 <u>우리들이</u>

　　산 밑 마을로 가고 있을 때

——「한겨울의 꿈」 부분

ⓔ 칼날의 댓닢이 밤에도 자지 않고

　　흔들리는 것을 보고 있다 <u>달빛의</u>

　　신경이 흔들리는 것을 보고 있다

——「우리들은 무엇인가」 부분

ⓜ 갑오년에 굶어 죽은 비렁뱅이 너털웃음 소리보다도 <u>길게</u>

　　내리고, 구름을 빠져나올 검은 물체가 빠르게

——「풍경」 부분

ⓐ은 수식어인 관형사 '어느', ⓑ은 목적어인 '노래', ⓒ은 주어인 '우리들이', ⓔ은 관형어인 '달빛의', ⓜ은 부사어인 '길게' 등이 의미상으로나 낭독 시 다음 행에 붙는 경우가 자연스러운데도 올려붙임으로 앞행에 붙어 있어 부자연스럽게 느껴지는 것이다. 그러나 이런 올려붙임의 예는 통사적 문법의 근간을 무너뜨릴 정도는 아니다.

2) '내려붙임'의 예

아래 예문들은 통사적 문법 형태로 앞행의 단어나 어절 들과 분리될 수 없다. 그런데 앞행과는 강제적인 단절이, 뒷행과는 통사적 분단이 일어남에도 불구하고 의도적인 연결 관계가 이루어지고 있다.

ⓐ 사람들이 하늘 가까이 떠오르고 별들도

　　땅 위에 내려와 공경스러워한다 남쪽 길

　　<u>에서는</u> 해송들이 동요를 멈춘다

—「소록도 시편 3」 부분

ⓛ 검은 산문으로 목을 빼고 보면 마음 깊은 사람들이 오

<u>는지</u> 잎새가 설렁이지만 모습을 보이는 이는 없다
—「진불암(眞佛庵)」 부분

ⓒ 밤이 깊어도 햇빛은 사라지지
<u>않고</u> 일용할 양식처럼
—「햇빛 한 그릇」 부분

ⓔ 하늘의 바람이 보이지 않게
<u>흐르고</u> 보이지 않게 지하수들이
—「살그머니……」 부분

ⓜ 종종 두 발이 눈 속에 빠져 비틀
<u>거렸습니다만</u> 그렇다고 눈이 시샘 많은
—「비원 기억」 부분

ⓗ 소리와 함께 희끄무레한 얼굴이
떠올랐습니다 어디서 본 듯
<u>했습니다</u> 그래 말했지요
—「바람이 센 듯해서」 부분

㉠은 조사 '에서는', ⓛ은 어미 '는지', ⓒ은 보조용언인 '않고', ⓔ은 서술어 '흐르고', ⓜ은 어근에 붙는 접미사 '거렸습니다만', ⓗ은 보조형용사 '듯하다'에서 어근(듯)과 접미사(하다)의 분리 등을 내려붙임으로 사

용하였다. 이러한 내려붙임의 예는 올려붙임의 예에 비해 통사적 문법의 근간을 무너뜨릴 정도로 일탈이 심한 단면을 보여주고 있다.

3) '행간걸침'의 예

행간걸침은 통사적 연결이 강한 어절을 두 행 사이에 걸쳐놓음으로써 두 행 사이에 의도적인 연결을 이루게 한다. 이 경우는 앞뒤 행 사이에 의미 연결뿐만 아니라 적절한 음보의 균형 배열에 도움을 준다.

> 고구마 줄기는 날이 날
> 고구마 줄기를 보고 살 수밖에 없는 나를,
> 고구마 줄기를 보고 사는 자는
> 복이 있나니라고
> 짐짓 말해주고 있는 것 같았다
>
> ——「물컵에」부분

이 시에서 '날이 날'은 '날이면 날마다'(항상)의 의미로서 구조상 첫째 행에 있지만, 통사구조의 의미로 볼 때 두번째 행에도 걸칠 수 있다. 전자의 경우라면 주체는 '고구마 줄기'이고, 후자의 경우라면 주체는 매일 고구마 줄기를 보고 살 수밖에 없는 '나'이다. 즉 물컵 속에서 자라는 '고구마 줄기'의 성장 변화를 통해 평상시에 인식하지 않았던 생명의 경이로움을 느끼는 것이다. 이런 일상성 속에서 생명에 대한 투시력을 지닐 때 '고구마 줄기를 보고 사는 자'는 복이 있으리라 말해주고 있는 느낌이 든다.

이처럼 다양한 형태의 시행 엇붙임(올려붙임, 내려붙임, 행간걸침)은 시행 엇붙임된 단어나 어절 앞뒤에 각각 호흡의 단절이나 연결이 이루어지면서 의미의 단절과 연결을 불러온다. 따라서 의도적인 호흡 변화에 따른 의미의 연결과 단절이라는 두 가지 기능을 수행한다고 볼 수 있다. 시 속에서 전체적인 시적 의미나 정서에 따라 시행 엇붙임은 주요 인자로 작용한다. 시행 엇붙임은 자연스러운 통사적 언어 감각의 파괴를 통해 애매성과 시적 의미의 다양한 변화를 의도하는 표현 기법이기 때문에 무엇보다도 시인의 의도성이 짙게 담겨 있다고 볼 수 있다.

시행 엇붙임의 단절적 기능은 명사와 조사, 어간과 어미, 용언과 보조용언, 수식어와 피수식어 등 통사적 연결이 강한 말 사이에서 나타나는 경우가 대부분이다. 따라서 조사나 어미, 보조용언, 피수식어 등을 의도적으로 분리시켜 통사적 연결을 차단함으로써 의식적인 호흡과 의미의 단절이 분명해진다. 절대 분리할 수 없는 통사적 관계를 의도적으로 일탈하여 행간 휴지로 끊음으로써 두 낱말이나 어절 사이에 단절을 시도하는 것이다.

반대로 시행 엇붙임의 연결적 기능은 '~다' '~고' '~만' '~까' 등 비교적 통사적 분절이 강한 말 뒤에 다른 단어나 어절을 올려붙임하거나, '~다' '~고' '~만' '~까' 등의 어절을 다음 행의 문장 앞에 내려붙임하는 경우에 실행된다. 또한 '행간걸침' 역시 통사적 분단을 약화해 의미의 연결을 수행하고 있음을 알 수 있다. 이러한 시행 엇붙임의 연결적 기능은 흔히 한 행에서만 끝나지 않고 여러 행에 걸쳐 계속적으로 나타나는 경우가 많다. 흔히 의미의 연결은 두 행 사이에서만 끝나기보다 연 전체 또는 한 편의 시 전체에 걸쳐 행해지기 때문이다.

> 저 많은 별들을 하나도 소유하지 못하고,
> 그 많은 별들 중의 하나가 내 별이라고
> 생각하면서, 아직은 모습을 보이지
> 않는 별들이 우리를 향하여 휘익 휘익 휘이익
> 휘파람 불면서, 수도 없이 달려오고 있으리라
> 생각하면서, 그 별들의 빈자리에서
> 빈자리는 별들을 기다리면서 향기로운
> 울림을 울리고, 나도 그대들도 그러리라
> 생각하면서 바라보는 이 꿈 같은

<u>아름다움</u>! 밤에 마당으로 나가 라일락
<u>나무</u> 아래서 바라보는 이 작은 아름다움!

―「별을 보면서」 전문

　이 시에서는 시행 엇붙임의 연결적 현상이 거의 전체 매 행에 걸쳐 계속 나타나 있다. 제목에 걸맞게 계속된 시행 엇붙임을 통해 서정적이며 감각적인 분위기를 살리기 위해 정서적 상황의 계속적인 연결을 이어가고 있는 것이다. 여러 문장으로 나눌 수 있는 것을 계속 쉼표를 나열해 수식어절을 형성하여 피수식어인 '아름다움'에 귀결시킴으로써 유년 시절에 누구나 한 번쯤은 경험했을 '별'에 꿈을 새기는 원형적 심상이 자리 잡는다. 수식어절을 동반하는 '생각하면서'의 연결적 기능은 '아름다움'의 구체적 상황을 다양하게 보여주고 있다.

무슨 용도인지 모를 돌깍담이 언덕으로 사안묵 이어지고 있

<u>었다</u> 물기 머금은 바람이 돌깍담을 넘어오고 또 넘어오고 있

<u>었다</u> 밤에는 별들이 내려오고 새들이 내려오고 시간의 그림

<u>자</u> 같은 것들도 검은 이끼처럼 내려오고 있었다 언제부터인

<u>지</u> 돌깍담 아래 우물이 흐르고 있었다 복사꽃 두 그루가 연

<u>분홍</u> 꽃들을 화들짝 화들짝 피우고 있었다 마을 사람들이 하

<u>나</u> 둘 춘사(春事)라도 일어난 듯 돌깍담 아래로 모여들고 있었다

―「돌깍담」 전문

이 시에서 단절적 기능은 여러 문장으로 구성되었을 뿐만 아니라 매 행에 나타나 있다. '있/었다'의 어간과 어미, '연/분홍', '그림/자'의 보통명사 분리, '하/나'의 수사 분리, '언제부터인/지'의 부사어 분리 등으로 근본적인 통사구조를 일탈하고 있다. 이런 통사구조의 일탈에 따른 시각적 효과는 마치 '돌깍담'(돌무더기)이 직사각형처럼 반듯하게 쌓여 있는 모습을 보여주는 듯하다. 그리고 행간을 마치 연 구분처럼 여백을 주어 무한한 상상력의 공간을 확대시켜주고 있다. 그 여백은 시골 돌깍담의 풍경을 서정적·감각적으로 아름답게 묘사하는 데 주요 인자로 작용한다. '~고 있었다'는 보조용언의 반복 사용은 돌깍담을 배경으로 어떤 동작이나 상태가 계속 전개되고 있는 상황임을 알 수 있다. 돌깍담에는 사시사철 자연의 변화 현상이 나타날 뿐만 아니라 마을 사람들이 모여드는 곳이다. 돌깍담 아래 흐르는 '우물'은 복사꽃을 피우고 사람을 모으듯 생명의 탄생과 화합의 원형성을 반영한다. 이러한 물의 이미지는 그의 시에 빈번히 나타나듯 유·소년기의 성장 공간인 돌깍담 같은 고향[4]과 밀접한 관련이 있다고 볼 수 있다.

그러나 이런 일탈적인 시행에서 어간과 어미의 분리, 명사·수사·부사어의 분리는 언어적 통사구조의 근간을 파괴시키는 것으로, 파편화된 현대 문명의 모더니즘적 실험 현상 외 어떠한 시적 의미의 설득력을 지니는 데 한계를 지닐 수밖에 없다.

---

[4] 그는 유·소년기의 대부분을 목포에서 보내게 되는데, 집 주위에는 유달산과 서남해 바다가 펼쳐져 있었다.

3. '시행 엇붙임'의 기능적 효과

1) 의미 강조

시상의 중심이 되는 단어나 어절을 윗행에 올려붙이거나 아래행에 내려붙여 통사적 관련을 가진 앞 혹은 뒤의 낱말과 의미의 강제적 단절을 시도함으로써 그것의 독립적 의미를 강조하는 경우는 시행 엇붙임의 가장 기본적인 효과라고 할 수 있다.[5] 최하림의 시에서 이런 시행 엇붙임에 따른 의미 강조는 다양한 기법을 통해 나타나고 있다. 즉 반복과 부연, 언어유희와 역설, 생략, 애매성, 감각적 비유 등의 기법을 엿볼 수 있다.

① 반복과 부연

시에서 반복은 리듬 균형의 조절뿐만 아니라 구성의 질서화를 구현시킴으로써 의미 생성이나 미묘한 정서 상태를 반영하는 데 효율적이다. 반복은 '동일한 요소가 계속 나열되는 것'으로, 운율이나 모든 시적 요소가 존재할 수 있는 배경의 공통인자로서 병렬을 창출하는 중요 자질이다. 이런 반복 형태는 기본형이나 그 변형 형태로서 크게 동일어휘반복, 동일어구반복, 동일문장반복으로 나누어 나타나는데,[6] 최하림 시에서는 이런 다양한 반복 유형이 서술부 형태로 반복되는 중에 구체적인 상황이 부연되어 덧붙여지는 변형 반복의 형태를 지닌다.

> ㉠ 물이 허리에 잠기고 목에 잠기고 머리에
>   차올라온다 물이 머리에 차올라온다
>
> ──「양수리에서」부분

---

5   황정산, 「김수영 시의 리듬」, 『김수영』, 황정산 엮음, 새미, 2003, p. 283.
6   김진우, 『시와 언어』, 한국문화사, 1998, pp. 277~82 참조.

ⓛ 우리가 꿈꾸고 반성할 물살, 우리가 해찰할

　물살, 우리가 욕지거리를 퍼붓고, 우리가 저주할

　물살이 흘러간다 물살은 살아서 흘러간다

—「천은사(泉隱寺) 길」부분

ⓒ 베어진 논두렁에서 달빛이 남아 뒤를

　따르고 달빛이 남아 뒤를 따르고 달빛이

　남아 길 잃은 사나이의 뒤를 따라가고 있다

　그렇게 그 사나이가 가고 또 다른 사나이가

　올지라도 마찬가지로 달빛은 따라가고 있다

—「가을의 말 3」부분

ⓔ 허리를 구부리고 어머니가 바가지에 물을 떠 벌컥

　벌컥 마십니다 할머니도 바가지에 물을 떠 벌컥벌컥

　마십니다 누이도 바가지에 물을 떠 벌컥벌컥 마십니다

　우리 식구들은 아침이고 저녁이고 (어떤 때는 밤중이고를

　가리지 않고) 바가지 물을 벌컥벌컥 마십니다

—「보릿고개」부분

ⓜ 날이 깊어간다 모든 것이 변하고

　모든 기억이 희미해지고 모든

　사랑이 딱딱한 사물로 변해간다

　내 손에서 따스했던 네 손이 사라진다

344

이제 나는 잃어버리게 될 시간들

을 생각하고 시간들을 그리워하며

시간 속으로 들어간다 물푸레나무가

우거져 있다 시간들이 우거져 있다

─「아들에게」 부분

ⓑ 오늘은 차들이 달리고, 차가 달리는

길로 맙소사! 길은 끝없이 이어져

있구나 옆으로도 앞으로도 뒤로도

─「요교리로」 부분

㉠은 물에 허리와 목이 잠기고 점차 머리까지 물이 차올라오는 절박한 상황을 부각시키기 위해 시행 엇붙임을 활용한 반복으로써 긴박감을 표현하였다. ㉡은 수식 기능의 관형절이 계속 '물살'에 걸려 시행 엇붙임으로 반복되고 있다. 사찰 계곡에 흐르는 물살은 인간의 속세를 씻어내는 정화수에 비유할 수 있다. 이 물살은 인간사에서 경험하는 증오나 저주를 씻어 보내기도 하고, 또한 자신을 반성하며 생각하고 꿈꿀 수 있게 하는 삶의 활력소이다. ㉢은 추수가 끝난 쓸쓸한 가을 녘에 달빛이 논두렁에 비치고 길 가는 사내를 비추는 상황을 여러 번 반복해 강조하고 있다. 온갖 주위에 달빛이 비치는 상황을 '남아', 사람의 뒤를 따르는 달빛을 '따르고'에 각각 시행 엇붙임하여 나타내고 있다. ㉣은 보릿고개에 굶주린 가족 구성원의 실상을 부각시키기 위해 '벌컥벌컥 마십니다'를 시행에 따라 '벌컥'의 의태어와 '마십니다'의 행위를 나눠 시행 엇붙임하여 더 허기진 상황을 반영하고 있다. 마지막 부분에서는 개별적인 가족 구성원이 '식구'로 합일되면서 시행 엇붙임으로 나눠진 '벌컥벌컥 마십니다'가 합쳐져 총체적 상황으로 마무리되고 있다. ㉤은 '모든 것'과 '시간'이 전후 대칭을 이루며 반복되고 있기 때문에 여기에 초점을 두어 시행 엇붙임이 행해지

고 있다. 이제는 자식이 성장해 부모 곁을 떠나갈 즈음 '모든 것'(기억, 사랑 등)은 희미해지고 변해간다. 시간의 흐름 속에서 자식을 기른 부모로서 지나간 추억의 시간을 더듬으며 그리워하는 것이다. 마치 물푸레나무가 우거져 있듯 회상하는 추억의 시간들이 무성한 숲을 이루고 있다. ⓑ은 차도가 온 주위의 사통팔달로 이어지는 상황을 시행 엇붙임으로 반복 도치시켜 구체적으로 나타내고 있다.

② 언어유희와 역설

말장난, 말짓기놀이인 언어유희pun는 동음이의어나 각운 등을 이용하여 재미있게 꾸미는 말의 표현을 뜻한다. 이런 언어유희는 말 이어가는 단어 연쇄, 동음의 반복, 고쳐쓰기, 의미의 중첩 등 다양하게 나타난다.[7] 역설은 표면적 진술의 모순 속에 내포된 진리로, 합리적 사고와 일상적 논리로 설명이 불가능한 언사로 인식론적·의미론적 차원의 문제이다.

> ㉠ 산 그림자 달리는 저녁답에서
> 풀뿌리 뜯으며 소리 지르는
> <u>소리들이</u> 지심을 울리어 터져 나오는
> <u>울음이거라</u> 웃음이거라 눈물을
> <u>뿌리며</u> 뿌리며 적벽을 올라가는
> <u>둥둥 둥둥</u> 북소리 속에서 올라가는
> <u>임방울이여</u> 우리, 임의, 방울이여 방울이여
>
> ─「적벽가」 부분

> ㉡ 가을이 깊어져서 싸리나무 이파리들이

---

7   심재기, 「'영산홍'의 시문법적 구성 분석」, 『언어』, 제1권, 제2호, 한국언어학회, 1976, pp. 3~15 참조.

떨어지고 썩어간다 오오

구천동이여 너는 마침내 떨어지고

썩어 구천으로 간다

—「다시 구천동으로」 부분

ⓒ 말들은 얼굴 보이지 않는 말들은

말의 푸른 칸막이 사이에서

운다 말들은 운다 아니다 말들은 울 줄도 모른다

—「말」 부분

ⓔ 나는 문둥이들의 마을을 본다 허나

사람이 사니 마을일 뿐 소록도에는

마을이라 할 것이 없다

—「소록도 시편 3」 부분

ⓜ 오늘 같은 날은, 나를 상자 속에 가두어

두고 그리운 것들이 모두 집 밖으로 나가고, 집 밖에 있다

—「독신과의 아침」 부분

ⓐ은 소리꾼 임방울(본명은 임승근)의 예술적 경지를 표현하기 위해 "소리 지르는/소리들이" "울음이거라/웃음이거라" "뿌리며/뿌리며" "둥둥/둥둥" 등의 반복적 리듬과 마지막 행의 언어유희적 이름 풀이가 제목에 걸맞게 소리의 경쾌한 리듬을 뒷받침하고 있다. 성씨 '임'을 '우리, 임'의 형태로 표현함으로써 개인적 차원의 존재로 머물지 않고 우리 모두에게 보편적 '님(임)'의 대상으로 사랑받는 존재로 부각된다. 혼신의 힘으로 토해내는 그의 소리에는 민중의 한적[8] 삶의 애환이 짙게 담겨 있음을 알 수 있다. ⓑ은 가을날 낙엽 지는 무주 구천동의 풍경으로, 지명인 '구천

(九千)동의 낙엽들이 '썩어' 사라지는, 즉 '죽은 뒤에 돌아간다는' 동음이의어 '九泉'(저승)으로 묘사해 구천동의 쓸쓸한 풍경을 언어유희화한 것이다. ⓒ은 시행 엇붙임으로 '운다'를 서두에 제시하고 다시 말이 운다고 반복하지만, 그것을 다시 단정적으로 부정하면서 "말들은 울 줄도 모른다"고 한다. 울 줄 알기 때문에 우는데, 울 줄 모른다고 하는 것은 역설적 상황이다. 인간이 부리는 대로 노동력만 제공하는 '말'은 어떠한 조건이나 대가를 전제하지 않는 희생이기에 역설을 통해 연민의 정을 느끼게 한다. ⓐ은 천형의 병이라 일컫는 문둥이 마을 '소록도'의 풍경을 시행 엇붙임한 역접 접속어 기능의 '허나'를 통해 역설적으로 나타내고 있다. 이곳은 외형적으로는 사람들이 모여 사는 여느 마을처럼 평화롭게 보이지만 단지 사람들이 모여 살 뿐 그곳에는 풋풋한 인간미나 꿈이 있는 것이 아니라 외로움과 적막감이 감돌 뿐이다. ⓜ은 독신자로서 일상사의 하루 일과를 시작하는 중에 창밖에 비쳐지는 삼라만상의 조화와 신비적 현상을 접하며 '상자'와 같이 가정 내에 갇혀 있는 자신의 초라한 모습을 묘사하고 있다. 시행 엇붙임한 부분은 단지 '두고 나가는 것'이 아닌 '가두어 두고 나가는 것'으로 더 구속성을 강조하는 의미를 지닌다.

③ 생략

생략은 언어의 함축성과 경제성을 뒷받침하는 시의 본질로, 아래 예문에서는 매 행에 반복되어야 할 '시행 엇붙임' 된 부분을 통해 단조로움을 극복해주는 역할을 하고 있다.

> ㉠ 보이지 않는 내 손짓
> 　보이지 않는 내 눈짓

8　그가 부른 「춘향가」 중 "옥중가" 대목의 '쑥대머리'는 식민지 치하의 암담한 민족 현실과 가난에 대한 한스러움을 춘향의 신세에 대비해 울분의 소리를 토해내는 내용이다.

보이지 않는 내 소리짓

을 보고 있다

―「죽은 자들이여, 너희는 어디 있는가」 부분

ⓛ 하나의 사랑밖에

한 자리밖에

한 구멍밖에

<u>모른다</u>

―「말」 부분

㉠은 독립적으로 쓸 수 없는 조사 '을'을 시행 엇붙임하여 단독으로 사용함으로써 '내 손짓' '내 눈짓' '내 소리짓'에 각각 붙여 사용하는 대신 생략하였다. ⓛ도 매 행에 사용할 서술어 '모른다'를 생략하고 마지막 행에 별도의 시행 엇붙임으로 사용해 그 의미를 강조하고 있다. 이런 생략 기법은 전체적으로 단조로움을 극복해주는 느낌을 갖게 한다. 이와 반대로 "시월은 모두 바쁘고 <u>모두</u>/충만하고 <u>모두</u>/칩습니다"(「시월은」)처럼 시행 엇붙임의 반복 형태로 첨가해 강조 효과를 나타내기도 한다.

④ 애매성

뜻 겹침, 다의미성을 뜻하는 애매성ambiguity은 문맥의 불확실한 구조에서 발생하고 의미나 태도, 감정의 이중성에 기반을 둔다.[9] 최소한의 언어로 최대한의 효과를 자아내는 이 애매성은 의미의 복합성과 풍요성으로 언어의 긴장을 유발해 열려 있음의 상태에서 의미 찾기에 기쁨을 부여한다.

9   William Empson, *Seven Types of Ambiguity*, Penguin Books, 1965, p. 24.

㉠ 우리도 어느 날, 들을 가면서 우리가 지나는 모습

볼 것이다 긴 낫 들고, 긴 낫 내리며

존재하는 것들이 밝게 얼굴 드러내는 모습

—「밭고랑 옥수수」부분

㉡ 막 뒤로 숨는 모습도 보입니다 죄 많다고

고백하는 이들의 부끄러운 얼굴이 겨울바람처럼

우우우우 대숲으로 빠져나가는 정경이 보입니다

—「달이 빈방으로」부분

㉠에서 '볼 것이다'의 주체는 '우리'이면서 동시에 '존재하는 것들'이다. 전자로써 보면 목적어를 서술하는 평서문의 서술 기능이고, 후자로써 보면 도치 형태이다. 이 '우리'는 역사적 현실을 직시하여 공동체적인 힘으로 뭉쳐 그 어려움을 극복해나가자는 의지와 고뇌의 집합체이다. ㉡에서 '죄 많다고'의 결과론적 행위는 '숨는 모습'이면서 동시에 '부끄러운 얼굴'로 나타난다. 전자의 관점에서 보면 도치 형태이고, 후자의 관점에서는 수식어 형태이다.

⑤ 감각적 비유

감각적 비유인 이미지는 시적 언어를 통해 어떤 형상이 머릿속에 그려지면서 아울러 여러 관념이 함께 연상되는 것을 뜻한다. 관념과 사물이 만나는 이미지는 감각을 자극해 사물에 대한 다양한 경험을 불러오므로 미묘한 느낌이나 생각을 구체적이면서도 생생하게 표현할 수 있다.

㉠ 쇠붙이는 불길 속에서 단련되어진다는 것을

바람은 그것을 밤이 오고 눈이 온다고
말하여주고 있는 것이다 그렇게 <u>겨울의</u>
견고한 사랑을 말하여주고 있는 것이다

　　　　　　　　　　　　　—「겨울의 사랑」부분

ⓛ 이 밭길 그리고 저 돌멩이 돌멩이 길
서남해의 대숲 마을이나 마늘 냄새
<u>매캐한</u> 중강진의 살얼음 속에서도
사람들은 입을 다물고

　　　　　　　　　　　　　—「우리나라의 1975년」부분

ⓒ 저녁이 신작로 끝으로 몰려 들어가고 <u>흐려져가는</u>
가을날의 기대가 사방에서 상수리처럼 흔들리고
거년의 가뭄에 잃어버린 들녘의 곡식이 굶주림같이
<u>지나간다</u> 아이들이 잠 속에서 꿈틀거린다

　　　　　　　　　　　　　—「사방의 상수리처럼」부분

　㉠에서 '그것'은 "쇠붙이는 불길 속에서 단련되어진다는 것"을 뜻하는
지시대명사이고, 이러한 교훈은 시행 엇붙임된 '겨울의' 차가운 바람과
눈보라가 인생의 세파를 비유하는 것이다. 즉 겨울의 차가운 시련이 인생
을 더욱 성숙시킬 수 있다는 의미이다. ⓛ에서 최남단인 서남해의 '대숲
마을'뿐만 아니라 최북단 지역인 '중강진'까지도 '매캐한' 마늘 냄새가 퍼
진다는 것은 불안한 정치 상황을 비유한다. 즉 민주화 시위의 억압에 따른
매캐한 최루탄 냄새가 온 주위에 가득하듯 '살얼음'처럼 두려웠던 유신
시대의 암울한 시대 상황을 반영하고 있다. ⓒ은 늦은 가을날 수확하는 시
골의 저녁 풍경을 생동적이면서도 신선한 비유를 통해 감각적으로 묘사
하고 있다. 이런 감각적인 묘사는 그의 시에서 다양한 비유뿐만 아니라 빈

번한 의인법의 활용을 통해 생생하게 나타난다.

2) 리듬 강조

시에서 리듬은 체험과 경험의 질서화로 정서적 울림 전달과 주제를 부각시키기 위해 통일성·동일성·연속성의 감각을 부여하는 시 형식의 기본 인자이다. 그의 시에서 시행 엇붙임에 따른 리듬 변화는 음보 중심으로 나타나고, 작품 양도 다양한 기법을 통한 의미 강조에 비해 그리 많지 않다. 이런 경향은 시행 엇붙임의 기교를 활용하는 다른 시인들의 작품에서도 비슷하다. 아울러 리듬 현상도 다양한 운(韻)보다 거의 율격 중심의 음수율과 음보 중심으로 이루어지고 있다. 음보는 일정한 선형적 구조로 반복 지속되는 호흡상의 실제적 단위로서 시간적 통합의 원리로 심리적·관습적 체계하에 나눠진다. 우리 시에서 음보는 고정적이고, 음절 수는 가변적이다.

그대도 가면 오지 못하리
비비새들이 젖은 나래로
날아가는 하늘에서 우리도
가면 오지 못하리 그리움이
남아서 빈 가지에 출렁거리리

　　　　　　　　　　　　—「이제는 떠나세」부분

이 시는 형태상 3, 4, 5음절 중심의 3음보로 나눌 수 있다. '우리도' '그리움이'를 각각 시행 올려붙임 함으로써 리듬의 등가성(等長性)에 따라 3음보의 균형을 이루고 있다. 2행의 '젖은'과 '나래로'를 한 음보로 읽을 수도 있지만 전체적인 3음보의 등가성에 따라 2음보로 나누었다. 즉 전통적인 민요조의 리듬을 형성하여 만가적인 정한과 그리움을 나타내며, '~(이)리'의 반복된 각운이 리듬감을 뒷받침하고 있다. 가령 첫 행을 '그대도/가면 오지/못하리'로 음보를 나눈다면 3·4조 음수율에 균형을 이루는 것 같지만, 용언('오지')과 보조용언('못하리')은 통사구조상 분리할 수 없기 때문에 '그대도/가면/오지 못하리'로 나누어 낭독하는 것이 자연스럽다. 그러나 시행 엇붙임을 사용하지 않는다면 우리말의 통사구조상 다음과 같이 행을 나누어 3, 4음보의 반복으로 낭독할 수 있다.

> 그대도/가면/오지 못하리//
> 비비새들이/젖은 나래로/날아가는/하늘에서//
> 우리도/가면/오지 못하리//
> 그리움이/남아서/빈 가지에/출렁거리리//

홀러가는 강물이 돌아오지 못하는 것처럼 우리 인간도 죽으면 다시 돌아오지 못하는 인생의 덧없음이 담겨 있다. 특히 '우리도'라는 집단적 호칭의 사용은 개인사적 차원의 삶을 떠나 민중의 삶에 대한 자각과 인식이 배어 있다.

> 어느 나라건 새들이 떠나면
> 산야는 겨울이 된다 바람과
> 얼음으로 이뤄진 겨울을 보며
> 사람들은 질서가 무너진 공원을
> 떠난다 사람들은 마침내 그들의
> 겨울조차도 떠난다
>
> ─「마음의 그림자」 부분

이 시에서도 '바람과'의 올려붙임과 '떠난다'의 내려붙임으로 외형상 3, 4음절을 바탕으로 한 4음보가 중심을 이루고 있다. 이 4음보는 2음보의 반복에 따른 균형 잡힌 형태로서 짧고 빠른 2음보적 율동을 길고 유연한 느낌의 형태로 탈바꿈해낸다. 따라서 동적이며 자유로운 감정 표현의 3음보에 비해 유장하면서도 정적인 분위기를 자아낸다. 4음보는 경쾌한 음악성보다 균형 잡힌 안정감과 절제의 장중미로 깊은 생각이나 분별력을 앞세우는 감정 상태의 표현에 치중한다고 볼 수 있다.[10] 전체적인 시상은 반복되는 서술어 '떠난다'의 지배소를 바탕으로 조락의 계절인 쓸쓸한 겨울의 자연 공간을 묘사하고 있다. 형태 구조상 시행 엇붙임을 해체하여 자연스럽게 배열하면 다음과 같다.

> 어느 나라건/새들이/떠나면//
> 산야는/겨울이/된다//
> 바람과/얼음으로/이뤄진/겨울을/보며//
> 사람들은/질서가/무너진/공원을/떠난다//
> 사람들은/마침내/그들의/겨울조차도/떠난다//

즉, ___ ___ ___
　　　___ ___ ___
　　___ ___ ___ ___
　　___ ___ ___ ___
　　___ ___ ___ ___

형태인 3음보와 5음보(3음보+2음보, 혹은 2음보+3음보) 등의 입체적 구조로 나눌 수 있다. 첫 행에서 '어느 나라건', 혹은 '어느/나라건' 등 1음보나 2음보로 나눌 수 있지만, 여기에서는 편의상 1음보로 합쳤다.

　　암흑을 보며 암흑 속에서 승냥이처럼

10　성기옥, 『한국시가 율격의 이론』, 새문사, 1986, p. 210 참조.

울부짖는다 울부짖음이 암흑 속으로

사라져 암흑이 되어 돌아온다

암흑이 우리를 둘러싸고

우리를 눈보라 속으로 몰아간다

　　　　　　　　　　　　　—「설야(雪夜) 1」부분

　이 시는 '울부짖는다' '사라져' 등의 내려붙임으로, 외형상 3, 5음절 중심의 3음보가 균형을 이루고 있다. 전반부 2행은 5음절이, 후반부 3행은 3, 4음절이 중심을 이룬다. 5음절은 3·2(2·3)음절로 분절될 수 있는데, 이 시에서는 전체적으로 3음보가 균형을 이루지만 전반부가 주로 5음절 3음보로 구성되어 후반부에 비해 동적 리듬감이 감소되고 있다. '암흑을 보며' '암흑 속에서' '암흑이 되어' 등은 2음보로 나눌 수 있지만 전체적인 3음보의 등가성의 원리에 따라 1음보로 합쳤다. 자연스러운 통사구조로 배열하면 다음과 같다.

　　암흑을 보며/암흑 속으로/승냥이처럼/울부짖는다//

　　울부짖음이/암흑 속으로/사라져//

　　암흑이/되어/돌아온다//

　　암흑이/우리를/둘러싸고//

　　우리를/눈보라/속으로/몰아간다//

　3, 4음보로 훨씬 입체적으로 느껴져 시행 엇붙임에 따른 작위성을 벗어날 수 있다. 전체적인 시상이 설야의 낭만적 정취보다는 '암흑' '울부짖음'의 의미소가 반복되어 음울하면서도 어두운 분위기로 절망적인 현실에 직면한 절박한 상황이다. 이 '울부짖음'은 개인사적 차원보다 사회적·민중적 차원을 지향한 현실 상황의 반응이라 할 수 있다. 암울한 시대 상황 속에서 현실의 부당성에 맞서는 눈뜬 자의 내부에서 토해내는 울음이

다. '나'가 아닌 '우리'는 인간이 개인으로 살고 있어도 집단의 문화와 전통, 사회의 정치적 상황에 '나'와 '너'가 공존하는 윤리적 가치관을 공유하는 것이다. 그럼으로써 민중의 고통과 소망과 가치가 무엇인가를 탐구하며 민중의 삶에 대해 인식하게 된다.

3) 시상의 연결

시행 엇붙임을 통한 시상의 연결은 때로는 통사적 분절을 약화해 행과 행 사이의 의미나 정서를 강화하는 효과를 자아내기도 한다. 이때 행과 행 사이의 호흡은 급박해지고 시적 의미와 정서는 서로 긴밀히 이어진다. 때로는 서로 중첩되어 새로운 의미와 정서가 만들어지기도 한다.[11]

> 숲 속에서 아이들이 온다
> 아이들은 이 나무에서
> 저 나무로 포르릉포르릉
> <u>날며</u> 이른 아침 들판으로
> 햇빛을 몰고 온다
>
> [……]
>
> 미소 속으로 아버지가 쇠스랑을 메고
> <u>온다</u> 이슬 젖은 잠방이 바람으로 온다
> (오오 고통스런 세상으로 오시는 아버지!)
> 노동으로 빛난 얼굴을 하고 아버지는
> 사립으로 온다 우리 가족은 모두
> 아침의 유대 속에서 아침의 빛을 뿌리며

11   황정산, 같은 책, p. 291.

온다 새로운 아이들이 따뜻한 유대 속으로
온다 무성한 시간의 숲을 헤치고
이 나무에서 저 나무로
포르릉포르릉 날며

— 「아침 유대」 부분

　이 시는 '온다'는 서술어를 계속 내려붙임하여 '온다'는 사실의 연쇄적 인식을 강조함으로써 이른 아침 온 가족이 햇살을 받고 희망찬 하루를 시작하는 풍경을 묘사하고 있다. 활기찬 아이들의 모습은 나무숲을 날아가는 '새'로 비유된다. '숲'은 시적 배경이자 상상력의 원천으로 작용한다. 화자가 숲을 바라보는 것은 자아의 내면을 들여다보는 인식 행위이다. 숲 아래는 화자가 살고 있는 공간이며, 나무 아래는 화자가 숲을 바라보는 지점이기도 하다. 숲은 하나의 세상이며, 나무는 그 속에 살아가는 사람들의 이미지를 담고 있다.

　마지막 연은 첫 연을 약간 변형시킨 수미쌍관식 형태로, 생략 기법을 통해 주체의 미완된 행위를 보여줌으로써 단절감과 급박한 호흡의 정서를 자아내지만 '온다'는 행위의 순환 반복성을 내포하고 있다. '온다'는 행위의 연속성은 구체적으로 이른 아침 일터에서 일을 마치고 집으로 돌아오는 아버지의 모습에서 엿볼 수 있다. 쇠스랑을 메고 잠방이 차림으로 사립문을 들어서는 아버지의 모습, 나무숲을 나는 새처럼 생기발랄한 아이들의 모습은 평화로운 가족으로서 유대감을 불러일으킨다. 아침의 '햇빛'을 몰고 오며 비상하는 '새'의 이미지는 희망과 사랑의 평화로움을 내포한다. 그러나 이 '아버지'는 현상적 실체로서 가족과 동고동락하며 유대감을 지닌 존재로 머물지 않고 현실의 고통스러움을 극복한 "노동으로 빛난 얼굴"의 이상적 이미지로 존재한다. 그에게 아버지는 함께 손을 맞잡고 땀을 흘리고 웃기도 울기도 하는 실체이거나 정서적인 유대감을 지닌 존재가 아니라[12] 단지 기억의 한쪽에 존재하는 관찰의 결과물일 뿐이다. 특히 마지막 연에서 행이 아닌 더 큰 단위의 연 구분에서 '온다'의 엇붙임으로 분단시켜 특별한 시적 효과를 나타낸다. 이렇게 계속되는 시행 엇붙임은 '온다'는 하나하나의 상황을 급박한 호흡으로 연결해 총체적인 시각의 경험으로 인식시켜준다.

> 그대는 삼라만상의
> 슬픔을 보았던가, 소백산이라던가
> 태백산 기슭을 타고 내리는 빛줄기를
> 보았던가, 언덕에서 보았던가
> 골짜기에서 보았던가, 보리수 아래서
> 보았던가, 붉던가 푸르던가 검던가
>
> ―「밤」 부분

이 시는 계속해서 '보았던가'의 의문형 중심으로 시행 엇붙임이 나타나는 형태이다. 하나의 문장이나 어절이 끝나는 말미에 쉼표를 사용해 반복과 도치 형태로 의미를 강조하면서 리듬상의 호흡을 조절하고 있다. '그대'라는 주체가 보는('보았던가') 대상은 삼라만상의 '슬픔'과 산기슭에 내리는 '빛줄기'이다. 그런데 '삼라만상의 슬픔'이 관념적이고 광범위한 인간의 정서적 현상이라면, 산기슭에 내리는 '빛줄기'는 그런 광범위한 현상 중 구체적 정서를 유발시키는 자연적 현상의 인자라 할 수 있다.

그런데 주체인 '그대'가 본 것이, '삼라만상의 슬픔'과 그리고 구체적 공간인 '언덕' '골짜기' '보리수' 등에서 보는 산기슭에 내리는 '빛줄기'인지, 혹은 그 '보았던가'의 구체적 공간에서 동시에 '삼라만상의 슬픔'과 '빛줄기'인지 애매성을 지닌다. 그것은 전적으로 마무리되는 문장에 마침

---

12   김미미, 「최하림 시 세계 연구」, 전남대학교 대학원 석사학위논문, 2011, p. 14.

표 대신 쉼표를 사용함으로써 단절감을 극복하는 현상의 결과라 할 수 있다. 반복되는 '본다'('보았던가')의 관조적 시선은 자아가 대상인 자연을 끊임없이 탐색하고 인식하는 행위로서 먼 곳의 사물과 소리를 느끼게 한다. 이런 관조적 시선은 서로가 대립, 갈등하는 존재가 아니라 세상과 하나 되어 조화를 이루는 상태이다. 이런 시선은 사물을 현상학적 인식의 단계로 관계 맺기 때문에 한없이 자신을 고민하게 만든다. 사물이 존재한다는 것은 사람에게 인식되므로 어떠한 의미를 내포한다는 뜻이다. 이 인식은 물론 앎을 뜻한다.

> 어디서인지 흰 이를 드러내며 킬킬킬킬
> <u>웃는</u> 아이도 있다 비좁은 허리로 어둠을
> <u>받으며</u> 골목을 돌아가는 여인들도
> <u>있다</u> 허리 굽은 할머니와 할머니를
> <u>따라</u> 여인들은 돌아갈 일밖에 생각지 않는다
> 물은 다시 흘러, 마을을 만들고 구례를
> <u>만들고</u> 떠도는 여인들의 니나노집도 만들지만
> 섬진강 깊은 물은 한밤에도 무엇으로
> <u>현신하지</u> 못하고 이슬비 내리는 들판을
> <u>흘러간다</u> 비 오는 날 새들은 대나무숲 속에서
> <u>잔다</u> 구름이 흐르고 달이 비쳐도
> 새들은 움직이지 않는다 이제 나는 생각하려
> <u>하지 않는다</u> 강이 물속 깊이 산을 흔들며
> <u>흘러가는</u> 것을 소리로 보고 있다

—「섬진강」 부분

유유히 흐르는 강은 영원한 지속성을 지녀 시작과 끝이 없고 과거·현재·미래의 시간 구분도 없이 동일 시간 개념으로 나타난다. 따라서 세속

적인 시간의 차원을 떠나 현재로 존재하는 영원 자체이며 긍정과 부정, 유한성과 무한성이 공존한다. 끊임없이 흐르는 강줄기는 시간의 흐름 속에 생생한 역사의 현장을 담아낸다. 이 시도 '섬진강'을 배경으로 형성된 지리적 생활공간에서 천진난만하게 뛰노는 아이들, 고달픈 삶을 살아가는 여인들, 떠돌이 삶을 사는 작부들, 이른바 삶의 애환을 담은 서민들의 군상이 파노라마처럼 펼쳐져 있다. 그러나 서민들인 민중의 삶은 강인함("물속 깊이 산을 흔들며")을 엿볼 수 있다. 이 강에는 현실의 모순과 부조리한 인간의 삶이 공존하고 있지만 강은 끊임없이 바다를 향해가면서 모순된 현실을 극복하는 것이다. 유유히 흘러가는 물줄기처럼 거의 매 행 사이에 나타나는 내려붙임은 적절한 호흡 조절로 평범한 일상사의 모습을 속도감 있게 보여주고 있다. 이런 서민들의 삶의 터전인 강줄기는 시인에게도 시 창작의 원동력이 되었다고 볼 수 있다.[13] 물이 모든 생명체의 근원적 원천지이듯 그의 유·소년기의 성장 공간은 거의 물로 둘러싸인 곳이었기에, 그의 시적 심상에는 무의식적으로 물이 빛과 공기처럼 스며들어 파괴와 생성 작용을 가했던 것이다.

4) 시상의 전환

시행 엇붙임에 따른 통사적 단절과 의미의 불연속은 시상 전개 과정 중에 갑작스러운 시적 이미지의 전환을 가져오기도 한다. 그럼으로써 시적 의미가 단절된 이미지 배열로 시어의 논리적 연계성이나 서술적 전개가 해체되어 생생한 이미지의 재현만이 객관적으로 부각된다.

---

13   최하림, 『멀리 보이는 마을』, 작가, 2002, p. 109. "강과 바다는 어머니의 손길이나 눈길과
      같은 부드러움과 사랑이 넘친다. 어머니의 손길이나 눈길과 같은 강과 바다를 알지
      못하고는 시를 쓸 수 없다고 해도 된다. 모든 시인의 시에는 물이 깊이 흐르거나 물에
      잠기려고 한다. 시가 신선하다거나 새롭다거나 윤택하다고 하는 것은 물이 있다는 뜻이
      된다."

시끄러운

발소리가 높아지더니

멈추고 저녁 햇살이 서녘으로

몰려간다 은화식물(隱花植物)이 무럭무럭 자란다

불고기와 야채, 샐러드, 나이프가 야릇한

광채를 머금은 채로 식탁 위에 있고 조간신문과

장갑도 그 위에 있고 알맞게 교회 종소리도

유리창을 울리고

있다

길들이

사방팔방으로

색깔과 속도의

조화를 이루면서 흘러가고

있다 가을이 가고

있다

—「겨울 초입(初入)」부분

　　겨울에 들어서는 늦가을의 실내외 풍경이 시적 주체의 개입 없이 객관적 시점에서 한 폭의 수채화처럼 묘사되고 있다. 시적 주체의 모든 서정적 감정이 배제된 채 시행 엇붙임에 따른 이미지 배열만이 합성되어 풍경화처럼 비쳐진다. 거의 매 행에 내려붙임된 현재형 서술어는 시상 전개에 빠른 속도감을 부여하여 계절의 변화와 현장감을 생생하게 나타내고 있다. 원근법적 기법으로 바깥 풍경과 변화를, 그리고 집 안의 식탁을 묘사한 후 '색깔'과 '속도'(시간)의 조화를 통해 계절의 변화를 입체적으로 보여준다. 내려붙임을 통한 '있다'의 반복은 계절의 변화를 각인시켜주는 단정적 언사의 강조 효과를 지닌다.

　　이처럼 내밀한 삶의 목소리를 섬세하게 감득해내는 태도는 그의 4시집

『속이 보이는 심연으로』(1991)의 서문에서 "개인사에 있어서의 돌연한 일로 그것은 다른 형태로 찾아왔다. 나는 자연 친화의 인간적인 모습을 보게 된 것이다"라고 언급하듯, 뇌졸중으로 인해 사물을 바라보는 인식 태도의 변화가 나타나면서 자연 친화 경향이 후기 시의 주조를 이루게 된다. 평범한 일상사의 소중함 속에서 아름다운 자연의 변화와 소리에 귀 기울일 때 주된 관심의 대상은 자연, 풍경이 되고, 그것을 조용히 보고 듣는 가운데 자연스럽게 시가 되는 것이다. 이 눈앞에 펼쳐지는 풍경은 대상의 본질적 특성 이면에, 경험된 시간이라는 또 다른 풍경이 겹쳐져 있다. 그 겹쳐진 자리에 성찰적 자아가 놓이게 된다.[14] 그는 자연의 소리와 변화의 원형성을 통해 궁극적으로 시의 근원에 닿고자 한다.

이 도시의 보이지 않는
눈이 나를 보고 있다
이 도시의 집들이
나무들이
창들이
굴뚝들이
새벽마다
쓸려가는
이 도시의
쓰레기와 병들과
계급과 꽃
데모와
바람과

14   이송희, 「최하림 시의 미적 구성과 존재 인식」, 『현대문학이론연구』, 제33집, 현대문학이론학회, 2008, p. 205.

바람의 외침들이
보이지 않는 내 손짓
보이지 않는 내 눈짓
보이지 않는 내 소리짓
을 보고 있다

　　　　　　　—「죽은 자들이여, 너희는 어디 있는가」 부분

　　최하림의 초기 시(편의상 1990년대 이전) 경향은 개인사적 이야기보다
주로 시대에 민감하게 반응하며 보편적인 인간의 삶에 대해 관심을 나타
낸다. 그러다 보니 역사와 현실에 대한 진지한 고민과 천착을 서정적 긴장
속에 담아내면서 인간의 존재성에 깊은 성찰을 수행하는 것이다. 따라서
시적 화자는 암울한 시대상을 인식하고 민중에게 역사의식을 일깨워주는
존재로서 대변된다. 화자의 고통이 현실 문제 때문에 솟아난 것이지만 현
실적 저항이 아니라 정신적 모색에 의해 그것의 극복이 가능하다는 암시
를 주고 있다. 끝까지 시의 울타리를 지키면서 내면에 호소하는 어법을 구
사하고 있는 것도 중요한 특질이다.[15]
　　이 시에서 '죽은 자'는 1970, 80년대 역사적 격변기의 정치적 상황에서
희생된 민중의 자화상이라 할 수 있다. 이런 해석은 '데모' '계급' '바람의
외침' 등의 단어에서 뒷받침된다. 시적 화자의 목소리는 시대의 고뇌를
인식하지만 '죽은 자'와 같이 역사의 현장에 뛰어들 만큼 용기를 갖지 못
한 것에 따른 자의식적 자괴감의 고백이다. 이런 자괴감에 따른 자의식적
불안감이 타자화된 존재에 의해 바라봄의 대상이 되고 있다. 이 '보고 있
다'는 정적 인식 방법은 어떤 선적 경지의 관조의 대상이 아니라 시적 화
자의 행위에 대한 감시의 눈초리이다. 그런데 이 타자화된 감시의 시선을
강조하기 위해 시상 전환의 효과는 중첩된 한 단어 시행을 통해 보다 뚜

15　　이숭원, 「산업화 시대의 시」, 오세영 외, 『한국현대시사』, 민음사, 2007, p. 429.

렷한 효과를 자아내고 있다. 거의 모든 시행에서 한 단어의 행으로 호흡을
강제적으로 분할한 것은 단어 하나하나의 이미지를 강조하면서, 동시에
논리적 단절감 속에서도 화자의 위축된 자의식적 경계심을 강조하기 위
한 장치로 작용한다. 특히 내려붙임한 '눈이'는 자신을 감시하는 모든 주
체적 시선을 포괄적으로, '바람의'는 자신을 감시하는 주체적 시선의 열
망, 즉 '죽은 자'의 소망인 자유를 각각 암시하고 있다. 그리고 '을'은 통사
론적 파괴의 엇붙임을 통해 의식적인 현실은 물론, '보이지 않는' 무의식
적 모든 행위까지도 감시하고 있음을 강조하는 것이다.

      이슬
      방울
      속의
      말간
      세계
      우산을
      쓰고
      들어가
      봤으면
                           ──「이슬방울」전문

    마치 동시처럼 단순 간결한 이 시는 한 문장에 지나지 않지만 한 단어를
행으로 반복 구성하여 시행의 호흡을 강제로 분할함으로써 단절감을 불
러온다. 그러다 보니 호흡의 단절에 따라 의미의 논리적 연관이 파괴되고
파편화된 이미지만이 부각되고 있다. 영롱한 '이슬방울'의 순수 이미지
와 현실적 속성의 사물인 '우산' 이미지가 상호 병치되어 상승효과를 거
둔다. 영롱하고 투명한 '이슬방울 속'을 '우산'을 쓰고 들어가보고자 하듯
의식화된 자아가 순수한 무의식 세계, 즉 초현실주의적 공간을 체험화하

고자 하는 것이다.

4. 결론

'시행 엇붙임'은 최하림 시의 형태 구조에서 빈번하게 나타나는 기교이다. 이 기교는 통사적 분절과 행 사이의 분절이 일치하지 않을 경우 호흡 변화가 일어나고, 그에 따라 의미 변화와 애매성을 수반하는 시적 효과를 가져온다. 이런 시행 엇붙임은 그의 시에서 여러 행에 걸쳐 '올려붙임' '내려붙임' '행간걸침' 등의 형태로 다양하게 나타난다.

시행 엇붙임의 주된 효과는 시상의 중심이 되는 단어나 어절을 위아래로 엇붙임하여 통사적 관련을 가진 앞뒤 낱말과 의미의 강제적 단절을 시도함으로써 그것의 독립적 의미를 강조하는 것이다. 이 기교의 기능적 효과는 의미 강조와 리듬 강조, 시상의 연결, 시상의 전환 등의 관점에서 다각적으로 접근할 수 있다. 의미 강조에서는 반복과 부연, 언어유희와 역설, 생략, 감각적 비유, 애매성 등의 다양한 효과를 나타낸다. 그리고 리듬 강조에서는 행간걸침을 통한 3음보와 4음보 중심으로 리듬 변화를 보여주고 있다.

시행 엇붙임을 통한 시상의 연결은 통사적 분절을 약화해 시행 사이의 의미나 정서를 강화하는 효과를 지니는데, 이때 행 사이의 호흡은 급박해지고 시적 의미와 정서는 중첩되어 새로운 효과를 가져온다. 시상의 전환은 통사적 단절과 의미의 불연속에 따라 시어의 논리적 연계성이나 서술적 전개가 해체되어 상호 병치된 이미지만이 생생하게 재현되어 나타난다.

[『한국언어문학』, 제82집(한국언어문학회, 2012)]

칼의 시대, 물의 시간

—『최하림 시전집』(문학과지성사, 2010)의 한 읽기

이문재

> 시간은 위대한 스승이다.
> 하지만 불행하게도 자신의 제자를 모조리 죽여버린다.
> ——엑토르 베를리오즈

시간에 대해 말한다는 것은 시간이 아닌 것에 대해 말하는 것이다. 볼 수도 없고, 만질 수도 없으며, 몇 마디 언어로도 묶을 수 없는 시간. 시간은 그 자체로 지각할 수 없다. 우리가 경험하는 시간은 시간의 하수인들의 시간, 즉 시간의 은유들이다. 물리학에서도 시간을 말할 때 시간이 아닌 이미지를 호출한다. 물리학에서 시간을 은유하는 것은, 문학과 다르지 않다. 시간의 대표적인 '보조관념'은 액체의 운동이다. 시간은 강물이거나 바다다.

우리는 시간의 바다 위에 떠 있는 배다. 배는 바닷속으로 빠질 수도 없고, 수면 위로 날아오를 수도 없다. 한순간도 바다를 떠날 수 없다. 배는 매 순간 바다에 의해 영향을 받지만, 배는 바다에 대해 어떤 영향도 미칠 수 없다. 더 본질적인 문제는 바다가 배에 대해 무심하다는 것이다. 바다

는 배를 아랑곳하지 않는다. 바다와 배의 관계는 비대칭이다. 아주 기우뚱한 불균형이다.

시간은 우리가 갖고 있는 기본적 개념이다. 그런데 시간은 영어 및 다른 언어들에서 대개 그 자체로 개념화되지 않고 언급되지도 않는다. 시간에 대한 우리의 이해 중 순수하게 시간적인 것은 없다. 시간에 대한 우리의 대부분의 이해는 공간 속에서 운동에 대한 우리의 이해를 은유적으로 나타내는 것이다.[1]

최근 발간된 『최하림 시전집』[2](이하 전집)은 '시간의 전집'이다. 2010년 2월 전집을 펴내며 자신의 시적 생애를 정돈한 시인은 그로부터 두 달 뒤인 지난 4월, 실제 삶을 마감했다. 시인을 (급작스럽게) 영결하고 나서 다시 펼쳐 든 전집은 새삼 시간이, 시간으로서, 시간 속에서 선명했다. 시간의 드라마였다. 발표 시기순으로 엮은 고인의 시 전체는, 시인으로부터 벗어나 시로서 다시 태어나고 있었다. 이 경우, 시인이 죽고 시가 태어났다는 문장은 단순한 수사가 아니다. 사실이다. 시인이 시간의 바다에서 귀항하자, 시가 시의 시간의 바다로 출항한 것이다. 시의 단독 항해, 아니 공식 항해다.

전집은 따로 제목을 달지 않았다. 시인의 이름만으로도 제목이 되는 것이 전집의 특권인지도 모른다. 모든 전집의 '유보된 제목-부제'는 독자의

---

1   G. 레이코프·M. 존슨, 『몸의 철학』, 임지룡 외 옮김, 박이정, 2002, p. 210.
2   『최하림 시전집』은 다음과 같이 시기별, 시집별로 편집되어 있다. '습작 시'(1961~1963), '우리들을 위하여'(1964~1976), '작은 마을에서'(1964~1982), '겨울 깊은 물소리'(1982~1988), '속이 보이는 심연으로'(1988~1998), '굴참나무숲에서 아이들이 온다'(1991~1998), '풍경 뒤의 풍경'(1998~2001), '때로는 네가 보이지 않는다'(2002~2005), '근작 시'(2005~2008). 이중 '습작 시'와 '근작 시'를 제외한 나머지는 시집이다. 첫 시집에서 세번째 시집, 그리고 네번째와 여섯번째 시집에 실린 시의 발표 시기가 일부 겹치고 있다.

몫이다. 독자가 스스로 달아야 한다. 그러므로 전집의 제목-부제는 독자의 수만큼 많다. 시인의 사후, 아마 시인의 전집에 대한 최초의 공식 언급 가운데 하나가 될지도 모를 이 (부담스러운) 글의 일차 목적은 전집에 부제를 다는 것이다. 전집을 몇 번 방문하고 나서 나는 이렇게 정했다. 『최하림 시전집 — 칼의 시대, 물의 시간』. '칼의 시대'는 시인이 통과해온 1960~80년대를 아우른다. 그렇다고 '물의 시간'이 '칼의 시대'와 단절한 이후에 출현했다고 말하려는 것은 아니다. 시대가 아무리 광포하더라도 그 시대는 시간의 하위 개념이다. 시대는 시간의 여러 자녀들 가운데 하나다. 시대 역시 시간의 바다 위에 떠 있는 수많은 선박 중 하나일 따름이다. 칼이 물보다 클 리 없다. '칼의 시대, 물의 시간'이라는 전집의 부제에는, '칼/시대'와 '물/시간' 사이의 단절보다는 '물의 시간'이 어떻게, 또 왜 '칼의 시대'를 끌어안았는지, 그리하여 '물의 시간'이 어떻게 '칼의 시대'보다 더 크고, 넓고, 길고, 깊은 것인지를 드러내려는 의도가 담겨 있다.

일찍이 1960년대 한국 시를 들쑤셨던 상징주의적 관념의 세례를 받으며 출발한 최하림의 초기 시(전집에서는 '습작 시'라는 명칭으로 따로 묶였다)는 1976년 첫번째 시집 『우리들을 위하여』에서 '칼/시대'의 언어로 선회한다. 이후 세번째 시집 『속이 보이는 심연으로』(1988~1998)와 네번째 시집 『굴참나무숲에서 아이들이 온다』(1991~1998)에서, 그러니까 1980년대 후반을 넘어서면서 '물/시간'의 세계로 크게 커브를 그리는데, 그렇다고 해서 '물/시간'의 시편들이 '칼/시대'의 관점이나 어투를 전적으로 제외하고 있는 것은 아니다. '칼/시대'의 시에서도 '물/시간'의 언어들이 곳곳에 박혀 있거니와, 대척점에서 마주 보고 있는 '칼'과 '물'의 시간 세계는 최하림의 시를 형성해온 양극이다. 시인이 "나는 순수주의와 역사주의 사이에서 부딪치고 부서진다 나는 작아지고 또 작아진다"(「외몽고」)라고 토로했듯이, 시인은 저 두 극 사이를 가로지르면서 시/시인으로서의 긴장감을 늦추지 않았다.[3] 그것은 "끊임없이 작아지는" 시/시인에 대한 자의식이기도 했으니, 이 자의식은 전집 곳곳에서 표출된다.

전집의 전반부, 그러니까 최하림의 초기 시는 '칼/시대'의 언어가 주조음을 이룬다. 이 시기의 시들과 중반부 이후 '물/시간'을 관류하는 주제어들은 비교적 선명한 대비를 이룬다. 전반부 시와 중, 후반부 시는 다음과 같이 대응한다. 아버지 : 어머니, 시각 : 청각, 도시/중심 : 자연/주변, 눈(雪)/불 : 물, 새 : 두더지(굼벵이), 저녁 : 아침, 실외 : 실내…… 이 같은 여러 쌍의 대응 관계는 다시 '과거/기억 : 현재/기대'의 관계로 요약할 수 있다. 이렇게 되면, 최하림의 시 세계는 트라우마와의 대화록으로 읽을 수도 있다. 시적 화자가 과거의 트라우마와 대면하는 과정은 시간에 대한 사유와 겹쳐진다. 하지만 최하림 시에서 화자를 고통의 구렁텅이로 몰아넣는 트라우마가 '칼의 시대'만은 아니다. 그보다 더 근원적인 트라우마가 있으니 바로 '밥'이다. 굶주림. 전집은 마지막 부분에서 유년기의 상처, 즉 가족의 극빈/기아가 강렬하게 드러나는데, 시인은 연작 형태로도 부족했는지, 가난과 관련된 표현을 서로 다른 시에서 의도적으로 반복하고 있다.

"보아라 칼 아래 잠든 밤이여"

최하림의 초기 시에서 아버지는 둘이다. 하나는 화자의 실제 아버지를 연상시키는 농부이고, 다른 하나는 현실에 없는 거대한 아버지이다. 전자의 비중은 시에서 크지 않다. 농부로서의 아버지는 거의 익명적 존재다. 반면 후자의 아버지는 "금발머리의 엘리자베스"를 발견한 "서생"이

---

3   한국 현대시사에서 최하림 시의 위치를 김수이는 다음과 같이 정리하고 있다. "언어에 대한 자의식과 세계의 미학적 천착을 중시하는 시와 현실 인식과 역사적 책무를 강조하는 시가 문학사적으로 분리되어 평가되는 동안, 최하림의 시는 어느 한쪽으로 명확히 분류되지 않는 중간지대로 여겨져왔다. 그러나 적어도 『속이 보이는 심연으로』까지의 최하림은 두 세계를 통합적으로 시화한 드문 경우에 속한다. 그 시기의 최하림은 통합적인 인식이 오히려 시적 태도의 애매함으로 이해되는 문학사적 차원의 불운을 겪은 셈이다"(김수이, 『풍경 속의 빈 곳』, 문학동네, 2002, pp. 210~11).

다. 이 아버지는 구한말 이후 서구 문명을 무조건 추수하는 개화주의를 표상한다. 이 아버지의 아들인 "우리들"은 아버지가 사랑한 금발의 서양 여인으로부터 언어와 풍습을 배운다. 금발의 여인은 "아름다움은 자유"라고 말한다. 하지만 아들은 반발한다. 아들들은 "아름다운 엘리자베스여/사랑은 사실 싸움이 아니었던가"라며 "원한 속에서 뇌수 깊이/어둠의 씨를 심고 키운다"(「우리들의 역사」). 최하림의 초기 시에서 칼의 정체는 분명하다. 그것은 19세기 말 이후 이 땅을 유린해온 제국주의였다. 전통과 단절하고 서구 근대를 받아들인 저 아버지의 아들들의 불행은 스스로, 혼자, 성인이 되어야 한다는 것이었다. 아름다움과 자유, 사랑을 재규정해야 했다. 아들들은 "칼 아래 잠든 밤" 속에서 "확실한 많은 시간들" 즉 미래를 예비한다. 미래를 건설하기 위해 "나"는 "진실을 만들어야겠다"는 각오를 다진다(「비가」). 역사주의적 상상력이 지배하는 이 시기의 시에서 불의 이미지가 자주 등장하는 것은 당연하다. "사랑하는 우리들이 세계에 대한 불이다/모든 사람의 모든 불이다"(「불」). 불로써 칼을 무력화시키려 한다. 아들들은 아버지를 부정하고, 스스로 아버지가 되려 한다. 그러므로 아들들의 시간은 미래일 수밖에 없다. 그들에게 현재는 불로 태워버려야 할 "척박한 식민지의 밤"(「백설부 1」)이었다.

'칼의 시대'에서 주목해야 할 것은 시적 주체의 위치이다. 시는 자주 "우리"라는 집단적 주체를 내세우지만, 그에 못지않게 그들이 아니라 "우리"에게서조차 소외된 단독자로서의 "나"가 출현한다. "근육이 튼튼한 사내들"이 밤거리를 헤매는 식민지의 어둠 속, 그러나 "친구도 이웃도 형제도 나를/문밖으로 밀어내어" "홀로 걸어가게" 한다(「백설부 1」). "나도 시대"(「주여 눈이 왔습니다」)라고 자임하지만, 이때의 시적 주체는 민중의 일원이거나 사회학적 개인이라기보다는 시인으로서의 "나"인 경우가 많다. 시 속에서 시인은 말(언어)의 소통 불가능성과 무기력함을 겪으며 끊임없이 절망하고, 자책한다. 하지만 이 같은 자의식이 시인을 깨어 있도록 했다. 시인의 자의식은 관찰력이기도 했다. 시인은 안간힘을 다해 시대의 구심력에 휩쓸려 들어가지 않으려 한다. 초기 시에서 시인은 한곳에 정지해 있는 관찰자가 아니었다. 정착할 수 있는 장소가 없었다. 시인은 정처 없이 유랑하는 관찰자, "바람의 시인"(「겨울의 사랑」)이었다.

'칼의 시대'에서 시의 주체들이 불행한 근본적인 이유는 저마다 고유한 시간, 즉 장소[4]를 가질 수 없었기 때문이다. 누이는 귀신 들려 도망가고, 사나이는 "장다리꽃 너머 연옥으로 끌려"간다. 고향의 봄 하늘에는 실의만 가득하다(「풍경」). 부랑자들은 오늘도 어두운 길을 걷지만 쉴 곳을 찾지 못한다(「부랑자들의 노래」). '칼'로 대표되는 근대의 가장 큰 '성취'는 오래된 장소를 순식간에 치워버렸다는 것이다. 오래된 장소에서 느린 삶을 영위하던 공동체의 구성원들은 도시로 흡수되었다. 오래된 장소들에 배어 있던 고유의 시간들도 같은 속도로 지워졌다. 전집을 시간의 역순으로 거슬러 올라가다 보면 시적 주체의 '장소 상실'이 근원적 상처로 자리잡고 있는 것을 목격할 수 있다.

시간과 장소는 결합한다

고향을 떠나온 부랑자가 도시 변두리에 집 한 칸을 장만했다고 해서 그가 곧 정주민/시민이 되는 것은 아니다. 그들 대부분은 "더 이상 아무 가질 능력 없이 비렁뱅이 신세로 떠도는 도시 유랑인"으로 전락한다. 우리의 근현대사는 '내국 디아스포라'를 양산하는 과정이기도 했다. 특히 분단 이후, 이 땅의 디아스포라는 국경을 넘을 수가 없었다. 이 땅의 디아스

---

4   인문지리학은 '장소'와 공간을 구별한다. 장소는 인간의 시간과 매우 밀접한 연관을 갖는다. 고향 집이나 오래된 도시의 거리처럼 인간의 문화가 집적된 공간이 장소다. 반면 공간은 바다나 사막, 산정, 밀림처럼 인간화하지 않는 곳을 말한다. 그러므로, 장소의 상실은 인간에게 커다란 영향을 미친다. 장소의 상실은 고유한 시간(이야기)의 상실이기 때문이다.

포라는 국경(삼면이 바다로 둘러싸인 '섬') 안에서 끊임없이 유랑해야 하는 이상한 디아스포라였다. 최하림 시의 지리적 동선(動線)은 바다에서 시작해 도시로 진입하지만 도시 변두리를 전전하다 다시 도시 밖으로 나간다. 도시 밖으로 나가지만 거기에서도 뿌리를 내리지 못하고, 근교 변두리에서 변두리로 이동을 거듭한다. 인간으로서의 품위를 유지할 수 있는 장소를 찾지 못한 채, 수시로 이삿짐을 싸야 하는 내국 디아스포라의 전형이다. 하지만 일시적이나마 시인은 '마을'의 주민이 된다. 도시 유목을 강요당한 자들에게 "헤매는 자들아/이제는 그만 마을로 돌아가/어린 날의 보리들을 보아라"(「부랑자의 노래 1」)라고 권유하던 시인은 도시 안에서 '마을'을 찾아낸다.

> 7번 버스를 타고 저녁 7시 우이동 기슭에 들어서면 아직도 저녁햇살이 터널처럼 자욱하게 끼어 있다. 거리는 비단결 같다. 나무도 집들도 두 팔을 벌리고 앞으로 앞으로 나아간다
> 그래서 우리 마을은 꿈속이다. 현재도 과거도 미래도 없다.
> [……]
> 오늘은 비가 내린다. 나의 거리에 비가 내린다. 나는 아이들과 아내에게 키스를 하고 우산을 들고 장화를 신고 거리로 나간다.
> ─「비가 내린다」부분

전집의 중반부에 이르기까지 몇 안 되는 밝은 분위기의 시다. 특히 오래된 장소가 주는 안정감을 드러내는 최초의 시다. 1970년대 후반까지만 해도 우이동은 서울 동북부, 북한산 기슭에 자리 잡은 '오래된 마을'이었다. 우이동과 같은 장소에서 시간은 균질적이다. "현재도 과거도 미래도 없"는 꿈속과 같은 마을. 마을의 거리까지도 "나의 거리"이다. 그 마을에서 가족들은 행복하다. 오래되어 좋은 장소에서 시간은 인간과 분리되지 않는다. 시간은 천천히 흐르며 인간과 동행한다. 급기야 한밤중 마당에 나

가 별을 올려다보다가 라일락 나무 아래에서 "작은 아름다움!"과 마주한다(「별을 보면서」). 우이동은 도시 안의 정주처였다. 도시 안에 장소를 마련하면서 이 시기의 시적 주체는 자주 "잠"을 잔다. 오랜만에 고향 마을을 찾아가는 기차 안에서도 "깊이 잠에 떨어"진다(「소리들이 메아리치고」). 초기 시에서는 불가능했던 모습이다. 잠은 의식이 휴식을 취하는 장소이다(레비나스). 잠이라는 장소와 만나지 못하는 의식은 더 이상 의식을 유지할 수 없다. 잠은 의식을 일시적으로 죽임으로써 의식을 다시 태어나게 한다. '칼의 시대' 이후 거의 처음으로 숙면을 취한 '나'는 이윽고 두 개의 강물 줄기가 만나 하나가 되는 두물머리, 양수리를 찾는다. 양수리 또한 유구한 장소다.

> 오늘 흐르는 것들의 편에서
> 손짓하는 양수리를 생각을 거두고 본다
> 실비처럼 가느다란 어둠이 내리고
> 도시의 골목골목에서 최루탄이 터져
> 사람들이 쿨룩거리고 빠른 물살처럼
> 사람들이 이리로 저리로 흘러가면서
> 소리친다 시간들이 소리친다
> 나는 어둠이 깔리는 강안을
> 지나 한 발 한 발 물속으로 걸어 들어간다
>
> ──「양수리에서」 부분

위에 인용한 세 편의 시(「비가 내린다」 「별을 보면서」 「양수리에서」)가 '칼의 시대'에서 '물의 시간'으로 넘어가는 다리[橋]에 해당한다. "나"가 오래된 장소와 만나면서 드디어 시간과 해후한 것이다. 엄밀하게 말하면, 초기 시에서 시간은 없었다. 초기 시의 주체는 현재를 살지 않았다. 아직 도착하지 않은 미래를 살았으니, 미래만 있는, 미래 과잉처럼 위험한 시간도 없다. 미래로 가득한 시간이 광기의 시간, 폭력의 시간, 종말론의 시간일 것이다. 오지 않는 미래 때문에 현재를 살 수 없었던 최하림의 초기 시는 위 시들에 이르러 시간을 회복한다. 이윽고 현재와 하나가 되는 것이다. 「양수리에서」에서 "나"가 물속으로 천천히 걸어 들어가는 행위는 의미심장하다. 강물은 시간의 은유라고 했거니와, 양수리는 남과 북에서 흘러온 두 시간이 합일하는 지점이다. 다산 정약용의 정신이 "나"와 만나는 장소이기도 하다. "나"는 두물머리에서 "시간이 소리치"는 소리를 들으며, 물속으로 걸어 들어간다. 시간 속으로 들어가 시간과 하나가 되는 순간, 고요와 풍경이 탄생한다. 과거는 과거로 돌아가 있고(여전히 고통스럽지만), 미래는 미래 쪽으로 멀찌감치 물러나 있다(죽음을 생각하면 가끔 초조하고 불안하기도 하지만). 현재는 넓고 깊어진다. 현재의 "나"가 시간의 주인이다. 그리하여 "내 꿈은 내 것이고/내 볼펜도 내 것이고 [……] 내 사랑은 더욱 커지고 커져서/온천지에 가득해"진다(「내 꿈은 내 것이야」). '내 꿈이 내 것'이 되자, 사물들도 저마다 사물로 돌아간다.

시간을 통과해온 얼굴들은 투명하고
나무 아래 별들이 나타났다 사라졌다
모든 것이 아름다웠다 저마다의 슬픔으로
사물이 빛을 발하고 이별이 드넓어지고
[……]
나무들이 축복처럼 서 있을 것이다
소중한 것들은 언제나 저렇듯 무겁게
내린다고, 어느 날 말할 때가 올 것이다
눈이 떨면서 내릴 것이다
등불이 눈을 비출 것이다
등불이 사랑을 비출 것이다
내가 울고 있을 것이다

사물들이 저마다 빛을 발하고 나무들도 "축복처럼 서 있을 것"이지만, 아직 과거와의 이별은 끝나지 않았다. 최하림의 시가 과거와 결별하는 방식은 급격한 청산이 아니다. 과거로부터 등을 돌려버리는 방식이 아니다. 이별을 "드넓게" 하는 것이다. 그의 시는 한때 미래가 전부였던 과거를 하나하나 지금-여기로 불러낸다. 위 시를 현재로 설정할 때, 그의 시가 지나온 시간은 연속적인 흐름이 아니었다. 강물이 아니었다. 바다와 같은 총체성도 없었다. 과거의 "나"는 시간을 도마뱀의 꼬리처럼 인식했다. "시간들을 진행형으로 떠올리지 못하고 토막토막, 나누어 이해했"던 것이다. 사건은 시간을 분절한다. '칼의 시대'에서 시간을 분절하는 주체는 권력이었다. "나"는 저 거대한 폭력이 획일적으로, 그리고 강압적으로 분절한 시간 아래 짓눌려 있어야 했다. 억눌린 "나"에게 고유의 시간은 없었다. 과거의 "나"는 시간의 바다 위에서 방향타는커녕 추진력도 가질 수 없었다. '칼의 시대'에서 "나"는 시간의 바다 위에서 표류하는 '시간의 시체'와 다를 바 없었다. 그의 시가 시인의 자의식으로 팽팽해져서 말(언어)로부터 버림받았다고 토로할 때, 시인은 말로부터 버림받은 것이 아니다. 근원적으로는 시간과 장소로부터 버림받았다고 말하는 것이 옳을 것이다. 최하림 시의 짧지 않은 여정은 결국 시간과 장소를 빼앗긴 '칼/시대'를 떠나 "내가 나일 수 있는" 원초적 시간과 장소를 회복하기 위해 '물/시간'으로 돌아가는 여정이라고 할 수 있을 것이다.

청각의 회복과 '온전한 시간'

자기 고유의 시간과 장소를 되찾으려는 노력은 필연적으로 '감각이 하는 일'을 돌아보게 한다. 감각은 지금 어디에 있는가, 감각은 지금 어디에서 무엇을 하고 있는가. 감각의 위치와 기능을 복원하지 않는 한 '나를 나이게 하는(던)' 원초적 시간과 장소를 회복하기란 거의 불가능하다. 장소가 시간을 찾지 못하고 있을 때, 시간이 장소를 붙잡지 못하고 있을 때, 이때가 가장 불행한 때다. 원초적 시간과 원초적 장소가 서로 동떨어져 있을 때, 둘은 서로를 애타게 그리워한다. 이 간절함이 감각을 증폭시킨다. 감각이 기억을 되살려낸다. 그때-그곳이 지금-여기로 온다. 눈 내리던 그해 겨울날, 처음으로 사랑하는 사람의 손을 잡던 그 원초적 시간을 떠올리는 "나"를 따라가보자. "나"는 그 원초적 장소를 정밀하게 복원한다. "잎들이 떨어지는 작은 다방"에서부터 돈화문, 부용정까지 걸어가는 눈길이 생생하다. 그때 시간은 "굉장히/빠르게 소리치면서 흘러"갔다(「비원 기억」). 또 다른 장소가 있다. "두 사람이 누우면 꽉 찬 꼬막 같은 방". 시집 몇 권과 전집, 그리고 검은 상이 전부였지만 그 방은 "나"에게 꿈의 천국이었다. "꿈이 양식"이었고 "꿈이 산이고/다도해고, 구름, 비, 눈이었"다. 겨울이면 "사시나무 떨듯 몸을 떨"어야 했지만 "지금은 그리운" 그 방. 그 꼬막만 하던 방이 한때는 엄연한 "내 집"이었다(「방」). 이처럼 원초적 장소와 시간은 구체적인 감각과 함께 현재로(몸으로) 초대된다. 구체적인 감각이 초청해야 저 평화롭고 고요한, 그러면서도 활발하게 살아 있는 그때-그곳이 흔쾌하게 달려온다.

이제 청각에 주목할 차례다. 전집을 관통하는 여러 개의 시어 중 '유리창'(창문)과 함께 노출된 빈도가 높은 것이 '소리'이다. '청각의 상상력'이라고 명명해도 좋을 만큼 소리/귀와 연관된 이미지와 상황 들이 편만해 있다. 전집의 앞부분(초기 시)에서부터 청각은 핵심적 채널이다. '습작시'에 들어 있는 「음악실에서」에서는 "부끄러운 신부처럼 귀를 모으고" 있으며, 첫 시집에서는 "눈먼 소년과 같이" "도시에서 그들이 넘어지는 소리를 듣"는다(「마른 가지를 흔들며」). 초기 시를 대표하는 「비가」에서는 "일대를 조용하게 할 질문의 소리를 들어야겠다"라며 비장한 어조로 '소리'를 강조한다(사실, 이 문장에서 '소리'는 의미상 불필요한 표현이다).

그의 시에서 청각은 시각의 하위이거나 보조 기능이 아니다. 전집의 초기 '칼/시대'는 시각이 지배하는 시대였다. 시각 패권주의로부터 "나"를 구출해 고요한 '물/시간'으로 넘어올 수 있게 한 것이 청각이었다. 시인은 시간의 흐름(시각)보다 시간의 소리에 더 민감한 경우가 많다.

> 밤에 내 감각은 조용히 살아올라 강물 소리를
> 듣는다 강물 소리는 여러 벽을 넘어간다
>
> ──「섬진강」부분

> 나는 고요히 세계를 보고 있다 세계가
> 숨 쉬는 소리 들린다
>
> ──「저녁 무렵」부분

시각은 강력하고 직접적인 인지능력을 갖고 있지만, 그만큼 제약도 있다. 빛이 있어야 하고, 대상과 눈 사이에 장애물이 없어야 한다. 또한 동시에 두 곳을 볼 수 없다. 앞을 보면서 옆이나 뒤를 볼 수 없다. 시야 또한 그렇게 넓지 않다. 시각은 예각적이다. 반면 청각은 빛을 필요로 하지 않는다. 시선을 가로막은 웬만한 장애물도 청각은 통과한다. 청각은 시각에 견주어 동시다발적이고 전방위적이다. 시각이 역삼각형이라면, 청각은 원형이다. 널리 알려져 있듯이, 시각은 권력적이다.[5] 시각은 대상(타자)과

---

5 서구 근대가 시각을 앞세워왔다는 사실은 이제 상식적이다. 산업자본주의 문명은 시각을 매개로 인간을 소비적 주체로 변신시켜왔다. 도시를 선(線)이라고 할 때 그 선은 시선(視線)이다. 시민을 소비자로 만든 것이 저 시선/시각이다. 도시가 주도하는 시각은 나머지 감각들을 시각의 노예로 만들었다. 시각의 대표적인 노예가 청각이다. 최하림의 시에서 청각에 주목하는 이유는 단순히 감각의 균형을 되찾자는 데 목적이 있는 것이 아니다(이것은 의료기관의 캠페인과 다를 바 없다). 청각을 비롯한 나머지 감각을 복원하는 기획은 산업 문명 전체와 맞서야 하는 근본적이면서도 전면적인 싸움이다. 음식을 보라. 오염되지 않은 음식을 장기적으로 섭취하려면, 우선은 도시를 떠나 시골로

거리를 두어야 할 뿐만 아니라, 대상보다 높은 곳에 있기를 좋아한다. 하지만 청각은 시각에 비해 위치의 구애를 덜 받는다. 하지만 청각에게도 치명적인 약점이 있다. 소음이다. 그래서 청각은 도시를 불편해한다. 시각에 견주면, 청각은 대낮과도 덜 어울린다. 「섬진강」에서처럼 청각은 사위가 조용한 밤에 살아난다. 「저녁 무렵」에서처럼 내면이 고요해져야 이윽고 세계가 살아 있는 소리를 들을 수 있다. 귀는 눈을 감을 때 최대로 열린다.

　"내 고독이 내 앞에 있다"라는 단호한 어조로 시작하는 「구천동 시론」은 최하림 시의 중후반기 이후를 안내하는 지도 역할을 하고 있다. 이 시에서 "나"는 자신의 앞에 있는 "고독"을 "고요"로 바꾸어낸다. 고독의 배경은 시대/사회이다. 고독은 중심이 아니라 주변이다. 고독은 원인이라기보다는 결과에 가깝다. 고독은 주체적이지 않다. 고독은 고립이다. 반면 고요는 다른 차원에 위치한다. 고요의 배경은 자연/정신이다. 고요는 주변이 아니라 중심이다. 고요는 상황이라기보다는 어떤 경지이다. 고요는 고립이 아니라 참여다. 고독에서 고요로 변하는 것은 화학적 변화다. 고독이 고요로 몸을 바꾸는 동안 덕유산은 "커다란 집"(장소)으로 변하고, 다른 것들은 저마다 고유한 이름으로 호명된다. "나"는 "나의 고독"과 함께 산속으로, 숲속으로 들어가며 드디어 "고요의 정수리" 근처에서 "숨을" 죽인다. "물과 새와 구천동, 구천동의 시간이 침묵과 같은 깊은 얼굴을 하고 있다". 시간과 장소가 생명과 더불어 함께 있다. 같은 "얼굴"이다. "무색계의 시간들이 물소리와 더불어 계곡을 치며 간다". 이윽고 "나"는 '칼/시대'를 무색계의 시간 속으로 흘려보내고 난 다음, 삶과 죽음이 꼬리를 물고 어우러지는 원융의 세계 한가운데에 자리 잡는다.

　　죽음조차도 색이 푸르게 물을 그리워하며 산 밑을 돌아가는 봄날에는

들어가, 직접 농사를 짓는 수밖에 없다. 역시 상식이 되었지만, 미각이나 후각, 촉각과 같은 근접 감각들도 사실상 퇴출되고 말았다. 감각의 주인은 인간이 아니라 소비자다. 그리고 그 소비자는 초국적기업과 국가의 안내에 비교적 충실하게 따른다.

일을 멈추고 여인들은 치마 가득 바람을 맞는다 아지랑이들이 각각
의 냄새를 풍기며

오얏나무에서 배꽃나무에로 넘실넘실 이동한다 벌들이 잉잉거린다

사방은 숨소리 하나 없이 고요하다 피라미들이 물 위로 떠오르고 나
무들이 우듬지로 물을 나르면서 가지 끝 귀를 세운다

오늘은 굼벵이 같은 나도 허리를 세우고 귀를 모으고서 꽃상여처럼
찬란하게 봄을 엿듣는다

　　　　　　　　　　　　　　　　　—「오늘은 굼벵이 같은 나도」전문

　감각의 향연이다. 꽃상여에 담긴 주검조차 "찬란한" "봄날"로부터 단
절되어 있지 않다. 초기 시에서 시적 자아를 대신하던 새와 눈[雪], 불/빛,
바람은 이 시기에 이르러 굼벵이나 두더지로 달라져 있다. 천상의 이미
지, 수직적 이미지들이 지상(지하)의 수평적 이미지로 바뀌어 있다. 상여
가 나가는 걸 지켜보느라 아낙네들이 일손을 멈추는데, 치마 속으로 바람
이 들어가 부풀어 오른다. 가득 바람이 들어간다. 죽음(상여)이 곧장 생명
(여성)으로 직통한다. 꽃을 피워낸 봄 나무들에는 벌들이 모여든다. 피라
미는 물 위로 솟고, 나무들은 가지 끝으로 물을 뿜어 올린다. "숨소리 하
나 없이 고요"하지만 어느 것 하나 살아 있지 않은 것이 없다. 꽃상여조
차 "귀를 모으고서" 생명이 약동하는 "봄을 엿듣는" 것 아닌가. 삶과 죽
음이 분리되어 있지 않다. "굼벵이"가 엿듣는 이 역설적인 고요의 풍경은
「나는 꿈꾸려고 한다」로 번져나간다. 이 시에서 시간의 은유는 "두더지"
다. "고요도 이 시간에는 멈추지 않고/흘러 두더지처럼 흙을 갈고 다닌다
[……] 가을이 얼마나 깊은지도 모르고 나는/속으로 들어가 쿨쿨 잠자려

고 한다". 이렇게 살아 있는 고요가 최하림 시의 시간이 도달한 '최대 천국'이다. 시간과 장소, 그리고 주체가 대칭적 관계를 회복한 것이다. 이제 「광목도로」에서처럼 이별이 드넓어진다. 첫 시집 『우리들을 위하여』와도 이별 의식을 거행한다. 시인은 "켜켜이 먼지를 뒤집어쓰고 있는" 첫 시집을 "너"라고 부르며 마지막 당부를 한다. "황혼이 내리는 시간에도 자고 눈 내리는 날에도 자고 또 내리는 날에도 자거라 생각지 말고, 뒤척이지 말고……, 네가 자면 어느 날 나도 고요 속으로 내려가 자게 되리니"(「첫 시집을 보며」).

이와 같은 이별 의식을 치르면서 시인은 새로운 시간을 맞이한다. 이별이 넓어지는 만큼, 새로운 시간은 더욱 새롭다. 굴참나무숲에서 굴참나무가 "늘 새롭게 솟아오"르는데도 "우리"는 그것을 발견하지 못해왔음을 반성한다. 숲에 대한 새로운 발견은 어머니에게로 이어지고, 놀랍게도 어머니는 신생의 아이들을 데리고 온다. 전집의 전반부에 간간이 등장하던 아이들은 울거나(「농부의 아내」), 굶주림 속에서 잠을 잘 이루지 못하는 아이들(「사방의 상수리처럼」)이었다. 하지만 시인이 "시간 속으로 걸어 들어간" 이후 어머니와 아이들이 새로운 얼굴로 나타난다. 푸른 숲과 젊은 어머니와 신생의 아이들이 동시에 출현한다.

최하림의 시 세계가 '칼/시대'에서 '물/시간'으로 연착륙한 것은 물론 아니다. 시대는 시간의 자녀였지만, 결코 온순한 자녀가 아니었다. 시간의 바다에 다다르기 전, 시대라는 급류에 떠 있던 최하림의 초기 시는 전집의 후반부에서도 자주 나타난다. 시인 앞으로 "검은 시간들이 뭉텅뭉텅 흘러"가곤 했다(「황혼 저편으로」). 저 '칼의 시대'가 수시로 시인의 현재 속으로 쳐들어오곤 했다. 하지만 시인은 저 과거의 상처들을 무조건 내치지 않았다. 시인은 전집의 머리말에서, "모든 존재하는 것들의 배후"를 응시하면서 "모든 현재가 과거라는 시간의 그림자를 끌고 이동하는 사실을 알게 되었다"라고 적어놓았다. 현재란 과거와 미래가 공존, 공생하는 시간이다. 시간에 관한 연구에 따르면 과거와 미래는 모두 현재 안에 들어와 있다. 그러니까 "시간 속으로 걸어 들어간" 최하림의 시는 현재 속으로 들어가 과거와 미래를 품에 안은 것이다. 시인이 만일 시간의 바깥으로 이탈하거나, 시간 너머로 초월하고자 했다면, 후기 시편들이 선미(禪味)를 풍기며 경쾌해졌거나, 생태론의 어휘를 구사하며 근엄해졌을지도 모른다. 하지만 최하림의 후기 시는 전혀 흐트러짐을 보이지 않고 있다. 여전히 고도(高度)를 유지하고 있다. 시간에 대한 근원적 질문을 놓지 않았기 때문일 것이다.

글머리에 인용했던 베를리오즈는 시간에 대해 지나치게 적대적이었던 것 같다. 이 성긴 글을 마치며 다음과 같이 고친다. "시간은 위대한 스승이다. 왜냐하면 자신의 제자를 단 한 사람도 빼놓지 않고 데려가기 때문이다."

[『문학동네』 2010년 여름호]

어떤 시인의 매우 오래된 과거의 깜박임

—최하림 시인의 영전에서

정과리

시인 최하림 선생이 돌아가셨다. 그이가 암 선고를 받고 당신의 시적 생애 전체를 한 권의 책, 『최하림 시전집』(문학과지성사, 2010, 이하 『전집』)으로 정리한 직후였다. 들은 말에 의하면 『전집』이 출간된 이후 시인의 건강이 회복될 기미를 보였다 한다. 그러나 그것은 실상, 마지막 '존재의 맑게 갬'의 상태, 시인의 고통스러운 운명과 『전집』의 결실이 서로를 중화시켜 마음의 티끌이 몽땅 가신 평정의 상태에 불과했다. 그 평정에 이어서 말 그대로의 안식, 즉 모든 운동의 정지가 찾아온 것이다. 나는 언젠가 틈을 내어 그이에게 병문안을 가고 싶었으나 다른 사정이 많아 차일피일 미루고 있었다. 지인으로부터 부고를 들으며, 나는 늘 되풀이해 되뇌는 탄식을 토하는 것밖에 할 게 없었다. "또 우물쭈물하다가⋯⋯, 우물쭈물하더라니⋯⋯!"

나는 시인과 깊은 인연을 맺은 적은 없다. 공적인 행사 때 우연히 뵌 일들을 제한다면 사실 그이를 만난 건 저 옛날 단 한 차례뿐이다. 그러나 그 단 한 번의 '인사'는 내게 깊은 각인을 남겨 나의 문학 생활 내내 따라다

넜다. 1980년 가을이었던 것 같다. 그이가 주간으로 근무하던 출판사에서 '현대시문학대계' 시리즈를 하면서 '김수영' 편을 내게 맡기실 생각을 한 게 발단(發端)이었다. 나는 그런 일이 무슨 일인지도 모르는 채로, 또한 그저 시인 김수영에 대한 나의 호기심이 부추기는 대로, 김현 선생님을 따라 종로구 관철동에 소재한 지식산업사에 도착하였고, 문을 열고 들어가서 그이를 만났으며, 차를 한잔 마시는 동안 해야 할 일들을 대충 들었다. 그리고 약속에 따라 며칠 후 시인과 함께 도봉동의 김수영 생가를 방문하였고 거기에서 김수영 시인의 누이인 김수명 선생님이 차려주신 술상 위로 계속 엎어지면서 비몽사몽 속으로 빠져들었었다. 그리고 다음 날, 지난 밤의 까만 어둠을 심장 바닥에 돌처럼 얹어놓고 다시 그이를 찾아뵈었을 때, 그이는 내게 아무 말씀 없이 단지 점심을 사 주셨을 뿐이다. 아니, '아무 말씀 없이'라는 말은 전날의 일에 대해서이고, 나는 난생처음 먹어보는 복매운탕의 국물만을 홀짝거리면서 시인이 신출내기 평론가에게 건네는 한마디 당부를 듣고 있었다. 그 당부는 사람에 따라서는 평범한 이야기로 들릴 수도 있겠지만, 내게는 마침 어찌 먹을 줄을 몰라 쩔쩔대고 있던 탕처럼 무척 생소하고 신기한 말이었다. "최고의 시인만을 읽지 말고, 무명 시인들의 시를 빠짐없이 읽으라"는 당부였고, "그럴 때 비로소 시를 제대로 이해하고 느낄 수 있다"는 충고였다.

내가 시인의 충고를 건성으로 듣지는 않았던 것 같다. 나는 전혀 알지 못하는 시인들이 시집을 보내올 때마다 최하림 선생을 떠올렸고, 그리고 가능한 한 시집에 대한 내 독후감을 적어 엽서로 답장을 보내곤 했다. 당연한 일이겠으나 나이가 들수록 시간 흐름의 파장은 점점 좁아들어서 나는 이제는 답장 보내는 일을 하지 못한다. 그러나 청·장년 시절 적어도 20년간을 나는 독후감을 실은 답장을 보내기 위해 시간을 쪼개는 일을 아끼지 않았다. 그리고 오늘의 내게 시에 대한 감식안이란 게 얼마간 있다면, 그걸 형성하는 데 저 답장질이 크게 작용했으리라고 나는 믿고 있다.

그이의 '말'이 내 마음 한구석을 늘상 차지하고 있었던 반면, 나는 그이의 '시'에는 쉽게 다가가지 못했다. 『우리들을 위하여』(창작과비평사, 1976)는 내가 과외 선생을 해서 번 돈으로 산 드문 시집 중의 한 권이었으나 나는 거기에서 격정에 시달리는 하나의 '민중시'를 읽었을 뿐이다. 그이는 시 평론도 자주 써서 글이 귀하던 시대에 귀담아들을 메시지를 던지곤 했었다. 「문법주의자들의 성채」(1979)는 대표적인 글이라고 볼 수 있는데, 그 글은 문학의 사회적 기능에 대한 논란이 끊임없던 시절, '순수/참여'라는 소모적 주장 겨룸을 넘어 반대 입장의 문학 텍스트를 비교적 꼼꼼히 분석했다는 장점은 있었으나, 이미 내정된 일방적 입장의 편견에서 벗어난 것은 아니었다. 내가 '편견'이라고 한 것은 그 시각의 선-규정성, 구도의 거칢, 분석의 단순성 등을 염두에 둔 것인데, 어쩌면 그것은 시인 최하림의 한계라기보다, 1970년대 한국 정신 공동체의 한계라고 말하는 게 타당할지도 모른다.

그러나, 아니다. 『우리들을 위하여』의 어떤 시들에 나는 강렬한 매혹을 느낀 적이 있었다. 그 매혹이 없었더라면, 내가 표지 등이 다 해어져 나가도록 그 시집을 들고 다니지 않았을 것이다. 그 시들은 오늘 『전집』의 목차를 헤아려 보니, 대체로 1961~63년에 씌어진, 시인이 '습작 시'라고 분류해놓은 시편들에 해당한다. 아마 시인이 1964년 「빈약한 올페의 회상」으로 『조선일보』 신춘문예에 당선했다는 사실에 미루어보면, '습작 시'란 등단 전의 작품을 가리키는 것일 게다. 그런데 왜 시인은 등단작조차도 '습작 시' 안에 넣었던 것일까? 거기에는 등단 이후, 돌발적인 세계관의 변모가 개입되어 있다고 추정할 수밖에 없다. 어떤 경로를 그가 거쳐 갔는지는 나로서는 알 수가 없으나, 시편들로 미루어보건대 그는 문단에 나온 이후, 이른바 '민중적' 세계관이라고 일컬어지는 입장으로 급히 기울어진 것으로 보인다.

김수영의 실패는 바로 그러한 깊이와 폭을 가지고 민중을 이해하려 하지 않았던 데에 있으며, 그래서 그의 시어 또한 민중의 언어일 수가

없었다. 역사에의 무관심은 필연적으로 그의 시를 서구적 관념어의 포로가 되게 하였다.[1]

위 구절에서, 우리는 1970, 80년대에 상투적으로 되풀이되었던 이분법, '민중＝역사＝현실＝진정성' 대 '지식인＝비역사＝관념＝비진정성'이라는 괴상한 등식을 다시 한번 보게 된다. 이러한 그의 입장은 아마 70년대가 아니라 60년대 말에 이미 시작된 것으로 보인다. 그것을 『우리들을 위하여』에서 하나로 뒤섞어놓고 있는 〈가을의 말〉 연작을 통해서 확인할 수 있다.

성녀(聖女)들의 천막이 거두어간 나의 주위에는
달아볼 수 없는 죽음의 차거운 공기가 누워 있다
해가 나무 곁에서 멈칫거리고 있다
달력의 부우연 연상이 손에서 떨어져가버린 뒤
바다는 육지를 향하여 부드럽게 부드럽게 팔랑거리고

창백한 돌마다 번쩍거리고 있는 혜지
여기서 이미 얻어진 결론을 내고
나는 기다릴 아무것도 없다
흐르는 밤 속에서 튀어 오르는 슬픔을 가져다주는 것은
가을이라든가 여자는 아니다
그러나 나는 슬픔 속으로 손을 들고 일어서고 있다
몰핀의 침살에서 추억하고 있는 공간의 새들같이

　　　　　　　　　　　　　　　　　——「가을의 말 1」(1963) 부분[2]

1　최하림, 「60년대 시인 의식」(1974. 8), 『시와 부정의 정신』, 문학과지성사, 1984, p. 40.
2　시 인용은 모두 『전집』에 근거한다. 최초의 작품에서 변용이 일어난 경우는 따로 언급한다.

마른 벼 잎도 벼 잎으로 남아 있지 못하고

베어진 논두렁에서 달빛이 남아 뒤를

따르고 달빛이 남아 뒤를 따르고 달빛이

남아 길 잃은 사나이의 뒤를 따라가고 있다

그렇게 그 사나이가 가고 또 다른 사나이가

올지라도 마찬가지로 달빛은 따라가고 있다

아아 이토록 한없는 달빛과 사나이들의 관계여

개선하고 유지하라 개선하고 유지하라

바람은 점점 멀어가고 그리고 그대 가는 길의

밤도 멀고 기다림이 사나이를 위대하게 할지라도

걸어가라 일정은 끝나간다 가난한 자의

달빛이 이렇게 끝나간다

—「가을의 말 3」(1968) 전문[3]

곁눈질로 훔쳐봐도 두 시의 차이는 명백하다. 1963년의 시는 어떤 정신적 죽음의 상황 속에 갇힌 '나'의 마음을 표현하고 있다면, 1968년의 시에서 '나'는 '사나이'로 대체되고, '사나이' '달빛' '다른 사나이' '논두렁'으로 이루어진 "가난한 자"들의 공동체가 '사나이'를 이끌고 있다. 1968년은 『68문학』이 창간되었다가 종간된 해이다. 즉 『산문시대』로부터 발원된 4·19세대의 청년기 문학이 한 매듭을 짓고 분화를 시작하던 때이다. 두 계간지, 『문학과지성』과 『창작과비평』으로 대표되는 4·19세대의 문학적 도전 형식의 분열이 개시될 무렵에 최하림은 그 어느 한쪽을 택하면서, 『산문시대』 시절의 자신의 시 세계를 마저 부인한 것인가? 자세한 내막은

3   이 시는 『우리들을 위하여』에서는 "가을의 말 4"라는 제목을 달고 있었다. 그리고 같은
     시집에서 "가을의 말 3"의 제목으로 실렸던 시편은 『전집』에 나타나지 않는다. 그 이유는
     알 수 없다.

알 수 없으나, 그가 취한 입장의 까닭은 비교적 명백하다. 이른바 '역사'와 '공동체'를 택했다는 것, 다시 말해, 현실 극복의 실제적인 힘의 원천이 놓여 있다고 판단한 곳에 패를 놓았다는 것이다. 인용된 시들만 봐도, 「가을의 말 1」은 "여기서 이미 얻어진 결론을 내고/나는 기다릴 아무것도 없다"라는 허무주의적인 생각을 실토하고 있지만, 「가을의 말 3」은 "관계여/개선하고 유지하라" "기다림이 사나이를 위대하게 할지라도/걸어가라"고 부단한 전진을 '독려'하고 있지 않은가?

그러나 시편들을 모두 읽으면 그러한 판단의 적실성을 의심하게 만든다. 우선 「가을의 말 3」이 '전진'을 역설하고 있으나 그 역설은 직설과 대조 그리고 반복을 통한 정서적 강조에 의해서 지탱되고 있을 뿐이다. 여기에는 「가을의 말 1」에서 느낄 수 있는 감각적 구체성이 없다. 가령, "달아볼 수 없는 죽음의 차거운 공기"와도 같은 측정될 수 없기 때문에 더욱 불안감을 자극하는 사태에 대한 느낌도, "해가 나무 곁에서 멈칫거리고 있다"와 같은 따스하지 못한 햇살에 대한 매우 실존적인 묘사도, "몰핀의 침살에서 추억하고 있는 공간의 새들"에서처럼 여러 감각의 상동성이 자아내는 감각적 전율도 없다. 더욱이 어쨌든 「가을의 말 1」에는 '나'가 있지 아니한가? "슬픔을 가져다주는 것은/가을이라든가 여자가 아"닌 것이다. 바로 '나'인 것이고 그것을 느끼는 "나는 슬픔 속으로 손을 들고 일어서고 있"는 것이다. 반면, 「가을의 말 3」에서는 '나'는 '사나이'로 대체되어 모양은 좀 멋있어진 듯하지만, 그러나 그 '사나이'는 "그대여"라고 부름받는 존재로서나 실존할 뿐, 그 자신의 삶은 백지로, 혹은 암흑으로 지워져 있는 것이다.

감각적 전율이 없다는 것은 일종의 정신 무장을 통해서만 절실함을 얻을 수 있다는 것을 뜻한다. 그런데 정신 무장은 아무나 하는 게 아니고 또 오래 지속되기도 어려운 것이다. 게다가 그 정신 무장의 주체는 사실 남성적 기운을 입히는 방식으로 관념화된 주체가 아닌가? 좀전에 인용한 그이의 산문에 나온 용어들을 그대로 가져다 쓰자면, 시인은 '관념' 대신 '현실'을 선택한 대가로, 현실(속의 인물)을 '관념화'하고 있는 것이다.

바로 그렇기 때문에 시인은 더 나아가지 못한다. 끊임없이 걸어가지만 그러나 역사의 관념 앞에서 거듭 종종걸음 치고만 있는 것이다. "일의 끝은 보이지 않고/직업의 끝도 없어 보인다"(「교정사」, 이 시는 『전집』에서 제외되었다)는 진술, 혹은 "아아 비바람에 씻긴 바윗돌 같은 얼굴/모진 불행을 다 삼키고도 표정 없는 얼굴/그러한 얼굴로 서 있는 시대여"(「우리나라의 1975년」)와 같은 탄식이 보여주는 것처럼. 이 종종걸음 치는 의식이 더 나아갈 곳이 어디 있겠는가. 그것은 어둠의 누적일 뿐이고, 그 누적이 어느 날 기적처럼 폭발해주기를 소원하는 것뿐이다. 그래서 한편으로는, "아아 우리들의 어둠은 끝없고 끝이 없어라/[……]/아아 암흑 속으로 들어가/이제는 암흑이 된 자/암흑의 빛이 된 자여/한 하루도 한 생명도/새빨갛게 타올라 밤이 되면/암흑 속으로 돌아가/암흑의 부피를 늘리느니"(「어둠의 노래」)에서처럼 암흑의 부피가 늘어나는 사태에 절망하거나 혹은 정반대로 그 암흑이 새로운 삶의 씨앗으로 변화하기를, 가령 "꿈이 결빙하여 얼어터지는 소리/그 소리 위로 내리는 밤눈 소리"(「백설부1」)와 같은 파열의 형식으로나, 혹은 "불꽃 속에는 불이 있고 사랑 속에는 씨앗이 있다"(「불」)는 희망으로 "우리들은 이제 비로소 원한 속에서 뇌수 깊이/어둠의 씨를 심고 키운다 어둠을 지키며 신음한다"(「우리들의 역사」)에서처럼 내부 형질변화의 형식으로 새 삶의 기미가 발생하기를 소망하는 일을 번갈아가며 되풀이한다. 그 절망과 소망은 끝없이 반복되면서 서로 겹쳐진다. 그렇게 해서 그 둘은 구별되지 않는다. 다음의 시구는 그런 절망과 소망의 동질화를 보여주는 전형적인 예이다.

> 우리들은 우리의 무뢰배처럼
> 억새풀 속에서 억새가 자라나고
> 주민들 속에서 주민들이 자라나는 것을 보고 있다
> ——「우리들은 무엇인가」 부분

새 삶이 이렇게 시작할 수도 있으리라. 보일 듯, 보이지 않게. 있으면서 없는 듯. 그러나 여기에 결정적으로 빠진 게 하나 있는데, 그것은 낡은 삶을 새 삶으로 바꾸어줄 알고리즘이다. 이 '억새'는 저 '억새풀'과 어떻게 다르고, 이 '주민들'은 저 '주민들'과 어떻게 다르고 어떤 경로를 거쳐서 달라질 수 있는가? 그것이 없는 한 저 절망과 소망의 동질화는 한없이 지속되면서, 삶의 이유와 삶이 원천과 삶의 실체와 삶의 실천이 될 모든 것들이 지워지게 되는 것이다: "한 방향으로 흐르는 작은 강을 따라/우리들은 입을 다물고 걸어간다/저녁 그림자처럼 걸어간다 마을도/나루터도 사라지고 과거도 현재도/보이지 않는다 날아가는 새들의/불길한 울음만 공중에 떠돌며/얼어붙은 겨울을 슬퍼하고"[「겨울 정치(精緻)」].

이 동질화와 마멸의 시간은 꽤 오래 지속된다. 1982년까지는 거의 자동 진행적이다. 『겨울 깊은 물소리』(1982~88)에 오면, 변화가 나타나기 시작한다. 흥미롭게도 이 시기는 시인이 김수영 평전 『자유인의 초상』(문학 세계사, 1981)을 쓴 직후이다. 이 평전은 비평적 분석이 최소화된 기록물이다. 그러나 기록자의 입장이, "김수영의 실패"를 단언했던 1968년과 비교해 무척 달라졌다는 점은 능히 짐작할 수 있다. 게다가 다음과 같은 진술은 김수영에 대한 시각뿐만 아니라 시에 대한 그의 관점에 중대한 변화가 있었음을 보여준다:

나는 그 시집(〈한국시문학대계〉 24권 김수영 편)을 내면서, 김수영으로부터 내가 전혀 모르거나, 안 것 중에서도 막연하였던 것들을 상당히 많이 깨우치게 되었고, 다양한 성찰 방법을 배우게 되었다. 시적 테크닉에서도 나는 교시받은 바가 많았다. 또한 나는, 그가 세계를 '그' 안으로 끌어들여 이해하고 투쟁하고 극복하는 것을 보았다. 이런 많은 가르침에 대해 나는 보답하고 싶었다. 그러니 어떻게 중단할 수 있었겠는가. (「독자를 위하여 — 책머리에」, p. 5)

그러니까 김수영에 대한 시각의 변화는 자신의 시의 변화로 이어진 것이 틀림없다. 무엇이 어떻게 달라졌는가?

> 눈을 뜨니 검푸른 어둠이 이파리들을 밀어 올리고 있었으며, 검푸른 이파리들은 연보라 잎을 정말로 힘껏 푸른 하늘로 밀어 올리고 있었으며, 이파리들은 용수철처럼 튀어오르고 있었으며
>
> ──「소리들이 메아리치고」부분

독자는 절망이 신생으로 변하는 실제적인 과정을 보고 있다. 더 이상 어둠이 어둠을 낳고 어둠이 새 세상의 씨앗이 될 것이고 그래서 어둠은 한없이 누적되고…… 식의 진술이 아닌 것이다. 변화의 핵심은 새 삶이 새 색과 새 꼴을 띤다는 것이다. 그리고 그 변화를 뒷받침하는 것은, 색의 구체적인 묘사, 어둠과 이파리 등 존재의 세목들에 대한 인지, "용수철처럼" 같은 감각적인 비유어, 그리고 "있었으며"라는 동시나열성 진행형 등위 접속사들이다. 그런데 이 변화는 매우 형용사적이다. 즉 장식적이다. 우리는 이 변화가 어떤 동적 과정에 밑받침되어 있는지 알 수가 없다. '소리들이 메아리친다'는 방법론이 제시되어 있는데, 메아리치려면 환경이 공명을 가능케 해야 한다. 모이면 그냥 화창과 단합이 이루어진다는 논리는 성립하기가 어렵거니와, 설사 성립한다 하더라도, 그 단합의 '성격'에 대한 질문을 다시 남긴다(그것은 강제 동원인가? 집단 최면인가? 그 자발성은 어디에서 발원하여 어떤 결과를 낳을 것인가?). 따라서 『겨울 깊은 물소리』의 시편들은 환경에 대한 탐구가 보이지 않는 대신 광경에 대한 환희가 성급히 앞서고 있다고 보아야 할 것이다. "이런 날은 아무 죽음도 가지지 못한 저나 제 친구들도 갑니다. 나무들이 언 가지로 서 있고 차고 신선한 공기가 샘물처럼 흘러서 수만 리도 더 멀리 뻗어가고 수만 리도 더 높이 솟아오릅니다. 번쩍번쩍 빛나는 겨울 산으로 끝없이 솟아오릅니다"(「겨울

산」)와 같은 시구도 마찬가지다.

최하림의 시가 결정적인 변모를 보인 것은 『속이 보이는 심연으로』(1988~98)에 와서이다. 그이의 옛 친구인 김현이 시인이 "시적 성과에 합당한 평가를 아직 받지 못하고 있"다는 점을 의아해하면서, "80년대[에] 쓰어진 광주시 중에서도 백미일 뿐 아니라, 최하림의 시 중에서도 뛰어난 시"라고 명시한 「죽은 자들이여, 너희는 어디 있는가」가 수록된 시집이다. 김현의 분석에 의하면, 그 시의 뛰어남은 우선 '척치enjambement'의 효과로부터 나온다. 첫 두 행, "이 도시의 보이지 않는/눈이 나를 보고 있다"에서 "첫 행의 보이지 않는과 2행의 눈은 분리되기 힘든 단어들인데, 시인은 과감하게 그것들을 분철한다. 그 결과 보이지 않는과 눈이 다 같이 강조된다. [……] 그리고 마지막의/'을/보고 있다'/라는 흥미로운 리듬이 나타나, 보임/안 보임의 대립을 극적으로 부조한다".[4]

김현이 날카롭게 포착한 또 하나의 효과는, 시의 후반부,

오오 나를 감시하는 눈들이 보는 저 꽃!
하늘의 상석에 올려진, 아직도
피비린내 나는,
눈부시고 눈부신 꽃
살가죽이 터지고
창자가 기어 나오고
신음 소리도 죽은,
자정과도 같은,
침묵의 검은 줄기가
가슴을 휩쓸면서

---

4   김현, 「보이는 심연과 안 보이는 역사 전망」, 『분석과 해석/보이는 심연과 안 보이는 역사 전망』(김현 문학전집 7), 문학과지성사, 1992, pp. 296~97.

발끝에서 심장으로
　　정수리로
　　오오 정수리로……

에서, 쉼표의 사용에 의해, "살가죽이 터지고/창자가 기어 나오고/신음 소리도 죽은,/자정과도 같은,"의 술부가 "앞의 꽃에도 걸리고, 뒤의 침묵의 검은 줄기에도 걸리게" 된다는 것이다. 그러니까 김현은 척치에서든, 쉼표에서든, 이중 걸림의 효과를 보고 있다고 할 수 있다. 그 이중 걸림은 물론 상반된 사태, 상반된 이미지들에 이중으로 걸리는 것을 말한다. 봄과 보이지 않음이라는 두 상황에, 검은 줄기와 꽃이라는 두 이미지에. 그런데 김현은 두 개의 상반된 이미지를 결국 같은 것으로 생각한다: "검은 꽃과 시인을 침묵시키는 줄기는 같은 것이다. 그 겹침이 시인을 전율케 하고 불편하게 하여, 시인은 [……] 탄식을 토해내며 침묵의 소리로 크게 외친다."[5]

　　김현은 겹침의 효과를 '윤리적 긴장'으로 보고 있는 것일까? 한 이미지만을 보여줄 때는 모를 수도 있는데, 아주 다른 두 이미지를 동시에 제시함으로써 독자의 의식을 일깨우고 불편하게 한다는 것으로 읽어야 하는 것인가? 하지만 달리 볼 수도 있을 것 같다. 저 상반된 이미지들은 같은 것이 아니라 오히려 극단적으로 다른 상황을 가리키는 것이 아닐까? 그럼으로써 시인은 현재와 미지를, 절망과 희망을 동시에 병치시켜, 현재에 대한 정직한 직면과 미지에 대한 뜨거운 열망이라는 두 개의 동작을 서로를 부추기는 방식으로 병발시키려 한 것이 아닐까? '검은 줄기'와 '꽃'에 같은 술부가 붙는다는 사실 자체는 그러한 해석을 부인한다. 저 꽃은 "살가죽이 터지고/창자가 기어 나오고/신음 소리도 죽은,/자정과도 같은," 꽃인 것이다. 그 꽃에서 어떻게 미래를, 희망을 볼 수 있겠는가? 그러나

5　같은 글, p. 298.

392

저 술부를 '순수한 묘사'가 아니라 '반어적 진술'이라고 본다면?

풀이하면 이렇다. 저 '꽃'은 후반부의 앞부분에 기술된 대로, "하늘의 상석에 올려진" 꽃이자 동시에 "피비린내 나는" 꽃이고, 그래서 "눈부시고 눈부신" 꽃이다. 저 꽃이 "피비린내 나는" 꽃이라는 것은 광주항쟁의 현장과 실상을 그대로 가리킨다. 그리고 그 꽃이 "하늘의 상석에 올려진" 꽃이라는 것은, 광주항쟁이 그렇게 피비린내 나는 처절한 과정을 통해 숭고한 희생의 상징이 되었음을 우선 가리킨다. 그런 의미에서 그 꽃은 "눈부신" 꽃이다. 그러나 "하늘의 상석에 올려진"이라는 표현은 그 이상을 말한다. 그것은 광주항쟁이 숭고한 희생의 상징이 된 그 순간, 피비린내 나는 처절한 현장을 벗어나, 우상화되었다는 것을 또한 가리킨다. 생각이 서로 다른 이런저런 사람들이 그 우상화를 통해 동상이몽의 이익을 추구한다. 그렇게 해서 그 꽃은 "눈부시고 눈부신 꽃"이 되었다. 즉, '눈부시고 눈부시다'는 같은 정서의, 반복을 통한 강화로 읽을 수도 있으나, 그 정서의 변질을 반어적으로 가리키는 것일 수도 있다. 그것은 눈을 들어 보려고 하면 너무나 찬란해 감히 볼 수 없었던 꽃으로부터, 슬그머니 눈부심을 핑계로 상석에 모셔둔 채 보지 않게 된 꽃으로 바뀌었다. 그런데 그러한 변질은 광주항쟁의 뜻을 배반하는 것이다. 광주항쟁의 뜻이 온전히 완성되는 것을 가로막는 것이다. 그러니 저 꽃은 "아직도" 피비린내 나야 하는 것이고, 그래서 "아직도" 하늘의 상석에 올려져야 하는 것인데, 그러나 하늘의 상석에 올려진 모습으로 피비린내 나는 지상에서 그 모습을 체현해야 하는데도 불구하고 언제부턴가 하늘의 상석에만 올려지게 되었고, "아직도" 그런 상태로 남아 있는 것이다.

여기까지 오면, "살가죽이 터지고/창자가 기어 나오고/신음 소리도 죽은,/자정과도 같은,"을 순수한 묘사로만 읽을 수는 없게 된다. 저 꽃은 살가죽이 터지고 창자가 기어 나오고 그래서 신음 소리조차도 죽은 완전한 절멸의 상황에서 피어난 꽃일 뿐만 아니라 그런 처절한 상황의 '의미를 복원하면서 부활해야만 하는' 꽃이다. 그러니 저 술부는 "침묵의 검은 줄기"에 걸릴 때는 순수한 묘사일 수 있으나, '꽃'에 걸릴 때는 '살가죽이 터지고 창자가 기어 나오고 신음 소리도 죽은, 자정과도 같아야만 피어날 수 있는' 꽃에 대한 진술, 즉 그 본디 의미의 망각을 적시하고 그것을 추체험적으로 다시 상기할 것을 촉구하는 반어적 진술로 읽힐 수가 있는 것이다. 그 반어적 진술을 통해서 시인은 광주 이후의 삶이 어떻게 되어야 하는가에 대한 질문을 다시 떠오르게 하고, 그 질문에 대답해야 할 사람들의 책임과 의지를 일깨우고 있는 것이다. 그리고 그렇게 읽을 때, 전반부의 의미가 생생하게 되살아날 수 있다. 왜 "이 도시의 보이지 않는/눈이 나를 보고 있"는 것인가? 그것은 사람들이 이제 '보려 하지 않는' 이 도시의 '의미'가 '눈'이 되어 나(시인-독자)의 행동을 신칙하고 있는 것으로 이해할 때에야 실감할 수 있다. 또한 마지막 대목, "침묵의 검은 줄기가/가슴을 휩쓸면서/발끝에서 심장으로/정수리로/오오 정수리로……"라는 상황 자체의 변화의 운동성 역시 그러한 맥락에서 의미를 획득한다. '침묵의 검은 줄기'가 그 본디 모습 그대로 현재의 '망각'으로부터 생생한 기억의 지표면으로 부상하는 이 운동은 저 술부의 이중적 기능이 없었다면 어떻게 가능할 수 있단 말인가?

그렇게 본다면, 김현이 날카롭게 포착한 '척치'와 '쉼표'는 각성과 그것의 강화라는 환기적 기능('낯설게 하기')을 수행한다기보다, 인식과 행동 사이를 더욱 벌림으로써 두 동작을 동시에 자극하는 양극의 변증법을 작동하고 있다고 볼 수도 있을 것이다. 그리고 그렇다는 것은 『속이 보이는 심연으로』에 와서, 최하림의 시적 생애에 근본적인 전환이 일어났다는 것을 가리킨다. 민중에 대한 각성으로부터 민중적 삶의 고난과 고통을 거쳐 그 '결과들'까지 다 보고 겪고 난 후에, 최하림은 거듭 동질화되면서 누적되었던 감정과 표현의 태도로부터 선회하여, 이질화와 충돌, 그리고 동시 병발 효과라는 매우 복잡한 방법적 세계로 들어간 것이다.

그런데 나는 김현의 글을 읽으면서 깨닫게 된 이 변화의 사태가 아주 낯설지가 않았다. 어디선가 그 비슷한 것을 그이의 시에서 읽었다는 느낌을 가졌던 것이다. 어디에서? 바로 시인이 '습작 시'로 분류했던 곳에서.

> 먼 들판을 횡단하며 온 우리들은 부재(不在)의 손을 버리고
> 쌓인 날들이 비애처럼 젖어드는 쓰디쓴
> 이해(理解)의 속 계단의 광선이 거울을 통과하며
> 시간을 부르며 바다의 각선(脚線) 아래로
> 빠져나가는 오늘도 외로운
> 발단(發端)인 우리
>
> —「빈약한 올페의 회상」 부분

이 시구는, 정신적이고 물질적인 빈곤 혹은 황폐화 속으로 빠져들어가는 '우리들'을 묘사하고 있다. 이 시구의 묘미는, 그런데, 시구의 마지막 행, "오늘도 외로운/발단인 우리"라는 표현을 통해, 마멸의 끝에서 외롭게나마 새 출발을 하는 '우리'를 선언하는 대목이다. 어떻게 사멸이 탄생일 수 있을까? 부재가 현존일 수 있을까? 그 질문에 대답하려면 저 바다 아래로 빨려 들어가는 과정이 그저 속수무책의 수동성만으로 이루어진 게 아님을 살펴보아야 한다. 여기에는 우선 "부재의 손을 버리"는 자발적 상황 수락의 태도가 있다. 그리고 비애를 이해로 바꾸어줄 거울을 반사시키는 행위도 있다. 바로 그런 태도와 행위를 통해, '우리'는 바닷속으로 침몰하는 것이 아니라 "바다의 각선 아래로", "빠져들어가는"이 아니라 "빠져나가는" 현상이 연출될 수 있었던 것이며, 그 행위가 곧 "시간을 부르는" 행위가 될 수가 있었던 것이다. 이어지는 시구들은 그러한 행위와 그에 대한 좌절의 대위법적인 변주로 이루어져 있다. 그 변주 속에서 '우리'는 "푸른 심연 끝에 사건"을 매달리게 하고, 또한 그 사건의 결과 "휘엉휘엉한 철교에서는 달빛이 상처를 만들며 쏟아지"지만, "때 없이 달빛" 역시 거기에 걸려 있게 되는 것이다. 그러니 "기계가 창으로 모든 노래를 유괴해간 지금[에도] 무엇이 남아 눈을 뜰" 것임을 질문법의 형식으로, "하

체(下體)를 나부끼며" "무심히 선 바닷속"의 "해안의 아이들"에게 던질 수가 있는 것이다.

여기에는 우리가 『속이 보이는 심연으로』에서 보았던 복수적 태도들의 끈질긴 상호작용이 있다. 시의 복잡성을 지탱하고 있는 것은 시의 '인물'이 시 내부와 외부 사이의 연락이라는 자신의 역할을 포기하지 않는 데에 있다. 다시 말해, 시인 자신도 아니고 화자도 아니고 시 안의 페르소나도 아니지만, 동시에 그 셋 모두와 연결될 수 있는 '나'를 포기하지 않는다는 것, 부재를 현존으로, 마멸을 신생으로 바꾸는 동적 주체로서 '나'의 역할을 끝끝내 수행했다는 움직임이다. 시인은 그것을 "내 정체(正體)의 지혜(知慧)를 흔"드는 행위라고 명명하였다.

다만, '습작기'의 시인은 아직 훗날 그가 보여주게 될 언어 자체의 운동성을 알고 있지 못했다. 대신, '부재의 손' '계단' '거울' '바다의 각선' 등 '인공적 소도구들'을 불러오는 행위를 통해 그것을 충당하려 했다. 그 점에서 '습작기'의 시는 아직 '조작적'이다. 다시 말해 시적 전율이 시적 감동의 껍데기를 겉돌고 있었다고 할 수 있을 것이다. 그러나 이 언어의 기교가 없다면 그 전율이나마 가능했겠는가? 그 전율 속에서 '나'의 창조적 주관을 시험하는 일이 있었겠는가?

그 시험을 치르는 대신 시인은 왜 공동체의 발견으로, 아니 공동체에의 의탁으로 나아가려 했던 것일까? 세계와의 싸움에 대한 미리 예감된 고통이 그를 압박했던 것일까? 즉 "최초의 인간에게서보다도 급속으로 악운이/밀어오는 층계에서 우리는 우리의/희망을 자르고 패배를 자르고, 오래 눈감고/있었던 한때의 소리들을, 침묵들을/자르고 잘라버려라"(「일모가 올 때」)라는 시구가 암시하는 것처럼, 불안을 잘라버리려는 초조감이 원인이었을까? 아니면 그 공동체의 발견과 그 경험을 통해서만, '나'의 재발견이 가능했던 것일까? 다시 말해 그의 변신은 불가피했던 것일까? 그렇다면 나는 그의 중반기의 시들을 처음부터 몽땅 새로 읽어야 한다. 내가 단일화와 동질화로만 파악했던 그 세계가 보다 격렬한 투쟁으로 점철되어 있을지도 모른다.

　『속이 보이는 심연으로』 이후 시인의 시가 나아간 행로를 좇는 일은 훗날로 미뤄야 할 것 같다. 나는 내가 최하림 선생의 시에서 느꼈던 최초의 유혹을 이해하고, 그것을 그이의 만년의 시에 연결시킴으로써 시인 스스로 자신의 시적 생애에서 끊어두었던 선을 회복시키는 것으로 시인의 고된 영혼에 한 자락 세안(洗顔)의 손수건을 바치고자 한다. 그렇게 해서 그이와의 첫 만남이 내게 준 충격의 의미를 되새기고 또한 내가 그이에게 진 정신적 빚을 조금이나마 갚음으로써 나를 위안하고자 한다. 그러나 그렇게 달래고 다스린다 해도, 내가 그이를 '만났어야만 했다'는 이 거북한 느낌만은 사라지지는 않는다. 이 거북한 느낌도 어느 날 침전하리라. 그리고 언젠가 마음의 지진을 만나 다시 떠오르리라.

[『'한국적 서정'이라는 환을 찾아서』(문학과지성사, 2020)]

제3부

최하림 들여다보기

인물 소묘*

* 여기 수록된 글들은 황학주 외, 『나는 뭐라 말해야 할까요—최하림 10주기 추모 소산문집』, 국제한
인문학회, 2020에 발표되었다.

최하림 시인과 신안·목포

김선태

    최하림(본명 최호남) 시인은 1939년 전남 신안군 안좌도(현 팔금도)에서 태어났다. 1950년 섬을 떠나 1965년 상경할 때까지 약 15년 동안 목포에서 성장했다. 고등학교에 다닐 무렵부터 시를 습작하고 연극과 그림에 관심을 보이는 등 목포 예술계 주변을 얼쩡거리다가 1964년 『조선일보』 신춘문예에 시 「빈약한 올페의 회상」이 당선되어 문단에 나왔다. 그러니까 신안은 유년 시절을 보냈던 원체험의 현장이며, 목포는 감수성이 가장 예민한 시기인 청소년기부터 청년 시절에 최하림에게 문학적 자양분을 제공해준 실질적인 고향인 셈이다.

    목포에 살던 무렵 최하림은 매우 가난했다. 팔금도 깨복쟁이 친구인 김제희 씨(81세)[1]에 따르면, 일찍 아버지를 여읜(11세) 그는 수업료를 내지 못해 등교하지 못하고 날마다 책가방을 맨 채 목포의 해안통을 배회하거

---

[1]   팔금면 원산리에 거주하고 있는 그는 최하림 시인의 어린 시절을 기억하는 유일한 증인이다. 신안군 의회 의원을 지낸 바 있는 그는 현재 최하림 시인의 기념사업을 추진하기 위해 동분서주하고 있다.

나 헌책방에 들러 문학 서적을 읽는 일로 소일했다고 한다. 그런 가난의 허기가 그를 문학의 길로 이끌었던 것으로 보인다.

최하림 시인이 문학청년 시절을 보냈던 1950년대 중반부터 1960년대 중반 즈음 목포 문단의 분위기는 매년 신춘문예 당선자가 3~4명씩 나올 정도로 좋았다고 한다. 소설가 박화성이 있었고, 문청들의 든든한 후견인으로 남종화의 대가인 남농 허건과 수필가 조희관(목포항도여자중학교 교장)·차재석(극작가 차범석의 동생)이 있었다. 이들의 보살핌으로 그는 '목포문화협회' 실무간사와 시 전문 문예지 『시정신』[2]의 편집위원을 맡기도 했다.

당시 목포 오거리 일대의 다방과 주점은 문인을 비롯한 예술인의 아지트였다. 최하림 시인은 이곳을 중심으로 젊은 시절을 보냈는데, 이때 다방에서 마주친 사람이 같은 문학청년 김현과 김지하이다. 이들은 만날 때마다 폭음을 하며 문학 이야기로 핏대를 세우기 일쑤였다고 한다. 나중에 그는 "김현이 아폴로였다면 김지하는 디오니소스였다"면서 자신은 이 두 사람을 합친 이미지에 가깝다고 술회한 바 있다.[3] 그는 김현을 통해 프랑스 상징주의 시에 대해 보다 폭넓은 지식을 얻었다고 했다. 그리고 영국의 딜런 토머스의 시를 좋아했던 김지하가 목포문인협회 기관지인 『목포문학』 2호(1963)에 초현실주의 경향[4]의 습작 시 「저녁 이야기」를 처음으로 발표한 것도 이때다. 비록 지역문학이긴 하지만 이때부터 상징주의나 초

2   1952년 차재석이 주도한 『시정신』은 서정주, 유치환, 김현승 등이 필진으로 참여하고, 김환기, 변종하 등이 표지화를 그린 한국 잡지사상 최고로 고급스러운 시 전문 문예지였다. 전국적인 문예지를 지향했던 이 잡지는 재정난으로 인해 5집으로 종간되었는데, 편집위원으로 최하림 시인이 참여했다. 이때 시를 발표한 시인은 고은, 마종기, 김영태, 이승훈 등이었다.
3   최하림, 『우리가 죽고 죽은 다음 누가 우리를 사랑해 줄 것인가』, 열린세상, 1993.
4   김지하는 습작기인 고등학교 시절부터 대학 시절 초까지 초현실주의에 빠져 있었는데, 조동일을 만나 비판적 리얼리즘으로 선회했다고 한다(김선태, 「대담 ― 김지하 시인에게 듣는다」, 『진정성의 시학』, 태학사, 2012 참조).

현실주의 문학에 눈을 떴던 목포문학은 리얼리즘 문학으로 쏠린 인근 광주문학과는 그 성향이 사뭇 달랐다.[5]

1960년대 초반 최하림 시인이 목포 오거리를 중심으로 펼친 문학 활동 중 기억할 만한 일이 두 가지가 있다. 첫째는, 그림을 그리는 박석규·원갑희·김소남·양계탁과 함께 사뮈엘 베케트의 「고도를 기다리며」를 국내 최초로 무대에 올린 일이다. 연극에는 문외한이었던 이들은 이틀간의 공연을 마치고 밤늦게 집으로 가는 길에 감격에 북받쳐 서로를 껴안고 울었다고 한다. 그는 이 연극의 연출을 맡았다. 둘째는, 김현·김승옥과 더불어 '산문시대' 동인회를 결성, 한국 최초의 소설 동인지 『산문시대』(가림출판사, 1962~65)를 5집까지 펴낸 일이다. 이후 김치수·곽광수·강호무·김상일·염무웅·서정인 등이 가세했던 이 동인회는 그 근거지를 서울로 옮겨 1968년 '6·8그룹' 동인회로 이어졌고, 1970년엔 '사계' 동인과 함께 문예지 『문학과지성』 창간의 모태가 되었다. 그러니까 『창작과비평』과 더불어 우리 문단을 이끈 문예지의 양축이었던 『문학과지성』의 태동은 서울이 아닌 목포 오거리에서 비롯됐던 셈이다. 여기에 최하림과 김현이 있었다.

최하림의 시에 나타난 목포는 첫 시집 『우리들을 위하여』(창작과비평사, 1976)에 집중되어 있다. 그 중심 무대는 그가 늘 거닐었던 해안통[6]과 노을이 아름다운 대반동 바닷가이다. 「빈약한 올페의 회상」 「바다의 이마쥬」 「황혼」 등이 이곳을 배경으로 창작되었다. 이 시집에는 어둡고 가난하고 불안했던 그의 젊은 시절의 내면 풍경과 현실 인식이 오롯이 담겨 있다. 그는 문학청년 시절 프랑스의 상징주의 시인 발레리와 말라르메에 경

---

5   1960년대 최하림과 김현에 의해 촉발된 프랑스 문학에 대한 목포 문단의 관심은 1980년대 황현산으로까지 이어진다.

6   "해안통에는 언제나 먹이를 찾는 갈매기들이 날아올랐고, 술에 취한 뱃사람들이 사창가 골목으로 비틀거리며 들어갔다. 해안통의 풍경을 보고 있으면 시 같은 것들이 떠올랐다가 사라지고는 했다. 굶주림이 시의 풍경 옆으로 나를 데려다 놓은 셈이다"(정상철, 「고요 속의 수런거림 — 최하림 시의 근원 목포」, 『전라도닷컴』 2004년 3월호).

도되어 있었다고 한다. 특히 발레리의 시집 『해변의 묘지』는 고정 텍스트였던 것으로 보인다. 그의 초기 시가 대부분 장문이고, 서구적인 이미지와 관념의 언어들로 착색되어 있는 것은 그런 맥락에서 이해된다.

2020년은 최하림 시인이 작고한 지 10주년이 되는 해이다. 그러나 안타깝게도 고향인 신안과 목포에서 그를 기억하는 사람은 많지 않다. 이는 그가 고향을 떠난 지 오래되었고, 자주 찾아가보지 못했기 때문일 것이다. 그러나 보다 근본적인 원인은 불행했던 과거의 기억들이 되살아나는 고향으로부터 멀리 떨어져 있고 싶었던 그의 마음 탓일 것이다. 필자는 그가 전남일보사에 근무하던 1990년 무렵 직접 찾아가 말년을 문학적 고향인 목포에서 보내면 어떻겠느냐고 조심스럽게 타진한 적이 있다. 그때 가만히 눈을 감은 채 고개를 가로젓던 그의 모습을 잊을 수 없다.

지금껏 최하림 시인을 기리기 위한 준비 모임은 세 개가 있는 것으로 안다. 처음으로 기념 심포지엄을 개최한 박형준·장석남 시인 등 서울예술대학 문예창작과 출신 제자들과, 살아생전 가까이 지낸 문인들의 모임이 그 첫째요, 황지우 시인을 비롯한 문학과지성사 쪽 모임이 그 둘째요, 필자를 비롯한 목포·신안 문인들의 모임이 그 셋째이다.[7] 이렇게 모임이 분산된 것은 그간 상호 소통이 부재했거나 부족했기 때문이다. 필자의 소견으로는 앞으로 단발성이 아닌 지속적인 기념행사가 가능하기 위해선 이 세 모임의 통합이 필요하다고 생각한다. 그 통합 명칭이 '최하림기념사업회'이든 '최하림연구회'이든 상관없다. 그리고 기념행사는 심포지엄으로만 그칠 게 아니라 '최하림문학제'로 확대하여 매년 개최하고, 개최 장소 또한 서울이 아닌 고향 신안이나 목포가 좋다고 생각한다. 이를 위해서 적당한 시기에 세 모임의 대표자와 신안군 관계자가 만나 협의할 것을 제안하고

7 필자가 작년부터 최하림기념사업에 대해 관심을 갖게 된 것은 자발적인 것이라기보다 목포 문단의 까마득한 후배 중 한 사람으로서 돌아가신 선배 시인에 대한 인간적인 예의와 고향인 신안 팔금에 사는 시인의 깨복쟁이 친구 김제희 선생의 각별한 부탁, 신안군의 협조 요청, 제자들과 지인들 모임의 일원인 임동확 시인의 제의 때문이다.

싶다.

다행스럽게도 신안군에서는 2019년 천사대교 개통과 때를 맞춰 최하림 시인의 고향인 팔금면 원산리에 시비공원과 기념관 건립, 생가 복원 등을 추진 중에 있다고 한다.[8] 이 기념사업이 조속히 마무리되어 그의 고향에서 명실상부한 최하림문학제가 열릴 수 있기를 기대한다.

---

8   다행스럽게도 이 글이 발표된 이후 황지우·김선태·박형준이 중심이 되어 '최하림연구회' 등록을 마치고, 신안군으로부터 지원을 약속받아 2021년부터 최하림 기념사업을 추진할 수 있게 되었음을 밝힌다.

내 옆에 앉은 사람은 사실 측백나무입니다

이기인

쇄쇄낙락(灑灑落落).[1]
어떤 날은 외려 측백이 웃으며 알은체합니다.

*

그러니까.
선생님과 측백나무 40그루를 사러 간 적이 있습니다.

*

선생님은 새로 지은 집의 울타리로 측백나무를 전부터 생각하셨습니다. 사모님과 함께한 그날은 청양의 어느 산골로 차를 몰았습니다. 야생화

---

[1] 깨끗하고 깨끗하고 깨끗하고 깨끗하다.

가 부끄럽게 핀 마을을 찾기까지 모르는 길을 여러 번 돌았습니다.

어느 길에선 억새가 길을 막아 후진도 했습니다. 낯선 길모퉁이에서 룸미러에 닿은 선생님 눈빛과 마주쳤는데 당신은 괜찮다고 하셨습니다. 괜스레 저를 믿고 따라나선 두 분께 많이 죄송했습니다. 나무들은 많은데 왜 측백을 고르셨는지. 믿음직한 이들도 많은데 어찌 저와 함께 나섰는지. 그때는 마음이 번잡하여 묻질 못했습니다.

정신없이 도착한 마을에서 작대기를 쥔 사람을 만났습니다. 한눈에 봐도 그에게 측백은 이쁜 자식이었습니다. 나무를 좋아하는 그의 이마에는 태양 빛이 가득했습니다. 그는 숲과 나무의 신비를 금방이라도 일러줄 듯한 표정이었습니다.

선생님과 사모님은 불이 붙은 듯 환한 측백 40그루를 그에게 주문하고 뒤돌아섰습니다. 하루가 금세 이슬처럼 증발했습니다. 꽃그늘도 금방 어두워졌습니다. 도시에서 매연만 먹은 차는 모처럼 흙 내음을 맘껏 들이마셨습니다. 이 모두가 측백나무 40그루가 이어준 특별한 하루였습니다.

측백의 마음을 구하려고 아침부터 움직인 시간은 뭉툭한 나무토막 같았습니다. 가을 문틈으로 빠져나가는 빛처럼 그날이 금방 잊힐 줄 알았습니다. 미끄러운 시간을 쉽게 놓칠 줄 알았습니다. 그런데 그것이 아니었습니다. 시간을 휘감는 넝쿨이 수북했습니다. 그렇게 그날의 측백 40그루는 은일한 종소리처럼 내 속을 울렸습니다.

*

건건정정(乾乾淨淨).[2]
어떤 날은 측백의 빛이 흩어지더니

사무친 마음으로도 찾아옵니다.

*

일주일 후.

측백 40그루가 선생님 집 울타리에 심어진 것을 보고서 "참으로 다행이다" 했습니다. 모르는 길로 덜컹덜컹 달렸던 미안함이 마음을 휘저었습니다. 길을 잃고 멋쩍어하는 내게 선생님은 괜찮다 괜찮다 하고 웃으셨는데 그 웃음의 무량이 울타리에 심어놓은 40그루 측백을 겹겹이 에워쌌습니다. 내 마음은 이미 그 무엇으로 흠뻑 취했습니다.

그 후로도 저는 측백나무 울타리 어디쯤에서
멍하게…… 그냥 서 있었습니다. 그 어디쯤에서 울어도, "괜찮다"는 그 말을 듣고 힘을 냈습니다.

"괜찮다. 괜찮다."

*

생각해보면 생활의 곤궁과 시의 곤궁이 부딪친 날이 많았습니다.

일상의 군은살이 좀더 필요한 시간을 건너야 했습니다. 생활은 점점 굳어지고 오랫동안 시를 흠모하는 일에도 지쳤습니다. 위태로운 삶에서 중심을 잡으려면 무엇이라도 붙잡아야 했습니다.

선생님의 주례로 저는 결혼을 했습니다. 이후 아이를 얻고 또 일가를 이루면서 응연 세상 모서리가 뾰족하다는 것을 알아야 했습니다. 마음까지

---

2   높고 높고 또 깨끗하고 깨끗하다.

깨져서 더 많이 아팠던 날들. 옆에는 측백의 빛이 있었습니다.

모두가 아픈 시절을 건너야 했습니다. 그러나 모두가 아픈 줄 모르고 살아가는 날이었습니다. 그즈음에는 든든하고 포근한 두꺼운 네 개의 벽을 갖고 싶었는지도 모릅니다.

저에게는 큰 어른이 필요했던 것 같습니다. 나무 같은 어른. 바다 같은 어른. 백과사전 같은 어른. 사탕 같은 어른. 구름 같은 어른. 우물 같은 어른. 친구 같은 어른이 한 분 계신다면 얼마나 좋을까.

선생님께서 큰 하늘이 돼주셨으면 하는 바람이 제일 컸습니다.

스무 살 헝클어진 시절부터 선생님을 찾아뵙고 내 부끄러움을 감추지 않은 일들은 그렇게 싹이 텄습니다.

*

선생님께는 제 시의 뒷면을 감추지 않으려고 했습니다.

나에게 찾아온 시의 사소함을 길게 얘기했습니다. 톰과 제리처럼, 내게서 도망치는 시를 붙잡아달라고도 청했습니다. 시에 굴절된 삶을 선생님은 그 누구보다 낱낱이 보셨습니다. 좋든 싫든 보여드리고 꾸중을 듣는 일도 큰 공부였습니다.

그 무엇을 기대하고 청할 때마다…… 당신은 문학이라는 이름보다 내 자신이 저 멀리쯤 내던져놓은 삶에 대해 보다 진지한 태도를 보이셨습니다.

당신의 크나큰…… 공부를 그때는 자세히 알지 못했습니다.

"힘들고 어려운 시간을 어떻게 견뎌야 하는지."

당신은 문학으로만 문학을 추궁하지 않았습니다.

삶의 총체로 심연으로 풍경으로 질문하길 좋아하셨습니다. 실수투성이로 살아가는 나 같은 이에게 사랑을 꼭 쥐여주셨던 분이 당신이었습니다. 그것을 후일 아프게 깨달았습니다. 저는 문학이 오직 문학으로만 건너는 길이 아님을…… 조금 알게 되었습니다. 그래서 문학의 행운이 무엇인지를 헤아려봅니다.

*

……그날도 그러하듯이 당신은 가깝고 먼…… 풍경의 언어를 끌어안으셨습니다.

"어떤 날은…… 시를 잊어도 괜찮아."

하루가 지나고…… 또 다른 하루도 와도 내게는 "괜찮다"고 말씀하셨던 시인.
당신은…… 삶의 자양분으로 시가 일어선다고도 일러주셨습니다.

선생님의 측백은 그날 이후로도 멈칫거리는 제게 계속 말해주는 것을 잊지 않았습니다.
"괜찮다 괜찮다." 어느새 괜찮다와 괜찮다 사이를 촘촘히 채우듯이 그날의 측백은 처음보다 우거졌습니다. 괜찮다 괜찮다 괜찮다가 "괜찮다괜찮다. 괜찮다괜찮다"로 가득해지는 푸른 나무와 날씨를 동시에 맞이하는 듯했습니다.
어느 날은 40그루 측백 울타리에서 두견이 울음처럼 기쁘고 슬픈 울음이 새어 나오는 것을 그렇게…… 느끼고 있었습니다.
저는 지금…… 그날들처럼 "괜찮은" 우연의 시간을 기다리고 있는지도 모릅니다.

마지막으로 병원 침상에 간신히 앉은 나무를 보았습니다.

측백 한 그루가 웅크린 모습이었습니다. 그 어떤 빛에 둘러싸인 시간을 그때는 잘 몰랐습니다. 생각을 일으켜서 나무가 되려는 모습이었습니다. 그즈음 하여 저녁노을 앞에 선 당신께 편지를 쓴 적이 있습니다. 선생님으로부터 듣고 싶었던 당신의 오래된 말씀이었습니다.

선생님. 시를 쓰는 일은 지금도 "고통을 행복으로 만드는 사람의 가련한 애씀"인지요. 저는 가련함을 가련함으로 머물지 않게 해주는 '애씀'에 힘을 쏟고 있습니다. 가련한 애씀을 받아들일 수 있는 그 마음을 언제나 갖게 해주십시오.

*

계절은 바뀌어서 울긋불긋 꽃들도 난리입니다. 또 어느 계절에는 단풍도 어지럽습니다. 그런데 당신의 측백은 고독과 아름다움을 망설이지 않고서 항시 그 자리에 있습니다. 그렇게 우두커니 한 계절을 응원합니다. 측백은 그렇게 남은 인생의 모든 빛을 우리에게 주려고 지금 또 웃습니다. 황금측백이 그렇게 웃습니다.

그때는 선생님의 사랑이 끝없이 이어질 줄로만 알았습니다.

저는 지금 후회를 배우는 중입니다.

부족한 시를 배우는 중입니다. 지나간 시간을 뒤적거려서 다시 배우는 중입니다.

선생님처럼 시를 살아가게 하는 중입니다.

나는 뭐라 그리워해야 할까요?*

이병률

1

삼월에 부는 바람은 늘 심상치가 않다. 따뜻함 속에 배어 있는 차가움까지는 그러려니 하겠는데 그뿐만이 아닌 강한 에너지가 들어 있어서다. 예술대학의 신입생이 된 나에게도 그 삼월의 바람은 몹시도 그랬다. 학교를 가도 어디에 와 있는지를 몰랐으며 학교를 등지고 나서도 체한 기분 같은 것들이 나를 오래 떠다니게 만들었다.

아마도 시 수업이 아니었더라면 나는 모든 것을 시작하기도 전에 그만두었을지도 모른다. 스무 살을 그만두었을지도 모른다. 일주일에 두 번 최하림 시인의 수업을 듣지 않았다면 나는 삼월이 지나도 봄이 끝나고 나서도 영영 추웠을 것만 같다. 시를 배울 수 있다니. 선생님은 수업 시간엔 엄격하셨지만 강의실 밖에서는 따뜻한 분이셨다. 그 두 가지 면부터 배워나

---

* 이 글의 제목은 故 최하림 시인의 시 「나는 뭐라 말해야 할까요?」에서 가져왔다.

갔다. 막걸리를 많이 사 주셨다는 사실만으로도 우리에겐 더없이 넉넉한 분이었다.

하지만 배가 고픈 때였다. 들어도 들어도 읽어도 읽어도 또 쓰고 써도. 그것은 마치 미치지 않으면 답이 없는 광적인 상태였다.

그러던 차에 시를 쓰는 친구들 몇몇을 모아 '시 동인'을 해보면 어떻겠냐고 물어오셨다. 시 동인의 형태가 무엇인지 몰라 막막해하는 표정을 읽으셨는지 누구누구의 이름을 거명하셨다.

"시를 써서 나눠 읽어라. 몇 주에 한 번 정도 만나 서로의 시를 돌려 읽은 다음, 각자 읽은 의견을 나눠라. 좋은 말은 필요 없다. 그 안에서 상처를 가장 많이 받는 사람이 먼저 시인이 될 거다."

그때 다섯 명의 학생들이 모여 초라하게나마 시 동인을 결성했는데, 아무도 동인의 이름을 입에 올리진 않았지만 그때 정한 그 이름은 '시그림'이었던 걸로 기억한다. 그중에는 이기인 시인과 김우섭 시인이 포함되어 있었다. 누군가의 시를 읽어낸다는 자체만으로 어려웠던 시절이었으니 뭐라 꼬집을 만한 수준도 안 되었을 텐데 스승의 말씀대로 뾰족뾰족 참 마음 아픈 말들이 오고 갔다. 아마도 지는 것을 좋아하는 사람이 없어서였겠으나 자신 있게 내민 시는 남들에게 그저 흠이거나 재이거나 그 정도였나 보다. 혈기란 것의 정체는 좋은 소리는 못 듣고 안 좋은 소리만 마음에 담게 되는 법인가 보다.

스승은 자주 시그림의 안부까지도 물어주셨다. "누가 잘 쓰니? 이기인이 시가 난 참 맑고 좋더라."

또 한번은 그런 일. 방학 중에 시인께서 전화를 하셨다. 얼굴도 볼 겸 당신이 근무하시던 출판사로 와보라는 말씀대로 시인을 찾아뵈었다. 콩닥콩닥 내 가슴이 이리도 작았나 싶게 방문을 빼꼼 열었다. 방학에는 어떻게 지내고 있느냐는 말씀과 함께 원고 뭉치를 내미셨다. 목포 출신인 어느 분의 회고록 같은 것이었는데 원고에 있는 한자를 한글로 바꿔 적어 오라고 하셨다. 심심하거나 힘들면 막걸리 사 줄 터이니 대학로로 바람도 쐴 겸 나오라고 하셨다. 선생님은 연락이 없는 내가 아무것도 안 하고 원고를 봉투에 넣어두고는 놀고 있을 거라 생각하셨다고 했다. 하지만 나는 그 많은 한자를 완벽하게 찾아서 적어놓느라 연락을 드리는 걸 그만 잊고 있었다. 그 일로 수년 동안을 출판인으로 사셨던 스승의 책상을 건너다볼 수 있었다. 책상 위에 올려진 원고 뭉치와 펜들과 시인의 고단한 얼굴 그림자.

혼자 쓰시던 선생님 방에 감돌던 선생님의 체취와 오래된 종이 냄새. 나무가 한들거리는 창밖에는 생활의 소음들이 흔드는 풍경들. 나는 그 풍경을 회상할 때마다 너무 따뜻해서 눈가가 젖으려 한다. 스무 살의 그랬던 여름날.

2

최하림의 시인의 둘째 딸 최승린은 소설가로 활동한다. 최근 펴낸 소설집 『질 것 같은 기분이 들면 이 노래를 부르세요』(난다, 2018)에 수록된 단편 「수유리, 장미원」에서 그녀는 시인인 아버지를 끌어내 그의 부재를 그리워한다.

> 아버지는 '시는 기도'라고 했다. 초등학교 2학년이나 3학년 무렵이었다. 아버지는 1일 선생님으로 교실을 찾았다. 얘들아. 모든 예술은 기도란다. 하늘에 닿기 위한 기도. 그런데 하늘에 닿으려면 어떻게 해야 할까? 그렇지. 가벼워야지. 그래야 붕붕 날아올라 하늘에 닿지. 아버지는 열 살짜리 애들 앞에서 날갯짓을 했다. 시는 그렇게 모든 걸 버리고 가벼워지는 거란다. 그래서 하늘에 닿는 거지. 그게 바로 '시'야. 아버지는 두 손을 모았다. 얘들아. 너희는 기도할 때 거짓말하니? 안 하지? 시도 그래. 거짓말 안 해. 거짓말은 무거워서 날아오르지 못하거든.

당신께서 수유리에 살았다는 이야기를 들었던 것 같다. 나도 고등학생 시절 친구가 그곳에 살았던 적이 있어 기억을 더듬는다. 나는 그곳을 모르지 않는다. 솔숲의 기묘한 조화가 한가운데 우뚝 자리했고, 사방에 주택가와 큰 도로를 거느리고 있었다. 물론 수유리 종점까지 가는 길에 '장미원'이라는 버스 정류장도 선명히 기억났다. 당신이 들려주셨더라도 세세히 기억하지 못하는 그 동네의 정서를, 당신이 살았던 한때를 최승린의 문장으로 읽는다. 당신이 살았던 곳을 다른 이유로 몇 번이고 갔으나 당신이 살았던 곳과 일치했는지 어땠는지 모르는 곳, 수유리. 나는 점선을 그려 머릿속으로 그곳까지 따라가보지만 소설 속에도 산 밑 어느 마을에도 당신은 없다. 그 아득한 시간 동안 당신은 아파했을 것 같다. 아직 젊었고 시를 쓰고 있었고 가족을 거느렸으니 그만으로 고독한 시간이었을 것만 같다. 늘 '발이 시리고, 발이 깊고'(「나는 금강천을 건너」) 그랬을 것이다. 그러면서도 많은 날 제자들을 살뜰히 마음 써주었던 당신이다. 참 많이도 닮고 싶었던 당신.

3

양평의 어느 호수가 내다보이는 곳에 스승과 나는 앉아 있다.

—이제 일주일 뒤부터는 회사에 다녀야 할 것 같아요. 출판사예요.

—그 일이 고될 텐데, 시는 어떡하냐?

—실은, 고민 엄청 많이 했는데 그렇게 해야겠더라구요.

—일 마치고 집에 들어와서 씻은 다음에 삼십 분이고 한 시간이고 시 써야 돼. 알았니? 일에 치이고 치여서 멀어지면 그게 내 것이 아닌 게 돼버린다. 그러기엔 너무 많이 오지 않았니.

첫 시집을 막 출간한 뒤여서 스승이 걱정하시는 걸 알아챈다. 겨우 이제

도착했으니 안착했으면 하고 바라시는 마음을 안다.

엄격했던 하지만 따뜻했던 스승의 강의실이 떠오른다. 너무 뜨거운 것은 그 뜨거움의 이유를 묻는다. "그게 이만큼이나 뜨거워야 되겠니?" 하고 학생에게 반문한다. "시를 읽는 사람이 뜨거워져야지, 이렇게 네가 먼저 뜨거워버리면 읽는 사람은 감동하려다가도 도망가버린다."

최하림 시인의 시에서 격정을 보지 못한다. '뜨겁다'라는 말은 뜨겁게 와닿지 않으며, '태운다'는 말도 '끓는다'는 말도 그의 내면에서 수굿하게 순화된다. 하지만 '홀로'라는 말은 진실로 혼자인 것으로 와닿고, '사라진다'나 '멀어진다'는 말 따위는 실로 아득히 멀어지는 것으로 읽힌다. 그의 언어가 그를 데려간 곳은 심연이었다. 그것은 시인의 간절한 일이었다. 그러면서 한사코 자신에게, "시인이 홀로 사는 집"(「저녁 바람은」)으로 향했다. 그도 시인의 일이었다.

나는 나도 모르는 새에 제기럴 이민이나 가까부다고 씨부렁거린다. 그러자 갑자기 놀랠 일이라도 일어난 듯이 마음의 평화의 새들이 푸르고 푸른 하늘을 날아 아메리카로 알래스카로 아이슬란드로 날아가고 새의 그림자만 슬프게 남는다.

날아가버린 새여, 너는 아름답구나, 너의 하늘은, 바다는, 여자들은, 날아가버린 새여, 너는 아름답고, 나는 슬프지만, 슬픔으로 우리 또한 아름답구나.

— 최하림, 「새」 부분(『겨울 깊은 물소리』)

이렇게 새가 되는 일, "지평선 끝까지 넘실거"(「고통의 문지방」)리며 나는 일. 그러면서 새가 되었으면서도 "새여 무량의 시간 속으로 오르는 새여"(「싸락눈처럼 반짝이면서」)라고 새를 부르는 일.

나른한 고요를 균형하면서 대면하는 일. 시인의 일. 엉성하기 짝이 없는 이 삶을 다리고 다려서 걸어둘 만한 풍경으로 바꾸어두었던 일, 당신의 일.

최하림 선생님은 시인입니다

이승희

　선생님을 처음 만난 것은 『겨울꽃』이라는 선생님의 시집을 통해서였습니다. 앞표지를 넘기면 노동자의 굵은 팔뚝이 보이는 오윤 판화가의 판화 그림이 별지로 달려 있던 시집으로 1985년도에 도서출판 풀빛에서 나온 '풀빛 시인선'이었는데, 당시에 이 시인선의 앞자리를 보면 김지하, 양성우, 김준태, 박노해, 신경림 시인 등등이었으니 이 시선집의 방향을 이것만으로도 어느 정도 알 수 있었습니다. 하지만 처음 그 시집을 읽을 때 그런 방향성의 개념이 저는 아직 없었고, 오히려 시를 읽으면서 느꼈던 것은 아주 서정적이라는 것이었습니다. 물론 서정에 대한 개념도 별로 없었는데, 그냥 시를 읽으면서 사람에 대한 애정, 그리고 그런 애정 어린 시선이 주변의 작은 사물과 아픈 이웃, 그리고 사회, 혹은 어떤 사물에까지 미치는 그런 따뜻한 시선이 너무 좋았습니다.

　지금에 와서 생각해보아도 선생님의 시에 대한 그때의 그런 느낌은 여전합니다. 무엇으로 나뉠 수 있는, 나뉘어지는 지점이 아니라 그 모든 것들을 아우르는 우리 삶의 통찰과 성찰에 있었다는 생각입니다.

최하림 선생님의 시는, 아니 최하림 선생님은 그때로부터 지금까지 그 야말로 한 편의 '시'였습니다. 제가 좋아하는 선생님의 시는 아주 많지만 그런 인연으로, 그 시집의 가장 처음에 실려 있는 시 한 편을 읽어보겠습니다.

사닥다리를 타고 별들이
하늘 멀리로 올라가 근심스런
얼굴로 있는 밤 골짜기에서
골짜기로 잡목숲에서 숲으로
한 줄기 소리 밤하늘을 찢으며 간다
어린날 바닷빛보다도 탱탱하고 탱탱하게
울림이 뒤따라간다 물과 바람이
아래로 아래로 나지막히 흘러가고
작은 사람들이 기슭기를 돌아가고
달빛이 바늘로 찌르는 아픔을 참으며
검은 잎새에서 아물거린다. 아무 바람도
보이지 않는다.
소리도 보이지 않는다. 묵묵히 살아가는
사람들의 숨소리밖에.
일어나세요 일어나세요

— 최하림, 「빛」 부분

그렇게 시집으로 읽었던 최하림 선생님을 학교에서 선생님으로 만난 것이 제겐 아주 신기한 경험이었습니다. 그런 선생님과 시를 읽고, 시에 대한 공부를 하는 게 정말 즐거웠습니다. 지금 생각해보면 선생님께서는 '시를 이렇게 써라'가 아니라, '시를 쓰는 사람은 모름지기 이래야 한다' 는 것에 대해 더 많은 말씀과 생각을 하게 해주셨습니다. 시인으로서의 정신, 마음 그런 것들이었는데, 저는 정말 그런 게 너무 멋지다고 생각했습니다. 저는 지금 예술고등학교에서 시 창작 강의를 하며 밥 먹고 사는데요, 지금 아이들에게 그런 시인의 마음가짐이나 자세 뭐 그런 이야기를 하면 재미없다고 합니다. 그러거나 말거나 저는 그래도 그런 이야기를 자주합니다. 어쨌든 제게는 그런 선생님의 모습이 그다지도 인상 깊었습니다. 그래서 선생님을 더 좋아하지 않았나 생각해봅니다. 그리고 선생님은 선생님 스스로 끝까지 그런 모습을 제자들에게 보여주셨다고 생각합니다.

선생님께서 학교를 그만두시고 영동으로 양평으로 다니실 때 함께 시수업을 들었던 동기 친구들과 몇 번 찾아뵈었는데요, 기억나는 것은 제 취직 걱정과 건강 걱정 그런 것뿐입니다. 그러니까 문학 이야기는 거의 없었습니다. 그럼에도 선생님을 늘 기억하게 만든 것은 선생님의 그 일관된 표정이었습니다. 눈을 맞추면서 지긋이 바라보는 그 눈빛과 표정 그리고 낮고 조곤조곤한 말투가 주는 위로와 격려, 그런 것들이 오늘까지도 이 자리에 서서 선생님을 기억하게 만들었다고 생각합니다. 그러니까 돌이켜보면, 그것은 처음 선생님의 시집을 읽었을 때 느꼈던 그런 선생님의 시선, 그런 것이었다는 생각이 듭니다. 너무나 당연하게도 그런 선생님과 선생님의 시는 정말 닮았다, 아니 똑같다는 생각을 했었고, 그런 생각은 지금도 그렇습니다.

제 마음대로 선생님의 시를 읽자면, 선생님의 시는 측은지심에서 비롯되고 있다고 생각합니다, 그 측은지심의 마음으로 세계를 보고 사람을 보고 자연과 사물을 대하시는 마음이 가장 먼저였다고 생각합니다. 그러한 측은지심의 시적 미덕이 사회로 향했든 개인의 내면을 향했든, 그 둘 모두에게 균형적으로 향했든, 중요한 것은 선생님의 시심은 그런 게 아니었을까 짐작해봅니다. 그래서 선생님은 자신의 목소리를 키우기보다는 자신이 바라보는 모든 사람과 세상의 모든 것들에게 그렇게 더 쓸쓸하고 낮은 자리에서 함께 호흡하고 함께 살아가는 세상을 꿈꾸지 않았을까 생각합니다.

저는 지금도 그것이 시를 쓰는 데 가장 중요한 미덕이라고 생각합니다. 세계를 어떻게 바라보든 자신의 목소리를 어떻게 내고 싶든, 그 모든 것의 시작은 측은지심의 마음가짐이어야 한다고 말입니다. 그것이 없다면 시를 쓸 수 없다고까지 생각합니다. 그리고 그런 것이 시를 쓰는 사람이 가져야 될 처음의 마음이라고 생각합니다.

선생님을 생각하면 가장 먼저 떠오르는 게 그런 마음이 가득한 선생님의 눈빛입니다. 어쩌면 그게 저에겐 가장 큰 시 공부였는지도 모르겠습니다.

다시 한번 생각해봅니다.

지금 선생님이 계시는 집으로 갑니다. 그리고 선생님을 부릅니다. 어쩌면 개들을 핑계로 마당을 서성이며 온다고 했던 제자를 기다릴지도 모르겠습니다.

인사를 드리면, 아주 작은 미소를 지으시며 아주 낮게 말씀하시겠네요.

"어서 와, 잘 찾아왔네" 하시면서 눈을 맞추시겠지요.

발걸음도 조곤조곤, 몸짓도 조곤조곤, 그리고 오래 또 바라보시겠지요.

저는 조금 쑥스러워서, "선생님, 꽃이 피네요"라고 할지도 모르겠습니다.

그러면 선생님은 "이쁘지?" 하시겠네요.

지금은 그런 봄입니다. 선생님.

선생님은 거기 계시다

이원

선생님의 음성은 편지를 닮았다. 편지는 목소리 없는 목소리여서, 거기에서만 울려 나오는 목소리여서, 온전한 목소리가 된다. 선생님이 말씀하실 때 딱 그랬다. 문득 주변이 음소거 되고 선생님의 높지 않은 목소리만 들려왔다. 선생님은 빙그레 웃으시고 햇빛의 중간 마디쯤 되게 얘기하셨다. 선생님이 말씀하고 계시면 편지 같았다.

선생님 시를 읽을 때도 그랬다. 특별히 다른 자리로 떼어내지 않았는데, 시라는 자리를 따로 마련하지 않고, 시라는 언어로 다듬은 흔적이 도드라지지 않게, 툭툭 흙을 털어 맛보던 무처럼 앉히셨는데, 사방의 풍경을 지우지 않으면서도 선생님이 쓰고자 하는 그 풍경이 보였다. 그곳들이 선생님 시집 제목이기도 한 '풍경 뒤의 풍경'이었을까. 민주주의와 동네 어귀를 나란히 놓는다, 김수영과 문호리가 나란히 놓인다, 선생님은 그 '가능'을 알려주셨다.

선생님 돌아가신 지 꼭 10년이 되었다. 선생님은 2010년 4월 22일에 떠나셨다. 2010년 2월 18일에 선생님 댁 근처인 북한강변의 한 갤러리에서 『최하림 시전집』 출간 기념을 위해 모였다. 송판에 선생님께 드리는 한 줄도 쓰고 미리 써온 편지들은 한 보자기에 담았다. 나는 보자기 매듭을 여러 번 묶었다 풀었다 했다. 선생님 보시기에 좋았으면 해서였고, 선생님 닮은 모양이었으면 해서였다. 겨울이지만 봄빛이 들어 있던 길로 선생님과 사모님이 오셨다. 케이크의 촛불도 끄고 기념사진도 찍었다. 선생님은 자코메티 작품의 이미지가 표지로 놓인 회색빛 시전집을 좋아하셨다.

선생님은 내가 2010년 2월 18일에 드린 편지를 아직 안 열어 보셨다. 안 열어 보고 날아오르셨다. 그날 선생님 댁을 따라갔던 한 기자가 내 편지를 열어 보고 기사에 썼다. 선생님은 기자가 들려주는 몇 줄을 잠시 들으셨을 거다. 그리고 내가 드린 편지를 열어 보지 않으셨을 거다. 어느 날 그 편지에 마음이 닿았어도 봉해진 마음으로 놔두셨을 거다. 올해 1월 18일 선생님 댁에 가서 다시 그 편지를 보았다. 나도 열지 않았다. 선생님이 열지 않은 그 마음 위에 내 마음 하나를 더 올려두었다. 편지의 입장에서는 조금 더 무거운 돌멩이가 놓인 것일지 모르지만 선생님과 나 사이에는 선생님도 좋아하시고 나도 좋아하는 고요가 둘 더 생긴 것이다.

선생님이 아프셨을 때 얼마간을 일주일에 한 번씩 선생님을 뵈었다. 점심 먹고 놀다가 느지막한 오후 선생님 댁을 나와 북한강변 중간쯤에 차를 세우고 있었다. 선생님은 내가 출발한 곳에서 손을 흔들어주고 계시고 나는 해가 지는 강의 물을 보고 있고는 했다.

오전 10시쯤 사모님이 전화하셨다. 그 전주에 갔을 때도 사 갔던 곰탕을 드셨었는데, 선생님 아침 드시고 소파에 가서 앉으시더니 돌아가셨다고 했다. 나는 그때 운전 중이었고 햇빛이 창밖으로 가득했는데 그 햇살을 보며 어떻게 해요, 그리고 구겨진 울음이 터져 나왔다. 선생님 모시고 울고 헤어지고 봉인했다. 그래서 지금도 이승의 선생님 곁이고 떠난 선생님은 비현실이어서 자각이 안 된다.

선생님에게 배운 것은 나이테 같은 것이다. 나무 안에서 생겨나고 있는 나이테, 그 느낌에 가닿으면, 선생님의 시를 읽는 순간처럼, "넉넉하다 할 수는 없겠지만/허기는 면할 수 있을 것 같"(「저녁 시간」)은 둥긂이 내게서 감지되고는 한다. 내가 기억하는 한, 선생님은 애써 구부리시는 예가 없었다. 당신에게 찾아온 병에 대해서도 창밖 소나무를 보듯 말씀하셨다. 선생님은 '시인의 초상'을 갖고 계셨다.

선생님 지금은 북한강 물빛 따라 내가 차를 멈추곤 하던 곳에서 조금 더 가면 있는 '갑산'에 계시다. 내가 선생님 부르면 선생님 안 나타나신다. 선생님은 거기 계시다. 10년 사이 뜰에서 훌쩍 큰 소나무와 소나무 사이 비어 있는 곳에. 강가의 레스토랑 'AND YOU' 앞에 세워져 있던 작은 민트색 소형차를 보고 '이쁘다' 하시던 음성 속에. 후진을 잘 못하셔서 역시 후진을 못해 쩔쩔 매는 나의 모습을 볼 때마다 미풍에 흔들리는 나뭇잎처럼 웃어주시던 기적 속에. 시 수업이라는 것을 처음 듣던 서울예대 1학년 1학기 발음해주시던 '시' 속에. 손가락이 가리키던 예운림의 그림에서 새가 날아가고 있었는데, 여전히 선생님 손가락 끝에 머물던 새 곁에. "어떤 것은 작고 어떤 것은 크다 산 자와 죽은 자 들도 그곳에서는 함께 있다 바람도 햇빛도 함께 있다"(「목조건물」), 선생님의 시 속에.

선생님의 선물

이향희

지금으로부터 30년도 더 된 이야기다. 남산 밑의 그 학교를 다니던 가을 어느 날. 선생님의 시 창작 수업이 끝나자마자, 나는 강의실을 나가시는 선생님을 따라 나갔다. 아니, 쫓아갔다는 표현이 더 맞겠다. 그때 왜 굳이 그렇게 급히 쫓아갔는지 정확한 이유는 기억나지 않지만, 나도 선생님도 마음이 바쁜 상황이었던 것 같다.

계단을 내려가시는 선생님을 불렀다. 지금도 영화 속 한 장면처럼 또렷하게 기억나는, 그때 나를 향해 돌아보시던 선생님. 건방지게도 나는 위층에서 선생님을 내려다보고 있었다.

그러곤 불쑥, "선생님 저 희곡 쓰려고 하는데요"라고 이상한 말을 꺼냈다. 대화를 나누기에는 어울리지 않는 장소와 모호한 상황에서, 앞뒤 없는 모호한 질문을. 그때 내가 선생님께 갑자기 인생 상담을 한 것인지, 아니면 어떤 피치 못할 사정이 있었는지 기억나지 않지만, 뜬금없는 이야기에 선생님은 이렇게 대답해주셨다.

──글이 돈이 된다는 것은 꽃과 같은 것이다.

글도, 돈도, 심지어 꽃도 모르는 때였으니, 이 심오한 말씀을 온전히 이해할 수는 없었지만, 선생님의 대답은 온기로 차 있었다. 그 순간 어떤 선물을 받는 기분이 들었던 것을 보면, 나도 모르는 내 질문의 속뜻을 선생님은 알고 계셨던 것 같다.

내 기억 속의 선생님은 그런 분이시다. 앞뒤 없는 질문에도 늘 선물을 주시던 분. 무엇인가 되고 싶었으나, 무엇이 되어야 할지 몰랐던 그 시기. 선생님은 내게 기꺼이 아버지가 되어주셨다. 돌이켜보면 참 뻔뻔하게도 선생님을 쫓아다녔다.

그때 급하게 강의실 밖으로 따라 나갔던 것처럼, 선생님이 계시던 출판사로, 집으로 쫓아다녔다. 선생님과 도란도란 이야기를 하다 보면, 선물이 저절로 한 아름 생겨났다. 감나무가 있던 선생님 댁에 놀러 갔을 때, 사모님께서 그런 말씀도 하셨다. 가르친 지 몇 년 안 되는데도 찾아오는 제자가 왜 이렇게 많으냐고. 그러곤 하하 소리 내서 웃으셨다. 그 웃음소리가 좋아서 또 문턱이 닳도록 드나들었다.

수십 명 제자가 선생님을 사랑했던 이유 중의 하나는 아마 나처럼 각자, 남몰래 선생님께 선물을 받고 있었기 때문이 아니었을까. 시를 포기했어도 시인 선생님을 뵙는 것이 어색하지 않았던 선생님. 수십 명 제자가 각자의 세상 속에서 지쳐갈 때마다 선생님을 찾아가 선물을 받고, 충전했을 것이라 짐작한다. 내가 그랬던 것처럼.

졸업 후에도 3, 4년 선생님께 선물만 받던 나는, 별 특별한 이유도 없이 서울을 떠나 비행기로 열네 시간을 가야 하는 곳에서, 몇 년 있었다. 그곳에서 지내는 동안 선생님께 몇 번 엽서를 보냈다. 그냥 안부 인사였다. 여러 다양한 인종이 섞여서 재미나게 사는, 신기한 나라에 대한 이러쿵저러쿵 단순 묘사들이었다.

그때 내가 선생님께 답장을 받았는지 안 받았는지는 기억하지 못했고,

크게 신경 쓰지도 않았다. 그곳에서 3년 잘 놀고, 돌아오자마자 방송드라마를 쓰기 시작하면서, 인생이 정신없이 흘러갔고, 나는 선생님을 뵙지 못했다. 몇 년 동안이나.

가끔 동기들로부터, 선생님이 내 안부를 궁금해한다는 이야기를 들었을 때도, 한걸음에 달려가지 못했다. 그러곤 몇 년 만에 선생님을 만났다.

여전히 아버지 같은 선생님. 시를 쓰지도 않지만 읽지도 않는, 한량으로 바쁘게만 지내는 나에게 선생님은 또 선물을 주셨다. 그러곤 갑자기 미안하다고 하셨다. 몇 년 전 내가 보냈던 엽서에 답장을 못 해서 미안하다고. 그저 다른 나라에 살면서 감상에 빠져 보내드린 소소한 엽서에 답장을 못해주신 것이 뭐 그리 미안한 일이라고.

나에게는 영상으로 기억되는 선생님에 대한 추억이 몇 가지 있는데, 그 중 하나가 이날이다. 양평 선생님 댁 거실에서 선생님과 마주 앉아 차를 마시며, 오순도순 지난 시간을 안주 삼아, 여러 이야기를 했다. 주로 동기, 선후배들 이야기였다. 그때 새삼 놀랐던 것은 졸업한 지 10년도 넘었건만 아직도 아이들을 하나하나 기억하고 계시다는 사실. 공식적으로 시인이 된 동기들을 칭찬하셨고, 비공식적으로 여전히 글을 쓰는 동기들은 더 많이 칭찬하시면서 골고루 선물을 주셨다. 그날 소설가가 되고 싶었으나 전업주부로 업종을 바꾼 친구랑 같이 갔었는데, 선생님은 그 친구와 또 다른 내 친구, 그리고 1년 선배와의 삼각관계도 알고 계셨다.

사모님 말씀처럼 몇 년 안 가르친 학교에서 수십 명 제자가 선생님을 따르는 이유가 마치 우리가 선생님을 사랑해서인 줄 알지만, 사실은 선생님이 우리를 더 많이 사랑하셨다.

답장 하나 못 해주신 게 뭐라고 몇 년씩 미안한 마음을 품고 계셨던 선생님. 시인으로 살지 못하면 인생 낙오자가 된 것 같은 불안감을 안고 있는 제자들에게 한없이 큰 선물을 나눠 주시던 선생님.

내가 선생님을 마지막으로 뵌 것은, 2010년 초다. 그날도 선생님과 나는 거실에 마주 앉아 있었다. 전보다 힘이 없으실 뿐, 변한 것은 아무것도 없었다. 여전히 친구들 안부를 묻고, 결혼은 안 하냐, 애인은 있냐, 궁금해하시더니, 문득 창문 너머 산을 바라보면서 툭, 한마디 하셨다.

—이제 그만 나도 가야지.

그러곤 날 보며 하하 소리 내서 웃으셨다. 그것이 내가 기억하는 선생님의 마지막 모습이다. 가끔 동기들을 만나 이야기를 하다 보면, 저마다 간직한 선생님과의 추억이 있다. 바로 선생님이 주신 선물.

누군가 그랬다. 사랑은 준 사람보다 받은 사람이 기억한다고. 우리는 선생님의 무한 사랑을 받았다. 그중에서도 나는 내가 제일 많은 사랑을 받았다고 생각한다. 이렇게 선생님을 생생하게 기억하는 것을 보면.

강의실 계단을 내려가시다 나를 향해 돌아보시던 선생님부터 2010년 창가에서 햇살을 받으시며 하하 웃으시던 모습까지. 선생님이 주신 선물 덕분에 나는 지금 매우 무사하다.

말들의 시간성과 구천동 시론

—— 최하림 시인 10주기에 부쳐

임동확

"문학은 일종의 무의식과 같은 게 아닐까. 억압의 시대를 만나면 지표 면 아래로 복류(伏流)하다가 언제든 분출할 기회를 갖는 물처럼 말야."

아마도 내가 최하림 시인과 첫 대면의 자리였을 것이다. 당시 J일보 논 설위원으로 부임해 광주시 매곡동 소재 K아파트에 거주하던 때, 인사차 사 들고 간 병맥주를 나눠 마시며 어느 정도 서먹함이 가시자 대뜸 나는 "도대체 이 시대에 문학이 과연 무엇을 할 수 있는가?"라는 질문을 던진 바 있다. 그저 부끄러울 따름인 한 나의 첫 시집 『매장시편』을 상재한 이 후임에도. 여전히 문학의 효용성이나 시인의 역할이 당대의 주요한 문학 적 화두로 나의 의식을 짓누르고 있을 때이기도 했다.

벌써 10주기가 지났다는 것이 전혀 실감나지 않는 세월 속에서도, 나는 제일 먼저 최하림 시인과의 첫 만남에서 나눈 이 대화와 그날의 분위기가 지금도 잊히지 않는다. 모든 기억들이 안개처럼 흐릿하게나마 지워져가 고 변해가는 속에서도, 그 말만은 여전히 나의 가슴속에 또렷하게 각인되 어 있다. 그와의 첫 만남을 통해 비로소 나는 문학을 목적론적으로 대하지 않는 계기가 되었다면 과장된 것일까. 여전히 무거운 시대적 압박의 공기 속에서도, 비로소 나는 오래 참았던 숨을 내쉬는 것 같은 해방감을 느꼈다. '겨울 깊은 물소리' 같은 그의 시처럼 최대한 말의 풍요로움과 삶 자체의 아름다움에도 소홀히 하지 않는 시인이 되고자 했다.

그렇게 만난 이후 최하림 시인은 어느 날 내게 "시인은 침묵할 줄 알아야 하고, 실패할 수 있는 용기가 있어야 한다"고 말한 적이 있다. 1964년 등단 이래 첫 시집 『우리들을 위하여』(1976)가 10여 년이 넘은 후에야 나온 이유에 대한 나의 질문 끝에서였다. 그러니까 그때 내가 들은 바, 결코 그는 그 기간 동안 『최하림 시전집』(2010)의 연보에 나온 대로 "직장의 타성에 빠"져 "거의 시를 폐업하고 미술과 역사에 몰두"했던 것이 아니었다. 거듭 '실패'로 표상되는 자기 붕괴einbrechen와 자기 은적으로서 '침묵' 속에서 다양한 문학적 실험과 근원적 도약을 꿈꾸던 시절이었다고 회고했다.

이제야 밝히는 바이지만, 내가 제5시집 『처음 사랑을 느꼈다』(1999)를 펴낸 이후 제6시집 『나는 오래전에도 여기 있었다』(2005)를 7년 만에 낸 것도 그 때문이었다. 난 그 말을 듣는 순간, 내심 최소 10여 년간 시집을 내지 않겠다는 결심을 한 바 있다. 마치 양계장의 닭처럼 허겁지겁 작품 발표나 시집 내기에 급급하기보다 자기만의 세계를 구축하고 시적 도약을 위한 자기 성숙이 필요하다는 생각 때문이었다. 하지만 난 그의 시인적 자세를 흉내(?) 내려던 그 결심을 끝까지 지키지 못했다. 누가 뭐라기 앞서, 스스로와의 약속을 어긴 채 겨우 7년 만에 제6시집을 펴낸 바 있다.

생전에 나는 그런 인연으로 최하림 시인과 목포를 여행한 적이 있다. 그러나 말이 여행이지, 사실은 당시 내가 근무하던 광주일보사에서 발행하던 『월간 예향』의 취재차였다. 나는 목포라는 한정된 소도시에서 어떻게 저마다의 세계를 뚜렷이 구축한 세 문학인들이 동시대에 출현할 수 있는가에 대한 궁금증 때문에 '그때 그 자리'란 연재물을 기획했다. 그러면서 '목포 오거리'를 중심으로 각기 한국 현대문학사의 중심축이었던 젊은 시절의 김현·김지하·최하림 사이의 우정과, 보이지 않는 경쟁의 밑자리를 더듬고자 했다. 남종화의 대가 남농(南農) 허건(許楗, 1907~1987)의 격려대로 마치 '오스본의 성난 젊은이들'처럼 문학적 열정과 패기를 꽃피우던 그들의 흔적을 더듬어보고자 했다.

그렇다고 최하림 시인에 대한 나의 기억들이 모두 명증하고 투명한 것은 아니다. 얼핏 투명한 것 같으면서도 금세 최면성의 반투명 세계로 뒤바뀌는 그의 시 세계처럼 그의 낮고 따스한 목소리와 온화한 얼굴 표정, 그리고 결코 서두르지 않는 거동들이 흐릿하게 다가온다. 결코 뚜렷하게 의미화할 수 없는, 순간 나타났다 사라져간 무수한 시간의 흔적들이 영원한 현재로 나의 뇌리 저편의 어둠 속에 가만 자리 잡고 있다. 그와 여행하거나 동행했던 모든 시간들이 분명 뭔가를 말하고 있지만, 그러나 안개처럼 몽롱한 전(前) 언어적인 형태를 하고 있다.

이제 나는 그가 잠시 몸을 의탁했던 광주에서 목포 대반동 바닷가 술집, 보성 고인돌공원, 섬진강변, 하동포구, 변산반도, 충북 영동, 무주 구천동, 양수리 등을 함께 여행하면서 나눈 수많은 말의 향연을 기억하지 못한다. 그의 몸짓과 시선 들을 남김없이 기억하거나 재현해내지 못한다. 다만 나는 오로지 따스하고 투명한 '결빙의 문장' 속에 빛나는 그의 시어(詩語)들이 나의 귓전에 속삭이는 영원한 '침묵의 말'이자 '정적의 소리Geläut der Stille'를 듣고 있을 뿐이다.

구천동은 어둠이다 구천동은 침묵이다 구천동은 죽음이다 구천동은 물이다 지난여름엔 장마가 길어 물소리 그치는 날이 없었다 그렇다고 물이 길 넘어오는 일도 없었다 언제나 물은 길과 개울쯤에서 소리 내며 흘러갔다 매장시편의 시인 임동확이 어느 날은 길을 이탈하여 물속으로 들어갔다 이웃 시선들을 개의치 않았다 임동확은 물과 함께 흘러가면서 물의 부피만큼 부풀어 길 위로 넘실거린 때도 있었으나 물속의 제 그림자를 보는 시간이 많았다 그는 지광국사를 생각지 않았다 그의 입적도 생각지 않았다 그는 물이었고 죽음이었고 침묵이었다 최하림은 시인은 「구천동 시론」을 통해 나의 실명을 직접 거론하면서 지광국사를 말하고, 그의 고독과 무색계의 시간에 대해 이야기한다. 나는 그것들이 무얼 말하는지 여기서 따지고 싶지 않다. 다만 이제 분명해진 것은, 위 시 속에서 '임동확'은 '최하림'이다. 분명 '나'는 무제한 지금의 시간 속에 서 있고, 대신 '그'가 이전도 이후도 없는 무색계의 어둠 저편에 서 있다. 누구도 부인할 수 없는 확고한 그의 물리적 죽음은, 관찰자로서 그의 구천동의 시간에 대한 모든 사색과 자기 성찰을 무력하고 무기력하게 만든다. 또 왜 그가 지속적으로 고향 신안 안좌도로부터 멀어져야 했으며, 또 어떻게 '비취강'의 고향으로 끝없이 귀환하고 있었는지. 왜 그가 그토록 죄와 벌에 집착했는지 더 이상 묻지 못하도록 가로막는다.

돌이켜보건대, 그러나 최하림 시인과 나 사이의 인연을 깊이 맺어준 이는 문학평론가 김현이었다. 김현은 그의 마지막 유고가 된 「보이는 심연과 안 보이는 역사 전망」에서 "시는 외침이 아니라 외침이 터져 나오는 자리"라며 그와 나의 시적 혈연과 지향점을 예리하게 지적해준 바 있다. 그렇다고 우린 생전에 김현의 그런 평가에 대해 말한 적이 없다. 다만 우리는 좋은 의미의 시들은 자신의 역사와 동시대인과의 소통 속에서 살아 있는 육성을 얻어야 한다, 하지만 그 육성은 모든 구호와 이데올로기 이전의 근원적 시간 속에 자리 잡은 그 어떤 것이어야 한다는 그의 주장에 암묵적으로 동의하고 있었을지 모른다.

그러나 최하림 시인은 누구인가? 내가 볼 때, 우선 그는 오랫동안 개인과 집단의 시간성과 역사성에 대해 천착해온 시인이다. 그래서 그의 시들은 일단 역사의 발전과 의식의 진보를 지지하는 리얼리즘 계열에 속한다. 하지만 그가 전격적으로 여기에 동참하거나 지지를 보낸 것은 아니다. 자칫 그것들이 대의명분이나 이념에 사로잡힐 수 없는, 언어 이전의 사태를 제대로 파악하거나 포착할 수 없는 까닭이다. 그렇다고 그는 문협 중심의 예술지상주의적인 순수주의에도, 검증되지 않은 새로운 것 사냥에 급급했던 한국적 모더니즘 문학에도 합세하지 않았다. 김수영 시인의 말대로 '시대에 뒤떨어졌다'는 것을 자각하지 못한 채 역사적이고 사회관계를 상실한 모더니즘 문학이 동시대 인간들과의 교류하고 소통하는 능력을 상실하고 있다고 보았던 까닭이다.

그래서 그는 내심 이른바 '창비파'에도, '문지파'에도 가담하지 않았으며, 솔직히 그 때문에 김현의 염려대로 상대적으로 적은 관심과 문학적 평가를 받아온 것이 사실이다. 그리고 결과적으로 이것은 그에게 필시 끝없는 '고독'과 고립감을 선사했을지 모른다. 하지만 이제와 생각해보면, 그게 오히려 그만의 세계를 확고히 하는 계기가 되었다고 나는 생각한다. 나는 시인이 시대적 양심의 부름에 응답하는 실존의식과 뗄 수 없는 관계에 놓여 있으며, 자신의 존재론적인 결여를 침묵 속에서 떠맡으면서 자신의 본래성을 회복하고자 하는 존재론적 모험을 동반하고 있는 게 그의 '순수주의'의 핵심이라고 믿고 있다. 특히 그러면서도 소중히 지켜가고자 했던 그의 '역사주의' 속엔 자신의 실존의 무게와 공동체의 운명이 함께 실려 있다고 확신한다.

오랜만에 병석에서 힘없는 손으로 서명했던 『최하림 시전집』을 가만 펼쳐본다. 미처 그를 보내지 못한 슬픔과 상실의 시간 속에서도 그와 함께했던 따스함과 부드러움, 맑은 향처럼 피어오르던 말들의 시간성이 떠오른다. 비로소 처음으로 본질적인 것에 이르는 근원적 고독 속에서 그의 시 속에 등장하는 모든 사물들이 소란스레 깨어나는 소리가 끊길 듯 이어진다. 하지만 그는 벌써 '빈약한 올페의 회상'의 시간 속으로 흘러간 것이 아닌가. 결코 오르페우스가 아닌 나는, 분명 흘러갔음에도 어느 지점에서 결코 흘러가는 시간의 정점에 잠시 쉬고 있는 그를 뒤돌아보지 못한 채 엉거주춤 서 있다.

소슬한 봄꽃 앞에 앉다

장석남

무슨 바람이 불었던지 마당가 한 모퉁이에 김장 배추 모종을 몇 포기 사다 심었다. 지난해 늦은 가을이었다. 때가 너무 늦었던지 아니면 거름이 부족했던지 끝내 먹을 수 있을 만큼 자라지는 못했다. 애초부터 먹을 수 있으려니 기대하지도 않은, 화초 삼아 심어본 것이었지만 그렇다고 뽑아버릴 필요도 없었으니 그대로 두었다. 유난히 혹독한 지난겨울의 추위 속에서 중간치기로 자란 배추들은 눈과 바람 속에서 다 얼어버린 듯했는데 봄기운이 도는 어느 날 보니 두어 포기의 뿌리에서 새순이 자라 나왔다. 모진 생명력이라고 감탄했는데 오늘 아침 문득 노랗게 피어난 꽃들이 눈에 띄었다. 사월이란 과연 대지에서 생명을 길러내는 달이다. 결코 예쁘다고 할 만하지는 않으나 그 꽃이 지나온 시간을 아는 나로서는 새삼스레 바라다보았다. 한 포기의 식물이 나고 자라는 섭리야 어찌 일개 서생이 짐작이나 할 수 있을까만 그 노랗게 피어오른, 평범하기 그지없는 꽃들에도 벌들이 와서 잉잉대고 있으니 예사롭다고만 할 수 없지 않은가. 그 배추에게는 지금 이 꽃핀 시간이 가장 즐겁고 아름다운 때가 아니겠는가. 이 외진 모퉁이에서의 초라하고 외로운 삶일망정 그것은 그 나름의 최선의 모습이요, 완성된 일생이라고 감히 말할 수 있을 듯하다. 나는 꽤 오래 그 소슬한 꽃 앞에 앉아 있었다.

얼마 전 내 생애에서 가장 큰 그늘이었던 선생님이 돌아가셨다. 시인으로서 일생을 사셨고 성실한 생활인이기도 했던 선생님은 세속적 평가에서는 그리 큰 대접을 받으신 분은 아니다. 어쩌면 그러한 세속의 평가로부터 애써 비켜서서 걸어온 분이라는 인상마저도 주는 분이었다. 그러나 선생님께서는 어느 자리에선가 '시가 나를 이만큼 있을 수 있도록 해주었다'라는 언급을 하셨다. 당시 그 말씀의 내용은 아주 평범한 것 같았지만 이후 두고두고 내 뇌리에서 떠나지 않고 되새겨졌다. 그것은 시에 대해서 다시금 곰곰 생각하게 해주었으며 삶의 지침이 무엇이어야 하는지도 생각하도록 했다. 그리고 그것은 선생님의 시에 대한 겸손이면서 동시에 감사였고 남은 삶에 대한 다짐처럼도 들렸다.

시는 모든 예술 행위 중에서 가장 가난한 분야다. 시는 돈과 연관시키려야 연관시킬 수가 없는 장르다. 또한 권력이나 명예와도 별 관련이 없다. 동서고금을 통틀어 시로써 부귀영화를 누렸다는 이는 보지 못했으며 부귀영화를 누리기 위해 시를 공부했다는 사람도 보지 못했다. 시를 읽고 즐기고 더 나아가 그것을 짓는 행위는 그런 의미에서 우선 맑은 일임에 틀림없다. 그것은 맑은 행위이기에 그렇지 않은 마음이 들어오면 되돌아보도록 하며 반성하도록 한다. 시의 한문 자는 말씀 언(言)과 절 사(寺) 자의 결합[詩]으로 된 것, 즉 말의 사원이라는 풀이는 시라는 장르가 갖는 의미로서 너무나 적절한 것이 아닐 수 없다. 그곳은 기도하는 자리요 겸손한 자리다. 반성하고 후회하고 거듭나는 공간이다. 한없이 낮고 동시에 한없이 낮은 자리며 영원을 바라보는 자리다. 선생님께서 생각하신 시는 그토록 맑은 것이었으니 속물적 세계로 빠지지 않게끔 시가 선생님을 붙잡았다는 뜻으로 해석되었다.

이 세상을 살면서 세속적 행위를 나쁘다고만 말할 수 없다. 인간은 관계적 입장을 벗어날 수 없으며 몸뚱어리와 정신의 안락을 포기할 수 없는 '이성적 동물'임에 확실하다. 그러나 최소한 시적 교양이라는 것은 일생의 지향점이 세속에만 머물러서는 실패한다는 것을 선험적으로 일러준다고 할 수 있다. 시가 아름다운 것은, 아니 아름다운 시는 끝없이 세속을 초월한 자리를 보여주며 거기에 안주하지 말 것을 주문한다. 그것이 세속이라는 말이 아니라도 좋다. 악에 대해서, 오만에 대해서, 자기 이름자나 업적을 어디 남기려 하는 어리석음에 대해서 되돌아보기를 권한다. 시는 거울과 같아서 글쓴이를 보여주지 않고 읽는 이를 되비쳐 보여준다. 어쩌면 진정한 시는 천국이나 극락 등등으로 불리는 곳(?)에 가려는 인간의 욕망마저도 부끄러운 것이라고 말하고 싶은 것인지 모른다. 선을 행하고 천국을 사려는 거래라면 그처럼 값싼 거래가 또 어디 있겠는가. 과연 그것이 선이긴 할 것인가.

평생 시를 공부하면서 살겠다고 생각한 한 청년이 선생님을 만난 것은 아주 큰 행복이었다. 위에서 말한 선생님의 그 한마디 정도만 가지고도 선생님의 역할은 충분한 것이었다. 장례식 중에 가만히 선생님과의 시간을 헤아려보았다. 선생님과는 26년의 나이 차가 있고 선생님을 처음 뵌 지 26년이 지난 것을 알았다. 처음 뵐 당시 그 청년에게 선생님은 아득히 먼 큰 어른이었다. 순간 내게 부끄러움이 밀물처럼 밀려들었다. 지금 그 청년은 그때의 그 선생님 나이가 된 것이 아닌가. 그러나 그 청년은 여전히 여기에 앉아 있으니 잠시 혼몽해지지 않을 수 없었다.

부모가 낳아준 내가 '나'가 아니라 내가 낳은 내가 진짜 '나'라는 이야기를 들은 적이 있다. 그 '참나'를 깨우는 것은 선생님이라고 덧붙이고 있었다. 일생 스승을 가졌느냐 갖지 못했느냐는 그만큼 중대한 일이라는 이야기였다. 선생님은 내가 지켜본 이들 중 가장 깊이 내 마음을 이끈 분이었고, 내 마음 아래에 심연을 열어주신 모범이셨다. 그럼에도 나는 여전히 선생님을 처음 뵐 때의 청년 그대로 있다. 학생들 앞에서 과연 나는 그 선생님이 내게 내려주었던 그늘의 한 자락이라도 보여줄 수 있을 것인지 부끄럽다.

선생님의 표정은 돌아가시기까지 맑고 편안했다. 그것은 죽음을 너끈히 받아안은 사람만이 가질 수 있는 여유였다. 또한 그것은 놀랍게도 남은 사람들에 대한 마지막 배려였음을 새삼 새겨본다.

비록 조금은 외지고 한적한 장소일망정 저 배추꽃의 피어남과 같은 소소한 풍경들이 세상엔 무수히 많다. 아마도 나의 일생이 그러하지 않을까 예감해본다. 선생님의 단호하고 맑은 정신에서 피어나는 부드럽고 깨끗한 미소를 이 추운 겨울을 이겨내고 피어난 봄꽃 앞에서 떠올려보는 것이다. 나의 미래의 미소가 또한 그분의 그것을 닮기를 기원해보기도 하는 봄날이다.

모든 것을 버리고 날아올라 하늘에 닿는 것

최승린

최하림 선생님에 대한 글을 써주세요,라는 전화를 받았을 때 나는 이렇게 대답했다. 제가 최하림 시인을 잘 몰라서요. 상대는 내가 농담을 했다고 생각했는지 웃었다. 이런 대화는 지난 몇 년간 몇 번이나 반복됐다. 사실은 나는 정말로 최하림 시인에 대해 잘 알지 못한다. 아버지와 나는 꽤 다정한 부녀 관계였지만 문학에 대해 이야기를 나눈 적이 없고, 혹시 있었다고 해도 기억에 남아 있지는 않다. 그만큼 나는 문학에 별다른 관심이 없었다.

다만 한 번, 아버지와 시에 대해, 또는 아버지의 시에 대해 이야기를 나누었다. 그날은 아버지가 돌아가시기 두 달쯤 전의 어느 겨울날이었다. 아버지는 이미 쇠약해 있었고 날은 차가웠다. 시에 대해 이야기하게 된 계기는 그날 받아 든 시전집이었다. 아버지는 시집이 나올 때마다 사인을 해서 주셨는데 그날도 그랬다. 문구는 간단했다. 승린에게, 아빠가. 그러니까 그날은 아버지가 내게 마지막으로 사인한 시집을 주신 날이었다.

나는 시전집을 들척이다 물었다. 아버지, 시가 뭐예요? 아버지는 승린아 하고 부르셨다. 그러곤 대답하셨다. 승린아. 시는 기도란다. 나는 또 물었다. 아버지의 시 중 가장 좋아하는 시가 무언지. 아버지는 시전집을 받아 들어 한참을 뒤적이더니 건네셨다. 내가 가장 좋아하는 시는 아니고, 사람들이 좋다고 하는 시라고 덧붙이셨다. 제목은 "즐거운 딸들"이었다.

즐거운 딸, 바람쟁이 딸들! 그들 땜에 우리 집은 얼마나 소란스러운가!
구름처럼 젖가슴이 벌어지고 입술이 빨갛게 물들어가지고 남자들을 라켓으로 바꿔치면서 그들은 신촌으로, 압구정동으로! 꿈에서도 남자들이 꽃다발 바치며 애달아해도 슬쩍슬쩍 눈 피하고 향기 피웠지 전화질했지 어려서부터 큰애는 바람쟁이여서, 숙제 끝나면 거울 앞으로 가, 땀 뻘뻘 흘리며 춤을 추었고, 둘째는 가끔씩 고장난 로봇춤을 추었지 아름다웠지 그들의 춤은 목적이 없고 관객이 없으므로 그들 자신이 춤이고 즐거움이었으므로

그때 나는 약간 항변을 했던 것 같다. 아버지는 언니와 내게 다정했지만 시에서처럼 자유로운 분은 아니었다. 공부 열심히 해서, 학업에 성취를 이루고, 깊이 있고 조용하게 살길 바라셨다. 어쩌면 문학을 했으면 하고 바라셨는지는 모르지만 한 번도 내색하신 적은 없었다. 바람이라니. 춤추라니. 시에서뿐 아니라 현실에서도 좀 그렇게 말씀해주시죠! 나는 항변했지만 그건 부녀간의 장난 같은 것이었다. 그때 이미 나는 아버지의 어린 딸이 아니었고 아버지는 죽음을 앞두고 있었다.
아버지는 두 달 후 세상을 떠나셨다. 그리고 얼마 후 나는 그날의 대화를 내 첫 소설 습작으로 썼다. 짐작건대 모든 작가에게 첫 습작이라는 건 아무에게도 보여주지 않은 민낯 같은 존재일 것이다. 어마어마하게 부끄럽지만 그것이 나라는 것을 부인할 수도 없는. 나 역시 그래서 나는 아주 오랫동안 그 소설의 존재를 애써 부인했다. 첫 소설집을 내면서 나는

그 습작을 다시 꺼내 봤다. 실제 있었던 일과 내가 지어낸 일이 마구 섞여 있는 그 습작 속에서 나는 아버지를 이렇게 그리고 있었다.

머리카락이 너무 빳빳해서 절대 눕지 않는 사람.
양말도 신지 않은 맨발로 구두를 구겨 신는 사람.
우산을 쓰고 어린 딸의 하굣길을 마중 나오는 사람.
잠든 딸들을 깨워 함께 담요를 뒤집어쓰고 첫눈을 구경하는 사람.
초등학생들에게 '애들아, 시는 기도란다. 모든 예술은 기도야. 하늘에 닿기 위한 기도. 그런데 하늘에 닿으려면 어떻게 해야 하지? 그렇지 가벼워야 하지. 그래야 붕붕 날아올라 하늘에 닿지. 시는 그렇게 모든 걸 버리고 가벼워지는 거란다'라고 말하는 사람.

어쩌면 아버지는 내게 항변할지도 모르겠다. 내가 어디 그런 사람이었느냐고. 내가 그렇게 가볍고 비틀거리는 사람이었냐고. 아버지의 항변은 일견 옳다. 그 소설에 등장하는 인물과 아버지는 별로 닮은 구석이 없다. 아버지의 머리카락은 어떻게 해볼 수 없을 정도로 구불구불한 곱슬머리였고, 내가 기억하는 한 한 번도 어린 딸의 하굣길을 마중 오지 않았다. 새벽에 딸들을 깨워 첫눈을 구경하기는커녕, 눈이 내리든, 폭우가 오든, 설날이든, 추석이든 가리지 않고 휴일이면 무조건 늦잠을 자는 사람이었다. 그런데도 나는 아버지를 내 첫 소설에서 그렇게 그려놓았다.

그 이유에 대해 어떤 해석이나 짐작을 써보려는 건 아니다. 사실 너무 자명해서 첨언이 불필요한 것 같기도 하고, 시인 최하림이 아닌, 내 아버지 최하림에 대한 나만의 그림으로 남겨두고 싶기도 하다. 그리고 그 연장선에서 나는 아버지가 「즐거운 딸들」이라는 시에 적어놓은 나와 언니에 대해 생각한다.

꽃 같고 나비 같은 처녀들이여! 춤추는 처녀들이여!

화가 잔뜩 난 얼굴로 어른들이 불러도

돌아보지 말아라 춤추며 가거라

너희들, 있는 세상, 벼락처럼

장미 피고 향기 넘치노니

어느 날 애인에게 바람맞고

자존심 상해할 때, 오매!

우리 딸 바람맞았네 놀릴지라도

기죽지 말아라 바람피워라

바람이 이 세상 생명이고 기쁨이니

그리고 내 첫 소설의 마지막, 아버지의 발인 날 풍경을 떠올린다.

문득 버스가 날아오르기 시작했다. 커다란 장미와 벌거벗은 여자들과 비릿한 연포탕과 쏟아지는 첫눈 위로 버스가 날아올랐다. 버스 뒤로 하얀 토끼 한 마리가 따라왔다.

나는 날갯짓을 했다.

영정 속의 아버지가 웃음을 터트렸다.

모든 것을 버리고 날아올라 하늘에 닿는 것.

아버지, 그게 시라고 하셨죠?

아버지, 최하림*

최승집

 10주기를 앞두고 인터넷에서 아버지에 대한 글을 찾아본 적이 있습니다. 그중 많은 글이 "청교도적 윤리의식과 지사적 기개를 바탕"으로라는 말로 시작하거나, 그런 요지의 이야기를 담고 있었는데요, 문단 내의 인식이 어떠한지는 잘 모르겠지만 적어도 제게는 상당히 낯설게 느껴지는 문구였습니다.

 저에게, 저희 가족에게 아버지는 그저 관대하고 따뜻한 분이었거든요.
 그리고 동시에 아버지는 '어느 에세이에서 쓰신 것처럼' 집을 무척 좋아하셨습니다. 그리고 집에 있는 시간 대부분을 누워서 계셨습니다. 손님이 와도 누워 계셨고 TV를 볼 때도 누워 계셨으며, 저희들을 혼낼 때도 누워서 하셨습니다. 글을 쓰실 때도 예외는 아니었는데, 엎드렸다가 똑바로

<hr>

* 이 글은 2020년 최하림 10주기 특별기획으로 개최된 국제한인문학회 제20회 전국학술대회 〈최하림의 '중용의 시학'〉에서 딸 최승린 작가가 미국에 있는 아들 최승집의 글을 대신해 낭독한 것이다.

누웠다가 하면서 시를 쓰셨습니다.

그래서 당시 어렸던 저는 시는 누워 있으면 더 잘 쓸 수 있는 것인가 보다 하고 생각하기도 했습니다.

이렇게 아버지는 세상을 대하는 데 있어 각을 잡거나 계획을 하고 잘 지키는 것과는 거리가 먼 분이셨는데요. 한번은 이런 일이 있었습니다. 마감 날짜가 다가오는데, 아버지는 시를 하나도 써놓지 않으신 겁니다. 아버지는 예의 그 누운 자세로 어머니께 "나 대신 시 몇 편만 써주면 안 될까" 하고 부탁하셨습니다. 어머니는 당신 시를 내가 왜 쓰냐고 강하게 거절하셨지만 결국은 몇 편을 지으셨습니다. 그중 하나가 「네가 부는 리코더는」이라는 시였습니다.

제가 이 일을 잘 기억하고 있는 것은, 그때 리코더를 불고 있던 사람이 바로 저였기 때문입니다. 아마도 음악 숙제를 연습하고 있었던 것 같은데, 어머니와 아버지는 그런 제 모습을 보고 저 장면을 시로 써보자는 이야기를 나누셨습니다.

그런데, 시간이 많이 흘러 아버지가 돌아가시기 몇 달 전이었습니다. 그때 시전집이 발간됐는데, 그때 저는 서종으로 아버지를 뵈러 갔다가 그 시전집을 받았습니다. 그리고 뒤적이던 중 그 시를 보게 됐습니다. 그런데 그것은 제가 기억하고 있는, 어머니가 쓰신 것과는 완전히 다른 작품이었습니다. 제목도 바뀌어서 「네가 부는 리코더는」이 아니라 「그대들이 부는 리코더는」이 돼 있었습니다. 그때 저는 아버지께 물어봤습니다. 이렇게 다 시를 써놓으셨으면서 왜 싫다는 어머니께 굳이 시를 쓰게 하셨는지. 아버지는 이렇게 대답하셨습니다. "너희 엄마가 글을 참 잘 쓰는데, 좀처럼 쓰려 하지 않거든."

이 이야기에서 어떤 분들은 '시인 최하림'의 면면을 보실지도 모르겠습니다. 하지만 저는 그날의 대화를, 그리고 「그대들이 부는 리코더는」이라는 시를 떠올릴 때마다 항상 따뜻하고 너그러우셨던, 가끔은 아무도 모르는 계획을 세우고 실천하셨던 아버지의 얼굴이 떠오릅니다.

아버지는 또한 저희들에게 가끔씩 동료와 제자 들에 대한 이야기를 하셨는데, 대부분의 경우는 짧은 시간 가르쳤는데 선생님이라고 따른다, 이번에도 잊지 않고 또 찾아왔다, 이유는 모르겠지만 나를 많이 좋아한다, 이런 식의 뿌듯함이었습니다.

아버지께서는 지금 이 자리에는 안 계시지만, 10년이 지났는데도 잊지 않고 찾아와주었네, 하고 북한강이 내려다보이는 어느 좋은 자리에 누워 기뻐하고 계실 것입니다.

어느 날의 어스름은 지금도 찾아온다

황학주

1987년 6월, 청하시선으로 『사람』이라는 시집이 장석주 씨의 해설을 붙여 나오고 나는 얼결에 문단에 나온 시인이 되었다. 그리고 그해 하반기 어느 날인가, 청하에서 같이 일해보지 않겠느냐는 장석주 씨의 권유로 살고 있던 부안을 떠났다. 여의도에서 막 강남으로 이전한 청하출판사에서 기획위원이라는 직책을 얻어 밥을 먹고 지낼 때이다.

창밖으로 하얀 싸라기눈이 내리는 그해 12월 청하출판사로 나를 찾는 한 통의 전화가 걸려왔다. 최하림 선생님이었다. 사무실에 한번 들르라고 하셨다. 뵌 적이 없는 선생님인데 "한번 들르라"는 그 말씀과 말씨가 너무나 편하고 맑게 다가와 놀랐다. 다음 날 동숭동에 있는 열음사 사무실로 선생님을 뵈러 갔다. 오후쯤이었는지 기억이 안 나지만 열음사 사무실 2층 방에서 선생님은 혼자 교정을 보고 계셨다. 커피가 나오고 선생님은 나를 쳐다보시며 서울 생활이 어떤가 물으시고 그러고 나서 또 무슨 말인가 오간 후, 다음 시집은 열음사에 내자고 하셨다. 나는 감사하다고 했고,

첫 시집에 담지 못한 시 부스러기 같은 원고가 5~60편 있다고 하자 보자고 하셨다. 다음 해 4월, 첫 시집이 나온 지 만 1년이 되지 않았는데 그렇게 해서 두번째 시집이 열음사에서 나왔다.

그 후 선생님을 뵙는 일이 잦아지고 우리는 어느 뒷골목 같은 데서 별말 없이 술잔을 나누곤 했다. 그리고 세월이 강같이 흐르면서 선생님의 삶도 변하고, 내 삶도 변해 우리의 만남도 끊어졌다 이어졌다를 반복했다. 살구나무 고목이 있는 강진 바닷가에 초가집을 짓고 목포대학교에 출강을 하고 있을 때인데, 하루는 선생님이 찾으셨다. 시외버스를 타고 광주로 가 선생님이 알려주신 신문사 뒷골목 어느 술집에 도착하니 황지우 시인과 같이 계셨다. 셋이서 많이 마셨다. 그날 내가 밤 버스로 강진에 돌아갔는지 못 갔는지 모르겠다. 다만 그날 이후 선생님을 7년 가까이 볼 수 없고, 또 그렇게 될 줄은 그때로선 알 수 없는 일이었다. 내겐 우연히 그곳에 있을 뿐이라고 할 만한 삶터들이 유독 많았다.

나는 목포와 광주 등 몇 군데 대학에 출강을 다니며 국제기아대책기구 등 국제자원봉사활동 단체의 일원으로 아프리카를 오가다 어느 날 달랑 가방 하나를 들고 훌쩍 한국을 떠났다. 케냐로 파견되었다가 나중에 탄자니아에 자리를 잡고, 마사이 부족 아이들을 위한 학교를 세워 교장으로 3년을 보냈다. 먹오딧빛 아이들의 열망과 다양한 가난의 모습 속에 끼어서 내가 했던 일들이 시를 쓰는 일보다 더 좋았다고는 말할 수 없지만, 그게 내 인생에서 시를 잊게 만든 건 사실이었다. 그 후 국제사랑의봉사단의 일원으로 캐나다로 가 온타리오주 캐나다인디언보호구역 모호크 부족 아이들과 3년 6개월을 보냈다. 거기서는 모든 게 힘에 부쳤다. 그 일의 전모는 굳이 덧붙일 필요가 없지만, 다만 귀국길에 뉴질랜드 북섬 바닷가 마을에서 몇 개월을 쉬며 심신의 안정을 어느 정도 되찾았다. 그때 비로소 한국에 있는 친구들은 지금 시를 쓰고 있겠구나, 하는 생각이 들었다.

2000년 말, 6년여 만에 고국에 돌아온 나는 다음 해 동생이 하는 회사의 한 계열사 대표를 맡으면서 한국의 분주한 도시 생활자로 탈바꿈을 했다. 시를 대하지 않는 시간이 그만큼 길어졌고, 가끔 시를 쓰던 날의 벗들이 회사로 찾아오곤 하는 정도였다.

어느 날 문학평론을 하는 벗 이경호를 만났더니 "최하림 선생이 너를 만나면 꼭 전해주라고 하셨다…… 시를 쓰라고."

이렇게 말하는 것이었다.

미소를 지으며 그 말을 들었고, 술잔을 나누다 이경호와 헤어졌다.

두어 달이 지났을까. 어느 날 소설을 쓰는 한 선배가 나를 찾아와 다시 이 말을 전해주고 갔다.

"최하림 선생을 만났더니 네게 전해주라고 하셨다. 시를 쓰라고."

같은 이야기를 다른 사람에게서 두번째로 듣자 처음 들었을 때와 달리 한 인간의 생로병사 같은 어쩔 수 없으면서도 겪어야 하는 무엇인가가 내게 있는 것 같았다. 어떤 불덩어리가 떨어진 것 같은데 눈앞은 외려 캄캄해지는 것이었다. 그가 돌아가고 혼자 사무실에 우두커니 남아 있는데, 어느 순간 눈물이 비 오듯 쏟아졌다. 얼마나 울었는지 모른다. 한참을 소리내서 울었다. 누가 내게 그런 말을 해주겠나.

며칠 후 나는 회사 직원 몇 명과 함께 과자를 싸들고 양평으로 선생님을 찾아갔다. 선생님은 아프셨다. 7년의 시간이 흐르고 마주한 우리는 웃으며 옛날이야기를 했고, 시에 관해서는 입도 뻥긋하지 않았다. 대개는 나의 신기한 외국 생활에 관해 묻고 답하는 것으로 시간을 썼다.

그 후 나는 한 달에 한 번꼴로 선생님 댁을 방문했고, 선생님은 거실 소파에 앉아 창밖을 바라보고 계시다가 내가 가면 일어나 마룻바닥에 앉으셨다. 그리고 사모님이 내오신 다과를 먹고 나면 앞장서서 동네 밥집으로 가 막걸리 한 병을 나눠 마셨다. 나는 그 후 10년 동안 5권의 시집을 내고 그걸로 외국 생활의 공백을 대신했다. 선생님은 그중 한 권의 시집에 해설을 써주셨고, 다른 한 권의 시집엔 뒤표지 글을 주셨다.

선생님이 타계하시고 찾아간 집 2층 서재엔 선생님이 마시다 만 커피 잔이 반쯤 차 있었다. 주인이 잠깐 외출이라도 한 듯 아무것도 치워지지 않은 채 모든 게 그대로였다. 2년쯤 지난 어느 날 저녁 어스름에 겨워 나는 문득 선생님 핸드폰 전화번호를 눌러보았다. 아, 신호가 갔다. 그리고 누군가 전화를 받고는 "네. 최하림 선생 핸드폰입니다"라는 떨리는 목소리가 들려왔다. 그때까지 사모님은 선생님의 핸드폰마저 그대로 탁상에 올려놓고 계셨다.

최하림 시론

시에 관한 단상(2001~02)

최하림

1. 시와 시인에 대하여

여러 산들이 앞서거니 뒤서거니 하며 어둠 속으로 잠겨가듯 내 시의 모습들도 하나둘 시간의 장막 속으로 사라져간다. 한 세기가 가고 또 다른 세기가 오듯, 상형문자들이 빛을 잃고 시들어가듯, 나는 사라지는 내 시 그림자들을 꿈결이듯 보고 있다.

이 산 밑에 이르러 시와 나는 근거리로 이마를 마주하고 있다. 귀를 모으면 시의 숨소리도 들린다. 나는 시가 무엇이며, 왜 써야 하는지 알지 못한다. 내가 알고 있었던 시에 대한 생각들은 모두 퇴화해버렸다. 나는 시 가까이, 가만히 있을 뿐.

마을 앞 다리 끝에는 가로등이 하나 있었다. 그 가로등에 대해 시를 써 보고 싶었다. 아시겠지만 오지의 밤은 캄캄하고 캄캄하다. 그래서 별들이 굴러떨어진다고 여길 정도로 크고 무겁게 보이며 가로등도 유난히 빛을 뿜어내는 것 같다.

　가로등에 대해 쓰려고 마음먹은 밤, 자리에 누워 있는데, 불현듯 가로등이 새처럼 다가왔다. 그러자 가로등은, 다리 아래 강물로도 내려앉을 수 있고, 위로도 올라갈 수 있으며, 시를 쓰려고 들어간 서재로도 들어올 수 있었다. 가로등은 책상 위의 스탠드 불일 수도 있었다. 가로등은 자유자재일 수 있었다.

　자유자재하다고 해서 가로등이 무엇이든 될 수 있다고 생각해서는 안 된다. 무엇이 될 수 있는 다리 ── 즉 상상력의 연결고리를 얻지 않으면 안 된다. 금강 상류의 다리 아래에는 가창오리들과 청둥오리, 백로, 방울새들이 수없이 날아오고 날아간다. 가로등과 새들은 여러 면에서 근친성 혹은 근거리성을 지니고 있다. 그 밖에도 알게 모르게(가로등에 새들이 대입됨에 따라) 산과 강과 바다와 나무와 바람 들이 스며들고 있다. 수천 년의 역사도 스며들고 있다.

　강과 바다는 어머니의 손길이나 눈길과 같은 부드러움과 사랑이 넘친다. 어머니의 손길이나 눈길과 같은 강과 바다를 알지 못하고는 시를 쓸 수 없다고 해도 된다. 모든 시인의 시에는 물이 깊이 흐르거나 물에 잠기려고 한다. 시가 신선하다거나 새롭다거나 윤택하다고 하는 것은 물이 있다는 뜻이 된다.

　물에 젖어 있거나 잠겨 있다는 것은 시 속에 시인의 슬픔 어린 내면의 얼굴이 있다는 것을 말한다.

　나르시스의 신화를 보자. 눈먼 예언자는 나르시스를 보고 "너는 너를 아는 날 죽게 될 것이다"라고 말한다. 어느 날 나르시스는 샘물에 비친 얼굴을 본다. 그는 샘물에 비친 얼굴이 자신인 줄 모르고 오래오래 보며 사랑에 빠진다. 사랑한다는 것은 대상과 내가 하나 되고, 되고자 하는 것이므로, 아는 것과 진배없는 것이고, 죽게 된다는 것이다. 여기서 시의 한 운명을 우리는 본다.

시라고 하는 것은 '내면의 얼굴'이고 내면의 얼굴이라고 하는 것은 샘물에 비친 얼굴이다. 시인은 그 얼굴을 볼 수밖에 없다. 시인은 죽을 수밖에 없다.

샘이라고 하는 것은 물이 고여 있는 곳이고 하늘과 구름과 나무들의 그림자를 고요히 받아들이는 곳이다. 그 면에서 샘은 하늘의 무덤, 그림자의 무덤이라고 해도 된다.

나르시스가 샘에서 자기 얼굴을 오래오래 보고 있다는 것은, 자기 얼굴을 보고 있는 것이 아니고, 자기를 싸고 있는 나무들과 그 위에 하늘과 구름과 새와 공기를 보고 있는 것이라고 해야 한다. 나르시스는 세계 속에 있는 나를 보고 있으며, '세계를 내 속에 담고 있는 나'를 보고 있는 것이다. 이에 이르러 나르시스는 물의 경계를 넘어, 하늘의 큰 세계와 속의 작은 세계로 통한다.

모든 보는 행위는 물이 있어야 가능해진다. 그런데 물이 보여주는 것은 실재가 아니고 실재의 그림자일 뿐이다. 물이 없다면 그림자도 없고 실재도 없어지겠지만 또 실재가 없다면 그림자도 없고 물도 없어진다. 그만이 아니다. 보는 '나'가 없다면 물도 없고 그림자도 없고 실재도 없고 모든 것이 없어진다.

내가 고요히 있어야 하고
물이 고요히 있어야지만
세계는 있을 수 있다

2. 시와 시작(詩作)에 대하여

한 저녁은 아름답고, 다음 날 저녁도 아름답다. 모든 저녁은 아름답다. 저녁에 서 있는 시인 또한 아름답다.

나는 내가 저녁 속에 있음을 한밤에 시를 쓰면서 느낀다.

기다리고 기다려라, 시의 머리가 보일 때까지. 오늘도 기다리고 내일도 기다려라.

등불을 켜들고 기다리기 전에 시는 오지 않는다.

보다 정확히 말하자면 시는 오는 것도 아니고 가는 것도 아니고 쓰는 것도 아니다. 시는 낳는 것이다. 아이를 밴 어머니가 열 달 동안 아이의 눈이 생기고 코가 생기고 손발이 생기고 머리가 돋을 때까지 기다리고 기다렸다가 자궁 밖으로 힘껏 밀어내듯이, 시인은 시상을 만나면, 그것을 가슴에 넣고 한 편의 시로 무르익을 때까지 1년이고 2년이고 5년이고 10년이고 기다려야 한다. 기다릴 줄 알아야 좋은 시를 낳을 수 있으며 좋은 시인이 될 수 있다.

『하늘과 바람과 별과 시』를 쓴 윤동주는 그의 시들을 대부분 초고에 완성했다 한다. 별로 추고를 하지 않았다고 한다. 그렇다고 윤동주에게 이렇다 할 산고가 없었다고 해서는 안 된다. 그는 운동화 뒤축을 밟고 다니기가 성가셔서 발에 밟히는 부분을 아예 잘라버리고 실내화처럼 신고서 연희전문(그는 연희전문 시절 『하늘과 바람과 별과 시』를 썼다) 교정을 오갔는데, 운동화를 밟고 다니는 걸음걸이마다에서 그의 시들은 고쳐지고 지워지고 다시 창작되었다고 우리는 봐야 한다. 밖에서 보기에 그의 시들은 자연스럽게 익어 떨어지는 듯했지만 그 '자연' 속에는 고통의 외침이 있었다.

윤동주의 고통이 밖으로 얼굴을 내밀지 않는 자연스러운(?) 고통이었다면 내 고통은 밖으로 드러나는 고통이었다. 40여 년 동안 나는 시가 자궁 밖으로 머리를 내밀기까지 기다리고 기다려왔다. 기다림에 지쳐 볼펜을 들고 원고지를 메우다가도 나는 원고지를 찢고 다시 기다림 속으로 들어갔다. 어떤 시는 완성되고 나서도 서랍 속에서 수개월을 썩어야 했으며, 어떤 시는 결국 불에 타 재가 되어버렸다. 기다리고 기다려도 완결되지 못한 어떤 시들은 파일 속에서 잠자야 했다. 파일 속의 시들은 내 머릿속에서 지워져갔다. 나는 그것을 칸딘스키적 현상이라 했다(어느 날 칸딘스키는 그림을 그리다가 뜻대로 되지 않자 그림을 이젤에 둔 채 교외로 산책 나갔다. 서너 시간쯤 그는 산책에서 돌아와 화실 문을 열었다. 이젤 위에 둔 그림이 눈부신 빛을 뿜고 있었다. 손등으로 눈을 부비고 다시 보자 그의 그림은 이젤 위에 거꾸로 걸려 있었다). 시간은 시들을 새롭게 보게 한다. 그 작품들은 뜻밖의 수확물이 된다. 나는 그런 수확을 10여 차례 거둔 바 있다. 나 혼자만이 그런 수확을 거둔 것은 아니다. 영국의 시인 스티븐 스펜더도 시작 메모들을 상자 속에 넣어두었다가 성공을 거두었다고 고백한 바 있으며, 김용호는 그것을 보물상자라고 했다.

기다림 뒤에는 추고의 긴 고통이 따른다. 이미 씌어진 시들은 추고를 면하려고 버둥거린다. 그러나 상상력은 이미 쓰여진 시어들을 지우고 새 언어로 쓰려 한다. 그래서 거의 모든 시들은 처음의 모습을 벗어나 다른 모습을 가지고 나온다. 추고는 새로운 시의 길을 여는 방법 중의 하나다.

추고하되 추고의 흔적을 보이지 말아라. 윤동주와 같이 머릿속에서 추고하거나 자리 밑에 깊숙이 넣어 없애도록 하라. 추고의 흔적이 보이지 않는 시는 순(純)한 시가 되고 윤동주의 「서시」나 김수영의 「풀」같이 독자의 사랑을 받는 시가 될 수 있다.

번쩍! 하고 시상이 머릿속으로 들어올 때, 그때 붓을 들지 말아라. 시의 집을 짓고 식구들을 만들고 나무와 돌들을 적정 장소에 배치한 뒤에, 그러고도 가을이 가고 겨울이 간 뒤에 붓을 들어라. 시간은 언제인지? 몇 분 몇 초인지? 언덕 위에 있는지? 산 아래 있는지? 산 그림자가 내리고 있는지? 이웃집 개가 짖고 있는 것이나 아닌지? 그림보다도 영화보다도 구체적으로 머릿속에 그려라. 그렇게 시의 풍경과 역사가 완료된 뒤에 '쓰기'를 무섭게 단행하라.

어머니나 아버지, 친구라는 특정인이 테마가 될 때도 마찬가지다. 우리는 그 특정인의 전 생애를 떠올리되 나에게 가장 크게 클로즈업되어 오는 순간 속에 전 생애를 수놓아야 한다. 그 순간은 나에게 '커다랗게 기억되는 순간'이라 해도 된다. 어느 시인은 대학 동창이며 동료 교수에게 바치는 헌시에서, 대학 시절의 사진임 직한 한 장의 사진으로부터 시를 출발시켜, 그 사진 속에 30년간의 우애를 집약했다. 그렇다고 순간으로부터 시를 출발시키는 것이(사람이 시적 대상이 되었을 경우) 정도(正道)라는 것은 아니다. 그것이 지름길이며 그늘과 향내가 가득한 수림 속의 오솔길일 수 있다는 것이다.

당신의 시가 그리려 하고 있는 풍경을 쉽사리 선보이지 말아라. 풍경의 전(前) 모습들을 차례차례 선보인 뒤 조금 지루하고 조금 궁금해할 때 등장시키는 인내를 가져라.

명사나 동사, 형용사만을 중시하지 말아라. 한 편의 시에서는 토씨도 명사나 동사 이상으로 율조에 큰 역할을 하며 울림에 크게 기여한다.

시는 너를 배반하고 너를 절망케 할 것이다. 그러나 그만 돌아서지 말아라. 절망한 다음, 밤에 내리는 달빛은 너도 시도 절망도 순색으로 만든다.

달빛은 우리들, 우리 자신의 말들까지도 일으켜 세울 수 있다.

떡갈나무 숲속에 있는 돌다리는 이끼들이 퍼렇다. 어떤 시보다도 아름다운 암시가 이끼에는 퍼렇게 숨어 있다. 우리는 이끼와 돌다리에게, 숲속의 공기에게, 비에게, 바람에게 배울 필요가 있다.

바람과 나무와 돌과 비가 비밀스럽게 사는 숲속, 이끼는 더욱 풍요로워지고 상상에 넘친다.

오늘 밤도 시는 오두막의 창을 발갛게 비춘다.

3. 말에 대하여

시는 말로 씌어진다. 때문에 우리는 말에 대해 생각하고 또 생각하지 않으면 안 된다.

말이란 침묵으로부터 나오는 것이며 침묵으로 돌아가고자 하는 의식을 갖는다. 새나 코끼리들만이 귀소의식을 갖는 것은 아니다. 모든 사물은 근원으로 돌아가고자 하는 욕구를 지닌다.

말이 되돌아가고자 한다는 것은 말이 무(無)해지고 순(純)해진다는 것을 뜻한다. 이 '무'해지고 '순'해진다는 것을 쉽게 설명하기 위해서 우리는 음식 이야기를 해도 좋을 것이다.
우리나라 음식의 한 특징은 재료의 맛보다 양념 맛에 의지하고 있는 면이 있다. 팔도 음식 중에서 으뜸이라는 전라도 음식은 거의 양념 맛이다. 장어구이나 장어탕, 오리탕의 경우, 장어나 오리보다 참깨나 들깨, 고추,

된장, 후추가 그득해서 맵고 짜고 고소한 맛이 넘친다. 얼마 전, 일본에서 열린 세계 음식 페스티벌에서 한 일본인 조리사는 한국 음식에 대해 평하기를, 음식이란 재료의 원맛을 낼 줄 알아야 한다고 우회적으로 비판한 적이 있다. 한국 음식은 재료 맛을 내지 못하고 양념 맛을 내기에 급급하다는 것이다. 재료 맛이란 재료의 원맛, 순 맛을 뜻한다. 우리 시들도 우리 말의 원맛, 순 맛을 알아야 하며, 그것을 캐내려고 노력해야 한다.

말의 원맛, 순 맛이란 말의 의미보다 말의 울림에 들어 있는 면이 많다. 「요한복음」 1장 1절에서 "태초에 말씀이 있었다. 그 말은 하나님과 함께 있었다"고 했을 때의 말이란 오늘날과 같은 메시지를 뜻하는 것이 아니다. 하느님과 함께 있으며 하느님이기도 한 말 자체이다. 그런 면에서 말이란 시장에 떠도는 의사 전달의 언어라고 하기보다 산과 들과 강을 울리는 어떤 거대한 볼륨을 지닌 울림이라고 보아야 할 것이다.

나는 그런 말을 생각할 때마다 깊고 깊은 산속에서 울려 나오는 가람의 종소리를 떠올린다. 우리나라 종의 소리는 때리는 소리라기보다 울리는 소리이다. 종을 때리면 소리는 종의 내면 공간을 울리면서 흘러나와 깊고 깊은 산속으로 퍼져 내려간다. 그것은 새벽을 알리거나 저녁을 알리는 종소리가 이미 아니다. 그것은 극락이나 천국에 가까운 소리다.

종소리의 수평적 울림을 수직적으로 옮기자면 고딕풍의 중세 성당 모습이 될 것이다. 중세 유럽의 성당들은 그 내부가 어둡고 높다. 그곳에 무릎을 꿇고 앉으면 주위는 사라지고 나는 천상의 하느님을 향하여 홀로 있는 존재가 된다. 나는 하느님께 죄사함을 빈다. 나는 기도하고, 나는 운다. 그러자 한없이 높은 천장의 광창에서는 한 줄기 빛이 쏟아져 내려온다. 반기독자였던 바울이 사막에서 벼락을 맞는 순간과도 같은 기적이 하늘과 땅 사이에서 빛으로써 이루어지는 것이다. 시의 언어는 그런 빛이며 울림이다.

언어는 어둠 속에서 태어났으되, 어둠과 침묵으로 고정되어 있지 않고,

울리면서 생성 변화한다.

　다시 산사의 종소리로 돌아가보자.

　새벽 일찍 스님이 종을 치면 소리는 지잉지이잉 음통을 돌고 돌아 흘러
내려간다. 산사의 종소리는 위로 올라가는 것이 아니고 아래로 퍼져나간
다. 종과 멀리 떨어져 들을수록 소리는 지평선의 나무와 같이 나무의 지
평선과도 같이 여운을 끌고 있다. 종소리는 우리를 부르고 우리를 울린다.
시에서의 말은 의미로서 존재하지 않는다. 종소리와 같이 울림에 의해 말
과 말들은 맺어지고 의미와 같은 것을 지니게 된다. 그것은 의미를 갖기
이전의 말과 같다고 해도 된다. '종(鐘)'이라는 한자가 쇠 '金'에 사람의
처음인 아기 '童' 자로 된 것도 그 면에서는 일치하는 바가 있다. 詩라는
한자가 말씀 '言' 자와 종이 울리는 사원의 '寺' 자의 합성인 것도 음미해
볼 만한 일이다.

　침묵은 보이지 않는 세계에 자리하고 있다. 그렇다면 침묵은 어둠이라
할 수 있고 밤의 세계 그 자체라고도 할 수 있다. 어둠과 밤은 시문학사에
서 낭만주의 시대부터 위력을 발휘한다. 노발리스는 거룩하고 이루 형언
할 수 없으며 신비롭기 그지없는 밤으로 향해 간다고 말한다.

　신화에 따르면 신들은 본디 대지에 살았고, 태양은 우주의 빛이었다. 그
런데 어느 날 예기치 못했던 어둠의 그림자가 식탁으로 스며들었다. 그 그
림자는 죽음이었다. 신들은 놀라 하늘로 올라갔다. 신이 없는 대지는 적막
하고 살아 있는 것들은 살아 있어도 살아 있는 것 같지 않았다. 그것들은
죽음의 공포에서 떨었다. 그런 면에서 낭만주의자들은 죽음의 공포를 면
하려고 죽음을 아름다운 어떤 것으로 미화하려는 작위가 행해지고 있었
다고 할 수 있다.

　그럼에도 불구하고 우리에게 밤은 쉬는 시간이고 따뜻하고 안온한 시

간이다. 밤이라는 시간의 장에는 어둠이 가득 차 있으면서도 비어 있다. 차 있으면서도 비어 있는 그곳에는 모든 존재물들이 함께 머물러 있다. 우리는 그'곳'에 있다. 모든 존재와 존재를 싸고 있는 어둠을 우리는 품고 있다.

어둠이 우리를 감싸고 있으되 우리 또한 어둠을 품고 있다면 우리는, 즉 '나'는 우주가 되고, 우주와 나 사이에는 경계가 없어진다. 무한대가 된다. 상상의 세계, 시의 세계는 이리하여 무한한 넓이와 깊이를 가지게 되며, 그윽한 어둠을 가지게 된다. 도가에서 말한 현오(玄娛)와 같은 것이 된다.

우리는 시를 어디까지 밀고 가야 하는가. 그윽한 어둠에까지 밀고 가야 하는가. 아니다. 시는 지극한 것을 바라되 지극한 것은 아니다. 시를 너무 밀고 가면 아무것도 보이지 않고 시도 없어져버린다.

무엇이 있는 곳에, 들판과 같은 곳에 시는 있다.

어둠은 없는 것이 아니고 사물의 뿌리를 감고 있는 어떤 것일 터이다.

어둠은 '속'과 '사이' 속에 있다. 시인은 어둠의 심리학을 깨우쳐야 시를 가지고 놀 수 있는 틈이 열린다.

시는 마침표보다 말없음표를 중시하는 면이 있다. 말없음표는 말이 휴지하는 것이고 숨을 깊이 들이쉬는 대목이다.

속의 심리학에서는 작은 것이 크다고 할 수 있다.

그림자가 대지를 가릴 수 있다. (그렇다면 그것은 저녁이 되겠지요?)

시가 머리를 들고 일어나고 드러눕는 곳은 들녘이다.

우리는 들녘을 어떤 개념이나 의미, 이미지로 정의하려고 해서는 안 된다. 그러면 그 들녘은 죽어버린다.

시인들이 시를 쓰고 또 써도, 여전히 들녘은 무경계로 남아 있다. 도가에서 말한, 눈도 없고 귀도 없고 숨구멍도 없고 똥구멍도 없는 그런 것과도 같다.

어떤 사람은 '자연 속에 있다는 것은 나에게 종교'라고 했다. 자연 속에 있다는 것은 자연을 숨 쉬고 자연을 걷는 것이다. 인도 사람들은 40이 넘으면 집을 떠나[出家] 길을 걸었고 중세의 유럽 사람들도 성지순례를 떠났으며, 주몽도, 유리도, 온조도 비류도 산을 넘고 강을 건넜다. 역사와 종교는 산을 넘었다. 고비사막에는 산을 넘은 사람들의 해골이 널렸다. 해골은 모래가 되고 먼지가 되어 날려갔다.

시인들은 혜초와 같이 산을 넘어가는 자이다.

그러니, 어떻게 시를 쓴다는 일이 어렵지 않을 수 있겠는가.

어떻게 오아시스와 신기루를 만나는 행복을 꿈꾸지 않을 수 있겠는가.

시를 쓰는 모든 사람들이 종국에는 들어가 누울 들녘에 대하여 ──『월든』의 저자인 소로는 다음과 같이 말했다.

"강낭콩밭으로 들어갔을 때 나는 귀뚜라미 소리를 들었다. 처음에 나는 귀뚜라미 소리만을 들었다. 그런데, 그 소리가 멈추고 나자 다른 소리가 가느다랗게 들렸다. 온 들녘이 부르는 노랫소리라는 것을 한참 뒤에 나는 알았다."

귀뚜라미 소리가 그치고 난 소리, 들녘의 소리가 있다. 우리는 그것을 들으려고 해야 하며, 그쪽으로 귀를 기울여야 한다.

4. 말과 침묵에 대하여

'태초에 말이 있었다. 말은 하나님과 함께 있었으며, 말이 하나님이었다'는 「요한복음」 1장 1절을 뒤집으면 '태초에 암흑이 있었다. 암흑은 하나님과 함께 있었으며, 암흑은 하나님이었다'가 되고, 다시 태초의 말을 침묵으로 바꾸면 '태초에 침묵이 있었다. 침묵은 하나님과 함께 있었으며, 침묵은 하나님이었다'가 된다. 말과 하나님, 말과 침묵, 말과 암흑은 동전의 안팎이든가 같은 것이다.

그러니까 말이 있었거나 태어난 곳은 어둠 속, 즉 침묵 속이다. 거대하고 깊은 침묵 속에서 하나님은 최초의 말씀을 하셨고, 침묵은 말을 잉태하고 말에게 젖을 물리고 말을 키웠다. 침묵은 어머니였다.

인간의 주거가 도시화되고 말들이 많아지면서 침묵의 활동 영역은 줄어들어갔다. 침묵은 자정이나 자정의 변두리에, 들녘에 기거하게 되었다. 그렇다고 침묵이 우리 주변에서 역할을 중지한 것은 아니다. 침묵은 그림자와도 같이, 바람 소리와도 같이 우리 뒤에, 우리 옆에 보이지 않게 있으며, 역할하고 있다.

막스 피카르트는, 우리가 일상대화를 나누는 저잣거리에서도 침묵은 너와 나 사이에서 보이지 않게 개입하고 작용한다고 말한 바 있다.

침묵은 동양화의 여백(餘白)과 같거나 근거리에 있다.

동양화에서 산이나 나무, 구름, 새, 바위, 강은 여백 위에 떠 있다.

우리는 종종 여백을 상상 속에서 완결하도록 비워둔 공간이라고 하는데, 이것은 올바른 해석이라고 할 수 없다. 동양화에서의 여백은, 우리가 모든 것을 알 수 없고, 또 무엇인가를 그린다거나 적출한다는 것은 참모습을 그리거나 적출한 것일 수 없으며, 한정된 의미밖에 지닐 수 없기 때문에 미완성으로 놔두는 것일 뿐이다. 한데, 일단 미완성으로 놔두는 공간은 미완성이기 때문에 상상력을 비교적 자유스럽게 하고 비교적 해방감을 맛보게 해준다. 따라서 한 폭의 동양화는 완성된 그림으로 우리 앞에 있는 것이 아니고 미완성으로서, 미완의 문을 열어주고 있을 뿐이라고 해야 한다.

근자에는 산문시가 득세하고 있으며 연이 거의 자취를 감추고 있다. 그럼에도 불구하고 연의 중요성을 인식하지 못한 시인은 없다. 연의 소중함을 모르는 시인은 시인이랄 수 없다. 우리 근현대사에서 시의 최절정기라 할 수 있는 1930년대 후반에는 연을 지키지 않는 시인은 없었다. 정지용, 서정주, 오장환, 박목월, 이육사, 김현승, 윤동주 등은 모두 연을 소중히 여겼으며, 그중에서도 이육사는 연은 철두철미하게 지켰다. 「광야」를 보자.

> 까마득한 날에
> 하늘이 처음 열리고
> 어데 닭 우는 소리 들렸으랴
>
> 모든 산맥들이
> 바다를 연모해 휘달릴 때도
> 차마 이곳을 범하던 못하였으리라
>
> 끊임없는 광음을
> 부지런한 계절이 피여선 지고
> 큰 강물이 비로소 길을 열었다

지금 눈 내리고
매화향기 홀로 아득하니
내 여기 가난한 노래의 씨를 뿌려라

다시 천고의 뒤에
백마 타고 오는 초인이 있어
이 광야에서 목놓아 부르게 하리라

이 시는 1연에서 3연까지, 하늘이 처음 열리고 산맥들이 뻗어나가고 강물이 길을 열고 흘러가는 창세의 모습을 그리고 있다. 그중에서도 1연 3행의 "어데 닭 우는 소리 들렸으랴"는 특별한 면을 지니는데, '~랴'라는 종결어미는 '어디 닭 우는 소리 들렸을 것인가'라는 문법적 의미와 '어찌 닭 우는 소리가 들리지 않았을 것인가'라는 숨은 의미를 이중으로 지니고 있기 때문이다. 2연 3행의 "차마 이곳을 범하던 못하였으리라"라는 구절도 '범하지 못하였을 것'이란 뜻과 '범할 수도 있었을 것'이라는 이중 의미를 지니고 있다. 이 같은 이중 의미는 4연의 "지금 눈 내리고/매화향기 홀로 아득하니/내 여기 가난한 노래의 씨를 뿌려라"를 풍부하게 하기 위해서라고 나는 생각한다. 이때의 풍부함은 태초로부터 비롯되는 역사의 비장함을 뜻할 뿐 아니라 긍정, 부정, 비원, 연민, 광기, 몽유가 겹겹으로 흐르면서 연출하는 만감의 노래를 뜻한다. 시인은 만감의 노래의 씨를 지금, 홀로, 여기 뿌린다고 말한다. 지금, 여기가 1930년대 후반 일제 강점기를 말하는지, 인간의 비극적인 어느 시간을 말하는지 알기 어렵다. 보다 중요한 것은 시간이 아니고, 어떻게 이 작은 시가 태초로부터 지금까지를 거느리고 있는가이다. 답은 간단하다. 연과 연 사이에 있는 침묵의 도움을 적극적으로 받고 있기 때문이다. 침묵은 불가능한 것을 가능하게 만든다. 침묵은 축지법과도 같다. 축지법이 설화적인 것이라면 침묵은 매우 서정적인 것이다. 시는 서정적인 거리와 서정적 시선에서 씌어진다. 그리고 서정적 침묵의 도움에 의해서 완성된다.

원(元) 말, 사대가(四大家)의 한 사람인 예운림은 말없이 산책하기를 좋아했던 듯하다. 중기의 그림에는 화가 자신이라고 여겨지는 사람이 홀로 나무와 바위 새를 걷는다. 쓸쓸한 기운이 넘친다. 그런데 말기에 이르면 화면에는 사람도 사라지고 나무도 두세 그루 남을 뿐이다. 말기의 걸작으로 꼽히는「용슬제도」에는 무인정자(無人亭子)가 주인공처럼 화면 중앙에 그려지고 강 건너 산이나 나무들은 정자의 격을 살리기 위한 배치물로 보인다. 예운림은 그 그림 제목을「용슬제도」, 즉 무릎을 위한 방이라고 붙였다. 예운림이 기거했던 방은 무릎을 꿇고 앉아야 할 정도로 작았던 듯하다. 그런데 이「용슬제도」에서 우리가 가장 주목해야 할 부분은 정자가 있으되 주인은 없으며, 나무가 있으되 바람이 없다는 것이다. 화면에는 소리가 없다. 침묵뿐이다. 일본의 미술사가들은 '무인정자'를 침묵의 그림, 침묵의 법이라 했다. 이후로 '무인정자'는 명대와 청대에 이어지고 우리나라에서는 추사에 의해「세한도」가 그려진다.

왜 동양의 화가들은 그들의 그림 속에 사람을 없애고 침묵을 그리려 했는가. 침묵은 무엇이며, 무엇을 의미하는가. 말이 없는, 쓸쓸한, 그것인가. 말이 없는 죽음인가.

우리는 예운림도 아니고 추사도 아니므로 쓸쓸함 때문인지 죽음 때문인지 단정하기 어렵다. 그러나 언어는 성스러운 침묵에 기초한다는 괴테의 말을 떠올린다면 사람을 화면 밖으로 내보낸 일이 이해될 법도 하다. 쓸쓸함과 지극함(죽음)의 지극함[無]에 이르기 위해서는 아무것도 없어야 하고, 아무 소리도 없어야 할 것이다. 그런 쓸쓸함, 그런 죽음, 그런 무를 우리는 성스럽다고 말하지 않을 수 없을 터이다.

(내가 왜 그림 속의 쓸쓸함, 무, 침묵을 말하고 있는가 하면, 동양에서 詩와 畵는 '詩中畵 畵中詩'에서 보듯이 별개로 여기지 않기 때문이다. 그리고 시에

나타난 무 혹은 침묵보다 그림에 나타난 무 혹은 침묵이, 우리를 이해의 공간으로 인도하는 데 효과적이라 여기기 때문이다.)

예운림의 그림에서와 같이 시도 지극한 경지에 이르려면 무 속으로 침묵 속으로 들어가야 한다.

행과 행 사이, 연과 연 사이에는 침묵이 자리하고 있으며, 행과 연들은 침묵을 죽이고 싶도록 필요로 한다.

나는 침묵이 두렵다.

나는 연 가름을 하지 못한다. 그 사이에 있는 침묵을 계산하기도 어렵고 들여다보기도 어렵기 때문이다.

시는 침묵 속에서 태어나고 완성된다고 나는 지금까지 말하고 있는 셈이지만, 시를 다 쓰고 나서도 여전히 그 뒤에는 침묵이 도사리고 있으며 무한히 펼쳐져 있음을 나는 본다. 나는 그 침묵을 되돌아본다.

김소월과 박목월, 김현승, 윤동주는 침묵을 효과적으로 운용했던 시인들이다.
특히 다음과 같은 윤동주의 시 —

빨리
봄이 오면
죄를 짓고
눈이
밝아

이브가 해산하는 수고를 다하면

무화과 잎사귀로 부끄러운 데를 가리고

나는 이마에 땀을 흘려야겠다

    시를 끝내고 책상에서 물러났을 때마다 나는 과연 내 시가 어둠과 침묵을 거느리고 있는가 질문해본다. 두말할 것도 없이 내 시는 그런 어둠과 침묵을 거느리고 있는 경우가 거의 없다. 있다고 하면 그림자 정도일 뿐. 하나, 나는, 그림자 정도에도 감사해서, 손을 여미고, 고개를 숙인다.

5. 말과 민족에 대하여

    말이 민족과 민족의 역사를 지니고 있다면 침묵은 우주와 우주의 역사를 지니고 있다.

    말의 속박은 여기서 끝나지 않는다. 말은 지방성과 계층성, 시대성을 담는다. 말은 역사라는 위도를 벗어날 수 없다. 시선 혹은 거리(정서적)라는 경도도 벗어날 수 없다. 그럼에도 시의 말은 그 모든 조건과 관계를 벗어나야 한다. 그것들을 부숴뜨려야 한다.

    시는 시간과 공간 위에 세워진 집이다. 언어로 지은 집이다.

[『멀리 보이는 마을』(작가, 2002)]

시간의 풍경들

최하림

별스럽다고 할 만큼 나는 봄을 탄다. 서울에 다녀오는 주말을 제외하고는, 직장에서 돌아오자마자 나는 조지 윈스턴의 「디셈버」 같은 피아노곡을 틀어놓고 이불 속으로 들어간다. 소리들은 봄날의 아지랑이와도 같이, 딱따구리가 긴 부리로 나무를 쪼아대는 소리와도 같이 나른하고 절도 있게 뇌리 속으로 스며들어온다. 아내가 나를 찾아 바삐 층계를 밟고 오는 하이힐 소리와도 같이 들린다. 나는 소리들에 싸여 어떤 때는 한두 시간, 어떤 때는 두세 시간 푹 잔다.

눈을 뜨고 일어나면 얼굴과 손이 붓고 눈꺼풀이 무겁다. 뇌졸중의 후유증이리라. 아니 뇌졸중 때문이라고 할 것이 없다. 나는 십대 후반, 문학에 신들려 거리를 쏘다닐 때부터 쓰고 자고, 쓰고 자고를 반복했다. 지금 생각해보면 문학에 대한 열정과 광기에 나가떨어졌거나 그런 광기를 재우려고 그렇게도 여러 시간을 잠에 떨어졌으며, 그것들이 햇빛을 눈부시게 했을 것이다. 나는 아름답다 아름다워라고 가만히 중얼거리며 대문을 열고 골목으로 나갔다.

때때로 나는 두 마리 양을 몰고 골목을 빠져나가는 뒷집 소녀를 만났다. 뒷집 소녀는 양을 끌고 나가는 일이 부끄럽기라도 하는 듯이 얼굴을 붉히며 빠른 걸음으로 골목을 빠져나갔다. 아버지를 일찍 여의고 어머니와 양아버지와 함께 조그만 초가에서 살고 있었던 소녀는 오후 두세 시경이면 어김없이 두 마리 양을 몰고 언덕으로 올라갔다. 골목을 빠져나가는 양의 울음소리가 오래오래 귀를 울렸고, 배가 고팠고, 무언지 모를 근원적인 그리움 같은 것들이 밀려들었다.

소녀는 어느 날 내 누이동생에게 말했다.

"너네 오빠는 왜 그렇게 잠자지?"

"몰라."

"비타민이 부족해서 그럴까?"

"……"

"내가 우유를 주어도 될까?"

나는 소녀가 내게 관심을 조금 가지고 있는 것 같아서 겸연쩍었다. 그러면서도 달콤짭짤했다. 얼굴이 가무잡잡하고 다리가 짧은 그녀를 좋아하지 않으면서도, 그녀의 나에 대한 관심은 달콤했고, 그녀의 양을 좋아하게 되었고, 고샅길을 빠져나가는 그 양에, 아기 예수가 태어났다는 천사의 말을 들은 베들레헴의 양치기들, 한겨울 밤하늘을 보고 있는 영양들의 이미지가 덧붙여져 가면서 볼륨이 부풀어갔다. 나는 새 아기 예수를 처음 보는 사람이고 싶었다. 고샅길을 빠져나가서 성덕원이라는 고아원이 있는 언덕에 올라 하늘을 보며 배고픈 듯이 메에메에 울고 있는 양들 곁에서 아기 예수가 태어났다는 소식을 듣는 목동이 되고 싶었다. 나는 그런 행복을 깊이 맛보고 싶었다.

이제는 하도 많은 세월이 흘러, 소녀가 그 뒤로 어떻게 되었는지, 어느 마을로 시집가 아들딸 낳고 잘 살고 있는지, 교회에 다니는지, 허리통은 얼마나 뚱뚱해졌는지 알지 못하지만, '양들' 하면 나는 뒷집 소녀를 떠올리게 되고 프란츠 카프카를 떠올리게 된다.

카프카는 한 단상에서 유태 마을로 가 목수가 되고 싶다고 했다. 그는 예수를 낳고 싶었던 것이고, 그의 소설들은 그것을 꿈꾸고 있었다고도 할 수 있다. 그의 「심판」이나 「성」은 예수를 꿈꾸는 사람의 절망과 회의와 비탄의 기록이라고 해도 된다. 그런데 나는 문학을 한다고 하면서도 그런 '큰 꿈'을 가져본 적이 여직 없다. '큰 꿈'을 위한 축대가 나에게는 없었던지도 모른다.

어느 때부터인가 양과 소녀와 프란츠 카프카라는 생각 위에 하얀 물그림자가 드리워졌다. 어째서 그런 생각 위에 물이 섞여 들어갔던지 나는 모른다. 어떤 것에나 섞이기를 좋아하는 물의 성질 때문에 그랬던지, 유년의 기억의 무후성 때문에 그랬는지도 모른다. 물과 유년의 기억은 유사한 면이 있기는 있다. 그 둘은 끝없는 호기심으로 어느 기슭에나 들판에나 골목으로 흘러들어간다. 그 앞에 어떤 위험과 음모가 도사리고 있는지 계산하지 않는다. 그것들은 한없이 열린 세계에로 전진해간다. 참으로 내 유년의 추억은 몇 컷밖에 남아 있는 것이 없다. 그 하나는 김 양식을 하였던 아버지가 사다가 헛간에 둔 검고 긴 장화를 신고 봄햇빛에 녹은 얼음물이 찰랑찰랑한 논으로 한 걸음 한 걸음 걸어 들어갔던 일이다. 얼굴에 내리는 햇빛은 따갑고, 장화를 통해 느끼는 물은 간지러웠다. 나는 '대식'이라는 이웃집에 사는 친구의 이름을 부르며 물속으로 걸어갔다. 얼마쯤 갔을까. 10여 미터쯤 갔을까. 골목에서 숨넘어가는 소리로 손주를 부르는 할머니의 목소리가 들렸고, 봄날의 나른한 감각이 부르는 손짓과 할머니의 소리 사이에서 나는 오도 가도 못했다. 지금 생각해보면, 그때 나는 계속 나아가고 싶었을 것이고, 나르시스의 신화와도 관계될 수 있는 물의 원초적 감각이 나를 흔들어주고 있었을 것이고, 할머니의 소리가 그것에 중지 명령을 내렸을 것이다.

이같이 부드럽고 간지러운 먼 물, 내 얼굴이며 손발을 어루만져주었던 물이 양의 이미지와 어울려 은연중에 강 하류의 혼탁한 물과도 같은 생각들을 양성했던 것도 같다.

어느 물리학자의 전기를 보면 그는 네다섯 살 적에 자침을 보고 놀라운 느낌을 받는다. 자침이 지니고 있는 자력이 쇠붙이를 일정 방향으로 끌어당기는 것을 보고, 저 현상은 무엇 때문일까, 무엇이 저것들을 끌어당기는 인력을 생겨나게 했을까라고 놀라움 속에서 질문을 해 들어갔는데, 그 질문이 이후에 그를 물리학의 천재로 성장시켰을 것이라고 그 전기작가는 쓰고 있었다.

그에 비하면 나는 질문이 지니는 명백한 인식력보다는 이것과 저것이 어울리는 조화감각을 주시했을 것이라는 생각이 든다. 나는 명백한 것이 싫다. 나는 흔들리는 것, 반짝이는 것, 두 개 이상의 감정과 색상이 섞여 조영하는 어떤 느낌을 좋아한다. 이런 성격이 아마도 내 감정 속에 양과 물을 혼거하게 했을 것이고, 거기에서 자애(自愛)의 시를 구하려고 했을 것이다.

이런 불명확한 성격은 성년기를 넘어서도 계속되었다. 나는 명확지 못한 성격과 사촌이라 해도 되는 우유부단이 저지르는 나락에 점점 깊이 빠져들어갔다. 나는 좋아하는 여인이 있었는데도 그에게 좋다고 말하지 못했다. '좋다'라는 말이 수반해야 할 열정과 그 모든 책임사항들을 나는 감당할 수가 없었다. 그러는 새에 그 여자는 외국으로 날아가버리고 우기가 몹시도 오래 계속되었던 그 여름을 나는 술과 정훈희의 「안개」라는 히트곡을 흥얼거리며 보내야 했다.

참, 그 무렵 시계를 유난히도 자주 들여다보았던 기억이 떠오른다. 그 여자를 기다리기 위하여, 그 여자를 보내기 위하여, 그리고 그 여자와 관계된 이러저러한 일들을 위하여 나는 시계를 보고 또 보았다. 한번은 일요일 오후 2시에 광교의 한 다방에서 그녀를 만나기로 한 일이 있었다. 비가 폭풍우처럼 쏟아지는 날이어서 버스가 물을 가르며 길을 달렸다. 나는 자색 바바리를 걸치고 다방 구석 의자에 앉아 밖을 보고 있었다. 얼굴을 아는 레지가 앞으로 왔다.

"선생님, 차는?"

"문을 두드리면 열릴 것이요 젖을 달라면 짜줄 것이다."

그녀의 성은 문이었던 것이다. 젊음만이 해낼 수 있는 그런 치기 어린 대화를 주고받으면서도 나는 시계를 보고 또 보았다. 이런 폭우 속을 그녀는 올 수 없을 것이다, 못 온다는 것이 당연한 일일 것이다. 그런데도 나는 시계를 보고 있었고, 약속 시간이 두 시간 경과되었는데도, 아서 밀러가 어떠니 테너시 윌리엄스가 어떠니 하며 논쟁을 벌이고 있었다. 약속 시간이 세 시간이 넘었을 때야 떠들 힘도 없어서 명동으로 갔다. 모든 거리는 비에 젖어 반들거렸다. 행인들은 바바리코트에 검정 우산을 쓰고 술 취한 듯 비틀거리며 성당 언덕으로 올라갔다. 그들의 걸음에 암시라도 받은 듯 나는 백병원을 지나서 장충단공원 쪽으로 걸었다. 비가 몸에 젖어들었고 하얀 입술이 덜덜 떨렸고 열이 오르는 것 같았다. 다음 날 나는 또 '화니'(다방 이름)의 문을 열었다. 미스 문이 나를 보고 달려와 어제 선생님이 나가신 뒤 얼마 안 되어 여자분이 찾아왔었다고 하며 접힌 메모지를 전해주었다. 거기에는 다음과 같은 짧은 글이 적혀 있었다.

'친구분들과 같이 있었다니 다행이에요. 김.'

그런 일이 있은 뒤로 나는 시계 혹은 시간 보기와 인연이 멀어져갔다. 시간 보기를 의식할 시간이 없었기 때문일지도 몰랐다. 아니 시계가 의미하는 약속으로부터 해방되어, 나는 자유로워지고 싶었는지도 모른다. 나는 지각을 밥 먹듯이 했고 친구들과의 약속을 번번이 저버렸고, 약속을 지킨다고 하는 경우에도 약속 장소에 한두 시간 뒤에 나타나기가 예사였다. 나는 그것이 '나'나 '남'에게 부도덕한 것이라는 생각을 별반 하지 않았다. 그런 세월을 20여 년 거쳐서, 직장을 지방으로 옮기는 바람에 나는 또다시 시계를 들여다보게 되었다. '직장을 지방으로 옮겼다'지만 집까지 옮긴 것은 아니었다. 아이들이 고등학교에 다니고 있어서 나만 지방으로 내려가 일주일에 엿새는 그곳에, 그리고 남은 하루는 서울에서 보내야 했다.

토요일 오후면 여축 없이 나는 고속버스에 몸을 실었다. 차창 밖의 산과

들은 시간의 뒤로 사라졌다. 순간적인 것 같은데 실은 그렇지가 않았다. 마음이 여유로울 때면 풍경은 오래도록 망막에 남는다. 특히 과수원에 도화(桃花)가 피어 일대가 핑크 빛으로 물들 때쯤이면 마음은 흐뭇하다 못해 아득해진다. 허나 빛깔로 말하면 과수원의 도화보다 4월 말에서 5월 중순에 절정을 이루게 되는 녹음을 들어야 한다. 연두와 진초록이 섞여 연출하는 녹음의 퍼레이드는 우리 동공을 확장시킴은 물론 세상이 살 만한 곳이라고 절감케 한다.

어느 영화에서 정치권력의 앞잡이로 테러와 고문과 사건 조작을 통해 반체제 인사들을 죽음으로 몰아가던 정보기관원 남편에게 아내가 말한다. "그들에게 빌으세요. 울면서 빌으세요. 여전히 아침 공기는 상큼하고 새소리는 종소리처럼 울리잖아요." 그렇다. 아침도 낙원이지만 5월 녹음철의 아침은 극상 낙원이다. 남산파 시인들처럼 우리는 오오, 5월이여! 녹음이여! 아름다워라,라고 예찬해야 한다.

그러나 여름이 가고 계절이 겨울로 바뀌면, 그리고 고속버스가 남도를 벗어나 중부지방으로 달리면 세상은 무거워지고 답답해지고 지루해진다. 나는 시계를 연신 보게 된다. 차는 조치원을 지났는데도 시계는 7시 15분 또는 20분쯤에 머물러 있다. 서울의 아이들을 생각하고, 다시 집 앞 목련나무를 생각하고, 피아노를 생각하다가 다시 보아도 시침은 겨우 10분쯤 나아갔을 뿐이다. 나는 하품을 연신 하고 의자를 뒤로 젖힐 수 있는 데까지 젖히면서 토요일마다 서울로 가는 차를 타야 하는 내 신세를 한탄한다. 그러는 새에 잠이 깜빡 든다. 눈을 뜬다. 시계를 본다. 그런 시계 속에 어느 날은 비가 억수로 쏟아지는 광교 풍경이 떠오르고, 할머니가 부르는 소리가 들리고, 다리 짧은 양 치는 소녀의 모습이 다가온다. 배고픈 듯이 양은 길게 오랫동안 울고, 소녀도 길게 누구인가의 이름을 부르고 있다. 지루한 시간 속에서 그리운 시간들이 재구성되고 있다. 차중에서 창밖 풍경을 보며 '아무리 복잡한 곡선이라도 수많은 작은 직선들로 이뤄져 있다는 것을 깨달았을 때 세계가 그의 모습을 비로소 내게 드러내 보여주었다'라고 여느 수필에 쓴 바 있는 일본의 유가와 히데끼 교수의 말이 문득 떠올랐다.

[『멀리 보이는 마을』(작가, 2002)]

필자 소개

황지우

시인, 최하림연구회 회장. 1980년 『중앙일보』 신춘문예 입선하고, 같은 해 『문학과 지성』에 시를 발표하며 작품 활동을 시작했다. 시집 『새들도 세상을 뜨는구나』 『겨울-나무로부터 봄-나무에로』 『나는 너다』 『게 눈 속의 연꽃』 『어느 날 나는 흐린 주점에 앉아 있을 거다』 등이 있다.

유성호

문학평론가, 한양대학교 국문과 교수. 연세대학교 국문과 및 같은 학교 대학원을 졸업했다. 김달진문학상, 대산문학상 등을 수상했다. 지은 책으로 『침묵의 파문』 『움직이는 기억의 풍경들』 『다형 김현승 시 연구』 『서정의 건축술』 『단정한 기억』 『근대의 심층과 한국 시의 미학』 등이 있다.

박형준

시인, 최하림연구회, 동국대학교 국어국문문예창작학부 부교수. 1991년 『한국일보』 신춘문예에 당선되어 시를 발표하기 시작했다. 시집으로 『나는 이제 소멸에 대해서 이야기하련다』 『빵냄새를 풍기는 거울』 『물속까지 잎사귀가 피어 있다』 『춤』 『생각날 때마다 울었다』 『불탄 집』 『줄무늬를 슬퍼하는 기린처럼』과, 평론집으로 『침묵의 음』이 있다.

박시영

시인. 학위논문으로「최하림 시의 '현실 인식' 연구」, 논문「최하림 후기시 풍경의 양상과 현실 인식 연구」, 시집『바람의 눈』등이 있다.

김명인

시인. 1973년『중앙일보』신춘문예 시 부문에 당선되어 작품 활동을 시작했다. 시집으로『동두천』『길의 침묵』『파문』『기차는 꽃그늘에 주저앉아』『이 가지에서 저 그늘로』등이 있다. 고려대학교 문예창작학과 교수를 역임했다.

전영주

문학평론가(필명 전해수), 상명대학교 인문과학연구소 연구교수. 지은 책으로『1950년대 시와 전통주의』『목어와 낙타』『비평의 시그널』『메타모포시스 시학』『푸자의 언어』(출간 예정) 등이 있다.

박슬기

문학평론가, 서강대학교 국제인문학부 국어국문학 전공 부교수. 연세대학교 인문학부를 졸업하고, 서울대학교 대학원 국어국문학과에서 석·박사학위를 받았다. 지은 책으로『한국 근대시의 형성과 율의 이념』『누보 바로크』『리듬의 이론 — 시, 정치, 그리고 인간』등이 있다.

김춘식

문학평론가, 동국대학교 국어국문·문예창작학부 교수.『시작』편집위원. 1992년『세계일보』신춘문예 문학평론 부문에 당선되며 비평 활동을 시작했다. 2002년 무크지『시힘』1호에 시「비슬번히 인생을 보내다」외 1편을 발표했다.『무애』『내일을 여는 작가』『한국 문학평론』『시힘』등의 편집위원을 역임했다. 평론집『불온한 정신』, 연구서『미적 근대성과 동인지 문단』등을 지었다.

김미미

연구자, 전남대학교 대학원 국어국문학과에서 문학박사 학위를 받고, 전남대학교 국어국문학과에서 강의를 하고 있다.

김현

문학평론가, 전 서울대학교 인문대 불문과 교수. 1962년 『자유문학』에 「나르시스 시론」을 발표하며 공식적인 비평 활동을 시작했다. 『상상력과 인간』 『사회와 윤리』 『한국 문학의 위상』 『문학과 유토피아』 『말들의 풍경』 『한국 문학사』 프랑스 비평사』 (전 2권), 『현대 프랑스 문학을 찾아서』 『바슐라르 연구』 등을 비롯한 다수의 비평집 및 연구서와 번역서를 펴냈다. 1990년 48세로 작고하였다.

최현식

문학평론가, 인하대학교 교수. 연구서 『서정주 시의 근대와 반근대』 『한국 근대시 의 풍경과 내면』 『신화의 저편 ─ 한국현대시와 내셔널리즘』 『최남선·근대시가·네이 션』, 평론집 『말 속의 침묵』 『시를 넘어가는 시의 즐거움』 『시는 매일매일』 『감응의 시 학』 등을 지었다.

박옥순

시인, 동화작가. 2001년 『경향신문』 시 부문, 2011년 『한국일보』 동화 부문에 당선 되었다. 시집 『온전히 나일 수도 당신일 수도』 『생일 꽃바구니』, 동화집 『할머니는 축 구 선수』, 동시집 『기린을 만났어』 등을 지었다. 서정주의 '떠돌이 시' 연구로 동국대 학교 대학원 국어국문학과에서 박사학위를 받았으며, 그동안 서정주의 기행시, 정지 용의 종교시, 김수영의 시론 등을 연구했다. 현재 동국대학교, 숭실사이버대학교, 한 국교통대학교에서 강의하고 있다.

김수이

문학평론가, 경희대학교 교수. 1997년 문학동네 제1회 신인상 공모에 평론 「타자와 만나는 두 가지 방식」이 당선되어 비평 활동을 시작했다. 지은 책으로 『환각의 칼날』 『풍경 속의 빈 곳』 『서정은 진화한다』 『쓸 수 있거나 쓸 수 없는』 등이 있다.

신익호

한남대학교 국어국문학과 명예교수. 지은 책으로 『현대문학과 패러디』 『현대시론』 『현대시의 구조와 정신』 『현대문학과 종교』 『기독교와 한국 현대시』 『한국현대시 연구』 『기독교와 현대 소설』 『문학과 종교의 만남』 등이 있다.

이문재

시인, 경희사이버대학교 미디어문예창작과 교수. 소월시문학상, 지훈문학상, 노작문학상 등을 수상했다. 시집으로 『내 젖은 구두 벗어 해에게 보여줄 때』 『지금 여기가 맨앞』 『산책시편』 『마음의 오지』 『제국호텔』, 산문집으로 『내가 만난 시와 시인』 등이 있다.

정과리

문학평론가, 연세대학교 국어국문학과 교수. 1979년 『동아일보』 신춘문예를 통해 평론 활동을 시작했다. 『문학, 존재의 변증법』 『스밈과 짜임』 『문명의 배꼽』 『무덤 속의 마젤란』 『들어라 청년들아』 『뫼비우스 분면을 떠도는 한국 문학을 위한 안내서』 『'한국적 서정'이라는 환(幻)을 좇아서』 등 다수의 평론집, 문명에세이, 연구서 등을 지었다.

김선태

시인, 최하림연구회, 목포대학교 국어국문학과 교수. 1993년『광주일보』신춘문예와『현대문학』추천으로 시를 발표하기 시작했다. 시집으로『간이역』『작은 엽서』『동백숲에 길을 묻다』『살구꽃이 돌아왔다』『그늘의 깊이』『한 사람이 다녀갔다』『햇살택배』등이 있으며, 평론집으로『풍경과 성찰의 언어』『진정성의 시학』등이 있다. 애지문학상, 영랑시문학상, 시작문학상, 전라남도문화상 등을 수상했다.

이기인

시인. 2000년『경향신문』신춘문예에 당선되며 시를 발표하기 시작했다. 시집으로『알쏭달쏭 소녀백과사전』『어깨 위로 떨어지는 편지』『혼자인 걸 못 견디죠』등이 있다.

이병률

시인. 1995년『한국일보』신춘문예에 당선되며 시를 발표하기 시작했다. 시집으로『당신은 어딘가로 가려 한다』『바람의 사생활』『찬란』『눈사람 여관』『바다는 잘 있습니다』『이별이 오늘 만나자고 한다』가 있으며, 여행사진 산문집으로『끌림』『바람이 분다 당신이 좋다』『내 옆에 있는 사람』이 있다. 현대시학작품상과 발견문학상을 수상했다.

이승희

시인. 1999년『경향신문』신춘문예에 당선되어 시를 발표하기 시작했다. 시집으로『저녁을 굶은 달을 본 적이 있다』『거짓말처럼 맨드라미가』등이 있으며, 몇 권의 동화집을 펴냈다. 전봉건문학상을 수상했다.

이원

시인, 서울예술대학교 문예창작과 교수. 1992년『세계의 문학』가을호를 통해 시를 발표하기 시작했다. 시집으로『사랑은 탄생하라』『불가능한 종이의 역사』등이 있다.

이향희

드라마 작가. 1998년『동아일보』신춘문예 희곡 부문에 당선되었다. 주요 작품으로 〈영혼수선공〉(KBS), 〈아심심촉〉(중국 텐센트), 〈동네 변호사 조들호: 시즌 1〉(KBS), 〈왕의 얼굴〉(KBS), 〈쩐의 전쟁〉(SBS), 〈러브홀릭〉(KBS), 〈학교 4〉(KBS), 〈신세대 보고 어른들은 몰라요〉(KBS) 등이 있다.

임동확

시인, 한신대학교 문예창작과 교수. 전남대학교 국어국문학과를 졸업하고, 같은 학교 대학원에서 석사학위를 받았다. 서강대학교 국어국문학과 대학원에서 박사학위를 받았다. 1987년 시집『매장시편』을 펴내면서 작품 활동을 시작했다. 이후 시집『살아 있는 날들의 비망록』『운주사 가는 길』『벽을 문으로』『처음 사랑을 느꼈다』『나는 오래전에도 여기 있었다』『태초에 사랑이 있었다』『길은 한사코 길을 그리워한다』, 시론집『사람이 꽃보다 아름다운 이유』등을 펴냈다.

장석남

시인, 한양여자대학교 문예창작과 교수. 1987년『경향신문』신춘문예에 당선되며 시를 발표하기 시작했다. 시집으로『새떼들에게로의 망명』『지금은 간신히 아무도 그립지 않을 무렵』『젖은 눈』『꽃 밟을 일을 근심하다』등이 있다. 김수영문학상, 현대문학상, 미당문학상 등을 수상했다.

최승린

소설가, 시인 최하림의 딸. 2014년 실천문학 신인문학상을 수상하며 작품 활동을 시작했다. 소설집으로『질 것 같은 기분이 들면 이 노래를 부르세요』가 있다.

최승집

시인 최하림의 아들.

황학주

시인. 1987년 시집『사람』을 발표하며 작품 활동을 시작했다. 시집으로『내가 드디어 하나님보다』『늦게 가는 것으로 길을 삼는다』『갈 수 없는 쓸쓸함』『너무나 얇은 생의 담요』『루시』『저녁의 연인들』『노랑꼬리 연』『모월모일(某月某日)의 별자리』『사랑할 때와 죽을 때』『사랑은 살려달라고 하는 일 아니겠나』 등이 있다.

최하림 연보

1939년　전남 신안군 안좌면 원산리에서 태어남[최성봉 씨와 김호단 씨의 2남
　　　　1녀 중 장남. 본명 최호남(崔虎男)].

1945년　초등학교에 입학함.

1949년　33세를 일기로 부친 별세.

1955년　미술평론가 원동석을 비롯, 김병곤, 김중식, 윤종석, 정일진 등과 고교
　　　　시절 문학 공부를 함.

1962년　『조선일보』 신춘문예에 시 「회색수기(灰色手記)」가 입선.
　　　　목포의 한 다방에서 김현을 만남.

1963년　김현, 김승옥, 김치수와 함께 동인지 『산문시대(散文時代)』를 펴냄.
　　　　『산문시대』는 1965년 5호까지 나옴.

1964년　『조선일보』 신춘문예에 시 「빈약한 올페의 회상」이 당선됨.

1966년　시사영어사를 거쳐 삼성출판사에 입사.
　　　　이후 직장 생활의 타성에 빠짐. 시를 거의 폐업하고 미술과 역사에 몰
　　　　두함.
　　　　역사 경도 시기, 민중적 삶과 언어에 눈을 뜸.
　　　　정치학자 최장집 교수와 미술사학자 최완수 등과 친교.

1969년　장숙희 씨와 결혼. 슬하에 유정, 승린, 승집, 1남 2녀의 자식을 둠.

1972년　시론 「60년대 시인의식」을 『현대문학』에 발표.

1973년　미술평론 「유종열(柳宗悅, 야나기 무네요시)의 한국 미술관」 발표.

1974년　미술 산문집 『한국인의 멋』(지식산업사)을 펴냄.

1976년　첫 시집『우리들을 위하여』(창작과비평사)를 펴냄.

1981년　김수영 평전『자유인의 초상』(문학세계사)을 펴냄.

1982년　문공부의 문학인 해외여행 주선으로 프랑스, 이탈리아, 중동, 동남아를 다녀옴.

　　　　밀레의 고향인 프랑스 바르비종에서 작은 마을의 평화와 안녕에 깊은 충격을 받음.

　　　　두번째 시집『작은 마을에서』(문학과지성사)를 펴냄.

1984년　시론집『시와 부정의 정신』(문학과지성사)을 펴냄.

　　　　서울예대 문예창작과에서 시 창작을 강의함.

1985년　아시아 시인대회 참석차 일본에 감. 교토와 나라를 둘러봄.

　　　　교토의 유적들에서 동양 정서의 깊은 맛을 느낌.

　　　　판화 시선집『겨울꽃』(풀빛)을 펴냄.

1987년　세번째 시집『겨울 깊은 물소리』(열음사; 문학동네에서 1999년 개정판 출간)를 펴냄.

1988년　전남일보 편집국으로 직장을 옮기고 광주로 내려가 혼자 생활함.

　　　　자선 시집『침묵의 빛』(문학사상사)을 펴냄.

　　　　산문집『붓꽃으로 그린 시』(문학사상사)를 펴냄.

1990년　시선집『사랑의 변주곡』(문학세계사)을 펴냄.

1991년　6월에 뇌졸중으로 쓰러짐. 한 달 후에 퇴원함. 다음 해 봄부터 출근함.

　　　　네번째 시집『속이 보이는 심연으로』(문학과지성사)를 펴냄.

　　　　이 시집으로 제10회 조연현문학상을 수상함.

1992년　수필집『숲이 아름다운 것은 그곳이 비어 있기 때문이다』(문학세계사)를 펴냄.

1993년　에세이집『우리가 죽고 죽은 다음 누가 우리를 사랑해줄 것인가』(열린 세상)를 펴냄.

1996년　전남일보에서 정년퇴임한 뒤 충북 영동군 호탄리로 거처를 옮김.

1998년　다섯번째 시집『굴참나무숲에서 아이들이 온다』(문학과지성사)를 펴냄.

이 시집으로 제11회 이산문학상을 수상함.

1999년   산문집『시인을 찾아서』(프레스21)를 펴냄.

2000년   제5회 현대불교문학상을 수상함.

2001년   여섯번째 시집『풍경 뒤의 풍경』(문학과지성사)을 펴냄.

        『김수영 평전』(개정판)을 실천문학사에서 펴냄.

2002년   경기도 양평군 서종면 문호리로 거처를 옮김.

2002년   산문집『멀리 보이는 마을』(작가)을 펴냄.

2005년   일곱번째 시집『때로는 네가 보이지 않는다』(랜덤하우스중앙)를 펴냄.

        이 시집으로 제2회 올해의 예술상 문학 부문 최우수상 수상.

2006년   시선집『햇볕 사이로 한 의자가』(생각의나무)를 펴냄.

2010년   전집『최하림 시전집』(문학과지성사)을 펴냄.

        산문집『최하림의 러시아 예술기행』(랜덤하우스코리아)을 펴냄.

        4월 22일, 향년 72세를 일기로 타계함.